鉄仮面（上）

Fortuné du Boisgobey
ボアゴベ
長島良三 訳

講談社 文芸文庫

目次

鉄仮面（上）

《主要登場人物》

●**モリス・デザルモアーズ**――青年騎士。キッフェンバッハと称し、ルイ十四世に復讐を誓い、王をその玉座から引きずりおろす陰謀をすすめる首謀者。

●**ヴァンダ・プレスニッツ**――モリスの恋人。モリスの部下を率いて、裏切者への復讐に燃える。

●**ルーヴォア**――謀反を企むモリスたちを捕えようとする国務大臣。

●**ソワソン伯爵夫人**――従僕のフィリップに恋の炎を燃やす情熱の貴婦人。

●**カトリーヌ・ヴォアザン**――女占い師。

●**フィリップ・ド・トリー**――ソワソン夫人の従僕。ピエモン連隊の大尉ドルヴィリエと称してモリスに近づき、モリスを罠にはめる。

●**ナロ老人**――ルーヴォアの配下。会計長。

●**エーヌ男爵**――ナロとともに、謀反人の一味を追いまわす。

●**レスピーヌ・ボールガール**――ペロンヌの総督。

●**ブリガンディエール**――モリスの部下。豪胆な伍長。

●**バシモン大尉**――モリスの部下。ブリガンディエールとともにヴァンダを守る。

●**クースキ**――モリスの兵卒。ポーランド人。

●**アリ**――モリスの兵卒。トルコ人。

●**ベズモー**――バスチーユの典獄。

序

《一七〇三年十一月十九日（月曜日）――サン＝マール典獄（刑務所長）が聖マルグリット島から護送し、長年にわたって監視してきた囚人が死亡した。この囚人は身元不明で、つねに黒いビロードの仮面をつけていたが、昨日ミサに出席したのち重体となり、今夜十時ごろ、さしたる病苦も味わうことなく息を引きとった。

昨日、監獄の懺悔《ざんげ》聴聞僧ジロー神父が囚人の懺悔をきいた。死が突然に襲ったので、囚人は終油の秘跡を受けることができなかったが、死の直前に聴聞僧が慰めの言葉をかけた。

十一月二十日（火曜日）――長年にわたり拘置されていた身元不明の囚人は、午後四時、教区の聖ポール教会の墓地に埋葬された。

死亡証明書に、どのような名前が記入されたかも、明らかにされなかった。ロザルジュ副官と外科医のレイユ氏が証明書に署名した。

その後、私がきいた話によると、死亡証明書には囚人の名前はマルキエルと記され、埋葬費用は四十リーヴルだったということである》

右にかかげた資料は、国王代理官ジャンカが克明につけていた日誌の抜粋である。ジャンカは、一六九〇年以来、バスチーユの典獄ベズモーを補佐し、一六九八年以降は、ベズモーの後任サン゠マール氏の補佐を務めていた。

ジャンカがきわめて冷淡かつ簡略にその突然の死を報じている囚人は、いつからバスチーユに幽閉されていたのであろうか？

つぎの資料を見れば、その点が判明する。

言うまでもなく、これもまた、おなじジャンカの日誌の抜粋である。

《一六九八年九月十八日（木曜日）――午後三時、新任のバスチーユ典獄サン゠マール氏、前任地の聖マルグリット島より着任。かつてピニュロルの典獄であった時代から監視している囚人を、自分の駕籠《かご》にのせて護送してきた。この囚人はつねに仮面をかぶらされ、その名前は秘密にされている。

サン゠マール氏は駕籠からおりると、囚人をバジニエール塔の第一室にひとまず収容させた。夜の九時になると、私自身で――典獄閣下がつれてこられた看守の一人ロザルジュ氏とともに――ベルトディエール塔の南の間に囚人を入れるようにと言われた。そこは、サン゠マール氏の命令を受けて、数日まえに私が家具を入れさせておいた部屋である。囚人の世話はロザルジュ看守が受持ち、食事は典獄閣下が与えることになっている》

以上の二つの確実な記録によって、仮面をかぶせられた謎《なぞ》の人物がバスチーユにいたということが確認される。きわめて変則的なジャンカの綴字法《ていじほう》を修正した以外、資料はそのまま引用した。この謎の人物は、生前も死後も、ついに正体不明のままでおわったのである。

右の記述によれば、一七八九年七月十四日に破壊されたかの有名な監獄に、謎の囚人が幽閉されていたのは、五年余の歳月であった。それ以前、この囚人は、長年にわたって、まずドーフィネ地方との境に近いピエモンテ地方のピニュロルの要塞《ようさい》に、ついで、プロヴアンス沿岸の聖マルグリット島の城に監禁され、つねにサン＝マール氏が監視にあたっていた。

バスチーユ監獄の囚人名簿を見れば、もっと詳しいことがわかったのではないだろうか。

その名簿は、バスチーユ陥落後に発見され、そういう目的のために結成された識者の委員会によって、綿密に調査、検討、分析された。

だが残念ながら、第百二十丁の綴じこみ、つまり、正体不明の囚人がバスチーユに到着した一六九八年に該当する部分は、きわめて念入りに取りのぞかれていた。

また、一七〇三年の終り、つまり囚人の死の時期にあたる数ページも破り取られていた。

以上のような次第で、十八世紀なかば以来、世間の関心の的となっていた歴史的な謎に、この方面から光をあてることは不可能となった。

読者もすでにお察しのとおり、これこそ、かの不可思議にして不幸な人物、世にいう《鉄仮面》なのである。

謎の囚人が四十リーヴルの手間賃で聖ポール教会の墓地に埋葬されてから、百七十年を経過した今日にいたるまで、問題解決の鍵《かぎ》は見つからなかった。

捜し方が不充分だったというわけでは決してない。

すでに百五十年以上もまえから、多くの歴史家が空しい努力を重ね、仮面の男の正体についてさまざまの仮説が立てられ、世間に認められ、やがて否定され、また受けいれられ、結局は、事実のきちんとした調査によって、三文の値打ちもないことが証明されてしまったのである。

この奇怪至極の事件に関して、実に奇想天外な諸説が打ちだされた。

ヴォルテールは、最初にこの事件に言及したというわけではないかもしれないが、事件を天下に広く流布した最初の人である。

鋭く明晰《めいせき》な精神と華麗な想像力に恵まれてはいたが、さして博学ではなかったヴォルテールは、《鉄仮面》の痛ましい実話にもとづいて、いわばひとつの伝説を作りあげてしまった。この伝説は、今日に至るまで語りつがれ、フランス中のどんなに無学な人でも知らぬものはない、というほど人口に膾炙《かいしゃ》しているのである。

しかしながら、ヴォルテールの物語は、随所にちりばめられた挿話を別にすれば、ほとんど価値のないものであり、その主張する説には、なんら確固たる論拠もない。

ヴォルテールの主張によると、仮面の男はルイ十三世の妃アンヌ・ドートリッシュの不義の子、あるいは、ルイ十四世とラ・ヴァリエール公爵夫人とのあいだに生まれた私生児ヴェルマンドワ伯爵だという。

ところが、この伯爵は確実に一六八三年にヴェルサイユで死んでいるし、はじめの方の仮説も、年号をよく調べてみれば、とても認められないということが明らかになる。

ヴォルテールに続いて、他の作家もいろいろな説を立てたが、いずれも容認しがたいものばかりである。

ある人びとは、《鉄仮面》は英国王チャールズ二世の私生児マンモス公である、と主張したが、マンモス公は、一六八五年七月十六日、斬首刑《ざんしゅけい》に処せられている。

ほかの人びとは、《鉄仮面》の正体はボーフォール公だと言ったが、ボーフォール公は、一六六九年六月二十六日にカンディア（クレタ島イラクリオンの旧称）の攻囲戦で戦死している。

さらに、ほかの人びとは、《鉄仮面》は、かの有名なフーケ財務卿と同一人物であると述べた。なるほどフーケも、ピニュロルに幽閉されていたが、そこで一六八〇年三月二十三日に死んだのである。

以上の見解はどれも、まったく荒唐無稽《こうとうむけい》としか言いようがない。

そのほかに一七九〇年ごろ、有名なシャンフォール（十八世紀後半のモラリスト）によって広められた四番目の説がある。

この説は、いずれも空想好きな何人かの文筆家の賛同を得、シスモンディ氏（スイスの歴史家、経済学者。一七七三〜一八四二）のような真面目な歴史家まで信用させてしまったが、特に熱心にこれを支持したのは、小説家たちである。それには、充分な理由があった。

この説によると、アンヌ・ドートリッシュは、ルイ十四世を出産したとき、実は双子の兄弟を生んだので、将来、フランス国王の位をめぐる争いが生じないようにと、気の毒にも王の弟は牢獄に幽閉され、終生仮面をかぶせられることになったというのである。

もちろん、このような説明は、少しでも可能ならば、劇的な興味をひかないはずがなかった。

一八三一年に、フルニエ、アルノー両氏がオデオン座でこの事件を題材にした芝居を上演し、最近では、アレクサンドル・デュマ氏が《ブラジュロンヌ子爵》（『ダルタニャン物語10』）で、の話をきわめて効果的に利用している。

まことに遺憾なことに、この痛ましい物語はまったくのでたらめで、にせの古文書などを大々的に作っていたスラヴィ神父とかいう男が、想像力をたくましくしてでっちあげたものだった。

最後に、これほど詩的情趣はないが、それでも多くのまじめな文筆家、特にマリウス・トパン氏らによって認められている説がある。トパン氏は、一八六九年に《ルヴュ・デ・ドゥ・モンド》誌に、きわめて貴重な研究を発表した。同氏によると、謎の囚人は、マントヴァ公の家来マティオリにほかならない、というのである。

マティオリは、カザーレの砦《とりで》の譲渡をめぐるフランスとマントヴァ公の交渉に際して外交問題に首を突っこみ、二股《ふたまた》かけた行動に出てサヴォィイ公とルイ十四世を裏切り、王から金を受け取っておきながらフランスの敵に条約の秘密を売ったので、結局、トリノで誘拐され、一六七九年にピニュロルに投獄されたのであった。

実際、マティオリについては、史実から見ても《鉄仮面》とまぎらわしい点があった。それというのも、この男は、のちに聖マルグリット島へ移されたので、《鉄仮面》が幽閉されていた牢獄のうちの二箇所に、あいついで監禁されたことになるからである。

マリウス・トパン氏の才能と研究によって、さしもの難問もついに解決されたかに見えたとき、ユング氏の注目すべき著述が出版され、すべてが振り出しに戻ってしまった。

参謀本部の将校であるユング氏は、《軍事資料館》の厖大《ぼうだい》かつ貴重な文献を長いこと丹念に調査した。そのなかには、ルーヴォアがその部下、特にサン＝マールと交した書簡が含まれていた。このサン＝マールこそ、終始《鉄仮面》の牢番をつとめ、三十年にもわたって辛抱強く監視を続けた典獄であり、ピニュロルからエグジル（現在イタリア領）へ、エグジルから聖マルグリット島へ、さらに聖マルグリット島からバスチーユへと、転任のたびに《鉄仮面》をつれてあるいた人物なのだ。

ところが、このルーヴォアとサン＝マールの手紙から、マティオリは、聖マルグリット島についてまもなく、一六九四年の四月末に死んだという、まぎれもない事実が明らかになった。

したがって、一七〇三年十一月に、聖ポール教会の墓地でロザルジュが葬った仮面の囚人は、マティオリではなかったのである。

では、それは何者だったのか？

ここで、表題に？をつけるような物語を綴ることによって、筆者がなにを試みようとしているのか、手短に説明することをお許しいただきたい。

愚見によれば、《鉄仮面》の問題は完全に解明され、わが国の歴史上きわめて怪異な謎であったこの事件に関する研究は、すべて同一の結論に達してしかるべきなのである。

独自に入念な調査を行った結果、筆者はつぎのように確信した。つまり、ごく最近までだれもが道を誤っていたのであり、謎をとく鍵は、サン＝マールの囚人と同時代のいくつかの出来事を、徹底的に検討することによって得られるのである。

表向きには、ルイ十四世の治世ほどよく知られている時代はない。だが、その内幕がこれほど知られていない時代もないだろう。

マスコミというものが存在しなかったこの時代に関しては、主な大事件の真相を知る手がかりは、裁判の記録、個人の書簡、一見重要でない資料のなかに見出されるのである。

この時代の世相を如実に示すのは、学識豊かな歴史家よりもむしろ、些《さ》細《さい》な刑事裁判の記録とか、セヴィニエ夫人の一通の手紙なのである。

こうした方法を用いることによって、ついに《鉄仮面》の正体も明らかになったのである。読者諸君も、この秘密を是非とも知りたいと思っておられるであろう。

ただ、筆者としては、あの謎の囚人の不幸な運命にまつわる悲劇的な事件にも、読者が関心を寄せてくださるものと期待している。それらの出来事は、《鉄仮面》の運命のいわば背景をなしているのである。

したがって筆者は、歴史上の大発見を広く世にしらせるもっとも有効な手段として、小説という形式を利用することにした。

要するに筆者は、読者が大いに好奇心をかきたてられてこの物語に熱中し、ついにその好奇心を満たされる喜びを味わうことを、妨げるつもりは毛頭ない。

ゆえに、問題は冒頭から提起するが、その解決は、この物語の終りまでおあずけ、ということにする次第である。

1《破れ絹》亭の決闘

西暦紀元一六七三年二月九日、古都ブリュッセルの中心、シェール・エ・パン小路の入口に位置する《破れ絹》亭の天井の低い広間は、喧噪をきわめていた。

この古い居酒屋は、少なくとも外観はぱっとしなかった。なにしろ、切妻屋根の正面の壁は虫食いだらけだし、鉛の枠で小さな菱形《ひしがた》に仕切られた窓ガラスには、百年来の埃《ほこり》がつもっていたのである。

この貧相な居酒屋のある汚らしい路地も、およそ魅力にとぼしい道で、唯一の取り柄といえば、その昔ブリュッセル市民の反乱の舞台ともなった、かの有名な市庁舎前広場に通じていることぐらいだった。

道のまんなかには、でこぼこだらけの敷石のあいだを流れるどぶ川があった。両側には、間口の狭い家々が腹を突きだすようにしてひしめきあい、通行人の頭上で左右の家並みがくっつきそうにみえた。路地の両端には、大きな標石があり、その昔、夜ごとに市内の街路の入口をふさいだ鎖をかける環《わ》が、いまなおついたままになっていた。以上がこの奇妙な名前の道の景観であり、その住人もまた、名前に負けず劣らず風変りな人びとであった。

平穏を好む市民はこの路地に居を定めず、そこは、もっぱら居酒屋、魚料理屋、焼肉屋、揚げ物屋など、飲食業を営む者の住むところとなっていた。

もっとも、一般の市民たちも、夕刻ともなればこの路地にわざわざ足を運び、自分の女房のそばでは決して味わうことのできない、賑《にぎ》にぎしく豊潤な快楽を求めに訪れるのであった。

ことに土曜の夜、市民たちは、壁際に身をよせて人目を忍びながら、《破れ絹》亭の荒果てた扉のところへきまってやってきた。この居酒屋の主人、ヴァン・ホーテンおやじは、牛肉の網焼きや鰊《にしん》の燻製《くんせい》、丁子の香りのするケーキを作る腕にかけては右に出るものがなかったし、おやじの出すファロ（麦芽に小麦を混ぜて作る軽いビール）やランビック（アルコール度の強いビール）は、フランドル地方のどのビールにも負けない逸品だった。

さて、この物語の始まる日は、おりしも土曜日にあたっていたので、居酒屋は超満員で、おやじはてんてこまいの忙しさだった。

この名物男は、赤ら顔の太っちょで、堂々たる太鼓腹を太短いX脚が支えているという人物だった。

しかし、この男は驚くべき身軽さで店内を行ったり来たりして、ベンチを動かし、錫《すず》の水差しをまたぎ、床に寝ころがっている酔っぱらいを起こして歩いた。

まったくこの店のおやじは、いま客のところにいたかと思うと、もう調理場に姿をあらわし、つぎの瞬間には酒倉にいるといった神出鬼没の早業を見せた。その調理場では、ピチピチしたワロン女が網焼きや串焼きの焼け具合を見守り、酒倉では、白っぽい金髪の大柄な給仕が酒樽《さかだる》の栓を抜いていた。

こんな風に絶えず忙しくしていながらも、おやじは、二人の騎士が向かいあってテーブルについている小部屋の方へ、ちらちらと目をやるのを忘れなかった。

その小部屋の扉は開いたままだった。つまり、この二人づれは、身分の卑しい他《ほか》の客たちと同席するのは嫌だが、かといって人に姿を見られては困るというわけでもないらしかった。

これはよくあることなので、主人は特に気にとめる様子も見せず、ただ、この二人づれには、特に気をつかって給仕していた。二人のテーブルには、カナリア諸島の葡萄酒《ぶどうしゅ》の大きな瓶が置いてあった。

確かにこの二人は、その様子といい服装といい、店にいあわせた他のブリュッセル市民とは、まるっきり違っていた。

他の客たちはいずれも茶色い服を着て、黒か濃い鼠色《ねずみいろ》のマントをはおり、頭には、きちんと紐《ひも》で結んだ鬘《かつら》をのせ、その上に広い縁の帽子をかぶり、ビール入りのスープをゆっくりとすったり、大きなオランダ式パイプを黙々とふかしたりしていた。

この連中の態度には、ちょっとした身振りにいたるまで、どことなくどっしりとした慎重なところがあった。それは、冷静で力強いフランドル地方の人びとの昔ながらの特徴だった。

しかし、小部屋のテーブルについていた二人の客は、フランドル風の服装ではなかったし、それにもまして態度が異なっていた。

二人のうちで背の高い方は、年も上のようだったが、それでもせいぜい二十七、八で、実にきらびやかな服装をしていた。

青年の緋色《ひいろ》の胴衣は緑のリボンで飾られ、その下から銀糸を織りこんだ上着が覗《のぞ》いていた。たくましい首を優雅に包むすばらしいレースの襟は、刺繡《ししゅう》した飾り紐で結んであった。緑色の半ズボンと絹の靴下は、青年のすらりとした脚の線を際立たせ、スペイン風の帽子の縁は、肩にかかる房ふさとした金髪の鬢に影をおとしていた。

青年の顔立ちは端正で、眼光は鋭く、鼻は鷲鼻《わしばな》、歯は白く光り、唇は赤かった。

その若々しい顔は、どことなく尊大でいかつい表情が浮かんでいるとはいえ、好感のもてる容貌だった。

猫も杓子《しゃくし》もルイ十四世の真似をして、念入りに髭《ひげ》をそっていた当時にしては珍らしく、緑色のリボン飾りをつけたこの貴族は、先を鉤《かぎ》の手にひねりあげた長い口髭を生やしていた。それは、神聖ローマ帝国のために戦っているクロアチアやハンガリーの騎兵たちのような髭だった。

それに反して、つれのほうは、まったく髭のない顔をしていた。

こちらの客はほっそりとして色白で、いかにも華奢《きゃしゃ》な感じがした。ちょっと見には、教室を抜け出てきた少年かとも思われたが、ベージュ色のブーツをはいた足の小ささや、白魚のような指に注意すれば、これが男装したうら若い女だということを見破るのは、簡単なことだった。

女はテーブルに肘《ひじ》をつき、赤い羽飾りのついた灰色の帽子をうしろに押しやって、立派な口髭を生やした貴族の顔に、愛情のこもった熱い眼差しを注いでいた。

男のほうはというと、女の眼差しにこたえるかわりに、心ここにあらずといった様子で広間の中を見まわし、金色の帯に吊った長い細身の剣の柄《つか》を、じれったそうにいじりまわしていた。

そのそぶりから察して、男はだれかを待っているようだった。女と二人きりでいるのにうんざりしているように見えた。

「何を考えていらっしゃるの、モリス？」男装の麗人がそっとたずねた。

「何を考えているかだって？　よくそんなことがきけるね、ヴァンダ」と青年は不機嫌に言った。「《オランダ新聞》のことにきまってるじゃないか。もう一時間もまえから待ってるのに、まだ来ない」

いた。

「《オランダ新聞》……ああ、そうだったわね！　わたし、忘れていたわ」と女はつぶやいた。

「おまえはこのごろ記憶力が悪くなったようだな」モリスと呼ばれた男は、つっけんどんに言った。

「ほかの人ならともかく、あなただけは、わたしにそんなことを言う権利はないはずよ」とヴァンダは口惜しそうにやりかえした。「あなたのために、わたし、随分いろいろなことを忘れてあげたのに……」

「へえ、そうかい！　おまえの言うのは、もしかすると、あのボヘミア胸甲騎兵隊の連隊長殿のことかな。おまえの両親から娘の婿にうってつけだと見こまれた人で、日に二回、トカイ葡萄酒を飲んで酔いつぶれるという特技の持ち主だったねえ。おれの聞いた話だと、あの男は、二年まえにこの世におさらばしたそうだ。せっかくプラハの墓地で静かに眠っているのに、いまさら起こすこともないだろう」

「あなたって、残酷な人ね、モリス。残酷だし理不尽だわ。だって、わたしはあなたのために自分の過去をすべて犠牲にしたし、あなたのために自分の名誉も捨て、いまはこうして命まで捧げる覚悟でいるのよ」

「悪かった、ごめん」青年は、少し声をやわらげた。「あまり大きな心配事があるものだから……今夜待っている知らせは、とても重大なんだ。考えてもごらん！　この薄暗い居酒屋で過ごす一夜が、おれの運命、おれの一生を決定する夜になるんだよ」

「わたしたち二人の一生よ」とヴァンダが訂正した。「なぜって、もし、この危険な計画であなたが命を落とすようなことがあれば、わたしもあなたといっしょに死ぬつもりですもの」

「わかってるよ、おまえ」そうつぶやきながらモリスが差しのべる手を、女は両手で優しく包んだ。

「それじゃ、あなたは、どんなことがあっても、この大胆な計画を実行なさるつもりなのね？　あまり大胆で、わたしには、向こうみずなように思えるけれど……」

「そうせざるをえないんだよ、ヴァンダ。おれは、どうしても復讐《ふくしゅう》しなくてはならない。あの御用詩人どもが太陽王なんて呼んでいる暴君に、どうしても復讐しなくては。あの冠をかぶったダンス狂は、こともあろうにこのおれの連隊を取りあげたのだ。おれの家は先祖代々ロレーヌ騎兵隊長をつとめたというのに。それにおれは、あのルーヴォアの野郎をやっつけなければ気がすまない。あの成りあがり者の法律屋め、手下の小役人を差しむけて、由緒正しい武人たちに門前払いをくわせやがる。

いまに見てろ、ヴェルサイユに住む暴君と奸臣《かんしん》め、侮辱の仕返しはきっとしてやるぞ。騎士モリス・デザルモアーズを侮ると、どんな目にあうか思いしらせてやるからな！」

「あなた！　声が大きすぎるわ」と制しながら、ヴァンダは、男の口をふさごうとするように、腰を浮かせた。

「うっかりしてたよ！」と頷《うなず》いて、男も声をひそめた。「自分の名前をあたりはばからず叫ぶなんて、おれもうかつだった。あの馬鹿なフラマン人どもは、耳ざといほうではないけれど、自称ルーヴォア侯爵、あのルテリエのスパイどもがどこかに潜んでいないともかぎらんからな。用心するにこしたことはない。

オランダから、のろまの郵便馬車が着いて、《オランダ新聞》が手にはいり次第、この汚らしい居酒屋を出よう。新聞には、おれの友人でゼーラント地方の首長アスプル男爵の肝いりで、暗号の吉報が載っているはずだ。

いまはもう、一刻も早く準備を完了しなければならない。なにしろ、もし合図の言葉が《オランダ新聞》に印刷されていれば、おれは、遅くても明日の夕方までにフランスへ向けて出発するつもりだからな。

われわれの部下は武装しているし、駅馬の用意もととのっている」

「わたしも、すっかり準備ができているわ」とヴァンダはささやいた。「それにしても、郵便馬車は遅いわねえ……」

「途中で、フランドル人のならず者にでも横取りされてないといいんだが……おい、おやじ！」とモリスは、剣の柄でテーブルを叩《たた》きながらどなった。

居酒屋の主人はすぐにやって来て、小部屋の入口に大きな赤ら顔を突きだした。

「どうした、新聞はまだか？」モリスは横柄な口調でたずねた。

「申し訳ないんですが、なにしろ郵便馬車がまだ着かないものですからねえ。なあに、もうじき来ますよ。来たらすぐにお客様にお渡しするようにって、あそこにいる酒倉係の給仕のイアンに言いつけておきましたよ」

「よし！　じゃあ、待ってるあいだに、酒をもう一瓶持ってきてくれ。こっちのは、もう十五分もまえから空っぽだぞ」

店の主人は頭をさげ、スペイン産の葡萄酒が大切にしまってある酒倉へ向かった。

「考えただけでも胸が高鳴ってくるようだ」とモリスはつぶやいた。「あの無愛想な給仕のイアンが持ってくる新聞には、ひょっとすると世界の歴史まで変えかねない重大な知らせがのってるんだ。もちろん、一見なんでもない記事だ。第一面の冒頭に、せいぜい三行ほどの、こんなニュースがのっているはずだ。《パリからの情報によると、ローマからの特別使節が同市に到着したということである》たったそれだけの記事だが、それがヨーロッパ解放の合図、おれの復讐の合図なんだ」

「わたしたちの身の破滅の合図かもしれないわ」ヴァンダが小声でつぶやいた。

「つまり」とモリスは、目を輝かせながら言葉を続けた。「つまり、ついに待ちに待った日が来て、ルイ十四世に対する反乱がノルマンディーでもサントンジュでもギュイエンヌでも起こり、おれもいよいよ国境を越え、解放軍をひきいてパリへ向かうことができるのだ」

ここまで言って、モリスは急に口をつぐんだ。酒倉係の給仕イアンが、片手に銘酒の瓶、もう一方の手には、待ちに待った新聞を持って、のんびりと店を横ぎってくる姿が見えたからだ。

「やっと来たな！」モリスは声を押しころして言い、のろまな給仕を待つのももどかしく立ちあがった。

そのとき、不意に表の扉が開き、雲つくような大男がはいってきた。男はゆったりした茶色のマントの襟に頤《あご》をうずめ、フェルト帽を目深にかぶっていた。

大男の後ろには、少し離れて、従者か友人かさだかではないが、かなり見すぼらしい男がついてきた。

二人は、イアンの方へ向かうモリスの進路と直角の方向へ歩いていった。

当然のことながら、二人はモリスと鉢あわせする結果となり、しかも、この二直線が交わるのは、ちょうど給仕イアンのいる地点となるかに見えた。

だが、帽子を目深にかぶった大男は、一瞬早く給仕のところに歩みより、すこぶる平然とした態度で《オランダ新聞》をひったくると、手近の腰掛にどっかと坐り、狐《きつね》につままれたような顔をしている給仕に、尊大な口調でこう命じた。

「さあ、そんなとこに突ったってないで、ルヴァンのビールを一瓶とグラスを二つ持ってこい！　おれは、喉をうるおしながら、ゆっくりフランスのニュースを読むのが好きなんだ！」

もちろん、このような傍若無人の態度は、一座の者を驚かせた。

この無遠慮な大男が坐った席の近くにいた市民たちは、あわてて場所をあけ、あとから来た痩《や》せっぽちの男は、つれの威勢に恐れをなした客のすきに乗じて、うまくベンチの端に席を占めた。

給仕のイアンは、ひょろ長い脚が釘付《くぎづ》けになったように口をあんぐりあけ、脅《おび》えた目を見開き、腕を旗竿《はたざお》みたいに突きだしたまま、そこに棒立ちになっていた。

ヴァンダも、青白い顔を小部屋の戸口から覗かせて、心配そうにこの異様な光景を見守っていた。

なんとも形容しがたいのは、待ちに待った《オランダ新聞》を一瞬の差で横取りされた騎士、モリス・デザルモアーズの狼狽《ろうばい》した顔つきだった。

モリスの顔は紅潮し、片手は口髭の先をひねり、片手は剣の柄にかかっていた。しかし、その表情には、怒りよりもむしろ、驚きの色が強く浮かんでいた。

明らかにモリスは、不意に現れて大事な新聞を横取りしたこの闖入者《ちんにゅうしゃ》の無礼な行為が、一体なにを意味するのか見抜こうとしていた。なにか下心のある仕業なのか、あるいは、単なる無作法者の乱暴な振舞いにすぎないのか、はかりかねていたのだ。

その間、件《くだん》の大男はテーブルに背を向け、足を組んでベンチにどっかり坐り、新聞を広げて読みはじめた。

そこでモリスは、相手の値踏みをするように、頭のてっぺんから足の爪先までじろじろと眺めた。しかし男が帽子をあみだにかぶりなおし、マントの襟をはだけていたにもかかわらず、大したことはわからなかった。

その奇妙な人物は、年は四十から五十、いかにも屈強の荒武者で、顔は骨ばって四角く、濃い眉《まゆ》のしたで灰色の目が鋭く光っていた。

服装はと見ると、これはもう一目でそれとわかるならず者、大道で荒稼ぎする山師の身なりで、袖《そで》に縫いつけた金の飾りもはげかかった革鎧《かわよろい》、拍車のついた羊の革の長靴、ひどくすりきれた白い襟、金糸の刺繡の痕跡《こんせき》をとどめるオレンジ色の波紋絹のスカーフ、肘のうえまであるバックスキンの手袋といったいでたちだった。

男の腰の黒い革帯には、鉄の柄の大刀がつるしてあった。

このような身なりを見てもあまり釈然とせず、また、酔っぱらい相手の喧嘩《けんか》など始めるのも不本意なので、モリスは怒りをこらえ、別の方法で《オランダ新聞》を手に入れようとした。

「主人の命令で、お前がおれに渡すことになっていた新聞はどうした?」とモリスは、厳しい口調で給仕に問いただした。

「それは、その……」と気の毒にイアンは口ごもった。「私のせいじゃないんでして……いましがた駅馬車が着いたので、すぐにお持ちしようとしたんですが、それが……」

「それがどうしたんだ?」

「あの……あのお客様に取りあげられてしまったもんで……」と不運な給仕は、かかわりあいになるのはまっぴらとばかり、二、三歩後ずさりしながら弁解した。

例の大男は、無論この言葉が耳にはいったはずなのに、知らん顔をしていた。それどころか、目をあげようともせずに、狩猟の角笛の曲を口笛で吹きながら、新聞を読みつづけていた。その傲然《ごうぜん》とした様子に、やっとの思いで怒りをこらえていたモリスは、ついにたまりかねて、居丈高にこうたずねた。

「失礼だが、この給仕の言ったことは本当ですかな?」

すると相手は、半身に構えて、モリスにひややかな視線をあびせ、ちょっと肩をすくめたかと思うと、一言も発せずに、また《オランダ新聞》に目を通しはじめた。

「これはけしからん!」モリスは、さっと顔色を変えて叫んだ。「下種《げす》下郎ならいざしらず、立派な家柄の私がこうして言葉をかけているのに、一言の返事もしないとは」

「おれは、自分の気の向いたときしか口をきかない主義なんだ」大男はそっけなく言った。

「つまり、新聞を横取りしたことを認めたくないというわけだな?」

「横取りしたかどうかぐらい、見ればわかるだろう。ほら、このとおりちゃんとおれが持ってるじゃないか。いや、まったく今日の新聞は滅法おもしろくて、一度読みだしたら、全部読みおわるまでやめられそうもない」

モリスは大男に飛びかかりたい気持を、今度もやっとのことで抑えた。

実際、謀反の企てをまさに実行に移そうとしている者の立場上、軽がるしい行動は絶対に慎しまねばならないのだ。そう観念して、モリスは、もう一度、相手を説得してみることにした。

考えてみれば、無骨者の傍若無人の振舞いを我慢するほうが、喧嘩沙汰《けんかざた》に巻きこまれるよりはまだましだ。

このブリュッセル市は治安が良く、市当局は、刃傷沙汰《にんじょうざた》には厳しい態度でのぞんでいる。喧嘩をして、夜警に捕まりでもしたら大変だ。

おまけに、ここフランドル地方には、ルーヴォアの手先のスパイがうじゃうじゃいる。

そういうわけで、モリスは、大事にとりかかる前夜に、人目をひくような真似は是非とも慎しまねばならなかったのだ。

「あなたはご存じないかもしれないが」とモリスは、つとめて冷静で丁重な口調で言った。「実は、私は、あなたが給仕の手からひったくった新聞が来るのを、もう一時間もまえから待っていたんです」

「ああ、それは知らなかったね」と相手はひややかに言いはなった。「しかし、どっちにしろ、そんなことはおれにはどうでもいいことだ」

モリスは、血のにじむほど強く唇をかんで、しばらく黙っていたが、ふたたび口を開いた。「しかし、もし、貴族同士の作法に従って、その新聞を見せてください、と私が丁重にお願いしたら、もし、まさか、いやとはおっしゃらないでしょうな」

「もし、あんたがそう頼んだら、おれは、丁重に断るよ。おれは、いったん始めたことはかならずやりとげる男だ。いまちょうど、実に面白い記事を読みはじめたところだから、読みおわるまで待ってもらおう」

「で、読みおわったら？」

「そのときどうするかは、おれの自由だ。ポケットにしまっておくかもしれん」

こうまで言われて、モリスもついに堪忍袋の緒が切れてしまった。

モリスは、大男めがけてつかつかと歩みよった。その剣幕に驚いて、居酒屋の客たちは一斉に腰を浮かし、こそこそと戸口のほうへ向かいはじめた。

イアンは、酒倉のほうへ逃げだし、あやうくヴァン・ホーテンおやじとぶつかりそうになった。おやじは、ビールをなみなみと入れた錫の壺《つぼ》を両手に持って、酒倉から出てきたところだった。

このときばかりはさすがのおやじも、もう少しで両手の壺を取り落としそうになった。

もし落としていたら、《破れ絹》亭の大広間は、泡立つ湖となっていただろう。

幸いなことに、おやじはフラマン語で二言三言悪態をついただけで、すぐに後退し、騒ぎをききつけて調理場の戸口に出てきた二人の大柄なワロン女のところへ避難した。

ヴァンダは小部屋の間仕切りにもたれて、不安げに耳をそばだてていた。

「さあ、もう一度だけきこう」モリスは、よく響く声で言った。「その新聞をわたしてくれないかね？」

答えるかわりに大男は、ベンチの端に馬乗りに坐っている仲間のほうを向き、こうどなった。

「おい、相棒！　こんなブリュッセルくんだりまで来て、ヴェルサイユ宮殿の出来事を知りたくてうずうずしてる連中に会おうとは、思ってもみなかったなあ」

その相棒というのは、色の青白い小柄な老人で、いたちのような顔をしていた。老人は甲高い耳障りな声を立てて、人を小馬鹿にしたように笑い、こうつぶやいた。

「なあに、この旦那《だんな》が物知りになりたいというのは、この人の勝手じゃないか」

この卑しい顔だちの老人が無礼なことをつぶやいているあいだに、モリスは大男の肩に手をかけた。

「さあ、立つんだ！」と言いはなつと、モリスは相手の革鎧の襟首をつかみ、ぐいと力まかせに持ちあげたので、さしもの大男も無理やり立ちあがらされてしまった。相手はぴくっと体をふるわせた。

「おれは、もう五分もまえから貴様に言葉をかけているんだ」モリスは、やや冷静な口調で言葉をついだ。「だから、本当なら、とっくに貴様を立たせるべきだったんだ」

大男はモリスの手を振りほどくと、さっとあとずさりして身構え、落ちつきはらった様子で口を開いた。

「ようし、おれの剣の切れ味がためしたいのなら、相手になってやるから、かかってこい！　この名刀《フランベルジーヌ》は、今朝研いだばかりで、早く鞘《さや》から出たいとじりじりしていたところだ」

こんなふうに、居酒屋中に響きわたる大声でわめきちらしながら、大男は、《オランダ新聞》をこれみよがしに畳んで革鎧のしたに突っこみ、にやりと笑ってこう付けくわえた。

「さあ、そんなにフランスのニュースが知りたいなら、腕ずくで手にいれるんだね、若い衆！」

「ヴァンダ」とモリスは静かに命じた。「すまんが、表の戸口に閂《かんぬき》をかけてくれ」

ヴァンダは、まえより一層あおざめ、哀願するようにモリスを見つめたが、仕方なく、よろめくように戸口へ向かった。

大広間はすでに空っぽだった。客は、つぎつぎに立ちさり、あとに残って決闘を見守っているのは、ヴァン・ホーテンおやじと使用人たち、それにヴァンダと狡猾《こうかつ》な顔の老人だけとなっていた。

モリスは早くも剣を抜き、切っ先を靴の爪先にあてて刃をそらせていた。一方、大男は、剣術の達人らしく、冷静に手際よく準備を整えていた。

大男はマントと手袋をぬぎ、つまずかないように拍車をはずし、縁の広い帽子も取った。帽子に視界をさえぎられて、狙《ねら》いをあやまつおそれがあったからだ。

このように入念に身仕度を整えてから、男は、ようやく《フランベルジーヌ》を鞘から抜きはなち、小手調べにさっと一振りし、二、三度高らかに足を踏み鳴らすと、きっと構えた。その様子は、いかにも一分の隙《すき》もない剣客だった。

「さあ、用意はいいか、お若いの？」と大男はあざけるように叫んだ。「どこからでもかかってこい、伊達男《だておとこ》、ぐずぐずしてる場合じゃないぞ」

この間、例の相棒は店のテーブルのうえによじのぼり、決闘のとばっちりを受ける危険のないところで、高見の見物をきめこんでいた。ヴァンダは心痛のあまり放心したようにぐったりとベンチに坐り、店の主人は、《こんな事件が起きてしまったからには、二度と店に客が寄りつかなくなるだろう》と天をあおいで嘆き悲しんでいた。

モリスは眉をひそめ、注意深く敵の様子を見守った。ある疑念が心に浮かんだのだ。

「ひょっとすると、この大男は、国務卿ルーヴォアの手下で、国境を越えるまえにおれを殺してしまうために、派遣されてきたのではないだろうか？」

「さあ、どうした、裏町の色男！」と大男ががなりたてた。

「さっきからここにいるのが目にはいらないのか」モリスはひややかに言いはなってから、こう低くつぶやいた。

「悪党め、よしんばおれを殺せたとしても、おれの秘密は絶対にわからんぞ」

モリスは三歩前進し、二人の剣がぶつかりあった。

ルイ十四世の時代の決闘は、今日の決闘とはまったく趣の異なるものであった。十九世紀の現在もなお、決闘という、中世に発明された神の審判の真似事が行われてはいるが、今日の決闘はなにからなにまで規則ずくめで、果たしあいの準備は、まるで公証人立ちあいの契約そっくりだ。

つまり、剣の重さをはかったり、ピストルの弾の目方をはかったり、籤引《くじび》きで武器をきめたり、要するに、勝負のチャンスをできるだけ均等にしようとする。

しかし、その昔、貴族がだれも腰に剣をつるしていたころは、事情はまったくちがっていた。

昔は、決闘するとなったらその場で剣を抜き、面倒な準備など一切なしで剣を打ちあわせたが、それで結構うまくいったのである。

もしかすると、当時のほうが人が殺しあう頻度がいくらか高く、朝食をとる人の数がやや少なかったかもしれないが、そのかわり、受けた侮辱を一昼夜腹におさめておかずにすんだし、怒りが静まってから殺しあうということもなかったのだ。《破れ絹》亭の大広間でくりひろげられた戦いも、現代の決闘立会人たちの要求する条件をみたすものではなかった。

まず第一に、大男は水牛の革の鎧で身を守っていた。その上着は、本格的な鎧ほど固くはなかったが、それでも剣の切っ先にある程度まで抵抗できそうだった。ところがモリスのほうは、胸を保護するものといっては、薄手の織物の胴衣しか身につけていないのだ。

そのうえ、新聞を横取りした荒武者の剣《フランベルジーヌ》は、モリスの細身の剣より八センチも長く、頑丈な鋼鉄の鍔《つば》がついていた。それにひきかえ、モリスの剣の鍔は、拳《こぶし》を守る役にも立たない小さな金の飾りだった。

さらに、二人の肉体的な相違は、少なくとも体格の点では、歴然としていた。

荒武者は雲つくような大男で、モリスの背は相手の胸までしかなかった。荒武者のたくましい腕は、一突きでモリスの胸を刺しつらぬきそうに見えた。

このような手ごわい敵と戦うには、よほど敏捷《びんしょう》に立ちまわらねば勝ち目はないと思われたが、モリスは、のっけから、さほど相手に引けを取らない名剣士ぶりを発揮した。

暗黙の了解によって、二人が決闘の場所に選んだのは、客の去った長いテーブルと小部屋の戸口とのあいだの広い空間だった。

そこならば、二人は、腰掛にぶつかったり、酒の容器につまずいたりする心配もなく、自由に動きまわれた。

ヴァンダは大男の後ろに坐り、いたちのような顔をした老人はモリスを見おろすような位置にいた。

モリスは考えるところがあって、低く構えた。

心もち背をまるめ、膝《ひざ》を折って身をかがめ、腕を曲げて肘を脇につけ、できるだけ体を小さくして、機会があれば切りかかり、攻撃されれば体をかわそうと身構えていた。

それに対して、敵は自分の巨体にふさわしい戦術に出た。

橋のアーチのようながっしりした足を踏んばり、胸をそらせ、頭を後ろへのけぞらせた。

その姿はさながら彫刻のようで、手首に目がついているかと思うほど、剣の狙いは正確だった。

最初に剣と剣とが打ちあうと、一瞬、両者は声もたてず、身じろぎもせずにらみあった。

たがいに相手の手のうちを見すかそうとしていたのだ。

まず、モリスが、交差していた剣をすばやくはずして一突きし、剣を引く間も見せず二の突きをかえす。

この二度の攻撃は、やや正確さを欠いていたが、その勢いは凄《すさ》まじかった。

しかし、大男は、反撃に出ようともせず、ただ、岩のように落ちつきはらっていた。剣術の奥義をきわめたものでなくても、この男の計略を見やぶるのは簡単だった。まずモリスを疲れさせておいて、あとで楽々と片づけるつもりなのだ。

モリスもそれと察して、一気に勝負をつけようと奮いたつ一方、せいては事を仕損じると、綿密な作戦を立てて攻撃した。

三十秒ほどのあいだ、剣があわただしく触れあい、霰《あられ》の飛びちるような音が響いた。モリスの振りかざす細身の剣は、唸《うな》りを発して空を切り、目にもとまらぬ早業で、複雑な円や渦巻を描いた。

時に剣は、蛇のように身をくねらせ、敵の刃《やいば》にまつわりつくようにさえ見えた。

しかし、荒武者の剣《フランベルジーヌ》は、片時も防禦《ぼうぎょ》の位置をはずれることなく、執拗《しつよう》にモリスの目の高さに狙いを定めて、切っ先をむけてくる。ついにモリスは一歩しりぞき、守勢に転じた。

「おい、やさ男！　やけに剣を打ってばかりいるな」荒武者は、大声で嘲《あざけ》った。「まるで鍛冶屋が鉄をうってるみたいだ。きっとおれの《フランベルジーヌ》を鉄床《かなとこ》とまちがえてるんだろう」

「大男、総身に智恵がまわりかねて、土手っ腹に穴をあけられないように気をつけろ」そう叫びながら、モリスは剣の柄を握りしめ、敵の腹めがけて突きおろした。だが、狙いはそれて、オレンジ色のスカーフの端をかすめただけだった。

「ほほう！」と大男は唸った。「いまのはお見事だったぞ。相手がおれでなかったら、引っかき傷ぐらいは負わされていただろう。だがおれは体を大事にする男だ。だから、自分の体は自分で守らなくちゃ……ほら、こんな具合にね」

そう大言壮語しながら大男が加える鋭い一撃を、モリスはさっと身をかわして避けた。

大男は、まだ突撃してはこなかったが、まもなく本格的な反撃に転じる気配が感じられた。

「よう、若い衆」と大男はせせらわらった。「なかなかの腕前じゃないか。ただ、どうやら貴様の剣術の師範はひきがえるだったらしいな。そんなふうに地面に這《は》いつくばってばかりいたら、いまにおれの股《また》ぐらをくぐることになるぞ」

そう嘲られて、モリスは、激昂《げっこう》のあまり顔も青ざめ、歯がみしてくやしがった。

敵は、こういう下卑た嘲弄《ちょうろう》の言葉でモリスの心を乱そうとしていたのだが、かっとなったモリスには、その計略が見抜けなかった。

だが、ヴァンダは、荒武者の悪だくみを見破ったらしく、勇気をふるってベンチから立ちあがり、人差指を唇にあてて恋人に目くばせし、無益な罵《ののし》りあいに巻きこまれては危険だと知らせた。

それに気づいたモリスは、口をつぐみ、戦法を変えて、攻撃を再開した。

まず、ぱっと横へ飛び、弧を描くように剣を振って敵の隙をつこうとし、ついで三歩後退して、つられて動く相手の脇腹めがけ、激しくしかも的確に攻撃する。

「おやおや！」と荒武者は叫んだ。「今度は雨蛙《あまがえる》みたいにぴょんぴょん飛びはねておるな。では、ここらでそろそろ、おれ様の第四の構えの腕前を見せてやろうか」

そう言いおわらぬうちに、荒武者は、モリスの肩めがけて、電光石火の一撃を加える。

モリスは、かろうじて身をかがめて難を逃れた。

敵の刃に触れて、モリスの服の飾り紐がちぎれた。

モリスは体を起こし、反撃を試みた。

だが、敵は、すでに万全の構えを取り、石弓のような勢いで、たてつづけに突きを加えた。

それと同時に、また、罵詈《ばり》雑言《ぞうごん》を浴びせはじめる。

「はてさて、剣術の大先生、この調子では今夜、《オランダ新聞》を読むのは無理なようだな」

「無理かどうかはそのうちわかる」とモリスはやりかえした。

「それにしても、どうしてそうまで《オランダ新聞》を読みたがるのかね？」

モリスは、依然として敵の剣をはらってはいたが、明らかに疲れを見せはじめ、荒武者は体力にものを言わせて、じりじりと優勢になっていった。

戦いながら動きまわったので、モリスは、テーブルによじのぼって見物している老人に近づいていた。老人は小猿のように騒ぎたて、相棒が一突きするたびに、足を踏みならしたり手を打ったりしていた。

その光景は、勇敢な騎士を一刀両断する巨人を見て、躍りあがって喜ぶ小鬼《こおに》さながらだった。

ヴァンダは、恐ろしい魔法使いに捕われている姫といった役柄で、騎士物語の女主人公にふさわしく、健気《けなげ》に振舞っていた。

目に涙も浮かべず、歯を食いしばり、華奢な剣の柄を握りしめて立ち、ヴァンダは、運命のいたずらでこの死闘に巻きこまれた愛する男に、熱い視線を注いでいた。

そのような姿から察して、この女は、いままでにもたびたび恐ろしい冒険にあい、愛することは知っているが、恐怖は知らない心の持ち主と見うけられた。

戦いはますます激しくなり、続けざまに剣が打ちあわされ、荒武者の悪口雑言は、とどまるところを知らなかった。

「まあ、そう怒るなよ、お若いの！　こう見えてもおれは気前のいい男だ。新聞は絶対に渡せないが、書いてある記事なら教えてやってもいいぞ。なにが知りたいんだ？　フランス国王陛下が大理石の広場で近衛《このえ》連隊を観閲されたというニュースか？　これは、二月二日、聖母お潔《きよ》めの祝日のことだと書いてある……。

おっとどっこい！　いまの剣のそらしかたはなかなか見事だったな。おれの手がもう少し弱かったら、《フランベルジーヌ》は払いのけられて、あそこで見物している居酒屋のおやじの顔にぶつかるところだった」

モリスはかっとなって、猛然と攻撃し、二度にわたり、敵の胴衣に穴をあけることに成功した。

「どうやら王宮の閲兵式の話は興味がないらしいな」と荒武者は冷笑した。「それなら、このニュースはどうだ？　これも、《オランダ新聞》にのっていた記事だが、現在、ルーヴォア大臣は、来春に予定されている国王陛下のマーストリヒト攻囲作戦の準備で、多忙をきわめているそうだ。いや、これも、お目あての記事ではないらしいな。その証拠に、お礼を言うかわりに、第三の構えで一突きとおいでなさった……」

「さあ、これを受けてみろ、人殺しめ！」そう叫ぶなりモリスは、狙いさだめた一撃を加えた。

だが、荒武者は、その一撃を見事に受けとめ、猛烈な勢いで突きかえした。モリスは胸の急所を貫かれ、あおむけに倒れた。

意識を失う寸前、青年の耳に、狂暴な敵の声が響いた。

「ああ、やっとわかったぞ！　貴様の捜していたのは、《ローマからの特別使節がパリに到着した》という記事だな。どうだ、図星だろう！」

2　《白寝台》の秘密

モリスは、思いもかけぬ剣の一撃を受けると同時に、待ちに待ったニュースを知ったのである。

したがって、《オランダ新聞》の記事の重要性を考えるゆとりはなかったが、第四肋骨《ろっこつ》と第五肋骨の間に八センチほど突きささった《フランベルジーヌ》の切っ先の鋭さは、はっきりと感じた。

モリスは倒れながら、目を閉じた。口からは、おびただしい血が流れている。

床に倒れる男の体を、駆けよったヴァンダが腕に抱きとめた。

この勇敢な若い女は、無言のまま、てきぱきと介抱につとめた。

まず、手近の腰掛を引きよせて、深手を負った男の頭をささえ、荒武者の一撃に貫かれた胴衣の止め具をはずすと、恋人の胸の傷口を懸命に吸いはじめる。その傷は、一見軽い突き傷のように見えた。

そのようなヴァンダの姿は、まるで、生まれてこのかた戦場で瀕死《ひんし》の怪我人の看護ばかりしてきたように、落ちつきはらっていた。

ヴァン・ホーテンおやじと三人の使用人のほうは、それほど冷静ではなかった。モリスが倒れたのを見ると、この連中は、おびえた孔雀《くじゃく》のような声をあげて、裏階段から逃げていった。そこで、広間に残ったのは、勝者と敗者のほかに、ヴァンダと鼻のとがった老人だけとなった。

老人は、戦いのあいだのっていたテーブルからすばやく飛びおりて、勝ちほこった相棒の袖《そで》を引っぱり、ただちに店を出るよう促していた。

大男は、水牛の革の鎧《よろい》の袖で、剣の刃を念入りに拭《ぬぐ》った。それがすむと、剣を鞘《さや》におさめ、マントを拾いあげ、帽子を目深にかぶり、しゃがれた声で言った。

「可愛い小鳥は翼をやられて、当分のあいだは、南へ飛んでいくわけにもいくまい。さあ、おれたちは、ブリュッセルの町のすがすがしい空気を吸いに出かけるとしよう。この店のなかは、ホップの発酵するにおいでむんむんして、息がつまりそうだ」

そう言い捨てると、荒武者は、倒れたモリスを介抱するヴァンダの痛ましい姿には目もくれず、店の戸口から出ていった。ずるそうな顔の老人も、すぐあとに続き、相棒があけはなしにした扉をしめていった。

よく晴れた寒い夜で、シェール・エ・パン小路のでこぼこの地面は、降りつもったばかりの雪におおわれていた。

二人の悪党はまっすぐ市庁舎前広場へ向かい、細長い広場のなかほどまで来ると、小声で話しはじめた。

「さあ、男爵」と黒衣の老人がなじるように言った。「一体どういう目的で、今夜あんな行動に出たのか、説明してもらおうじゃないか」

「おやおや、なにを言いだすんだ、ナロ君！　説明することなんてないじゃないか！　おれの行動は、ご覧のとおりだ。にやけた野郎が喧嘩《けんか》を売ってきたので、剣術の腕前を見せてやったまでさ。いまごろ、あいつは、荷物をまとめて地獄へ旅に出ていることだろう。そこでおれたち二人は、消灯の合図の鐘も鳴ったことだし、善良な旅人にふさわしく、静かに宿へ戻るというわけだ。それ以上、なにが知りたいんだ？」

「ちょっと待った、エーヌ男爵、そうとぼけるのはやめにしてくれ。わしの言葉の意味は、きみにもよくわかっているはずだ。ルーヴォア大臣閣下がわれわれをフランドルへ派遣したのは、居酒屋で行きずりの男と刃傷沙汰《にんじょうざた》を起こすためではなかったはずだ」

「するとあんたは、あの緑色のリボンで飾りたてた伊達男《だておとこ》が、ただの行きずりの男だと思うのかね？」

「よしんばあいつが大臣の敵だとしても、どうせ大物でないにきまっている。いまは、あんなやつとかかわりあいになって時間を無駄にしている場合ではないだろう」

「まあ、落ちついておれの言うことをききたまえ。そうすれば、サン・ラザール修道会の会計長をつとめる切れ者にしては、あんたは、少し軽率にものを言っていると、認めざるをえないだろう」

「話をきいてみなければ、なんとも言えんな」

「話は簡単なことだ。まず、ヴェルサイユをたつ日、われわれ二人の受けた命令の言葉を繰りかえしてみてくれないか。あんたは、陸軍担当の国務卿ルーヴォア閣下から、おれは、次官のサン・プアンジュ氏から命令を受けたわけだが」

「失礼だが、男爵、われわれ二人の任務はまったく別個のものだということを、忘れないでもらいたいな。

なるほど、われわれは協力して行動し、必要に応じてたがいに支援しなければならない。だが、わしの任務は、この地に来て国王に対する謀反を起こそうとしている高名な貴婦人を監視することだ。一方きみは、もっぱらキッフェンバッハという男を尾行することになっている。その男は、またの名をルイ・ド・オルダンブールといい、このいまわしい反乱の首謀者なのだ」

「もういい、もういい、会計長！　そこまで言ってくれなくても結構だ。とにかく、その男、ロレーヌ生まれでドイツ皇帝の騎兵連隊長をつとめるその男が、フランス国王をおびやかす心配はもうなくなった。さっきおれが居酒屋の床に寝かせてきたんだからね」

「なんだと！　あの真赤な服を着こんだ色男気取りのやつが……」

「ほかならぬキッフェンバッハ、いや、この国ではモリス・デザルモアーズと呼ばれている男なのさ」

「で、やつの正体や、あの居酒屋にいるという情報は、どこから手に入れたんだ？」と口惜しそうにナロが言った。

「なあに！　おれはゼーラント地方には友だちが大勢いるのさ。それも、情報通の友だちがね。そのうちの一人は、自分も陰謀の一味に加わっているので、なんでもよく知っていて、今夜、例の男が、《オランダ新聞》にのっている謀反の合図を捜しに、あの居酒屋へ来ると知らせてくれたんだ。《部下を率いてフランス領内へ進撃せよ》という合図だった……」

「進撃しても、たちどころに逮捕されていただろうよ」と老人が口をはさんだ。「国境は厳重に警備されているし、要塞《ようさい》司令官にも警告が発せられている。軍隊は出動しているし……」

「それはそうかもしれん」とエーヌ男爵はひややかに言いはなった。「しかし、狙《ねら》いさだめた剣の一突きのほうが、もっと確実だ」

「ルーヴォア大臣もそういう意見かどうか、なんとも言えないな」とナロはつぶやいた。

「だが、いずれにせよ、あの男に、合図が新聞にのっていることを教えたのは、余計だったと思うね」

「なあに、冥士《めいど》の土産に教えてやったまでさ。それが武士の情けというものだろう」

「しかし、とどめを刺したつもりの相手が生きかえるというのは、よくあることだ」

「《フランベルジーヌ》に突かれて、生きかえったものはおらん！」エーヌ男爵は、胸を張って言いはなった。

そう言われて、ナロ会計長は、黙って肩をすくめてみせた。そのとき、市役所の鐘楼の鐘がゆっくりと響きはじめた。

「十時だ！」とナロは叫んだ。「急がないと例の伯爵夫人のお出迎えに間にあわないぞ。ここからパシェコ通りまでは遠いからな」

「しかし、ゆうべあの貴婦人が泊まったモンスの町はもっと遠い。だから、今夜中にここに到着することはないさ」

「いや、あの婦人を乗せた馬車は、いまごろきっとブリュッセル市の門をくぐっているにちがいない。半時のちには、予定の宿所に着くだろう。わしは、そこで待ちうけていなければならんのだ」

「よし！　じゃあ、ぼつぼつ出かけるとするか！　こんな雪の晩は、火にあたって長靴の底をかわかしながら、ぐいと一杯やって体のなかをあたためたいところだがな」

ルーヴォア国務卿の二人の部下は、広場を横切り、曲りくねった坂道を通って、ほとんど町の反対側にあたるパシェコ通りへ向かった。

もし、後ろを振りかえっていたら、二人は、適当な距離をおいて、壁づたいにあとをつけてくる人影に、気づいたかもしれない。

だが、雪がこの尾行者の足音を消していたし、ナロ会計長とエーヌ男爵は急いでいたので、振りかえるゆとりなどなかった。

聖ギュデュル教会に近づくと、坂道がさらに急になったので、二人は、やむをえず歩みをゆるめた。

「ナロ会計長」とエーヌ男爵が言った。「さっき、おれは、あんたの質問にできるかぎり率直に答えた。だから、今度は、おれのほうからひとつ質問させてくれないか」

「いいとも、男爵」

「それではきくが、あんたのような立派な財務官と、故マザラン枢機卿《すうきけい》の姪《めい》で王族に嫁いだソワソン伯爵夫人と、一体どういう関係があるというのだね？」

「そんなことをきいてどうするんだ？」

「なあに、ただ好奇心をそそられているだけさ。なにせ、おれの受けた命令には、あの、宮中で《マンシーニの娘》と呼ばれている女のことなど、一言もなかったからな」

「本来なら、余計な詮索《せんさく》はするな、と言うところだが、そんなに知りたいなら、教えてやろう。わしは、昔からソワソン家に出入りしていて、伯爵夫人の信望も厚い。だから、夫人がブリュッセルに来るにあたって、わしの宿所に身をよせるというのは、ごく自然のなりゆきなのだ」

「あんたの宿所というよりむしろ、あんたがあの女《ひと》を迎えるために特に借りて、家具を入れさせた宿所にだね。なるほど、それで合点がいった。ルーヴォア閣下は、ソワソン夫人、つまり美《うるわ》しきオランプがあんたによせる信頼を利用して、夫人がなにしにこの地へ来るのか、はっきり知ろうというのだな」

「きみの明敏さは、スフィンクスの謎《なぞ》をといたオイディプスなみだね、男爵」ナロは、皮肉な口調で言った。

「しかし、そのおれにもわからないことがひとつある。それは、あの馬鹿でかい箱のなかに、あんたが後生大事にしまっている大きな機械の正体だ。あのせいで、旅行中、馬が随分難儀してたぞ」

「あれはな」とナロは声をひそめた。「あれは、《白寝台》さ」

「《白寝台！》それはまた、どういう新発明かね？」

「わしの苦心の傑作さ。ルーヴォア閣下も感心して、たんまり褒美をくださった」

「なんだと！　さては、おれをからかっているな！　アルトワ出身の貴族をからかうと、ただではすまんぞ！」

「しっ！」とナロが激しく制した。「急ごう。道の向こうに伯爵夫人の馬車が見える」

なるほど、遠くのほうで松明《たいまつ》が輝き、重い馬車をひく馬を御す従僕の声がきこえてきた。

二人のスパイは、ソワソン夫人を丁重に迎えるべく、宿所の階段のほうへ走りだした。二人を尾行していた男は、これからパシェコ通りでなにが起こるか見張れるように、道端の境界石に腰をおろした。

ソワソン伯爵夫人を乗せた馬車は見事なものだった。しかし、ルイ十四世の遠征を描いた絵が、当時のどっしりとした車の姿を後世に伝えているので、ここで詳しく描写するまでもないだろう。あのころの貴族の馬車は、六頭の馬がやっとこさで引くほど重く、少なくとも八人乗りで、そのほかにも昇降段に供の者が乗っていた。

ナロが指さした馬車は、パシェコ通りの道幅をほぼ完全にふさいでいた。小姓《こしょう》や従僕のあげるやかましい声をききつけて、近所の人たちが窓から首を出した。

二人の男が宿所の階段のしたに着いたちょうどそのとき、馬車の扉の帳《とばり》が開いた。

エーヌ男爵は、壁際に寄って、連隊旗をまえにした兵隊さながら直立不動の姿勢をとった。一方、ナロ会計長は、帽子を手に持ち、両肘《ひじ》を曲げ、背中をまるめて、痩《や》せた体を精一杯優雅に見せようとつとめた。

一人の男が、身軽に馬車から飛びおり、その拍子に、もう少しでか細いナロを突きたおしそうになりながら、ソワソン伯爵夫人に手を差しのべた。夫人は、その手につかまって、しずしずと車をおりた。

「今晩は、ナロ」と夫人はそっけなく言った。「わたしと供の者がゆっくり休めるよう、すっかり準備を整えておいてくれただろうね」

「遠路はるばるお越しになって、さぞお疲れのことでございましょう」ナロは、つとめてうやうやしく、猫なで声でたずねた。

「もうくたくたです。でこぼこ道をゆられて来たので、綿のように疲れています。さあ、すぐに部屋へ案内しておくれ。一刻も早く服をぬいで寝床につきたいから」

ナロは、額が地面につきそうなほど、深々と頭をさげ、物音をききつけて駆けつけた従者の手から松明を取ると、伯爵夫人の先に立って歩きはじめた。

そのとき、ソワソン夫人のあとについて馬車をおりた侍女《じじょ》が、夫人のマントを持って進みでた。

「フィリップ」夫人は、車からおりるときに手をかした従者に向かって、ぶっきらぼうに言った。「お前は先へお行き。わたしの裾《すそ》を持つのは、ロレンツァ一人で充分です」

それから、銅の釘《くぎ》を打った重い柏材の扉のそばに、棒杙《ぼうぐい》のように突ったっているエーヌ男爵に目をとめて、夫人はたずねた。

「これは、だれ？」

「アルトワ出身の貴族で、私の無二の親友でございます」ナロは、いわくありげな口調で答えた。

ソワソン夫人は、この簡単な説明で満足し、一行は、広い石の階段をのぼって、この豪壮な館《やかた》の二階へ向かった。

ナロ会計長が客を案内したのは、たてばた織りのタペストリーで壁をおおいつくし、美しい調度を並べた大広間だった。

この密偵は、多分ルーヴォアからあずかった金で、立派に準備を整えることができたのだろう。

広間のテーブルには、料理を盛った大皿と酒瓶が所狭しと並べてあった。ナロは、旅人たちが、床につくまえに軽い食事を取りたいと言いだす場合にそなえておいたのだ。

「おやまあ」と夫人は叫んだ。「おまえは、本当によく気のつく男だこと。ソワソンの城にいても、こんなご馳走《ちそう》にはお目にかかれないわ。でも、残念ながら、わたしは食欲がないし、ひどく眠いのです」

「お寝間の仕度はできております」すぐさまナロは答えた。

エーヌ男爵は、一行のあとに続いても差しつかえあるまいと思い、広間の入口でじっと貴婦人の様子をうかがっていた。

ソワソン夫人、つまりオランプ・マンシーニは、マザランの五人の姪《めい》――そのころになっても、フロンドの乱の残党からは、《マンシーニ家の女ども》とさげすまれていた――のうち一番年下（実際には、オランプは五人姉妹の上から二番目）で、当時三十五歳だった。

オランプは、青年時代のルイ十四世に愛されたこともあったが、特に美人という評判の女ではなかった。

モットヴィル夫人の《回想録》によると、オランプは「面長で、頤《あご》はとがり、肌はオリーブ色だった」

だが、年とともに、夫人のジプシー（ロマ民族）のような顔だち、烏《からす》の濡れ羽色の髪、情熱を秘めた浅黒い肌、深い眼差しの暗い瞳《ひとみ》には、独特の激しい魅惑的な美しさが加わった。

エーヌ男爵が見守るうちに、夫人は、暖炉のまえにすっくと立ち、よく動く瞳をきらめかせて、従者のフィリップと侍女のロレンツァを見くらべていた。

このフィリップというのは、以前はソワソン伯爵の小姓をしていたが、いまはスイス衛兵部隊の旗手をつとめ、ヴェルサイユ宮殿では、伯爵夫人の大のお気に入りと噂《うわさ》されている男だった。

この当時、《伊達男》という言葉がさかんに使われていた。エーヌ男爵がモリスをそう呼んだのは当を得ていなかったが、この気性の激しい伯爵夫人に仕える若くて魅力的な従者には、《伊達男》という形容がぴったりだった。なにしろこの青年は、天使のようにういういしく、宮廷のお小姓のように女性的で凝った身なりをしていたのだ。

侍女のほうはというと、典型的なロンバルディア美人であった。

ロレンツァはミラノ出身で、伯爵夫人が傲然《ごうぜん》とかまえ、情熱的に見えるのと対照的に、この優美な若い娘は、情がこまやかでやさしそうに見えた。

従者のフィリップと目を見かわしていたロレンツァは、自分の視線の方向をソワソン夫人が見守っているのに気づき、あわてて目をふせた。

「あの二人、あんなにじっと見つめあって……もう、いい加減にやめさせなければ」と誇り高いソワソン夫人はつぶやいた。

そして、声高にたずねた。

「ナロ、供の者は、どこへ泊めてくれるのですか？」

「はい、従僕と馬は、別棟のほうへ私の召使いが案内いたします。フィリップ様は、私の部屋にお泊まりいただき、お腰元は……」

「ロレンツァは、ずっとわたしと一緒にいてもらいます」と伯爵夫人が言葉をはさんだ。「さあ、寝室へ案内しておくれ。もう眠くてたまらないから」

ナロ会計長は、急いで松明を手にとり、人物像を織りだした重たげなタペストリーをかかげて、広びろとした一室をソワソン夫人に見せた。そこには明あかと灯がともり、部屋の奥には、途方もなく大きな寝台があり、そのうえには白いビロード張りの天蓋《てんがい》がついていた。

「まあ！　なんて素敵なんでしょう」とソワソン夫人は言った。「フランス王妃だって、こんなすばらしい寝台に寝ることはないでしょうね」

「伯爵夫人、なにかご用はございませんか？」と美男子のフィリップがうやうやしくきいた。

「用があれば、あすの朝はやく言いつけます」夫人は、そっけなく答えた。

「おいで、ロレンツァ！」

うら若い侍女は、美しい腕に伯爵夫人のナイトキャップをかかえ、もう一度、従者のフィリップと視線をかわしてから、夫人のあとに従った。その間、エーヌ男爵は、夫人の寝所のほうをちらりと見やった。

「あれは、あの古狸《ふるだぬき》のナロがパリから運んできた問題の《白寝台》に相違ない」と男爵はつぶやいた。「どういうつもりで、ソワソン夫人をあの寝台に寝かせるんだろう？　とんと見当がつかんわい」

ソワソン夫人は、つかつかと暖炉のほうへ向かい、絹のクッションを置いた大きな肘掛《ひじかけ》椅子に体をうずめた。

侍女は、腕いっぱいにかかえていた寝間着やナイトキャップをしたに置き、扉の掛け金を閉め、伯爵夫人が頭をもたせかけている椅子の背の後ろへ来た。

「奥方様、ナイトキャップをおかぶせしてよろしゅうございますか？」侍女は、やさしい声でおずおずとたずねた。

「その必要はないわ。わたしは眠るつもりなどないのだから」ソワソン夫人は、そっけなく答えた。

「でも、奥方様……長い旅行で、大変お疲れのようにお見うけいたしましたのに……」

「それは、おまえの見込みちがいだわ。わたしは、手紙を書かなければならないの。あの下種《げす》どもに、早く眠りたいなどと言ったのは、ひとりになりたかったからよ」

ロレンツァは、それ以上なにも言わなかった。ただ、思わず溜息《ためいき》をついたようだったが、それは、あくびだったのかもしれない。

「どうやら、休みたいのはおまえのほうのようだね、猫かぶりのロレンツァ」そう言いながら、伯爵夫人がまじまじと見つめたので、侍女は顔を赤らめた。

「あの馬車がひどく揺れたものですから」と侍女は小声で弁解した。「でも、奥方様がまだなにかご用がおありでしたら……」

「もう用はないよ」

「それでは、さがらせていただいてもよろしいのでございますね」

「おやまあ、さがって、どこへ行こうっていうの？」

「あの黒衣の老貴族にお願いして、この寝室の隣の広間にクッションを並べてもらいます。そうすれば、奥方様は、いつでもわたくしをお呼びになれますから」

ソワソン夫人は眉をひそめ、かたわらの小机に肘《ひじ》をつき、黒い髪のかかる頭を、ほっそりとした白い手でささえて、しばらくじっとしていた。

「この部屋を出てはなりません」と夫人は不意に言った。「燭台《しょくだい》を二つ、こちらへ持ってきておくれ。わたしは、一晩中手紙を書きつづけるつもりです。おまえは、立っていられないほど疲れているのなら、その寝台で休むがいい」

「とんでもない。そんなことをしたら、奥方様に失礼になってしまいます。わたくしも、起きているようにいたします」

「いいえ、おまえはその寝台に横になって眠るのです。いつからおまえは口答えするようになったのだろうねえ」ソワソン夫人は、なかば威圧的に、なかば親しみをこめて言った。

「でも、奥方様……その……」

「まだなにか文句があるのかい？」

「わたくしにはとても……」可哀相に、ロレンツァはしどろもどろになって、用意周到なナロ会計長が伯爵夫人のためにしつらえさせた立派な寝台を指さした。

「本当に、これは豪勢な寝台だわ。あのナロというのは、隅に置けない男ね」ソワソン夫人は、四本の螺旋《らせん》円柱にかこまれた寝台を見やりながら頷《うなず》いた。

その寝台は、まったく巨大な代物で、まるで祭壇のように、高価な絨毯《じゅうたん》を敷きつめた長い階段がついており、うえを覆う天蓋の四隅には見事な羽根形装がほどこされ、中央には大きな冠がのっていた。

天蓋も、帳も、枕も、レースも、すべてが雪のように白く、贅《ぜい》を尽したものであった。

「こういうのが、いまフランドル地方の流行なのかしらねえ？」と夫人は言葉をついだ。「とにかく、こんな純白の寝台は、若いおまえのほうが似合うわよ。さあ、遠慮しないで、早く横におなり！」

ロレンツァは、いったん言いだしたらきかない夫人の気性をよく知っていたので、さからう勇気が出なかった。それに、実のところ、もう疲れきって倒れそうだった。それで、夫人の手に接吻《せっぷん》してから、そっと爪先立ちで歩いていって、服を着たまま、白い寝台の真中に身を横たえた。

ソワソン夫人は一瞬、そのほうを見守った。ロレンツァはすぐに目を閉じた。数秒のうちに、規則正しいかすかな寝息がきこえてきた。ロレンツァはぐっすり眠ってしまったのだ。

すると伯爵夫人は、なにか物思いにふけり、時おり激しく体を動かしたり、脈絡のないことを口にしたりしはじめた。

「あのミラノ娘は幸せだわ」夫人は、熱い額に手をやりながらつぶやいた。「恋をして嫉《しっ》妬《と》するというのがどういうことか、知らないのですもの……」

突然、夫人は立ちあがり、つきまとって離れない考えから逃げるように、室内を大股《おおまた》に歩きはじめた。

「やはり、あの女占い師の予言どおりだわ」と夫人は低い声で言った。「わたしは、裏切られる運命の女なのね……捨てられる女なのよ。いままで味わってきた苦しみなど、これから味わわねばならない苦しみにくらべたら、ものの数でもないのでしょうね。年を重ねるにつれて、わたしの容姿も衰えてゆく……いまだって、もう美しくないのかもしれない」

苦々しい口調でつぶやきながら、夫人は、ヴェニス製の鏡のまえで立ちどまった。「いえ、そんなことはないわ」と夫人はゆっくり言葉を続けた。「わたしの髪は黒いし、わたしの目は、世界中でもっとも偉大な王が星にたとえたときと変わらず、光り輝いている……。

国王はわたしを忘れてしまった。あのつれない人は、のっぽで足の悪いラ・ヴァリエールに心をうつし、このオランプ・マンシーニには、ヴェルサイユ宮でたまにちらりと視線を投げるだけ。かつては、王妃の位も夢ではないかもしれぬと思わせておきながら……。そう、王は忘れてしまった。でも、わたしは、はっきりおぼえている。そしていま、復《ふく》讐《しゅう》の日が近づいているのだ」

伯爵夫人は、暖炉のそばへ戻り、ふたたび肘掛椅子に体をうずめ、じっと物思いに沈んだ。

ロレンツァは、身動きもせずにぐっすりと眠り、二人の女を包む沈黙を破るのは、暖炉の火のぱちぱちという音ばかりだった。

こうして、一、二時間ぐらいたっただろうか。

突然、ソワソン夫人は、長い夢からさめたように体を起こし、口のなかでつぶやいた。

「もう我慢できない……フィリップまでわたしを裏切っている。みじめな境遇から救いだして、目をかけてやったのに……あの男はロレンツァを愛している……いますぐ、あの男に会って、話さなければ」

激情にかられた伯爵夫人は、美男子の従者を捜しにいこうと立ちあがり、通りすがりに白い寝台のほうを見た。

そのとき、異様な光景が夫人の目に入った。

うら若い侍女が眠っている褥《しとね》の両端が音もなくめくれあがり、ゆっくり近づくと同時に、寝台の中央が溝のようにくぼみはじめた。

白い寝台は、少しずつ大きな筒のような形になり、まもなくロレンツァを包みこみ、窒息させてしまいそうだ。

不運な若い侍女は、なにも知らずにぐっすり眠っている。

咄嗟《とっさ》に伯爵夫人は、駆けよってロレンツァを揺り起こそうとした。

不幸にして、伯爵夫人は、驚きのあまり、ほんの数秒間その場に釘づけになっていた。

そのあいだに、このイタリア女の頭のなかをさまざまな考えが駆けめぐった。

嫉妬に狂っている最中に、寝台がとぐろを巻くという、ほとんど幻想的といっていいような光景を目のあたりにして、ソワソン夫人は、一瞬、美男の従僕のことを忘れ、ひたすら侍女の身に迫った危険のことを思った。

だが、ついで、恐ろしい考えが夫人の心に浮かんだ。

「この女は、あの男を愛している」と夫人はつぶやいた。「この女の視線には、激しい恋情がこもっていた。男のほうは……もしかすると、男のほうでもこの女を愛しているのかもしれない。あの男のために、わたしはすべてを、王の愛を取りもどす望みさえも、犠牲にしたというのに……でも、もしこの女が死ねば……」

ソワソン夫人は、あえてそれ以上は続けなかったが、その目は、あきらかにこう言っていた——もしこの女が死ねば、わたしの恋敵がいなくなる。

そのあいだにも、ナロ会計長の発明した忌わしい仕掛けは、ゆっくりと容赦なく動きつづけた。

《白寝台》は、どんどん真中がくぼみ、見る見るうちに褥は丸くなり、眠っている侍女を包みこんでいった。

もう間もなく、褥の両端が合わさり、やわらかな布団のひだにはさまれたロレンツァは、声をあげる暇もなく窒息してしまうだろう。

古代の暴君たちが考案した残忍きわまる拷問も、このゆるやかな機械仕掛けの埋葬ほど、恐ろしくはなかったかもしれない。

盲目的な潮の力に押される大海原が、海中の岩にしがみついている遭難者を徐々に飲みこんでいくように、おぞましい寝台は、その褥に身を横たえる人びとの信頼を裏切り、だんだんに飲みこんでしまう。

天蓋の帳は経帷子《きょうかたびら》となり、寝台は棺《ひつぎ》となるのだ。

突然、ソワソン夫人は、しつこくつきまとう誘惑をはらいのけるように首を振り、おぞましい仕掛けのほうへ、まっすぐに歩いていった。

夫人は、どうしようというのだろう？　この殺人機械をどうやって止めるつもりなのだろう？

それは、夫人自身にもさっぱりわからなかった。ただ、その心のなかで哀れみの情が勝利をおさめ、なによりもまず、ロレンツァを深い眠りから目ざめさせなければならない、と気づいたのだ。

眠っている侍女の頭上に残る空間はさらに狭まり、間もなく空気がまったくなくなってしまうと思われた。

ソワソン夫人は、侍女のうえに身をかがめ、その名を呼んだ。

ロレンツァは、いっこうに目をさまさず、ちょっと体を動かし、唇からかすかな声をもらした。

「フィリップ！」

ソワソン夫人は、蛇でも踏んだように、はっとあとずさりした。

「フィリップですって！」夫人は、怒りを押し殺してつぶやいた。「あのひとの名前だわ。この女は、フィリップ・ド・トリーを呼んでいる……あの男の夢を見ているんだわ……すると、二人は恋人同士なのね……それなら、復讐してやるわ！」

そう言うと、拳《こぶし》をかたく握りしめ、顔に苦悩の色をありありと浮かべ、目をらんらんと輝かせて、恐るべきソワソン夫人は、寝台から遠ざかった。

このような夫人の姿を目撃した者は、そこにマンシーニ家の血筋を認めたであろう。このときの夫人の眼差しには、その一族の荒々しさがはっきりとあらわれ、十三世紀のイタリア女でも、これほど激しく、これほど暗い情熱の炎を燃やしはしなかっただろうと思われた。

夫人には、眠ったまま死の世界へ旅立とうとしているあわれな侍女の身の上を、思いやるゆとりなどなかった。夫人の心はフィリップのことでいっぱいで、哀れみの情の入りこむ余地はなかったのだ。

それにもかかわらず、夫人は、この無言の惨劇から目をそらすことができなかった。いまや、この犯罪を阻むことも、成功させることも、夫人の意思ひとつにかかっているのだ。

不気味な筒は、相変わらず音もなく、滑らかにまわっている。あと二、三秒で、ロレンツァは不吉な白い布に巻きつかれて、蛇に絞《し》めころされる羚羊《かもしか》のように、窒息して死んでしまうだろう。

「いけない、あの女を死なせてはならないわ。問いただして、フィリップがわたしを裏切っていた、と白状させなければ！」と叫びながら、ソワソン夫人は恐ろしい寝台へ駆けよった。

だが、夫人が寝台に手をかけたそのとき、死の旋回が終り、侍女の姿はおぞましい仕掛けに巻きこまれて、ほとんど完全に見えなくなっていた。

伯爵夫人は急いで帳を引きあけようとしたが、絹のしたに固い金属の物体があるのを感じ、いまとなっては手のほどこしようのないことを悟った。

哀れなロレンツァは、いわば、移動式の墓所に閉じこめられてしまったのだ。

ほとんどききとれぬほどかすかな叫び声が洩《も》れ、体が二度、三度びくっと動き、それっきりだった。

いかに嫉妬に身を焦がしていたといえ、また、いかに冷酷無情になったつもりでいたといえ、ソワソン夫人は、顔色が青ざめ、体中を戦慄《せんりつ》が走るのを感じた。

そのとき、だれかが階上を歩く足音がきこえた。

それは、不眠に悩まされ、少しでも眠れるように、寝室を行ったり来たりする男のゆっくりした規則正しい足音だった。

「どうしてかわからないけれど、あれはフィリップの足音のような気がする」夫人は額を押さえながらつぶやいた。

「そう言えば、あのナロのおやじは、自分の寝室をフィリップに明けわたすと言っていたようだ……この館は、三階までしかないし、間口はそう広くない……だから、フィリップは、この部屋のうえに泊まっているにちがいない……あれは、たしかにあの人だわ……あの人の拍車の音がする……どうして、まだ起きているのかしら？　きのう、モンスでは、旅の疲れですっかり参ってしまった、などと言っていたくせに」

不意に、この恐るべきイタリア女は、天井めがけて拳を振りあげ、大声をあげた。

「ああ、恥知らずめ！　なにもかもわかったわ！　あの男は、ロレンツァが来ると思って、寝ないで待っているのね」

それから夫人は、なんとも形容しがたい口調で、こう付け加えた。

「いつまでも待つがいいわ、フィリップ！　ロレンツァは来ないわよ！　……わたしのかわりに、だれかが復讐してくれたのですもの！」

夫人の周囲では、なにひとつ動かなかった。大きな銀の燭台のうえで燃えつきようとしている蠟燭《ろうそく》のかすかな光に照らされて、寝室は幻影じみた様相を呈していた。

《白寝台》は、棺台さながら部屋の中央を占め、たてばた織りのタペストリーの人物像は、いましがた目撃した犯罪を阻もうとしなかったソワソン夫人に、非難の視線を浴びせているかに見えた。

室内は深い沈黙にとざされ、すべてが凍てついたように静止していた。もし、このとき、伯爵夫人の小姓か、ナロ会計長の従僕のひとりが、戸口からのぞいたとしたら、若い娘の通夜が行われていると錯覚しただろう。よもや、ついさきほどまで、生きいきとした輝くばかりに美しい娘が、雪のように白い寝台の帳のしたで安らかに眠っているとは、考えてもみなかったにちがいない。

しかし、一部始終を知っているソワソン夫人の心には、少しずつ後悔の念と恐怖が忍びよってきた。

「一体だれがこんなことをしたのかしら？」夫人はゆっくりと言った。「この呪《のろ》わしい罠《わな》は、だれのために仕掛けられたのだろう？　わたしがロレンツァに、かわりに休めと言おうとは、だれにも予想できなかったはずだ……とすると、このおぞましい死は……わたしのために用意されていたのだ……。

ああ！　いろいろな悪だくみの渦に巻きこまれて、わたしの頭はすっかり混乱してしまった。もう、だれを責めたらいいのかもわからない。みんながわたしを裏切っている……フィリップまで……あれほどわたしが愛したフィリップ……いまでもまだ、あの人のためなら、命を捨てても、家名を汚してもいいとさえ思っているのに……」

大粒の涙が二雫《しずく》、オリーブ色の頬をつたって流れ、夫人の唇は、祈りの言葉をつぶやくように震えた。

「わたしは、なんて愚かだったんだろう」不意に夫人は叫んだ。「女占い師のヴォアザンの予言を忘れるなんて。ほどなく大きな危険にさらされると警告されていたのに……わたしに仕える者で、年とった男に気をつけろ、と言われていたのに……。

そうだわ！　これは、あの鼻もちならないナロの仕業《しわざ》にちがいない！　……あの男は、以前、ルーヴォア国務卿の配下にいたことがあるし、いまでもひそかに会っているという噂だ……。

反乱の首領たちと会えるように手配するからと言って、わたしにこの旅行をすすめたのは、あの男だ……この地で、ヴェルサイユ宮廷に対する謀反を企てているリゾラやアスプルたちと会見するようにと言って……。

わたしは、ラ・ヴァリエールとルイ王を憎むあまり、目が見えなくなっていた……待ちぶせされているのを見抜けず、あの黒い鬘《かつら》をかぶった裏切り者の手中に陥ってしまった」

ここでソワソン夫人は立ちあがり、あたりを見まわしながら、小声でつぶやいた。

「わたしはもうだめだわ！　……あの悪党は、夜が明けるまえにやってきて、自分のおぞましい計略が成功したかどうか確かめるだろう……わたしがまだ生きているとわかったら、手下に命じて殺させるにちがいない……もし、生きのこったのがロレンツァだったとしても、口を封じるために、やはり殺してしまっただろう……」

自分の身代りとなって死んだ哀れな侍女の名を口にしながら、伯爵夫人は、われ知らず白い寝台のほうへ目を向けた。そのとたん、夫人の口から、恐怖の叫びが洩れた。

しばらくまえから、夫人は、うら若い侍女を巻きこんでしまった寝台のほうを見る勇気が出なかった。ところがいま、その恐ろしい寝台は、ふたたびゆっくりと音もなく開きはじめ、ロレンツァの体が少しずつ見えてきたのだ。

ソワソン夫人の髪は逆立ち、体中の血も凍るかと思われた。

それはあたかも、復讐の神のはからいにより、哀れな侍女が墓から出て、伯爵夫人を呪いにきたようであった。

《わたしを見殺しにしたあなたに災いあれ！》と。

おぞましい機械はまわりつづけた。そのあいだ、ソワソン夫人は、壁を背に立ちすくみ、タペストリーにしがみつき、青い顔をして、うつろな目でこの恐ろしい光景を見ていた。

ものの一分としないうちに、寝台は、元どおりの姿に戻った。*

壮麗な帳や褥には、少しも変わったところはなかった。

天蓋の白ビロードの垂れ幕は終始動かず、機械仕掛けのかすかな振動によって乱されることなく、四本の螺旋円柱のまわりに、なにごともなかったように荘重に垂れさがっていた。

一見、ロレンツァは、最前この恐ろしい死の床についたときとおなじ姿勢で、深く安らかに眠っているように見えた。

「神様！　どうかこの娘が死んでいませんように！」とソワソン夫人は手をあわせて祈った。

嫉妬にかられた自分の行為の卑劣さに気づいて、夫人は、いまでは罪のつぐないに命を捧げてもいいとまで思いつめていた。

このシチリア女の心は、なにごとにつけても極端だった――愛も憎しみも、誘惑に身をまかせるときも後悔するときも。

人間の行為を吟味する唯一至上の裁判官である神は、このマンシーニ家の末娘が、輝かしく始まり悲しい結末に終った長い一生のはてに、神の御前に立ったとき、この侍女への思いやりを考慮したかもしれない。

しかし、この陰惨な事件の夜、神は夫人の祈りをききいれなかった。

青ざめ、わななきながら、やっとの思いで寝台に近づき、ロレンツァのうえにかがみこんでみると、その可憐《かれん》でういういしい顔には、すでに死の刻印が押されていた。

だが、その顔は醜くなってはいなかった。断末魔の苦しみが短かったからだ。たおやかな体も、残忍な筒に締めつけられたというのに、最期の痙攣《けいれん》のあとさえとどめていなかった。

ただ、大きく見ひらかれた目は、魂が飛びさったあとの瞳のつねで、不気味に一点を凝視しており、唇は、最期の息を引きとるのをこばむように、固く結ばれていた。

ロレンツァは、苦しまなかったようだ。

愛する男の夢を見ながら、あの世へ旅立ったのである。

伯爵夫人は、自分の身代りとなって死んだ哀れな侍女のつめたい手をとり、唇を押しあてた。

「これからは、あなたのために復讐してあげるわ」夫人は、気迫のこもった声でささやいた。

それから、すっくと体を起こして、誇り高い伯爵夫人は、乱れた黒髪の巻き毛を顔からはらいのけ、激しく息をはずませている胸のうえで、美しい腕を組んだ。

いまではすべてが明らかになり、ナロ会計長の悪魔的な策謀がいかに悪辣《あくらつ》かも、はっきりと理解できた。

疑いもなく、ナロは敵方に寝がえり、強力で執念深いルーヴォア国務卿のために、ソワソン伯爵夫人を片付ける役目を引きうけたのだ。そして、このような高貴な婦人が急死すれば、たちまちヨーロッパ中に噂が広まるにきまっているので、目的達成のため、確実で静かな手段を選んだ。

もはや、アンリ三世がギーズ公を厄介ばらいするのに、近衛《このえ》兵に命じて刺し殺させればすんだ、という時代ではなかった。しゃちこばった十七世紀の王様には、一五八八年にブロワ城内で四十五人の親衛隊の遂行したような虐殺など、お気に召さなかったにちがいない。

主義からも、また気性からも、とがった顔の小柄な老人ナロは、騒々しい切りあいを嫌っており、その点について、前夜すでに、乱暴者のエーヌ男爵と口論していた。この老人には、もっとひそやかで手のこんだ手段のほうが、性にあっていたのだ。

ナロの考案した《白寝台》は、マキアベリの時代のイタリア人の考えだした精巧きわまりない仕掛けにも、充分匹敵するものであったし、チェザーレ・ボルジアだって、このみすぼらしい黒衣の徴税請負人を羨《うらや》んだことであろう。

白い寝台に身を横たえて眠りについた者は、二度とふたたび目をさまさない。しかも、すべては静かに世間の耳目を驚かすこともなく行われる。

ナロの発明のすばらしさは、ひとたび機械の回転が終ると、この罪のない仕掛けのおかげであの世へ送られた被害者の体は、翌朝、まったく無傷で発見され、かくも巧妙に事をしおおせた連中の潔白が証明されるという点にある。

「もし、わたしがやられていたら、《オランダ新聞》には、卒中の発作で死亡した、と書かれていたにちがいないわ」と伯爵夫人はつぶやいた。「ヴェルサイユでは、あの藪医者《やぶ》のファゴン老人が、王の就寝前の接見の時刻に、この急死の原因についてまくしたてていたに相違ない。あの悪党が太い杖《つえ》にへばりついている姿が目に見える。モンテスパン夫人のひそひそ声がきこえるようだわ。いいえ！　わたしは、まだあの連中の思いどおりにはならないわよ。マンシーニ家の娘たちは、人を死なせることはあっても、自分は死なないということを、思いしらせてやる……」

この期におよんでも、憎いルイ王一味への復讐を考えるとは、さすが故マザランの姪なればこそ。というのも、不覚にも迷いこんでしまったこの館で、ソワソン夫人に勝ち目はなかったからだ。

その時刻に、夫人の家来たちは、別棟の屋根裏部屋でぐっすりと眠っており、その助けをあてにすることはできなかった。

頼むは、あの容姿端麗な従者、不実なフィリップのみだ。さっき、階上でその足音がしたようだが、どうやって救いを求めたらいいのだろう。それに、もし、あの男が予想どおりロレンツァを愛しているとしたら、どうやって、この侍女の突然で不可解な死に、夫人がまったく関与していなかったということを、納得させたらいいのだろう？

おそらくナロは、まだ夜の明けぬうちか、しらじら明けのころ、血に飢えた狐《きつね》が鶏小屋に忍びこむように、そっと寝室にやってくるにちがいない。もちろん、ソワソン伯爵夫人が死んで白い寝台に横たわり、侍女が肘掛椅子で眠りこんでいると思っているだろう。

そのとき、悪魔の仕掛けが期待どおりの成功をおさめなかったと知ったら、狐が一変して虎になり、念のため隣室に配備しておいた刺客を呼びいれないと、だれが保証できるだろう？

そうすれば、あとは、殺し屋どもに、手荒なまねはしないで、たとえば枕でこの女を窒息させてしまえ、と命じればよいのだ。

このときソワソン夫人は、ここに着いたときに見たエーヌ男爵の粗暴で感じの悪い顔を思いだした。すり切れた水牛の革の鎧といい、薄汚れたリボンといい、長い剣といい、あれはまさに人殺し、金で雇われた殺し屋の風体だった。

「なんとしても、一刻も早くここから逃げださなければ」と夫人は決心した。

そう考えると、もう矢も楯《たて》もたまらず、夫人は、檻《おり》を破ろうとする雌獅子のような勢いで、室内をぐるぐるとまわりはじめた。

夫人の髪は乱れ、青ざめた額のまわりで渦巻き、闇のなかで目はらんらんと光った。

だが、いくら丹念に壁のタペストリーのひだを調べても、華奢な手が痛むほど、柏材の腰板をあちこち叩いてみても、最前ナロがうやうやしく開いた扉以外の出口といえば、パシェコ通りに面しているとおぼしき窓がひとつあるばかりだった。

伯爵夫人は、そこへ駆けより、苦心して重い窓を押しあげて首を外へ出した。それは、フランドル式に、二本の溝にそって上下するようになっている窓だった。

そのとたんに、吹雪がさっと夫人の顔にかかり、狭い隙間から吹きこんだ風が、ロレンツァの遺体のそばでまだ燃えていた蠟燭の火を消してしまった。

夫人は、自然の猛威など意に介さなかった。館の切妻を揺らす突風も、それよりはるかに凄《すさ》まじい内心の嵐に襲われている女にとっては、恐れるにたりなかった。

風に臆《おく》することなく、夫人は、冷静に舗道までの距離を目測した。

地面まで、たっぷり八メートルはある。飛びおりたら、手足を折ってしまいそうだ。おまけに、あたりにはまったく人影がなく、玄関の高い石段のまえの道は、見わたすかぎり深い雪におおわれていた。

一面のまっ白な雪のうえには、人っ子ひとり見えず、古い家並みには、明りのともっている天窓ひとつなく、家々の尖《とが》った屋根は、聖地へ出征する中世の聖堂騎士さながら、長い純白のマントをまとっていた。

ソワソン夫人は、この危険な道から逃れようとしても無駄だと悟り、窓をそっとおろした。

暖炉の火も消えかかり、ほとんどまっ暗になった部屋のなかで、おぞましい寝台に横たわるロレンツァの遺体がぼんやりと見えていた。

伯爵夫人は、この世のなにものをも恐れぬほど気丈だったが、イタリアの迷信をきいて育ったので、死体のかたわらで夜を明かすことは、耐えられそうもなかった。

「さあ」と夫人は、胸を張って言った。「わたしは、王家の血筋をひく貴婦人にふさわしく、正面の戸口から出ていこう。階段には見張りがいないかもしれないし、もし見張りがいて、わたしが刺客と鉢あわせしたら、そのときは……わたしもフィリップの名を呼ぼう……そうすれば、あの人が来て、悪党どもの手からわたしを救ってくれるだろう……もし、あの人が力つきて殺されたら……ままよ！　そうしたら、わたしたち二人はいっしょに死んで、少なくとも、あの人は、このオランプ・マンシーニ以外の女のものには決してならないのだ」

このように、激しい嫉妬の情をあらわにし、死をものともせぬ誇り高い魂の叫びを発すると、ソワソン夫人は、急いで旅行用のマントに身を包んだ。それは、不運なロレンツァが、この恐ろしい部屋にはいってきたとき、椅子にのせておいてくれたものだった。

「さようなら」呪うべきナロの犠牲となった哀れな侍女の横たわる寝台のほうへ手を差しのべて、夫人はささやいた。「さようなら、わたしの身代りとなって死んだ可哀想なロレンツァ！　忌わしい人殺しの手からおまえを救ってやらなかったわたしを、許しておくれ。わたしも、おまえがフィリップを愛したことを許してあげるから」

こんなふうに、後悔の気持を奇妙な形であらわすと、夫人は、もはや良心の呵責《かしゃく》を感じなくなった様子で、目の涙も乾き、ふたたび不屈の闘志がみなぎる表情を浮かべた。

夫人は、しっかりした足どりで、この館の主が夜食のテーブルを用意させた大広間に通じる戸口へ向かい、タペストリーに耳をあてた。

きこえてくるのは、ヒューヒューと廊下を吹きぬける北風の音ばかりだった。夫人の耳には、その物悲しい音は、ことのほか不気味に響いた。

それは、まるでさまよえる魂の呻《うめ》きのようで、夫人は、死んだ侍女の臨終の息吹きに髪をなでられたように、思わず身震いした。

夫人はさらにじっと耳をすましていたが、どんなことがあっても、後ろを振りかえる気にはなれなかっただろう。

しかし、この静けさは夫人を安堵《あんど》させた。どうやら家の者は寝しずまっているようだし、寝室の近くに見張りのいる気配もなかった。

念のために夫人は、鍵穴に目をあてて覗《のぞ》いてみた。大広間は、まだ明りがともってはいたが、ほの暗かった。

テーブルのうえには、皿や酒瓶がそのまま残っていた。

それればかりか、だれかが夜食に手をつけたらしい。食いちらかしたあとから察するに、夫人が寝室へはいってから、ナロ会計長の用意した冷肉や果物をたらふく食べた者がいるようだ。

この有様を見て、夫人はまた心配になった。しかし、いくら目をこらしても、人影らしいものは見あたらなかった。

きっと夜食をとった連中は、一杯飲んでから寝てしまったのだろう。人生の大半を食卓と寝床で過ごすというのが、この幸福な時代の習慣だったのだ。

夫人は、フォークやグラスのふれあう音がきこえなかったのを不審に思った。しかし、おそらくナロの指図で、大事なお客様の安眠を妨げぬよう、一同は静かに宴会を催したのであろう。

あらゆる状況から見て、逃げるならいまがチャンスだ。

伯爵夫人は一刻も無駄にしなかった。

できるだけそっと掛け金をはずし、細心の注意を払って鍵をまわすと、夫人は、音もなく戸口をすりぬけた。

寝室を出るなり、すばやくあたりを見まわす。怪しいものはなにもないと見てとると、足音を忍ばせて、表玄関へ通じる正面の階段へ向かう。

大広間には、ただひとつ、銅の火口のついたランプがともっていた。そのゆらめく光のなかでは、すべてがぼんやりとしか見えなかった。

だから、伯爵夫人は、部屋の隅の腰掛けに寝そべっている男の姿に、まったく気づかなかった。

夫人が大広間を横切りおわったとたん、その男は、はっと目をさまして目をこすり、がばとはね起きた。

ソワソン夫人は、ぎくっとして後ずさりし、思わず低く叫んだ。

男はすっくと立ちあがり、しわがれ声でどなった。

「だれだ?」

と同時に、男は、剣の柄《つか》へ手をやるような仕種《しぐさ》をした。

夫人は、突然のことに狼狽《ろうばい》しながらも、目のまえにあらわれた邪魔者の姿にすばやく目をやり、すぐにその正体を悟った。

それは、ナロが親友だと言って紹介したアルトワ出身の貴族、夫人が馬車からおりたとき、玄関わきに歩哨《ほしょう》のように突ったっていた大男だった。

こんな夜更けに、この男が大広間にいるというのは、悪い徴候だった。というのは、このエーヌ男爵は、男爵とは名ばかりで、どうみても腹黒い刺客の顔をしていたからだ。

「おい、だれだときいてるんだ!」と荒武者は重ねてどなった。

ソワソン夫人が返事をせずにいると、男爵はこうつぶやいた。

「こいつは、どうやら女らしいぞ!

おい、そこの姐《ねえ》ちゃん! そんなに急いでどこへ行くんだね?」

「この男、酔っぱらっているんだわ」と夫人は思った。相手は、ろれつがまわらないうえに、足元もふらついていたからだ。

「ははあ、読めたぞ」と男爵は言葉をついだ。「おまえは、例のきれいな腰元、別嬪《べっぴん》のロレンツァだな……色男のところへ忍んでいくつもりだろう」

伯爵夫人は、思わず怒りの声を洩らした。

「まあまあ、そう怒りなさんなよ、別嬪さん……おれにだって美人を見わける目ぐらいはあるさ…… いやはや、まったく、あの金髪の従者は果報者だよ……おまえさんは、絶世の美女だからなあ……」

「わたしは、ソワソン伯爵夫人です」と憤慨した夫人は、無礼者の言葉をさえぎった。

「伯爵夫人…… なんだって！ 妃殿下だと……そ、そんな馬鹿な……」と口ごもりながら、酔っぱらいは、ふらつく足を踏みしめ、混乱した頭で必死に考えようとした。

相手が判断の能力を失っているというのは、夫人にとっては願ってもない幸いだった。この機を逃さず、夫人は、酔いつぶれた男爵に対して高飛車な態度に出た。

「こんなところで、なにをしているのです？」夫人はきわめて威圧的な口調でたずねた。

「だれの許可を得て、わたしの寝所の戸口で夜番をしているのですか？」

「奥方様…… それは、あの生臭坊主…… いや、あの忌々しいナロのやつの言いつけでして」

「というと？」

「つまり、その……あいつは、私が腹ぺこなのを見て、奥方様が手をつけようとはなさらなかった夜食を食べて、この部屋で見張っているように、とわたしに言ったのです……」

「おや！　そうかい！　それで、あの忠実なナロ殿は、おまえになんて命令したの？」

「だれも寝室に近づけないように……あそこには、《白寝台》があるから、と……」

「やはり思ったとおりだわ」とソワソン夫人はつぶやいた。「世間にあやしまれないように、ひそかにわたしの命を奪おうとお膳立《ぜんだ》てしたのは、案の定、あの男だったのね。この酔っぱらいは間抜けだから、ナロから秘密を打ちあけられていそうもないわ」

　そう考えると、夫人は、男爵に向かってこう言った。

「事情は、よくわかりました。随分慎重に手配したものねえ。でも、まさかおまえは、わたしが気の向くままに出ていくのを、止めるようにとは言われていないだろうね？」

「滅相もない、奥方様！　私は、いまでこそルーヴォア侯爵の忠実な従僕ですが、かつては、マザラン枢機卿に忠誠を尽してお仕えした者です。その私が、奥方様のご意向にそむくなんて！　そんなことをしたら、地獄に落ちて……」

「もうよい、男爵！　さあ、このランプを持って、玄関までわたしを案内するのです」

「玄関までですって！　奥方様は、こんな吹雪の晩にお出かけになるのですか？　今夜の吹雪の凄まじさといったら、昨年のオランダ遠征でライン川を越えたときの砲撃そこのけなのに……」

「さっさとお歩き。ルーヴォア侯爵の部下なら、命令には従うものだということぐらい知っているでしょう」

男爵は当惑しきった顔で、もじもじするばかりだった。

もちろん、こんな夜更けにソワソン夫人が出発してしまったら、ナロはさぞかし怒るだろう。それに、ルーヴォアの遠大な計画にも支障をきたすかもしれない。おぼろげながらそう感じていたので、男爵は、伯爵夫人の威丈高な命令にすぐに従う気になれなかった。

夫人はというと、傲然とかまえる一方で、エーヌ男爵のだだっ広い顔につぎつぎと浮かぶ表情を、不安げにじっと見つめていた。

「ままよ！」と男爵はつぶやいた。「これはおれの知ったことではない。ナロのやつめ、自分の仕事は自分で片づければいいんだ。おれがフランドルへ来たのは、キッフェンバッハ、つまりモリス・デザルモアーズがフランス領内へはいるのを阻止するためだ。さっきおれは、あいつを見事にやっつけた……だから、おれの任務はもう終っているんだ……」

この言葉は、小声でつぶやかれた独り言だったが、伯爵夫人は一言もききもらさなかった。

いよいよ、とどめを刺す時機が到来したと見てとるや、夫人は、その昔、太陽王ルイのそば近くに仕えたころ身につけた威厳ある態度で言いはなった。

「さあ、男爵、なにをぐずぐずしているのです？」

さしもの、モリスをたおした荒武者も、これには返す言葉もなく、飼いならされた熊のような無様な格好で、銅製のランプを手にして階段を下りはじめた。

伯爵夫人はそのあとに続いたが、心臓の動悸《どうき》をおさえることができなかった。無事に戸外へ出て、ブリュッセルの町の舗道を踏むまでは、危険が去ったとは言えなかったからだ。

だが、玄関に行きつくまで、なにごとも起こらなかった。ただ、千鳥足の男爵が自分の長剣につまずき、あやうく階段をころげ落ちそうになっただけだった。

やっとの思いで玄関に着き、平らな床で足を踏んばると、男爵は、必死で酔いをさまそうとした。

それに気づいたソワソン夫人は、相手にその暇を与えず、すぐにこう命じた。

「そこの扉をあけておくれ」

「お安いご用で、奥方様」と言いながら、男爵は、その巨大な扉の複雑な錠前をいじりはじめた。「でも、奥方様、せめて私にお供させてください。夜の街は安全とはいいかねます。私の《フランベルジーヌ》がお役に立つこともあるでしょうし……」

この言葉が終らぬうちに、思ったより早く重い扉が開いて男爵の額にあたり、さっと吹きこんだ風にあおられて、ランプが消えてしまった。

「わたしは、供などいらない。ついてきてはなりません」

そう言いすてるなり、夫人は、あとをも見ずに石段を駆けおりていった。取りのこされたエーヌ男爵は、額のこぶをさすりながら、ナロ会計長の館を揺るがすような大声でわめきちらしていた。

【原注】

＊小説には注釈は不要だし、創作に証拠資料はいらない。しかし、ここで読者諸氏に、ナロ会計長の《白寝台》は実在したものだと申しあげておくことは、無意味ではないかもしれない。

これは、軍事資料館に保管されている古文書によって証明されている。

この貴重な文書の第三百一巻には、一六七三年七月二十八日にルーヴォアが部下に送った書簡があり、そこには、つぎのような一節が見られる――「故ナロ会計長の家から白い寝台を運びだし、破損することなきよう注意されたい」

一ヵ月後の八月二十日に、ナロの妹のオーブレー夫人は、ルーヴォアにつぎのような返書を送っている――

「閣下、わたくしがカルパトリー氏に閣下の白い寝台を渡したことは、氏からお聞きおよびのことと存じます。兄は、わたくしが口のかたい女だということを知っていたので、死ぬまえに、例の一件についてわたくしに話してくれました」

以上のような引用文から、本書がいい加減な作り話ではないということは明らかであろう。また、この物語の続きを読めば、作者がつとめて史実から離れないよう心がけていることが、おわかりいただけるものと期待している。

3　謎の小箱

ひとたび街路へ出ると、ソワソン夫人はのんびり考える暇もなく、どんどん歩きはじめた。エーヌ男爵が気を変えて、あとをつけてこないともかぎらないからだ。

夫人は、ナロ会計長の歓待のおかげで、危うく自分の墓場となりかけた館《やかた》に、ちらりと一瞥《いちべつ》をくれただけであった。

いま夫人の出てきた寝室の窓は、すでに暗くなっていたが、そのうえの階のステンドグラスには、明りがひとつともっていた。

「フィリップはまだ起きている。救いを求めようかしら？」そういう思いが夫人の心に浮かんだが、すぐに激しい怒りに掻《か》き消された。

「いいえ！あの人を苦しませてやらなければ……夜が明けて、あの呪《のろ》わしい部屋に朝日がさしこんだとき、照らしだされる光景を見せてやらなくては……」

そう思いなおすと、夫人は、舗道に積もった雪の許すかぎり、足速にその場から逃げだした。

夫人の繻子《しゅす》の靴は、雪のなかを歩くにはまったく不向きだったし、夫人の小さな足は、ヴェルサイユやサン・ジェルマンの王宮の芝生しか、踏んだことがなかった。

それなのに、いま夫人は、大柄なフランドル人の女中とおなじように、パシェコ通りの雪を踏みしめていかなければならなかった。この瞬間、さしも誇り高いマンシーニ家の娘も、自分の狂おしい情念の淵《ふち》の深さを思い知ったことであろう。

権勢並ぶ者のない大臣の姪《めい》に生まれ、一時は大王ルイ十四世の寵愛《ちょうあい》を受けた身でありながら、深夜ブリュッセルの街を逃げまどい、スイス衛兵部隊の旗手風情に嫉妬《しっと》する女になりさがるとは、いかに高貴な婦人の誇りも、もはやこれまでと思われた。

しかし、この女は、ソワソン伯爵という王家の血をひく貴族と結婚したのちも、娘時代の憎しみや野心を忘れようとしなかった。

夫人の魂は、その顔立ちとおなじく情熱的で、稲妻のように凄《すさ》まじい束の間の恋に、たえず狂おしく燃えあがるのだった。

この大胆不敵な魂、恥知らずであると同時に飾り気のない女、激しく衝動的な性格の持ち主にとって、冷ややかで四角ばった宮廷の儀礼は、つねに重苦しい鎖のように感じられた。

一言で言えば、この女は、身分の高い貴婦人を束縛する枷《かせ》を払いのけて、激情の嵐に身をまかせて自由にさまよいあるくことに、辛辣《しんらつ》な快感を覚えていたのだ。

一体、ソワソン夫人は、そのときどこへ行こうとしていたのだろう？　それは、夫人自身にもわからなかった。と言うより、そんなことを考えるゆとりもなかったのだ。

しかし、夫人がフランドルへの長く苦しい旅に出たのには、充分な動機があった。もう何年ものあいだ、ソワソン伯爵夫人つまりオランプ・マンシーニは、ルイ十四世の寵姫《ちょうき》たちのなかで、影の薄い存在になっていた。あるときはラ・ヴァリエールの献身的な愛に太刀打ちできず、あるときはアンリエット・ダングルテールの輝くばかりの美貌におされ、あるときはまた、若いフォンタンジュや信望のあついモンテスパン夫人と王の寵愛を争っては、そのつど敗れていたのである。

やがて、年をとるにつれて、野心の挫《ざ》折《せつ》を惜しむ気持、見はてぬ夢の失望、満たされぬ欲望の焦燥《しょうそう》はつのるばかりだった。

もはや、モットヴィル夫人の回想録にあるように、「芳紀まさに十八歳、見事な腕、美しい手、王の寵愛と贅《ぜい》をこらした身なりが、彼女の凡庸な美しさに光輝をそえていた」という時代は過ぎさっていた。

そこでソワソン夫人は、まずヴァルド、ついでヴィルロワを恋の相手に選び、最後に、夫の小姓《こしょう》だった眉目秀麗《びもくしゅうれい》なフィリップ・ド・トリーに惜しみない愛を注ぐにいたった。ところが、このフィリップは夫人を裏切っていたのだ。

王の寵姫という高い位から没落する者は、無傷ではすまされない。この情熱的なイタリア女の性格も、その不名誉な恋愛遍歴につれて、次第に卑しくなっていった。

いま、夫人は、かつて愛したことのある国王に対して、謀反を企てていたのだ。

この物語の始まる数ヵ月まえ、一六七二年のおわりごろから、ルイ王の絶大な権勢はかげりを見せ、オランダを征服し、いまやヨーロッパ全土の支配を目ざしていると思われる強大な君主に対して、ひそかな陰謀の網が張りめぐらされつつあった。

フランス国境に近いという地の利のために、ブリュッセルの都は、欧州各国の不平分子のたまり場となっていた。

ドイツ皇帝のスパイ、スペイン国王の使者、亡命中のプロテスタント教徒、ルイ王の不興をこうむった貴族たち、職を失ったフロンドの乱の残党——フランス内外のありとあらゆる不平分子が、共通の憎悪に結ばれて、このブラバン公国の首都に集まり、隠密裏にことを運んでいた。

いま、誇りを傷つけられたソワソン夫人が外国へ来たのは、この恐るべき影の軍団に加わるためであった。それは、百年後のフランス革命の際、亡命貴族たちがコンデ軍に加わるためにコブレンツへ向かったのと似ていた。

一時のあいだ、激情の嵐に心を乱されて、夫人は、自分のかかわっている恐るべき政治的陰謀のことを忘れていた。ロレンツァの悲惨な死を目のあたりにして、さしも男まさりのマザランの姪も、一瞬、その重大な目論見《もくろみ》を失念した。

だが、寝しずまった町のなかをあてどなく歩きはじめ、天の呪いのように耳元に響く冷たい北風に追われて、こごえる指先でマントの頭巾《ずきん》を熱い額に引きおろし、一歩ごとに濡れた舗道に足をとられてよろめきながら、ソワソン夫人は、フランス国王の敵たちが自分を待ちうけている、ということを思い出した。

ドイツ皇帝レオポルドの冷酷な部下リゾラが待っている。高貴な共犯者ソワソン伯爵夫人が到着したら、館の扉を大きくあけて歓迎しようと待ちかまえている。

グラーヴ侯爵も待っている。これは、ヨーロッパ中を股《また》にかける陰謀家で、ルーヴォアの命によってリエージュから追放されてきた男だ。それから、ラングドックの最高法院で死刑の宣告を受けたポール・サルダンもいる。この男は、オレンジ公と交渉して、フランス領の四州を蜂起《ほうき》させようとしている。

この二人も、王に反逆したソワソン伯爵夫人を支援するのは大変な名誉だと思っているに相違ない。

さらにまた、ブリュッセルの町人で、今回の謀反の秘密をすべて知りつくしているアブラハム・キフィエッドがいる。この男も、ルイ王とその恐るべき大臣ルーヴォアにはむかうために、安全な隠れ家を求めている伯爵夫人を自宅に迎えることができたら、膝《ひざ》を屈して歓待するだろう。

これらの零落した貴族や不平分子、ヴェルサイユ宮廷の栄光をさげすむ人びとを、伯爵夫人は一人残らず知っていた。したがって、身を寄せる場所にはことかかなかった。

唯一の問題は、この真夜中に、しかも、こんな吹雪の晩に、どうやって味方の家を見つけるかということだった。

それに、実のところ、伯爵夫人は、このような太陽王ルイの不倶戴天《ふぐたいてん》の敵たちの扉を叩《たた》くのは、さほど気が進まなかった。というのは、すでに相当なところまで謀反に深入りしているとはいえ、夫人は、まだすっかり仮面をかなぐり捨てたわけではなかったからだ。

それどころか、夫人は、今回のフランドル旅行にも、もっともらしい口実を設けて宮廷を辞してきていた。しかし、いま、国王に公然と反旗をひるがえす人びとにかくまってもらったが最後、永久にフランスへ戻ることはできなくなってしまう。

そういう次第で、夫人は、あてどなく逃げまどい、頭のなかでさまざまな大胆な計画を思いめぐらし、お気に入りの女占い師の予言を思いおこして、ラテン語の祈りを小声で唱えた。

時おり、後ろで足音がするような気がした。もしやナロの部下ではと思って、夫人は足を速めた。

こうしてパシェコ通りを抜け、どこを歩いているかもわからぬままに、夫人は、聖ギュデュル教会のほうへ向かう坂道を下った。

暗い路地の曲り角まで来たとき、夫人は、一人の男と鉢あわせしそうになった。ゆるやかなマントに身を包んだその男は、壁づたいに歩いてきて、夫人の姿を見ると、ぎくっとしたように後ずさりした。

ソワソン夫人もびっくりしたが、相手の態度に敵意が感じられなかったので、すぐに気をとりなおし、この機を利用して、自分の知りたいことをたずねてみようと思った。とにかくどこか宿屋を見つけて、今夜はそこに泊まろう。それが、さしあたって夫人の目ざすところだった。

もちろん、夜が明け次第、人をやって自分の従者、ことにフィリップ・ド・トリーを呼びにやるつもりだ。

ナロ会計長については、まだどう対処するかきめていない。なによりもまず、この危険な人物の手の届かないところまで逃げおおせなければならない。そのためには、いま目のまえにいる男の助けをかりるのがよさそうだ。

「お待ちなさい、そこの人」夫人はかなりしっかりした口調で呼びかけた。「ちょっとたずねたいことがあります」

夫人の口調がいささかぶっきらぼうで尊大だったせいか、相手は、この命令に従うかわりに、どんどん後ずさりし、まるで背後の壁にもぐってしまおうとするような素振りを見せた。

男が用心深く後退するのを見て、ソワソン夫人はますます大胆になり、今度はいくらか丁重な態度で、しかも率直に相手の同情に訴えようとした。

「どなたかは存じませんが、町人にせよ貴族にせよ、迷子になった哀れな女が道をたずねているのに、お答えくださらないということはありますまい」

「ふむ！」と男は疑わしそうに言った。「こんな夜更けに道をきかなくてもよさそうなものだ」

「なにも好きこのんでこんな時間に出歩いているわけではありません。わたしは、今夜この町に着いたばかりの外国の者で、どこか、わたしの泊まれるようなしかるべき宿屋はないかお教えいただきたいばかりに、あなたを呼びとめたのです」

「へーえ！」と男はひやかすような口調で言った。「どうしても、しかるべき宿屋でなくちゃいけないのかい？」

それをきいたソワソン夫人の形相があまり凄《すさ》まじかったので、男は慌てて態度を変えた。

「これは失礼、なにせフランドル地方では、良家のご婦人が、従者もつれず、しかもこんな真夜中に出歩くなんて、とても考えられないので、つい勘ちがいしてしまったというわけでしてね。しかし、もし私のような者でよろしければ、喜んであなたの騎士の役をつとめましょう」

「その言葉から察するに、あなたは貴族のようですね」と気位《きぐらい》の高い夫人は言った。「それならば、おなじく貴族の身分であるこのわたしを護衛し、必要とあらば保護することを拒んだりはしないでしょうね」

だが、こうして伯爵夫人から気前よく貴族の称号を賜わった当人は、このような騎士道精神に対する訴えを、あまり歓迎するふうでもなかった。

「これは困りましたな……」と男は口ごもった。「ほかの場合なら、ご婦人を守る騎士のつとめを怠るような私ではないのですが、今夜にかぎって、重大な用件のために家を出てきているので、そうゆっくりとは……つまり……」

「つまり、卑怯《ひきょう》にも、あなたは、この人気《ひとけ》のない町で難儀している女を見すてていこうというのですね。それならどうぞご自由に。なるほど、それが人情のあついブラバン地方の流儀なのですね。フランスでなら、どんな卑しい羊飼いでも、もう少しましな態度をとるでしょうに」

「フランスですって!」と相手はききとがめた。「もしや、あなたは、フランスから到着されたばかりなのではありませんか?」

「今夜、着いたばかりですが、こんなことなら、国を出るのではなかったと後悔しています」

「いやはや、ご婦人、それなら話は別だ。私は、昔から、あなたの国には特別な親しみを感じていますので、あなたのような方のお役に立てるなら、それ以上の幸せはありません……」

ないわ
「ご親切は感謝します」と伯爵夫人はそっけなく言いはなった。「でも、実行のともなわない言葉ばかりでは、なんにもなりませんもの……」

「まだ、フランスのご婦人の気に入りたいという私の真情をお疑いになるのですか？」

「お世辞はもうたくさんです。わたしの言うことをきいてくれるのですか、それとも、いやだというのですか？」

「いやだなんて、とんでもない！　さあ、なんなりとおっしゃってください。すぐにご命令どおりにしますから……」

「だから、さっき頼んだではありませんか。わたしを宿屋まで案内してくれと」

「お安いご用ですとも。ちょうど私もある宿屋をたずねていくところです。その主人というのは、すこぶる話のわかる男でして……」

「主人がどんなだろうと、一夜の宿がとれさえすれば、どうでもよいことです、長逗留《とうりゅう》するわけではないから。わたしほどの高貴の者にふさわしければ、それだけで充分です」

向こうみずな伯爵夫人は、この言葉を口にするなり、しまったと後悔した。

案の定、相手の男は急いで近づき、まるで王様のような口のきき方をしたこの美しい女性の顔を覗《のぞ》きこんだ。

「どうか奥方様、私の申しあげたことがお気にさわったら、お許しください」用心ぶかくマントで頭をくるんだ伯爵夫人に向かって、男は弁解した。「ただ、私の言いたかったのは、この町の役人どもは旅行者のとる手続きにひどくうるさいが、これから行く宿屋の主人なら、私の紹介だけであなたをお泊めするだろうということなのです」

「わかりました。では行きましょう」ソワソン夫人は、冷ややかにうながした。

いまの言葉をきいて、男が急に親切になったことに不審をいだき、こんな行きずりの者の助けを求めるのではなかった、と後悔しはじめていたのだ。しかし、もうあとへはひけない。いまとなっては、思い切って行くところまで行ってみるだけだ。

それに、偶然に出あったこの男が、たまたま夫人の秘密を探ろうと狙《ねら》っている者だったなどということは、まずありそうもないではないか？

その晩は月のない夜だったが、雪あかりのなかにぼんやりと浮かぶ姿を見たかぎり、その男は質素な身なりで、がっしりとした体つきの典型的なフランドル人だった。

そのうえ、男はそれ以上なにも言わずに夫人の言葉に従い、並んで歩きはじめた。

この不似合いな二人づれは、無言のまま、下町へ向かう急な坂を下っていった。

突風はおさまっていたが、道はますます歩きにくくなり、哀れな伯爵夫人は、当時ブリュッセルの街路に敷きつめてあった光った小石のうえを進むのに、ひどく骨を折っていた。

一度ならず、夫人は転ばぬように道端の庇《ひさし》につかまらねばならなかった。依然として、いささか胡散臭《うさんくさ》く思われる案内役の男の腕には、すがりたくなかったのだ。

こうして十五分ほど懸命に歩いたあげく、夫人は、自分がほとんど進んでいないこと、また、もう精も根も尽きはてたことを、認めないわけにいかなかった。

「その宿屋までは、まだ遠いのですか?」そうたずねる夫人の声は、いかにも心細げだった。

「いま、ちょうど半分まで来たところですよ」と相手は静かに答えた。「しかし、私の肩につかまってお歩きになれば、ずっと楽に進めると思いますがね」

夫人は一瞬ためらったが、結局、相手の申し出を受けることにした。そこで、かつては王の称賛の眼差しを浴びたこともある美しい腕が、このがっしりした男の肩に置かれることになった。もっとも男のほうは、それを名誉とも思わぬ様子だった。

「奥方様」やむをえない事情で夫人が体を近づけたのに気をよくして、男は言った。「こんなことを申してお気を悪くなさっては困りますが、私たちのような北国の住人は、ヴェルサイユをはるかに輝く太陽と思い、宮廷の噂話《うわさ》を耳にするだけで、体が暖まるような気がするのですよ……」

「わたしはパリから来たので、ヴェルサイユのことはわかりません」と夫人は慌てて答えた。「ですから、ご期待にはそいかねますわ」

内心、夫人はこう考えた。

「まあ、いやだ! 鰊《にしん》売りみたいなフランドル人のくせに、太陽だの宮廷の噂だのって生意気じゃないの！　ヴェルサイユの話をきいて、どうしようというのかしら？」

「しかし、パリのことにも大いに興味をそそられますな」と男は言葉を続けた。「かく言う私も、去年パリへ旅行しましてね、ふつつかながら、社交界に顔を出す幸運にも恵まれたのです……」

「まあ、そうでしたの？」ソワソン夫人は、いささか好奇心をそそられて言った。

「ええ、奥方様、リュクサンブール元帥閣下のお屋敷で歓待されるという光栄に浴し、ブイヨン公爵夫人にも招《よ》ばれ、それから……」

「それは結構でしたわね」夫人は、会話が危険なほうへ発展しそうなので、大いに警戒して口をはさんだ。「でも、わたしは、ヴァンドーモア地方の屋敷に住んでいて、パリには滅多に滞在しないので、宮廷同様、都のこともよくは知りませんの」

こうそっけなくあしらわれて、どういう下心からかお偉方との交際をひけらかしていた男は、話の腰を折られた形だった。

男は、なんとかして自慢話の先を続けようとした。だが、伯爵夫人が木で鼻をくったような返事しかしないので、話のつぎほがなくなってしまった。

そうこうするうちに、二人はかなりの道のりを歩き、以前にも何度かブリュッセルを訪れたことのある伯爵夫人も、まったく知らない界隈《かいわい》に来た。

そのあたりの道は迷路のようにくねくねと曲り、両側には、あまりぞっとしない見かけの、陰気で背の高い家が並んでいた。

「着きましたよ」不意に、一軒のみすぼらしい家のまえで立ちどまって、男がぽつりと言った。

「なんですって！　あなたは、こんなところにわたしを泊まらせようというのですか？」夫人は、不意打ちを警戒して急いで男から離れながら、憤慨して叫んだ。

「べつに強制はしませんよ。ただ、この宿の主人は私の親友だし、もし、あなたが泊めてほしいとおっしゃるのなら、できるだけの歓待はするだろうと言っているにすぎません」

「では、そうしましょう」ソワソン夫人は、一瞬口をつぐんでから言った。「わたしは、どんな人間も恐れる必要はないのだから」

男は、かなり虫くいだらけの扉をトントンと三度叩《たた》いた。

その家の人は来客を待ちうけていたらしく、すぐさま、廊下の石の床を歩く重い足音が響いてきた。

やがて閂《かんぬき》を抜く音がして扉が開き、一人の男が戸口に姿をあらわし、手にしたランプの光をまともに伯爵夫人の顔にあてた。

二人の男の口から、同時に驚きの叫びが洩《も》れた。

「アスプル様！」と宿の主人が叫んだ。

「ソワソン伯爵夫人だ！」とマントの男も大声を発した。

この思いがけぬ出来事に、三人はしばし呆然《ぼうぜん》とたたずんでいた。ソワソン伯爵夫人は、ブリュッセルの街で偶然出あったフランドル人が自分の顔を知っていたので、びっくり仰天した。フランドル人のほうもまた、ふとしためぐりあわせから、フランスとサヴォアの王家と縁続きの貴婦人のお供をする光栄に浴したことに驚いていた。三人のうちでは、旅館の主人が一番落ちついていた。たしかに宿の主は、このアスプルという男がその夜来訪するとは夢にも思っていなかった。しかし、ソワソン伯爵夫人がどこのだれやらさっぱりわからなかったので、その名をきいてもいっこうに驚かなかったのだ。

一方、ソワソン夫人は、一目散でこの場から逃げだしたいという衝動にかられていた。せっかく冷酷なナロの罠《わな》から逃れたのに、今度は、行きずりの男に正体を見やぶられるとは、まったく不運というよりほかない。

これはひどく不安な事態だった。なにしろ、今度のフランドル旅行は物見遊山《ものみゆさん》の旅ではないのだから、夫人は見知らぬ人にはよくよく用心しなければならないのだ。陰謀を企てる者にとっては、未知の人はすべて怪しい人物だ。

いま、ソワソン夫人は陰謀に荷担する身だった。しかも、偶然道で出あったこの男の顔をいくら見ても、まえに会ったという記憶はない。

しかし、夜の町をうろついていたこの怪しげな男のそぶりからは、敵意はまったく感じられなかった。

それどころか、相手がソワソン夫人だと気づくと、急いで帽子をぬぎ、きわめて丁重に深ぶかと頭をさげて一歩しりぞき、そのぱっとしない宿屋の閾《しきい》を先にまたぐよう、夫人に道をゆずった。

それと同時に、男は、もったいぶった口調でこううながした。

「さ、妃殿下、この家におはいりいただけますれば、その昔、私の酒倉係をつとめましたヴァン・ホーテンおやじが、したへもおかぬおもてなしを……」

「なぜ、わたしの名を知っているのです？」夫人は、漆黒の瞳《ひとみ》できっと相手の顔を見すえて、言葉をはさんだ。

「どうしてそのお顔を忘れることができましょうか？　私は、昨年の冬、ソワソン伯の館に妃殿下をお訪ねするという、輝かしい栄誉に浴した者です。その節は、フランス国王陛下にオランダ進出計画の延期をお願いするため、連邦共和国の代表とともにパリに参っておりました」

「その使節団のことなら覚えています。で、あなたは？」

「ゼーラント地方の首長、奥方様の忠実なるしもべ、アスプル男爵です」

「わかりました。では、なかへはいりましょう」ソワソン夫人は、こういう重要な話を長々と道端で続けるわけにはいかないので、急いで言った。

ヴァン・ホーテンおやじ――つまり、ここは《破れ絹》亭の裏口で、扉をあけたのは、例の居酒屋のおやじだったのだ――は、《妃殿下》という称号を耳にするや、高貴の人びとに対する尊敬の念から、急にうやうやしい態度を示した。

おやじは、さっと帽子をとり、耳まで真赤になった。

「さ、さ、おやじ」とアスプル男爵がせきたてた。「奥方様を一番いい部屋へご案内して、一番上等の寝台でお休みいただくのだぞ。さあ、早く！　イアンを呼べ！　すぐに女中どもを起こすんだ！」

ところが、すぐに走りだすかわりに、おやじは、困ったようにもじもじしていた。

「どうした？　おれの言ったことがきこえないのか？」

「男爵様」とヴァン・ホーテンは口ごもった。「実は……うちには、ご婦人をお泊めできるような……身分の高いご婦人をお泊めできるような部屋は、一室しかないのですが、それが……」

「それがどうしたんだ？」

「それが、あいにくふさがっているのです」

「おおかたブリュージュの機屋《はたや》かオスタンドの魚屋かなんぞが泊まっているんだろう。そんなことなら簡単じゃないか？　さっさと追っぱらってしまえ」

「そうはいきません、男爵。その部屋には女の人がいて……」

ソワソン夫人は、思わず身震いした。ロレンツァのことを思い出したのだ。

「寝台には、傷を負った男が寝ています」

「なんだと？」

「嘘じゃありません、男爵様。今夜、ここで恐ろしいことが起こったのです」とヴァン・ホーテンは、溜息《ためいき》まじりに言った。

「一体、それはどういう意味だ？」とアスプルはどなった。「おやじ、貴様、頭が少しどうかしてるようだな」

「そうだといいんですがねえ！」とおやじは哀れっぽい声を出した。「あのいまいましい《オランダ新聞》を読ませてやれと言って、あなたがここへおよこしになった騎兵隊員に、カナリア産の葡萄酒を二本も飲ませせなきゃよかったんだが！」

「なんだと！　キッフェンバッハが！　あの騎士が……」

アスプル男爵は、よほど気が動転していたのだろう。いつもなら、危険な人の名を軽がるしく口にするような男ではなかったのだ。

「騎士だか、キッフェンバッハだか知りませんが、とにかくあの人は、店の広間で喧嘩《けんか》をおっぱじめて深手を負っちまったんですよ。外科医のディレニウス先生の話だと、助かるかどうかわからないということだ」

「で、傷を負わせたのはだれだ？」アスプル男爵は、この話にひどく動揺した様子でたずねた。

「だれって、私も、つい一時間ほどまえに知ったばかりで、それも、その人相の悪い大男のあとをイアンにつけさせたからわかったんですよ。イアンは、そいつの名前をつきとめることはできなかったが、そいつが、相棒といっしょにパシェコ通りに泊まってると言ってましたよ。相棒というのは、黒ずくめの小柄な爺さんだ。二人とも、先週フランスから着いたばかりだそうで……」

「切り合いをした外国人というのは、がっしりした男で、水牛の革の鎧《よろい》を着てオレンジ色のスカーフを首に巻いていなかったかね？」

「そのとおりですよ。それから、喧嘩の原因は、私がもう一人の男のためにとっておくことになってた新聞でしたよ」

「やはりそうだったか——それは、あの乱暴者のエーヌ男爵に相違ない。あいつ、とんだことをしでかしてくれたな！」とアスプル男爵は思った。「あんな間抜け野郎を仲間にいれると、ろくなことにならん。せっかくおれの張りめぐらした蜘蛛《くも》の糸が滅茶滅茶にされてしまいそうだ。ようし、あんなやつは……」

「ひょっとすると、いまお話に出たキッフェンバッハというのは、三ヵ月ほどまえ、わたしに会いにソワソン宮へいらした方ではないかしら？」と不意に伯爵夫人が口を開いた。

夫人は、アスプルと居酒屋のおやじのやりとりを、終始平静にきいているようにみえたが、ただその燃えるような眼差しに内心の動揺があらわれていた。

「おっしゃるとおり、キッフェンバッハ男爵は、あのころパリにいましたが……」とアスプル男爵は言葉を濁した。

「その人にちがいありません。わたしは、いますぐその男の顔が見たい」夫人は、持ちまえの威圧的な口調で言った。

「しかし、奥方様、それは……」

「その男は、わたしに会えるような状態ではない、と言うつもりかい？」

「手当てをした医者の話だと、怪我人は、一言でも口をきいたら、死んでしまうということでした」

「そう！　でも、ひとりではないのでしょう？」

「へえ、奥さんが……いえ、つれの女の人が……つまり、その……」

「だれでもいいから、とにかく、その女《ひと》に話があるのです」

「どうしてもとおっしゃるのなら、青の間の隣に、皿洗いのリエージュ女の小部屋がありますから、そちらへおいでください。その青の間というのが、怪我をした貴族をかつぎこんだ部屋でして……貴族ということは、一目でわかりましたよ。なにしろ、身なりはきらびやかだし、ふんぞりかえっていましたからねえ……」

「わかりました。その小部屋へ案内してもらいましょう。それから、その女の人に、わたしが会いたいと言っていると伝えておくれ」

「滅相もない、妃殿下」とアスプル男爵が叫んだ。「パリの貴婦人は、フランドルの女中部屋に足を踏みいれたりなさるものではありません。それより、私が……」

「男爵」と夫人は、常にもまして重々しい口調で言った。「ここまで案内してくれてご苦労でした。もう、お引きとりください」

「妃殿下のお言葉にそむくつもりはありませんが、こんな宿屋におひとりで……」

「あす、供の者が馬車をひいて迎えにきてくれます。そうしたら、わたしは、フランスへ戻りましょう」

アスプル男爵は、はっと驚きの色を顔に出したが、すぐに、うやうやしくこう言った。

「奥方様、では、これ以上なにも申しあげますまい。実は、リゾラ殿のところへ奥方様をおつれしようと思っていたのですが。私自身、リゾラ殿の館に住んでおりますので……」

「なんですって！　あなたは、リゾラ殿と親しいのですか？」ソワソン夫人は、びっくりして叫んだ。

「昵懇《じっこん》にしていただいております」アスプル男爵は、重々しく頷《うなず》きながら答えた。

しばらく沈黙が続いた。このとき、もし、ひそかにこの無言の場面を見物できる者がいたら、実に奇妙な光景を見ることができただろう。

アスプル男爵は、いかにも神妙な顔をしていたが、その目には、してやったりという表情がありありと浮かび、内心ほくそえんでいるのがうかがわれた。

ソワソン夫人は、まずいときに出あってしまったアスプル男爵への不信感と、この男も謀反に荷担しているのかどうか知りたいという気持の板ばさみになっていた。

そっと横目で男の様子をうかがうが、その平凡で冷たい顔からは、ほとんどなにも読みとれない。

同時に、さまざまの不安な考えが夫人の心に浮かんでくる。

「ナロは寝がえり、キッフェンバッハは瀕死の重傷を負い、フィリップもわたしを裏切っていた！　……わたしは、よくよく呪われた女なのだわ！」

ややあって、夫人は口を開いた。「さ、どうぞお引きとりください」

アスプル男爵は無言で一礼し、ヴァン・ホーテンおやじが閉めわすれていた戸口から、静かに去っていった。

「これでよし！」外へ出るなり、アスプルはつぶやいた。「エーヌ男爵の失策は大目に見てやることにしよう。モリス・デザルモアーズに剣の一撃をくらわせたことで、あの大男は、そうとは知らずに、漁師が魚を一網打尽にするために水面を叩くような効果をあげたというわけだ」

ヴァン・ホーテンおやじは、妃殿下と呼ばれる誇り高い女性と二人きりになると、どうしたらいいかわからず、どぎまぎしていた。

はじめ、おやじはランプを手にして棒杙《ぼうぐい》のように突ったったままで、ソワソン夫人から女中部屋へ案内するよう重ねて催促されて、やっと歩きだす始末だった。

いつも中流階級の人ばかり泊めつけていたおやじは、こんな光栄に浴そうとは夢にも思っていなかった。《破れ絹》亭のつましい屋根のしたに、こんなやんごとない旅人が泊まったことは、いまだかつてなかったのだ。

実際、その夜にかぎって、貴族や貴婦人が示しあわせたようにこの宿屋にやってきた。

しかし、すまじきものは宮づかえ、と言うとおり、ヴァン・ホーテンおやじにとって、こんな華ばなしい泊まり客を迎えるのは、まったくありがた迷惑だった。

数時間まえから、おやじは、卒中にかかりやすい体質の者には禁物の激しい興奮にさらされ、たえず階段をのぼりおりしたために疲れきっていた。

王家の血をひく貴婦人の出現は、おやじにとってとどめの一撃のようなものだった。しかも、その婦人が、リゾラ邸よりもこの宿屋に泊まりたいと言いだすにおよんで、おやじは、腰を抜かさんばかりに驚いたのである。

しかし、おやじは、口のなかでぶつぶつ言いながらも命令に従い、夫人を案内して、梯子《はしご》と呼んだほうがよさそうな虫食いだらけの階段をのぼっていった。

階段はかなり急だったが、ソワソン夫人の胸がドキドキしたのは、息切れのせいではなくて、激しい興奮のためだった。

しかし、《白寝台》の恐ろしい光景を目のあたりにして以来、夫人はなにごとにも動じなくなっていたので、いまも、運命の導くままにたどりついた陋屋《ろうおく》のなかへ、頭を高くあげ、まっすぐまえを見つめて進んでいった。

そこは、二階の踊り場と、ヴァン・ホーテンおやじが上客を泊めるのに使っている《青の間》とのあいだの、壁のくぼみのようなところだった。

粗末な寝台、木製の腰掛が二脚、坐りの悪いテーブル——家具といってはそれだけしかない薄汚い部屋を見て、夫人は一瞬はいるのをためらった。

「さっきも申しあげたとおり、とても奥方様にお泊まりいただけるようなところではないのですが……」おずおずとヴァン・ホーテンが言った。

その声はとても低かったが、少し開いていた隣室の戸口に、ヴァンダが姿をあらわした。

この若い女は男装のままだったが、赤い羽根飾りのついた帽子はぬいでいたので、金髪の髪の長い巻き毛が、苦悩に青ざめた顔に乱れかかっていた。

目のまわりには隈《くま》ができ、大きな瞳は、熱にうかされたように、ぎらぎらと光っていた。頬はこけ、色あせた唇は引きつり、手は、小きざみにぶるぶると震えながら、息をはずませている胸を押さえていた。

それでもなお、ヴァンダは美しかった。もしかすると、最前、居酒屋の小部屋でモリスと向きあって肘《ひじ》をつき、愛する勇敢な騎兵隊員の顔にうっとりと見とれていたときより、さらに美しかったかもしれない。

苦しみが、この可憐で優しい顔に輝きをそえていたのだ。ソワソン夫人はそれに気づき、目のくらむ思いだった。

ヴァンダのほうでも、宿の主人のかたわらに立つ女が、このみすぼらしい家にはおよそ不似合いな気品をそなえ、美しい身なりをしているのに気づいて、全身をわななかせた。

つぎの瞬間、二人の女は視線をあわせ、たがいに物問いたげな様子を見せた。

「テーブルのうえにランプを置いて、わたしたちを二人きりにさせておくれ」とソワソン夫人は宿の主人に命じた。

そう言われるが早いか、ヴァン・ホーテンおやじは、たがいに殺しあおうとしている二匹の牝獅子のまえから逃げだすように、大急ぎで出ていった。

おやじが後ろを向くとすぐに、ソワソン夫人は三歩まえへ進んだ。ヴァンダは、この女が怪我人の部屋へ押しいろうとしていると思って、決然と行手を阻んだ。

「そこにいるのは、キッフェンバッハ騎士なのね?」ソワソン夫人は、ぶっきらぼうにたずねた。

「どうしてそれをご存じなのですか?」とヴァンダは叫んでしまった。それが、秘密を洩らす結果になると、考えるゆとりもなかったのだ。

「そんなことはどうでもいいでしょう！　とにかく、わたしは知っているのだから、それで充分よ」

「そうですか！　で、あの人にどんなご用がおありですの？」

「いまのところ、あの人には用はないわ。深手を負って死にかけているのですものね」

「死にかけているですって！　だれがそんなことを？　嘘です！　お医者は、あの人はきっと助かるとうけあいましたわ……それに、あなたは、あの人を愛していらっしゃらない……いま、ここでなにか言う権利があるのは、あの人を愛しているこのわたしだけです……」

そう途切れとぎれに叫んだヴァンダの言葉には、凄まじい気魄《きはく》がこもっていた。

「あの人が生きのびるよう願うことにかけては、わたしの右に出る者はありえないわ。わたしは、あの人に、わたしの復讐の望みを賭《か》けたのですもの」ソワソン夫人は、冷ややかに言いはなった。

「あなたの復讐ですって？」とモリスの愛人はききかえした。「わたしのききちがいかしら？　それとも、わたしは気が変になってしまったのかしら？　ああ、奥方様、神様があなたに苦しみをお与えにならないからといって、こんなに苦しんでいる者を愚弄《ぐろう》なさるのは、残酷というものです」

「神様は、わたしにも充分苦しみをお与えになったわ」ソワソン夫人は陰気な声で言った。「だから、苦しむ人をあざわらうつもりは毛頭ありません」

「それでは、わたしになにをおっしゃりたいのですか？　さあ、早くおっしゃってください！　わたしがあの人の枕元に戻りたくていらいらしているのが、おわかりにならないのですか？」

ソワソン夫人は、じっとヴァンダを見つめ、低い声でささやいた。

「わたしは、ソワソン伯爵夫人です」

突然こう名乗られて、ヴァンダは、驚きのあまり倒れそうになり、テーブルにつかまらねばならなかった。

ソワソン夫人はヴァンダの手をとり、優しく椅子に坐らせ、自分も、ヴァン・ホーテンおやじが置いていった粗末な腰掛に坐った。

「あの人は、あなたにもわたしのことを話していたのね？」夫人は、深い感慨をこめてたずねた。

「はい」とヴァンダは悲しげに答えた。「あの人は、わたしたち二人の命を奪う無謀な計画のことを考えては、毎日あなたのお名前を口にしていましたわ。あの人をパリに呼びよせて、フランスとフランス国王に対する憎しみを吹きこんだのは、あなたでしたわ。

それでもまだ満足できずに、あなたはここまで来て、わたしの手からあの人を奪い、血《ち》腥《なまぐさ》い仕事に駆りたてようというのですね！　ああ、奥方様！　わたしは、いままで一度もあなたにお目にかかったことはなかったけれど、モリスとわたしとのあいだにあなたが姿をあらわす日に、わたしの幸福が崩れさるということを予想しておりました」

「この女の愛は本当に深いようだわねえ」情熱のことなら知りつくしているソワソン夫人は、そっとつぶやいた。

「わたしの愛がどれほど深いかですって！　わたしは、毎夜、神様にこう祈っているのです——いつか、あの人を救うために死ぬ喜びをわたしにお与えください！　あの人の血一滴のために、わたしの体中の血を捧げても惜しくありません！　わたしの愛の深さをお疑いになるのですか？　わたしは、あの人のあとに従うために、親も、身分も、祖国も捨てたのです。あの人と並んで馬を走らせ、武人として謀反人としての厳しい生活を送るために、生まれながらの幸せな生活をなげうったのです！

そんなふうにおっしゃるところを見ると、あなたがた身分の高い貴婦人は、愛するということがどういうことか、ご存じないのですね」

「そうかしらねえ？」と言った夫人の口調には、過去の苦々しい思い出がこめられていた。

その皮肉な声音をきいて、ヴァンダは思わず身震いし、両手で顔をおおった。

「可哀相に！」ソワソン夫人は、ゆっくりと言葉を続けた。「すると、あなたは、わたしがブルボン王朝の紋章を用いる身だから、心に痛手をうけたことなどない、と思っているのね？」

「だって、もしあなたの心が血を流したことがあるのなら、どうしてわたしの心を引きさくような真似をなさるのですか？　なぜあなたは、モリスを連れさろうとなさるの？　なぜ、死にかけているあの人の枕元からわたしを引きはなそうとなさるのですか？」

「わたしがそんなことをしにきたと、なぜきめてかかるの？」

「では、なんのためにいらしたのです？」

「まず、あの人を救いだすため、それから、あの人の危険な企てを助けるため」

「もし、本当にそうなら……」

「もし、あなたの愛する人が生きのびて勝利を収めることを望むなら、わたしの言うことをよくきいて、率直に答えるのよ」

「もう少し詳しくお話しください、奥方様。そうすればきっと……」

「まず、あの人にわたしの言うことがきこえないかどうか、確かめていらっしゃい」

「モリスはぐっすり眠っています。あまり深く眠っているので、死んでいるのではないかと心配になったほどですわ。医者は、よく眠るほうが傷のために良いと言っていました。それから、少しでも興奮させたら、死んでしまうとも……」

「では、決して興奮させないようにしなければ！　ところで、あなたは、あの人にかわって話をきいたり、行動したりできるのでしょうね?」

それをきいてヴァンダは、きらりと目を光らせ、力強く答えた。

「その覚悟はできています」

「よろしい。では、わたしの話をおききなさい。あなたの大事な人を刺したのは、ルーヴォアの手下で、あの人を暗殺する目的でわざわざここへ派遣されてきた刺客なのよ」

「それでは、奥方様はその男をご存じなのですね?」

「知っているわ。だから、かならずひどい目にあわせてやるつもりです。その刺客の相棒で、負けずおとらず卑劣なもう一人の男も、悪事の報いを受けるでしょう」

「すると、決闘に立ちあったあの嫌らしい老人は……」

「あれも、よこしまなルーヴォアの腹心だから、生かしてはおけないわ。でも、ここにいるかぎり、わたしはあの悪漢どもに手出しできない。フランスへ帰るまで待たなければ。三日たったら、わたしはブリュッセルを出発します。二ヵ月、早ければ一ヵ月以内に、モリスは、ヴェルサイユめざして進軍できるようになるでしょう。

それまでのあいだ、わたしたちが行動できるようになるまで、わたしたちの秘密が外部に洩れないようにしなければ。そのために、わたしたちが首をきられないために、例の小箱がどこにあるか、教えてほしいのよ」

ソワソン夫人がそう言ったとたん、ヴァンダはさっと顔色を変え、椅子から腰を浮かせた。

「小箱って、なんの小箱でしょうか？」ヴァンダは、わざと驚いたふりをしてたずねた。

それには答えずに、ソワソン夫人は肩をすくめ、あわれみと軽蔑《けいべつ》のまざりあった目つきで、じっと相手を見つめた。

「あなた、いくつ？」と夫人はゆっくり言葉を区切ってきいた。

「二十二になります。どうしてそんなことをおききになるのですか？」

「なぜって、もしあなたがそれほど若くなかったら、わたしを疑ったことを許さなかったでしょうからね」

「おっしゃることがさっぱりわかりません、奥方様」

「では、もっとはっきり説明してあげましょうね。あなたは、わたしが罠《わな》を仕かけていると思って、返事をしないのでしょう。でも、もし、わたしのことをもっとよく知っていたら、わたしが術策を弄《ろう》するような女ではない、ということがわかっていたはずだわ。わたしは、敵を攻撃し、友人を守りはするけれど、人をだますような真似はしないのよ。

あなたは、わたしの身の上話を知っているかしら？」

「王妃の膝のうえで育てられ、偉大な王の寵愛を受けた方だということは、存じております」

「そう、でも、多分あなたは、こういうことは知らないでしょう。わたしは、ローマの男を父にシチリアの女を母に持って生をうけ、屈服することも許すことも知らずに育ち、十年このかた、体内を流れるイタリアの血の命じるままに、激しく憎み激しく愛するためにだけ生きてきた女なのよ」

「わたしも、全身全霊をこめて人を愛していますけれど」とヴァンダは考えこみながら言った。「まだ、憎むすべを学んではいませんわ」

「それはともかく」とソワソン夫人はかまわず言葉をついだ。「モリスの敵は、わたしの敵よ。その証拠に、今夜、あの連中は、わたしまで殺そうとしたのよ」

「なんですって！　あなたのような、王家の血をひくお方まで、おそれ多くも……」

「では、あなたは、わたしが好きこのんでこんなみすぼらしい宿屋に泊まりに来たと思っているの？　わたしがここへ来たのは、危うく暗殺されそうになったために、予定の宿から逃げださねばならなかったからなのよ！

あの連中の計画は、実に見事なものだったわ。三人の悪党は、手わけして仕事にあたったのよ——あなたの恋人は刺客の剣に倒され、わたしは、外見も根性も蜘蛛そっくりのあのナロのはりめぐらした糸にからまれて、命をおとすところだった。

でも、わたしは逃げ出したし、モリスもきっと助かるわ。さ、これで、わたしたち二人が復讐のために手を結ばねばならないことが、あなたにもわかったでしょう？」

「モリスは、自分の行動は自分で決める人ですし、わたしも、あの人の指図がなければなにもできません」

「そんなことを言って、あなたは、モリスが元気を回復するまでには、まだ何日もかかるということを忘れているようね。あすにも、わたしたちの秘密がすべてはいっているあの小箱が、わたしたちを皆殺しにしようと狙っている残忍なルーヴォアの部下の手に渡るかもしれないのに！

その小箱のありかを教えてくれないところを見ると、あなた、まだわたしを疑っているのね……」

ヴァンダは、抗議しようとして口を開きかけた。

「否定しても無駄よ！　ちゃんとあなたの顔にそう書いてあるんですもの。でも、許してあげるわ。そればかりか、わたしが嘘を言っているのではないという証拠も見せてあげる。

よくきいていらっしゃい！　この陰謀の指揮をとっているのは、レーヌ街の館に住むリゾラ殿、軍資金はオレンジ公ウイリアムが出資し、アムステルダムのアムステル河岸通りの銀行家ファン・グロートのもとに預けてある。反乱は、各地で一斉に起こることになっている――ノルマンディーではロアン騎士の指揮のもとで、ギュイエンヌとサントンジュではオーディジョ大尉のもとで。そのあいだに、あなたの恋人キッフェンバッハことモリス・デザルモアーズは、騎兵隊の一団を率いてフランスに侵入し、サン・ジェルマンから出御された国王をさらい……」

「奥方様、もうそれ以上おっしゃらないでください！」ヴァンダは、ソワソン夫人の軽率さに恐れをなしてさえぎった。

「そうね。壁に耳あり、ですものね。とにかく、わたしがあなたとおなじ志を抱いているということは、わかってもらえたでしょう？」

「はい、お言葉は信じます。でも……」

「まだなにが不足なの？　王族としての名誉にかけて誓え、とでも言うの？」

「そんなことは申しません。ただ、わたしは誓いを立てておりますので……」

「あなたが？　一体全体、どんな誓いを立てたの？」

「奥方様、わたしは無知な女で、政治のことはなにもわかりません。オルムッツの近くの父の城で、はじめてモリスに会ったころ、わたしはまだヴァンダ・プレスニッツと名乗っておりました。モリスは、スイス衛兵隊の戟槍兵を率いて、父の城に駐屯しにきたのです。

当時十六歳だったわたしは、モリスにすっかり心を奪われてしまいました。プラハでのちに、生家が破産して、やむなく年老いたラティボール伯爵に嫁いでから、モリスに再会したとき、わたしはあの人のあとに従うために、伯爵夫人の称号も、莫大《ばくだい》な財産も、そしてなによりも汚点ひとつない名声を潔くなげうったのです。

いま、わたしはあの人の奴隷、あの人の所有物になっています。わたしの命はモリスの手に握られています。わたしはあの人の命ずるままに動き、あの人が行けと言えば行き、口を開けと言えば口を開き、黙れと言われればロをつぐむのです。ですから、あの人が意識を失って横たわっているかぎり、わたしは存在しないも同然で、あの人が口をきけるようになる日まで、わたしも口をとざしていることになるのです」

ソワソン夫人はヴァンダの言葉をきいて、いかにも心を動かされた様子だった。夫人には、二つの性格があった——愛に生きる女としての性格、それに、この世のあらゆる栄光を夢みる野心家としての性格だ。しかし、ほとんど常に優位を占めるのは、女としての性格のほうで、このときも、夫人は、感動した口調でつぶやいた。

「わたしも、そんなふうに愛されてみたいわ！」

二雫の大粒の涙が夫人のオリーブ色の頬をつたい、夫人はヴァンダの手を握って、優しくたずねた。

「するとモリスは、例の小箱のありかをだれにもしゃべってはならない、とあなたに口どめしたのね？」

「去年、十一月二日の万霊節の日に、あの人はわたしを聖ギュデュル教会へつれていきました」とヴァンダは声をひそめた。「教会には黒幕が張りめぐらされ、本堂の奥には蠟燭がともり、死者の冥福《めいふく》を祈る聖歌が響いていました。

わたしは自分がまだプラハの大聖堂にいるような気がしました。昔よく、あの薄暗い大聖堂へ行ってお祈りしたものでした。

モリスはわたしを祭壇のしたにひざまずかせ、自分も並んでひれふしました。そうして二人とも埃《ほこり》だらけの床に額をつけて、モリスは、これから打ちあける秘密を決して他言しない、とわたしに誓わせたのです。

翌日、あの人はパリへ旅立っていきました」

「そこで、はじめてわたしと対面した、というわけね」と夫人はつぶやいた。

「パリから戻ったとき、あの人は、あらゆる危険をおかす覚悟を決めていました」と悲しげにヴァンダは言った。

「それで、あの人は、ブリュッセルをたつまえに、例の小箱をあなたにあずけたのね？」

「わたし、そんなことは申しておりませんわ、奥方様！」

「あのね、ヴァンダ」夫人は、情のこもった優雅な口振りで言った。人の心を動かしたいと思うときは、いつもそういう物言いをするのだ。「わたしは、もうなにもあなたにきかないことにするわ。もう、これ以上なにも知りたくないわ。ただ、ひとつだけ、あなたのまだ知らないことを教えてあげましょう」

ヴァンダは、驚いて目を大きく見ひらいた。

「それはこういうことなの」夫人は、声をひそめて言葉を続けた。「あなたに、フランスのもっとも身分の高い貴族たち、それに、もっとも身分の高い貴婦人たちの運命を握っているのよ。

あなたがちょっとでも慎重を欠いたら、一言でも秘密を洩らしたら、二十人もの人が首を斬られることになる。国中でもっとも高い地位にいる二十人がね。そのうえ、何千人もの名もない哀れな人びとが、あの冷酷なルーヴォアの残忍な復讐を受けることになるわ。それというのも、あの小箱には、陰謀に荷担している者やその首謀者たちの名簿がはいっているし、スペインやオランダのスパイたちとの書簡もはいっているからよ」

「奥方様」とヴァンダは凛然《りんぜん》と言いはなった。「わたしはいままで一度も人を裏切ったことはありません。ですから、裏切り行為がどのような結果を生むか、わたしにおっしゃる必要はないと存じます。ただ、これだけは申しあげておきましょう。わたしにとっては、フランス中の王侯貴族の命よりも、モリス一人の命のほうが大切なのです」

「では、あなたは、万一わたしたちの企みが発覚した場合、モリスが助かると思っているの？」

「いいえ。でも、そのときは、わたしもあの人といっしょに死ぬ覚悟です。また、もしあの人が生きのびて、敵がわたしから秘密をききだそうとしたら、わたしはどんな拷問にも耐える自信があります」

ヴァンダの声が実に力強く、その眼差しに少しもかげりがなかったので、ソワソン夫人は、この若い女が真実を語っているのを悟った。

「あの小箱の番人には」と夫人は思った。「恋をしている女のほうが適任かもしれない。少なくとも、この女は、金に目がくらんで敵に寝がえったり、行きずりの色男にだまされたりする心配はない。それにひきかえ、男たちときたら……男たちは、爵位のために信義を破り、美しい侍女の瞳のために恋人を裏切るのだわ」

急に不実なフィリップの姿が目に浮かび、伯爵夫人は、一瞬、謀反のことなどまったく忘れて、ただ熱い思いに胸を焦がした。

「あすは、どうしてもフィリップに会わなければ」と夫人はつぶやいた。

「奥方様」とヴァンダがささやいた。「わたくしは、もうこれ以上モリスをひとりにしておくわけにはまいりません」

「では、そばへ行っておやり！　わたしは、いますぐこの家を出ることにするわ」そう言うなり、夫人はやにわに立ちあがった。

「まさか！　奥方様は、こんな夜更けに……」

「ここから、市役所までは遠いの？」

「この家のまえの道を行けば、市役所前の広場に出ます。でも……」

「さようなら！」と夫人は小声で別れを告げた。「あなたの恋人が意識を取りもどしたら、こう伝えてちょうだい――ソワソン伯爵夫人がサン・ジェルマンで待っているとね。そう言えば、あの人にはわかるはずよ」

ヴァンダは、なおも無謀な夫人を引きとめようとしたが、そのとき、隣室から苦しげな呻《うめ》き声が響いてきたので、慌てて怪我人の枕元に駆けよった。そのあいだに、ソワソン夫人は、木の葉が秋風に追われるように嫉妬に駆られて、ヴァン・ホーテンおやじの宿屋の古びた階段を走りおり、ふたたび、寝静まった町のなかへ出ていった。

4　ナロ老人の奸計

二月九日の土曜の夜に相ついで起こった不幸な出来事の三日のち、年齢も様子もまったく異なる二人の男が、パシェコ通りの館《やかた》で、炉端に坐って静かに話しこんでいた。

二人がゆっくり話しあうのに選んだ場所は、前々夜エーヌ男爵が酔いつぶれてしまった大広間だった。しかし、二人が時おり肘《ひじ》をつくテーブルのうえには、大きな砂岩陶器の酒壺とオランダ産のジンのはいった二つのグラスが置いてあるだけだった。

もっとも、いまは昼食の時刻でも夕食の時刻でもなかった。夜がようやく明けそめたばかりで、高くて狭い窓から弱々しい冬の朝日が射しこんでいた。

それに、この話しあいの席には、エーヌ男爵は招かれていなかった。もし男爵がいたら、早速、賑《にぎ》やかな酒盛りをはじめていただろう。

どうやらナロ会計長は、エーヌ男爵にはこの席に出る資格がない、と判断したらしい。なんと言っても、ナロはこの家の主だったので、男爵も仕方なく、早朝から、行きつけの居酒屋へ一杯やりに出かけたというわけだった。

はっきり言って、ナロ会計長は、ルーヴォアの命令でいっしょに仕事をしているこの乱暴な相棒を、あまり高く買っていなかったのだ。

それにひきかえ、ソワソン夫人が到着した夜、はじめて会ったフィリップ・ド・トリーに対して、ナロは格別の好感をいだくようになっていた。

そこでナロは、この日、夜が明けるとすぐにわざわざフィリップを起こしにいき、どうも陽気が湿っぽくてやりきれんから、景気づけにジンを一杯つきあってくれ、ともちかけたのだ。

フィリップも、喜んでこの誘いに乗った。ジンには目がない男だったし、ブリュッセルの霧が体質にあわないせいか、ロレンツァの急死にショックを受けたためか、いつになく憂鬱《ゆううつ》な気分になっていたからだ。

哀れなロレンツァは、前日、聖ジョス教会の墓地に埋葬されていた。親切なナロ会計長は、葬儀の費用を負担し、花の盛りに死んだ不運な女のために涙を流した。

この突然の死の原因を究明するために、ナロは、町中の名医を呼び集めた。医師たちは、あのモリエールの芝居に登場するピュルゴン先生よろしく、なにも結論を出さずに勿《もっ》体《たい》ぶって長広舌をふるった。ついでながら、モリエールは、ちょうどロレンツァの死の一週間後、『気のやまい』に出演中、舞台のうえで死んだのである。

それればかりかナロは、おそらくソワソン夫人に敬意を表すためであろうか、みずから喪主までつとめたのである。夫人は、あのいたましい事件の夜以来、姿を消していた。

いかに痛切な衷心からの悲しみも、時がたてばいやされると言うように、心優しいナロ会計長の悲しみも、野辺の送りの翌日には、すっかりおさまったようだった。マントルピースのしたで、ユトレヒト産のビロードの大きな肘掛椅子に身を沈めて、ナロは、痩《や》せて曲がった両足を交互に暖炉の火にかざし、一仕事おえた人の満足げな様子で両手をこすりあわせていた。

同時に、ナロは、自分と向きあって、やや質素な椅子に腰をおろしているフィリップ・ド・トリーの様子をうかがった。

眉目秀麗な従者は、悲しげではないまでも、物思いに耽《ふけ》っているようにみえた。心ここにあらずという様子で、長い金髪の鬘の巻き毛を手でなでつけながら、時おり、気をまぎらそうとするように、ぐっとジンをあおる。

「ねえ、会計長」不意にフィリップは口を開いた。「本当のところ、あなたは、妃殿下がどこへ逃げたと思っているんですか？」

「そんなこと、だれにもわからんさ」とナロはせせらわらった。「ご婦人がたというのは、ときどき妙な気紛れを起こすものだから、わしは、とっくのむかしから、女心の裏を読むのは諦《あきら》めている。

そういうことなら、きみのほうがよく知っているはずじゃないか。若くて、ソワソン夫人のご寵愛を賜わっていたんだから」

「ご不興を蒙《こうむ》ってもいましたがね」とフィリップはつぶやいた。「あの方に仕えるのは楽じゃなかった。でも、いまぼくが悩んでいるのは、そんなことではないのです。この三日間というもの、ぼくは、この呪《のろ》わしい家でみんなの物笑いの種になっている。一刻も早く、こんなところから出ていきたいし、それに……」

「おやおや、そういう言い方は、このわしに失礼じゃないかな」とナロはからかった。「こいつは失敬、会計長！　でも、ぼくは、なにもあなたに文句を言っているわけじゃない。たしかに、あなたの接待はいたれりつくせりですよ。しかし、武人であるぼくにとって、貴婦人の気紛れに翻弄《ほんろう》されるのがどれほど耐えがたい屈辱か、あなたにもわかるでしょう？　おまけに、あすにも、その貴婦人から、そこいらの従僕なみに簡単に暇を出されるかもしれないんですから」

「なにを言うんだ！　伯爵夫人は、きみのことをそれは大切に思っておいでだから、そんなことは決してありえないよ。それに、万々一、夫人がきみに愛想をつかした場合には、伯爵のほうの庇護《ひご》をあおげばいいだろう。きみは、昔は伯爵のお小姓《こしょう》だったんだから」

ナロ老人は、真顔でそう諭したが、その口調にちくりとした皮肉がこめられているのを、フィリップはききのがさなかった。

「ソワソン伯爵は、昔の従者にまた関心を寄せることはないのです」フィリップは吐き出すように言った。「うっかりするとぼくは、一生、スイス衛兵部隊の旗手でおわるかもしれない」

「そんなことになったら、ひどく不公平だな。フランス広しといえども、きみほど国王に忠誠を尽す男は、またとないだろうに」

「ぼくは、自分に利益を与えてくれる人にだけ、忠誠を尽す主義です」

「それは賢明だ。近ごろの若い者は、きみを見ならうべきだな。

どうだね、先週オランダから送ってきたばかりのこのジンを、もう一杯やらんかね？」

フィリップ・ド・トリーはグラスを差し出し、注がれた酒を一滴残さず飲みほした。

もし、異国の町はずれの墓所に横たわるロレンツァが、雄々しい騎士とばかり思ってぃたこの美青年のいまの姿を見、いまの言葉をきくことができたら、非業の死をとげた女は、墓石を持ちあげてさまよい出て、かくも速やかに自分を忘れさった男の夢枕に立とうとしたであろう。

だが、この従者は魂の存在など信じていなかった。当時のいわゆる自由思想家で、この世で立身出世するのに熱心なあまり、あの世へ行った女のことなど考えている暇はなかったのだ。

「会計長」とフィリップは背筋をのばして言った。「どうやら、あなたはなにか隠しごとをしているようだが、思わせぶりはやめたほうがいいですね」

「わしが隠しごとを！」ナロ会計長は、両手を握りあわせて言った。「残念ながら、わしは財務官という職業上、四六時中ガラス張りの行動しかできないんだよ」

「だめだめ！　そんなことでだまされるぼくじゃない！　たしかに、あなたは財務官だが、ルーヴォア閣下のためにフランドルへ出張する収税請負人が清廉潔白だとは、とても思えませんからね」

「ルーヴォア閣下は、偉大な国務卿だ！」ナロがもっともらしく口をはさんだ。

「もちろん偉大な国務卿ですとも。ほんの一筆で、スイス衛兵隊旗手の階級をぼくから剝《はく》奪《だつ》することもできるんだから」

「あるいは、きみを近衛の中隊長に昇進させることもね」ナロは、小さな鋭い目で相手を見つめながらやりかえした。

「それはそうかもしれない！　しかし、ルーヴォア侯のことはさておいて、ぼくの素朴な疑問に答えてもらえませんか？

あなたは、ソワソン夫人がどこにいるか知らないと主張なさる。それでは、どうして、あなたの召使のピカールが、市役所前の広場に面した窓に夫人の姿が見えた、と言っているのですかねえ？」

「それは、ありうることだな」とナロは落ちつきはらって言った。

「これもあなたの召使からきいた話だが、その窓は、ブリュッセルの裕福な町人アブラハム・キフィエッド家の二階の窓だということですよ」

「ほう、ピカールがそこまで突きとめたとしたら、なかなか頭のいいやつだな」

「そうですね！　しかし、自分の主人以外の者にまで、そのことをしゃべってしまうというのは、あまり口のかたい男とは言えませんな」

老人は、それには答えずに、グラスになみなみと注がれたジンをゆっくりと味わった。

「なにも言わないところを見ると、図星なのですね」とフィリップは言葉をついだ。「やはりあなたは、伯爵夫人の居所を知っているんだ。それではうかがいますが、会計長さん、あなたは、夫人が逃げだしたこと、いつまでもぼくに連絡してこないことをどう思っていますか？」

ナロは、くっくっと笑いながら言った。「いや、なに、いろんなことを考えてはいるのだがねえ」

「あなたの考えをきかせてください。そのお礼に、ぼくでお役に立つことがあったら引きうけますから」

「いや、わしのために働いても、いっこうにきみの出世の道は開けんさ。しかし、きみのような好青年の頼みをはねつけるわけにもいかないから、わしの意見をきかせてやろう。いいかね、わしの考えでは、これは純然たる嫉妬《しっと》の問題だ。妃殿下は、死んだ侍女《じじょ》がきみに熱い眼差しを注いでいるのが気にいらなくて……」

「すると、あなたは、夫人がロレンツァをやったと言うのですか？」フィリップは声をひそめてたずねた。「医者たちは病死だと言っていたし、ぼくにはとても……」

「わしにだってなんとも言えんさ。ただ、医者たちの話だと、イタリア人は、フランドルではまったく知られていない植物の汁の効果に詳しいということだ」

「それが確かなら！」フィリップはつぶやいた。

「この世のなかに確かなことなんてありはしない。女心だってそうだ。そうそう！きのう、あのピカールがこんなことを話してたっけ。いま、市役所のすぐそばの旅籠《はたご》屋の一室に、剣の一撃を受けて床にふせっている眉目秀麗な騎士がいるってね」

「市役所のすぐそばだって？それじゃあ、妃殿下があの町人の家に泊まっているのは、その男に会うのに便利だからなんですね！」

「さあね」

「ああ、あの不実な女め！」フィリップは、拳《こぶし》でテーブルを叩《たた》いて叫んだ。「この旅行がすんだら、大尉に任命されるよう取りはからってやるなどと約束しておきながら！」

「気の毒だな」とナロは冷ややかに言った。「しかし、どうやら、ソワソン夫人より強力な保護者を捜し出したほうが賢明のようだねえ」

フィリップはむっつりとして肩をすくめ、この親切な語りかけに答えようともしなかった。

この青年の卑劣な魂は、現実にせよ臆測《おくそく》にせよ、ソワソン夫人に見捨てられたことによって、自分の野心が蒙った打撃にばかり気をとられて、ロレンツァを哀れむ気持などみじんも抱いていなかった。

そもそも、フィリップが執着していたのは、女性としてのソワソン夫人ではなくて、その地位と財産だったのだ。

フィリップ・ド・トリーは、ドーフィネ地方の貧しい田舎貴族の末子として生まれ、幼少のころからソワソン伯に仕えた。

当時の貧乏貴族がこぞってそうしたように、王族の館でなかば奉公人のような身分に甘んじながら、この若いお小姓は、どんな代償を払ってでも出世しようと決意していた。

すばしこくて、人に取りいるのが巧みで、抜け目がなく、魅力的な容姿と目的のためには手段を選ばぬ図太さに恵まれていたこの男は、成功するのに必要なあらゆる条件を兼ねそなえていた。

だが、不幸にして、フィリップは、生まれてくるのが少し遅かった。

十五年か二十年まえなら、フロンドの乱の陰謀渦巻くなかで、この青年は頭角をあらわしたことだろう。なかなか勇気もあったから、ゲリラ戦で手柄を立てることもできたにちがいない。

しかし、フランスでは、秩序が回復するとともに、主君の寵《めぐみ》さえも家柄に左右されるようになっていた。そこで能力を発揮する機会のない野心家のフィリップは、昇進を阻まれて悶々《もんもん》の日を送ることになったのである。

栄達の望みは、波のように揺れうごく女の心ひとつにかかっており、少しでも秋風が吹けば、フィリップの砂上の楼閣は崩れさってしまう。

ところが、ナロ老人の言葉が本当だとすると、いま、その秋風が吹きはじめているのだ。フィリップは、自分の夢がはかなく消えるのを見て、目のまえがまっ暗になるような気がした。

もし、この老人が、ソワソン夫人の失踪《しっそう》の動機と称するものを唐突に告げることによって、かねて用意の提案をフィリップに持ちかける布石をうっていたのなら、この作戦はまんまと功を奏しただろう。

そのとき、才気あふれるフィリップ・ド・トリーは、破滅の淵《ふち》に吸いこまれそうになって、這《は》いあがるためになら悪魔に魂を売ってもいいと思う人の心境になっていたのだ。

ナロは、一、二分のあいだ、自分が陥れた絶望の淵のなかで相手がもがくのを眺めて楽しみ、それから、さらに激しい攻撃に出た。

「ねえ、きみ」とナロは猫なで声を出した。「こんなことを言ってはなんだが、きみはどこから見ても申し分のない騎士のようだし、こうなったうえは、主人を替えさえすればかならず得をするのに、なにをくよくよしているのかわからないな」

「ぼくをからかっておいでですね」とフィリップはぶっきらぼうに言った。「ぼくは、自分の名前に頼れるほど良い家柄の出ではないし、ぼくのような一介の将校に、だれか偉い人が関心を抱くとは思えませんからね」

「そう思いこむのは早計かもしれないよ。きみの真価は、その筋では、きみが自分で考えているよりはるかによく知られていると断言できるね」

そう言ったナロ会計長の口調がいかにも自信たっぷりだったうえに、その目つきがいやに意味深長だったので、フィリップもついに注意を喚起された。

「これは驚いたな。お偉方がぼくにそれほど目をかけてくださっているとは、夢にも思いませんでしたよ」フィリップは謙虚に答えた。「しかし、もし本当にぼくが、自分でも知らぬまに宮廷に味方を作っているとしても、その人たちが、ソワソン夫人を凌《しの》ぐ勢力を持っているということはありえないわけでしょう」

フィリップの口ぶりがいかにももっと詳しい説明を聞きたそうだったので、ナロはますます調子づいた。

「ところが、それが大ありなんだ」とナロは頷《うなず》いてみせた。

「ええっ！　それじゃあ、どうかその人がだれか教えてください。そうでないと、ぼくにはとても見当がつきませんよ。ソワソン夫人より勢力のある人物なんて、そうざらにはいませんけれどね。なにしろマザランの姪《めい》で、王家の血を引く貴族と結婚し、王妃の女官長をつとめているのだから……」

「もういい。ソワソン夫人の称号なら、わしもよく知っている」

「で、それほど高い身分の貴婦人よりも、さらに地位の高い人というのは、だれなんです？」

「当ててごらん。いや、わしも手伝ってあげよう」

「ええと……まず……国王」

「それは、いくらなんでも位が高すぎる」

「モンテスパン夫人かな？」

「横道へそれてしまったよ」

「わかった！　陛下の側仕《そばづか》えのボンタン氏でしょう？」

「今度は位が低くなりすぎた」

「いやはや、降参しますよ」

「実のところわしは、きみがもう少し洞察力のある、社交界の事情に詳しい男かと思っていたよ」

「仕方ありませんよ！　なにしろ七年まえからソワソン伯爵の館に引きこもっているから、ヴェルサイユでだれが幅をきかせているか知らないんです」

「なあに！　わしの考えているのは、きみもようく知っている人物だ」

「さっぱりわからないなあ……いや、待てよ……しかし、まさか……そんなことはありえない！」

「いまの世のなかに、ありえないことなんてない、高名な国務卿の目にとまるということだって可能なんだ」

「ええっ！　すると、やはり……ルーヴォア侯爵のことを言っているんですね？」

「やれやれ！　やっと当たった。どうも真剣に考えなかったようだな」

フィリップは体を震わせた。だが、さほど嬉《うれ》しそうな顔はしなかった。

「たしかに、ルーヴォア大臣の権勢は大変なものです。それは認めますよ」フィリップは、慎重に言葉を選びながら言った。「でも、大臣がぼくのためを思ってくれているなんて、どうしてわかるんですか？」

「そうでないという証拠でもあるのかね？」

「なぜって、ぼくは、ソワソン夫人に仕える身で、夫人は大臣と犬猿の仲だからですよ」

「だからといって、大臣がきみまで憎んでいるとはかぎらんさ」

「ええ、あなたのように、両方から引立てられている人もあるということは知っています。しかし、ぼくにはそんな器用な真似はできないし、ぼくがルーヴォア大臣に気に入られているとは、とても信じられない。いままで大臣に昇進願いを出すと、そのつど、すげない拒絶の手紙が送られてきましたからね」

「しかし、いまは事情がちがう。もし……」

「もし……？」

「もし、きみにその気があれば」

「なんですって！　ぼくにその気があればですって！　ぼくが、あの人の好意を受けたくないと思っているはずがないでしょう。ただ……そのために、なにをすればいいのだろう？」

「ある重大な事件に関して、国王に忠誠を尽せばよいのだ」

「なんだか漠然とした話ですねえ。もう少し詳しく説明してもらえませんか？」

ナロは、肘掛椅子に体をうずめ、黒ビロードの上着のうえに腕を組み、フィリップに鋭い視線をあびせてから、おもむろに言った。

「詳しい説明など必要ではない。ルーヴォア侯がきみに期待しておられることは、非常に簡単なことなのだ。ただ、この町で企てられている国王陛下に対する謀反の計画を阻止すればいい。それができるのは、きみだけなのだよ」

「ぼくだけですって！」フィリップは唖然《あぜん》として叫んだ。

「もし、きみがそれに成功すれば」ナロは、こともなげに先を続けた。「大臣は、国王に願って、きみを中隊長どころか連隊長に昇進させるだろう」

「あなたは大臣の命令で、そんな提案をぼくに持ちかけているんですか？　ぼくをからかっているのではないのですね？」フィリップは、喜びに頬を紅潮させてたずねた。

「からかうなんてとんでもない。その証拠に、ほら、ここに連隊長任命の勅許状《ちょっきょじょう》がある。陛下の署名がしてあって、連隊長の名前のところは白紙のままだ」

ナロ老人は、胴衣のかくしから、羊皮紙の文書を取りだして、あっけにとられているフィリップの目のまえに広げてみせた。

「これは驚いた！　まったくルーヴォア侯は、人を説得する術《すべ》を心得たお方だ！」フィリップは有頂天になって叫んだ。「こうなったからには、なんなりとあの方の命令に従いますよ」

そう請けあってから、この野心家の青年は、そっとこうつぶやいた。

「伯爵夫人の空《から》約束なんて糞くらえだ！　あの女のあとを追いかけるより、連隊を指揮したほうがずっといい」

「ところで」とナロが口を開いた。「大臣に仕えるときめるまえに、もう少しわしの言うことをきいておいたほうがいいだろう」

「うかがいましょう」フィリップは、ちょっと不安な面持ちでささやいた。

「さっきわしは、謀反の企てがあると言ったが、これから、その事件に関して、どうすればきみが国王のお役に立てるか、話してきかせよう」

「ぼくの腕も、剣も、命も、すべて陛下のために捧げます！　たとえ十人の謀反人を相手にただひとり戦うことになろうとも……」

「きみは戦う必要などないのだ。きみの剣はわれわれの役には立たないし、われわれが利用したいのは、きみの腕よりも、きみの頭のほうなのだ」

「お話の意味がどうもよくわかりませんね」

「いまにわかるさ。反乱の主謀者はきみと同年輩の騎兵隊員で、きみとおなじように将校だし、貴族の出だ。だから、きみはわしの渡す紹介状を持って、難なくその男と接触できるだろう。しかも、紹介状には、その男が信頼しきっている人物の署名がしてあるのだ」

「そういうことなら、できるでしょうね」

「それから、パリから派遣された一味の者になりすまし、なにくれとなく親切にしてやって、相手を信用させることも容易だろう。

　きみがそのような行動をとる目的は、第一に、ある小箱の隠し場所をききだすことだ。その小箱については、あとでもっと詳しく説明しよう。第二の目的は、その男を伴ってフランス国内にはいり、示しあわせておいた待ち伏せの場所へおびきよせることだ」

「なんだって！　それじゃあ、あなたはぼくにスパイ行為を働かせ、人の信頼を裏切れというのですね！」

「まあ、話をおわりまできいて、そのうえで返事をするがいい。

　いいかね、ルーヴォア大臣は、きみの働きで謀反の証拠を握ったら、非常に名門の人びとを死刑に処すことができる。なかでも一番高名なのは……」

「それは、だれです?」

「きみの恩人、ソワソン伯爵夫人だ」ナロは冷然と言いはなった。

ここでフィリップの名誉のために言っておくが、ナロの言葉をきくと、このソワソン夫人の従者はさっと顔を曇らせた。なにしろ、自分の最大の恩人が死刑執行人の斧《おの》で首をきられるというのだ。

いかに出世のためには手段を選ばぬとはいえ、フィリップ・ド・トリーは貴族の生まれだったから、自分の主人であり恩人でもある女性の命を敵に売るというのは、考えただけでもおぞましかった。

しかし、狡猾《こうかつ》なナロ老人が、自分が勧めている行為の法外さを、のっけからフィリップにはっきりと悟らせたのには、それなりの理由があったのだ。

ナロは、決して軽率に物を言う男ではなかった。いまも、単刀直入に難しい話を切りだしたのには、充分な思惑があった。

この二日間ゆっくりフィリップを観察した結果、ナロは、この青年の柔弱で好色な性格、他人の影響を受けやすいところなどを見抜いていた。

好男子のフィリップは、きわめて男らしい風貌のしたに、女のような弱さと移り気な性質をかくしていた。

したがって、この青年は熱しやすく冷めやすく、ナロ会計長のような冷徹な策士の手にかかったら、蠟《ろう》のように苦もなくこねまわされてしまう。

おまけにナロは、まず痛烈な一撃を加えておいてから、さらに決定的な二の矢を放つ準備をしていた。

「ナロさん」とフィリップは陰気な声で言った。「あなたがぼくに勧めているのは、卑劣漢になれということなのですね」

「フィリップ君」とナロはやりかえした。「わしは大袈裟《おおげさ》な言葉は大嫌いだ。だから、いまきみが使った言葉について議論して、時間を無駄にしたくない。

わしの意見では、国家の敵以外に卑劣漢などいない。リシュリュー枢機卿もそう考えておられたし、マザラン枢機卿もそうだし、ルーヴォア閣下も、あの二人の偉大な宰相とまったくおなじ意見だ」

「それはぼくも認めます。しかし、国家の安泰のために有益な、それどころか必要不可欠な行為のなかにも、信義を重んじる紳士が手を染めるわけにいかないことがある。それは、あなたも否定なさらないでしょう？」

ナロの顔は、北極の氷のように冷ややかなままだった。

「だから」相手があまり平然としているので、フィリップは少し面くらって言葉を続けた。「もし万一、伯爵夫人が陛下に対する謀反を企てているとしても、ぼくには、夫人の陰謀を暴くことはできません。どうしてルーヴォア閣下は、おかかえの密偵にこの任務を命じないのでしょうね。たとえば……」

「たとえば、わしのような、と言いたいんだろう?」とナロが口をはさんだ。

フィリップは、黙って頷いた。

「その質問には答えてやらねばなるまいな」とナロは言葉をついだ。「そこで、まず、わしが隠しだてをしていないことを証明するために、はっきり打ちあけておこう。わしは一生を通じてソワソン伯の館に出入りした者だが、身も魂もルーヴォア大臣に捧げている。もっとも、わしは平民だから貴族のような振舞いをする義務はない。きみは、きっとそう反論するにちがいない。

ただ、これだけは言っておくが、ルーヴォア大臣がきみのことを思い出したのは、わしが推薦したからなのだよ」

「それは、どうもご親切に。しかし、どうしてまた、ぼくがあなたの目にとまったんですかね?」

「きみが有能な男なのに、現在までいっこうに報われていないこと、能力にふさわしくない低い地位にあり、そこから抜けだしたいと熱望していることを知っているからさ」

「おほめにあずかって恐縮ですが、それでは、なぜ、大勢のなかでぼくが選ばれたのか納得できませんね」

「しかし、もしこの際、だれにでも国王の役に立つことができると思ったら、大間違いだ。

われわれが必要としているのは、若くて、容姿端麗、頭脳明晰《めいせき》、しかも勇気に溢《あふ》れる男だ。ところが、こうした条件を兼ねそなえた人間など、そうざらにはいないのだよ。残念ながら、このわしはその条件にあてはまるというのにはほど遠いし、わしがパリからつれてきたエーヌ男爵にいたっては、なおのこと落第だ。あの高慢ちきな男爵ときたら、すんでのことで、なにもかもぶちこわしにするところだったんだからな」

「失礼ながら、会計長、あなたがぼくにあると認めてくださる勇気やいろいろな長所が、なんの役に立つのかよくわかりませんねえ」

「きみの勇気が役に立つのは、きみの手引きでフランス領内へおびきよせられた反乱軍の首領が、いよいよ逮捕されるというときになってからだ。きみの容姿の利用価値については」ナロは曖昧《あいまい》な薄笑いを浮かべて付け加えた。「この陰謀では女が重要な役割をはたしている、とだけ言っておけば充分だろう」

「女が！」フィリップは、驚いて叫んだ。

「そうとも！　まず、謀反の中心人物ともいうべきソワソン夫人がいる……」

「しかし、あなたの勧めに従ってぼくがあの女《ひと》を裏切ったら、あの女《ひと》に対するぼくの影響力はなくなってしまうと思いますね」とフィリップは皮肉な口調で指摘した。

「それはそうかもしれん」ナロは、考えこむように言った。「女というのは、自分を裏切っている男に強く惹《ひ》かれるものだが、いつかは……しかし、伯爵夫人はさておくとして、もう一人、あの忌わしい首領の愛人がいる。あの男のあとに従うために、帝国軍の大尉だった夫を捨てた女だ。その女は、愛人から信頼されていて、陰謀の秘密をすべて握っている。その女を利用すれば、われわれはなにもかも知ることができるのだが、わしの思うに、きみのような色男にならば、ボヘミアの片田舎から出てきたじゃじゃ馬を馴《な》らすくらい、朝飯前じゃないかね」

フィリップは、銀の飾り紐《ひも》のついた胴衣を着た体をしゃんとのばし、すらりとのびた自分の脚を満足げに眺めた。

ナロは、すでに相手の良心にできている傷口のなかへ、攻撃の刃《やいば》を一段と深く突きさす時機が到来したと見てとった。

「ねえ、きみ」ナロは、いかにも人のよさそうな口調で言った。「もちろんわしは、伯爵夫人に仕えるのを急にやめてしまうのを潔しとしないという、きみの気持は立派だと思う。それに、わしは、色恋沙汰《ざた》にはまったくうとい男だから、最終的な意見を言うのはためらわれるのだがねえ……」

「先を続けてください」

「いやね、わしの見たところ、きみは、あの謀反の首領と伯爵夫人の両方にとって不利益な行動に出たからといって、なにもうしろめたい思いをする必要はないようだがねえ。なにせ、あの二人は、とても仲がいいんだから」

「それは一体どういう意味です？」

「なあに、つまり、その危険な悪党はなかなかの好男子で、フランス王国に危害を加える準備の片手間に、伯爵夫人の心を奪ってしまったということさ」

「そんな馬鹿な！　そいつがどこで夫人に会ったというんです？」

「毎日、見舞いにくる夫人に会っているよ。その男は、乱暴者のエーヌ男爵から受けた傷がまだ治っていないからね」

「なんですって！　じゃあ、夫人が訪ねていっているのは、そいつなのか！　そいつのために、夫人は、市役所の近くに宿をとったというわけだな！」フィリップは、顔面蒼白《そうはく》となって、不意に立ちあがった。

「そのとおりだ」ナロは、落ちつきはらって答えた。

フィリップは、大股《おおまた》に広間を歩きはじめ、目に見えぬ敵に向かって拳を振りあげ、額を叩き、口のなかでぶつぶつとつぶやいた。

「そうだ……そうだとも……あれは、そういう不実な真似もしかねない女だ……マンシー二家の血筋を引いているんだからな……あの女は、ぼくにあきて、その男に一目ぼれしたというわけだ……急に姿を隠したこととといい……なんの連絡もないこととといい……まる二日も、迎えをよこさないことといい……もし、まだぼくを愛しているなら、手紙ぐらいよこしてもいいのに……」

「手紙はちゃんとよこしたさ、間抜けめ」とナロは思った。「だが、わしがうまく処分したんだ」

実際、ソワソン夫人は、フィリップへの手紙を投宿先のアブラハム・キフィエッド家の下僕に託したのだが、ナロ老人は、それを横取りしてしまった。だから、いっこうに返事が来ないので、夫人のほうでも、てっきりフィリップにすげなくされたと思いこんでいたのだ。

フィリップが狂気のように歩きまわっているあいだ、ナロは、暖炉の火をかきたてるのに余念がないようにみえたが、ここで口を開いた。「いや、まったく、ときどきわしは、こんな老いぼれのわが身がうらめしくなるなあ。もし、わしがきみぐらい若くて容姿端麗だったら、国王に仕え、同時に自分の愛の恨みをはたすこれほどの好機を得て、小躍りして喜ぶことだろうに。いまに見ていろ、キッフェンバッハ騎士に思い知らせてやるからな」ナロは、火ばさみを振りまわしながら叫んだ。この戦闘的な身振りと老人のきんきん声は滑稽《こっけい》な取りあわせだったが、そんなことは意に介さないようだった。

「キッフェンバッハ？　いま、キッフェンバッハと言ったんですね？」急にフィリップがたずねた。

「あの極悪人は、パリではそう名乗っていた。ここでは、モリス・デザルモアーズと呼ばれているが……」

「そうか……その男なら、ソワソン伯の館で見かけたことがある……夫人から丁重な扱いを受けていた……もう間違いない……夫人はあの男を愛しているんですよ」

「その可能性は大いにある」ナロは、また静かな口調に戻って言った。

「ナロさん」フィリップは、低い声でたずねた。「もし、ぼくがその任務を引きうけたら、ルーヴォア侯は、ぼくのためになにをしてくれるでしょうか？」

「それは、さっき話したじゃないか。キッフェンバッハが逮捕され、きみが例の小箱をわしに手渡したら、ルーヴォア侯は、きみが連隊長に任命されるよう手配してくれるだろう。その小箱については、いずれ詳しく説明するがね」

「で、もし、ぼくがいやだと言ったら？」

「もしきみが断ったら、はっきり言って、きみの立場は非常に危険になるだろうな。ルーヴォア大臣は、自分の秘密を人に知られるのが嫌いな方だ。大臣は、きみを要注意人物とみなし、きみがどこへ行こうと、かならず尾行をつけるだろう」

このときのフィリップの姿は、見るも哀れだった。その顔には、心中の苦悩がありありと浮かんでいた。

「承諾したら、なにをすればいいのです？」突然フィリップはたずねた。

「ブリュッセルには、フランス国王の支配力は及んでいない。だから、まず第一にきみの役目は、小箱のありかを知っているボヘミア女の気に入られるようにすることだ。それが、恋敵に対するきみの最初の復讐《ふくしゅう》なのだ。

やがて、国境を越えてフランス領内へはいったら、きみは、伯爵夫人の心を奪った色男を正面から攻撃するのだ。

ここにいるあいだは策略を弄《ろう》し、フランスでは力で戦うのだ」

「ナロ会計長、あなたの言葉に従いましょう」フィリップ・ド・トリーは、ついに裏切り者の汚名を着る決意を固めて、そうささやいた。

この青年を心から愛していたロレンツァが、なにも知らずに死んでいったのは、不幸中の幸いだったと言えるだろう。

5　ヴァンダの涙

あれから六週間たった。

春が訪れ、陽気がよくなるにつれて、モリス・デザルモアーズの健康も回復していった。

モリスの傷は、はじめ予想されたほど重大な結果にいたらなかった。

幸運にも、エーヌ男爵の剣は、肋骨《ろっこつ》にあたって少し右へそれ、肺に達していなかったのだ。

名刀《フランベルジーヌ》の切っ先がそのように外れることは滅多になかった。

だから、この剣を腰にさげている高慢な剣客は、ナロの口から、例の騎士があの猛烈な一撃で死ななかったときいて、びっくり仰天した。

口惜しまぎれに、エーヌ男爵は、こんなことを言った。「あの夜モリスは、なにか魔法のお守りでも身につけていたにちがいない。さもなければ、ボヘミア女のヴァンダが愛人の敵に呪《のろ》いをかけたのかもしれん」

この事件に際して、哀れなヴァンダの用いた唯一の魔法の薬は、ひたむきな愛情だけであった。しかし、この若い女の手あつい看護のほうが、ディレニウス老医師のいろいろな薬よりも、モリスの回復にはるかに役立ったことは事実だった。

ヴァンダは、二十日間というもの、愛する男の枕元につきっきりで看護し、男のどんな望みにも気を配り、その顔を見守って少しでも苦痛の表情が浮かばぬかと気づかい、呼吸をうかがい、言葉に耳を傾け、手振りの意味を察した。

子供を看病する母親も、これほどこまやかな愛情を示すことはできないだろう。

怪我人の容態が危ぶまれていたあいだじゅう、ヴァンダはその枕元を離れようとしなかった。ただ時おり、モリスが眠っているうちに、あの万霊節の日に二人でぬかずいた古い教会へ行って、神に祈りを捧げるばかりだった。

ここでヴァン・ホーテンおやじの名誉のために言っておくが、おやじは、悲しい運命のめぐりあわせでこの宿に泊まることになった若い女性に、できるかぎりの手助けをしてやった。

この善良な旅籠屋《はたご》の主人は、はじめのうちこそ、店の広間を決闘場にしてしまった外国人どもを呪い、《破れ絹》亭の評判に傷がついたことを嘆いていたが、やがて気を取りなおした。

それに、モリスが《青の間》に長逗留《とうりゅう》してくれているおかげで、おやじの懐はおおいにうるおい、けちな町人連中の客足が遠のいた分を補ってあまりあった。鰊《にしん》の燻製《くんせい》をさかなにビールを一杯やっていく町人どもの落とす金など、たかが知れていたのだ。

天の配剤で送られてきたようなこの怪我人は、よほど大金持で鷹揚《おうよう》な人物と見えて、ヴァンダは惜しみなく金をまきちらしていた。だが、ヴァンダの気前のよさは、その優しい態度のために一層引きたって見えた。ことにイアンと二人の女中は、この優しさに感激していた。

一週間もすると、純朴な宿の使用人たちは、この〝きれいなボヘミアの奥様〟のためなら火のなかへでも飛びこむというぐらい、ぞっこん惚《ほ》れこんでしまった。

だから、モリスが起きられるようになり、ブリュッセル一の高級住宅街、レーヌ通りに借りてあった立派な屋敷へうつることにきめたとき、ヴァン・ホーテンおやじのところでは、だれもがしょげこんでしまった。

おやじの昔の主人アスプル男爵は、モリスの容態をたずねに時おりそっと立ちよっていったが、おやじの嘆きをきいて、もっともなことだと大いに同情した。

市役所前広場の宿に泊まっていたあいだじゅう、せっせと怪我人を見舞いにきたソワソン伯爵夫人はもちろんのこと、各界の名士がこぞって、たそがれ時にシェール・エ・パン小路へ忍んでくるように思えたのだ。

長靴をはき拍車をつけた凛々《りり》しい騎兵隊員、リボンで美々《びび》しく飾りたてた貴族、スペイン風のマントで顔をかくした陰気な領主といった面々が、毎夜のように《破れ絹》亭の裏口を叩き、こっそり階段をのぼって《青の間》へはいっていった。そしてこれらの身分の高い見舞い客たちは一人残らず、オランダ金貨かヴェネチアの金貨、少なくともフィレンツェの金貨を宿の主の手に握らせて、帰っていったのである。

だが、この金蔓《かねづる》も、モリスの床上げの日に跡絶《とだ》えてしまった。その日、ヴァン・ホーテンおやじが、こんなに早く患者を治してしまった外科医を心ひそかに呪わなかったとは、断言できない。

それとは反対に、ヴァンダは、回復期にはいった愛人が町の山の手の屋敷へ輿《こし》に乗って向かうのを見て、天にものぼらんばかりの心持だった。

その屋敷で、ヴァンダは、一六七二年の夏にモリスがブリュッセルに移り住んで以来、二人で送っていた幸せな生活を再開した。

フランドル地方に来るまで、この二人は波乱の多い放浪生活を送っていた。しかし、最後の一年は静かで安楽な暮らしが続き、二人は、愛しあう者の幸福を満喫することができた。

ただひとつ、ヴァンダの将来を脅かす暗雲は、モリスが首領となった謀反の企てだった。

ヴァンダは、この計画が挫折《ざせつ》するようひたすら願い、この恐ろしい冒険にモリスが突入する日が近づくのを、不安におののきながら見守っていた。

ところが、天の配剤のようなエーヌ男爵の剣の一撃以来、ことに、奇蹟的に傷が治ってからというもの、モリスは、フランス領内への侵攻計画を口にしなくなっていた。それどころか、政治の問題などきれいさっぱり忘れたようで、ヴァンダにますます優しい思いやりを示し、彼女の気に入るような計画の話しかしないのだ。

早くもヴァンダは、二人が正式に結婚して故郷の山野へ戻れる日を心に描き、末永く平和に暮らす幸せを夢見ていた。

決闘の直後、ソワソン夫人の見舞い、ことにその言葉がヴァンダを不安にした。しかし、まる一週間、ルーヴォアとその手下に対する復讐《ふくしゅう》をあれこれと思いめぐらし、フランスの敵を集めて秘密の会合を開き、不実なフィリップを呪ったり懐かしんだりした挙句、夫人は、ある朝突然、フランスへ戻ることにきめた。馬車も、召使もなしで、それよりもっとひどいことに、美男子の従者もつれずに。

夫人は、身分の卑しい町人の女のように、ヴァランシエンヌ行きの駅馬車に乗って出発した。出発まえに、もう一度フィリップに会おうと八方手を尽して捜したが、パシェコ通りの館《やかた》から忽然《こつぜん》と姿を消したフィリップの行方は、わからずじまいだった。

「あの移り気なフィリップは、わたしのあとを追ってパリへ戻ってくるかもしれない」そんな淡い期待を抱いて伯爵夫人が馬車に揺られていたころ、ヴァンダは夫人の癇癪《かんしゃく》や執拗《しつよう》な尋問から解放されて、ほっと胸をなでおろしていた。

もうひとつ、ヴァンダの気がかりは、レーヌ通りへ移ったいまも、モリスが陰謀の一味とおぼしき連中とかなり頻繁に会うことだった。しかし、その人たちはいずれも、モリスを見舞いに《破れ絹》亭へ来てくれた者ばかりだったので、ヴァンダも、いまモリスがその人たちと会うのは、あの試練のときに容態を気づかってくれた親切に感謝するためだろうと思っていた。

それにモリスは、そういう訪問客に心を乱される様子は少しもなく、親しげに客を応待したあとは、普段よりさらに上機嫌で優しい態度を示すのであった。

レーヌ通りの屋敷をもっとも足しげく訪れた外国人は、若くて颯爽《さっそう》とした伊達男《だておとこ》で、ヴァンダが《破れ絹》亭で会った記憶のない人物だった。

その男は、最近フランスからついたばかりという触れこみで、事実、寸分隙のない身なりといい、言葉づかいといい、ヴェルサイユの匂《にお》いがぷんぷんするようだった。

モリスは、このまえパリへ行ったとき親しくつきあった男だと言って、だんだんにその男を家族同然に扱うようになり、ピエモン連隊の大尉ドルヴィリエ子爵だと言って、ヴァンダにも引きあわせた。

ヴァンダは、愛する人を思うあまり、はじめ、回復期にあるモリスの寝室に赤の他人がはいりこんでくるのを、あまり快く思わなかった。だが、間もなく、この男の来訪がモリスの気分を非常に明るくするということに気づいたのである。

モリスは、この愛想のいい大尉と一時間ほど二人きりで過ごすと、すっかり上機嫌になって客を引きとめ、ヴァンダを呼びにやって、彼女のいるまえで、ひとしきり戦争や武勇の話を交すのであった。

そのうえ、このドルヴィリエ子爵は、まったく陽気で感じのいい話し相手で、宮廷や都の事情に明るく、気のきいた警句を吐き、当意即妙の才があり、おまけに、いかにも貴族の出らしく礼儀正しい男だった。

ヴァンダは、喜んでこの男の話に耳を傾けたが、いつも、なんとなく不信の念を抱いていた。たしかに話は面白いが、どうしても好感の持てない人物だったのだ。

三月のなかばに、モリスははじめて外出し、新鮮な外気の効果もあって、みるみる元気を回復していき、ほとんど毎日のように、長時間ブリュッセルの郊外を散歩するようになった。散歩には、ヴァンダがつきそっていくこともあったが、大抵は、例のドルヴィリエというフランス人がいっしょに出かけた。

うららかな早春のある朝、モリスはヴァンダの腕にもたれて、カンブルの森まで足をのばした。ヴァンダは、こんなに遠出して、モリスの体に障るのではないかと、心配になった。

「無理をしてはいけないわ、モリス」ヴァンダは、愛情のこもった眼差しを注ぎながら言った。「もう、帰りましょうよ」

「なにを言うんだ、おまえ!」とモリスは叫んだ。「おれは元気一杯だよ。それに、おまえがびっくりするような話があるんだ」

「まあ、どんなお話?」ヴァンダは驚いてたずねた。

「ここから半里ほど行った森のはずれで、おれたちを待っている人がいるんだ」

「わたしたちを待っているんですって!」ヴァンダは、やや不安そうに言った。「一体、だれが?」

「それは、秘密さ!」とモリスは陽気に答えた。「というよりは、おまえをびっくりさせてやろうと思っているんだ」

「まあ、それなら、無理にきかなくてもいいのよ」ヴァンダは、モリスの楽しげな口調に安心して言った。「わたしのためを思ってくださって嬉《うれ》しいわ。こんな気持のよい朝ですもの、悪いことなんて起こりっこないわよね」

「うん、絶好の遠征日和《びより》だな」

「お願いだから、戦争の話なんてもうしないで。わたしは、波乱に富んだ生活なんてすっかり忘れて、静かな暮らしを夢見ているのよ。あなただって、わたしの夢をこわすような残酷な真似はできないでしょ。

ほら! 小鳥たちが枝にとまって歌っているわ。森も緑に色づきはじめて、太陽が新緑の葉を透して輝いている。

神様が春をおつくりになったのは、人間がたがいに愛しあうためではないかしら？　だから、自然がよみがえるこの美しい季節に破壊しあうなんて、神様を冒瀆《ぼうとく》する行為だわ」

「いいかげんにしないか！　おまえ、今日はいやに詩人気取りだねえ。たしかに、あの古さびた森のなかをきみと散歩するのは気持いいし、森の空気は、あのヴァン・ホーテンおやじのぼろ家の空気よりはるかに体のためになる。だが、そろそろ馬に乗って野原を駆けまわりたくなってきたよ。鐙《あぶみ》に足をかけなくなってから、随分久しいからなあ！」

「まさか、もう馬に乗るつもりじゃないでしょうね」ヴァンダはきっとなって言った。「きのう、ディレニウス先生が、完全に治りたいのなら、絶対に無理は禁物だと言っていたじゃないの」

「ディレニウス先生だって、ほかの医者同様なんにも知らないのさ。おれに言わせれば、医者なんてみんな度しがたい阿呆《あほう》どもだ。

あいつらの言うことをいちいちきいていたら、一生のあいだ薬づけになってしまう。太陽王が藪《やぶ》医者ファゴンのたわごとに耳をかすのは、王の勝手だ。しかし、おれは軍人だから、自分の体は自分の流儀で治す。おれの見立てでは、おれは、愛馬の黒にまたがれば、あの忌々しい剣の一撃をくらうまえより、もっと元気になれそうだ」

ヴァンダは、なにも言わずに、そっと溜息《ためいき》をもらした。

モリスの戦闘的な計画のことを思いだしただけでも、ヴァンダは身が震えたが、件《くだん》の黒馬はレーヌ通りの屋敷の馬屋につないであるので、モリスの気紛れもすぐには実行に移せないだろうと思って、胸をなでおろした。

ヴァンダは、モリスに寄りそい、茂みのしたを並んで歩きながら、とりとめのないことだが、恋する者の心にしみいるような優しい言葉を耳元でささやきはじめた。

残念ながらモリスは、どことなくうわのそらの様子で、ドイツの行進曲を口笛で吹き、時おり立ちどまって柏の大木を見あげたかと思うと、また、目的地へ着くのを急ぐように足を速めた。

二人が通っていった森は、ルイスデールの風景画さながら、北国の力強い植物が見事に生い茂っていた。

狭い小道の左右から、節くれだった枝が差しでて、はるか向こうまでアーチを作り、そのアーチは、巨大な大聖堂の柱のように立ちならぶ苔《こけ》むした老木の幹に支えられていた。

この間道の地面は、青々とした短い草でおおわれていた。あまり人の通らぬ道と見えて、芝草を踏みつけた跡もなく、そこここで枯枝が行手をふさいでいた。

ヴァンダは、まえの年の秋、ブリュッセル近郊を何度も馬で駆けめぐっていたが、このあたりに来た記憶はなかった。

しかし、ヴァンダはこの新鮮な景色にうっとりとして、春の息吹が心に流れこんだように、希望に胸をふくらませていた。

時おり、子供じみた衝動にかられて、彼女はモリスの腕を離し、道端に咲く桜草や菫《すみれ》の花をつみに走り、嬉しそうに戻ってきては男の黒ビロードの胴衣を花で飾ったりした。だが、男はほんの申し訳に口をほころばせるだけだった。

こうして、二人はかなり急な上り坂にさしかかった。道は相当に険しく石ころだらけだったので、ヴァンダは上るのに少し苦労した。

頂上に着くと、まるで魔法にかかったように景色が一変した。

目のまえには、所どころに空地のある雑木林が広がり、その向こうには藁《わら》ぶきの家、はるかかなたには村の教会の塔が見えていた。

そこでモリスは一休みした。疲れたのかもしれないし、木々のあいだをすかして道を捜していたのかもしれない。

森にはいってから、二人はだれにも会っていなかった。いまも、この淋《さび》しい風景は、樵《きこり》の斧《おの》の音さえ響かず、ひっそりと静まりかえっていた。

だが、やがて、馬の駆ける音がこの丘のうえまで届き、ついで、丘から数百歩のところに、森のはずれへ馬を駆る人の姿が見えた。

「変ねえ」とヴァンダはつぶやいた。「あの人、まるで追いかけられているみたいに急いでいるわ」

モリスは笑って、なにげない調子で答えた。「おおかた、居酒屋でゆっくりしすぎたワロン軍の騎兵かなんかが、隣村に駐屯している自分の隊へ大慌てで戻る途中なんだろう」

ヴァンダは、この説明に納得するところだったが、ちょうどそのとき、雑木林のなかの空地へ、もう一人、馬に乗った男が姿をあらわし、はじめの男同様、全速力でおなじ方角へ走りさった。

つぎの瞬間、もう少し遠く、林のなかの別のところで、平野のほうへ疾走する馬上の人影が、枝のあいだにちらりと見えたようだった。

「これはどういうことかしら？」ヴァンダは、不安そうにモリスを見つめた。

「つまり、さっきの騎兵は、ひとりで飲むのがきらいな質《たち》で、いっしょに行った仲間二人は、あいつよりもっと居酒屋に長居してしまった、ということだろうよ」

ヴァンダは愛人の胸に身をすりよせて、声をひそめた。

「そうかもしれないわね。でも、わたし、なんだか怖い……」

「馬鹿だなあ！　なにが怖いんだい？」

「だって、わたしたちは町から遠く離れていて……武器も持っていないのよ。あの男たちは、森のはずれでわたしたちを待ち伏せするように、言いつかってきたのかもしれない……ルイ王のスパイが外国の領土でだれかをつかまえて、フランス国内へ拉致《らち》するというのは、よくある話ですもの……」

「大丈夫だよ、おまえ。おれは人をつかまえることはあっても、つかまるような男じゃない。それに、もうじきおまえにもわかることだが、あの連中はおれたちに危害を加えるつもりはないよ。これから、あの連中に会いにいくところなんだから」

「で、これからどこへ行くの？」ヴァンダはびっくりしてたずねた。

「あそこだ」モリスはぽつりと言って、塔のある村のほうを指さし、また歩きだした。ヴァンダは、それ以上質問する勇気が出ぬまま、あとに従った。

モリスの落ちつきはらった態度を見て、ヴァンダも安心し、また別なことを考えはじめた。

モリスは、びっくりするようなことがある、と言っていたが、実際、こんなにいつまでも歩いていくのは、思いがけない喜びを最後まで秘密にしておいて、あっと言わせようという趣向にちがいない。

若いヴァンダは、この謎についてあれこれと思いめぐらせたすえ、ふと、ある考えが心に浮かび、喜びにふるえた。

「モリスは、村の教会を指さした。わたしをあそこへつれていくつもりなんだわ……そこで司祭が待っていて、わたしたちの結婚式をあげてくれるというのね……」

もし、このときモリスがヴァンダに目をとめていたら、女の目がなぜ輝いているか、その腕がなぜふるえているか、察していたかもしれない。だが、モリスは、頭を高くあげて歩き、その心は、カンブルの森から遠く離れたところへ飛んでいるらしく、自分のかたわらで起きていることにまったく気づかなかった。

「モリスは、なんて深くわたしを愛してくれているんだろう！」とヴァンダは低くつぶやいた。「とうとう、この人は恐ろしい計画を忘れて、幸福な生活を送る気になってくれたんだわ！　わたしにはわかっていたのよ。この人がおぞましい陰謀にあきて、わたしだけのものになる日がきっと来るってね」

「いや、まったく」とモリスが笑いながら言った。「きみを疲れさせて気の毒だね。もし、あのドルヴィリエにこんなところを見られたら、こんなふうにご婦人に野山を駆けまわらせるなんて騎士道精神にもとる、とおこられるところだな」

「わたし、ちっとも疲れてなんていないわ」ヴァンダは、幸福に顔を輝かせながら、急いで答えた。「あの塔のところへ行くためなら、あと十里でも喜んで歩くわ」

「あっぱれ、ヴァンダ。おまえは、昔、ウェストファリアの戦場を駆けめぐっていたころと、少しも変わっていない」

「あなたも、モリス、ちっとも変わっていないわ」ヴァンダは、言いしれぬ優しさをこめてささやいた。

そのあいだにも、二人はどんどん進んでいった。

平野までの道のりは、丘のうえから見たより近く、半時間ほど行くと、二人は森のはずれに着いた。

途中、四人目の男が馬に乗って二人を追いこしていった。近くで見ると、その男はワロン軍の制服を着ていなかったが、ヴァンダは、有頂天になっていたので、そんなことは気にとめなかった。

教会は、森からせいぜい半里ほどのところ、ヴァンダの目のまえにあり、鐘が力一杯打ち鳴らされていた。

「あそこでしょう、わたしたちを待っている人がいるのは、あの祭壇のところでしょう？ね、そうでしょう？」ヴァンダは、モリスに抱きついて言った。

「あそこの祭壇だって！」モリスは、ひどく驚いたようにききかえした。「とんでもないよ、おまえ。ここがおれたちの目的地だ。これ以上さきへ行く必要はない」

そう言って、ヴァンダの腕を静かに振りほどき、モリスは雑木林のはずれまで進み、あたりを見わたした。

カンブルの森はそこで急におわり、モリスとヴァンダの立ちどまった芝草の土手になっていた。

二人の足元には、一面にひな菊をちりばめたエメラルド・グリーンの牧場が広がっていた。

百歩ほど離れたところでは、堂々たるフランドルの牝牛が二頭、のんびりと草をはんでいた。それは、パウルス・ポッターがオランダの風景のなかに好んで描いた黒白まだらの牛だった。

左手には、農家の藁屋根の煙突から煙が立ちのぼり、その向こうの小高くなったところに、鐘の鳴っている村の教会と民家が並んでいた。

地平線の所どころに尖《とが》った塔と大きな翼を浮かびあがらせている風車が、のどかな田園風景を完璧《かんぺき》なものにしていた。

しかし、この豊かでさわやかな田舎の景色のなによりの特徴は、人間の姿がまったくどこにも見あたらないという点であった。

牛を追う百姓の姿もなければ、家の戸口で糸を紡ぐ女もいない。

もし、藁屋根の煙突から立ちのぼる煙が、姿を見せぬ里人の存在を物語っていなければ、無人の境に来たのかと思うほどであった。

さらに、教会の鐘はあたりに響きつづけ、時おり、農家の裏手から、馬がいないたり馬具をゆすったりするのがきこえてきた。

だが、さっき平野のほうへ馬を走らせていくのが見えた男たちの姿は、どこにも見あたらなかった。

その男たちは、幻のように消えてしまったのだ。

相変わらず空は青く、春の日の光がこの平和な風景にさんさんとふりそそいでいた。だが、この陽気な自然をまえにして、ヴァンダは泣いていた。

ヴァンダの楽しい夢ははかなく消え、さっきまで結婚式を告げる喜ばしい祝いの鐘ときこえた音も、いまでは弔《とむら》いの鐘のように響いた。

迫りくる危険の予感に胸が締めつけられ、ひそかな本能が、この美しい朝が自分の運命の悲しい転機になる、と告げている。

一方、モリスのほうは、泣いてなどいなかったが、不安そうな面持ちで、細心の注意を払ってあたりに目を光らせていた。

「あの男は、まだ来ていない。妙だな」とモリスはつぶやいた。

それから急に、ヴァンダの頬をつたう涙に気づき、モリスはぶっきらぼうにたずねた。

「どうしたんだね、おまえ？　まるで刑場へ引きたてられていくみたいな顔だぞ。いま、もし、この辺の百姓がおれたちの姿を見たら、おまえがジュヌヴィエーヌ・ド・ブラバンのような貞淑なお姫様で、おれが姫を森の奥へつれこむ乱暴者の従者かと思うじゃないか」

この冷ややかな冗談を口にしながら、モリスがたてた素気ない神経質な笑いを、ヴァンダはずっと昔からよく知っていた。

モリスがこんな笑い方をするのは、危険が迫っている場合で、ちょうど鷗《かもめ》の鳴き声が嵐を予告するのに似ていたのだ。

わたし、実は……」

「なんでもないのよ、あなた」とヴァンダは涙を拭《ぬぐ》いながら言った。「ごめんなさいね。

「なんだ、そうだったのか！」モリスは、さらにけたたましく笑いながら叫んだ。「びっくりさせることがあると言ったものだから、おまえは勘ちがいしたんだな。きっとおまえは、カンブルの森を出たら、フランドルのすばらしいレースを売るペトロニーユ婆さんか、豪華な宝石を売りあるくフリピエ街のユダヤ人宝石商に会えると思っていたんだろう」

「ちがうわ、モリス、わたしの思っていたのは、そんなことじゃないわ」ヴァンダは悲しげに否定した。

「あなたのあとに従うために、わたしが女の身なりをするのを諦《あきら》めたということは、あなただってよく知っているでしょう」そう言って、相変わらず身につけている騎兵隊員の服を見やる。

「わかった、わかった！　だが、そうやってお洒落《しゃれ》に無関心でいるのも、あとしばらくの辛抱だし、いつまでもブリュッセルにいなくたっていいんだよ。宝石やレースだって、そのうちかならず持てるようになるさ……ところで、例の、びっくりさせることというのは……やや！　噂《うわさ》をすれば影だ！」

そう叫ぶなり、モリスはさっと振りかえった。ヴァンダは、背後で枝がポキポキ折れる音がしたので、ぎょっとして後ずさりした。

だが、この物音は、藪から飛びだした猪《いのしし》の足音などではなかった。驚いたことに、茂みのなかに立っていたのは、モリスの新しい友人、ドルヴィリエ大尉の瀟洒《しょうしゃ》な姿だったのだ。

ドルヴィリエは、いつもなら、縫い目という縫い目に銀糸の刺繡《ししゅう》がしてあり、ばら色の繻子《しゅす》のリボンや飾り紐のついた空色の胴衣を着ているのだが、この日はちがっていた。

そうした社交界むきの贅沢《ぜいたく》品は、森を駆けめぐるときの邪魔になると判断したからであろうか、今日は、遠征用の水牛の革の胴衣に大きな長靴といういでたちで、長い細身の剣までさげている。

この男がこんな軍人の服装をしているのを見るのは、ヴァンダにとってははじめてのことだった。いままでは、ピエモン連隊の大尉という触れこみにもかかわらず、モリスの屋敷を訪問するときは、ヴェルサイユ宮廷のしきたりに従って、いつも美々しく飾りたて、寸分隙のない身なりであらわれたからだ。

もっとも、宮廷風の衣裳は宿へ置いてきてはいても、ドルヴィリエは、宮廷の礼儀作法は忘れていなかった。

女性に話しかけるときはかならず立ちあがり、帽子をぬいだというルイ十四世の例にならって、この子爵も、帽子を手に持って藪から出てくると、ヴァンダに向かって、うやうやしく挨拶《あいさつ》した。その様子はまるで、ヴェルサイユのオレンジ温室の階段のうえで、婦人に出会ったようであった。

「どうかお許しを、奥様」ドルヴィリエは、甘い抑揚に富んだ声で言った。「こんなふうに不意にあらわれて、奥様を驚かせてしまったようですが、どうか……」

「それで、例の件は？」モリスは、この立て板に水の挨拶をさえぎって口をはさんだ。

「万事、順調に運んでいますよ」ドルヴィリエは、意味ありげに目くばせしながら答えた。「しかし、とにかくまず奥様に、一言……」

「で、ブリガンディエールとバシモンは？」

「一時間以内にここへ来る予定です」

「そうか、とうとうやってくるか！」モリスは、喜びを押しかくすように言った。

「奥様」と慇懃《いんぎん》な子爵は言葉を続けた。「失礼をばお許しいただけるものと存じますが……」

「ヴァンダは気にしていないよ、きみ」とモリスはまたもや口をはさんだ。「さあ、こうしてきみもいい知らせを持ってきてくれたことだし、ひとつ三人でこのすばらしい芝草のうえの日陰に坐って、ほかの連中が着くまで、一休みしようじゃないか」

そう言いながら、モリスは土手のへりに腰をおろし、並んで坐るようヴァンダを手まねきした。

ヴァンダは、もう泣いてはいなかったが、心の動揺が顔にあらわれていた。いまモリスの口にした二人の人物の名前をきいて、ヴァンダは恐れおののき、この淋しい場所で、自分の知らぬまに交されていた待ちあわせの約束の意味を、いやというほど明《めい》瞭《りょう》に悟ったのである。

だがヴァンダは、内心の不安をつとめて隠そうとした。

それに、その日モリスのとった言動がいかに奇異であったとはいえ、まだヴァンダは、モリスが突然この平和で幸せな生活を捨てて新たな冒険に乗りだすとは、信じられずにいたのだ。

今日の遠出は、モリスのふとした気紛れの結果で、ドルヴィリエ子爵も急に田園風景を観賞したくなっただけにちがいない。そうヴァンダは思いこもうとした。

これは、いささか乱暴なこじつけだったのだが、ドルヴィリエ子爵の様子が、普段にもまして陽気でくつろいだ感じだったので、この希望的観測も、そう見当ちがいとは思えなかった。

ヴァンダがモリスのかたわらに腰をおろすと、陽気な子爵は、道の反対側の縁に坐った。膝《ひざ》に肘《ひじ》を突き、長い剣を太腿《ふともも》のうえに横たえ、帽子をあみだにかぶって白い額と金髪の鬘《かつら》の巻き毛を見せ、さあ楽しいおしゃべりを始めましょう、というような態度を示した。

子爵は、よく引きしまってすらりとした脚を見せびらかすように坐り、貴族的な手に注意をひくために肩帯をなにげなくいじり、白い歯を見せて笑っていた。

ヴァンダは、まだ濡れている瞳で、甘い幻想を抱かせた鐘楼をぼんやりと眺め、モリスのほうも、友人の風采《ふうさい》や小粋《こいき》な様子に見とれるよりは、近くの農家の方角を注視するのに気をとられていた。

「ねえ、モリス君」と子爵が声をかけた。「ぼくたちは、この淋しい道端で、まだ一時間も待たなくちゃいけないいんですよ。そのあいだ、ずっと陰気な顔をしていてもつまらないと思いますね。

さあ、いよいよ待ちに待った日がやってきたんですよ！　だから、陽気に祝おうじゃありませんか」

「そういうことなら、きみのほうが得意だろう」モリスは気乗り薄な口調で言った。

「よし、それでは、その役目はぼくが引きうけましょう。では、まず手はじめにうかがいますが、あなたは、われわれの友人リゾラ氏の最近の小冊子に答えて、あの知ったかぶりのルーヴォアの出した中傷文書を読みましたか？」

「馬鹿馬鹿しい！　あんな下らんものを読むほどおれは暇じゃないね」

「まあ、まあ、あまりルーヴォアの悪口を言うのはよしましょうよ。その攻撃文の題は、《特命全権料理番に告ぐ》というのだが、これは、その昔、リゾラ氏が皇帝レオポルド陛下の厨房《ちゅうぼう》でコック見習いをしていたことへの当てこすりだ。＊この話は、おかしくておかしくて笑い死にしそうなほどの傑作です。もし、奥様がききたいとおっしゃるのでしたら……」

「申し訳ありませんけれど、わたし、政治のことはなにもわかりませんの」ヴァンダはけんもほろろにあしらった。

ドルヴィリエは唇を噛《か》み、もっと面白い話を思い出そうと考えこんだ。そのとき、不意にモリスが口を開いた。

「あそこに見える騎馬の男はだれだ？　あれはブリガンディエールじゃないかね」

ドルヴィリエは振りかえり、額に手をかざして目をこらした。二百メートルほど離れた左手のほうで、馬に乗った男が森から出てきたかと思うと、すぐに農家の後ろへ姿をかくした。

「われわれの部下にはちがいないが」ドルヴィリエは、いわくありげな口調で言った。「ブリガンディエールでないことはたしかですよ。あの男の帽子についている赤い羽根飾りが見えなかったし、それに、あの男はモンス街道を通ってくるのだから、あっちの方角から来るはずはない。

おまけに、ぼくたちがここに坐ってから、まだ十分とたっていないし、正午まで、あとたっぷり四十五分はありますよ。だから……」

「そうだな。おおかたおれの空想だろう。いらいらしてるものだから、目が錯覚を起こしたんだ」とモリスはつぶやいた。

ヴァンダは身ぶるいした。というのも、今日これで二度目に名前の出たブリガンディエールというのは、ほかでもない、以前モリスの配下にあった伍長で、危険な遠征の際にはかならず副官をつとめた男だったからだ。

「待てば海路の日和あり、と言うじゃありませんか」とドルヴィリエがもっともらしい口調で言った。

「だから、ゆっくり待つことにして、退屈しのぎに、このまえの謝肉祭のときにパリで大流行した歌をおきかせしましょう。どうも、リゾラ氏に対する攻撃文書の話は、お気に召さないようですからね」

「歌か！」モリスは、いささか軽蔑《けいべつ》したような口ぶりで言った。

「そうです、歌ですよ。しかも、やんごとないバレエの踊り手とその大臣や寵姫《ちょうき》の面々をやっつけた歌で、なかなかぴりりと芥子《からし》がきいてるんです。

たかが歌ぐらいと馬鹿にしちゃいけません。フランスでは、人民の奮起をうながすのに歌ほど役立つものはありません。フロンドの乱が起こったのも、長いことマザランを風刺する歌がはやった挙句のことでしたからね」

「われわれの計画しているフロンドの乱は、剣によって開始されるよう祈るよ」

「アーメン！　なあに、幾日もしないうちに、あなたの願いはかなえられますよ。そのときが来たら、われわれは、ある街道の近くで、ある人物の馬車が通るのを待ちうける予定ですからね。その馬車の供の者は、われわれがそんなところに姿をあらわそうとは、夢にも思っていないでしょう」

「さあ、その歌というのをきかせてくれ」モリスは、話題が危険なほうへむかうのを嫌って、口をはさんだ。

今度こそ事の次第をはっきりと悟ったヴァンダは、死人のように顔面蒼白となった。

「この歌は、『罠』という曲のメロディーで歌われるのですよ。きっと奥様は、もうおききになったことがあるにちがいない。フランドル地方でも、随分はやっていますからね」

そう言って、ドルヴィリエは、わざと調子はずれの声で歌いはじめた。

〽今日のお馬車はだれが引く？

　光り輝く現人神は、

　引かれこそすれ

　引きゃしない。

　引くは四頭の老いぼれ馬よ、

　まえを行くのは二頭の牝馬。

引くは四頭の老いぼれ馬よ、
見かけ悪いがすこぶる名馬。**

「こいつは面白い」とモリスが評した。「王が太陽神アポロンを気取っていることを、うまくあてこすっている」
「まあ、続きをきいてください。老いぼれ馬と牝馬の描写がとびきり傑作なんだから」ドルヴィリエは、ますます調子づいて歌いだした。

〽はじめのやつは、言わずと知れた、
海千山千の古狸。
仕事のことならよく心得て、
正確無比の足どりで、
ぱっかぱっかとゆっくり進む。
ながい一生そつなく送り、
正確無比の足どりで、
つまずくことなど決してない。

「いまのは、あの鼻もちならぬルーヴォアの父親、ルテリエのじじいのことだな」とモリスはつぶやいた。
「では、つぎのもわかるかどうか、きいててください。
〽二番目のやつは、息子のくせに、
ずんぐりむっくり、ぶくぶく太り、
怒りっぽくて手におえぬ。
いくらお日様どなっても、
軍馬になろうと大望抱き、
あばれ馬めは言うこときかず、
怒りくるって荒れ放題、
いつもとんだりはねたりばかり」
「いやはや！　それは、まさにルーヴォアその人じゃないか。実にうまく描いてあるな」
「ほらね！　ぼくの言ったとおりでしょう？　奥様もそうお思いになりませんか？」ドルヴィリエは、深い悲しみに沈んでいる様子のヴァンダに向かって、丁重に一礼しながらたずねた。
ヴァンダは、軽蔑の眼差しを向けて、にべもなく答えた。
「わたしは、ルーヴォア侯爵など、どこのだれかも知りませんし、いまは歌をきく気になどなれないのです」

「それじゃあ、こういうのはどうですかな」ドルヴィリエは、平気な顔で言った。「もし、これであなたの機嫌がなおらないようだったら、ぼくがピエモンの連隊にいたというのも嘘だということになる。

〽二頭の牝馬はどんどん進む、

通いなれたる道だもの。

フーケとロアンがつきそって、

サン・ジェルマンへ引いてった。

一頭の牝馬は足をひきずって……」

「ラ・ヴァリエール嬢のことだな！」とモリスが笑いながら叫んだ。

「そのとおり。では、これは？

〽もう一頭は太った赤毛」

「モンテスパン夫人だ！」

「ご明察！　では、最後の二行をきいてください。

〽一頭は痩せて骨と皮、

もう一頭ははちきれそう」

「まったく、二匹の牝馬が目に見えるようだな。あの二匹を養うのに、フランス国民は随分高い金を払わされているんだ。にやけた二枚目のルイ王、あの高慢ちきな男がパエトンの金ぴかの鬘をかぶって、四人の大臣と二人の寵姫の引く馬車を駆っていく様子も目に浮かぶ!」

「ルイ王の馬車も、パエトンの車のようにひっくりかえるといいですね」

「実際、きみほど、人の気分を引きたてるのがうまい男はいないな」

「おほめにあずかっていたみいります。しかし、どうやら奥様のほうは、そう思っておいでではないようですねえ」ドルヴィリエはわけ知り顔に言った。

「ヴァンダは、ときどきふさぎの虫にとりつかれることがあるのさ」とモリスはささやいた。

ヴァンダは、まだ涙のかわかない美しい目をあげて、なじるように愛人を見た。四年まえから、あらゆる危険や苦労を健気《けなげ》にともにしてきた自分に、そんな馬鹿げた欠点があるなどと言われたのが口惜しかったのだ。

そのとき、清らかな子供の歌声が森のなかで起こった。

その声は、ゆったりとした物悲しげな調子で古いフランドル地方の民謡を歌っていた。それは、いましがたドルヴィリエが景気よく歌いまくった軽快なメロディーとは、対照的な曲だった。

二人の男は、思いがけない出来事はすべて警戒してかかる者の常で、耳をそばだてた。

だが、歌の文句が理解できたヴァンダは、しんみりとききいった。

その声は、こう歌っていた——

Ik heb vandagen myn lief gezien,
Tuschen de boomen ueer van hier.

こう書くと、わけのわからぬ文字の羅列にしか見えないこの歌詞も、澄んだよくとおる子供の声で歌われると、えも言われぬ哀調を帯びるのであった。

「これはけしからん！」とドルヴィリエは叫んだ。「このあたりの羊飼いの娘がぼくたちをからかっているんだ。あんな妙な方言を使うのは禁止すべきですね」

「あの女の飼ってる七面鳥も、もし神から言葉をさずかっていたら、あんなふうに喉を鳴らすにちがいない」とモリスもあざわらった。

「あの娘《こ》がなんて歌っているかご存じなの？」とヴァンダが気色ばんでたずねた。

「いや、ちんぷんかんぷんだ！ 第一、知りたくもないね」

「あの娘《こ》は、こう言ってるのよ」とヴァンダは悲しげに説明した。『今日、わたしは森の木のしたでいとしい人にあった。もうじき遠くへ行ってしまういとしいあの人に』って」

「ああ、なるほど、読めたぞ！ おまえは、超自然的なことに心がむいているものだから、あの馬鹿馬鹿しい歌がおまえの将来を予言していると思ってるんだな。

まったくのところ、おれは、おまえがもう少しものわかりのいい女かと思っていたよ。さあ、おまえの判断力を鈍らせている突拍子もない幻想を追いはらうために、ドルヴィリエ君に頼んで、さっきの歌のおわりをきかせてもらうとしようや」

「いや、しかし」とドルヴィリエは声をひそめて言った。「この民謡の歌い手がなにしにここまでやってきたかわかるまでは、静かにしていたほうが安全かもしれませんよ」

「そうだな。ルーヴォアのスパイはどこにでもいるし、あらゆる変装をしているからな」

半信半疑ながら、モリスも賛成した。

だが、羊飼いの娘に関しては、別に心配する必要のないことがすぐにわかった。娘は、二十歩ほど先の右手のほうで森から姿をあらわし、相変わらず歌いながら、三人のほうは見むきもせず、ゆっくりと遠ざかっていった。

「なあんだ！」とドルヴィリエは言った。「せいぜい十二かそこらの小娘じゃありませんか。いくらルーヴォア国務卿でも、木靴をはいた田舎娘までスパイに雇うことはないでしょう」

「おれも同感だが、おれは、見ず知らずのものは、なんでも疑ってかかる主義なんだ」

「しかし、ぼくだけは例外のようですねえ」とドルヴィリエは笑った。「だって、三週間まえ、はじめてお会いしたときから、あなたは、ぼくを旧知のように歓迎してくれましたからね」

「なに、あの場合は事情がまったくちがう。第一、きみは見ず知らずの男ではなかったよ。なにしろ、きみは、われわれの組織のもっとも献身的な同志から、熱心な推薦を受けてきたんだから」

「そう、あの親切なアスプル男爵からね。たしかに、あの人がルイ十四世やルーヴォア国務卿に好感を抱いているなんて、疑うわけにはいきませんね。ありとあらゆる機会をとらえて、直接にせよ間接にせよ、王と大臣に害を与えようとしているんですからねえ」

「特に間接的にだ」とモリスはつぶやいた。「あの男は好んで人を煽《あお》るが、自分はいっこうに手をくだそうとしない。それに、実を言うと、ここのところちっとも姿を見せないので、不思議に思っているんだ」

「ゼーラント州の首領という立場上、慎重にならざるをえないんでしょう」ドルヴィリエは急いで弁護にまわった。「あの人は、ぼくたちといっしょにフランス領内へはいるよりも、アムステルダムの古い屋敷にいてもらったほうが、われわれの役に立ちますよ」

「そうかもしれないな。それに、これからはもう、あの男の手をかりる必要もない。裏切者に関して言えば、おれは、そんなやつらをちっとも恐れてはいない。もし、われわれの一隊にもぐりこんだやつがいても、少しでも怪しいそぶりを見せたら、すぐさまそいつの頭を叩きわってやるからな」

「それは賢明ですね」ドルヴィリエ子爵は、落ち着きはらって言った。

だが、ヴァンダは、子爵の顔がかすかに曇ったのを見のがさなかった。

「ああ、今度こそ」ドルヴィリエは、農家のほうを見ながら言葉をついだ。「今度こそ本当にブリガンディエールが来ましたよ」

子爵がそう言いおわらぬうちに、モリスは早くも立ちあがっていた。

ヴァンダも、ますます不安をつのらせて立ちあがり、農家のほうへ目をやった。

一人の男がそこから出て、森のほうへ近づいてくるところだった。馬にばかり乗って地面を歩きつけない者の、ゆっくりとした重い足どりだった。

「きみの言うとおりだ。あれは、ブリガンディエール伍長にまちがいない」とモリスは歓声をあげた。「あいつめ、重大な知らせをたずさえてきたというのに、おれの黒馬に飼い葉を運んでいくとき同様のんびり歩いてやがる。あいつはいつもああなんだ」

「ほうら！　だから言ったでしょう、待てば海路の日和ありって」ドルヴィリエも、いかにもほっとした様子で言った。

ひとりヴァンダだけが悲しそうにしていたが、それには充分な理由があったのだ。

今日の散歩の目的はいよいよはっきりし、不幸が迫っていることは、もはや疑う余地もなかった。

そのあいだにも、待ちに待った使者はこちらへ近づいてきた。モリスは、もう喜びをおさえきれず、相手が声の届くところまで来たと見るなり、大声でどなった。

「おい！　準備はどうなってるかね？」

「道は自由に通れますよ、大佐殿」男は、ちょっとつば広の帽子へ手をやって答えた。

「ああ、やっと！」とモリスはつぶやいた。

「さあ、さあ」と薄笑いを浮かべてドルヴィリエは言った。「これは、われわれにとって記念すべき日になるぞ。ルーヴォア侯さえ大人しくしていてくれればね！」

「こっちへ来い、ブリガンディエール。報告をきかせろ！」

「はっ、大佐殿、すぐに行きます」とこの珍らしい名前の男は答えた。

土手の縁まで来ると、男はもう一度敬礼し、剣をつるした肩帯がずり落ちそうなのをなおしてから、腰に手をあてて、モリスの質問を待った。その剣は、かかとにぶつかるほど長く頑丈そうだった。

この男は、五十がらみのたくましい野武士で、肩幅は広いが痩せて骨ばっていた。一生のあいだ山野を駆けめぐっていたので、太る暇がなかったのだろう。

若い隊長を見ならって、ブリガンディエールも長い口髭《くちひげ》をはやしていたが、こちらのほうのはかなり白髪まじりで、顔の皮膚は、露営の空気や前哨戦《ぜんしょうせん》の砲火で赤銅色《しゃくどういろ》に焼けて、コルドバの革細工さながらだった。

とがった頤《あご》、鷲鼻《わしばな》、それに眼光鋭い落ちくぼんだ目を加えれば、この武人の肖像は完成する。

その装備はというと、これ以上の完全武装はあるまいと思われるほどで、ブリガンディエールは、茶色いラシャ地の軍用マントの下に、つや出しした鋼鉄の胴鎧と腕当てをつけていた。

このような武具は、フロンドの乱がおわって以来、すっかりすたれてしまっており、いまどきこんな格好をしているのは、三十年戦争のときドイツで戦った老兵ぐらいなものだった。

「さあ、ぼんやりしてないでしゃべったらどうだ！」モリスは、相手が黙ったまま棒杙《ぼうぐい》のように突ったっているのにしびれをきらせて、どなりつけた。「ここへ来る途中、なにがあった？　国境の警備はどうだ？」

「大佐殿」とブリガンディエールは落ちついて口を開いた。「私は、夜っぴて馬を走らせて、明け方、小川の岸で待っていた百姓と落ちあったのであります。

百姓の話では、ケノワに駐屯しているフランスの竜騎兵どもが、そのあたりへ偵察にくる心配は絶対にないし、ここ三週間というもの、税関の連中もいっこうに姿を見せないということであります。

百姓は、今夜、日暮れどきに川の土手にのぼってみて、もし通り道が安全なら、自分の風車小屋の入口に、火をともしたカンテラをつるすことになっております。

私は、百姓に約束どおり銀貨十枚を渡し、フランス産の上等のブランデーを一杯ふるまってもらってから、馬の尻《しり》をひっぱたいて、ここまですっとばしてきたのであります。川の名はオネル、風車小屋は、スブールという村から、ちょっとくだったところにあります。以上」

こう報告しおわると、ブリガンディエールは、剣の柄に左手を置き、いかにも上官のまえでかしこまっている部下といった態度で、ふたたび口をつぐんだ。

この報告は、言葉はいささかつたないが、簡単明瞭であるという大きな長所を持っていた。

しかも、この老兵は、前日から少なくとも三十里は馬を駆ってきたはずなのに、ブリュッセルから軽くひとっぱしりしてきただけかと思うほど、疲れた様子を見せなかった。

モリスは、この男の仕事ぶりを大いに評価しているらしく、こうねぎらった。

「でかしたぞ、ブリガンディエール。一ヵ月以内に、リゾラ殿がおまえを中隊長に任命してくださるだろう。このおれが、そう請けあうぞ。ところで、部下の連中はどこにいる？」

「みんな、あの農家にいます。馬は、鞍《くら》を置いて納屋につないであります」

「おれの黒馬と牝の栗毛もだな？」

「サンカルティエが、レーヌ街の馬屋から引いてきました。ルヴァン門から町を出たが、衛兵はなにもきかずに通してくれたそうです」

「言うまでもないことですが」とドルヴィリエが口をはさんだ。「ぼくの黒鹿毛《かげ》の馬もちゃんとつれてきてあるし、馬も主人も、途中で引きかえすつもりはありませんからね」

「ああ、わかっているとも」とモリスは、友情のこもった眼差しを向けて言った。

「ところで、バシモンはなにをしているんだ？」モリスは、ブリガンディエールにたずねた。

「バシモン殿は、農家の暖炉にあたっとられます。兵隊どもが、酒倉へ行って酒樽の口をあけたいと騒いでおるので、引きとめるのに苦労しているようです。あいつらをここに長居させると、ろくなことにならないと思いますがねえ」

「おまえの言うとおりだ。第一、日暮れにオネル川の浅瀬に着くつもりなら、われわれは、もう一刻も無駄にするわけにはいかん。さ、バシモンのところへ行って、馬に乗る用意をしろとみんなに命じるよう伝えるんだ」

ブリガンディエールは、軽く一礼し、くるりとまわれ右をして、また規則正しい足どりで牧場を横切っていった。

「さあ、ぼくたちも早く向こうへ行きましょうよ」ドルヴィリエは、遠征に出発するのが待ちどおしくてたまらない、という様子でうながした。

「モリス、あなた、やっぱり出かけるつもりなのね?」さっきから少し後ろに引きさがっていたヴァンダが口を開いた。

「そうだ」モリスは、そっけなく答えた。

「なのに、わたしったら、あなたがあの常軌を逸した計画を諦《あきら》めてくださるんじゃないかと、むなしい望みを抱いていたんだわ!」ヴァンダは、目に涙を浮かべてつぶやいた。

「常軌を逸しただって? どうしてそんなことを言うんだ? 成功はもうきまったも同然なんだぞ。

きのうドルヴィリエ君は、近くルイ王がサン・ジェルマンへ出かけるという情報を受けとった。王を乗せた馬車は、四月一日の正午から五時までのあいだに、マルリーの小さな旅籠屋のまえを通過する予定になっている。

今日は三月二十四日だ。一週間あれば、現地へ行ってこの好機をものにするのに、充分すぎるぐらいだ。なあに、かならずものにしてみせるぞ」

「でも、そこであなたが王を殺すか誘拐するかできたとしたら、それでもう勝利はこちらのものだと思っていらっしゃるの?」

「完全にではないが、八割がたこっちのものさ。われわれの成功の知らせをきき次第、ノルマンディーでも、サントンジュでも、ギュイエンヌでも反乱が起こるだろう。パリの民衆は、ヴェルサイユへ押しかけていって、ルーヴォアをしばり首にするにちがいない。そうすれば、おれは復讐の目的を果たしたことになるのだ！」

「復讐！」とヴァンダは悲しげに言った。「あなたは、自分の復讐のために、フランスとヨーロッパ全土を兵火の巷《ちまた》とし、なんの罪もない大勢の人びとを犠牲にし、自分や友人たちの命を危険にさらすつもりなのね！」

「おれやおれの友人たちの命は大丈夫だ。念には念をいれて慎重に事を運んでおいたからな」

「裏切者がいるかもしれないということを、忘れていらっしゃらないといいけれど」

「やれやれ」モリスは、じれったそうに言った。「おまえ、どこまでおれにたてつく気なんだ？　誓いを立てたのを忘れたのかね？」

「わたしが忘れたりするものですか」

「もういい。要するにおまえは気が変わって、おれと危険をともにするのがいやになったんだな。だからといっておれはおまえを責めるつもりはない。おれが戻るまで屋敷で待っていたいというなら、好きなようにするがいい。そうすれば、おまえは例の小箱をすぐそばで見張っていられるから、かえって好都合だ。実際、命がけで戦う覚悟の貴族や兵士の一団に女がいるなんて、およそ不似合いだ。だから、さっさと……」

「モリス、なんてひどいことを言うの。わたしは、いつだって誠心誠意あなたに尽してきたつもりよ」ヴァンダは昂然《こうぜん》と胸を張って言った。

「さあ」とモリスは冷ややかにうながした。「どっちにするか、さっさと決めてくれ。おれの決心は絶対に変わらないぞ。おまえが反対することは、はじめからわかっていた。だからこそ、今日の待ちあわせのことも、おまえには黙っていたのさ。

味方の者は人目につかぬよう苦心して、ばらばらにブリュッセルを出てきたんだ。ドルヴィリエ君は、みんなの出発を容易にするためにも、国境からマルリーへ行く途中の宿泊地の手配についても、大いに骨を折ってくれた。

だから、いまさらあともどりしたり、尻ごみするわけにはいかないんだ。しかし、いまも言ったとおり、おまえは、なにも無理しておれについてこなくたっていい。町はそう遠くないから、おまえひとりだって歩いて帰れるだろう。銀行家のファン・グロートにそう言っておいたから、必要な金はあの男から渡してもらえばいい。それに、おまえが帯のなかに隠しもっているダイヤモンドだけでも、一財産あるはずだ。

あとに残るか、いっしょに出かけるか決めるんだ。どっちでもいいから、早くしてくれ。われわれは、今日の夕方には国境を越えてしまわなくちゃならないんだからな」

「あなたといっしょに行くわ」ヴァンダは、涙を拭いながら言った。「どうか、あなたがこんなに急に中断してしまった幸せな日々を悔むことが、決してありませんように！」

「おれはなにも悔んだりはしないぞ。われわれの前途は希望に満ちているんだ」とモリスは答えた。「行こう。みんなが農家で待っている。ブリガンディエールは、おまえの旅行用の服も持ってきたはずだ」

　部下と合流しようと急ぐあまり、モリスは、友人のドルヴィリエに声をかけるのも忘れて歩きだした。だが、もし、ヴァンダと並んで牧場を横切りながら、後ろを振り向いていたら、ドルヴィリエがさっきの羊飼いの小娘に金貨と手紙を渡したのに、気づいたかもしれない。羊飼いの娘は、ぐるっと遠まわりをして、また森へ戻ってきていたのだ。

　不幸にして、モリスは、すでにかなり離れていたので、あの美しいフランドルの民謡を歌っていた娘に向かって、ドルヴィリエがこうささやくのをきくことができなかった。

「夕方までにこの紙きれをアスプル男爵に届けたら、男爵様は、おまえに金貨をもう一枚くださるからね」

【原注】

＊　この攻撃文書は、リゾラの小冊子《酸味葡萄汁入りソース》に答えてブリュッセルで出されたものである。リゾラの小冊子の題は、フランドル地方に派遣されていたルーヴォアの部下ド・ヴェルジュー氏の名前をもじってつけられている。

＊＊　念のために記しておくが、この歌はフランス国立図書館に保管されている厖大な歌集の原稿から、一字一句変えずに引用したものである。この興味深い俗謡集には、ルイ十四世とその宮廷を攻撃した数百の詩が含まれている。

6　権謀術数

こうして、荒々しい冒険の生活に引きもどされたヴァンダが、モリスやドルヴィリエとともに馬を走らせているころ、ソワソン夫人は、夫の壮麗な館《やかた》で、悶々《もんもん》として日を過ごしていた。

不思議なめぐりあわせでほんの一時出あったこの似ても似つかぬ二人の女は、皮肉な運命のいたずらによって、いま、まったく異なる生活を強いられていながら、二人とも自分の置かれた状況を呪《のろ》っていた。

ヴァンダは、平穏な幸せと曇りない愛を夢見ていたのに、心ならずも戦乱の渦に巻きこまれ、暗澹《あんたん》とした気持で愛人の野心のおもむくままに引きずられていった。

情熱的なソワソン夫人は、陰謀や戦闘のために生まれてきたような女で、伝説の火とかげが火のなかに住んでいるように、権謀術数や波瀾万丈《はらんばんじょう》の恋を生きがいとしていた。それなのに、このマンシーニ家のじゃじゃ馬は、お気に入りのフィリップに裏切られ、親切そうなナロに追いつめられて、戦うのを諦《あきら》め、戦列を離れてパリへ逃げ帰り、ぞっと身ぶるいしながらも、窮屈な王族の奥方の座に戻らねばならなかったのだ。

もっとも、この窮屈な座というのはいわば黄金の椅子で、多くの女性の羨望《せんぼう》の的だった。

伯爵夫人さえその気になれば、この地上で望めるかぎりの幸福を味わうこともできたのだ。

家柄から言っても、結婚相手から言っても、宮中での地位の点でも、ソワソン夫人は、もっとも身分の高い人びとと同格だったし、その資産は莫大《ばくだい》な額にのぼった。当時すでに六百万リーヴルをくだるまいと言われていたのだから、現在（十九世紀後半）の金に換算すると三千万以上になる。しかもこの額は、王族に与えられていた領地や年金は含まれていないのだ。

ソワソン伯というのは、母方はブルボン王家、父方はサヴォイ家という、いずれもヨーロッパ随一の古い家柄の出で、シャンパーニュ地方の総督とスイス衛兵部隊の名誉隊長を兼任しており、夫としても申し分のない男で、少しも嫉妬《しっと》深くないし、このうえなく優しかった。

夫婦のあいだには、八人の子供が生まれ、妻を信頼しきっていた伯爵は、一度も嫡出を否認したりしなかった。八人のうちの末子は、のちにウージェーヌ殿下と呼ばれ、神聖ローマ帝国軍の元帥となり、フランスを敵にまわして執拗《しつよう》に戦い、マルプラケの戦いで勝利をおさめた有名な人物である。

女として、妻として、母として、神の恵みを豊かに受けていたソワソン夫人は、自分の激情ゆえに負うはめになった人生の責任を、自分以外のだれにも負わせることはできなかった。

それでもなお、危うく命を落としかけたフランドル旅行から帰ったのち、夫人は後悔することなど考えてもみなかった。

傷ついた牝獅子が森の奥深く逃げこむように、豪壮な館の奥に引きこもって、夫人は夜も昼も自分の運命を呪い、あせりいらだっていた。

この堂々たる館も、その昔、青年時代のルイ十四世が毎夜のように訪れていたころは、あんなに活気に溢《あふ》れていたのに、太陽がヴェルサイユにのぼるようになったいまでは、陰気くさく静まりかえっていた。

廷臣たちもまた、王のあとに続いた。ひとり取りのこされたソワソン夫人は、いままでは、名もない召使を支配し、さびれはてた宮殿に君臨するばかりだった。

温厚なソワソン伯は、スイス衛兵隊の名誉隊長という職務がら王のそばにとどまらねばならず、妻のもとにはめったに姿を見せなかった。そのうえ、春には陛下がマーストリヒト攻囲作戦を計画しておられたので、伯爵は近づく遠征の準備に忙殺されていた。

だから、ソワソン夫人のもとには、時たま、メイユレ公爵夫人となっている姉のオルタンス（実際にはオランプのほうが年上）が訪れてきたり、それよりは少し足しげく、もう一人の姉で有名なブイヨン公爵夫人（史実に従えば、ブイヨン夫人（マリー・アンヌ）がマンシーニ家の末娘）が訪ねてくるぐらいだった。この二人は、ラ・フォンテーヌの詩に、こううたわれている――

　たぐいなきマリー・アンヌ、並ぶ者なきオルタンス

二人をこう呼んだのは、ラ・サブリエール夫人が〝わたしの寓話《ぐうわ》作者さん〟という洒落《しゃれ》た綽名《あだな》をつけた偉大な詩人だった。

　こうした孤独のさなかで、ソワソン夫人は、フィリップ・ド・トリーを失った苦痛をひとしお身にしみて感じ、夫人の傷ついた心は、意外であっただけに一層耐えがたかった男の心がわりを、つくづく恨めしく思った。

　しかし、夫人の情熱的で奔放な心は奇妙に屈折し、はじめは、自分を裏切った不実な愛人への怒りに燃えていたが、その裏切りの証拠が明白になるにつれて、ふたたび彼を熱愛するようになったのである。

　ブリュッセルを発つまで、夫人は、フィリップが足元にぬかずいて許しを乞いにくるだろう、と期待していた。そうしたら、うんと恩に着せて許してやろう、と考えていたのだ。

　また、夫人は、こんなふうに想像したこともあった。もしかするとフィリップは、旗手としての任務をはたすためにフランスへ呼びもどされて、急に出発しなければならなかったのかもしれない。それ以外に、あんなひどい仕打ちをするはずがない。手紙の返事をよ

こさなかったのも、手元に渡らなかったからだろう。いまにきっと、ソワソン伯の館へ非礼を詫《わ》びに来るに相違ない。

こんなふうに、およそありそうもないさまざまな臆測《おくそく》で自分を欺くことにより、帰国当初の夫人は、退屈を紛らし、空想に耽《ふけ》ることができた。

だが、いくら待ってもあの美男子の従者は姿を見せないので、夫人の悲しみは絶望に変わり、またもやフィリップへの愛情が激しく燃えあがった。

このイタリア女の心を焦がす炎は、愛人の不在によって一層かきたてられ、あれほどまで呪った男なのに、二度と逢えないかもしれないとなると、もう彼なしでは生きていけないという気がしだしたのだ。

夫人の怒りさえも、いまでは後悔に変わっていた。

あのパシェコ通りの忌わしい家を出るとき、フィリップをつれて出ればよかったのに。あの《白寝台》の恐ろしい効果が発揮された夜、階上の部屋をフィリップが歩きまわる音をきいていながら、その部屋まで行ってみなかった意気地のない自分が悪いのだ。

こうした後悔の念には、無論、あの不運なロレンツァの思い出もいくらか影響していた。しかし、実を言うと、当時、夫人の心にしきりに浮かんだのは、ナロの犠牲となった哀れな女の姿よりも、フィリップの面影であった。

夫人の目に浮かんだのは、ルーヴォアの残忍な手下に捕えられたフィリップの姿、牢獄に入れられ、女主人の秘密をききだそうとする悪党どもに拷問され、秘密を明かすよりは死を選ぶフィリップの姿だった。

このような幻想に取りつかれると、夫人は凄《すさ》まじい叫び声をあげ、館の回廊を正気を失ったように駆けめぐり、拳《こぶし》で壁を叩《たた》き、鬼神の霊感を受けた巫女《みこ》のように、黒髪を振り乱すのであった。

このような苦悩は一ヵ月あまりも続き、夫人の興奮を静め、苦しみをやわらげるようなことは、なにも起こらなかった。

いくら夫人がフランドル地方の友人に手紙で問いあわせても、ブリュッセルに使いの者をやっても、《オランダ新聞》を熱心に読んだりスイス衛兵隊の将校に質問してみても、だれひとりフィリップの消息を知る者はなかった。

フィリップは忽然《こつぜん》として姿をくらまし、不思議なことに、ナロまでも行方不明になってしまった。

ナロはもうブリュッセルには住んでいなかったし、パリの自宅にも戻っていなかった。

夫人は激昂《げっこう》し、不眠に悩まされ、不安のあまり憔悴《しょうすい》し、見るからに衰弱していた。主人思いの召使たちは、夫人が館の小塔のてっぺんにある粗末な小部屋に引きこもって暮らすのを見て、ひどく心を痛めた。

そこに夫人はフィリップの所持品を山ほど集めており、この大切な遺品のそばを離れるにしのびなかったのだ。その部屋にはまた、占星術の本や、ガラスびんや蒸留器などが乱雑に散らばっていた。ソワソン夫人は昔から魔術や占星術に興味を抱き、錬金術師や占い師をかたく信じていたのである。

三月の末のある夜、夫人は、この小部屋の奥に敷いた虎の毛皮のうえに寝そべり、アーチ型の窓からぼんやりと空を眺め、愛するフィリップの帰館を告げる馬の蹄《ひづめ》の音を待つかのように、町の物音に耳をかたむけていた。

ソワソン伯の館は町の中央にそびえ、その壮麗な建物は、現在のパリの一区全体に相当するほどの敷地を占めていた。

館の正面は、今日すでになくなってしまったフォアン街に面し、前庭からは、聖ウスタシュ教会の正面入口が斜めに見えていた。

曲りくねった建物がコキリエール街ぞいに立ちならび、広大な庭がグルネル・サントノレ街とドゥゼキュー街の角の一帯を占めていた。

この王族の館の敷地には、一七八九年の大革命以後、無数の家がたてられている。ルイ十四世の時代に、この館は、中央市場近辺の人口の多い商業地区と、金融業界や司法畑で財をなした町人の住むヴィクトワール広場とのあいだで、いわば貴族階級のオアシスのような位置にあった。

ソワソン夫人が傷心の日々を送っていた小塔は、コキリエール街とグルネル街の角にある横手の門のそばにそびえていた。

その昔、年若い国王が日暮れにそっと忍んできたのは、この人目につかぬ中門からだった。当時、王は、のちに栄光と権勢に心を奪われたように、ソワソン夫人の野性的な妖《あや》しい美貌に心を奪われていたのだ。

年がたつにつれて、この門の用途は変わり、いまでは、錬金術師、媚薬《びやく》の調剤師、占い女、そのほか伯爵夫人が熱中している怪しげな秘術の奥義をきわめた連中が出入りするばかりだった。

いま夫人を襲った不幸は、いかさま治療師や占星術師やまじない師にとって、願ってもない好機だった。

まさにその夜も、夫人は、自分の決定に重大な影響を及ぼすはずの人物の来訪を待ちうけていた。だから、狭い石の階段できぬずれの音がしたような気がすると、夫人は、なかば腰を浮かして耳をすました。

間もなく、トン、トントンと扉を叩く音がして、夫人の予感が的中したことが明らかになった。

「おはいり、カトリーヌ」と夫人は声をかけた。

すると、扉がそっと細目に開き、一人の女が音もなくはいってきて、注意深く扉をしめた。

この用心深い女は、暗い色のマントに頭のてっぺんから足の爪先まですっぽりとくるまっており、そのため実際より背が高く、ほっそりとしているように見えた。

女は、すぐにこの神秘的な衣裳をぬぎ、裕福な町人の女らしい小ざっぱりした身なりになった。

それから、ソワソン夫人の腰かけている寝椅子のほうへおごそかに歩みより、そのまえにひざまずき、尊敬と同情をこめてその手に接吻《せっぷん》した。

「待ちかねたわ、カトリーヌ」と夫人はぶっきらぼうに言った。「わたし、あなたに相談したくて、じりじりしているのよ。

暗くなってきたわね。蠟燭《ろうそく》に火をともして、そこにお掛け」

女は、黙って命令にしたがって、ありとあらゆる奇妙ながらくたの並べてある戸棚のうえから銀の燭台《しょくだい》を取り、小部屋の中央の火鉢にくべてある炭火を吹いて、蠟燭を炎に近づけた。イタリア生まれのソワソン夫人は、ひどい寒がりで、火の気なしでは過ごせなかったのだ。

「まあ、妃殿下のお顔色の悪いこと!」ゆらめく蠟燭の光のなかで、やつれはてた夫人の顔を見るなり、女は優しく言った。

「ええ、この一ヵ月で十年も年をとったような気がするわ」と夫人はつぶやいた。「でも、苦しんでいるのは体ではなくて、心なのよ」

「わたくしは、心の病いを治す術も心得ております」とつつましやかにカトリーヌは言った。

「いいこと」ソワソン夫人はせきこんで叫んだ。「わたしがはじめておまえに会ってから、もうじき三年になるわ。それに、昔からおまえは、わたしの姉のマリー・アンヌに忠実に仕えてきたわね」

「おっしゃるとおり、ブイヨン公爵夫人は、わたくしを信頼してくださっておりますし、今日まで、そのことを後悔なさったことは一度もないと存じます」

「そうね。それに、わたし自身、おまえの予言したことはいちいちそのとおりになった、と認めないわけにはいかないわ。でも、今日は、未来を占ってもらおうというのではないの。

わたしを苦しめているのは、現在のことなのよ。現在のことについて、おまえの助言がほしいの。

おまえの魔術は、いま、わたしの愛する男がなにをしているか、わたしに知らせる力を持っているかしら？」

カトリーヌという名の女は、頭巾《ずきん》をすっぽりかぶった頭をうなだれて、じっと考えに耽っている様子だった。

見たところ、この女はまだ若く、器量も悪いほうではなかった。

ここで、この十七世紀の奇妙な人物について、今日知られていることを述べておこう。女は結婚するまえの名をカトリーヌ・デゼーと言い、当時まだ二十八歳を越えていなかった。

カトリーヌが若くして嫁いだアントワーヌ・モンヴォアザンは、かなり手広く商売をしていた立派な宝石商で、この若妻のおかげで、のちに自分の名前が悪い評判をとろうとは、夢にも思っていなかった。

この女は、九歳のときから、降霊術、占い、秘薬の調合などの怪しげな秘術を行っていた。こうした秘術は、フィレンツェ生まれの王妃について宮廷に来たイタリア人たちによって、ヴァロア王朝の時代にフランスにもたらされ、広められたのである。

だから、カトリーヌ・ド・メディシスは、この一世紀後のカトリーヌにとって、まさに守護の聖人ともいうべき存在だった。こちらのほうのカトリーヌは、夫の姓の一部を取ってラ・ヴォアザンと名乗り、シャルル九世とアンリ三世の母がもっぱら政治的陰謀に利用した危険な秘法を、生業《なりわい》とし、商品として用いたのである。

しかも、この商売は夫の商売に負けずおとらず繁昌《はんじょう》し、大いに利益をもたらし、上流社会に出入りするきっかけともなった。

一六七三年にはすでに、ラ・ヴォアザンの得意客のなかには、貴族院議員公爵もいれば、元帥や王族の女性もいた。

ラ・ヴォアザンのお得意は、大ブルジョア階級にまで広がっていたが、それより低い階層はまったく含まなかった。ルイ十四世の時代の占い師というのは、現代の卑しいトランプ占いの女などとは、全然格がちがっていた。

第一次帝政時代のルノルマン嬢は、十七世紀の高名な女占い師の末裔《まつえい》であった。のちにナポレオンの皇后となったジョゼフィーヌ・ボーアルネはじめ、多くの上流の人びとが進んでルノルマンに占ってもらったが、今日では、占い師を訪れるのは料理番の女たちぐらいなものだろう。

ソワソン夫人の生きていた時代には、魔女は大目に見られていたばかりか、暗黙のうちに公認されていたのだ。その理由は、まず、もっとも教養のある人びとのなかにさえ、まだ妖術《ようじゅつ》を信じている者が大勢いたからであり、さらに、こうした魔法や星占いを商売にする連中は、警察当局にとって格別の利用価値があったからだ。

運命の予告を商売にしている女たちは、時おり大きな陰謀を暴く手がかりを判事に与えることができたし、あまり大きな騒動を起こしたら、火あぶりにしてしまえばそれですんだのだ。

数年後、ラ・ヴォアザンは、このいかがわしい秘術を行う者にとって、すべてがばら色というわけにはいかない、と悟るにいたった。だが、当時、この女は得意の絶頂にあった。

金も、宝石も、高価な食器も、広々とした敷地に立つ豪壮な家も、現世の富を望みのままに手に入れたラ・ヴォアザンは、来世でどんな運命が自分を待ちうけているかなど、あまり気にかけていなかった。

しかし、この女は、名声にのぼせあがることなく、この世の有力者たちには、うやうやしい態度で接していた。

したがって、ソワソン夫人は、この女から敬意を払われる資格が充分にあったわけだが、たとえ夫人が羊飼いや収税請負人の妻であったとしても、ラ・ヴォアザンは、夫人に真心こめて尽したであろう。というのも、この女占い師と迷信深いマザランの姪《めい》——大コンデ公が〝シチリアのお転婆娘〟と呼んだ女——とのあいだには、いくつかのひそかな類似点があったからだ。

そういう事情で夫人に好感を抱いていたラ・ヴォアザンは、夫人のためにはとっておきの妖術を使い、実いりのいい錬金術や《相続促進剤》の仕事をなげうってでも、ほんの些《さ》細《さい》な心の悩みや利害の問題について、夫人に助言を与えに駆けつける覚悟だった。

それに、ソワソン夫人は、伯父のマザラン枢機卿にほとんど匹敵するくらい裕福で、伯父よりはるかに気前がよかったので、女占い師はその点でも大いに満足していた。

だから、このときも、夫人が自分の恋愛問題について相談したいと言ったとき、抜け目ない女占い師は、ただちにひと儲《もう》けできると察した。

いまこそ鋭敏な頭脳をできるかぎり働かせて、この好機を最大限に利用しなければならない。

昔から、占い師の術の極意は、自分の身に危険がふりかからぬ用心に、はっきりしたことはなにも言わないことであり、デルフォイの神託以来、神のお告げというのは、つねに不明瞭《ふめいりよう》なものと相場がきまっている。

このおりのラ・ヴォアザンの返事も、こうした予言者の伝統に忠実なものであった。「奥方様が愛しておられる人は」と女占い師は神がかりの口調で告げた。「奥方様が愛しておられる人は、いま、大きな危険にさらされております」

「まあ、本当？」とソワソン夫人は叫んだ。

「その人は、奥方様を愛するのをやめてしまったばかりに、破滅への道を歩んでいるのです」

「ああ、やはり、わたしの思ったとおりなのね！」

そう言うと、夫人は黒髪をかきむしるようにしてまっすぐに立ちあがり、さめざめと泣きはじめた。

「その人は、奥方様を愛するのをやめてしまいました。でも、また愛するようになるでしょう」女占い師はそっとささやいた。いつもこんなふうに、不幸の知らせと同時に慰めをもたらす女なのだ。

「どうすればいいの？　わたしは、財産も、地位も、命も、なにも惜しくない……」

女占い師はきわめて巧妙に内心の喜びを包みかくし、この好機をさらに有効に活用するために、ふたたび瞑想《めいそう》にふけった。

今日ほど、ソワソン夫人が絶好の機会を与えてくれたことは、いまだかつてなかった。

いままで夫人が占ってほしいと言ったのは、おもに国王の寵愛《ちょうあい》に関することで、夫人は、失った寵愛をもう一度取りもどしたいと願っていた。

さすが明敏な女占い師も、まだ、夫人の愛情の対象が変わっているとは気づいていなかった。しかし、この女は、いよいよ夫人をいままでよりもっと邪悪な妖術に誘いこむ時機が来た、と判断した。

実は、ラ・ヴォアザンの商売の目的は、多岐にわたっていたのである。

たしかにこの女は、間抜けな連中を相手に、錬金術の秘法や宝の隠し場所を見つける呪《じゅ》文《もん》などを売っていた。しかし、それと同時に、野心家や貪欲《どんよく》な相続人や復讐心に燃える人びとのために、長生きしすぎる金持や邪魔な夫を急死させたり、徐々に死なせたりする秘密の薬を調合していた。

本当のことを言えば、ラ・ヴォアザンの収入の大部分は、このような秘術によるものだった。そこで、この女はソワソン夫人にもこうした秘伝を授けて、妃殿下を自分の共犯にしてしまおうと思ったのだ。

「奥方様のお望みが叶《かな》うには、大きな障害がございます」女占い師は溜息《ためいき》をつきながら言った。

「障害って、どんな？　教えておくれ！　早く、教えておくれったら！　ぐずぐずしていたら、あの人は永久にわたしから離れていってしまうかもしれない……」

「それは……ソワソン伯爵様でございます」と女占い師はつぶやいた。

「主人ですって！　主人なんてどうでもいいじゃないの？　あの人が一度でもわたしの行動をとやかく言ったことあって？　わたしと結婚したからって、わたしの意志までしばる権利があるとでもいうの？

　なにを言うの、カトリーヌ。わたしがおまえを呼んだのは、伯爵のことをきくためなんかじゃないわ。わたしが欲しいのは、わたしの恋人よ。わたしが夜も昼も名を呼びつづけているのは、わたしを捨てていったいとしい人なのよ。しかも、あの人は死ぬかもしれない……。

　あの人がわたしのところへ帰ってくるようにしておくれ。そうすれば、わたしの全財産をおまえにあげる」

「奥方様」女占い師は、どうやら見当がはずれたらしいと察して、少し口ごもった。「それには、白蠟《はくろう》の人形を使って九日のあいだまじないを続けねばなりませんが……」

「九日間も！」と夫人は絶望して叫んだ。

「でも、お望みなら、今夜からすぐにはじめられます。わたくしの家には、お姉様のマリー・アンヌ様のご命令で作った蠟人形がございますもの。あれは、王様がラ・ヴァリエール嬢に心を寄せはじめられたとき……」

「王様ですって！　だれが王様の話などしているっていうの？　わたしが愛しているのはフィリップなのよ！　わたしは、行方知れずになったフィリップをどうしても見つけたいのよ！」

女占い師はしまったと思ったが、もうあとの祭りで、さしも冷静なこの女も、思わず顔を赤らめた。

この失策のせいで、女占い師はひどい目にあうところだったが、ちょうどそのとき、扉が音もなくひらき、年とった従僕がそっとはいってきて、小声でささやいた。

「陛下に貴族の方が見えて、重大な用件で妃殿下にお目にかかりたいと申しておられますが……」

「追っぱらっておしまい！」ソワソン夫人はかんかんに怒ってどなった。

「しかし、奥様、そのお方は、ブリュッセルから参ったとお伝えするように、と言われましたので……」召使はおずおずと言った。

「ブリュッセルからだって？」伯爵夫人は、自分の耳を疑ってききかえした。「いま、たしかにブリュッセルからとお言いだね？」

「はい、奥様、それに間違いございませんとも。あの貴族のお方は、妃殿下にフランドルからの知らせをお伝えするために、五日間、全速力で馬をとばしてきたと言っておられましたから」

「それで、だれからの使いなの？」

「だれともおっしゃいませんでした」

「自分の名前ぐらいは名乗っただろう？」

「おたずねしましたが、そのお方は、名乗っても妃殿下のご存じない名だ、とお答えになりました」

「それは変ねえ。で、その人が貴族だというのはたしかなの？」

「将校の服装をして、剣をさげておられます。全速力で馬をとばしてきたというのは、絶対に嘘じゃございません。門のところにつないだ馬を見ましたところ、もう立っていられないほどへとへとでございました」

ソワソン夫人は、小部屋のなかを大股《おおまた》に歩きはじめ、従僕の報告にひどく心が動揺した様子で、とりとめもないことをつぶやいたり、むやみやたらと手を振りまわしたりした。ナロに仕掛けられた罠《わな》のことがまだ記憶になまなましく残っていたので、夫人は、思いがけぬ事態が起こるときまって、また罠ではないかと警戒した。

夫人に会うために、そんなに急いで馬を駆ってきた男というのは、どうも胡散臭《うさんくさ》かった。

反面、ブリュッセルで夫人の滞在した家の主人アブラハム・キフィエッド、あるいはキッフェンバッハ男爵、そのほか例の陰謀に荷担しているだれかの命令で、この男が夫人のもとを訪れたということも、充分考えられた。フィリップの失踪《しっそう》以来、夫人は謀反の計画のことなどすっかり忘れていたのだ。

そうだとすれば、夫人は是非ともその男と会う必要があった。

こんなふうに夫人がどちらともきめかねていたとき、ラ・ヴォアザンが問題を一挙に解決した。

機転のきく女占い師は名案を思いついたのである。この作戦が図に当たれば、ソワソン夫人の意中の人を取りちがえるという失策によって、落ち目になった自分の権威を回復できるかもしれない。

女占い師はうやうやしく妃殿下に近づき、決心のつきかねている相手の耳元に口をよせて、この霊験あらたかな言葉をささやいた。

「その貴族は、フィリップ・ド・トリー殿のお使いでございますよ」

「おまえは、どうしてそんなことを？」とソワソン夫人は叫んだ。その顔は、恋人からの伝言を受けとれると思っただけで、もう感動と幸せで紅潮していた。

「霊感でわかるのでございます」女占い師はぬけぬけと答えた。

「おまえの霊感なんて、もう信じないわ。おまえは、さっき、わたしの心が読めなかったじゃないの。それなのに、どうしてフィリップのすることがわかるというの？」

「もし、さきほど妃殿下が、わたくしの言うことを終りまでおききになっていたら、わたくしが決して間違えたりしない、ということをおわかりいただけたと存じます。というのも、わたくしは、フィリップ殿の居場所が今夜あきらかになるだろう、と言うつもりでしたし、王様について申しあげたかったのは……」

ここで女占い師は、自分の託宣に勿体《もったい》をつけるために、ちょっと口をつぐみ、それから、従僕の耳に届かぬほどの低い声で、こう付け加えた。

「ルイ王の死が、フィリップ殿の命を救うことになる、ということだったのです」

「おまえの言うことが本当かどうか、わたしの魂を賭《か》けてでも見とどけてやるわ」ソワソン夫人は、語気を荒らげて言い、召使に向かって、こう命じた。

「その男をつれておいで。それから、階段の降り口を見張って、だれも通さないようにするのよ。わかったわね、だれも……たとえ旦那様がいらしてもよ」

従僕は、一礼して出ていった。あとに残された二人の女は、それぞれ、まったく異なる理由から、ひどく心を乱していた。

ソワソン夫人は、今か今かとじりじりし、期待に震えていた。女占い師ラ・ヴォアザンは、夫人の愛顧を失うまいとして、のるかそるかの大ばくちを試みたところなので、この会見の結果を心配していたが、つとめて大胆に難局を切りぬけようとしていた。

「そうですわ」と女占い師はつぶやいた。「ルイは死ななければなりません。あと九日したら、かならず死ぬでしょう」

「なんですって！　さっき蠟人形とか、まじないとか言っていたのは……それはみんな……」

「王様がしつこい微熱に取りつかれるようにするためでございます。きのう、わたくしは星の位置を調べ、コップの水で未来を占う子供にきいてみました」

「それで？」

「どちらも、ルイが生きているかぎり、奥方様がフィリップと再会なさることはありえない、という結論でございました」

伯爵夫人は、恐ろしい形相を見せたが、女占い師の奇怪な予言について、それ以上たずねる暇はなかった。このときちょうど、螺旋《らせん》階段の敷石を踏む重い足音が響いてきたのだ。

「客のまえでは、黙っているのよ！」夫人は、唇に指をあてて言った。

女占い師は、わかったというように頷《うなず》き、小部屋の奥の暗闇に身をひそめた。おりしも、扉がゆっくりと開いた。

はいってきたのは、背の高い軍人風の男で、長靴をはき、拍車をつけ、腰にさげている長い剣の鞘《さや》が、褐色のマントの裾《すそ》を持ちあげていた。
男は、帽子をぬいで手に持ち、骨ばった顔は、長くてもじゃもじゃの黒い巻き毛の鬘に
ふちどられているように見えた。
しかし、部屋のなかが薄暗かったので、その顔のなかではっきり見えるのは、光る両眼
と濃い眉だけだった。
「ご用件は？」夫人はそっけなくたずねた。「フランドルからの知らせを持っておいでと
のことですが、フランドルのどなたから？」
「奥方様は、私がだれだかおわかりにならないようですな」そう言うと、伝言をたずさえ
てきた男は、一歩まえへ進みでた。
夫人は、戸棚のうえで燃えている蠟燭を取ると、この正体不明の男の鼻先へ、無遠慮に
突きだした。
男は、落ちつきはらって夫人の視線を受けとめた。数秒後、夫人は、はっと気づいて叫
んだ。
「あなたは、ナロのところにいた貴族ね！」
「そうです、奥方様。どうぞお見知りおきを。私は、エーヌ男爵と言い、アルトワ地方フ
ィエンヌの領主です。武家貴族の家柄で、元大尉、所属部隊は……」
「あなたの称号などはどうでもいいから、なにしにここへ来たかお言いなさい」

「妃殿下のお役に立ちたくて参りました」

「わたしの見たところ、ナロ殿は、もうわたしの味方ではなくなったようです。あなただって、それを知らないはずはないでしょう。だから、あの男の仲間をわたしが警戒するのは、当然ではないかしら」

「私が！」と荒武者は叫んだ。「私が、あのよぼよぼの坊主の仲間ですって！　あの汚らしい税金泥棒の仲間だって！　そんなことになるぐらいなら、あいつの首をこの手で絞めたほうがましだ！」

「それでは、あなたは、ブリュッセルのあの男の家で、一体なにをしていたの？　どう見てもあなたは、わたしの寝室の入口で番をしていたとしか思えないし、それも、あの男の命令だったのでしょう。あなたのしていたのは、まるで従僕の仕事じゃないの」

「ま、奥方様、私は、自己弁護のためにこれ以上時間を無駄にするのはやめておきます。それより、私の話をしまいまでおききになれば、私があなたの味方だということをわかっていただけるでしょうからね」

「では、お話しなさい」伯爵夫人は、威厳のある態度で言った。

「申しあげましょう。二ヵ月ほどまえ、私は、あの不愉快なナロという男といっしょに、ルーヴォアに命じられた任務をはたすため、フランドルへ派遣されました」

「ほうら、自分でもそう認めているじゃないの！」と夫人はどなった。

「どうか妃殿下、最後までおききください。この任務は、ソワソン伯爵夫人ならびにキッフェンバッハ騎士、別名モリス・デザルモアーズという男を監視することでした。私は、この男のほうを受持ち、そいつに剣の一撃をくらわせることによって、自分の責任を果たしたのです。

　あのナロは、卑劣にも奥方様を暗殺しようとしましたが、幸いにも成功しなかった。それというのも、ナロが奥方様をおびきよせた伏魔殿の扉を、この私があけてさしあげるという光栄に浴したためかもしれませんがね」

「そんなことは、きかなくてもわかっているわ。もうほかに言うことがないのなら……」

「いや、これから、奥方様が一番関心を抱かれていることをお話しするところですよ。奥方様が出ていかれたあと、あの館では奇妙なことが起こったのです――原因はさっぱりわからないが、若い娘が死んでいたり、奥方様の従者が、あの忌々しい古狸《ふるだぬき》のナロの嘘にまんまと丸めこまれたり、という具合にねえ……」

「わたしの従者が！」伯爵夫人の顔がさっと青ざめた。「それはどういう意味なの！　フィリップ・ド・トリーになにが起こったと言うの？」

「残念ながら、奥方様」エーヌ男爵は悲しげに答えた。「あの青年も、われわれ同様、腹黒いナロの謀略の犠牲になったのです。われわれ同様というのは、この私も、光栄にも、ナロの憎しみの対象となったからです。

あいつは、私に不利な報告をルーヴォア閣下に送り、おかげで私はくびになりました。というわけで私は、ナロにもルーヴォアにも思い知らせてやらなければ、気がすまないのですよ」

「フィリップのことをきかせてちょうだい」と夫人が強い口調で命じた。「あの人はどうなったの？　いま、どこにいるの？　ねえ、わたしがじりじりしているのがわからないの？」

「まず、ナロは、奥方様があの従者あてにお書きになった手紙を一通残らず横取りしました。それから、あいつは、あの青年に——私は、あの青年には大変好感を抱いていたんですがねえ——、『妃殿下は、きみの顔を二度と見たくないので、この家から出ていかれたのだ』と告げたのです。おまけに、『奥方様はあのモリス・デザルモアーズにことのほかご執心だ』とも言ったのですよ」

「ああ、それでなにもかも合点がいくわ！」夫人は、身もだえしながら叫んだ。「フィリップはだまされたのね。それなのに、わたしは、あの人を責めていた！」

「そうなんですよ、奥方様。すっかりだまされてしまって、ルーヴォア閣下のスパイ団の一員になることを承諾したんですよ」

ソワソン夫人は、豹《ひょう》のように飛びあがり、荒武者に向かって拳をふるい、絶叫した。

「嘘だわ！」

エーヌ男爵は、おそらくこういう夫人の感情の爆発を予期していたのだろう。眉ひとつ動かさず、平然として言葉を続けた。

「フィリップ君は、自分の恋敵と思いこんだモリス・デザルモアーズに、偽名を使って近づき、毎日、陰謀の進行を報告するためにナロに手紙を送っています」

「ああ、なんてひどいことを！」夫人は、手で顔をおおってつぶやいた。

それから、急に声音を変えて、しゃがれ声で言った。

「証拠を見せて！　証拠を見せてほしいわ！」

「証拠は、ここに持ってきております。しかし私は、フィリップ君を非難するつもりはありません。どうか、それだけはお間違いのないように。

それどころか私は、あの青年を救うために、六十里も馬をとばしてきたのです」

「あの人を救うために？」夫人は取り乱してききかえした。「すると、あの人は危険にさらされているのね？」

「恐ろしい危険にさらされていますよ。いまからでも知らせる時間があればいいが！」

「そのまえにまず、あなたが嘘を言っているのでない、という証拠を見せてください。もし、あなたの言うことが本当なら、わたしは、フィリップを救うため、そしてあなたの労に報いるために、必要とあらば全財産も投げうつ覚悟よ」

「妃殿下が私を疑っておられるのは、至極もっともなことです。

一週間たらずまえまで、私は、奥様の敵の側についていたのですからねえ。味方を見捨てた兵は、敵方の陣に着くがはやいか、用心のために牢《ろう》に入れられてしまうものです。それが戦地での規則です。わたしは、一生涯軍人として過ごしてきたので、軍律には詳しいんです」

「そんな話はどうでもいいわ。はやく証拠をお見せったら！」

「いま、その話をするところです。どうです、こういう提案は？　妃殿下は、私の話をおわりまでおききになったら、私の言うことが本当かどうか確認できるまで、私をこの館に閉じこめて、厳重に監視させておおきなさい。

私は、どこか天井の低い部屋で、藁《わら》を一束にパンとパテ、ブルゴーニュ産の葡萄酒《ぶどうしゅ》を数本、それに私の馬のためにからす麦を少々もらえれば、それで充分です。

また、もし三日以内に、私の言うことが本当だと妃殿下が納得なさらなければ、私はお屋敷の庭の塀のまえで銃殺になっても、文句は言いません」

「いいわ、あなたの提案どおりにしましょう」ソワソン夫人は冷ややかに言いはなった。

「さあ、話してちょうだい！」

「奥方様、さっき私は、フィリップ君が、モリスの住む家に出入りするようになった、と申しあげました。その家というのは、アランベール公爵の館のすぐ近く、レーヌ街にあります。フィリップ君は、ドルヴィリエ子爵という偽名を使い、ピエモンの中隊長と称していました。

私がこういう細かい点まで知っているというところに、どうかご注目ください。これが……」

「先を続けて。とにかく早くフィリップの身に迫っている危険のことをきかせてちょうだい」夫人は、もう待ちきれなくなって催促した。

「フィリップ君の引きうけた任務は、二重の任務です。まず第一に、モリスと同棲《どうせい》しているさる女性、ボヘミアの大佐の未亡人とかいう触れこみの女に、できるだけ取りいることです」

「ヴァンダ・プレスニッツね。知っているわ。それで？」

「あのナロの野郎は、その女を利用して、陰謀計画のあらゆる秘密と一味全員の名前を知ろうとしているのです。それは、胡桃《くるみ》の木の小箱のなかに隠してあるそうだが……」

「ヴァンダがその箱のありかを教えると思ったら、大間違いだわ」伯爵夫人は、その女と会ったときのことを思いだしながら言った。

「ナロは、主として、フィリップ君の容姿や物腰に期待をかけているようです。あの青年は、まったく一分の隙もない紳士ですからねえ」

「すると、フィリップがそんな破廉恥なことをする気になったと言うの？　まさか、そんなことはありえないわ！」

「妃殿下は、ナロがあの青年をだましている、ということをお忘れのようですな。いや、まったくナロは悪賢いやつだ！　だって、あいつは、フィリップ君の嫉妬心をかきたてるために、妃殿下がモリスを訪問なさった動機について嘘八百を並べるという、うまい手を思いついたんですからね。その結果、フィリップ君は、ヴァンダの気をひくことによって、恋敵に復讐できると信じこんでしまったのですよ」

「あのナロという男は、悪魔の化身にちがいないわ！」ソワソン夫人は、悲しみと怒りで狂ったようになって叫んだ。「そうなのね……フィリップは、わたしに捨てられたと思ったのね……そのような恐ろしい策略にかからなければ、あの人はわたしを裏切ったりしなかったはずよ……それに、わたしにはようくわかるわ……不実な恋人に復讐したいと思うのは、まだ相手を愛している証拠だわ……でも、さっきラ・ヴォアザンからきいた話では……」

ソワソン夫人は、すっかり取り乱していたので、声高に独り言を言っていた。だから、部屋の隅にうずくまっていたラ・ヴォアザンは、夫人の心の動揺を一部始終たどることができた。

エーヌ男爵はと言えば、あらゆる修羅場をくぐりぬけてきた古兵らしく落ちつきはらって、夫人の激情の静まるのを待っていた。

「でも、ヴァンダはきれいだわ」ソワソン夫人は、小部屋のなかを行ったりきたりしながら言葉を続けた。「あの女は若い。それなのに、このわたしときたら……」

そう吐きすてるように言うと、夫人は顔をこわばらせ、眉間《みけん》にしわを寄せ、きらりと目を光らせた。

嫉妬が夫人の心をさいなみ、このとき夫人の耐えた苦痛は、いままで人間に加えられたいかなる拷問よりも、はるかに激しかった。

だが、幸いなことに、夫人の激情の発作は長くは続かなかった。

「わたし、なんて馬鹿なのかしら」急に安心した顔つきになって、夫人は叫んだ。「ヴァンダがモリスを愛しているということを忘れていたわ!」

ちょうど突風が襲って大波を立て、たちまち水平線のかなたに消えていくように、夫人の激情の嵐は去り、海は静かになった。

「話をお続けなさい」夫人は冷静に戻って言った。

「もうじき終りますよ」とエーヌ男爵は答えた。「フィリップ君は、これもナロ爺の命令で、モリスの全快を待ち、モリスが馬に乗れるようになったらすぐに、偽の手紙を見せることになっていました。その手紙には、フランス全土で蜂起の準備が整い、ヴェルサイユからサン・ジェルマンへ向かう道の途中で王を誘拐するために、モリスが兵を率いてくるのを待っている、と書いてありました」

「たしかに、それはリゾラ殿の計画だわ」伯爵夫人は小声でつぶやいた。

「さらに、フィリップ君は、モリスに遠征を決意させたのち、いっしょに国境を越えて、ずっと行動をともにすることになっています。そうやって、かねて示しあわせておいた場所まで来たら、ルーヴォアの部下が待っていて、謀反人どもを一人残らずつかまえる……」

「あの人はフランスへ来るのね！　また会えるんだわ！」夫人は、喜びにわれを忘れて叫んだが、すぐに興奮をおさえて、エーヌ男爵をじっと見つめながらたずねた。

「でも、あなたは、そういう話をどうして知っているの？」

「それは、妃殿下、こういう次第なのです。ナロは、以前から私に腹を打ちわった話などしたことはなかったが、最近、あのふくろう爺は、家から私を追いだすところまではいかないが、ひどく冷たくあしらうようになりました。

だから私は、あいつが私に対してなにか陰謀をたくらんでいるのではないかと心配になりました。大臣に密告でもされたが最後、帰国と同時につかまってバスチーユにぶちこまれかねない、と思ったのです。そこで私はナロの策略の裏をかくために、ナロの様子をうかがうことにしました。

あいつは、毎晩、アスプル男爵と名乗るオランダ人の訪問を受けています」

「ええっ！　ゼーラント州の首長アスプル男爵といえば、わたしたちのもっとも忠実な同志の一人のはずなのに……」

「いや、あれはルーヴォアの忠実な子分で、味方の首領を敵に売った男です。フィリップをモリスに紹介したのも、あの男の仕業ですからね。

ある晩、あの二匹の狐《きつね》がパシェコ通りの巣窟《そうくつ》に集まっていたとき、私は、タペストリーの後ろに隠れて立ちぎきし、随分いろいろな話をきくことができました。

まず、けしからんことにナロは、下っぱの警官にアラスで待ちぶせさせて、この私を、れっきとしたアルトワの貴族エーヌ男爵を捕えさせ、牢にしょっぴかせようと計画していたのです。しかも、その口実というのが、こういうことなのですよ。つまり、モリスに剣の一撃を加えたこと、また、あの夜ソワソン伯爵夫人の逃亡を見過ごしたことによって、私が作戦を危うく失敗におわらせそうになったから、というのです……」

「それで、ナロはフィリップのことはどうするつもりなの？」ソワソン夫人は、せきこんでたずねた。

「なあに！　私よりもっとひどい目にあわせるつもりですよ。あいつはアスプルにこうぬかしたんですから——『あの美男子の従者は、獲物を罠に追いこむ役目を果たしたら、今度は自分も獲物とおなじ扱いを受けるのさ』とね」

「それはどういう意味なの？」夫人は、死人のように青ざめて口ごもった。

「残念ですが、奥方様、この言葉の意味は、はっきりしすぎるくらいはっきりしています。

　フィリップ君の役目は、モリスとその一隊を案内して、ルーヴォアの部下が大挙して待ちうけているところまで、つれていくことです。ナロはフィリップをだまして、そこへ着くまえに岡っ引きどもの頭目がそっと会いにきて、フィリップが謀反人の一味から抜けだす手助けをしてくれる、と思いこませたのです。

　だが実際には、だれも助けになど来はしない。フィリップ君は、つれの連中のために仕掛けられた罠に落ちてしまうでしょう」

「罠！　……ルーヴォアの手下どもは、フィリップをどうしようっていうのかしら！」

「ナロはこう言っていました──『あの若い燕《つばめ》はいろんなことを知りすぎている。あいつにさえずられたら、まずいことになるかもしれない。だからルーヴォア閣下は、あいつの口をふさごうとしておられるのだ』」

「すると、あの人は牢屋に入れられて……悪くすると、殺されるかもしれないのね。でも、フィリップはあの虎のような連中につかまりはしないわ……わたしはすぐに出発して、三日後にはブリュッセルに着き、モリスのところへ行って……なにもかも話すわ……そうすれば、モリスはわたしにフィリップを返してくれるにちがいない。そうしたら、フィリップを取りもどしたら、わたしは絶対にあの人をルーヴォアの手には渡さないわよ！」

「時すでに遅しです、奥方様」エーヌ男爵は首をふりながら言った。「今日は三月二十七日ですが、フィリップ君は、二十四日に、モリスたちといっしょにフランス領内にはいったのですよ」

「ひどい人ね！」と叫びながら、伯爵夫人はエーヌ男爵に飛びかかっていった。「いまごろになって知らせにくるなんて！　一週間まえにその情報を持ってきていたら、王侯貴族にも負けないほどおまえを金持にしてやったのに！」

「奥方様、私は厳重に監視されていたので、ひどく骨を折って逃げだしてきたんですよ。本当ですとも。それに、一刻も早くパリへ着こうと急いだもので、もう少しで馬を死なせるところでした」

「三月二十四日！」と夫人はつぶやいた。「もしかすると、あの連中はもうフィリップをつかまえているかもしれない……あの人は、どの道を通っていったの？　ルーヴォアの部下はどこで待ちぶせしているの？」

「たしかなことはわかりませんが、ナロは、こう言ってましたよ。ピカルディーの国王代理官、レスピーヌ・ボールガール殿が逮捕の指揮を命じられている、とね。この貴族は、ペロンヌの総督をしている男だから、待ちぶせの場所も、あのあたりではないでしょうか」

「ペロンヌ！　それなら、フィリップはまだそこまで着いていないはずだし、わたしはあさってか、早ければ明日中に行って、あの人になにもかも話せる……あの人を救ってやれる……さもなければ、いっしょに死ぬまでだわ……。

馬の用意を！　わたしの馬車を出して！　一時間以内に、ペロンヌへ向けて出発するのよ。さ、早く、カトリーヌ、召使を呼んできておくれ」夫人は女占い師の首にすがるようにして叫んだ。

エーヌ男爵が暗闇にひそんでいたこの女にはじめて気づき、びっくりしているあいだに、女占い師はソワソン夫人に低い声でささやいた。

「さきほどわたくしは、妃殿下がフィリップ殿の消息を間もなくおききになるだろう、と予言いたしました。これで、妃殿下も、わたくしに未来を予言する能力がある、とお信じくださいますね？」

7 進撃の罠

もし、女占い師ラ・ヴォアザンが本当に透視力をそなえており、触れこみどおり、透明なコップの水を見て過去・現在・未来を知ることができたなら、この女は、フィリップの運命を案じている伯爵夫人に、実にさまざまな奇怪なことを告げることができただろう。エーヌ男爵のたずさえてきた知らせは、少々古いものだった。なにしろ、男爵がブリュッセルを発ったのは、モリスとその一隊がカンブルの森のはずれに集合して、遠征に出発する前々日だったからだ。

さて、三月二十四日に開始された遠征のその後の展開は、きわめて興味深いものであった。二十七日の夕刻、いとしいフィリップを捜すために、六頭立ての馬車で急遽《きゅうきょ》パリを発ったソワソン夫人も、その経過を知りたいとしきりに思っていた。とりあえずピカルディーめざして出発したものの、これは、いささか当てずっぽうの行動だったのだ。

モリスらの遠征の第一日は、ヴァンダの非常な心配にもかかわらず、きわめて順調に過ぎた。

ドルヴィリエ子爵、つまりフィリップは、まったく賞賛にあたいする熱意と実行力と聡《そう》明《めい》さをもって、出発の準備にあたっていた。約束の場所に姿をあらわさなかった者は一人もなく、周到な計画によって森のはずれに集合した反乱軍の遊撃隊は、二時間後には、すでにブリュッセルを遠く離れていた。

一行は総勢十五名だった。わずか十五人の大胆不敵なパルチザンが、サン・ジェルマンとヴェルサイユのあいだで、ほかならぬ大王ルイ十四世、オランダを征服しヨーロッパ全土で恐れられている偉大な王を、誘拐しようとしていたのだ。

しかも十五名のうちの一人は女だった。それでもモリスは、充分だと確信していた。

この計画は、今日では狂気の沙汰《さた》としか思われないかもしれないが、絶対に実現不可能だったという証拠はない。

もちろん、今日のような鉄道や電信の時代なら、腰に剣をぶらさげた騎馬の一隊が野原を駆けぬけていったら、たちまち州の憲兵隊と一戦をまじえるはめになるだろう。

しかし、一六七三年ごろには、事情はいささかちがっていた。

第一に、道は数が少なく、パリとフランドル地方を結ぶ街道のような幹線道路を除けば、旅人は、けもの道に近いような小道を辛うじてたどっていったのである。

したがって、旅をする者はめったになかったので、往来の多い街道や橋や町を避けていけば、長いことだれにも会わずに歩けたし、まして、官憲に捕えられる気づかいなどなかった。

道で出あうのは農民ばかりだった。農民というのは、元来あまり好奇心のない連中だったうえに、フロンドの乱以来、鎧兜《よろいかぶと》に身を固めて田園地帯を進む貴族の群れには、なれっこになっていた。

当時の風習では、どんなに貧乏な田舎貴族でも、地方の総督のもとを訪れるときはもちろん、近所の城の女主人を訪問するときでさえ、騎馬の従僕を五、六人したがえていくのが普通だった。

だから、部下を引きつれてフランスの国土の四分の一ほどを難なく横切れる、というモリスの主張も、そう非常識ではなかった。

それに成功するためには、うまく要塞《ようさい》をよけて通りさえすればよかったのだ。さもないと、騎馬憲兵隊の指揮官にあやしまれてしまう。

また、国王襲撃という最終目的に関して言えば、これは、十二分に実現可能であった。国王は、サン・ジェルマンまでのごく短い距離の出御のときは、ほとんど護衛をつれずに出かける習慣だったからだ。

そのうえ、モリスは、マルリーの丘の頂上にある小さな旅籠屋《はたご》に知りあいがあったので、夜のうちに到着して一隊をそこに隠し、国王の馬車、例の小歌の文句にあった《太陽神の車》が通りかかるまで、待機することができるはずだった。

要するに、この企ては、モリスのような冒険好きの男の心をそそる条件をそなえていた。それに、目的のためには手段を選ばぬ大胆な者の頭に、こうした計画が浮かんだのは、このときが最後ではなかった。もっと現代に近い時代になってからも、ジョルジュ・カドゥダル（一八〇〇、一八〇四年の二回にわたり、ナポレオンに対する反乱を企てた）は、パリとマルメゾンのあいだで第一執政官ナポレオン・ボナパルトの車を襲撃しようとして、フランス領内に潜入したのである。

モリスは、友人ドルヴィリエの熱心な協力を得て、陰謀計画の成功をゆるぎないものとしていた。

第一日目、まだフランス領内にはいるまえから、モリスは、わざと回り道をし、できるだけ森林地帯を通って進んだ。

一行は、まずソワニーの森を横切り、ついで、モンスの町にあまり接近しないように注意しながら右へ曲がり、夕方には、起伏の多い土地に着いた。そこは、生垣や水路が縦横に走り、雑木林の点在するところだったので、この小さな部隊の動きを隠すにはいたって好都合だった。

ところで、この一行は、ちゃんと軍隊式に進んでいった。

まず、馬に乗るのが一番うまい者が二名、土地勘のある古兵ブリガンディエールに率いられて斥候《せっこう》をつとめ、本隊の三百歩ほどまえを行った。

つぎに、デザルモアーズとドルヴィリエが、ヴァンダをあいだにはさんで進んだ。

そのあとに、バシモンの率いる九人の兵士からなる軍団が続いた。

それらの流れ者たちは、いずれも充分に武装し、良い馬に乗り、報酬がたっぷりもらえさえすれば、世界のはてまでも首領のあとについていく覚悟の連中ばかりだった。

この寄せ集めの部隊には、当時、戦争に明けくれていたヨーロッパ各国の国民の見本がそろっていた。

スペイン軍から除隊になったワロン人もいれば、前年ライン川でフランス軍と戦ったオランダ兵も、レオポルド皇帝の軍隊から脱走してきたクロアチア人もいた。

それればかりか、ポーランド人の脱走兵も一名、それに、かつて串刺しの刑を免れるために、ハンガリーから逃亡したトルコの近衛兵までまじっていた。

この連中は、結局のところみんな極悪人だったが、兵士としては勇猛果敢で、疲れを知らず、砲火のなかでも冷静を保ち、自分の命など、狼《おおかみ》が桜桃を無視するのと同様、まったく気にかけていなかった。

また、モリスのしたで兵士たちを直接指揮するバシモンという男は、アルトワ地方のルールクール、イヴランシュならびにバシモンの領主で、名をロベール・ド・ミールと言った。この男は、ピカルディーの連隊の大尉だったが、一六七〇年にルーヴォアによって階級を剝奪《はくだつ》されていた。

これほど手の者をたくみに指揮し、これほどフランス国王とルーヴォア国務卿に対する復讐《ふくしゅう》を固く誓っている男は、ほかに見つからなかっただろう。

一日目の行軍は特に変わったこともなく過ぎ、日が暮れて間もなく、一行はオネル川の岸辺、その夜宿営する予定になっていた粉ひき小屋の見えるところに着いた。

ブリガンディエールは先に一人で川のあたりを偵察に出かけ、粉ひき小屋の主と示しあわせておいた合図の火が、対岸に光っていると報告した。

それに応じてモリスは命令を発し、自分が先頭に立って川を渡る、と強硬に主張した。

もちろん、ヴァンダも、愛人のまたがる黒馬のそばに、自分の牝の栗毛をぴったりとつけて進んだ。

オネル川というのは浅い小川にすぎなかったので、一行は難なく渡りおえた。

ブリガンディエールが偵察から戻ってきてから十五分のちに、一隊はすでに粉ひき小屋に落ちついていた。小屋の持ち主の百姓は気前よく、どこでも自由に使っていい、と言ってくれた。

兵士たちは、ブリガンディエールの監督のもとで、天井の低い広間に陣取った。

ヴァンダ、モリス、ドルヴィリエ、バシモンの四人は、二階の細長いテーブルのまわりに坐った。そこには、親切な粉ひきの手配で、大きなベーコン入りオムレツとビールの瓶が数本ならべてあった。

七、八時間も馬に乗りづめだったので、みんな食欲旺盛《おうせい》で、この粗末な夕食をおいしそうに食べた。ただひとりヴァンダだけは悲しみに沈み、気分がすぐれぬ様子だった。

ヴァンダは、カンブルの森のはずれの農家を出て以来、ほとんど口を開こうとせず、陽気なドルヴィリエが宮廷の面白い話や愉快な歌をきかせて、なんとかして元気づけようとしたが、無駄骨におわった。

しかし、このときほどドルヴィリエがヴァンダにこまごまと気を配ったことはなく、その様子はまるで、彼女に対するモリスの冷ややかな態度を埋めあわせてやろう、というようにさえ見えた。

一同は、腹一杯食べると、テーブルに肘《ひじ》をついて雑談をはじめた。ドルヴィリエはすっかり興に乗って、話を独りじめにした。

なかでも傑作だったのは、太陽王が誘拐されたのちにヴェルサイユ宮でなにが起こるか、という架空の情景描写だった。ドルヴィリエは、宮殿に押しかけた民衆の怒りを逃れるために、モンテスパン夫人が魚屋のかみさんの姿に身をやつしている有様を真似してみせて、モリスとバシモンに腹をかかえさせた。

こうした陽気な雑談は十時ごろまで続き、ブリガンディエールが翌日の行軍命令をききにきたので、やっとおわった。

「百姓は、われわれの馬を自分のろばといっしょに納屋に入れると言ったんですが」とブリガンディエールは報告した。「私は牧場の杭《くい》につないでおいたほうがいいと思って、そうしておきました。鞍《くら》もはずしてはならん、と言ってあります」

「そのほうがいい、少しでも怪しいことがあったら、すぐ出発できるようにしておかなきゃならんからな」

「それから、歩哨《ほしょう》を二名立てておきました。一名は、前方のカンブレー街道に、一名は後方、川の浅瀬のこっち側に立ててあります」

「さすが、名声赫々《かっかく》たる伍長殿、実に賢明な配慮だな」とドルヴィリエが大声を張りあげた。「まったく見あげた用心深さだ」

「おれはあんたに雇われているんじゃないんだからね」とブリガンディエールはかなり突《つっ》慳貪《けんどん》に言った。「あんたから命令されたり、褒められたりする筋合いはない」

ヴァンダは、伊達男ドルヴィリエに対する反感をどうしても拭《ぬぐ》いさることができなかったので、こんなふうにドルヴィリエを邪険《じゃけん》に扱う老兵に、たちまち共感を覚えた。

「黙れ」とモリスは伍長をたしなめた。「さっさと部下のところへ戻るんだ。あまりぐっすり寝こんだらいかんぞ。あすの朝は、夜明けの一時間まえに出発できるよう、準備万端ととのえておけ」

ブリガンディエールは敬礼して出ていったが、出しなに、ちらりとドルヴィリエのほうを一瞥《いちべつ》した。その眼差しには軽蔑《けいべつ》の色がありありと浮かんでいた。

寝るといっても、あちこちに積みあげられた粉の袋のほかには、寝具になるようなものはなかった。

まっさきにモリスが大きな袋の山のうえに横になり、ヴァンダも、そのかたわらに体を横たえた。

ほかの二人は、部屋の反対側に寝場所をさだめ、たちまち眠ってしまった。モリスもすぐに寝入ったが、ヴァンダだけに、目がさえて眠れなかった。

そうして二時間ほど悲しい思いを頭のなかでめぐらしていると、十二時ごろ、だれか、そっとヴァンダの胴衣の袖《そで》を引く者があった。

ヴァンダはぎょっとして、とっさにモリスの助けを求めそうになった。

しかし、この女は、放浪生活を送るうちに、めったなことでは狼狽《ろうばい》しなくなっていたので、じっと心を落ちつけ、低い声でたずねた。

「だれなの？」

「私ですよ」とおなじように低く答えたのは、ブリガンディエールの声だった。「いますぐ話したいことがあるんです。それも、ここではだめだ」

深夜、こんな荒武者から、二人きりで話があると言われたら、どんな若い女でも、首を縦にふるまえに考えこんでしまうだろう。

ヴァンダも、思いがけないことには慣れっこになっていたとはいえ、やはり躊躇《ちゅうちょ》した。

しかし、ブリガンディエールはこう付け加えた。

「隊長の命とわれわれ全員の命にかかわることです」

「手をかしてちょうだい、あなたについていくから」ヴァンダは、凛然《りんぜん》と言いはなった。

部屋のなかは淡い闇に包まれ、粉袋のうえに横になっている三人の男たちは、ぐっすり眠りこんでいるらしく、高らかに規則正しい寝息を立てていた。

ことにモリスは、恐ろしい深手がやっと癒《い》えたばかりなので、一日の強行軍に疲れはてて正体なく眠りこんでいた。だからヴァンダは、モリスの目をさまさずに、階段のところまで抜けだすことができた。

ブリガンディエールは、敵の目をあざむくインディアンのように用心ぶかく、巧妙に床を這《は》っていき、ヴァンダに手本を示した。

さらに、この男は、ヴァンダの先に立って梯子《はしご》段《だん》をおり、部下たちの鼾《いびき》がオルガンのように鳴りひびく一階の広間を横切っていった。

勇敢にもヴァンダは、ブリガンディエールの胴衣の裾をつかみ、眠っている男たちの体をまたいで、黙ってついていった。

しかし、戸口のそとへ出ると、ヴァンダはぴたりと足を止め、小声で言った。

「あなたがなにを話したいのかわかるまでは、これ以上先へ行くわけにいかないわ」

「後生だから、川岸までいっしょに来てください」とブリガンディエールがささやいた。

「ここでは盗みぎきされるかもしれない。そんなことになったら、なにもかもおしまいだ」

ヴァンダは、ずっと以前から、モリスの遠征にいつもついてくるこの荒武者を観察し、粗野な容貌と荒っぽい態度のしたに、堅固な意志と強い正義感、忠実で恩を忘れぬ心が隠れているのを見抜いていた。

ブリュッセルでは、ブリガンディエールはいつも馬屋に閉じこもって暮らしていたので、ヴァンダは、ほとんどこの男に会うことなどなかった。しかし、欠点も多いかわりに、勇気と忠誠心という兵士に不可欠の二つの特質をそなえたこの老兵に、ヴァンダは好感を抱いていた。

そのうえ、このいかにも乱暴そうな古兵は、自分の仕える隊長の恋人のまえに出ると、急に穏やかな態度を示すようにさえ思われた。まるで、だれにでも噛《か》みつくブルドッグが、自分が番をしている家の女主人の姿を見ると、たちまち大人しくなるように。

そういうわけで、ヴァンダはちっともブリガンディエールを恐れていなかった。だから、そんな夜更けのこととて、当然ちょっとためらったが、すぐにあとに続いた。

ブリガンディエールに手を引かれて、ヴァンダは粉ひき小屋にそって進み、数時間まえ、一行の馬が川からあがった土手のところまで行った。

ひどく暗い夜で、おまけに、家と小川のあいだに並ぶ大きな木が帳《とばり》となって、あたりの闇を一層濃くしていた。

夜はひっそりと静まりかえっていた。水門の扉が開いていなかったので、水車は止まっていた。オネル川は、このうえもなく穏やかな川で、岸辺の葦《あし》のあいだを流れるせせらぎの音さえ、ほとんどきこえなかった。

だが、ヴァンダは、粉ひき小屋から二十歩ほど離れた柳の木のしたに、人間の姿がちらりと見えたように思い、黙ってそのほうを指さした。ブリガンディエールは、ヴァンダの耳元でこうささやいた。

「味方の者です。浅瀬を見張っているんですよ。私たちは、少なくともあっちのほうから攻撃される心配はないわけだ」

「攻撃ですって！　すると、あなたは、わたしたちが不意打ちされるかもしれないって言うのね？」

「多分ね。しかし、はっきりしてるのは、私たちが裏切られてるってことですよ」

「でも、一体だれに？」

「粉ひきの野郎にですよ。それに、あいつは、あのピエモン連隊の大尉と称する男とぐるなんだ」

「ドルヴィリエ子爵のこと？」

「そう、隊長さんが目をかけてるあの伊達男は、私たちの命を良い値段で敵に売りつけてるに相違ない。私はそうにらんでいるのです」

「なにを証拠にそんなことを？」

「私の目は節穴じゃないし、耳だって伊達についてるんじゃありません。

手短に話せば、こういうことなのです——あの百姓の野郎が酒蔵へビールの小樽を取りにいくふりをして出ていったあと、私は牧場のほうへ行って、馬がちゃんとつないであるかどうか、見まわることにしました。隊長さんの馬が杭を引っこぬきかけていたもんで、私はそのまえにしゃがんで、やわらかい土んなかへ杭を突っこもうとした。すると、そばで話し声がして、私には、それがドルヴィリエの声だとわかりました。第六感で、変だぞと思って、私は聞き耳をたてたんです」

「そう言えば、あの人は、夕食のまえに、しばらく席をはずしていたわ」

「そうするには、充分わけがあったんですよ！　あいつが粉ひきになんて言ったと思いますか？　こう言ったんですよ——『ほら、約束の銀貨百枚だ。だが、今夜の仕事をうまくやらなかったら、あすの晩は牢屋で寝ることになるぞ』」

「変ねえ……あなた、たしかに……」

「まあ、待ってください。百姓はこう答えたんです。『閣下』——あいつめ、あのにやけた伊達男に向かって〝閣下〟なんてぬかしやがった——『閣下、ご安心ください。なにもかも午前一時までに準備しておきますから。もし、私のやりかたがお気に召さなかったら、しばり首にしてくださって結構ですよ』」

「それから？」ヴァンダは、ひどく動揺してたずねた。

「それから、銀貨のチャリンチャリンという音がして、取引は済んだようでした。二人はそれきり離れて、ドルヴィリエは水車小屋へ戻り、粉ひきは、どこかへ姿を消しちまいましたからね」

「それっきり、二人はなにも言わなかったの？」

「これだけで充分じゃないですか。いや、そうそう、あの金髪の鬘《かつら》をかぶったユダのやつめ、こんなことも言ってましたっけ——『なにはともあれ、始めるまえに、馬をみんな納屋のなかへ入れておくのを忘れんようにな』ってね。まったくのところ、なんであの男が馬に野宿させるのをそう嫌うのか、さっぱり見当がつきませんよ」

ブリガンディエールは、いまにも敵が襲ってくるかもしれないと警戒するように、声をひそめて話していた。ヴァンダは、わなわなと震えながら、その話に耳を傾けた。

「でも」とヴァンダは言った。「あの二人が会ってからもう何時間もたつのに、まだなにも起こっていないわ……ドルヴィリエ子爵は、二階で眠っているようだし……バシモン大尉のそばで寝ているのよ。バシモン大尉のほうは、わたしの知るかぎり、裏切者ではないわ」

「それは無論です。それればかりか、あの人は、私たちに加勢して、裏切者のドルヴィリエをいっしょにやっつけてくれるでしょう」

「あなた、どうしてモリスにこのことを知らせないの？　女のわたしに、なにができると言うの？」

「奥様、隊長殿はあの伊達男にすっかり惚《ほ》れこんでるから、私の言うことなど信じてくれないにきまってますよ……それに、隊長殿を起こしたら、やつも目をさますんじゃないかと思ったもんでねえ。それにひきかえ、奥様が眠っとられないっていうことは、はっきりわかってたんですよ」

「でも、モリスを呼ばなければ……みんなを起こさないといけない……裏切者の脅威にさらされているっていうのに、手をこまねいているわけにはいかないわ……」

「私には、ひとつ考えがあるんですが」とブリガンディエールがささやいた。

「どんな考え？」

「なにもしないほうがいい、っていうことですよ」

「なんですって？　あの悪党どもに、不意打ちする暇を与えようっていうの？」

「いや、奥様、やつらに不意打ちなどさせるものですか。

　ほら、あそこに、われわれの歩哨が一人見えるでしょう。もう一人は、カンブレー街道に配置してあります。それから念のために、部下の者は全員、剣をさげピストルを腰につけたまま眠っています。ちょっとでも怪しいことがあれば、すぐにはね起きるでしょう。

　もし、粉ひきが憲兵隊を呼びに行ったのなら、ルーヴォアの手下どもに思い知らせてやる。

われわれはやつらを皆殺しにするんです。一人残らずやっつけたら、そこで、隊長殿に事の次第を話してきかせるんだ。そうすれば隊長殿は、あのドルヴィリエと共犯の百姓を火縄銃で撃ち殺すでしょう。しかし、いまは、隊長殿に警告しても、肝心の証拠がない。ドルヴィリエは、うまいこと言いのがれするでしょう。われわれはここを発って、またべつのところで野営することになる。あすの晩、裏切者どもはまたおなじことをやるでしょう。だが私は、今夜のようにやつらの計略を見破れないかもしれない」

「そうね」ヴァンダは考えこみながら言った。「あなたの言うとおりかもしれないわねえ。あのドルヴィリエという男は、モリスに大きな影響を及ぼしているわ。だから、わたしたちがフランス領内の奥深く入るまえに、あの男の裏切りを暴露しなければ。

ここなら少なくとも、攻撃されたら、わたしたちはフランドル領内に避難できる。そうすれば、いくらルーヴォアの手下でも、追ってはこないでしょうからね」

「ええ、なにか悪いことが起こったときは、私もそうすればいいと思ってるんです」

「でも、こんなふうに、たえず得体の知れない危険に脅えて暮らすなんて、耐えられないわ……いいこと、わたしたちに命をあずけているあの勇敢な兵士たちは、なんの疑いも抱かずに眠っているのよ。わたしたちは、いまにも敵の奇襲があるかもしれないと知りながら、あの人たちに黙っているわけにはいかないわ！

そんなこと、絶対にいけないわ。それに、もし、モリスの身になにか起こったら、わたしの責任になってしまうのよ」

「ひとつだけ、うまい解決方法があると思うんですがねえ。それは、奥様、あなたが二階へ戻ってそっと隊長殿を起こし、ここへ、この川岸まで来てくれるよう、小声で頼むことです。そうしたら、私から隊長殿に話してみましょう。あなたの口ぞえがあれば、隊長殿も、私の話を信じてくれるかもしれない。隊長殿も、私たちといっしょにここにいて、しばらく辛抱していてくれれば、三人して、あの伊達男の裏切りの現場を押さえられる」

「そうするわ」と言って、ヴァンダは粉ひき小屋のほうへ行こうとした。そのとき、ブリガンディエールがヴァンダの腕をつかんでささやいた。

「もう遅い。裏切りは始まってしまった。あれをごらんなさい」

「火事！」ヴァンダは悲鳴をあげた。

なるほど、不意に火柱が空を照らし、粉ひき小屋の屋根のうえに、帽子の羽根飾りのようにそそりたった。

「あの悪党めらが！」ブリガンディエールは、口汚くののしりはじめた。「あれが二人のたくらんでいたことだな！　おれたちを鰊《にしん》みたいに焼こうというのだ！

だが、おれがいるかぎり、そうはさせんぞ。兵隊たちはもうはねおきているだろう。いまに見てろ、ドルヴィリエと粉ひきのやつめ、十五分としないうちに、自分たちのつけた火のなかであぶりころしてやるからな」

「モリス！　モリスを助けなくては！」

ヴァンダは、まっさきにそう思った。

と同時に、二人から数歩離れたところで見張っていた歩哨が警戒の合図を発し、カンブレー街道に立っていた歩哨も、すぐそれにならった。

水車小屋のなかからも、だれかがこの警報に応《こた》え、がやがやと立ちさわぐ声とあわただしい足音がきこえた。一階の広間では、だれもがすでに立ちあがっていたのだ。

しかし、ヴァンダは、一階の兵士たちよりも、二階で眠りこんでいるモリスのことのほうがはるかに心配だったので、水車小屋の裏手にある階段めがけて、全速力で駆けだした。

「火事は始まったばかりだわ……きっと間にあうわ」とヴァンダはつぶやいた。

ブリガンディエールも、ヴァンダのすぐあとに続き、早くも長剣を抜いて振りかざしながら、こうどなった。

「粉ひきは、どこかそこいらをうろついているはずだ。ドルヴィリエは、みんなといっしょに焼け死なないように、こっそり逃げだしているにちがいない……。二人とも、串刺しにしてやるからな」

水車小屋の裏手へ出ると、思いがけぬ光景が目のまえに広がった。

巨大な火柱が吹きあがり、東風にあおられて渦巻き、パチパチと不気味な音をたてて、遠くの平原まで照らしていた。

だが、燃えているのは、水車小屋ではなかったのだ。

炎の照りかえしが水車小屋をくっきりと浮かびあがらせ、あたりは、真昼のように明るかった。まず、ヴァンダの目に飛びこんできたのは、窓から火事を眺めているモリスとドルヴィリエの姿だった。

伊達男のほうは、大袈裟《おおげさ》に天を仰ぎ、声をふりしぼって叫んでいた。モリスは、もっと落ちついた様子で、バシモンを呼んでなにやら命令をくだしていた。

「ああ、よかった！　なにも心配することなどなかったんだわ」とヴァンダは言った。

「一体全体やつらはどこに火をつけたんだろう？」とブリガンディエールはつぶやいた。

「私はてっきり……いや、そういえば……粉ひきは、銀貨百枚しか受けとっておらんが、水車小屋はもっと値打ちがある……それに、あのにやけた伊達男が逃げださなかったところを見ると……」

そのあいだに兵士たちはそとへ飛びだしてきて、急に目を覚まされた人間がよくやるように、なんだかわけのわからぬままに、あちこち駆けまわった。

火元は、水車小屋の左、やや前方に茂る木立の後ろらしく、炎がすでに大木に燃えうつっていた。

このとき、忽然《こつぜん》として不運な粉ひきが姿をあらわし、哀れな呻《うめ》き声をあげ、涙を流して兵士たちに助けを求めた。

「おれの納屋が！……去年刈りとった干し草がすっかり燃えちまった！……おれはもう一文なしだ！……」

「納屋か！……わかったぞ……きのうおれが見た物置だな……板葺《いたぶ》きの掘っ立て小屋で、屋根裏に干し草と藁《わら》がわんさと入れてあったところだ……なぜあんなところに火をつけたのか、皆目わからんなあ……」

そうブリガンディエールが言いおわらないうちに、炎のたてるぼうぼうという低い唸《うな》りをついて、トランペットさながら、鋭い馬のいななきが立てつづけにきこえてきた。

「大変だ！」ブリガンディエールは血相を変えた。「馬がまだ牧場につながれていればいいが！」

そう叫ぶと、ブリガンディエールは、前夜ここに着いたとき自分が馬をつないだ牧場のほうへ、すっとんでいった。

ヴァンダは階段を駆けのぼった。うえからモリスたち三人が転げるように駆けおりてきて、ヴァンダに声もかけずに走りさった。

仕方なくヴァンダも、そのまま三人のあとについていった。隊長以下、部隊全員が燃えさかる納屋のまえに集まっていた。

不幸にして、もう手のほどこしようがなかった。火がついたのは、樅《もみ》材でつくった屋根と柱だけの小屋で、風に吹きさらされ、おまけに干し草と藁で半分ほど満たされていた。聖ヨハネの祝日の篝火《かがりび》のために積みあげた薪《まき》の束でも、これほどあっという間に燃えはしなかっただろう。

兵士たちは、粉ひきが髪をかきむしって嘆くのを見て、笑っていた。しかし、モリスは納屋のなかになにかいるのを目ざとく見つけた。

納屋を包むもうもうたる煙を透して、馬の尻がうごめくのが見え、一瞬、煙の切れ目に、モリスの愛馬の黒い毛並みも、ちらりと見えたようだった。

事情は一転した。些《さ》細《さい》な出来事と思われていたこの火事は、モリスたちの計画の今後に重大な影響を与えかねないのだ。

「馬を救いだした者には、金貨を五十枚やるぞ！」とモリスは叫んだ。

そうきくがはやいか、三、四人の兵士が敢然として猛火のなかへ飛びこんでいった。金貨五十枚のためなら、この連中は、バスチーユの襲撃でも、ドーバー海峡を泳いで横断することでも、試したことだろう。

兵士たちはいったん煙のなかに姿を消したが、やがて、炎の熱気にたじたじとなって後退した。

ひとり、元トルコ親衛隊員だけが踏みとどまった。

この男はカンディアの攻囲戦で何度も炎をくぐり、三度も地雷の爆発で吹きとばされたことがあったのだ。

蹄《ひづめ》が地面を蹴る音、数ヵ国語でののしる声、ヒヒーンといういななきがきこえ、数秒ののち、トルコ兵は髭《ひげ》も眉毛も黒焦げにして戻ってきて、絶望的な様子で手を振りまわしながら、「アラーの神も照覧あれ、馬を救い出すなんてとても不可能だ」と叫んだ。

モリスはこの男を責めようとしなかった。

長年の経験から、火事にあうと馬は逆上してしまい、この納屋のような囲いのない所からでも決して引きだせない、ということを承知していたのだ。

「なかにいるのは、どれとどれだ？」

「隊長殿の馬、奥様の馬、それに葦毛《あしげ》の牝です」

「おれの馬だ！」とブリガンディエールは烈火のように怒って叫んだ。「この仕返しはきっとしてやるぞ、悪党どもめ！」

「貴様、よくもそんなことが言えるな、この大馬鹿野郎」そうわめくなり、モリスは、老兵の喉元に飛びかかった。「牧場の杭につないでおいたと言ったのは、貴様じゃないか！」

「隊長殿、私は誓って……」

「貴様の誓いなどきく耳は持たん。本来なら、貴様の頭を叩きわって、任務をちゃんとはたさないとどうなるか、思い知らせてやるところだぞ」

「隊長殿、たしかに私はこの手で馬を牧場につないでおいたのです」

「そうよ、モリス、わたしも、ブリガンディエールが本当のことを言っている、と保証するわ」

「とすると、このなかに裏切者がいるということになるぞ！」モリスは、雷のような大声をあげた。

「そう、二人いる……大物は一人だがね……」とブリガンディエールがつぶやいた。

「私の干し草が！　せっかく、あしたヴァランシエンヌの市で売ろうと思っていたのに！」と粉ひきが泣き叫んだ。

「はてさて困ったことになりましたねえ」ドルヴィリエは、いかにも同情したような顔を見せた。

「畜生、なにもかも台無しだ！」モリスは、地団駄《じだんだ》踏んで口惜しがった。

モリスは、憤激のあまり、ブリガンディエールの独り言も耳にはいらず、ヴァンダがしきりに送る合図も目にとまらなかった。

「なあに！　せいぜい予定より一日遅れる程度ですみますよ」とドルヴィリエが慰めた。

「十五頭の馬のうち、いなくなったのは三頭だけだ。ほかの馬はあそこの牧場にいるようですからね。代りを見つけるのは簡単でしょう？」

「だが、どうやって？　こんな人里離れたところで、馬が見つかるというのかね？」

「なあに！　金さえ払えば馬を提供する百姓ぐらい、いくらでも見つかりますとも」

「それはおれも考えているんだが、そういう百姓のいるところを、だれにきけばいいんだ？」

「この男がいるじゃありませんか！」とドルヴィリエは、粉ひきを指さして言った。

「いいですとも、旦那がた、干し草の代金を払うと約束してくださりさえすれば、お入り用のもののある農家へご案内しますよ」

「ちゃんと案内してくれたら、納屋の代金として金貨三十枚、それに、おれの買う馬一頭につき金貨二枚ずつ支払うぞ」そう叫んでからモリスは、有無を言わさぬ調子で命令した。「ブリガンディエール、バシモン大尉とおれのため、二頭の馬に鞍を置くんだ。それから、この感心な百姓のためにも一頭用意してやれ。ドルヴィリエ君、私の戻るまで、部隊の指揮はきみにまかせるよ」

「なんですって！　朝まで待たずに出かけるんですか？」

「もちろんだ。あすの午前中にここへ帰れるように、時間を有効に使うんだよ。おい、なにをぐずぐずしてるんだ？」モリスは、じっと佇《たたず》んでいるブリガンディエールをどなりつけた。

「隊長殿、私もつれていっていただければ、お役に立てると思うんですが」

「貴様、いつからおれの命令につべこべ言うようになったんだ？　さあ、早くしろ！　十分以内に出発できるようにするんだぞ」

ブリガンディエールは、言いだしたらあとへひかない隊長の性格を知っていたので、その場を去っていったが、行きしなに、ヴァンダに意味深長な目くばせを送った。

「わたしは、モリス？　わたしもいっしょに行ってはいけないかしら？」ヴァンダが静かにたずねた。

「だめだね。おまえがいっしょだと時間がかかってしまう。一時間でも無駄にすれば、それだけ敵の罠にはまる危険が大きくなる。すばやく行動すれば、その危険は避けられるんだ。そういうことがどうしてわからないのかね？」

「そこがこっちの目のつけどころなのさ」腹のなかでドルヴィリエはにやりとした。

「とんでもないわ、モリス」ヴァンダは、内心の動揺を隠しきれずに言った。「こんな危険な場合に、わたしがあなたのそばを離れられると思うの？」

「危険だって！　なにが！」モリスは、じりじりしてたずねた。

「だって、あなた、野原を駆けまわるうちに、ルーヴォアの手先につかまるかもしれないでしょう？　護衛もつれずに、小人数で出かけるのは危ないわ。わたしのつとめは、あなたのそばにとどまることよ」

「おれはそうは思わんね」モリスは冷ややかに言いはなった。「この際なにより重要なのは、すみやかに、人目に立たないように行動することだ。ところが、おまえはへとへとに疲れているようだし、女の顔はかならず人の目をひく。だから、おまえにはここに残っていてもらいたいんだ」

「でも」とヴァンダは声をひそめて言った。「わたし、怖いのよ…… ひとりぼっちで、この……奇妙なことの起こるこの水車小屋に残るのは……」

「おまえはすっかり変わってしまったな。昔、ひとりでおれの部下を引きつれて、ケーニヒシュタイン付近の山間を偵察してあるいたころとは、まるで別人のようだ。あのころのおまえは、いまみたいに臆病《おくびょう》ではなかった」

「あのころは、あなたに愛されていたからよ」ヴァンダは、苦い思いをこめて答えた。

「それに、あのときは、ああして自分の身を危険にさらせば、あなたを奇襲から守る役に立つとわかっていたのよ。

いまだって、その気持に変わりはないわ。わたしが、自分の身の危険に脅《おび》えていると思っているの？　忘れないでちょうだい！　わたしは、あなたのあとに従うために父の家を出たとき、自分の命をあなたに捧げた女よ。

わたしはなにも恐れてはいないわ、モリス。わたしが恐れているのは、あなたのまわりに張りめぐらされている罠だけよ。わたしは、あなたが裏切られているということを知っているの……。つまり、わたしは、あなたと二人きりでゆっくり話したいの。だから、あなたについていきたい。それだけのことよ」

ヴァンダはそうささやくとき、モリスの耳元に口をつけていたので、ドルヴィリエにはなにを言っているのかきこえなかった。だが、ドルヴィリエは頭のいい男だったので、ヴァンダが自分に好意を抱いていないことは充分に察していた。

ブリュッセルでも、ブリュッセルを発ってからはなおのこと、ヴァンダはドルヴィリエに対していつも無愛想だった。ドルヴィリエは、この女が非常に手ごわい相手だということに気づいていた。

「ねえ、モリスさん」ドルヴィリエは、金髪の鬘の巻き毛をなでつけながら、口を開いた。「ぼくも、是非あなたといっしょに行きたいんですがねえ」

「いや、私は、土地の事情に詳しいバシモン大尉をつれていく。きみには、部下を監督してもらわなければならんからね」

「それじゃあ、そうしてください。しかし、せめてぼくの黒鹿毛を使ってくださいよ。あの馬のほうが兵隊の馬よりも速いし、持久力もありますからね」

「ありがとう」モリスは、相手の心づかいに感激して答えた。「しかし、もうブリガンディエールが選んだ馬をつれて戻ってきた。いまさら馬を取りかえるのは、時間の無駄だ。それに、万一の場合、ここの司令部を指揮するのはきみだから、きみのほうこそ良い馬に乗っていないとまずい」

それから、モリスは、ヴァンダのほうを指さして、こう付け加えた。

「私の一番大切なものをきみにあずける」

「ぼくの命にかけて、奥様の髪一筋にも手を触れさせないようお守りしますよ!」そう叫んだドルヴィリエの熱のこもった調子も、ヴァンダを欺くことはできなかった。

ヴァンダは、もう一度モリスと二人きりで話そうとした。今度こそ、自分の不安の真の原因を打ちあけ、裏切者の正体を明かそうと決意していたのだ。

だがモリスは、自分の計画にすっかり心を奪われていたので、とりつくしまもなかった。

そのうえ、いまは、このような重大な打ち明け話をするにはまったく不適当だった。なにしろ、兵士たちに囲まれていたし、火事の炎に照らされていたから、ヴァンダは、みなの目につかぬように動くことも口をきくこともできなかった。

仕方なくヴァンダは口をつぐみ、頭をうなだれ、もっと都合のよい機会を待つことにした。

火事は、おわりに近づいていた。

馬のいななきはやみ、最後まで残っていた屋根が炎のなかで崩れ落ちた。

煙におおわれて火の手は弱まり、三頭の駿馬《しゅんめ》が命を落とした納屋の焼け跡からは、鼻をつく悪臭が立ちのぼりはじめた。

その場に居たたまれず、兵士たちは退散した。

ブリガンディエールは、鞍を置き手綱をつけた三頭の馬を引いて、おもむろに進みでた。

「隊長殿」ブリガンディエールは、きっぱりとした口調で言った。「馬をつないでおいた杭をようく調べてみましたが、ちゃんと立っていました。だから、葦毛と栗毛と黒の三頭は自分で牧場から逃げだしたのではない、ということになります。それに、あの三頭は並んでつながれていたわけでもありません。私は、綱が切られたにちがいない、とにらんでいます」

「だれに切られたというのかね？　万一そうだったとしても、どうして納屋にはいっていったのか、説明できないじゃないか」

「無理やり引っぱっていかれたんです」

「そりゃちがう！」と粉ひきが叫んだ。「干し草の匂いにつられて走ってったにちがいない。私のろばも、冬のあいだ牧場に放すと、きまってそうするからねえ」

「おい、しっかりしろ、ブリガンディエール。貴様、寝ぼけてるようだな」モリスは肩をすくめながら言った。

「杭につないだ綱が古くなっていたのに、ブリュッセルを発つとき気がつかなかったんだろう。今度だけは大目に見てやるが、二度とこんなへまはやるなよ」

ブリガンディエールは歯ぎしりしながら、長い胡麻塩《ごましお》の口髭をしきりにひねっていた。

ドルヴィリエの土手っ腹に剣を突きさす許可がもらえたら、一年分の給料を棒にふってもちっとも惜しくない。そんな心境だった。

「さて、粉ひきのおやじ」とモリスが大声で言った。「おれたちをどこへ案内してくれるつもりかね？」

「へえ、旦那様」と粉ひきはぺこぺこしながら答えた。「あすは、ケノワの町に市の立つ日です。ここから十里たらずのとこだし、あそこへ行けば、王様の騎兵隊全部に間にあうぐらい、良い馬がいくらでも見つかりますよ」

「それはだめだ！　おれは町へ行くのは絶対にいやだ」

「馬喰《ばくろう》というのは大変なペテン師ばかりだからねえ。ぼくたちは、ぼられるのはご免なんだ」ドルヴィリエが友人にかわって説明した。「さっきおまえは、子馬を育てている農場を知っている、って言ってたじゃないか。金さえはずめば譲ってもらえるだろう、って」

「へえ、旦那様。ただ、その農場は、レズムの森の向こうにあるもんで……ヴァランシエンヌの町を通らないとすると、でこぼこ道をたっぷり五里も行かなきゃならないんでねえ……」

「かまわん、それなら二時間か、せいぜい三時間もあれば充分だ。朝早く着いて、二時間で取引をすませて三時間で戻ってくれれば、午前中にここに帰りつけるだろう」

「どうですかねえ！　フランドル地方の人間は、てきぱきと商売をするたちじゃないし、町を通らないようにするには、余計に時間がかかりますがねえ……」

「それなら、なおのことここで時間を無駄にしてるわけにはいかん。さあ、おやじ！　早くその葦毛に乗るんだ。バシモン君、用意はできたか？　きみもいっしょに来るんだぞ」

「はっ、隊長殿。いま革帯を締めているところです」とバシモンは答えた。背の高い痩せた男で、髪は灰色、少し猫背だが頑健そのもので、堂々とした様子をしていた。

「では、馬に乗って出発だ！」と叫びながら、モリスはブリガンディエールの選んだ馬の首に手をかけた。

「なんだ、こいつ！　まだそんなとこに突ったっておるのか」粉ひきに向かってモリスはどなった。

「しかし、旦那様。私は、旦那がたのように夜も昼も馬に乗ってなさる軍人さんたちとちがって、こんな元気のいい馬を乗りこなせそうもありませんよ……」

「たてがみか鞍の前輪《まえわ》にしがみついてでもいいから、とにかく乗ってしまえ。さもないと、ブリガンディエールがおまえをかかえあげて、鞍にくくりつけてしまうぞ」

「それだけはご勘弁を！　自分ひとりで乗りますから」そう叫ぶなり、粉ひきは、泣き言を並べていたわりには、軽々と馬に飛びのった。

バシモンはすでに馬にまたがっていた。モリスも鐙《あぶみ》に足をかけた。そのとき、ブリガンディエールが低くささやいた。

「隊長殿、お話ししたいことがあります……」

「貴様もか！　いい加減にしろ！」とモリスはどなった。「どいつもこいつも寄ってたかって、無駄なおしゃべりでおれの時間を無駄にする気だな。一体、なんの話だ？」

「ここでは申しあげられません。隊長殿」ブリガンディエールは、いわくありげな目つきでドルヴィリエのほうを見ながら答えた。

「思わせぶりな態度はもうたくさんだ。どうやら、こいつ、頭がおかしくなったと見えるな」

「それよりも、フランス産のブランデーを飲みすぎたんじゃありませんかねえ」とドルヴィリエがモリスの耳元でささやいた。

「こいつをよく見張っててくれたまえ、ドルヴィリエ君。おれは、あすの昼ごろまでには戻ってくるつもりだ。夕方から、少なくとも半日分の行程ぐらい進めるように、準備をよろしく頼むぞ」

　こう言いおくと、モリスは馬にまたがり、手綱を握った。

「隊長殿、私の言うことをきいてくださらないのなら」ブリガンディエールは、なおも諦《あきら》めずに食いさがった。「せめて、その粉ひきに用心すると約束してください」

「今夜こいつがへまをやったら、頭を叩きわってやるぞ。だが、もし貴様が、あすになってもまだつべこべ言ってるようだったら、そのときは貴様もおなじ目にあわせてやるからな。では、行ってくるよ、ヴァンダ」そう言ってモリスは、愛人に手を振った。

あわただしい出発の準備のあいだ、ヴァンダは、じっと押し黙っていた。

裏切者はその場にひかえていて、正体をあばかれそうになったら、甘言を弄《ろう》して無鉄砲《むてっぽう》なモリスをまるめこもうと待ちかまえている。だから、いまは、なにを言っても無駄だろう。そう思って口をとざしていたのだ。

しかし、いよいよモリスが出発するときになると、ヴァンダはついにこらえきれず、こう叫んでしまった。

「モリス、後生だから、わたしをこの男の手に委《ゆだ》ねていかないで！　この男は、わたしたちを裏切っているのよ！」

だが、モリスはすでに全速力で馬を走らせはじめていたので、その声も耳に届かなかった。

走りだすまえに、モリスは、粉ひきに先頭に立つように命じていた。

粉ひきはすぐにその命令にしたがい、あんなに臆病だったのが嘘のように、オネル川にそった道を疾走し、鞍の前輪につかまらなくても、立派に馬を駆っていった。

数秒後、粉ひきとバシモンとモリスは闇のなかに姿を消した。

ヴァンダはすっかりうろたえて、遠ざかる愛人の後ろ姿に手を差しのべたまま、その場に立ちつくした。ブリガンディエールは、口髭をかみながら地団駄を踏んでいた。

それにひきかえ、魅力的なドルヴィリエ子爵は、今夜の事件をいっこう気にしていない様子で、メヌエットの節を鼻唄《はなうた》で歌っていた。

たしかに、ドルヴィリエの黒鹿毛は牧場に残っていて、納屋のなかで焼け死んだ三頭の馬のような悲惨な目にはあわなかった。

ピエモン連隊の大尉と称するこの男は、ヴァンダの最後の叫びが耳にはいらなかったかのように、くるりと向きを変えて歩みより、あまりの厚かましさに唖然《あぜん》としている女のまえに、平気な顔で佇んだ。

「奥様」ドルヴィリエは、甘ったるい声で話しかけた。「ご心痛のほどはお察し申しあげます。しかし、ご心配なく。モリス君は、きっとじきに戻られますから。それまでのあいだ、どうか、このぼくを奥様のもっとも忠実な僕《しもべ》とお考えください」

その口調は、ヴェルサイユの宮廷に出しても恥ずかしくないほど丁重だった。しかし、なによりもヴァンダにとって嬉しかったのは、ドルヴィリエがただちに立ちさったことであった。

自分がうとまれていると悟ったためか、あるいは、友だちの愛人に対する遠慮からか、ドルヴィリエは、深々と一礼してその場を去っていった。

「これから、どうすればいいのかしら?」ヴァンダは、身も世もないという様子でつぶやいた。

「大丈夫ですよ、奥様」とブリガンディエールはささやいた。「私が見張ってますから。あのドルヴィリエのやつが悪だくみを始めたら、ただじゃおきません」

「でも、あなたは、モリスを守ることはできないのよ」ヴァンダは悲痛な面持ちで言った。

「それはそうです。しかし隊長殿は、私がいなくても、自分の身を守ることができます。バシモン殿と二人でなら、騎兵隊を向こうにまわしたって戦えますよ。あの粉ひきも、隊長殿を罠に落とすような真似はしないでしょう。そんなことをしたら、頭をぶちわられるのがおちですからね」

「どうか、あなたの言うとおりになりますように！　今度の旅は、幸先が悪いわねえ」

「終りのほうは、きっと良くなりますよ。隊長殿だって、いつまでも今夜のように不機嫌でいられるわけはない……あすの晩、つぎの宿営地に着いたら、私の話に耳を傾けてくれるにちがいない。そうしたら、なにもかも話してきかせましょう。

　さて、私は兵隊たちのところへ行って、しっかり見張っているように命令しておきますが、奥様は……ドルヴィリエといっしょに二階にいらっしゃるわけにはいきませんなあ……」

《モリスは、そんなことも考えてくれなかった》とヴァンダは恨めしく思いながら、こう声に出して言った。

「わたしは、一階の広間で兵隊たちといっしょに夜を明かすわ。少なくともあの人たちは、女を裏切るようなことはしないでしょう」

その夜は、それきり何事もなく過ぎた。しかし、翌日、待てどくらせどモリスは戻ってこなかった。

ブリガンディエールは、怒りをおさえきれず、ヴァンダは死ぬほど心配し、さすがのドルヴィリエも不安そうだった。

ドルヴィリエは、兵士たちを交代で偵察に出し、粉ひき小屋の周辺に怪しい人影が見えぬかどうか確認させた。

それればかりか、この男は、自分でもたびたび偵察に出かけ、万が一にも敵が姿をあらわしたら、遠くからでも発見できるようにと、屋根のうえにまで見張りを立てたりした。

こんなふうに、ドルヴィリエが実にもっともらしい態度をとったので、しまいには、ブリガンディエールも、まえの晩に自分が見聞きしたと思ったことは夢だったのではなかろうか、と考えそうになったほどだった。

ヴァンダに対するドルヴィリエの態度は、相変わらず完璧《かんぺき》だった。きわめて丁重だったばかりでなく、実に遠慮深く、邪魔をしないように気をつかい、話しかけられれば答えるが、自分のほうから言葉をかけるのは控えていた。

このような遠慮深い態度は、ヴァンダの警戒心をしずめ、反感をやわらげるために、見事に計算されたものであった。

時がたち、焦躁《しょうそう》がつのるにつれて、それまで黙りこくっていたヴァンダは、少しずつ口を開くようになり、やがてドルヴィリエに質問するまでになった。ヴァンダは、モリスの帰りが遅いことをどう思うか、と何度もたずね、そのたびにドルヴィリエはつとめてヴァンダを安心させようとし、もしあまりいつまでも戻らないようなら自分が捜しにいこう、とも言った。

部下の兵士たちとヴァンダとのあいだを行ったり来たりしていたブリガンディエールは、ドルヴィリエの熱意、聡明《そうめい》さ、思いやりの深さを認めぬわけにはいかなくなり、裏切者よばわりしたことを後悔しかけていた。

ヴァンダも、こう考えた——《もしドルヴィリエが裏切者だったら、こんな態度に出るはずはない。モリスたちをルーヴォアに引きわたすためなら、納屋のなかで馬を三頭焼き殺すというような酔狂な真似をしなくても、ほかにいくらでも方法はあるはずだ》

こんなふうに思いはじめたヴァンダが、夕方、オネル川の岸辺で人知れず涙を流しているところへ、ドルヴィリエがおずおずした様子でやってきた。

「奥様」ドルヴィリエは、いかにも切羽詰まった口調で切りだした。「これ以上黙っていると、のちのちまで悔むことになるから申しあげるのですが、もはや手をこまねいてモリス君の帰りを待っているわけにはいきません。あの人の身に災難がふりかかっていないといいが、最悪の事態も想定する必要があるのですよ」

「つまり、あなたは、モリスは死んでいる、と考えていらっしゃるのね」ヴァンダは、さっと顔色を変えて言った。

「まさか！　ただ、きわめて困難な立場に陥っていて、助けを必要としているかもしれないので、僭越《せんえつ》ながらぼくは奥様に……」

「いっしょにあの人を助けにいこう、とおっしゃるのね！　ありがとう、よく思いついてくださったわね。わたし、喜んで参りますわ」

「あなたがですか、奥様？　とんでもない！　そんな無意味に奥様の命を危険にさらすようなことに賛成したら、モリス君は決してぼくを許してくれないでしょう。

ぼくは、兵隊を二、三名つれて、急いでこのあたりを偵察してきますよ。この辺の地理にはかなり詳しいから、迷子になる心配はありません。

そのあいだに、どうか奥様は、奥様が深く信頼しておられるブリガンディエールを護衛にして、ブリュッセルへお帰りください。あそこなら、奥様は安全だし、もし、ぼくの予想どおりモリスが見つかったら、ぼくは、ただちに使いの者を立てて吉報をお知らせし、奥様をわれわれのところへつれもどすよう手配しましょう。貴族の名誉にかけて、そうお約束します」

この言葉には、自分の義務を果たそうとする男の真心と決意がこもっていたので、ヴァンダは、この誠意溢《あふ》れる申し出に深く感動した。

こうまで言ってくれるドルヴィリエをこれ以上疑うことなど、どうしてできよう？　この男は、こんなに献身的にモリスの捜索にあたろうとし、ヴァンダをブリガンディエールの手に委ねると言っているのだ。もしヴァンダが自分の身の安全を考えていたのなら、ブリガンディエールこそ、道案内を頼みたいと思う唯一の人間だった。

どういうつもりで、ドルヴィリエはもっとも危険な任務を自ら買ってでたり、ヴァンダが好感を抱いている老兵といっしょに出発するよう、勧めたりするのだろう？

「ドルヴィリエさん」ヴァンダは感動した声で言った。「いま、あなたが示してくださったモリスへの友情の証《あかし》を、わたしは決して忘れないでしょう。でも……せっかくのお言葉ですが、わたしは絶対にモリスと別な運命をたどるつもりはありません。

どんなことがあっても、わたしはここに踏みとどまって、この先どうなろうとも、モリスと運命をともにする覚悟です」

「ああ、やっぱり！　あなたがそうお答えになるだろうと思っていましたよ」ドルヴィリエは、深く心を動かされた様子で言った。「まったく立派なお覚悟です。では、これ以上もうなにも申しますまい。ただ、あとひとつだけ、モリス君を捜しに出かけるまえに、ぼくの果たしておかねばならないつとめがあるのですが……」

「どうぞ、先をお続けになって」

「これからぼくのする質問の目的を、どうか誤解しないでください。そんな質問をするのも、兄弟同然に愛している男から、くりかえし頼まれたことを実行に移すためなのですから……」

「一体それは、どういうことですの？」

「モリス君は、何度もぼくにこう言いました――『私は、もしかすると敵に捕まるか殺されるかもしれない。そういうことになったら、私といつも行動をともにしているヴァンダもきっとおなじ運命をたどるだろう。だが、きみは、敵の手を逃れて生きのびられるかもしれない。だから私は、われわれの仇《あだ》を討ち、なによりも味方の者たちをルーヴォアの迫害から救う手段を、きみに与えておく必要がある。われわれの秘密は、すべて、ひとつの小箱に収めてある……』

《小箱》という言葉をきくと、ヴァンダは、重大な責任を思いだして身ぶるいした。

「『その小箱のありか……いまはまだ、それをきみに教えるときではない……それを知っているのは、ヴァンダと私の二人だけだ……だが、われわれがフランス領内にはいってから、大きな危険に脅かされた場合には、われわれ二人のうちのどちらかに、その秘密が失われてはならない、ということを思いださせてくれたまえ。そうすれば、私かヴァンダが、きみにそれを教えるだろう』」

ここまで話すと、ドルヴィリエはぴたりと口をとざし、友人の遺言に従って責任を果たした男にふさわしく、静かに目を伏せた。

「すると、やはり大きな危険が迫っているのね？」そう言ったヴァンダの悲痛な声の響きに、ドルヴィリエは、深く心を動かされた様子だった。

「もし、あなたがブリュッセルへ帰ることを承諾なさるなら、ぼくも、危険に脅かされているのは、モリス君だけということになります。その場合には、友人としての神聖な義務を果たすために、こんなことをあなたに言わなくてもすむのですがねえ」

これほど友情に厚く、しかも慎み深いドルヴィリエの言葉に、ヴァンダは強い感銘を受けた。

「そうね。わたしも、ここにとどまるからには、間もなく死ぬかもしれない。でも、モリスがわたしに委ねた秘密も、神聖なものですわ。だから、小箱のありかをあなたに教えるまえに、まず……」

ヴァンダは、ふと口をつぐんだ。

数頭の馬が駆足で近づく音が耳に響いてきたのだ。

「あの音は！」ヴァンダは声をひそめて言った。

蹄の音は急速に近づき、早くも、馬上の人声や鐙の触れあう音まできわけられるほどになった。

「フランス軍の竜騎兵が攻めてきたんだわ」とヴァンダは叫んだ。「モリスは死んでしまったのね！」

「いや、それより、モリス君たちが帰ってきたのだと思いますよ」とドルヴィリエはつぶやいた。

この楽観的な言葉とはうらはらに、ドルヴィリエはひどく陰気な顔になり、日がすっかり暮れるまであとどれぐらいあるか急に気になりだしたように、あわてて西の空を見やった。

ヴァンダは身じろぎもせずに、青白い顔をして、自分の運命の決まるときを待った。

騎馬の人たちは、オネル川ぞいの小道をつたって近づいてくる。

これはよい前触れではないか、という予感があたり、間もなく、例の粉ひきが立派な馬にまたがり、負けず劣らず見事な駿馬を一頭引いて姿をあらわした。

ヴァンダは思わず歓声をあげ、ドルヴィリエは腹立たしげな身ぶりを示した。

粉ひきは馬の足並みをゆるめた。川ぞいの道は狭かったので、あとから来る人たちの姿は、粉ひきにさえぎられてまだ見えなかった。

「なにをぐずぐずしてるんだ！」とドルヴィリエはどなった。

それに答えたのは、耳なれたモリスの声で、上機嫌にこう叫んだ。

「いま戻ったぞ！　万事うまくいった！」

すぐにモリスが姿をあらわした。やはり馬を一頭引いており、あとに続くバシモンも、三頭目を引いてきた。

首尾は上々だった。馬は三頭とも手にはいったのだ。

ヴァンダは愛人のそばへ駆けよった。モリスはひらりと馬から飛びおり、出発のときより、はるかに優しい態度を見せた。

「どうだ、お馬鹿さん、これでおまえの心配性も治っただろう？」モリスはそう言って、ヴァンダを胸に抱きしめた。「おれがおまえの言うなりになって、馬を調達しにでかけなかったら、一体どうなってたと思う？」

「心配で心配で死にそうだったわ」とヴァンダはささやいた。「でも、こうしてあなたが戻ってきたんだから、なにもかも忘れることにするわ」

「さあ、今度はぼくの番ですよ、モリス君」そう言いながら、ドルヴィリエは顔を輝かせ、両腕を大きく広げて進みでた。

二人の友人は、このめでたい帰還の際にふさわしく、心をこめて肩を抱きあった。

「実を言うとね、モリス君、ぼくも、きみの身を案じはじめていたところなんですよ」とドルヴィリエは言葉をついだ。「だって、午前中に帰ってくると思っていたのに、もう日が沈みかけているんですからねえ」

「適当な馬が見つかるまで、農家を十軒もまわらなくちゃならなかったんだ。おまけに、あのフランドル人たちときたら、取引にたっぷり二時間はかけるんだから。しかし、苦労した甲斐《かい》はあったよ。すばらしい馬を三頭見つけたんだ……四歳か五歳で……胸幅が広くて、脚は剣のように細い……それに、ものすごく大きい馬だ……太陽王の乗馬にだって負けないぐらいだ」

「なるほど、この馬に乗っていけば、三日でマルリーに着けそうですねえ」ドルヴィリエは、馬のことには詳しいらしく、丹念に調べながら言った。

「この連銭葦毛《れんぜんあしげ》（葦毛に灰色の斑点のまじった馬）なら、ヴァンダの栗毛のかわりが立派につとまるだろう」

とモリスは付け加えた。

ヴァンダは、心をこめた眼差しで感謝の気持を示した。

「この人は、わたしのことを考えていてくれたんだわ」とつぶやいたヴァンダの目には、喜びの涙が溢れた。

「それじゃあ、その粉ひきは、ちゃんと役目をはたしたというわけですね？」とドルヴィリエがたずねた。

「もちろんだとも。約束の褒美を増やしてやりたいと思っているくらいだよ。ところで、兵隊たちのほうはどうだったかい？」

「大変よくやってくれましたよ。それに、ブリガンディエールは、非の打ちどころのない伍長ですな」

おりしもブリガンディエールがやってきて、自分の嫌っている男の口から、この賛辞をきくことになった。こうほめられてみると、ブリガンディエールも、悪い気はしなかった。

この老兵のドルヴィリエに対する評価は、前夜とは少し違っていたのだ。

「隊長殿、無事に戻られて本当によかった！」とブリガンディエールは叫んだ。「あと一時間してもお帰りでなかったら、私は、馬なんてどれでもいいから飛びのって、捜しにいくところでしたよ……もちろん、あの葦毛が焼け死んだと思うと、胸がはりさけそうですがねえ」

「おれのつれてかえった鹿毛《かげ》の馬なら、おまえも不足はあるまい。あれなら、おまえのような大男が二人乗っても大丈夫だろう」そう言いながら、モリスは、一頭の馬を指さした。それは、ファン・デル・モイレンの戦争の絵に描かれているような、今日では消滅してしまった品種の馬で、マストドンの子孫と見まがうほど巨大な獣だった。

「ふうむ！　大きければ大きいほどいいというものでもないが、私なら、なんとか早く走らせてみせますよ」とブリガンディエールはつぶやいた。

「さて」とモリスは言葉を続けた。「こんなところでぐずぐずしているわけにはいかんな。今日は丸一日、無駄にしてしまった。

今夜は、ここから三里進んだところで泊まることにしよう」

「なんですって！　すぐまた馬に乗るつもりですか！」とドルヴィリエが叫んだ。「しかし、あなたは、ブリュッセルを発ってから、全然休んでいないし、四月一日までにマルリーに着くのに、まだあと丸六日もあるじゃありませんか」

「こういう計画には、突発事故がつきものだということを忘れてはいかんよ。兵隊たちに出発の用意をするよう、命令を伝えてくれたまえ」モリスは、有無を言わさぬ口調で答えた。

「それにしても、まず行軍の計画を立てる必要があるでしょうに」ドルヴィリエは、不満の色を隠しきれずに叫んだ。

「これから、すぐそうするところだ。ブリガンディエール、馬を向こうへつれていけ。兵隊たちを集合させて、三十分以内に準備を完了するんだぞ。バシモン君、こっちへ来たまえ。きみにも、ヴァンダやドルヴィリエ君といっしょに、作戦会議に加わってもらいたい」

もはや命令に従うしかなかった。

ブリガンディエールと粉ひきは、六頭の馬を引いて去っていった。モリスは、柳の切株に腰をおろし、ほかの三人にも芝生のうえに坐るよう合図した。

実のところ、ドルヴィリエはかなり悲しそうな様子だった。それに反して、ヴァンダは、喜びに顔を輝かせていた。

ヴァンダには、このおぞましい水車小屋から離れてしまえば、前夜から心にのしかかっている暗い不安を、すべて振りすてることができるように思えたのだ。

バシモンは、まったくゆったりとして、まるで自分の中隊の点呼でも取るときのように、落ちつきはらっていた。

この男は根っからのパルチザン気質で、めったなことには心を動かさず、危険を好み、この時代によく見られた冒険家、没落貴族の典型であった。

階級を剝奪《はくだつ》されて敵方にまわったこの大尉は、フランス革命後の執政官時代に、恐怖政治支持派の残党が《ロベスピエールの尻尾》と呼ばれたように、《フロンドの乱の尻尾》とでも呼べそうな貴族の一群に属していた。

「諸君」とモリスが口を開いた。「われわれは、ブリュッセルからひそかに出発するのに精一杯だったので、ヴェルサイユ―サン・ジェルマン間の街道まで、もっとも安全に進むにはどう行けばよいか、協議する暇がなかった。

いまこそ、その点について決定をくだすときが来たと思われる。そこで、われわれは、間もなくわれわれが王座から引きずりおろす予定のルイ王の例にならって、作戦会議を開くことにしよう。

まず、年の若い順に、みんなの意見をきく。ヴァンダは傍聴して、発言を記録しなさい。

では、きみからだ、ドルヴィリエ君」

モリスがまったくかげりのない陽気な口調でしゃべったので、ヴァンダの不安は消えた。

モリスは、大鹿を追い詰める狩りの段取りを決めるときのように、陽気にはしゃいでいた。

一方、ドルヴィリエは、それほど陽気ではなく、いささか当惑ぎみに意見をのべた。

「そうですねえ、ぼくの考えでは、重要なのは速く進むことよりも、安全な道を選ぶことだと思います。したがって、なんとしても、往来の激しい街道や人家の多い地域は避けるべきです。ことに、川を渡るときは、橋は見張りが立っているかもしれないから、浅瀬を通っていかないと危険です」

「大変結構な意見だ、ドルヴィリエ君。しかし、きみは、いくつかある道筋のうち、どれを選んだらいいかということについては、なにも言わなかったね。

もしかすると、バシモン君は、その点について考えてることがあるんじゃないかな?」

「私の意見では、まっすぐに進むのがいいと思います」とバシモンは答えた。「つまり、カンブレーとカトー・カンブレジのあいだを通って、ポン・サン・マクサンス付近でオワーズ川の流域に出てから、ルザルシュ経由でセーヌ河畔のコンフランの渡し場へ行き、そこからサン・ジェルマンへ向かうのです。そうやって行けば、五日目の夕方にはマルリーの旅籠屋に到着できるでしょう」

「それで、川はどうやって渡るのかね？」

「レスコー川では、カトレー近くの源までさかのぼれば、渡らずにすみます。ソンム川を越すには、ペロンヌの上流と下流に三ヵ所ほど浅瀬があります……」

「ぼくも、その計画に大賛成ですよ」とドルヴィリエが大声をあげた。

「きみは、このあたりの地理に実に詳しいようだな」とモリスは言った。

「いわば、自分の故郷のようなものですからねえ」とバシモンは答えた。「わたしの領地は、これからわれわれがすぐ近くを通るアルトワ地方にあるんです。ソンム川までなら、目をつむってでも案内できますよ」

「では、ソンム川からセーヌ川までの案内役は、ぼくにまかせてください」とドルヴィリエが勢いこんで言った。

「それでは、行軍の進路は、全員一致で採択されたものと認める」とモリスが言明した。

「ところで、今夜はどこで泊まったらいいだろうね？」

「ソレームという名の大きな村の近くがいいでしょう。ここから四里たらずのところです。あすは、近道を通っていけば、カトレーとボアンのあいだに広がる森まで、楽に行けるでしょう」

あすの晩はそこで野営して、そのつぎの夜には、ソンム川の浅瀬に到着できます」

「よし、会議は終了だ。さあ、諸君、馬に乗ろう！」とモリスは叫んだ。「ブリガンディエールは、きっともう鞍にまたがってるに相違ない」

そう言ってモリスは立ちあがった。ヴァンダも喜び勇んであとに続いた。

バシモンは、革帯を締めなおしていた。ドルヴィリエは、そっとこうつぶやいた。

「やつらは、火事で一日無駄にした。ナロに罠を仕掛ける余裕を与えるためには、もう二十四時間やつらを遅らせる手だてを見つけなくちゃ」

8　一斉射撃

オネル川の水車小屋をあわただしく発ってから三日後、モリスたちの一隊は、依然としてボアンのすぐ近く、カトレーから程遠からぬプレモンという部落の下で、木の茂った峡谷に野営していた。モリスの焦りとブリガンディエールの熱意にもかかわらず、一行は迅速に行動することができなかった。

実際、このときはすでに三月二十八日の朝になっており、フランス領内にはいって以来、一行は、平均して二十四時間に五里ほどしか進んでいなかったのだ。ひょっとすると、あの粉ひきがこの計画に呪《のろ》いをかけたのではないかと思われるほど、つぎからつぎへと行手に障害があらわれて、旅人たちを遅らせた。

あらゆる悪い条件が重なりあった。

一日目の夜、ソレームのそばの宿営地で、兵隊たちは、ろばをつれた百姓に出会った。百姓は、ろばの背にブランデーの小樽を二つのせて、ケノワに駐屯している竜騎兵に売りにいくところだった。

折りあしく、その夜、モリスとヴァンダは、廃屋になっている納屋を見つけて、前夜の疲れを癒《いや》すためにぐっすり眠っていた。

ドルヴィリエとバシモンは、使われていない倉のなかで見つけた洗濯桶《おけ》を裏がえしにして、そのうえで骰子《さい》を振るのに熱中し、すぐそばに雷が落ちても気づかなかっただろう。

さしものブリガンディエールも、二晩続きの徹夜のあとだったので眠くてたまらず、いつになく部下の監督を怠って、藁束《わらたば》を枕に鼾《いびき》をかいていた。

その結果、兵隊どもは、だれも咎《とが》める者がいないのを幸いとばかり、ろばをつれた百姓をつかまえ、猿ぐつわをかませ、あらかじめ高価な積み荷をおろしておいたろばの背に縛りつけ、ろばに鞭《むち》をくれて追いはらい、樽に穴をあけて麦藁をさしこみ、かわるがわる飲んだからたまらない。夜の明けそめるまでに全員正体なく酔いつぶれてしまった。

明け方、いざ出発という段になってみると、起きてきたのは、ヴァンダと三人の将校、それにブリガンディエールだけだった。

ブリガンディエールは、酔っぱらいどもを起こそうとして剣の鞘《さや》でぶんなぐったが、あまり効果はあがらなかった。

モリスはかんかんになって怒り、見せしめに兵士を二、三人銃殺にするといきまいた。しかし、ドルヴィリエは、そうでなくても小人数の部隊なのだから、これ以上人員を減らすのは賢明でない、と言ってなだめた。

仕方なくモリスは、いらいらしながら、忌々しい馬鹿者どもがブランデーの酔いをさますまで、かなりの時間を無為に過ごすほかなかった。

その日、一行は午後三時にようやく出発したが、兵隊たちは大部分、二日酔いに苦しんでいたので、夜までに三里たらずしか進めなかった。

その翌日も、また悪いことが起こった。

今度は、ろばをつれた百姓には出会わなかったが、五頭もの馬の蹄鉄《ていてつ》がはずれたので、蹄鉄工をさがすために、四時間もかけて農家から農家へと駆けまわらねばならなかった。

こうした思いがけない事故のせいで、三月二十六日には、予定どおりカトレーとボアンのあいだの森に野営するかわりに、一同はクラリー村の少し右手のところに野営し、二十七日には、やっとこさっとこ、本来なら前日到着していたはずのプレモンの宿営地にたどりついたのである。

つまり、オネル川の水車小屋で無駄にした一日とあわせて、一行は予定より四十八時間遅れていたことになる。

しかし、翌二十八日、モリスたちの一隊は朝まだきに起床しており、一行につきまとっていた災厄も、一時は払いのけられたかにみえた。

馬には新しい蹄鉄がつけられ、兵士たちは厳重な監視のもとで、水か、せいぜいビールを少し飲んだだけだった。

いまからならまだ、遅れを取りもどすことは充分に可能だ。ただし、もうこれ以上、一分たりとも無駄にはできないのだ。

四月一日以前にマルリーの旅籠屋《はたご》に到着するためには、あと四日しか残っていない。したがって、どうしても一日の行程を予定の倍にする必要がある。ヴェルサイユからサン・ジェルマンに至る街道に着くまでに、まだたっぷり四十五里は残っているのだ。

実を言うと、もっとも重要なのは、できるだけすみやかにソンム川を渡ることだった。というのは、この遠征で一番困難なのは川を渡ることで、それも、ごく簡単な理由からだった。

ルーヴォアがモリスの計画を嗅《か》ぎつける可能性は充分考えられた。だが、その場合、広野の只中《ただなか》で、わずか十五人ばかりの騎馬の一隊を捜しまわるのは非常に困難だから、ルーヴォアは、この一隊がかならず通過するいくつかの地点を監視するよう、命じるにとどめるであろう。

たとえば、ソンム川の浅瀬は、町を通っていかぬかぎり、フランドルからの旅人が避けることのできない通過地点であった。この時代には、田園地帯には橋などまったくかかっていなかったのである。

オワーズ川とセーヌ川については、それほど困難なことはなかった。

オワーズ川の場合には、右岸に沿って進み、コンフランでセーヌ川と合流するところまで行けばよかったのだ。

そこまで来れば、客の少ない渡し船が見つかるだろうし、いずれにせよ、目的地にきわめて近いところなので、多少の障害は問題にならなかっただろう。

モリスは、こういう事情を百も承知していたので、一刻も早くペロンヌを通過し、ソンム川を渡ってしまいたいと思っていた。

幸い、残る道程はあと十里たらず、それも比較的楽な道だった。

そうがむしゃらに急がなくても、日暮れに川岸につき、その辺の窪地《くぼち》にひそんであたりが完全に暗闇になるのを待って、川を渡れるはずであった。

一行は、プレモンの森の野営地を日の出まえに出発し、ブリュッセルを発ってから、ずっと守ってきた順序で、行軍を開始した。

こうして、カンブレー街道とカトー街道の交差点にあるノーロワという小さな村まで、なにもかも順調に進んだ。

ところが、そこまで来たとき、四人の兵士とともに先頭に立っていたブリガンディエールは、自分の馬がひどく足をひきずりはじめたのに気づいた。

それは、例の粉ひきの案内でモリスが買った三頭のうちの一頭で、巨人を乗せるために生まれてきたような頑丈そうな馬だった。

ブリガンディエールは、蹄鉄に小石でもはさまっているのではないかと点検してみたり、膝《ひざ》をさわってみたり肩を調べてみたりしたが、故障の原因らしいものはなにも見つからなかった。しかし、馬はたしかに足をひきずっていた。

その巨大な馬は、手綱を強く引かれたり拍車で蹴られたりして、どうにかこうにか一時間ほど歩いたが、やがて、てこでも動かなくなってしまった。途方に暮れたブリガンディエールは、やむをえず馬をおりて、このあらたな災難を隊長に知らせにいった。

モリスは、ヴァンダと二人きりで、前衛と本隊のちょうど中間を進んでいた。

ドルヴィリエは、一度、骰子の賭《か》けで金貨を三十枚すってしまってからというもの、賭けの相手のバシモンがすっかり気に入ったようで、片時もそばを離れようとしなかった。それは、すった金を取りもどすためだったかもしれないし、なにかもっと別な理由があったのかもしれない。

「隊長殿」とブリガンディエールは悲しそうに言った。「これからさき、私は歩いていくより仕方ありません。私の馬は、もう立っていられないようです」

「やれやれ！　どうしてこう悪いことばかり起こるんだろう」とモリスは嘆いた。「まったくのところ、ルーヴォアが意地の悪い妖精《ようせい》を雇って、われわれの馬に呪いをかけさせているとしか考えられんな」

「妖精なんかではないと思うわ」とヴァンダが低くつぶやいた。

「隊長殿が許可してくださるなら、私は、兵隊たちのうちの一人の馬に乗り、その兵隊を尻《しり》にのせて川を渡ろうと思うのですが」

「いいだろう」とモリスは答えた。「だが、鞍《くら》ははずして、ほかの馬の首にかけておけ。とにかく早くするんだ」

ブリガンディエールは、ただちに命令にしたがったが、そのあいだにも、ドルヴィリエとバシモンは、道の真中で立ちどまっていた先頭の一団に追いついてしまった。

「やはりそうか。あの象とフランドル馬の合いの子みたいなやつは、あまり長持ちしないだろうと思ってましたよ」とドルヴィリエが叫んだ。「まったくもって、あの火事はとんだ災難でしたねえ！　でも、ブリガンディエールは、どこかこのあたりの農家に残していったっていいじゃありませんか？　ほかの馬に二人乗ったりしたら、ますます遅れるばかりでしょう……」

「そんなことをして、ブリガンディエールの頭と腕の力をかりられなくなったら、わたしたちの計画は失敗するにきまっているわ」とヴァンダが口をはさんだ。全幅の信頼をおける唯一人の部下とは、絶対に別れたくなかったのだ。

「なあに！　諺《ことわざ》にも、修道士が一人欠けても僧院がつぶれるわけではない、と言うじゃありませんか」ドルヴィリエは、こともなげに言ってのけた。

「いや、ブリガンディエールはつれていったほうがいい」とモリスはきっぱりと断をくだした。

十分後、ブリガンディエールは、戦友を馬の尻にのせて勇ましく進み、それから一時間ほど、行軍は順調に続いた。

ただ、のぼり坂にさしかかると、モリスは自分の馬がむやみにあえいでいるのに気づき、ヴァンダの馬も、いまにも転びそうにぐらぐら揺れはじめた。

ロワゼルという大きな村から程遠からぬ切り通しで二頭の馬は同時に倒れ、どうしても起きあがらなくなってしまった。

二頭は、にわかに重い病気にかかったらしく、いくら介抱しても元気にならなかった。

仕方なく、モリスとヴァンダも、ブリガンディエールとおなじように、兵士と相乗りするはめになった。

モリスの憤激とヴァンダの悲嘆は筆舌に尽しがたかった。

このような状況では、残りの行程をすみやかに終えることは不可能であった。

夜の七時すぎになって、一行は、ソンム川の流れの見えるところまでようやくたどりついた。

バシモンは川まで道案内をする任務を負っていたので、一行をペロンヌの町より少し下流、エテルピニーという小さな村の対岸まで導いていった。川向こうには、村の教会の塔が見えていた。

その日はかなりよい天気だったので、残照が空を赤く染め、遠くの田野まで見わたすことができた。

ヴァンダはモリスのかたわらに馬をとめた。

二人が馬の尻に乗せていた兵士たちはしたにおりて、少しあとから来る本隊のほうへ戻っていった。

ドルヴィリエとバシモンも、あたりの様子をうかがうために、まえへ進んだ。

ブリガンディエールは部下のあいだにとどまっていた。決定的な瞬間が近づいているので、いままで以上にしっかり兵士たちを監視している必要があったのだ。

三人の将校とヴァンダは、丘、というよりは、ソンム川の流れを見おろす小高い尾根のようなところにのぼっていた。

右手には、ペロンヌの鐘楼がすぐ間近に見えていた。

左手には、二、三の村の教会の塔がそびえ、野原のなかに人家が点在していた。

足元には、葦《あし》の茂る平坦《へいたん》な両岸のあいだをゆっくりと流れるソンム川があった。

もう少し下流へ行くと、川は、まったくの沼地に流れこんで川筋もさだかでなくなり、この沼地がペロンヌの要塞《ようさい》にとって天然の防御《ぼうぎょ》施設を形成していた。

あたり一帯の景色は物淋《ものさび》しく、夜の訪れとともに、よどんだ水面に立ちこめる靄《もや》に包まれて、ぼうっと煙っているようだった。

ヴァンダはこの景色を見て、心が締めつけられるように感じ、ひなびた教会の尖塔《せんとう》から響いてくる夕べの祈りの鐘の音をきくと、思わず目に涙を浮かべた。

だが、モリスはそんな感傷的な気分とは無縁らしく、喜びに顔を輝かせていた。

その様子はあたかも、この最後の難関のかなた、夕空に光る金色の雲のなかに、勝利の前兆を見てとったかのようであった。あるいはまた、その雲のぼんやりとした形が、自分の手で車から突きおとされた太陽王の姿に見えたのかもしれない。

「さあ、やっと着いたぞ」モリスは興奮を抑えて言った。

「随分苦労しましたがね」とバシモンは叫んだ。「つい一時間まえまでは、今夜中にたどりつけるなんて、夢にも思っていませんでしたよ」

「もう、過去のことなど忘れて、現在のことに専念しようじゃないか」

「ええ、これから実行に移す作戦は決して容易ではないから、なおさら、そうするのが賢明でしょう」

「いまわれわれのいるのは、きみが予定していたとおりの地点だな？」

「はい、隊長。それに、私がここを選んだのには、それだけの理由があったのです。ペロンヌの近辺には、《川瀬の道》*はいくらもありますが、ここが一番安全なのです。

ほかの浅瀬は、渡るのが危険だったり、町に近すぎたりしますが、ここなら、水はそう深くないし、城壁からも充分に離れています」

「なるほど、総督がよほど遠目のきく男でないかぎり、天守閣からわれわれの姿を見つけることはできないだろうな」

「しかし、油断は禁物です。ここの要塞の司令官、レスピーヌ・ボールガールというのは、その昔ピカルディー連隊を引きつれてアラスに駐屯していたころ、私も接触したことのある古狸《ふるだぬき》で、フランス王国きっての悪賢い代官ですよ。おまけに、ルーヴォアの腹心の子分です」

「そいつがあの奸臣《かんしん》ルーヴォアの卑劣な下僕で、それほど手ごわい要塞の番人だというのなら、ここで川を渡ってそいつの鼻をあかしてやれるのは、なおさら愉快だ。それに、そうだ、すっかり忘れていたぞ！　ペロンヌの近辺を通るというのは、すこぶる縁起がいいんだ。きみもそう思わんかね？」

「それはまた、どうしてです、隊長？」

「ペロンヌというのは、フランス国王に不幸をもたらす町だからさ。シャルル単純王（三世）は、あそこでヴェルマンドワ伯爵に投獄され、みじめな最期をとげている。ルイ十一世も、ブルゴーニュのシャルル豪胆王の意のままになりに、愚かにもペロンヌにやってきたときには、危うくさんざんな目にあうところだった」

「カペー王朝のころはもちろん、ヴァロア王朝のころとも時代はすっかり変わりましたよ。ルイ十四世は、めったにヴェルサイユの宮殿から離れませんからね」

「だから、われわれは王のところまで出向いていくところだが、だからといって、王のほうが有利だとはかぎらない。われわれは、ひとたび王をつかまえたが最後……」

「隊長」とバシモンがさえぎった。「もう、これ以上この高みでゆっくりしていないで、安全に川を渡ることができる時刻まで、兵士と馬を休ませることを考えたほうが賢明だと思いますね」

「きみの言うとおりだ。いまは、フランスの歴史の話などしている場合ではない。ところで、完全に暗くなるまでどこにいたらいいだろう?」

「ここから目と鼻の先に廃屋があるはずです。昔、向こうの川上のほうにあるファルビーの沼へ野鴨《のがも》やまがもを撃ちに来たとき、何度も泊まったことがあります。あまり居心地はよくないが、二時間ぐらいあっという間に過ぎてしまうでしょうから……」

「それに、浅瀬を渡る段取りも、早く決めてしまわなければならんからな。では、そこへ案内してくれたまえ。そのあいだに、ドルヴィリエ君は、ブリガンディエールに命じて、兵隊たちをつれてくるよう伝えてもらいたい」

モリスの命令はただちに実行に移され、十分後、一同は、バシモンの指定した集合場所に到着した。

それは、荒削りの木の幹で作った藁ぶきの小屋だったが、五、六人がはいれる程度の広さはあった。

西インド諸島の先住民の小屋に似たこの避難所のまわりには、乾いた平らな空地が広がっていて、騎馬の兵士たちに一時的な露営地を提供していた。

そこで兵士と馬を休ませておいて、ブリガンディエールは、隊長のいる小屋のなかへはいっていった。隊長は、すでにほかの二人と協議しているところだった。

夜気はかなり冷えびえとしていたが、ブリガンディエールは、部下たちに焚火《たきび》をすることを厳禁した。

どんなことがあっても、近隣の村人の注意をひくような真似は慎まなければならなかったのだ。

しかし、壁の内側でなら、火をともしても不都合はなかったので、ブリガンディエールは、いつも胴衣の大きなかくしのなかに持ってあるいている松やにの塊を取りだして、火打ち石で火をつけた。

その粗末な照明のなかで、作戦会議が開かれたのであった。

もちろん、ヴァンダは、傍聴を許されただけだった。まだ戦争の経験が浅く、こういう微妙な問題について決断をくだすのは無理だったからだ。

しかしヴァンダは、オネル川の水車小屋にいたときよりは、はるかに落ちついているように見えた。

この三日間の相つぐ災難にもかかわらず、彼女は、この計画の成功について、まえより明るい見通しを立てはじめていたのだ。

その最大の原因は、モリスとじっくり話しあった結果、ドルヴィリエのことに関して、すっかり安心するようになったためであった。

まずモリスは、ヴァンダの不安を笑って相手にせず、ドルヴィリエの裏切りの証拠と思われた事柄を、単なる幻想にすぎないと言って片づけてしまった。

モリスによれば、粉ひきとドルヴィリエが共謀していたなどというのは事実無根で、ブリガンディエールは、職務に熱心なあまり、ありもしないことを信じこんでしまったというのだ。

つぎにモリスは、ドルヴィリエがヴァンダに小箱のありかをたずねたのは、自分の指示に従ったまでだと言い、こう説明した。

「もっとまえにあの男に教えておかなかったのは、それまで、われわれが深刻な危険に脅かされたことがなかったからさ。

なにか重大な事態が起こり次第、おれは書類の隠し場所をあの男に教えるつもりだ。あんな誠実な貴族がわれわれを裏切るなんて考えられないことだし、おれが死んであの男が生き残るという場合を想定しておく必要があるからね」

こう話したモリスの口調があまりにも自信たっぷりだったので、ヴァンダはそれ以上なにも言えなかったし、それ以後、ドルヴィリエに対して、さほど無愛想な顔を見せなくなったのである。

その夜、ドルヴィリエは、いつもより一層、陽気で上機嫌だった。ドルヴィリエの口ぶりでは、なにもかも順調に運んでいるようだった——途中で倒れた三頭の馬のかわりは、簡単に見つかるだろう。ソンム川からさきは、もうほんの一またぎだ。対岸には人影は見えなかったから、見張りのいる心配もない。夜明けまでには、レスピーヌ・ボールガール総督とペロンヌの古い要塞から、遠く離れたところまで進めるにちがいない。

しかし、バシモン大尉は、それほど浮かれた気分ではない様子で、手短にこう説明した。浅瀬は安全だし、自分のよく知っているところだ。しかし、この川は、馬に乗った人なら楽に渡れるが、歩いて渡るには少し深すぎて危険だ。

ところが、大変困ったことに、馬が三頭足りなくなっている。

兵士を三人置きざりにしていくわけにはいかない。そんなことをしたら人手が足りなくなるし、第一、その連中がペロンヌから来た偵察隊につかまる危険があるからだ。なにも知らないドルヴィリエは、いままでどおり相乗りしていけばいいだろう、と言った。しかし、バシモンは、川を渡るときに馬にそんな負担をかけるのは非常に危険だ、と断言した。

事態が思ったより厄介になってきたので、モリスは顔を曇らせた。

「なあんだ！」とドルヴィリエが軽蔑《けいべつ》したような声を出した。「たかがこんなどぶ川を渡るぐらいのことで、そう深刻になることはないでしょう？　まったくバシモン君、どうしてきみは、これっぽっちのことで、そんなに悩むのかねえ。問題を解決する方法は、いくらだってあるのに」

「解決方法はひとつあれば充分です」とバシモンは冷ややかに答えた。「どんな方法か言ってください」

「なあに！　至極簡単なことさ。馬が三頭足りないなら、兵隊を三人置きざりにしていくまでだ。

もちろん、一番弱くて、一番臆病《おくびょう》な三人を選ぶ。そうすれば、損害を最小限度にとどめられるからな」

「それにはまず、その連中がうんと言うかどうかきいてみなくちゃならん。その見込みは多分なさそうだがね」とブリガンディエールがつぶやいた。

「第一、ドルヴィリエ君」とモリスも言った。「私は、隊長としての立場上、私を信頼してこの企てに参加してくれた兵士たちを見捨てる権利はないのだ」

「なあに！　金さえたんまり払えば……」

「人間の命は無論のこと、その自由だって、いくら金を積んでも買えるものではない。見ず知らずの土地に置きざりにされた兵士たちは、かならずペロンヌの総督に捕えられてしまうだろう。

　私は、そんな残酷な仕打ちをするのは絶対に反対だ。それに、そんなことをしたら、われわれは手ひどいしっぺ返しを受けるかもしれない。三人の兵士たちがつかまった結果、ルーヴォアのスパイどもがわれわれの足跡を嗅ぎつけ、レスピーヌ・ボールガール総督の憲兵どももこぞって追いかけてくるだろうからね。そういうわけだから、ドルヴィリエ君、もっと別な案を考えてくれたまえ」

「やれやれ！　ほかには、これといって思いつきませんねえ」

「私はいいことを思いつきました」とブリガンディエールが静かに言った。

「じゃあ、早く説明しろ」

「隊長殿、人間が自分ひとりで歩いて渡ることのできない川でも、なにかにしっかりつかまって歩けば、楽に渡れるものです……」

「たとえば？」

「たとえば、川の岸から岸へ張りわたした綱につかまるのです」

「なるほど！　しかし、その綱はだれが張るんだね？」

「よろしければ私がやります。私の背嚢《はいのう》には、必要な長さの綱がはいっています。張り方は、いとも簡単です。

　まず、こちら岸の木の幹か棒杙《ぼうぐい》に綱の一端を結びつけ、もう一方の端を手に持って馬で川を渡る。馬が向こう岸に着いたら、そこでも綱をしっかりと固定するのです……」

「わかったぞ」とモリスは叫んだ。「歩いて渡る兵士たちは、その綱につかまっていけば、川に流されずにすむし、深みにはまる心配もないというわけだな。きみはこの案をどう思うかね、バシモン君？」

「すばらしい思いつきだと思います。これで、全員が無事に渡れるめどがつきました。指名された三人の兵士は、ブリガンディエールが綱を張りおわるまでここで待っていて、あらかじめ決めておいた合図があり次第、渡ればいいのです。

　この方法を使えば、流れに足をとられることはありえないし、われわれと合流するのに十五分とかからないでしょう」

「よし、それに決定だ。諸君。あとは、川を渡る時刻を決めるだけだな。私はなるべく早いほうがいいと思うが」

「月はいま下弦だから、夜遅くまでのぼりません」とバシモンが言った。

「真夜中までに渡りおわれば、なにも心配することはないでしょう。ただし、全員がソンム川を越え次第、われわれは歩いて渡った兵士を馬の尻に乗せて、夜間の行軍を続けるのが賢明だと思います。とにかく、すみやかにペロンヌの付近から離れなければなりません」

「私もきみの意見に賛成だ。では、そうしよう」

「隊長殿、もうひとつ言っておきたいことがあります」とブリガンディエールが発言した。「後衛を兵隊たちだけに委《まか》せておくのはあぶなっかしい気がします。だから、私は、隊長たちが先に渡って綱を結びつけているあいだ、こっち側に残っていたほうがいいでしょう。そうすれば、絶対に安心です」

モリスは頷《うなず》いて、賛意を表した。

だがヴァンダは、たとえわずかのあいだでも、忠実なブリガンディエールと別れわかれになるのは、どうしても気が進まなかった。

ドルヴィリエも、なぜか強硬にこの案に反対し、不機嫌な口調で言った。

「ブリガンディエール君は、自分で綱を持って渡るのが一番いい。こちら側で兵隊たちの監督をする役目は、ぼくが引きうけますよ」

「しかし、ドルヴィリエ君」とモリスは叫んだ。「そんなことをしたら、きみは、肩まで水につかって歩いて川を渡らなくちゃならんのだよ」

「ぼくがそうしちゃいけないっていう法はないでしょう、モリス君？　ぼくが女々しい男だとでも思っているんですか？」

「とんでもない！　しかし、それは将校の役目ではないし、馬を乗りつぶしたのはブリガンディエールなんだから、傭兵たちの監督はこの男に委せるのが当然だ」

ドルヴィリエは、それ以上さからわなかったが、この措置に不満な様子は隠しきれなかった。

その態度があまり不自然だったので、ヴァンダはそれに気づき、またもや疑いを抱きはじめた。

「なぜ、わたしたちと行動をともにするのをあんなにいやがるのかしら？　ひょっとすると、向こう岸で敵が待ちぶせしているのかもしれない。ドルヴィリエは、それを予測している、いや、あの男自身がその仕掛け人なのではないかしら？」

「バシモン君」とモリスが言った。「これで話はすっかり決まったから、ブリガンディエールには、兵隊のところへ行って用意を命じ、綱の準備にとりかかってもらおう。準備が整うまで、われわれは手もちぶさただから、岸辺を偵察することにしようか。きみがいくら地形をよく知っているといっても、念のためもう一度下見をするのは無駄ではないだろう。さあ、諸君、出発だ」そう言うと、モリスは小屋からそとへ出た。

今度は、だれも隊長の決定にさからう者はなかった。

ブリガンディエールは、松やにの火を消し、すぐ近くにかたまっている兵士たちのほうへ向かった。

ヴァンダ、モリス、それに二人の将校は、バシモンを先頭に立てて、ゆっくりと川ぞいに歩きはじめた。

川幅はさほど広くなかったので、水面に立ちこめる霧さえなければ、容易に対岸の地形を見きわめることができただろう。

日没以後、ほとんど常にソンム川から立ちのぼっている水蒸気が、だんだんと濃い霧に変わっていたのだ。

それと同時に、西風が起こり、時おり、大きな薄墨色の霧の塊を吹きはらったが、霧はまたすぐにあたりをおおうのであった。

「レスピーヌ・ボールガール総督やルーヴォア国務卿のスパイどもの目をくらますには、おあつらえむきの夜だな」とモリスはささやいた。

「さあねえ！　われわれにとって有利かどうか、なんとも言えませんよ」とバシモンが小声で答えた。「五メートルさきも見えないから、浅瀬を渡るのは、それだけ危険です」

「なあに、まえの人にぴったりついて進めば、迷子になる心配はないさ」

「とにかく、まず浅瀬の始まる地点を見つけなければ」そう言いながら、バシモンは、一歩進むごとに屈《かが》んで地面を丹念に調べた。

ヴァンダは口をつぐんだまま、モリスにぴったりと寄りそっていた。夜の冷気に骨の髄まで凍え、心が深い憂いにとざされていたのだ。

さすがのドルヴィリエも、日ごろの陽気さはどこへやら、すっかり黙りこんでしまい、誤って水たまりに足を突っこんだときだけ、ぶつくさ不平を言うといった具合だった。

こうして四人は、無言でゆっくりと、十五分あまり歩いていった。

突然、バシモンが声を押しころして言った。

「ここです」

実際、そこで地面はゆるやかに川まで傾斜しており、体を屈めてみると、泥のうえに人馬の足跡が残っていた。

「私の記憶ちがいでなければ」とバシモンは言葉をついだ。「少し左のほうに、舟をもやう杭《くい》があったはずだが……。待てよ……ほうら！　……ここにあった！」

「まるで、われわれが綱を結べるように、だれかがわざわざ立ててくれたようだな」とモリスがつぶやいた。「諸君、私の意見では、もうこれ以上ぐずぐずしている必要はないと思うんだがね」

「なんですって！」とドルヴィリエが叫んだ。「こんな霧をついて、川を渡ろうというんですか？」

「私の一存で霧を晴らすことはできないし、われわれは、もっと視界がよくなるまで、のんびり待っているわけにはいかんからな」とモリスはぶっきら棒に応じた。

「そうかもしれない！　しかし、もう少し霧が晴れるまで辛抱してもいいじゃありませんか。考えてもごらんなさい！　これでは、対岸に五十人の銃士が陣列を敷いていたって、こちらからは見えないでしょう」

「ドルヴィリエ大尉の言うとおりかもしれません」とバシモンも賛成した。「しばらく待って、様子を見ることにしましょう」

一同は、暗黙のうちにこの意見に従い、それぞれ目をこらして対岸を見つめた。霧は、夜風にあおられて渦巻き、時には川面をかすめ、時には、白い亡霊のように細長い柱となってそそりたった。

「向こう岸に光が見えるわ」ヴァンダがモリスの腕を取って言った。

「伏せましょう」とバシモンがささやき、自分から手本を示した。

たしかに、一瞬、かすかな光が対岸でゆらめいたが、それは、すぐに消えてしまった。

バシモンの警告をきくがはやいか、一同は地面に体を伏せた。

一同が光の出現におびえたのは無理もなかった。こんな人里離れた川べりで、しかもこんな夜更けに光が見えるのは、カンテラをさげた伍長に率いられて、分遣隊の一団が対岸を巡邏《じゅんら》しているとしか考えられなかったからだ。

ヴァンダは、なにか恐ろしい災難がふりかかるにちがいないと観念し、このときばかりはモリスも、激しい不安を感じた。

ひとりドルヴィリエだけが落ちつきはらっていた。

ドルヴィリエは、ろくに体を伏せようともしなかったばかりか、数秒後、声を立てて笑いはじめた。かなり大きな声だったので、モリスがききとがめて、なにがおかしいのか、とたずねた。

「なんですって！」とドルヴィリエは叫んだ。「あれが川岸の葦のあいだを飛びかう鬼火だっていうことが、あなたにはわからないんですか。こういう沼地では、そう珍らしい現象じゃないんですがねえ」

「どうしてそう言いきれるんだね？　あれがカンテラの光じゃないという証拠があるのか？」モリスは不機嫌そうにたずねた。

「お言葉をかえすようだが、ほうら、ごらんなさい、光はもう消えてしまいましたよ。もし、あれがカンテラの光だったら、場所は変わるかもしれないが、光りつづけるはずでしょう」

「なにかの合図の光で、ともしてすぐに消したということも考えられる」

「しかし、そんなことはありえませんよ！　もし、レスピーヌ・ボールガール総督の部下が対岸にいるとしたら、連中は、ぼくたちにしか見えないような合図をわざわざ送ったりするでしょうか。それどころか、攻撃をしかける時機が来るまで、用心深く隠れているはずですよ」

「そう言われてみると……それもそうだな」モリスは、少し安心してつぶやいた。

「だからといって、そんな大声を立ててよいということにはなりませんよ」と常に冷静かつ慎重なバシモンが釘《くぎ》をさした。

「もうなにも見えないわ」とヴァンダがモリスの耳元でささやいた。「もっとも、また霧が濃くなってきたようだけれど」

「霧がかかっていても、物音はきこえるはずだが、しんと静まりかえっていますよ」とドルヴィリエが言った。「つまり、向こう岸にはだれもいないということです。だから、これ以上、時間を無駄にする手はないでしょう」

モリスはまだためらっていた。しかし、今夜の行軍の段取りを決めるのは、当然バシモンの役目だった。バシモンはとくと考えたすえ、川を渡る時刻を遅らせる必要はない、と判断した。

ドルヴィリエはこの意見を熱心に支持した。

ヴァンダはドルヴィリエの態度が急に変わったのに気づいた。この男は、ついさっきまであんなにびくびくしていたのに、いまはうってかわって、一刻も早く冒険に乗りだしたくてうずうずしているようだ。

ドルヴィリエはもはや一切の不安や当惑から解放されて、ひたすら勇みたっていた。古《いにしえ》のヘブライの民が火の柱に導かれて約束の地へ向かったように、ドルヴィリエは、あの束の間の炎を成功への道しるべと見てとったようだった。

「バシモン君」とモリスが言った。「兵士たちを呼んできてくれたまえ。われわれはここで待つことにするよ。この場所を動かないほうがいいだろう。この霧のなかでは、道に迷う危険もあるからな」

バシモンはただちに命令に従った。しかし、ドルヴィリエはそこに残った。ヴァンダはそれが非常に不満だった。心にかかることが山ほどあり、なによりも、ほんの一時でいいからモリスと二人きりになりたい、と思っていたのだ。

「ねえ、モリス君」とドルヴィリエは軽口をたたいた。「あのリゾラは、よほどけちでないかぎり、われわれに相応の褒美をくれるでしょうな。なにしろ、われわれはあの男のために骨身を惜しまず尽しているんですからねえ」

「私は、あの男自身ではなくて、あの男の憎しみのために尽しているんだ」とモリスは陰気な口調で答えた。「褒美なら、自分でいくらでもせしめるさ」

「いや、きみの言うとおりですね。遠からずわれわれは、この地上の最高権力者と対等の立場に立てるんだから。

ぼくとしては、大佐の位と三、四千リーヴルの金をもらわなければ、どうしても気がすまない。せめてそれぐらいの報酬がなければ、一生バスチーユに閉じこめられたり、悪くすると森の片隅で銃殺されたりする危険まで冒した甲斐《かい》がありませんよ」

「私の望みはただひとつ、あの成りあがり者の法律屋、取り巻き連からルーヴォア閣下と呼ばれているあの高慢ちきな国務卿が私の膝に取りすがって、慈悲を乞う姿を見ることだけだ」

「では、あの《神の授かりもの《デオダトゥス》》**は？　きみは、あの誇らしげな《授かりもの《デオダトゥス》》を踏みつけてやりたいとは思わないのですか?」

「あの男は国王だ。死んでしまえば、それで充分だ。しかし、もう一人のほうはちがう! あいつは、かつてこの私をあいつが侮辱したように、とことん侮辱してやりたい! そのあとで、卑劣で厚かましい盗人みたいに、しばり首にしてやるんだ」

「モリス、やめて!」とヴァンダが哀願した。こういう残忍な脅し文句をきくと、いつも胸が締めつけられるような感じがしたのだ。

「もうしばらくの辛抱ですよ、モリス君。一週間もしないうちに、きっときみの望みは叶《かな》いますよ。

しかし、兵隊たちが到着するまでに、以前からきみが気にしていた例の件について、ぼくに話しておいたほうがいいと思いませんか?」

「例の件って?」

「小箱の件ですよ。こんなことを思い出させて気に障ったら許してください。でも、きみはきのうも、ソンム川を渡るまえにあの秘密を打ちあけておきたい、ってしきりに言っていたでしょう」

「そうだ」とモリスはつぶやいた。「万一の場合を考えておかなければいけない。もしものことがあったら……」

「なにもぼくは、国王の兵士たちが奇襲してくる可能性が今夜にかぎって大きい、と言っているわけではありません。しかし、われわれが今回の遠征の一番の難所にさしかかっているのは事実です。

われわれは霧のせいで浅瀬からそれてしまうかもしれないし、ペロンヌの町はすぐそこで、あの町の総督ときたら大変な古狸で、まったく……」

「さっきは、それほど心配していらっしゃるようには、見えませんでしたわね」ヴァンダが、ドルヴィリエとモリスのあいだに割りこんできて、皮肉っぽく言った。

「いまだって、奥様、ちっとも心配などしていませんよ。どうか、ぼくがそんな重大な秘密を無理にききだそうとしているなどと、思わないでください。ぼくは、ただひたすら自分の義務を果たそうとしただけなのですからね」

「いや、よく言ってくれた、ドルヴィリエ君。私は、もう少しで必要不可欠な用心を忘れるところだったよ。あの小箱のありかは……」

「あ、ブリガンディエールが兵士たちをつれてきたわ」とヴァンダがさえぎった。

「本当だ！　どうして近づいてくる音がきこえなかったんだろう」

「隊長殿、私は、一言でも口をきく者があったら即座に刺し殺してやる、と言ったのです」とブリガンディエールがささやいた。モリスに触るほど近くまで来ていたのだが、霧があまり深くて、姿が見えなかったのだ。「バシモン殿も来ておられますし、兵士たちも全員そろっています。私が綱を持ってきましたから、あとはそれを結ぶだけです」

「よし。おまえは、われわれが向こう岸に着くまで、兵士二名とここに残ることになっていたな。どの二人を選ぶかね？」

「トルコ人とポーランド人にします。トルコ人は、火だろうと水だろうとなにも恐れぬ男だし、ポーランド人のほうは、魚みたいに泳ぎのうまい男です」

「ようし、それに決めよう。おまえは、杭に綱をしっかり縛りつけて、そのすぐそばで二人の兵士といっしょに待機しているんだ。綱がぴんと張ったら、われわれが無事対岸に着いて、おまえたちも渡りはじめていいという合図だ。バシモン大尉が杭のありかを教えてくれるだろう」

「さあて、あとは、川を渡る順番を決めるだけですね」ブリガンディエールとバシモンが綱の準備にとりかかっているあいだに、ドルヴィリエが言った。

「それは簡単だ」とモリスは答えた。「もちろん、われわれ四人、つまり、きみ、ヴァンダ、私、それにバシモン君が先頭を行く。バシモン君は、この浅瀬をよく知っているから、われわれが深みにはまりそうになったら、教えてくれるだろう。馬に乗った八名の兵士は、できるだけわれわれにぴったりついてくる」

「綱の端はだれが持つんです？」

「わたしが持ちます」とヴァンダが答えた。

「おまえがかい？」モリスは、少なからず驚いてたずねた。

「そうよ。あなたがたは、いざというときに剣を手に持てるようにしておく必要があるでしょう？　わたしは女だから、敵を攻撃するとき、あなたがたを助けることはできないけれど、そういう役にならなら立てるわ」

「おまえの言うとおりだ、ヴァンダ、ありがとう」そう言いながら、モリスは彼女を抱きしめた。

ヴァンダは、モリスが額にしてくれた接吻《せっぷん》に激しく心をゆさぶられ、あやうく気を失いそうになった。モリスが愛情を示してくれたのは嬉《うれ》しかったが、それにもかかわらず、目から涙が溢《あふ》れた。なにかしら不吉な予感に襲われて、モリスの腕に抱かれるのもこれが最後になるのでは、という気がしたのかもしれない。

「さあ、ドルヴィリエ君」とモリスが陽気に言った。「いよいよ重大な秘密を打ちあけるから、こっちへ来たまえ」

ヴァンダは、もう一度モリスのまえに飛びだして話を妨げようとした。だが、一瞬早くドルヴィリエがモリスの腕を取り、かたわらへつれさってしまった。

運命の別れ道となった重大な打ち明け話は、ごく低い声でささやかれたので、それをきくことができたのはドルヴィリエただひとりだった。

二人はすぐに話を終え、肩を抱きあった。その姿は、いかにも深く信頼しあっている友人同士という印象を与えた。

「神様！」とヴァンダはつぶやいた。「どうか、いまモリスの口にした言葉が、あの人の死刑の宣告になりませんように」

「隊長殿、準備は完了しました」とブリガンディエールが報告した。

「馬に乗る時刻です」とバシモンが付け加えた。

「奥様は、ぼくの馬にお乗りになったほうがいいでしょう。すばらしい馬ですよ」とドルヴィリエが親切そうな口調で言った。「ぼくは、あとに残ることになった兵隊たちの馬のうち、どちらか一頭に乗ることにしますから」

「せっかくですけれど」とヴァンダは冷ややかに辞退した。「あなたのほうこそ、敵に襲われたときの用心に、よい馬に乗っていらっしゃらなければなりませんわ」

さらにヴァンダは、小声でこうつぶやいた。「これも、罠《わな》かしら？」

ドルヴィリエの奇妙な言動のせいで、さきほどからヴァンダは、またもや一切を疑惑の目で見るようになっていた。

ドルヴィリエが自分の馬を貸そうなどと親切ごかしに申し出たのは、いよいよもって怪しかった。

もはや二人の将校とブリガンディエールの思惑を気にするゆとりもなく、ヴァンダは、モリスの腕をとってこうささやいた。

「二人きりで話したいことがあるの」

モリスは、じれったそうな様子を見せながらも、数歩離れたところへ引っぱっていかれた。

「いまごろになって、なにが言いたいんだ？　準備は完了しているし、一刻でもぐずぐずしていたら危険なのに。のんびり甘い言葉など交している場合じゃないのに、おまえらしくもないぞ」

「わたしたちの愛情の問題なんかじゃないのよ」ヴァンダは、声をつまらせた。「わたしの言うことをきいて、モリス。後生だから、よくきいて！　あの男は、わたしたちを裏切っているのよ」

「また、たわけたことを言いだすのか！」

「本当よ、裏切っているのよ！　あなたは気がついていないの？　あの男の言動は、対岸に火が見えてから、がらりと変わったわ。あの火は、敵の合図にちがいない。

ついさっきまで、もっと夜が更けるまで待とうと言っていたあの男が、なぜ、いまは一刻も早く川を渡りたがっているのか、あなたには見抜けないの？　ブリガンディエールのかわりにこちら側に残りたいって、なぜあんなにしつこく主張したか、なぜ自分の馬をわたしに貸そうと言いだしたのか、あなたにはわからないの？」

「おれにはさっぱりわからんし、わかりたいとも思わないね」

「そう！　それなら、わたしが教えてあげるわ。あの男が川を渡る時刻を遅らせようとしたのは、共犯のルーヴォアの手下どもが対岸に到着するのを待っていたからよ。いまは、その連中が来ているとわかったものだから、早くわたしたちを罠に追いこもうと焦っているんだわ。

あの男がわたしたちといっしょに川を渡りたがらなかったのは、対岸に着いたとたん、激しい戦闘に巻きこまれるのがいやだからよ。暗闇のなかでは銃は相手かまわずに発射されるから、自分も巻きぞえになって死ぬのが怖いんだわ。

だから、やむをえずわたしたちといっしょに渡ることになったいま、わたしと馬を交換しようなどと言いだしたのにも、下心があるのよ」

「一体全体どんな下心かね？」とモリスが口をはさんだ。「かりに、ほかの点でドルヴィリエの行動が疑惑を招くものだと認めるとしても、自分の黒鹿毛をおまえにゆずろうというあの男の申し出に、どういう魂胆があるというんだ？　もし、おまえの言う《共犯者ども》が対岸で待ちぶせしているとしたら、あの男はむしろ、自分の馬の大きさを目印にして、おれたちと見わけてもらおうとするはずじゃないか。あの黒鹿毛は、おれたちの馬より五センチ以上も丈が高いんだから……」

「でも、もし、あの男がルーヴォアを信頼していないとしたら？　ルーヴォアが、仕事を済ませた裏切者は始末しろ、という命令を出している場合に備えて、あの男が逃げ道を確保しようとしているのだとしたら？」

今度ばかりは、モリスも返答に窮し、じっと考えこんだ。表情にこそ見せなかったが、内心、ヴァンダの言葉に激しく動揺していたにちがいない。

「ねえ、モリス」ヴァンダは、追いうちをかけるように言葉を続けた。「わたしの予感は、いつも的中するのよ。子供のころ、ボヘミアの百姓たちから、透視力があるって言われていたわ……母が死ぬ前夜、わたしは、母が棺《ひつぎ》に横たわっている姿を見たの……ところが、今夜……今夜、わたしは、あなたが、最愛のあなたが……」

「まさか、おれが棺に横たわっている姿を見たというんじゃないだろうな、ヴァンダ」モリスは、わざとからかうように言った。「もし、ルーヴォアの手下どもがおれを殺したら、やつらは、おれの死骸《しがい》をソンム川の魚の餌食《えじき》にするだろうよ」

「わたしは、あなたが暗い牢屋《ろうや》につながれている姿を見たのよ」とヴァンダはすすり泣いた。

モリスは、思わず身ぶるいしたが、すぐに気を取りなおし、断固とした口調で言った。

「いまさら、あとへひくわけにはいかない。もし、敵が対岸にいるなら、われわれは、たとえ国境へ戻ろうとしても、いずれ追いつかれてしまうだろう。運を天にまかせるほかないのだ！」

ヴァンダは、わっと泣きだして、モリスの胸にすがりついた。だが、モリスはその手を優しく振りほどいた。

「それに、おれはドルヴィリエが裏切者だとは思わないよ。なにしろ、ほかならぬアスプル男爵が、自分の息子同様に信頼のおける男だ、とうけあったくらいだからね。はじめて会ったとき以来、あの男はわれわれの計画のために誠心誠意尽してくれたし、その熱意は片時も冷めることがなかった。

おまえの想像はどれも根拠のないことばかりさ。おまえがおれを愛していることはよくわかっているよ、ヴァンダ。だから、おれのために心配してくれるのを責めるわけにはいかない。しかし、おれはもう前進することに決めたんだ」

「わかったわ！　どうか、わたしの思いちがいでありますように！　あと、ひとつだけお願いがあるわ。あの男に秘密を全部打ち明けたかどうか、教えてほしいの」

「全部だ。ただし、ひとつを除いてはな。あの男は、小箱の中身も、隠し場所も知っている。しかし、ある人の名前だけは知らない……」

「それは……」

「その名を口にしてはいけないよ、ヴァンダ。それは、おれが永遠の感謝を捧げた人の名前だ。フランス中で、おれとおなじぐらい激しくルイ王とルーヴォア国務卿を憎んでいる唯一の人、おれが喜んで仕える唯一の人物だ。

その人物のおかげで、われわれは暴君を打倒する計画を立てることができたのだ。その人がわれわれと行動をともにしないのは、あのような高い身分に生まれついた人は、ヴェルサイユにとどまっていたほうが、われわれの大いなる企ての役に立てるからだ。

われわれ、独立のために戦う名もない兵士たちが任務を果たしたあかつきには、その人がこの大事業を完成するのだ。

ルーヴォアは、その男の名を知るためなら、いくらでも金を積むだろう。もしおれが死んだら、ヴァンダ、その名を決して口外してはいけないよ。神に誓って、その名を知っているのは、おまえただひとりなのだ」

「隊長殿、そろそろ出発しないと、月がのぼってしまいます」ブリガンディエールが静かに近づいてきてうながした。

「よし！」モリスはきっと頭をあげて答えた。「全員、馬に乗っているか？」

「はい、ただ、ドルヴィリエ大尉だけは、どうしても馬に乗らないと言いはっています」

モリスは、無言のまま、部下の待つほうへ足早に歩いていった。

「ドルヴィリエ君」とモリスは言った。「きみは、ヴァンダにきみの黒鹿毛をかしてくれると言っていたね。すまんが、その馬は私が乗らせてもらうよ」

そう言うがはやいか、モリスは手綱を取り、相手の返事も待たずに、ひらりと馬にまたがった。

「ここでは私が隊長だから、馬を選ぶ権利もある。きみは、あの連銭葦毛《れんぜんあしげ》に乗りたまえ。ロワゼル村で倒れた馬のかわりに、ここまで私が乗ってきたやつだ。ヴァンダは、ポーランド人の持っている赤葦毛に乗るんだ」

モリスがそう命じたので、もはやだれも反対することはできず、命令はそのとおり実行に移された。

一同は、一言も口をきかず、ブリガンディエールとあとに残ることになった二人の兵士を除いて、全員が馬にまたがった。

ちょうどそのとき、霧の切れ目ができたので、ヴァンダは、その場の光景を一目で見わたすことができた。

ドルヴィリエとバシモンは本隊の少しまえに立ち、兵士たちは、四人ずつ二列に並んでいた。

モリスは、ドルヴィリエの黒鹿毛にまたがって川べりまで進み、鐙《あぶみ》に足を踏んばって立っていたので、すらりとした上半身が部下の頭上にそびえたっていた。

銀ボタンのついた灰色のビロードの胴衣、黒い羽根を飾った大きなフェルトの帽子、薄茶色のなめし革の長靴というモリスのいでたちは、これほどの闇夜《やみよ》でなければ、遠くからでもそれと見わけられたであろう。

「出発の準備はできたかね、諸君」とモリスは周囲を見まわしながらたずねた。

「できています」二人の将校とブリガンディエールが異口同音に答えた。

「よし、バシモン君は、浅瀬を知っているから、ヴァンダの右側、つまり、ソンム川の川下のほうを歩いてくれ。ドルヴィリエ君は、ヴァンダと並んで、その左側を進むのだ。私は、ドルヴィリエ君の左、つまり、一番川上よりのところを歩くことにする。兵士たちは、できるだけ間隔をつめてあとに続くんだ。ブリガンディエール、われわれが綱を揺すって送る合図を見逃さんように、気をつけるんだぞ」

隊員一同は、それぞれ隊長の指示に従って位置についた。

ヴァンダは手首に綱の一端を巻きつけ、ブリガンディエールは、綱のもう一方の端を結びつけた杭のそばにしゃがみこんだ。

「さあ、みんな、おれについてこい！」と叫んで、モリスは川のなかへ馬を進めた。

一分後、その短い隊列は、モリスの決めた順序に従って、水の流れをかきわけていった。

ソンム川は春先の雨で水嵩《みずかさ》が増しており、思ったより深くなっていた。

馬は、胸先まで水につかって、ゆっくりと進み、馬上の人は、泥のたまった滑りやすい川底で、馬が足を踏みすべらせないように、手綱を引きしめるのに骨を折った。

ことにヴァンダは、片手しか使えなかったので、自分の馬が倒れたり脇道へそれたりしないように、精一杯たくみに手綱をさばかねばならなかった。

幸いなことに、川は平坦《へいたん》なところを流れており、流れはゆるやかだった。だが、夜の闇は濃く、凍てつくような霧が肌を刺した。

一行は十分ほどで川を渡りおえた。ヴァンダには随分長く感じられた十分だったが、何事もなく経過した。

まもなく川岸に着くというとき、ヴァンダは、すぐ近くを進むドルヴィリエが、馬の首に抱きつくようにして、鞍のうえで体を屈めるのを見た。

ちょうどその瞬間、モリスは、ほかの人たちより二十秒ほど早く馬を岸にあがらせ、勝利を祝して帽子を振りかざして叫んだ。

「いまこそ、諸君、いまこそ本当にわれわれはフランス国王の領地を踏んでいるのだ。さあ、ルイ王、覚悟はいいか！」

この雄たけびに対する返答は、時をうつさず戻ってきた。

点々とつらなる火が岸辺を照らし、二十ほどのマスケット銃が一斉に轟音《ごうおん》を発した。

この恐ろしい一斉射撃の光のなかで、ヴァンダは、すぐまえを行くモリスが、両手をまえに差しのべたまま倒れるのを見た。

ついで、あたりはまた闇に包まれた。

しかし、一斉射撃は、モリスだけを狙《ねら》ったものではなく、部下の一隊にも弾丸が雨あられと降った。

ヴァンダの右側でこもった叫び声がきこえた。左側では、ドルヴィリエが鞍のうえに起きあがり、体をのけぞらせて手綱をしめ、連銭葦毛を後脚で立たせ、馬の胸を楯《たて》のかわりにしようとしているらしかった。

後ろからは、人間の呻《うめ》き声と馬のいななきの不気味な合唱がきこえてきた。

一瞬、小さな騎馬隊はぐるぐると渦巻き、水しぶきをあげた。

人間はソンム川の底に沈み、馬は水に流されて姿を消してしまった。

三十秒後には、人馬はことごとく水に没し、なにひとつ水面に浮いていなかった。

川は謀反に荷担した人びとを吞《の》みこみ、朱に染まった流れは、死骸《しがい》の山をペロンヌのほうへ運んでいった。

ヴァンダは——おそらくただひとり——敵の弾を免れた。しかし、馬は致命傷を受けたらしく、あっという間に倒れてしまった。ヴァンダは、急いで手綱を離して鐙から足をはずし、かろうじて馬もろとも水に沈まずにすんだ。

ヴァンダはモリスの名をつぶやき、運命の岸のかなたへ目をやりながら倒れた。

倒れふすヴァンダの目に、鞍のうえに体を伏せ、馬を岸にのぼらせる男の姿が見えた。

それは、裏切者ドルヴィリエに相違なかった。銃士たちの攻撃を免れたのがバシモンなら、そんなふうに敵陣に乗りこむような馬鹿な真似は、絶対にしなかっただろう。

それから、ヴァンダは川の水をかぶり、一瞬、方向の感覚を失ってしまった。しかし、すぐにまた水面に浮かびあがり、ルーヴォアの兵士たちがこう叫ぶのをきいた。

「あっちのやつは、死んでいるからほうっておけ。もう一人のほうを捕まえるんだ」

ついで、敵の隊長らしい声がこう命じた。

「死人の首に石を結びつけて川に投げこめ。生きているほうは縛りあげて猿ぐつわをはめるんだ」

それから、こういう言葉もききとれた。

「馬鹿者どもめ、おれは貴様らに馬だけ狙って撃て、と言ったはずだぞ。おれはやつらを二人とも生けどりにしたかったんだ。それなのに、貴様らときたら、総督閣下が一番尋問したがっておられた男を、殺してしまったじゃないか」

さらに、低い呻き声、取っ組みあいのような物音、勝利の叫びがきこえ、それきり、あたりはしんと静まりかえった。

ルーヴォアの手先どもの不気味な仕事は終ったらしかった。

兵士たちは、隊長のところへ死骸を一体と捕虜を一名つれていった。

それ以外のものはすべて、川が運びさってしまった。

モリス・デザルモアーズとフィリップ・ド・トリー、大胆不敵な謀反の首領とドルヴィリエと名乗って謀反人たちを破滅に導いた男は、二人ながら、一人が仕掛け、もう一人が見破りそこねた罠に落ちたのである。

ヴァンダは、川から出て愛するモリスと運命をともにしようと思い、岸辺へ向かおうとした。しかし、右腕に巻きつけておいた綱のため、身動きが取れなかった。

左手で綱をほどこうとした拍子に、ヴァンダは、ぬるぬるした川底に足をとられてよろめいた。ついで川の流れにさらわれて、しっかりした足場を見つける暇もなく深みにはまり、流されないようにするには、泳ぐほかなかった。

ヴァンダは、大声をあげてモリスを殺した兵士たちを呼び、最愛の人の血に染まった遺体のうえで、自分を殺してほしいと哀願しようとした。

だが、声が出なかった。川は容赦なく彼女を押し流していった。

ヴァンダは目を閉じて死を待った。

ソンム川の濁流は、モリスに魅せられたこの美しい女を永久に呑みこもうとしていた。

が、そのとき、ある考えが女の頭に浮かんだ。それは、復讐《ふくしゅう》のために生きのびよう、という崇高な決意だった。

例の綱は、ヴァンダが流されていくうちにぴんと張り、一方の端はブリガンディエールの見張っている右岸の杭に結んであるのだから、それに両手でつかまっていれば、水中に沈む心配はなかった。

水の流れに体をまかせていけば、いつかはかならず岸に着くはずだ。事実、岸は思ったよりずっと近く、着くまでに一、二分とかからなかったが、そのあいだにもヴァンダは、川に流されていく死骸が体をかすっていく、おぞましい感触を二度まで味わった。陸にあがると、ヴァンダはじっと目をこらし、耳をすました。

あたりは真暗闇で、死んでいく人びとの呻きと人殺しどものわめき声が静まると、もうなにもきこえなかった。

馬上の人たちも、馬も、ルーヴォアの兵士たちも、なにもかも姿を消してしまった。人馬は殺され、溺《おぼ》れ、川底の泥に埋もれてしまい、敵の兵士たちは捕虜とモリスの死骸を運んで、レスピーヌ・ボールガール総督の待つペロンヌの要塞へ戻っていったのだ。

霧の夜の静けさがあたりをおおい、人里離れた岸辺はひっそりと静まりかえっていた。もし、その場に漁師が網を張りにきたとしても、いましがたそこで殺戮《さつりく》の場面がくりひろげられたとは、想像できなかっただろう。

ソンム川には、泥ぶかい淵《ふち》や逆巻く渦があちこちにあり、川に押し流された死体を呑みこんで素知らぬ顔をしているのだ。

血なまぐさい隠密行動のために、ルーヴォアは絶好の場所を選んだのである。

ヴァンダに残された希望はただひとつ、ブリガンディエールが自分の持ち場を離れずにいるに相違ない、ということだった。

ヴァンダはブリガンディエールのことをよく知っていたので、どんな天変地異が起ころうと、あの男ならびくともしないだろう、とわかっていたのだ。

ブリガンディエールは、ルイ十四世時代のフランス領内で生まれた者ではなかったが、天空が落ちてこないかぎり、なにものをも恐れぬゴール人の血をひいており、その場合でも、落ちてきた天を槍《やり》の先でささえてみせる、と豪語しているような男だった。ヴァンダはブリガンディエールを見つけて、いま起こった事の顚末《てんまつ》を知らせなければならなかった。あの男のいる右岸からでは、この不幸な出来事を正確に察知することは不可能だったろう。

この傭兵の群れのなかで、ブリガンディエールは、死んだ隊長の未亡人を助けるほどの忠誠心、彼女を守れるだけの勇気と経験を持っているただ一人の男だった。

そこでヴァンダは、悲しみにうちひしがれ、疲れはて寒さに凍えながらも、葦をかきわけて《川瀬の道》の入口までたどりついた。

だが、そこにはだれも見あたらなかった。

絶望したヴァンダは川岸の湿った土のうえに倒れふし、そこで死を待とうと決心した。

しかし、かすかな息吹がヴァンダの耳元できこえ、こうささやく声がした。

「私ですよ。こっちへおいでなさい！」

ヴァンダは身ぶるいした。見ると、かたわらにブリガンディエールが膝をつき、ヴァンダの顔をのぞきこんでいた。

一斉射撃の開始と同時に、ブリガンディエールは柳の木の後ろに体を伏せ、いま、その隠れ場所から出てきたところで、おりよくただ一人の生存者を見つけたというわけだった。

ヴァンダは声を出す気力はなかったが、なんとか立ちあがってついていった。

ブリガンディエールはヴァンダの手をとって、さっき作戦会議の開かれた小屋までつれていった。

モリスの運命が決まったその粗末な建物のなかへはいるなり、ヴァンダは張りつめていた神経がゆるみ、どっと目から涙が溢れた。

「隊長殿は、亡くなられたのですね？」と声をつまらせてブリガンディエールが言うのをきくと、ヴァンダはふたたび体内に力がよみがえるのを感じた。

「ええ、それなのに裏切者は生きているわ」

「それは、たしかですか？」

「モリスは、先頭に立っていたの……敵はすぐ近くから撃ってきて……あの人は、心臓に弾があたったときのように……うつぶせに倒れたわ……わたしたちを敵に売った悪党は、銃撃されるとわかっていたのね……鞍のうえにつっぷして、危険が去るまで体を起こさずにいたわ……あいつが岸にあがるとき、連銭葦毛が見えたので、それとわかったのよ……」

「変だな……それならどうして、やつはペロンヌの総督の部下に私たちを攻撃させなかったんでしょうね？　あいつは、私が二人の部下とここに残っていると知っていたのに……川を渡るのは簡単だし……私たちを追撃させないはずはない……どうして、やつは私たちを見逃したんでしょうか？　あんな恐ろしい裏切り行為をやってのけたからには、自分の犯罪の証人は一人も生かしておけないはずなのに」

「どうしてですって！」とヴァンダは叫んだ。「ああ、それは、神様が公平で、あのような忌わしい大罪が、それを犯した者に利益をもたらすのをお許しにならなかったからよ。わたしは一部始終をきいていたの……人殺しどもの隊長は、あの卑怯者《ひきょう》を縛って猿ぐつわをはめるように命じていたわ……あの男は、いまごろ牢屋にほうりこまれているところよ。おそらく、一生涯そこから出られないでしょうね……」

「そんな馬鹿な！」

「そんなこと、ありえないって言うの？　おまえはルーヴォアがどんなやつか知らないのね！　あいつは、傀儡《かいらい》が必要になると、あちこち捜して見つけだし、利用するだけ利用したら……叩きこわしてしまうのよ。

　本当よ、ブリガンディエール。ドルヴィリエ子爵は、かりにそれがあいつの本名としての話だけど、死ぬまでバスチーユのような牢屋で過ごすにちがいないわ」

「しかし、牢屋なら、脱獄することだってできる」とブリガンディエールは沈痛な面持ちで言った。「しかし、隊長殿の遺体は、最後の審判の日まで墓穴で眠ることさえできない」

「あの人の復讐に手をかしてくれる？」

「もちろんですとも！　隊長殿の敵を一人残らずやっつけるまでは、死んでも死にきれませんからね」

「それじゃあ、よくおきき。わたしは、金やダイヤモンドを持っているし、それにもまして憎悪に燃えているわ。

おまえは、男で、力があるし、勇敢で辛抱強い。だから、おまえが腕になって働いてくれるなら、わたしは頭になるわ。二人で、モリスを殺したやつらをこらしめるのよ！　そう誓いを立てましょうよ！」

「私は、やつらを一人残らずあの世へ送るまで戦いつづける、と誓います。剣でも、銃でも、毒でも、あらゆる手段を用いて、上は命令を発したルーヴォアから、下は実際に手をくだした卑しい傭兵どもにいたるまで、きっと皆殺しにしてやる。もし、ユダがキリストを売ったように隊長殿を敵に売ったあの裏切者が、万一ふたたび自由の身になったら、やつの腸《はらわた》を引きちぎり、心臓をえぐりだしてやると誓います」

「その言葉、しっかとわたしの心にとめておくわ」ヴァンダは、そう言いながらブリガンディエールに手を差しのべた。

「誓いはきっと果たしますとも」とブリガンディエールは叫んだ。「神様が私たちをこの難所から抜けださせてくだされば、きっと果たしますよ」

「どうしたら抜けだせるかしらね？」とヴァンダはたずねた。

「私には、ひとつ考えがある。成功するとは、うけあえませんがね」

「どういう考えか、説明してください」ヴァンダは、急にあらたまった口調で命じた。

たかぶっていた気持が静まるにつれて、女性の本能がよみがえってきた。

「いま一番急を要するのは、服を着がえることだわ。こんな格好をしていたら、二里と行かないうちに捕まってしまうでしょう。

あしたになれば、ペロンヌの総督のスパイどもがこぞってこのあたり一帯を捜索しはじめるでしょう。だから、その連中の目をくらますために、一刻も早くほかの服を手に入れなければ。あのドルヴィリエのやつは、わたしたちの特徴をルーヴォアに知らせておいたに相違ないから」

「そうですね……やつらは私たちを獣みたいに追いつめるでしょう……私たちの仲間をみんな殺しただけでは充分ではない……王様がヴェルサイユ宮殿で枕を高くしてお休みになるためには、私たち二人も血祭りにあげてしまわなければならない……女のあなたまでもね！」ブリガンディエールは、拳《こぶし》をにぎりしめながらつぶやいた。「だが、断じてそうはさせんぞ。神様だって、裏切者の仕事が最後までやりとげられるのを、お許しになるはずはない。

奥様、これから私の言うことを実行する勇気がおありなら、私たちはやつらの手から逃れることができます」

「モリスの復讐を果たす望みがあるかぎり、どんなことにでも耐えてみせるわ」

「そうですか！　それでは、私は、ここから一番近いところにある農家の扉を叩いてみるつもりです。そう遠くないところに一軒あるのを見かけましたから、そこまで行くのは簡単でしょう。

百姓たちは重税にあえいでいて、国王と大臣をひどく憎んでいます。もしかりに私の正体を見破ったとしても、あの連中は私を暴君の手先に渡すようなことはしないでしょう。私は、百姓から、奥様と私と二人の兵隊のための古着を買ってきます。四人とも服を着がえてしまえば、ほかならぬペロンヌの総督その人が私たちのそばを通りかかっても、正体を見抜かれる心配はないでしょう。

あす、私たちは、ペロンヌからフランドル地方へ通じる表街道ぞいの村、ロワゼルまで行って、そこでブリュッセル行きの駅馬車に乗るのです」

「それも一案ね」とヴァンダはつぶやいた。

「しかし、そのためには、さっき私たちのいた小屋でお待ちいただかねばなりません。奥様のご様子を見ると、こんなところにお残ししていくのは心が痛みますが……」

「そんなことであなたはためらっているの？　愛する人の敵《かたき》を討つために生きのびねばな

らないというときに、体がずぶぬれだろうと痛かろうと、そんなことに構っていられるものですか！

ああ！　やつらをかならず皆殺しにできるというのなら、もっとひどい苦しみにも耐えてみせるわ！

わたしを小屋までつれていって、あなたひとりで出かけるのよ。男装した女が姿を見せたら、百姓たちに怪しまれるけれど、あなたひとりなら、百姓たちはただの脱走兵か密輸業者だと思って助けてくれるわ。困ったときはおたがいさま、といってね。

もし、わたしの見こみちがいで、あなたが戻ってこられなかったら……そのときは、あそこにソンム川があるから……わたしはモリスのあとを追うまでよ」

「いや、そんなことには絶対になりませんよ。私は数時間後にはきっと戻ってきます。兵隊を一人つれていくことにします。もう一人はここに置いていきましょう」

「そうだったわね！」とヴァンダは苦々しげに言った。「ドルヴィリエは完全に任務を果たしたわけではなかったんだわ。ルーヴォアに売りわたした人間のうち、まだあと二人欠けていたのね！」

「すると、川を渡っていった人たちは全員死んでしまったんですか？」とブリガンディエールは天を仰いで嘆いた。

「ええ、裏切者を除いて全部よ。わたしは、あの人たちが馬から落ちるのを見たし、断末魔の叫びをきいたわ。バシモン大尉はわたしのすぐ隣で撃たれたのよ。岸にあがってから殺されたのは、先頭に立っていたモリスだけだったわ」

「ようし、味方一人の命につき、敵四人の命を奪ってやるぞ。隊長殿の復讐のためには、十人は殺してやる」とブリガンディエールは歯がみしながら言った。「もし、一年以内に敵が討てなかったら、地獄に落とされても文句は言うまい」

「さあ、行きましょう。わたし、寒いわ」とヴァンダが言った。

ブリガンディエールはすぐさま自分のマントをぬいで、ヴァンダの肩にかけ、その厚い布地のたっぷりとした襞《ひだ》のなかにヴァンダの体をくるみ、まるで赤ん坊を扱うように軽がると抱きあげた。

この荷物は重くなかったので、ブリガンディエールは小屋まで駆けていくことができた。小屋に着いたとき、ちょうど月がのぼりはじめたので、もう少し遅れていたら、二人の姿を左岸から見つけられて、大変なことになっただろう。

しばらくのち、ヴァンダは小屋の片隅の乾いた葦のしとねに体を横たえ、荒武者ブリガンディエールの優しい心づかいで暖かいマントにくるまれて、激しい興奮のあとに訪れるけだるさに身をまかせ、モリスの冥福《めいふく》を神に祈りながら目を閉じた。

ブリガンディエールはヴァンダが眠ったと思い、ただちに行動を開始した。難を免れた二人の兵隊も、そこに来ていた。

一斉射撃が始まったとき、ブリガンディエールは二人を小屋の後ろに避難させ、自分は、勇敢な兵士にふさわしく、敢然と川岸に踏みとどまったのである。

このポーランド人とトルコ人は、将校たちに馬を貸してやったおかげで、命拾いしたわけだった。

ただ、この二人がいっしょに助かったというのは、まったく皮肉な運命のいたずらのように思えた。というのは、みんながきわめて仲よく暮らしていたこの小さな部隊のなかで、よりによってこの二人だけは、犬猿の仲だったのだ。

もともとこの二人は、気があったらむしろ不思議なくらい、心身ともに正反対に生まれついていた。

ポーランド人は背が高く、痩《や》せっぽちで、陰気で、酒と賭事に目がなかった。

トルコ人はずんぐりしていて、太鼓腹で、茶目っ気があり、下戸《げこ》でけちんぼうだった。

それに、この二人の反目には、二人の祖国の数百年来の争いも、多少は影響していたかもしれない。

当時、ポーランドは、キリスト教世界の前哨《ぜんしょう》というべき存在で、いやしくもトルコ人ならば、このソビエスキの国を蛇蝎《だかつ》のごとく嫌わぬものはなかった。

おまけに、この二人は、名前まで対照的だった。ポーランド人は、ラディスラス・クースキと名乗り、母方の先祖はヤゲロ王家の縁続きだと称していた。

トルコ人のほうは、アリとだけ名乗り、先祖代々ボスニア半島で豚を飼っていたので、家柄などまったく気にかけない男だった。

二人とも勇敢な兵士だったが、その勇気もそれぞれまったく異なっていた。

ポーランド人のほうは、美々《びび》しい制服を身につけているときで、他人が見ていてくれさえすれば、たった一人でも敵の連隊に突撃していっただろう。

トルコ人は、人が見ていなくても喜んで戦ったし、金さえたっぷり払ってもらえれば、夜、城砦《じょうさい》の裏門に爆薬を仕掛けにいくこともいとわなかった。

しかし、ブリガンディエールがこの二人を選んだのには、それなりの理由があった。

このキリスト教徒と回教徒は、たえず反目して競争心を燃やし、相手に名誉を独占させないために、おのおの負けじと手柄を立てようとしていた。

そのうえ、二人には、ひとつだけ共通した特質があった。それは、死に至るまでブリガンディエールのために尽す、という忠誠心である。

ブリガンディエールはポーランド人のほうをつれていくことにした。この男は足が速かったし、五、六ヵ国語を流暢《りゅうちょう》にしゃべるうえ、ピカルディー地方の百姓を説得するのに適した才知を備えていたからだ。

トルコ人は口下手で、歩くのも苦手だった。しかし、この男は、首まで水につかってソンム川の真中で歩哨に立っていろと言われれば、たとえマホメットその人があらわれて説得しても、持ち場を離れることはなかっただろう。

だから、これはヴァンダの護衛にうってつけの人物だった。

ブリガンディエールとクースキは歩きはじめ、川から二キロほど離れたところに立っている野中の一軒屋めざして、野原を横切って進んでいった。

二人が留守にした四時間ほどのあいだ、アリは小屋の戸口のまえにしゃがみこみ、父親がメッカに巡礼に行ったときに持ってかえった古い数珠をつまぐり、空に光る星をながめてすごした。

月がのぼると同時に霧が晴れ、この東洋人の歩哨の夢想は、美しい夜空をかけめぐった。

この男は、マホメットの楽園で自分を待ちうける天女たちのことを考えていたのかもしれない。あるいは、なにも考えていなかったのかもしれない。

いずれにせよ、たしかなのは、この男が立派な番兵だったということだ。なにしろ、ブリガンディエールが戻ってみると、男は、四時間まえとおなじ場所でおなじ姿勢を保っていたのだ。

ヴァンダは疲れはてて眠り、寝苦しそうにしていた。

機略に富むブリガンディエールは、ちゃんと四人分の百姓の服を調達してきた。

幸運にも、ブリガンディエールの訪れたのは、密輸や密猟に手を染めている裕福な百姓で、どんな無法者にでも喜んで手をかすような男だった。

そこでブリガンディエールたち二人は、金貨数百枚を払って、男三人と女一人、都合四人分の衣類を手に入れることができた。

ブリガンディエールは、まず自分と二人の兵士の身仕度に取りかかった。小屋のそばの吹きさらしのなかで、すっかり変装しおわると、ブリガンディエールは隊長の未亡人のところへ行って、そっと起こし、一式の衣類を差しだしながら言った。

「黒いのを選んできましたよ」

この荒武者は、喪服を着たいと思っていたヴァンダの気持を察したのだ。この素朴で心あたたまる思いやりに、ヴァンダは深く感動した。

三人の兵士たちが、軍服を沈める重りにする石を拾っているあいだに、ヴァンダはすばやく着がえをすませた。

四人のぬぎすてた服は、水面に浮かばぬように小石をつめて、ソンム川の川底に投げこまれた。

夜明けの一時間まえに、三人の百姓と一人の百姓女が、市場へ行く村人たちの習慣に従って、日の出にロワゼルの村に着くように出発した。

【原注】

＊　ルイ十四世の時代には、浅瀬のことをこう呼んでおり、この言葉は、ルーヴォアの書簡に頻出する。

＊＊　デオダトゥス（神の授かりもの）というのは、当時の歌のなかでルイ十四世につけられた綽名のひとつである。そのうちのひとつは特に有名だ。――《デオダトゥスは幸せ者よ、恋する女の口を吸う》

9 報復

四人の逃亡者が朝早く着いたロワゼルという村は、その当時、せいぜい五、六十軒の家が散在するにすぎなかった。

ブリガンディエールは、村の大きさについても位置についても、勘違いしており、ペロンヌからカンブレーに至る表街道は、その村を通っていなかった。

しかし、毎週金曜日、小麦粉の市の立つ日には、かなりの人がそこに集まってきた。

その年の三月二十九日はちょうど金曜日にあたっていたので、ヴァンダたちはさほど人目につかずにすんだ。村人たちは、金曜日には、大勢のよそ者の顔を見るのに慣れていたからだ。

四人は、市の立つ広場に集まった買手や売手の群れにたくみにまぎれこみ、そこで耳にはさんだ会話から、ブリガンディエールはあらたな策を思いついた。

ブリガンディエールはトゥルネー近郷の穀物商という触れこみで、商いのために妻と召使二人をつれて旅をしている風をよそおうことにした。

この老兵は飲みこみが早かったので、たちまちのうちに小麦や大麦や燕麦《えんばく》の相場を頭にいれてしまい、一時間もすると、だれとでも麦の価格や品質について議論できるほどになっていた。

ヴァンダも、すぐにこの策略に賛成した。

ポーランド人とトルコ人はだんまりの役を演じ、ブリガンディエールの態度に調子をあわせていればよかった。

この巧妙な策略のおかげで、四人の逃亡者はまもなく必要な情報をいろいろと知ることができた。

ピカルディー地方の人たちは快活でおしゃべり好きなので、ロワゼルの市場で話題になっていたのは、粉のことばかりではなかった。

わずかの時間にブリガンディエールのきいた話から、最近、人頭税が増税になったこと、住民が税務官や塩税吏に非常な不満をいだいていること、四月には大規模な軍勢の通過が予想されること、などがあきらかになった。

すでにルーヴォア国務卿に派遣された先発隊がこのあたりを視察して、近くフランドル地方へ移動する予定の国王軍のために、宿営地を準備しているという噂《うわさ》だった。

さらにブリガンディエールは、国境にちかいカンブレーへ向かうには、カトレーまで行ってサン・カンタンから来る駅馬車に乗らなければならない、という情報を得て、できるだけ早くそうしようと思った。すみやかにソンム川の流域から離れないと危険だったのだ。

しまいにブリガンディエールは、ペロンヌから来た太っちょの粉屋とよもやま話を始めた。その男の話では、ペロンヌの総督はみんなの嫌われ者だということだった。レスピーヌ・ボールガール総督は冷酷で尊大で、ひどく人づきあいの悪い男だという評判だった。

総督は城砦《じょうさい》のリシュリュー稜堡《りょうほ》の近くの天守閣に閉じこもって暮らし、町の広場に姿を見せるのは、賦役などさまざまな形で住民を苦しめるときだけであった。

ブリガンディエールは、前夜の惨劇の噂がすでに町に伝わっているかどうか、ききたくてたまらなかったが、怪しまれるといけないと思って我慢した。

それに、もし事件が明るみに出ていたら、その粉屋もきっと話題にしていたにちがいない。なにも言わないところをみると、あの殺戮《さつりく》は極秘のうちに行われたのであろう。

こうしてブリガンディエールが市場の人たちと雑談しているあいだ、ヴァンダは自分の役を上手に演じ、内心の動揺をけどられるような言動は絶対に慎むよう、細心の注意を払っていた。

哀れなモリスの未亡人は、おとなしく夫の旅行についてあるき、夫の仕事には口を出さない従順な商人の妻といった風情で、静かに耳を傾けていた。

それはフランドル地方ではよくある光景だったので、ヴァンダの慎《つつ》ましやかな沈黙を不審に思う者はなかった。

もう充分に話をきいたと判断すると、ブリガンディエールは群衆から離れ、ゆっくりと一軒の居酒屋のほうへ歩いていった。戸口のうえにやどり木が飾ってあるので、遠くから目につく店だった。

どんな大事のさなかでも、人間の欲求は満たしてやらないといけない。そうブリガンディエールが考えたのは、至極もっともだった。ここらで四人は少し体を休め、なによりも腹ごしらえをする必要があった。

駅馬車の通るカトレーの町まで、あとたっぷり二里は歩かなければならない。それに、いまなら、市の取引のまっ最中で、居酒屋にはいっても客はそう多くないだろう。

ヴァンダは黙ってブリガンディエールのあとに続いた。二人の兵士たちはひどく腹をすかしていたし、なによりも喉がからからだったので、この計画に異論のあろうはずがなかった。

間もなく四人は、天井の低い店の奥で、きびきびしたピカルディー女が運んできた料理のまえに坐っていた。テーブルのあちこちには、ビール瓶の底の丸い跡がついていた。

四人のほかに客はいなかったので、ゆっくり話しあうには好都合だった。

トルコ人とポーランド人はオムレツをがつがつと平らげ、ビールで喉をうるおしながらパンをまるまる一個食べてしまったが、ブリガンディエールはほんの二口か三口食べただけだったし、ヴァンダはこの粗末な食事にほとんど手をつけなかった。

ブリガンディエールは、ヴァンダに無理に食べろとすすめるわけにもいかなかったので、すぐに重要な話を切りだした。

「私の思うには、奥様、ここに長居は無用です。奥様さえよろしければ、すぐにもカトレーへ向けて出発したほうがいいでしょう。駅馬車に空席がありさえすれば、今夜はカンブレーに泊まり、あすは国境を越えることができます。

いま私たちのいる村は、ペロンヌの城砦に近すぎるので、のんびり滞在しているわけにはいきません」

「そんなこと、わたしにはどうでもいいわ」とヴァンダはつぶやいた。

「なにをおっしゃるのです？　昨夜、隊長殿の敵《かたき》を討つために生きていこう、と誓ったばかりではありませんか？」ブリガンディエールは、ヴァンダの言葉に驚き、かつ失望して言った。

「フランドル地方に戻っても、あの人の敵は討てないのよ」

「それはまたどうして？　ブリュッセルに戻れば、奥様の味方、強力な庇護《ひご》者がいるではありませんか？

リゾラ殿やアスプル殿をはじめ、隊長にこの不幸な計画を思いたたせた大勢の人たちは、奥様が隊長の遺志をつぎ、人殺しどもを追いつめて復讐をはたせるよう、援助してくれるはずではないのですか？」

「わたしはリゾラ殿もアスプル殿もあてにしていないわ。モリスが命懸《いのちが》けでフランスへ向かっているあいだ、用心深くルーヴォアの手の届かないところにいたご立派な貴族たちなど、だれひとり頼りになるものですか」

「それでは、だれを頼りにしておいでなのです？」

「自分自身よ、ブリガンディエール。それと、隊長の未亡人に対するおまえの忠誠心を頼りにしているのよ」

「しかし、奥様、私はたしかに奥様のために命を捨てる覚悟ですが、私ごとき老兵と奥様のような若いご婦人に、なにができましょうか？」

「なにができるか教えてあげるから、よくおきき。

わたしたち二人は、きづたが塔にからみつくように、あの卑劣な罠《わな》を仕掛けたやつらに巻きつくことができるのよ。一歩一歩やつらのあとを追い、行動を見張り、機会をうかがって一人ずつ片付けていくのよ。

塔がどんなに高くて堅固でも、か弱い蔦《つた》は石のあいだにはいりこみ、土台を揺るがせる。やがて、ある日突然、威容を誇ってそびえていた塔は、蔦の絶えまない努力によって崩れ落ちる。蔦は、驕《おご》りたかぶるこの世の権力者の建てた塔を倒すために、神様がおつくりになった植物なのよ。

　これで、わたしがフランスから出ていきたくないというわけがわかったでしょう？」

「わかりました」とブリガンディエールは沈痛な面持ちで答えた。「しかし、それほど敵に接近するためには、ペロンヌの町にはいらなければならないし……パリにも……場合によっては、ヴェルサイユにまではいりこむ必要がある。それはまさに虎口《ここう》に身を投じるようなものでしょう」

「ええ、わたしは、まずペロンヌへ、それからパリへ行きたいのよ。そのあとで、ルーヴォアという名前の虎を捜しに、ヴェルサイユの巣窟《そうくつ》まで行かなければならないのなら、そこへ行くまでだわ」

「しかし、あのドルヴィリエのやつが、もうなにもかもしゃべってしまったにちがいありませんよ。

　あの男は捕えられて牢屋《ろうや》へ引かれていったのでしょう。

　あいつは自分が助かりたい一心で、われわれについて洗いざらいぶちまけ、もしかすると、自分も追っ手に加わってわれわれを追跡しよう、とルーヴォアに申し出ているかもしれませんよ」

「それなら、なおさら好都合だわ。わたしたちの手であいつを殺せるのですもの」

　ブリガンディエールは頭をたれ、それきり口をつぐんだ。ヴァンダの言葉に納得したからではない、それどころか、ペロンヌの総督の部下が相手ではとても勝ち目はない、と考えていたのだ。

しかし、ブリガンディエールはヴァンダの性格をよく知っていたので、なにを言っても、この大胆な、というより非常識な計画を断念させることはできないだろうと察し、どうせ命を捨てる覚悟でいたので、盲目的に命令に従うことにした。

「一時間後に出発しましょう」と勇敢な女は言った。「そうすれば、ロワゼルの市から帰る町人たちにまぎれて、はね橋を渡ることができるわ。その人たちのうちの一人に、どこか手ごろな宿屋を教えてもらって、そこに泊まればいいわ。宿の主人には、わたしたちの荷物は、あとから来る騾馬《らば》に積んであって、二日以内にフランドルへ戻る予定なので、途中に残してきたと言っておきましょう。

あした、あなたと二人の部下は町のなかを歩きまわって、だれか兵隊と仲よくなるのよ。そのあいだにわたしは、宿のおかみにそれとなく質問してみるわ。

神様が公平なら、わたしたちはきっと、総督が捕虜になったドルヴィリエをどうしたか、さぐりだせるでしょう」

ブリガンディエールは深い溜息《ためいき》をつき、あきらめきった様子でつぶやいた。

「おっしゃるとおりにしますよ、奥様。しかし、そんなことをしたら、いまにきっと後悔する羽目になると思いますがねえ」

「でも」とヴァンダは痛切な思いをこめて言った。「ひょっとすると、モリスの遺体が川岸に打ちあげられるかもしれないでしょう？　たとえ自分も殺されることになっても、わたしは、あれほど深く愛していたモリスの体をもう一度抱くためなら、どんな苦しみにも耐えるつもりよ」

このとき、取引を終えた百姓の一団が居酒屋にはいってきたので、ヴァンダたちは話をやめ、四人は出発した。

ヴァンダの計画の第一段階はきわめて順調に進んだ。

一行は、その日の夕方、だれにも見とがめられずにペロンヌにはいり、ロワゼルから道づれとなった穀物商の紹介で、町の中心にある《花籠屋》という古い旅籠屋《はたご》に泊まることにした。

宿のおかみは四人を大いに歓迎してくれた。そこはフランドル地方からの旅人の常宿となっているところだったので、一行はだれにも怪しまれずにすんだのである。

ブリガンディエールはファン・スターベルと名乗り、商用でフランス各地をまわっている者だが、妻が疲れているので、ペロンヌで二、三日休養していくつもりだと言った。

二人の兵士たちもフランドル系の名を名乗り、商人に使われている奉公人という触れこみにした。

二人はなるべく口をきかず、そのかわりよく目をこらして見、耳をすましてきくように命じられ、その言いつけを忠実に守った。

こうして、なにもかもうまくいき、翌朝早くから、四人はめいめいの役割を演じはじめた。

ヴァンダは宿のおかみと四方山話《よもやまばなし》をした。運のいいことに、おかみはきわめて快活で、すこぶる愛想がよく、おしゃべりの大好きな女だった。

にわか仕立ての商人は、城のほうへ散歩に出かけ、奉公人と称する二人は、町の名所を見物しに行った。

ファン・スタ－ベル夫人ことヴァンダは、すぐに《花籠屋》のおかみに気に入られた。

自分と夫との大きな年齢差を説明するために、ファン・スタ－ベル夫人はこう語った。

自分は、最近、両親に死なれてしまったので、両親の友人と結婚したのだが、夫は大金持だし、若い妻にそれは優しく、それは寛大にしてくれる。立派な人といっしょになれて自分は幸せだと思っている。

こんなまことしやかな嘘をつくことなど、以前のヴァンダにはとてもできなかっただろう。しかし、モリスの死はこの女の性格をすっかり変えてしまった。

絶望のどん底につきおとされたヴァンダは復讐の鬼と化し、愛する人の命を奪った人殺しどもを倒すためなら、手段を選ばぬ女になっていたのだ。

宿のおかみはヴァンダの打ち明け話をすっかり信用し、早速、自分も身の上話を始めた。

この女は未亡人だったが、夫の死を悲しんではいなかった。なにしろ、生前の夫は大酒飲みで賭博《とばく》好きのうえ、乱暴者だったからだ。

夫の生きていたころ、《花籠屋》はあまり繁盛しなかった。しかし、夫があの世へ旅立って以来、なにもかもうまくいきはじめた。

大きな市の立つときには、宿屋は客でごったがえし、そうでないときでも、ペロンヌを訪れる貴族たちはきまってここに泊まり、《花籠屋》は町一番の旅館という評判をとっていた。

昨年は、リールの総督ユミエール侯爵やピカルディーの知事ルイエ・ド・クードレー閣下も、供の者をひきつれてこの宿に泊まり、おかげで、おかみは思いがけぬ大儲《おおもう》けをさせてもらった。

そういう次第で、おかみは財産をたくわえ、貴族からも町人からもひいきにされており、レスピーヌ・ボールガール総督の容赦ない命令で、兵隊たちを泊めたり、その他の賦役を果たさなければならないということ以外には、なんの不満もない暮らしを送っていた。

ヴァンダが宿のおかみの身の上話をきいているあいだ、ブリガンディエールは、このサンテール地方の古都を散策した。

ブリガンディエールは、フランドル出身と称している手前、いかにも純朴そうな態度をよそおい、重い足どりで歩いていた。

そのうえ、ブリガンディエールは服を売ってくれた百姓の家で、長い口髭《くちひげ》を剃《そ》ってしまっていたので、軍人らしい様子はほとんどなくなっていた。ただ、穀物商にしては少し日焼けしすぎていたし、いささか眼つきが鋭すぎたが、その欠点は、穏やかな態度とおずおずした物言いで、充分に補うことができた。

ブリガンディエールはそれまで一度もペロンヌに来たことがなかったが、宿のおかみに道をたずねるのはまずいと思い、まず、あてどなく町をぶらつくことにした。

幸い、そう広い町ではなかったので、町中あちこち歩くのに、さほど時間はかからなかった。

ブリガンディエールは、ちょうど戦場を偵察するときのように町を見てまわり、建物の並びかたや道の方向を観察し、砦《とりで》の稜堡の位置や城壁の高さをしっかりと頭に入れた。

一時間たらずの散策の結果、城壁は楕円《だえん》を描き、その縦軸はソンム川と垂直になっていて、四ヵ所に門があるということが判明した。

パリの方角を向いている稜堡の突角《とっかく》に、ペロンヌ城がそびえていた。それは、中世に建てられ、フランソワ一世の時代に修復され増築された巨大で頑丈な城である。

総督が住んでいるのは、広い正方形の中庭に面した十六世紀の館《やかた》であった。

この館の建っている稜堡の四隅には、砂岩でつくった四基の尖塔《せんとう》が高々とそそりたっていた。

そのうちの一基は、かつてルイ十一世が幽閉されていた塔だったし、また、シャルル単純王が絞殺された天守閣の土台も残っていた。

言うまでもなく、ブリガンディエールが一番関心を持ったのは、町のこの一角だった。ブリガンディエールは何度も城の前庭のまえを行ったり来たりした。あきらかに総督の身辺警護にあたっているとおぼしき青い制服の兵士たちが、前庭を歩きまわっていた。もちろん、兵士たちの注意をひくような真似は慎まねばならないので、ブリガンディエールはあまり長く立ちどまらず、町の反対側のほうへ歩いていった。

偵察を完全なものにするためには、城壁の外側を一周してみる必要があった。

当時、ペロンヌの町は人口もそう多くなく、あまり活気のある町ではなかった。したがって、そんな朝早くには人通りもまばらで、店もちらほら開きはじめたばかりだったから、なにかのきっかけをつかんで町の住人に声をかけ、雑談を始めるわけにはいかなかった。

そのかわりにブリガンディエールは、城壁の北門の近くで、ポーランド人クースキの姿を見かけ、南門のあたりで、トルコ人のアリが歩いているのを見た。

犬猿の仲の二人は、当然のなりゆきで、正反対の方角へ向かっていたのである。

クースキは二人の兵士が坐っている酒場へはいっていき、アリは大きな包みを小脇にかかえて、一軒の店から出てくるところだった。町中で二人に声をかけるのはまずいと思い、ブリガンディエールは、暇を持てあましている男といった様子で、ぼんやり空を眺めながら、ふらりとカンブレー門から町のそとへ出ていった。

前夜、ヴァンダたち四人が町へはいったのも、その門からだった。堀のはね橋を渡ると、ブリガンディエールは右へ曲り、堀の外側、築城用語で《堀の外岸》と呼ばれる斜面にそった小道を進んだ。

一見、ブリガンディエールはのんびり歩いているようだったが、要塞《ようさい》の防禦《ぼうぎょ》設備にちらちらと目をやることを忘れていなかった。

城壁は煉瓦《れんが》づくりで、かなり破損しており、きわめて登りやすそうな土手のうえに築いてあった。土手のしたに続く堀は狭かったが、よどんだ水は深かった。

当時、この要塞は本格的な攻囲に抵抗できる状態ではなかったが、囚人を幽閉しておくには格好の場所だった。

やがてブリガンディエールは、かたわらに城のそびえるリシュリュー稜堡のまえまで来て、静かに草のうえに坐り、その巨大な姿を近々と観察した。それは、大小の塔や切妻屋根が重なりあってできた大きなパイのような形をしていた。

はじめから牢獄として建てられたようにみえるこの殺風景な城の壁面には、せいぜい三、四ヵ所に、銃眼のような小さな格子窓があいているばかりだった。

ブリガンディエールは遠目のきく男だった。しかし、窓の格子の後ろには人影らしいものはまったく見えず、銃眼のうえに覗《のぞ》く歩哨《ほしよう》の小銃の筒口も見あたらなかった。

城砦は、シャルル豪胆王の昔から廃墟《はいきよ》になったままだとでもいうように、ひっそりと静まりかえっていた。

そのあたりに姿の見える人間といえば、城門に通じるはね橋のすぐしたで、岩角に腰をおろして糸をたれている釣人ばかりだった。

釣人は青い胴衣を着て、細い金の紐飾《ひもかざ》りのついた帽子の縁を折りかえしてかぶっていた。

見たところ、それは、総督の配下の小規模な守備隊の下級将校のようであった。

ブリガンディエールはその釣人をじっと見守っていたが、やがて一計を案じて立ちあがった。はね橋のところまで歩いていくと、半ズボンのポケットに手をつっこみ、口笛を吹きながら、ゆっくりと橋を渡った。

城門は自由に通りぬけられるようになっており、行手には、淋《さび》しい小さな中庭があるようだった。

城のこのあたりはどうやらほとんど人が通ることもないらしく、総督の館の活動は、すべて町の内部に面した正面玄関のほうに集中していると思われた。

ふと見ると、城壁のしたにあるかなしかの小道が続いていた。釣人はその道を通って橋のしたへ出たのだろう。

釣糸を垂れていた男は、うえのほうで小石のころがる音をききつけて顔をあげたが、町人が来るのを見ると、不機嫌そうに肩をすくめ、よどんだ堀の水面に視線をもどし、浮きをじっと見つめた。

ブリガンディエールははね橋の手すりをまたぎ、その急な坂道をおりていった。

ブリガンディエールはこんなふうに無視されてもいっこうに平気で、どんどん小道をくだり、この熱心な釣人から一メートルと離れていないところまで行った。

ちょうどそのとき、食いしん坊な魚がかかったと見えて、浮きが動きはじめた。

不意に浮きは水中に没し、釣人は必死で糸を引きあげた……あがってきたのは餌《えさ》をなくした釣針だけだった。

「残念！」とブリガンディエールは叫んだ。「惜しいところでしたな。浮きの揺れ具合から察するに、かかったのは、大きな鯉《こい》だったにちがいない……でも、引くのがちょっと早すぎましたね」

「そんなら、自分で釣ってみるがいい」下手な釣人はつっけんどんに言った。

「それでは、銀貨一枚で、腕だめしさせてもらえますか？」

そう言って、ブリガンディエールがポケットから銀貨を取りだすと、釣人は急に表情を変えてたずねた。

「どうやら貴様はペロンヌの人間じゃないようだな」

「どうしてそんなことをおききになるので？」

「まず第一に、この土地の町人は、気前よく銀貨をばらまいたりしない。それに、この町の者なら、総督の命令で、堀で魚を釣るのは禁じられているということぐらい、知っているはずだからな」

「しかし……そういうあなた自身は……」

「わが輩は例外だ。総督の憲兵隊の隊長代理だから、特別の許可をもらっておるのだ」

「ああ、そういうことでしたら、どうか、いま私の言ったことは、きこえなかったことにしてください。

これは大変だ！　こんなところを見つかったら、きっとどえらい罰金を払わされるにちがいない。悪くすると、あなたまで巻きぞえになって罰をくらうかもしれませんね」

そう言いながら、ブリガンディエールは急いで銀貨をポケットにしまった。

「さあねえ」と憲兵隊長代理はつぶやいた。「そう大した危険はないだろうよ。だれかに見られる心配はないからな。

リシュリュー稜堡の守備隊は、もうずっと以前から勤務していないし、ここは、はね橋の陰になっているから、よほど目のいい者でないかぎり、われわれを見つけることはできんだろう」

「本当に大丈夫ですかねえ？」

「ああ、わが輩がうけあう」

「それじゃあ、銀貨とひきかえに……」

「うん、それはもらっておく」

ブリガンディエールは、もう一度ぴかぴか光るお宝を取りだした。憲兵は、それを受けとってポケットにおさめた。

「さあ、釣竿《つりざお》を貸してやるぞ」と総督の部下は勿体《もったい》ぶった口調で言った。「武士に二言はない。腕だめしをするがいい。もし、一度きりで物足りなかったら、武士の情で、何度でも使わせてやるぞ」

「そのつど、お支払いするのですか？」

「無論、そうだ」

「またお願いするかもしれませんねえ。ことに、一回目で首尾よく釣りあげた場合には、やめるのが惜しくなりますから……」

「ほう！　よくよくの釣好きとみえるな？」

「ええ、もう大変な釣気違いなんですよ。実は、私はフランドルから小麦を仕入れにこの地方へ来た者ですが、道みち、小川や池が目にはいると、鯉か鰻《うなぎ》でも釣れはしないかと、騾馬からおりて糸を垂れてみたくて、我慢できなくなるほどでしてねえ」

「ああ！　それじゃあ、ここでなら心ゆくまで楽しめるだろう。この堀には、鯉やかわかますがいっぱいいるし、小魚は無論うじゃうじゃいるんだから」

「で、それはみんなだれのものなんですか？」と自称フランドル人は、驚嘆したように両手を打ちあわせて叫んだ。

「全部、総督閣下が所有しておられる」と憲兵は胸を張って答えた。「これから貴様は、王族なみの楽しみを味わうことになるのだ。なにしろ、ソワソン伯爵も、このまえ国王の軍隊に加勢しにいく途中ここに立ちよったとき、投網を投げさせてごらんになったのだからな」

「それで、たくさんとれましたか？」

「とれたのなんのって、一時間たらずで、百五十キロの魚がとれた」

「ああ、まったく話をきいただけで涎《よだれ》が出そうになりますな！　私たちフランドルにいる者は、そんな豊漁にお目にかかったことはありませんからねえ。

私は鯉が二、三匹釣れさえすれば、それで満足ですよ」

「とにかく、試してみるさ」

「なにも魚が食べたいというわけではありません。なにぶん妻と二人の奉公人といっしょに宿屋に泊まっているので、宿のおかみが出してくれる食事で満足しなくちゃならないんでねえ」

「わかっておる。要するに、根っからの釣好きなんだろう」

「ええ、そのとおりです！ いやあ、あなたが羨《うらやま》しいなあ。こんなすばらしい穴場で、毎日釣が楽しめるなんて運のいい人ですね。あなたは、よほど総督に気に入られているんでしょう？」

「うん、わが輩は総督に信頼されるという光栄に浴しておる」憲兵隊長代理は、ふんぞりかえって答えた。

「ああ！ あなたがた軍人さんは本当に幸せですねえ。私だって、小銃の弾がこわくなければ、フランス国王の軍隊にはいって、ひょっとすると下士官ぐらいにはなれたかもしれないのになあ。ところが私ときたら、フランスやブラバン地方の市から市へと旅し、国へ帰ればトゥルネーの店を切りまわさねばならない……」

「それはそうかもしれん！ しかし、貴様には金があるじゃないか！」

「なんの！ たしかに商売はまずまずうまくいっていますが、それでもやはり、私はあなたの職業のほうがいいと思いますよ」

「ま、人間はそれぞれ、自分の境遇に甘んじるほかはないのさ。少なくとも、一晩中沼地で過ごし

わが輩なら、商人のほうがずっといいと思うがね。

て、肺炎にかからないまでも、神経痛に悩まされる危険を冒さずにすむだろうからな。しかし、そんな話はやめて、早く糸を投げこむんだ。おれは、今日、仕事があるんだから」

この言葉をきいて、ブリガンディエールは大いに喜んだ。この憲兵隊長代理から夜間の行軍の話をきくことができるなら、どんな豊漁のチャンスを逃しても、少しも惜しくないと思った。

しかし、せいては事を仕損じるので、ブリガンディエールはわざと相手に質問するのをやめて、いま料金前払いで借りたばかりの釣糸と針を、専門家らしい態度で調べはじめた。

「餌は、なにを使っているのですか?」ブリガンディエールは、なにくわぬ顔でたずねた。

「そんなことも知らんのかね! ミミズにきまってるじゃないか」

「だめ、だめ! トゥルネーでは、もっといい餌を使ってますよ。まあ、見ててごらんなさい」

ブリガンディエールは、現代流に言えば、あらゆる《スポーツ》に精通していた。それというのも、放浪生活を送るうちに、一度ならず、手近の森や川で食物をあさる必要に迫られた経験があったからだ。

　前日ロワゼルの居酒屋で買ったオランダ産のチーズをポケットから取りだすと、ブリガンディエールはほんの少しだけちぎり、指でこねて団子にし、いい匂《にお》いのする餌を針につけた。

「なに！」と憲兵隊長代理は叫んだ。「おまえは、総督閣下の鯉がオランダ人の好物に飛びつくと思っているのか？」

「いまにわかりますよ」とブリガンディエールは落ちつきはらって糸を投げこんだ。

　一分としないうちに、浮きが突然水中に没した。

　ブリガンディエールは、定石どおり一呼吸おいてから、釣竿をぐいと引き、一キロはありそうなかわかますを得意気に釣りあげた。

　憲兵隊長代理は、いかにもびっくり仰天したようだった。その様子から察すると、この釣人は、総督からせっかくの特典を与えられているというのに、ペロンヌの堀でごく小さな魚しか釣りあげたことがないらしかった。

「こいつは驚いた！　まったく見事な腕前だな。その獲物は銀貨一枚ではとても買えんぞ。いきのいいかわかますの味はこたえられんからなあ……」

「では、今夜、夕食のときに試食してみてくれませんか」そう言って、ブリガンディエールは、獲物を土手の草のうえにおいた。

「おまえがそう言うなら、もらっておくよ。酒保のおかみは魚の寄せ鍋が得意だから、あと五、六匹釣ってもらえるといいのだが……」

「やってみましょう。しかし、ちょっと場所をあけて、あなたの隣に坐らせていただければ、もっと釣りやすいんですがねえ」

「お安いご用だ！」

間もなく、二人の釣愛好家は、仲よく並んで腰をおろし、ブリガンディエールは、釣糸を垂れながら、時おり、青い胴衣の男をちらちらと横目で見た。

この憲兵は、屈強な男だったが、その職業にふさわしい悪党づらをしていた。

ルイ十四世の時代、憲兵隊は、軍隊と警察と両方の任務を兼ねていた。

憲兵は、一般に、階級の低い兵士として軍隊にはいった者が多かったが、一生のあいだ、勅命逮捕状をたずさえて人びとを連行したり、それどころか、ルーヴォアの命令次第で人の命を奪ったりして過ごしたのである。

なかには、いわば外交的な手腕まで発揮した者もいる。たとえば、デグレという憲兵は、僧侶に化けて、リエージュの司教館に逃げこんでいたブランヴィリエ侯爵夫人に近づき、リエージュ総督の目と鼻のさきで、まんまと夫人をかどわかしてしまった。

もちろん、すべての憲兵にそんな才覚があったわけではない。大半は用心棒か下っ端の牢番のような仕事をするのが関の山で、このペロンヌの総督のお気に入りと称する男も、そういった部類に入りそうだった。

「ひょっとすると、おとといの晩、隊長殿を殺した兵隊たちを率いていたのは、こいつかもしれない」とブリガンディエールは考えた。

「残念だなあ！」憲兵は、乾いた草のうえでぐったりとしている魚を見つめながら、溜息まじりに言った。「おまえの釣った魚を試食したいのはやまやまだが、実を言うと、今夜、兵舎で食事できるかどうかさえおぼつかないんだよ」

「それはまったく残念ですねえ。だって、ほうら、この小さい鯉をごらんなさい。うまそうじゃありませんか」

実際、オランダ産のチーズの効果はすばらしく、フランス国王の領地の魚たちは、平気で敵国の名産に食いついてきた。

ブリガンディエールはつぎからつぎへと針に餌をつけ、ペロンヌの堀の水に棲《す》む見事な魚を釣りあげていった。

魚が釣れるたびに、憲兵は感嘆の声をあげ、無念の溜息をついた。

その様子があまり未練がましかったので、ブリガンディエールはしまいにこう言った。

「総督閣下があなたのご馳走《ちそう》の邪魔をしないといいが、もし、そういうことになった場合には、総督にあなたの獲物を献上するという手もあるでしょう」

「いや！　総督は目下のところ忙しすぎて、のんびり魚料理を味わう気分にはなれんだろう」

「そうでしたか！　私はまた、国境からこんなに離れた要塞では、総督なんて修道院の院長みたいな呑気《のんき》な身分で、あなたがた憲兵隊のみなさんも、修道士みたいにたらふくご馳走を食べて、のんびり暮らしているとばかり思ってましたよ」

「とんでもない。昔はそうだったかもしれんが、最近は、ルーヴォア閣下のおかげでおれたちは息つく暇もないぐらいだ。

いま命令がくだったかと思うと、すぐにまた命令の取消しが出るし、夜間の行軍に囚人の護送に……そうそう、つい一昨日も……おい、気をつけろ、食ってるぞ」憲兵は、話が核心に触れそうになったまさにそのとき、にわかに話題を変えて叫んだ。

ブリガンディエールは、話の続きをきくためなら、小指一本なくしてもいいと思ったが、ぐっと我慢して、激しく上下する浮きを見つめ、落ちついた手つきで釣竿をさばき、見事な鯉を釣りあげた。

「貴様は、魚をおびきよせる秘法を心得ているとしか思えんな！」と憲兵は叫んだ。

「滅相もない！　ただちょっと釣竿を扱いなれているだけですよ」

「だが、いまだから白状するが、わが輩はときどきここで釣をするが、空揚げにしかならんような小さなにごいが五、六匹釣れればいいほうなんだ」

「今夜は、酒保のおかみに、いつもより少しましな材料を持って帰れますよ」そう言いながら、ブリガンディエールは、またチーズの団子を釣針につけた。

「どうだ、町人、その女の料理を試食してみないか？　気のいい女で、すぐそこのリシュリュー稜堡で酒保をやってるんだ」

「それはそれは、ご親切なお招き、光栄のいたりですなあ」

「なあに！　われわれ軍人は、お高くとまったりはせんのだ。もし、おまえが年代物のブルゴーニュ産葡萄酒《ぶどうしゅ》を一ダースほどおごってくれさえすれば……酒保には、上等なのがそろっている……わが輩も、ほかの連中も、喜んで貴様といっしょに晩飯を食うぞ」

「本当ですか！　ぜひともお相伴させてください。しかし、ついさっき、あなたは……」

「なんだ？」

「あなたは、今夜、勤務のために出かけなければならない、とおっしゃっていたようでしたが……」

「いや、そのとおりだ！　すっかり忘れていた」

「それでは、どうやら、あなたと乾杯する機会には恵まれそうもありませんねえ。なにぶんにも私は、店のことが気がかりですので、四、五日うちにはトゥルネーへ帰らないといけないのですよ」

「いやあ、しかし、総督があの囚人を今夜すぐに護送するときまったわけではない」

「ほう、囚人がいるんですか？」

「そうだとも。しかも大層重要な囚人だ。なにしろ、われわれの部隊は、半分ずつ昼夜交代で城の警備にあたっていて、警戒に神経をとがらせているんだからね。しかし、それも間もなくおわるだろう。今朝到着したルーヴォア大臣の使者は、あの囚人をつれてこいという命令を総督に伝えにきたに相違ない」

「つれてこいですって！　どこへです？　ヴェルサイユへですか？」

「パリへだよ、きまってるじゃないか！　つまり、バスチーユへだ。バスチーユのベズモー典獄は、もう独房の準備を整えているだろう。

われわれは、日に十里進むから、パリへ着くには四日かかる。おれは、もう何度もそういう役目を引きうけたことがあるから、よく知っているのさ」

「それじゃあ、魚料理ともブルゴーニュ産の葡萄酒とも、おさらばというわけですね」

「ただし、例の囚人がまだ旅行できるような状態でないというのなら、話は別だ。あいつは落馬して随分大怪我をしたようだから、その可能性も充分あるだろう。

ところで、ひとつその大きな石のしたに糸を投げてみないかね……ほら、そこの右のほうだ……」

「水は深いですか？」

「水の深さが三メートル、堀の底の泥が少なくとも二メートルはある。人間が落ちたら、絶対にあがってこられんだろう。しかし、鯉はうじゃうじゃいる」

「ああ、それなら試してみましょう。総督閣下に召しあがっていただいても恥ずかしくないような魚料理ができるようにね」

「しかし、あのしみったれ、金は払ってくれないぞ」と憲兵はつぶやいた。

「なんですって！　まさか！　いやしくも貴族なら、まして国王の臣下なら……」

「それが、徴税請負人顔負けのしみったれなのさ。ここだけの話だが、総督はひどい我利我利亡者で、おれたち哀れな貧乏人からまで金をちょろまかそうとするんだ」

「そいつは意外ですなあ！　あの総督が、ルーヴォア大臣の信任のあついあの人がねえ」

「いいかね！　おとといの晩の遠征のまえに、われわれは多額の報酬を約束されていた――仕事をうまくやりとげたら、わが輩は金貨四枚、部下はそれぞれ金貨一枚ずつもらうはずだった。だが、われわれが実際にいくら受けとったと思う？」

「半額ぐらいでしょうかな」

「はずれだ。なんと、わが輩はたった六リーヴル銀貨一枚しかもらえなかった。部下たちは一人あたり三十スー銀貨一枚だけだ」

「それはあんまりですねえ！」

「おまけに、そんなふうにわれわれの報酬を削る口実に、総督はなんと言ったと思う？」

憲兵は、ごまかされた金のことを考えているうちに、だんだん興奮してきたようだった。

「さあ、見当もつきませんねえ」

「総督は、こんなことを言いだしたんだ。『おまえらは殺してはならない男を殺してしまった。死人を捕虜にしても、生けどりにした場合とおなじ褒美をやるわけにはいかん』ってね」

「なんですって！　殺してはならない男を殺した？　すると、本当にだれか殺されたんですか？」

「なにを寝ぼけてるんだ？　国王がわれわれを雇っているのは、魚を釣るためだとでも思っているのか？」

「しかし、私はてっきり……」

「いいや、われわれは決して遊んで給料をもらっているわけではないんだぞ！　とりわけ今年はな……。

　ここ六週間というもの、わが輩は三晩に一晩のわりで野営している。寒くて霧の深い夜、川岸で過ごすのは楽じゃないんだ」

「ブルルル！　考えただけでも体が凍えそうですよ」

「そうなんだよ、六週間ものあいださんざん苦労して、おまけに、この一週間は、寝床で寝たのはたった二晩だ。しかも、相手のやつらときたら、完全に武装していやがって、とっつかまえそこなったら、こっちがひどい目にあうところだったよ」

「たしかにそうですねえ！　なにしろ塩の密売人どもときたら、みんな乱暴者ぞろいで、すぐに銃をぶっぱなしますからねえ」

「なにを言ってるんだ！　だれが塩の密売人の話などしてるというんだね？　われわれは、あんな連中は相手にせんよ。一昨日われわれがやっつけたのは、正真正銘の反乱軍、国王陛下を倒すためにオランダ諸州から派遣された謀反人どもだ」

「謀反人ですって！　それで、あなたがたは、そいつらと一戦を交えたというわけですか！」

「そうとも！　いや、まったくの激戦だったよ。わが輩はああいう戦闘は何度も経験ずみだが、さもなければ、われわれは手痛い損害をこうむるところだった」

「戦闘ですって！　くわばらくわばら！　しかも、この町のすぐ近くだったんでしょう？」

「ソンム川の浅瀬の渡り口があるところだ……ここから、一里たらずだな」

「なのにこの私ときたら、ペロンヌの人たちは、粉の取引しかやっていないとばかり思っていましたよ！」

それに、宿のおかみも、そんな大事件の話はしていなかったなあ！　町の人たちが平気な顔をしているのは、そういうことが日常茶飯事だからなんでしょうかねえ？」

憲兵は、軽蔑《けいべつ》したような薄笑いをうかべて、さも重大な秘密を打ちあけるような口調でこう答えた。

「こういうことは町人どもには関係のない話なのさ。ルーヴォア閣下の命令を実行に移すときには、それを知っているのは総督と憲兵隊員だけなんだ。

だから、いま、市の助役にでも市長にでもきいてみるがいい。あそこの右のほう、パリ門のすぐわきに見えている天守閣のなかに、鎖につながれた囚人がいて、そいつを捕まえることが、ワロン軍の連隊をそっくり捕虜にするより、もっとフランスの国益にとって重要だったということなど、だれも知らないにきまっているから」

「ほう！　すると、そいつは、ゴリアテのような怪力無双の大男で、一人で十人の銃士隊員をやっつけられるとでもいうんですか？」

「いや、そいつは若い伊達男《だておとこ》で、刀をふりまわすよりはメヌエットかシャコンヌでも踊ってたほうが似合いそうだ。もっとも、こないだの晩つかまえるのには、大分手こずったがね……しかし、おまえにだから言うが、あいつは国家の重大機密を知っている……だから、わかるだろう……」

「なあるほど。それで、もう一人のほうは……殺す予定ではなかったのに、殺してしまったというほうの男は？」

「そいつも秘密は知っていたらしい。総督閣下は、二人の男を両方とも尋問したがっていたようだ。

しかし、われわれの小銃の弾がやつをあの世へ送ってしまったのは、もとはと言えば本人のせいなんだ。

われわれは、狙いを低くさだめて撃てと命令されていた。ところが、あいつは警戒していたらしく、岸に近づくと鞍《くら》のうえに体を伏せたので、馬を狙ったはずの弾にあたってしまったというわけなのさ……」

「おや！　今度はテンチ（鯉の一種で、すこぶる美味）らしい！」と叫びながら、ブリガンディエールはすばやく竿をあげた。

「ええと、いま、なんておっしゃってたんでしたっけ？　……」

「つまり、もし総督が公平な男なら、わが輩にたっぷり褒美をくれるべきだと言っていたんだ。とにかくわが輩は、国王陛下のお命をねらう悪党を片づけたのだからな。たしかに、やつからはなにもききだせなくなったが、そのかわり、やつが国王に謀反を企てる心配もなくなったのだ。わが輩が阻止しなければ、やつは逃げおおせていたにちがいない」

「すると、憲兵さん、あなたがその男を……」

「わが輩が至近距離から狙いさだめて、やつの頭に一発撃ちこんだんだ。あの手柄だけで、銀貨百枚の値打は充分にある」

「それでも足りないくらいですよ」ブラバン地方の民謡を口笛で吹きながらきいていたブリガンディエールは、相槌《あいづち》を打った。

「しかし、マーストリヒトを攻囲しにいく途中、ルーヴォア閣下がこの地方を通るときに、わが輩はできれば閣下に直訴するつもりだ」

「そうすれば、きっと相応の褒美がもらえますよ。ルーヴォア閣下はものわかりのいいお人だそうですからねえ」

「うん、しかし、部下には厳しいらしい。

ところで、話に気を取られて、釣のほうがおろそかになっては困るぞ」

「まあ、もう少し辛抱してください。いますぐ餌をつけますから。今度は、大物がかかりそうな予感がしますよ。でも、もう少し小声で話すことにしましょう。魚を驚かせないようにね」

「ようし、おまえの釣りあげる鯉みたいに、だまっていることにしよう」

「やや、こいつはしくじった！」急にブリガンディエールは叫んだ。「竿が落ちてしまった……ほら……あなたのすぐ足元に……」

なるほど、うかつにもブリガンディエールは釣竿を取りおとし、竿は、土手をころがって、憲兵の少ししたの石にひっかかった。

「よしきた」と憲兵は身を屈《かが》めながら言った。「いま取ってやるから待っていろ」

そのとたんに、ブリガンディエールは虎のように敏捷《びんしょう》に立ちあがって岩に寄りかかり、凄《すさ》まじい勢いで憲兵を蹴とばしたからたまらない、憲兵は、まっさかさまに泥深い堀の水に落ちてしまった。

「これで一人片づいたぞ！」ブリガンディエールは拳《こぶし》を握りしめてつぶやき、一瞬、緑色を帯びた水面に目をこらした。

憲兵は、それきり浮きあがってこなかった。

おおかた堀の底の泥にはまり、公平な天の配剤で、その晩食べようと思っていた鯉たちの食膳《しょくぜん》に、自分のほうがのる羽目になったのだろう。

復讐は開始された。ブリガンディエールの散歩は徒労ではなかったのだ。

しかし、ブリガンディエールは、いささか複雑な心境で、こう考えていた。

早まったな。怒りに駆られてあのいまわしい悪党を突き落としたりせずに、もう一時間ほど生かしておいて、もっと情報をききだせばよかったのに。

実際、ブリガンディエールがきいたのは、一昨夜つかまった囚人に関するごく漠然とした話だけだった。うまく持ちかければ、あのおしゃべりで欲張りの悪党は、もっといろいろなことをしゃべったにちがいない。

「しかし、あの青い胴衣の憲兵が、部下の射程を修正してモリスを死に至らしめた、と得意気にほざくのをきいて、冷静でいることなどできただろうか！」

いずれにせよ、済んだことを蒸しかえしてもはじまらない。そう思って、ブリガンディエールは、くよくよ考えるのをやめにした。

憲兵の死を事故に見せかけるために、ブリガンディエールはちょっと細工をした。釣竿は落ちた場所にそのままにしておき、土手の草を足でこすって、釣人が暴れる魚を釣りあげようとして誤って足をすべらした、という風に見せかけたのである。

もちろん、故人があれほど食べるのを楽しみにしていたかわかますや鯉やパーチやテンチは、岩のくぼみに残して、不運な憲兵がなぜこんなところに来たのか、一目でわかるようにしておいた。

それからブリガンディエールは、さっきくだってきた小道をそっとのぼり、はね橋のうえに戻った。そこで手すりに肘《ひじ》をついて、モリエールの『人間嫌い《ミザントロープ》』に出てくる〝のっぽの子爵〟よろしく、退屈しのぎに水面に唾《つばき》を吐いて波紋をつくる町人のような、のんびりした態度をよそおった。

しかし、ブリガンディエールがこんなふうに立ちどまったのには、わけがあった。いましがたの光景をだれかに見られていないか確認したうえで、安心してペロンヌの城壁にそって散策を続けたかったのだ。

幸運なことに、天守閣の格子窓にも、城壁の銃眼のところにも、堀の外岸の斜面にも、人影はなかった。

殺人を目撃したのは神だけであったが、神はこの犯罪の動機を知っていたので、このうえなく公正な裁判官として、犯人の罪を許していたにちがいない。

ブリガンディエールは後悔の念にさいなまれることもなく、軽やかな足どりで歩きはじめ、パリ門へ向かって、そこからまた町のなかへはいろうと思った。

一刻も早く、隊長の未亡人に事の次第を報告したかったのだ。

はね橋から数百歩行くと、ソンム川の流れを見おろす小高い丘の頂上についた。

そこに立ちどまって眺めると、エテルピニーの小さな村の教会の塔が見え、川の左岸には、モリスとその部下が命を落とした浅瀬の向かいに続く高い堤が見えた。

その位置から見れば、北から来るモリスたち一行にまったく気づかれずに、総督の憲兵たちが砂山の後ろで待ちぶせてきたわけがよくわかった。

そうしているうちに、あの夜の光景がまざまざと記憶によみがえり、ブリガンディエールは、生まれつき情にもろい質《たち》ではなかったのに、赤銅色の頬をつたう大粒の涙を手でぬぐった。

「隊長殿の命のかわりに十人の敵の命を奪ってやるぞ。それから、あの黒い水の底に眠る仲間一人につき四人の敵を殺すとして、全部で四十六人だ」ブリガンディエールは、歯がみしながらつぶやいた。「さあ、残るは四十五人だ！」

四十五人の人殺しをやっつけるというのは、かなり大変な事業だから、いまは、ルーヴォアの犠牲となった味方の運命をゆっくり嘆いている場合ではない。

早く仕事にとりかからなければ。それに、ヴァンダをあまり長いあいだひとりにしておくわけにはいかない。

そう考えて、ブリガンディエールは町の南門のほうへ向かった。そこでは、二、三人の兵士が、遠くの野原をこちらへ走ってくる馬車をじっと見守っていた。

ブリガンディエールは、馬車には興味がなかったので、番兵に見とがめられないのを幸いに、門をくぐった。

《花籠屋》は町の反対の端にたっていたので、そこへ行くには、何本かの道があった。ブリガンディエールは一番淋《さび》しそうな道を選び、故憲兵隊長代理と交したあまりにも短かった会話を思いかえしながら、歩いていった。

あの男の不用意な言葉から、いくつかの貴重な情報が得られた。

裏切者のドルヴィリエは、目下、城の塔のなかで鎖につながれている。

レスピーヌ・ボールガール総督は、ドルヴィリエを尋問し、間もなく、この囚人を厳重な監視のもとにバスチーユへ護送せよ、という命令を受けとることになっている。

もしかすると、さっきパリ街道を走っていた馬車は、その命令を伝えにきたのかもしれない。

したがって、ヴァンダとブリガンディエールは臨機応変の行動がとれるよう、準備しておく必要がある。

腹黒い裏切者をどこまでも追いかけ、逃げださないように昼夜見張り、ルーヴォア大臣の怒りが静まってドルヴィリエが釈放される時機をうかがい、そのときこそ彼を拉致《らち》して正当な復讐をはたす。それが、若い未亡人と老兵が取りきめた計画だった。

憲兵のおしゃべりをきいて以来、ブリガンディエールは、総督の館の前庭の近くにはトルコ人を、パリ街道にはポーランド人を、それぞれ見張りに立たせようと決心していた。

こうして二人に監視させておいて、ブリガンディエール自身は、《花籠屋》で二人からの報告を待つようにすればいい。眼力の鋭い連中のことだから、よもや総督の守備隊の動きを見逃しはすまい。

そのためには、まず、町なかをうろついている二人の兵士を見つけねばならない。しかし、いずれ昼飯どきになったら宿へ戻ってくるにちがいないから、慌てて捜す必要もないだろう。

そう思ってはみたものの、ブリガンディエールは、やはり、さっき二人を見かけたあたりをなるべく通るようにした。すると、偶然にも、二時間まえにポーランド人がはいっていった酒保のまえに出た。

店の扉は開いていた。ブリガンディエールがなかをのぞこうとして近づいたちょうどそのとき、驚いたことに、ポーランド人が店から出てきた。

ポーランド人は、なんとか二本の足で立っていようと涙ぐましい努力をしていたが、ひどくふらついて、店の敷居のところで危うくつんのめりそうになった。

だが、ブリガンディエールの姿を見るなり、この兵士は体をこわばらせ、酒保の壁にもたれて、百姓のかぶる大きな帽子に手をやって軍隊式に敬礼した。

ブリガンディエールは、怒りにわれを忘れた。もし、そこが人里離れた野原の真中だったら、こんな重大なときに酔いつぶれるような不心得者は、ただちに絞めころしていただろう。

「この大馬鹿野郎め」ブリガンディエールは、相手の鼻先に拳を突きだしてどなった。「敵地に乗りこんでいながら飲んだくれるようなやつは、本当なら骨をへしおってやるところだぞ。どうして貴様はいつもそうなんだ!」

「いや、悪いのは私じゃないんですよ」とポーランド人は、ろれつの回らぬ口で弁解した。「こう見えても私は、酒は強いほうなんですが、七本目になると……」

「一本だって飲むべきじゃなかったんだ」

「どうか勘弁してくださいよ。私がいっしょに飲まなきゃ、やつらも飲まないと言うもんで……」

「やつらって、だれのことだ?」

「へえ、総督の兵隊二人です」

「で、どうしてその連中に飲ませる必要があったのだね? なにか情報でも取れたというのか?」とブリガンディエールは声をひそめてたずねた。

「情報ですか? あまり大した話はききだせませんでしたが、やつら、もうだれにもなにもしゃべらんでしょうよ」

「それはどういう意味だ？」

「ほら、あれを見てください」そう言ってポーランド人は、酒保の戸口を指さした。

ブリガンディエールはそっと首を突きだしてなかを覗き、奇妙な光景を見た。

床には、二人の兵士が真赤な顔をして、大の字になってあおむけに倒れていた。二人とも、魚釣に出かけたばっかりに不幸な目にあった例の憲兵とおなじ、青い服を着ていた。

その奥には、白っぽいブロンドの髪の女――おそらくあの憲兵の話に出た女だろう――がベンチに寝そべって、あきらかに酔いつぶれて眠りこんでいた。

「なんだ、馬鹿め」とブリガンディエールはささやいた。「あの連中はいまに目をさますじゃないか……」

「女はそうですが、ほかの二人はちがいます」

「なんだと？」

「だって、なにも魂胆がなければ、私があの犬どもにおごってやったりするはずがないでしょう」

「どんな魂胆だ？」

「私は、いつもポケットにエチルアルコールを一瓶いれてるんです。最近、ブランデーぐらいでは、体があったまらないような気がするものでねえ。

ポーランドでは、じめじめした気候のときには、元気づけにエチルアルコールを一口飲む習慣があるんですよ。しかし、フランス人は、あれを一リットルも飲んだら、てきめんにあの世行きだ。それをこの二人は知らずに二リットルも飲んじまったんだから……」

「おまえは、その恐ろしい飲物をやつらの葡萄酒にまぜたというわけか……」

「そのとおりですよ。やつらは、全然気がつかなかったらしいが、おかげで、私の瓶はからっぽになってしまったし、私も……少し頭痛がするんです」

「やつらは、たしかに死んでいるのか？」

「ええ、それはうけあいます。体に触ってみたんですが、五分ほどまえには、もう心臓がとまってましたよ」

「宿屋まで歩いてもどれるかい？」

「なんとかやってみましょう」

「よし。宿の馬屋へ行って、藁束《わらたば》を枕にして酔いをさますんだ。今夜、仕事があるからな」

そう命じると、ブリガンディエールは、こう低くつぶやきながら、その場をあとにした。

「あのポーランド人の大酒飲みは、まったく目の離せんやつだ。しかし、まあ、いいだろう！……とにかく、残る相手は四十三人になったわけだ」

その日は、どうしたわけか、よくばったり人と出あう日だった。

ポーランド人と別れてしばらくすると、人通りのない路地の曲り角で、トルコ人のアリと鉢あわせしそうになったのだ。

このあまり熱心でない回教徒は、なにか悪事を働いてきた者のように、家の壁づたいにこっそり歩いていたが、その顔には、どこか満足そうな表情が浮かんでいた。

「どこへ行ってたんだ？」とブリガンディエールはたずねた。

「総督の憲兵隊の兵営ですよ」とアリは片目をつぶって見せた。

「そんなところで、一体なにをしてたんだ？」

「ちょっと遊んできました」

「遊んできただと！　遊んでる場合だと思ってるのか！」

「いや、決して時間を無駄にしてたわけじゃありません」

「それじゃあ、なにをやってたんだ？」

「私は、城の中庭の門のところで煙草をふかしていた兵隊に、火をかしてくれと頼んだんです。すると、相手は、私の言葉に妙な訛《なまり》があると言いました。

だから私は、自分はボヘミア出身で、歌を歌うと、もっと妙な訛が出る、と答えてやりました。

そうしたら、ほかの兵隊たちも集まってきて、ビールをおごるから、国の民謡を歌ってきかせろと言うんです」

「で、おまえ、本当に歌ったのか？」

「なあに！　鼻声でコーランの文句を唱えてやったら、連中は、それがボヘミア語だと思ったようです。

歌いながら私は、とびきり面白い百面相をやって見せたので、やつらは腹をかかえて笑い、私たちはたちまち意気投合してしまいました。

兵隊たちが門のなかに入れてくれたので、私はいっしょに酒を飲み、難なく話をきき出すことができたんです。アラーも照覧あれ！　まったくあのフランス人どもは間抜けぞろいだ！」

「やつらは、なんと言ってたんだ？」とブリガンディエールは口をはさんだ。

「憲兵隊長殿を殺して、ドルヴィリエ大尉を逮捕したのは、自分たちだと言ってました……」

「憲兵隊長代理に率いられて、総督の命を受けてやったというんだろう？」

「そうです。おまけに、やつらは、二人の上官のことでひどくぶつくさこぼしていました。しかし、まだほかにも話してたことがある……」

「囚人が間もなくパリへ護送されるということか？」

「そういう予定だそうです。私は、今夜その日時を教えてもらうつもりですよ」

「なんだって！　また守備隊のいるところへ出かけていくというのか？」

「日暮れどきにね。余興を見せてやると約束してきたんです」

「おまえ、気は確かなのか？」

「いや、正気ですよ。とにかく消灯の時間まで待っててください。悪いようにはしませんから。

　夜になれば、少なくとも十二、三人の兵隊が集まるでしょう。みんな一昨日の人殺しですよ」

「それで、おまえは、そいつらのまえで道化役を演じてみせようというのか！　恥ずかしくないのか？」

「余興については、私はちっとも気にしていませんよ。なにしろ、トルコ近衛《このえ》歩兵隊にはいるまえは、コンスタンチノープルの大道で人形芝居を見せていましたからね。しかし、あんな野蛮人どもには、トルコの人形芝居なんて勿体ない。もっと別な趣向を考えているんです」

「どんな趣向だね？」

「あっと驚くようなことですよ」

「どういう具合に？」

「いや、これ以上なにもきかずに、私にまかせておいてください。あすの朝になって、今夜の出来事に満足していただけないようなら、私の首を切ってもかまいません」

そう言ったアリの態度がいかにも自信ありげだったので、ブリガンディエールもそれ以上無理にきこうとはしなかった。

ブリガンディエールは、この男の性格をよく知っていた。手のほどこしようのない欠点のある反面、非常に役に立つ部下だった。

また、この風変わりな人物をうまく利用するには、一切まかせきって好きなようにやらせるにかぎるのだ。

この男は、厳しく監視されていると、与えられた任務しか果たさないが、信頼され仕事をまかされていると感じると、東洋人特有の大胆かつ巧妙な計略を考えだすのだった。ハンガリーのブダの攻囲戦のとき、下水渠《きょ》から市内に忍びこみ、籠城《ろうじょう》軍が非常に崇拝していた聖ステファノの小さな立像を盗みだして、トルコ近衛隊の指揮官のもとへ持ちかえってきたのも、このアリだった。

それは純金の像で、宝石がちりばめてあった。ただ、アリが指揮官の足元に聖像を置いたとき、宝石は、途中で落ちたはずもないのに、どういうわけかひとつ残らずなくなっていた。

ブリガンディエールも、昔、この噂話をきいたことがあった。この話からもわかるとおり、アリは決して無欲とは言えないが、たしかに機転のきく男なのだ。

そんなこんなで、ブリガンディエールは、アリの好きなようにさせても大丈夫だろうと判断した。

「よし。あの悪党どもをたぶらかすために、おまえの好きな手をつかうがいい」そう言ってから、ブリガンディエールは、アリの競争心をあおるためになにくわぬ顔でこう付け加えた。「クースキはもう二人片づけたぞ」

アリの目がきらりと光った。

「しかも、われわれの仕業だとだれにもわからんような巧妙な手口を使ったんだ。おまえも、うまくやれよ」

そう言いすてると、ブリガンディエールは相手の答えも待たずに、宿のほうへすたすたと歩みさった。

効果てきめん、アリは名誉にかけて任務を遂行するにちがいない。

総督の憲兵どもを倒す功名争いでポーランド人に負けるぐらいなら、アリは、マホメットへの信心も自分の命も捨てたほうがましだと思っていたのだ。

一方、ブリガンディエールはヴァンダのところへ戻って今朝の出来事を報告しようと思い、大股《おおまた》に歩いていった。

今朝の散歩はかなり満足のいくものだったが、新しい情報はあまり手にはいらなかった。わかったのはドルヴィリエが幽閉されている場所、それに、間もなくバスチーユへ護送される予定だということだけだ。

この二点をもとにして、これからの作戦を練らなければならない。もう少しペロンヌに滞在するか、すぐパリへ出発して、四人の到着を待ちうけるかは、ヴァンダに決めてもらおう。

ヴァンダは窓辺によって、自分の夫ということにしてある男の帰りを待っていた。宿のおかみはこのトゥルネーの商人の妻に大いに好感を抱き、《花籠屋》で一番立派な、表通りに面した二階の部屋を提供してくれていた。

うららかな日だった。ヴァンダは宿屋のバルコニーの手すりに肘《ひじ》をつき、青い空を眺めながら、モリスにつれられてカンブルの森を通っていった日のことを思いだしていた。

ブリガンディエールは遠くから《大丈夫ですよ》というように手を振ってみせ、足を速めた。だが、宿のおかみが戸口で待ちかまえていて、散歩はどうだったか、ペロンヌの名所旧跡の印象は、などときくので、足をとめて答えないわけにいかなかった。

フランドル中さがしても、ペロンヌ城ほどの名城はないし、聖ヨハネ教会のステンドグラスを見るためだけでも、この町を訪れる価値はある。あの城壁ならヨーロッパ中の軍勢が攻めてきても防げるだろう。

そんなふうに答えて、やっとおかみから解放されると、ブリガンディエールは急いで階段をのぼった。ヴァンダは、部屋の戸口に立っていて、

「どう、なにかわかった？」と小声でたずねた。

「はい、奥様。あの裏切者のやつは、この町にいます。城の塔に幽閉されているそうです、リシュリュー稜堡に隣接している三番目の塔です。やつは、厳重に護衛されてパリへ送られる予定です」

「パリへ？」

「はい、バスチーユへ。そこで、きっとルーヴォア大臣からじきじきに尋問されることでしょう。なにしろ、あの裏切者はいろんなことを知っていますからねえ」

「ルーヴォアは、なにもかもききだしたら、あいつを釈放するのでしょうね……」

「あるいは、冒険談をあちこちに吹聴《ふいちょう》しないよう、死ぬまで牢屋につないでおくかもしれません」

「それでもかまわないわ！　とにかく、護送部隊と同時にここを発ちましょう。バスチーユの近くに宿をとるのよ。どこまでもモリスの敵を追いかけていくわ。

もし、あの男がずっと幽閉されているなら、脱走しないように見張っているし、釈放されたら、出てきたところを殺してしまうのよ」

ブリガンディエールはなにも言わずに悲しげに首を振った。

「護送隊はいつ出発するの？」

「じき出発するはずです。今夜かもしれません。私にこの話をした憲兵の口ぶりでは、いつ命令が出てもおかしくないような感じでした……」

「それから……モリスは？」

「ああ、奥様！　残念ながら、奥様の目に狂いはなかったようです。隊長殿は岸にあがったとたんに撃たれたのです。敵の兵隊たちは、馬を狙撃して隊長たちを生け捕りにするよう命じられていたのだそうですが、運悪く、隊長殿が鞍《くら》に体を伏せたので……」

「ドルヴィリエもそうしていたわ……いまでもまだ目に見えるようよ……」

「ええ、しかし、隊長の馬は先頭を切っていたので、至近距離から撃たれたんです……これは、隊長を撃った男の口から直接きいた話だから、まちがいありません」

「ええっ！　おまえは、モリスを殺した犯人と話をしたのに、そのまま……」

「いや、殺しましたよ、奥様」ブリガンディエールは、ぽつりと言った。

ヴァンダは、感謝の念をこめた眼差しをブリガンディエールにそそぎ、すでにモリスの復讐を開始した手を握りしめた。

「クースキも、二人片づけました。それからアリも、残った連中をやっつける方法を思いついたそうです。

われわれは、少なくともペロンヌで時間を無駄にしたことにはならないでしょう」

「ドルヴィリエが生きているかぎり、わたしたちの仕事は終ったとは言えないわ」ヴァンダは、暗い顔つきで言った。「二人の兵隊に、いつでも出発できるように用意を命じておいてください」

「はい、奥様。護送隊が町の門を出たらただちに……おや、宿屋のまえでなにか大騒ぎが始まったようだが……一体なんだろう」

ブリガンディエールはバルコニーに駆けより、ヴァンダもあとに続いた。《花籠屋》のまえに六頭立ての馬車がとまり、おかみが召使をひきつれて、急いで出迎えるところだった。

「ほほう!」とブリガンディエールは低くつぶやいた。「これは思いがけない事態だ。ひょっとすると、こんなに大騒ぎしてやってくるのは……」

「一体だれかしら?」ヴァンダは興奮してささやいた。

「もしかすると……ルーヴォア大臣その人かもしれない」

「なんですって!」とヴァンダは叫んだ。「ルーヴォアがここへ? まさか!」

「そうではないとは言えませんよ、奥様! あの男なら、重要な捕虜を尋問するために四十里の道を出かけてくるぐらい、朝飯前ですからね」

「でも、ルーヴォアなら、こんな宿屋でなくて、総督のところへ泊まるはずだわ」

ブリガンディエールは、そこまで考えていなかった。実際、いまを時めく国務卿が《花籠屋》に投宿するというのは、ありそうもないことだった。

それに、ルーヴォアなら護衛隊をひきつれているはずなのに、馬車のまわりには、供の者の姿はまったく見あたらなかった。

「とにかく、もうじきだれだかわかりますよ」とブリガンディエールはささやいた。「馬車の扉の帳《とばり》があいて、宿のおかみが、折りたたんであるステップを広げるところです」

ヴァンダはもっとよく見ようとしてバルコニーから体を乗りだした。そのとき、長いマントに身を包み、ゆったりした頭巾《ずきん》で顔をすっぽりおおった女が姿をあらわした。

それはいささか下品な感じの女で、腰元かなにからしく、ひょいと地面に飛びおりて馬車のなかにいるもう一人の女を助けおろそうと、急いで手を差しのべた。

二人目の女も、まもなく馬車の出口に姿を見せた。

その婦人は窮屈な戸口をくぐりぬけるために体を屈めていたので、はじめのうち顔は見えなかった。しかし、その服装は、ひどく乱れているとはいえ、非常に贅沢《ぜいたく》なものであった。

赤い絹の服の胴の部分にはリボンやレースの飾りがびっしりと付いていたが、飾りもスカートも皺《しわ》だらけで、フランドル製のすばらしいレースの肩かけはいまにもずりおちそうだし、ふっくらした袖《そで》は片方がちぎれかかってぶらさがっていた。

婦人の黒い巻毛は首筋に乱れかかり、手袋は片方しかはめていなかった。

それは、贅をこらした優雅さと汚らしいと言ってもいいほどのだらしなさの入りまじった、奇妙奇天烈《きてれつ》な姿だった。

その婦人はおそらくどんちゃん騒ぎの宴会のさなかにつれだされ、馬車に押しこめられて、無理やり旅をさせられてきたのだろう。そう想像したくなるような光景であった。

実際、その巨大な馬車の奥のほうから、婦人に続いて、憲兵と巡査が二、三人出てきても、ヴァンダは、そう驚かなかっただろう。それが、王の命令で逮捕された人にかならずつきそう護衛だったのだ。

しかし、婦人が舗道におりて頭をあげ、青白い顔とぎらぎら光る目を見せたとき、ヴァンダは仰天した。

「ソワソン伯爵夫人!」

思わずそう叫んだヴァンダの声をききつけて夫人はうえを見あげ、声の主がだれかわかるとあっと息をのみ、つれの女と宿のおかみを押しのけて宿屋のなかへ駆けこんだ。

どうやら宿のおかみは、ソワソン夫人を不穏《ふおん》な人物と勘ちがいしたらしかったが、ブリガンディエールもヴァンダも、おかみの狼狽《ろうばい》ぶりをゆっくり見物している暇はなかった。

ブリガンディエールはソワソン夫人に会ったことがなかったので、なにがなにやらさっぱりわからなかった。ただ、穀物商の妻と上流の貴婦人が知りあいだということになると、トゥルネーから来た夫婦という触れこみの二人の正体も、ばれてしまうにちがいないと考えた。

だから、ブリガンディエールとしては、宿屋の使用人の手前、ヴァンダが貴婦人と会うのを妨げたいと思った。

しかし、ヴァンダは、ソワソン夫人が階段をのぼってくるあいだに、部屋の戸口まで駆けよっていた。

ヴァンダは思いがけない伯爵夫人の出現に有頂天になり、一刻も早くこの予期せぬ助っ人に話をきいてもらいたくて、待ちきれなかったのだ。この女《ひと》なら、自分も謀反に深入りしているので、ソンム川の悲劇の生き残りたちを喜んで保護してくれるだろう。そのうえ、裏切者ドルヴィリエをこらしめる計画に手をかすだけの力もある。

二人の女は廊下で出あった。最初に口を開いたのはソワソン夫人だった。

「あなたがこんなところにいるなんて！」と夫人は叫んだ。「あなたはモリス・デザルモアーズといっしょにいるはずじゃなかったの？」

「奥様のおっしゃるとおりです」ヴァンダは悲しげに答えた。「わたくしは、あの人といっしょに、川底の泥のなかに横たわっているべきですわ……」

「ええっ！　では、あの人は死んだの？」

「はい、ルーヴォアの命令でわたくしたちの行手に待ちぶせしていた人殺しの手にかかって……」

「しっ！　壁に耳ありですよ。

あなたの部屋にはいって、扉をしっかり締めましょう。あの男のスパイはどこにでもいるのよ」

ヴァンダは伯爵夫人を自分の部屋に招きいれ、ブリガンディエールに向かって、席をはずすように合図した。ブリガンディエールは不承不承その命令に従った。

「あれはだれ？」と伯爵夫人はたずねた。

「モリスの友人のうち、一番忠実な男です」とヴァンダは誇らしげに答えた。

「ああ、わかった！　あなたがたは、やむをえず変装しているというわけね。でも、一体なにがあったの？」

「さっき、奥様が馬車からおりていらっしゃるのをお見かけしたときは、奥様も事情をご存じかと思いましたが」

「わたしはなにも知らないわ。ある人から、モリスが部下を引きつれてフランスにはいり、その行動が監視されていて身に危険が迫っている、という知らせを受けただけよ。

その人は、ペロンヌの近くに罠が仕かけられている、とも言っていたわ。

知らせを受けたのは夜で……わたしは旅に出る用意などしていなかったのだけれど、取るものもとりあえず馬車に馬をつけさせて、パリの町の門を開けさせたの……夜も昼も走りつづけたわ……運悪くリラダンで車軸が折れてしまって、何時間も無駄にしたけれど、とにかくこうしてここに着いたというわけよ」

「残念ながら、間にあいませんでしたわ！」

「一体全体、なにがあったというの？」

「総督の部下がソンム川の岸辺で待ちぶせしていて、わたくしたちを銃撃したのです。大勢の勇敢な兵士のうち、生き残ったのはわずか三人でした」

「三人？　どの三人なの？」

「いましがたここにいた男と兵隊が二人です」

「あなたは、その場に居あわせなかったの？」

「おりました。でも、わたくしは死にそこなってしまったのです」

「すると、あの呪《のろ》わしいルーヴォアの思う壺《つぼ》にはまったのね！　あいつは反乱計画の裏をかいた……もしかすると、わたしたちの秘密を握っているかもしれない……」

「はい、裏切者がその秘密を売りわたしたのです」

「裏切者！」伯爵夫人は、不安そうに言った。「だれがあなたがたを裏切ったの？」

「一ヵ月ほどまえにはじめて会った男です。

　その男はルーヴォア大臣から不当に扱われたと称してわたくしたちのところにあらわれ、モリスをすっかり信用させてしまいました。モリスはその男の言いなりになって、敵の待ちぶせるところへつれていかれたのです」

「その男は、まず、あなたを誘惑しようとしたでしょう？」と伯爵夫人は、うめくような声でたずねた。

「いいえ、奥様。随分卑劣なことをやりましたが、それだけはできかねたようです。わたくしはあの男の顔を見ると虫酸《むしず》が走るほどでしたから、先方もそれと察したのでしょう」

伯爵夫人はほっと安堵《あんど》の溜息《ためいき》をつき、ヴァンダにはきこえないぐらい低い声でつぶやいた。

「それなら、あの人ではないわ!」

「あとはお話しするのもつらいことばかりです!」とヴァンダは悲しみにもだえながら、言葉を続けた。「わたくしはあの男の悪だくみを見破って、気をつけるようにモリスに哀願したのに、モリスはわたくしの言葉など頭から馬鹿にして……その挙句……あとは奥様もご存じのとおり……」

そう言いながらヴァンダはすすり泣いた。伯爵夫人も、ひどく心を動かされた様子だった。

二人はしばらく黙っていた。

ヴァンダは熱い涙を流し、伯爵夫人は激しい不安が杞憂《きゆう》におわったと思い、気を静めようとしていた。

「あのエーヌのやつめ、わたしに嘘をついたのね」と夫人は考えた。「パリに戻ったら、きっと銃殺にしてやるわ。もしかすると、ナロがあいつを差しむけて、わたしをペロンヌへおびきよせたのかもしれない」

「奥様」とヴァンダが気をとりなおして口を開いた。「わたくしはきのうまで絶望の淵《ふち》に沈んでおりました。でも、こうして奥様がいらしてくださったところをみると、神様はまだわたくしをお見捨てになっていないのでしょう。

奥様も、人を愛したことがおありでしょう……いまでも愛していらっしゃるのかもしれませんわね……ですから、わたくしの気持をおわかりいただけると存じます……。

わたくしの命はモリスあっての命でした。ですから、もしあの人の敵を討つ義務がなかったら、わたくしは二日まえに死んでいたでしょう……。

奥様、わたくしを助けていただけませんか？」

「そうしてあげたいのは山々だけれど」と伯爵夫人は悲しげに首をふりながら答えた。「でも、相手がルーヴォアでは、わたしたちは手も足も出ないわ。権勢ならびない国務卿に復讐しようなどというのは、とても無理な相談よ。それよりも、わたしたちは、あの男の怒りから、一刻も早く逃れる手だてを講じなくてはいけないわ。

わたしが乗ってきた馬車で、フランドルまで行きましょう。ね、そうしましょうよ……」

「わたくしはルーヴォアに復讐しようとしているのではないのです」

「では、だれになの？　まさか、国王ではないでしょうね？」

「国王でも大臣でもありません。あの二人は、わたくしたちの攻撃を受けて、自分たちの身を守ったまでです。残忍で卑怯《ひきょう》な方法を使ったとはいえ、いわば正当防衛でしたわ。でも、あの裏切者の場合はちがいます。あの男は、野原の真中で正々堂々と決闘して、モリスを倒すこともできたのです、それなら、国家のために立派に尽したということになり、わたくしも、あの男を恨みこそすれ、復讐など考えなかったでしょう。

ところが、わたくしたちを敵に売りわたすことによって、あの男は、成りあがり者ルーヴォアのスパイのなかでも、もっとも卑しい連中とおなじ卑劣漢となりはてたのです。だから、わたくしは、少しのためらいもなく、あいつを毒蛇のように追いつめることができます」

「すると、その悪党は、まだ生きているのね？」伯爵夫人は、強く心を動かされてたずねた。

「はい、奥様。その男は、自分が裏切った人びとを虐殺した憲兵たちによって、ペロンヌ城の塔へつれていかれ、そこに幽閉されています。

今夜か遅くてもあした、その男はパリへ護送される予定です。パリに着いたら、自分の身の自由をあがなうために、わたくしたちの味方全員の命をルーヴォアに売りわたすでしょう。

だから、わたくしはどうしてもあいつのあとを追い、バスチーユの門のまえで待ちうけていて、出てきたら、さんざん苦しめて殺してやらなければ気がすまないのです！」

「そいつの首をわたしたちの手でかき切ってやりましょうよ！　わたしも、あなたといっしょにパリへ行くわ」と伯爵夫人は叫んだ。「裏切者は、わたしのことも密告するかもしれない。でも、わたしは、フランスとイタリアの王家と縁続きだから、ルーヴォア風情の怒りなどこわくないわ。

もう泣くのはやめて、いっしょにソワソン宮へいらっしゃいな。王様の名誉にかけて誓うわ。裏切者は、死ぬまでバスチーユで過ごすか、万一出獄してきたら、ひどい目にあうようにしてやる。

そいつは、どんな男なの？　どこからやってきたの？」

「若くて、目鼻立ちが整っていて、ヴェルサイユ宮廷の人たちのような物腰と言葉づかいを身につけています」

「でも、さっきあなたは、そいつの顔を見ると虫酸が走る、と言っていたじゃないの」伯爵夫人は、青ざめながらつぶやいた。

「アスプル男爵の紹介状を持ってきましたわ……」

「名前は？　名前はなんて言うの？」

「ピエモン連隊の大尉で、ドルヴィリエ子爵と名乗っていました」

「ああ、どうしましょう！」と伯爵夫人は叫んだ。「エーヌは嘘をついたわけではなかったんだわ……それはフィリップなのよ！」

「フィリップ！」ヴァンダは、思わず後ずさりしながら、おうむ返しに言った。

「ええ、フィリップ・ド・トリー、わたしの従者で、わたしの……」

「奥様は、あの裏切者をご存じなのですね！」

「あの人を愛しているのよ」と叫んで、夫人は両手で顔をおおった。

「そんなことってあるかしら！　……きっとなにかの間違いですわ……ブリュッセルでモリスを見舞ってくださった奥様が……モリスを人殺しどものところへつれていった卑劣漢を愛しておいでだなんて……」

「本当よ、愛しているのよ！」

「本当ですか！　だって、あの男は奥様を裏切ったのですよ。自分の愛人であり、おそらくは恩人でもある奥様の自由を、命を、ルーヴォアに売りわたしたのですよ」

「おだまり！　おまえはなにも知らないのよ……おまえなんかに、わかりっこないわ」

「わたくしにわかっているのは、わたくしの恋人が、フィリップとかいうその男の共犯者どもの凶弾にあたって倒れた、ということです。そして、あすになれば、ソワソン伯爵夫人も謀反に荷担していたという事実が、ルーヴォア大臣の耳にはいるということも、わかっておりますわ」

「あんなルーヴォアのようなけちなやつに、わたしが謀反を企てていると知れたって、ちっともかまわないわ。わたしほどの身分の者には、手出しできっこないのですもの」

「では」とヴァンダは皮肉な口調で言った。「妃殿下は、身分の低い者どもが首をはねられてもかまわない、とおっしゃるのですね！　ドルヴィリエの裏切りによって、いくつかの地方の住民全体が恐ろしい目にあっても、かまわないのですか！

奥様、あの男は、モリスから一切の秘密をききだしてしまったのです……だから、あの男の一言で、陰謀の計画と一味の名簿のはいっている小箱は、ルーヴォアの手に渡ってしまいます。

　その一言を、あの男はかならず洩《も》らすでしょう。まだ、洩らしていなければの話ですが……」

「そんな、嘘だわ！　フィリップはそれほど卑劣ではないはずよ」

「それほど卑劣ではないですって！　あの男は、偽名を使って、泥棒のようにモリスの家に忍びこみ、何週間もかけて少しずつ裏切りの準備を進めたのですよ。まるで、毒殺犯人が、だれにも気づかれないように、一滴ずつ毒をたらすように！

　あの男は釈放されたいばっかりに、ルーヴォアの言いなりになるにちがいありません。たった一時間の自由の身になるためにでも、わたくしたちみんなの命を売るでしょう」

「よくおきき」伯爵夫人は、かすれた声で言った。「フィリップに罪はないのよ。あの人はまんまとだまされたんだわ……あの人も、わたしを殺そうとした呪わしいナロの犠牲になったのよ。

みんな、わたしのせいなんだわ！　わたしが逃げだしたからいけないのよ。あの人を、腹黒いナロの誘惑にさらしておかなければよかったのにねえ。

フィリップは、わたしを愛していた……わたしがキッフェンバッハと浮気している、と思いこまされてしまったのよ」

「奥様がモリスと！　ああ！　やつらはなんてひどいことを思いつくんでしょう！」

「可哀相に、フィリップは耳元でささやく蛇の言葉を信用して、復讐を誓ったのよ」

「でも、だれに復讐しようというのですか？」

「わたしにも、あなたにも、モリスにもよ。あの男の心は愛に満ちていたので、傷つけられると、憎しみにふくれあがったのよ。

わたしを深く愛していただけに、わたしを打ちのめしたいと思ったのね。もし、わたしを愛していなかったら、ナロの嘘など信じようとしなかったはずだわ」

「では、奥様は、嫉妬《しっと》が原因ならば、どんな卑劣な行為でも許すとおっしゃるのですか？

もし、わたくしが自分の誓いを忘れたとしたら、モリスは、わたくしをこらしめるために敵に寝返ったり、スパイになりさがったりしたでしょうか？

いいえ、奥様。モリスは、わたくしを裏切るぐらいなら、一思いにわたくしを殺していたと思いますわ！」

「そんなことを言うところをみると、あなたは、本当に人を愛したことがないのね。いいこと、ヴァンダ！　わたしは女だけれど、フィリップを救うためなら、ヨーロッパ中を戦争に巻きこんでも、家族も……子供だって……犠牲にしても惜しくないわ。それなのに、わたしに捨てられたと思って、貴族の名誉を踏みにじったフィリップの気持が、あなたにはわからないの！

もし、あの人が復讐をためらったら、わたしはあの人を憎むようになるわ！」

「わたくしは、ああいう形で復讐をとげたあの男を憎んでいます」

「もう、なにも言わないで！」と伯爵夫人は叫んだ。「わたしを怒らせないで！　わたしはあなたを傷つけるつもりはないけれど、フィリップに手出しする者は、みんなわたしの敵よ」

「奥様は、敵に対して情け容赦なく振るまう方でしたね？」

「生まれてこのかた、敵を許したことなんて一度もないわ」

「では、わたくしも奥様のお許しを乞うような真似はいたしません。でも、はっきりと申しあげておきますが、たとえ奥様の恋人であろうと、あの男をあくまでも追跡するつもりです。

わたくしは孤立無援で、保護してくれる人もなく、ルーヴォアの残忍なスパイどもは、すでにわたくしの人相書を持っていることでしょう。

わたくしは商人の妻に身をやつし、わたくし同様、フランス国王に対する謀反を企てている三人の忠実な部下とともに、ペロンヌにやってきました。

ほんの一言でも密告する者がいれば、ほんのちょっとしたきっかけさえあれば、総督はわたくしたちを逮捕させ、投獄させるか、ソンム川に投げこませることができるのです。そうすれば総督はルーヴォアから褒美をもらい、国王に処罰された名もない謀反人たちのことなど、だれも気にかけないでしょう。

さあ、奥様、早く総督のところへ行って、お膝元の町の旅館に、謀反人モリス・デザルモアーズの共犯が四名いる、とお知らせなさい。そうしたら総督は、この貴重な情報とひきかえに、もしかするとドルヴィリエ大尉を釈放してくれるかもしれませんわ」

ソワソン伯爵夫人は死人のように青ざめ、一瞬、目をきらりと光らせたが、その光はすぐに消えた。

それから夫人は大股で歩きはじめ、天に向かって拳をふりかざし、とりとめのないことを口走った。

「いいえ、そんなことはしないわ」不意にヴァンダのまえで立ちどまって、夫人は言った。

「どうしてですの？　奥様の恋人の命は、外国人の女と数人のみじめな兵士の命より、大切ではありませんの？」

「わたしの一門は、攻撃はしても、密告はしないのよ」

「ああ！　やはり奥様は、体内に貴族の血の流れる者ならば、よくよくの卑劣漢でないかぎり、人を裏切るようなことはしないはずだ、とお認めになるのですね！」

「ええ、そうよ。認めるわ」と伯爵夫人は豊かな黒髪をゆすりながら絶叫した。「そうよ、フィリップは卑怯者よ。フィリップは卑劣漢よ。でも、わたしはあの人に夢中なの！　いいこと、わたしはあの人に夢中で、あの人なしではいられないのよ！　きっと取りもどしてみせるわ！　わたしも天涯孤独の身で、みんなから見捨てられているから、あの人なしではいられない……」

「奥様が天涯孤独ですって！」ヴァンダは軽蔑と皮肉をこめて言った。

「そうよ、わたしも、ソワソン伯爵夫人として、富と権力をほしいままにしているこのわたしもよ！

ああ！　あなたは、わたしが立派な屋敷に住み、馬車を乗りまわし、従僕にかしずかれ、金庫に金をたくわえ、称号や位を持っているから、幸せだとでも思っているの……」

「奥様は、ご主人でいらっしゃる殿下のことをお忘れのようですわね」ついにモリスと正式に結婚することのできなかったヴァンダは、そう口をはさんだ。

「伯爵のこと？　ローマの貧乏貴族と結婚したので、家名に傷がついたと思っているあの人のこと？　わたしが広いがらんとした館で苦悩にさいなまれているとき、ヴェルサイユでスイス衛兵部隊の閲兵に明けくれている男のこと？　……

あなたは、わたしの子供たちのことも持ちだすつもりなの？　子供たちは、養育係につれられて、女王陛下の起床の儀式にでもはべるように、よそよそしい態度でわたしのところへやってくるわ。あの子たちは、わたしが妃殿下と呼ばれるようになるまえは、マンシーニの娘だったということを、もう知っているのよ。

わたしには、姉たちがいるって言うの？　姉たちは、公爵夫人のくせに、きたない策謀にうつつをぬかしている。

そうなのよ、ヴァンダ、わたしは、フィリップ・ド・トリーがあらわれたとき、だれからも愛されていない女だったのよ」

「わたくしにもモリスしかいませんでしたわ」とヴァンダはつぶやいた。

「それにね、フィリップはまだほんの坊やなのよ。陽気で、軽はずみで、だまされやすい質《たち》なの。可哀相に、ナロの嘘八百にすっかりたぶらかされ、忌わしい欲望の炎をたきつけられたにちがいないわ。

きっとナロは、なにかとんでもない芝居を打ったのよ。宮廷で羨望《せんぼう》の的になるような高い位につけてやるとか、伯爵が死んだら、わたしと結婚することも夢ではないとか、でたらめを言ったんだわ」

「いま、その野心家は、牢獄の片隅で、美しい夢がはかなく消えたのを嘆いていることでしょう。

神様は、公平ですわね！」

「牢獄？……そうね！　あの人はペロンヌにいるんだわ！　それなのに、わたしったら、あの人を救いだすかわりに、もう一度あの人に会う手だてを考えるかわりに、こんなところで嘆いているなんて……。

あの人は、どこにいるの？　ね、ヴァンダ、教えて！　教えてくれたら、わたしの魂の救いにかけて、あなたが失った幸福をすべて取りもどせるようにしてあげるわ……」

「そんな誓いをたてるのはおやめください、奥様。神様はわたくしにモリスを返してはくださらないでしょうから、奥様の魂は地獄に落ちてしまいますわ。

あの裏切者がどこにいるか教えろとおっしゃるのですか？　さっきも申しあげたとおり、城の塔のなかに幽閉されているのです」

「わかったわ。これから行ってみるわ。

わたしが名を名乗りさえすれば、どんな扉も開くにちがいない。総督は身分の低い貴族だから、ソワソン伯爵夫人の言葉にしたがわないわけにはいかないはずよ」

「それはお考えちがいかと存じます。わたくしは人を裏切ることのできない女ですから、奥様にご注意申しあげておきますが、城へいらしたら、御身の破滅になるでしょう。裏切者はもう奥様のことをルーヴォアに密告しているはずですから」

「嘘よ！　嘘よ！　さっきも言ったでしょう。フィリップはそんなことはしていないって。それに、万一、あの人といっしょに幽閉されたら……そうしたら、少なくとも、もう一度あの人に会えるのよ……でも、まさか、わたしを幽閉するなんて大それた真似はできないはずよ……必要とあらば、わたしは牢番の足元にひれふして、あの人を釈放するように頼んでみるわ」

そう言って、伯爵夫人は戸口のほうへ向かったが、扉をあける寸前に立ちどまり、つかつかと戻ってきた。

「あの人はたしかに生きているのでしょうね？」夫人は体をわなわなと震わせてたずねた。「たしかに人殺しどもの弾はあの人にはあたらなかったのね？」

「はい、たしかですわ。モリスが死んだというのがたしかなのとおなじように」

「だれがそう言ったの？」

「わたくしがこの目で見たのです。わたくしの愛するたった一人の男が朱に染まって川原に倒れ、裏切者が自分の罪のむくいを避けようとして体を伏せるのを見たのです。

神様は、いまにきっと、もっと恐ろしい罰をお下しになるでしょう。神様がわたくしの命をお助けになったのは、この世で神罰を下す役目をわたくしにお授けになるためにちがいありません」

「さようなら」と伯爵夫人はぶっきらぼうに言った。「あなたのモリスへの愛に免じて、フィリップに対する憎しみを許してあげるわ。でも、いいこと？　わたしの計画の邪魔をしたりしてはだめよ」

「わたくしは、命のあるかぎり、モリスの敵を討つようにつとめるつもりです」とヴァンダは昂然《こうぜん》と言いはなった。

「図に乗るのはおよし！　わたしをあまり怒らせると、モリスのあとを追う羽目になるわよ。

いまのうちに、さっさと町から出ておいき！　二度とおまえの顔など見たくない！」

「見たくないと言っても、きっとまた見ることになるわ」ヴァンダは、夫人が部屋から駆けだしていくのを見送りながらつぶやいた。

ソワソン伯爵夫人は、階段をころげるように駆けおりて、廊下で出あった宿の女中に城への道をきき、狂乱の態《てい》で外へ飛びだしていった。もはや、《花籠屋》に残してきた人たちのことなど念頭になかったのだ。

夫人の馬車は、馬をはずして玄関のまえにとめてあり、一階の大広間の奥では、夫人といっしょに旅してきた女が暖炉の火で足をあたためていた。春とはいえ、朝のうちはまだ冷えこむので、宿のおかみが泥炭をたくさんくべておいたのだ。

ヴァンダは、伯爵夫人のつれの女のほうには、まったく注意をはらわなかったが、この女は、夫人とは対照的な様子をしていた。

伯爵夫人はひどく取り乱していたが、つれの女は落ちつきはらい、にこやかに笑っていた。

夫人が大急ぎで二階へ駆けあがっていったあと、この女は宿のおかみと話しはじめ、威厳のある口調で命令をくだしたので、旅館の使用人たちはすっかり圧倒されてしまった。女は一番いい部屋を二つ要求し、一泊だけして翌朝には出発する予定だと言った。

宿のおかみは、まことに申し訳ないが一番いい部屋にはトゥルネーから来た商人夫婦が泊まっている、と答えた。するとその女は、自分たちはそんな身分の卑しい連中に遠慮する必要などないのだから、すぐに追いだしてしまえばいい、と主張した。

女がソワソン夫人の名前を出したわけではなかったが、夫人の態度から察して上流の貴婦人であることは一目瞭然《りょうぜん》だったので、宿のおかみは平謝りにあやまった。

「なんとか、できるだけのことはいたしてみますから、どうかお許しください。それに、あの商人の奥さんとお客様のおつれのお方は、お知りあいのようでございますから、お部屋のことも、お二人のあいだで話しあっていただけるのではないでしょうか」

「いいわ、あの二人の話がおわるのを待つことにするわ」と女はそっけなく言った。「どこかゆっくり休めるところへ案内しておくれ」

そこで、宿のおかみは、常連の客と雑談したりするのに使っている部屋へ、女をつれていった。

ちょうどそのとき、ヴァンダの部屋を出てきたブリガンディエールも、そこへ来あわせた。一体なにが起こっているのやら、さっぱりわからなくなったので、少し静かに考えてみようと思っていたのだ。

だから、ブリガンディエールは、その部屋に先客がいるのを見ると、思わずむっとしたような顔つきになり、すぐに玄関のほうへ向かおうとした。そのとき、宿のおかみがこう声をかけた。

「あの、お客様、実はこちらのご婦人は大層お疲れで、部屋が欲しいとおっしゃるのです。

たしか、お客様は今夜お発ちのご予定とうかがいましたので、それで……」

「それで、おかみさんは、私の部屋に泊めることにしたんだね」と自称商人は言った。

「同業者にでも譲れというんなら、めったなことでは承知できんが、そのご婦人のためとあらば、喜んで出ていくさ」

根が用心深いブリガンディエールは、宿のおかみの機嫌を損ねてはまずい、とすぐに見てとり、旅の女の機嫌を取りむすんでおく必要もあるかもしれない、と考えた。

いずれにせよ、日暮れまでにはペロンヌを出るつもりだったから、部屋をあけわたしても、痛くもかゆくもなかったのだ。

「まあ、よかった!」おかみは喜んで叫んだ。「これでなにもかもうまくいきますわ。

それにお客様、あとで二階から奥様がおりていらしたら、きっと部屋を譲るのに賛成なさると思いますよ」

「うちの女房は、私の言うことならなんでもきくからな」ブリガンディエールは、落ちつきはらって言ってのけた。

「そうでなくても大丈夫ですわ！」おかみは暖炉の火をかきたてながら言った。「奥様は、ご主人のご存じない上流の婦人とお知りあいのようですもの」

「いやあ、うちのやつは、死んだ父親が織物商をやっていた関係で、何度かいっしょにパリへ行ったことがあるから、そのご婦人もきっと……」

「ええ、パリから来ましたのよ」と見知らぬ女が口を開いた。

「あの立派な馬車を見ただけでも、すぐにそう見当がつきましたよ」ブリガンディエールは、この得体の知れない女の様子をそれとなく横目でうかがいながら応じた。

女はまだ若くて、小ざっぱりとした身なりをしており、体つきも顔も、なかなか魅力的だった。

ことに、その目は美しく、ブリガンディエールの姿にじっと注がれていた。

「ご親切に部屋をお譲りいただいて、ありがとうございます」女は、人の心をゆさぶるような甘い声で言った。「フランドルからいらしたのですか？」

「ええ、私はトゥルネーの穀物商です」

「まあ、そうですの？　わたしは、てっきり軍人さんかと思いましたわ」

「いやあ、そんな大層な身分ではありませんよ」ブリガンディエールは作りわらいをしながら言った。「もう百年近くまえから、親子代々、粉を売ってきたんです。親戚《しんせき》中さがしても、銃や槍《やり》を手にしたことのある者は見あたりませんなあ」

「わたしも、商人を軽蔑していたわけではありませんのよ。主人は金銀細工をあきなっているのですもの」

「本当ですか、奥様！　私はまた、貴族の奥方だとばかり思っていましたよ」

「わたしたち、宮廷の方たちによくごひいきにしていただいていますのよ」と女はなにげない口調で言った。

「すると、今度の旅行も商用で？」

「ペロンヌの総督に、それは見事な銀のお皿を献上しにまいったのですわ」

「では、二階へいらしたあのご婦人は……」

「総督のご親戚にあたられる方で、わたしを総督にひきあわせるために、わざわざご同道くださったのです」

「なんですって！　すると、あなたはレスピーヌ・ボールガール総督に会うために、ここへ来たんですか？」

「ええ。それがどうかしまして？」

「いや、べつに。たしかに、総督は大変立派な人物で、きくところによると、この地方の住民から大層したわれているそうですな」

「わたしは、お部屋の準備をしてまいりますわ」と宿のおかみが不意に言った。総督が大嫌いだったので、この賛辞に腹を立て、その場にいたたまれなくなったのだ。

おかみは、そそくさと部屋を出ていき、ブリガンディエールは見知らぬ女と二人きりになった。

二人は、長いことじっと見つめあったが、さきに目をふせたのは、ブリガンディエールのほうだった。

さすが物に動じない百戦練磨の勇士も、このときばかりは、憲兵隊の大部隊を向こうにまわして一人で戦うことになった場合より、もっと当惑していた。

女の瞳《ひとみ》は、猫のように光って不気味だったし、その声をきくと、妙に神経を逆なでされたような感じがした。

一方、いま二階で行われている話合いのことも非常に気がかりで、ブリガンディエールは、この二人の奇妙な女は何者なのだろう、としきりに頭をひねっていた。

「手をお出しになって」不意に女が言った。

ブリガンディエールは、言われたとおり手を差しだすかわりに、三歩後退した。

「あなた、女をこわがっていらっしゃるの？」女は、にっこり笑って言った。「フランドルの男は勇敢だときいていましたけれど」

ブリガンディエールは、なにがなにやらわからぬままに、ひとつには内心の不安を悟られまいとして、大きな掌を広げて差しだした。

女はすぐにその手をとって、注意深く調べはじめた。

「まあ、驚いた！」数秒後、女は大声をあげた。「ここの親指から人差し指まで続いている線によると、あなたの生涯は、いままでも、これからさきも、戦いと危険の連続のようですわね。

穀物商というのが、そんなに波瀾万丈の職業だとは知りませんでしたわ」

「なんのなんの！」とブリガンディエールは慌てて言った。「私は行商人でして、こういう戦時には、国境付近の道路は安全ではないので、時には……」

「あら、そうですの！　でも、このヴィーナス丘のうえを横切っている線によると、あなたにとって、愛はほんのわずかの意味しか持っていない……」

「なあに！　われわれフランドルの人間は、およそ情熱とは縁遠いですからなあ……」

「あなたは、愛など無視しているので、結婚したこともない、と手相に出ていますわ」

その言葉をきくと、ブリガンディエールはひどくうろたえた。

十七世紀の人びとの例にもれず、ブリガンディエールも魔法を信じていたので、行きずりの女に真相を見破られて、茫然《ぼうぜん》としてしまったのである。

「なにぶんにも結婚してまだ日が浅いので、あるいは、そのせいで……」ブリガンディエールは、しどろもどろに弁解した。

女は手相を見るのをやめて、心の底まで見すかすような眼差しをブリガンディエールに注いだ。

「そうだわ！」女はふと思いついたように叫んだ。「あなたが結婚しているという、その相手の女性の過去と未来を教えてあげましょうか？」

「いや、奥様」とブリガンディエールはあくまでも丁重に辞退した。「私は本を読んだこともない無学な者です。だから、いまだにトゥルネーの神父さんの言葉を守っています。神父は、ついこのあいだも、魔法を使ってはならぬ、と説教しておいででした」

「おや、そう？」と見知らぬ女は軽蔑をこめて言った。「それでは、さっきバルコニーにいた喪服の女のところへ行って、あの女《ひと》もおなじ意見かどうか、キッフェンバッハという男の運命について知りたくないかどうか、たずねてみましょうか？」

この魔法使いの女が隊長の仮の名を口にするのをきいて、ブリガンディエールは度胆をぬかれた。

ちょうどそのとき、部屋の扉があいて、ヴァンダが戸口に姿を見せた。

伯爵夫人があわただしく去っていったあと、ヴァンダは、行きしなに夫人が投げつけていった宣戦布告の言葉に衝撃をうけて、しばし茫然とたちつくしていた。

　これから始まる戦いはヴァンダに勝ち目のない戦いだったし、伯爵夫人の脅迫にあったら、もっとも勇敢な者でもたじたじとなったであろう。

　しかし、ヴァンダはいつまでもぐずぐずしてはいなかった。もはや命など惜しくなかったし、裏切者をこらしめるためなら、自分の自由を失うことぐらい、なんとも思っていなかったのである。

　ペロンヌの総督がドルヴィリエをどうするつもりか知るために、ヴァンダはそこに踏みとどまって、伯爵夫人の帰りを待ちうける覚悟もできていた。

　しかし、ヴァンダはいわば人の命をあずかる立場であり、自分と運命をともにすることを承諾してくれたブリガンディエールたちの命を、軽々しく危険にさらすわけにはいかなかった。

　そこでヴァンダはすぐさまペロンヌを発って、後日、総督の部下の目の届かぬパリで、自分の計画を続行する決意を固めた。だから、しばらくは茫然としていたものの、すぐに気を取りなおしてブリガンディエールを捜しはじめたのだ。

　ブリガンディエールは、宿屋からそう遠く離れているはずはなかった。ひょっとすると、馬車で乗りつけた謎《なぞ》の女について情報をとるために、まっすぐ宿のおかみのところへ行ったのかもしれない。

　そう考えて、ヴァンダはまず、おかみがいつも会合を開く一階の部屋へ向かった。おかみはそこの暖炉のわきに座をしめて、常連の客としゃべったり、使用人を叱《しか》りつけたりしていたのだ。

その部屋の扉を押して、見知らぬ女の顔を見たときのヴァングの驚きは大きかった。しかも、女のまえには、ほとんどうやうやしいと言ってもいいような態度で、ブリガンディエールがたたずんでいた。

大きな頭巾と茶色のマントから、その女が伯爵夫人のつれの女だということが一目でわかったので、ヴァングはとっさに退散しようとした。

しかし、女はヴァングを見ると立ちあがり、逃げだす暇を与えずに歩みよって手をとった。

「あなたはあの人を深く愛していらしたのでしょう？　キッフェンバッハと名乗る騎兵隊員を？」その風変わりな女は、ゆっくりとたずねた。

ヴァングは、蛇を踏みつけでもしたように、ぱっと後ずさりした。

「なにもこわがることはありませんのよ」と女は優しい声で言った。「わたしを敵と思わないでくださいな」

ヴァングは、この奇妙な場面の説明を求めるように、ブリガンディエールのほうを見た。

しかし、ブリガンディエール自身ひどく頭が混乱していたので、身ぶりでも言葉でも、ヴァンダの疑問に答えてやることはできなかった。

「わたしはソワソン伯爵夫人といっしょにペロンヌに参りましたの」とマントに身をくるんだ女は言った。「伯爵夫人のことはあなたもよくご存じなのでしょう。だって、さっきから半時ものあいだ、二人きりで話しあっておいでてしたものね。こんなことを申すのも、わたしがあなたに敵意を抱いていないということ、また、あなたが本名やこの町へ来た目的を隠しても無駄だということを、わかっていただきたいからですの」

「そんなこと、だれからきいたのですか？」

「だれからもきいていませんわ。わたしはなんでも知っているのです。そうだわ！　あなたと伯爵夫人のあいだでなにがあったか、あててみましょうか？」

ヴァンダは死人のように青ざめて、かすかに頷《うなず》いてみせた。

「伯爵夫人は、あの方の恋人があなたになにをしたか、とおたずねになった」女は霊感を受けたような口調で言った。「それに答えてあなたは、あの男があなたの恋人にどういう仕打ちをしたか、夫人に話したのでしょう」

あまりのことにヴァンダは足がふらつき、思わずブリガンディエールの腕につかまった。

「もう、なにも隠そうなどとは思いませんわ」とヴァンダはつぶやいた。「だって、あなたのお友だちの伯爵夫人は、恋人を釈放してもらうために総督のところへいらしたのですもの。夫人は、もしわたしがあの方の計画の邪魔をしたらただではすまない、とおっしゃっていましたわ。

どうぞ、あの方の計画に協力なさってくださいな。あなたはわたしたちの計画を全部ご存じなのだし、わたしたちをルーヴォアの手に引きわたすのに、なんの遠慮もいらないはずですもの」

「わたしがですか！」と女は叫んだ。「ルーヴォア大臣や伯爵夫人のために、わたしがあなたを裏切るですって！

わたしはカトリーヌ・ヴォアザンという者で、だれの指図も受けない女です」

カトリーヌ・ヴォアザンという名前はパリではすでに有名だったが、ヴァンダもブリガンディエールもまだ耳にしたことがなかった。この女占い師の怪しげな名声は、まだフランス国外には伝わっていなかったのである。

「あなたは、わたしを引っぱりまわしているあの妃殿下に、わたしが献身的に仕えているとでも思っておいでなのですか？」自分の正体をあかしても相手がいっこうに驚かないのに拍子抜けして、女占い師は言葉を続けた。「とんでもない！　わたしの仕えるのは、ほかでもない、学問だけなのです」

「学問？」とヴァンダは問いかえした。

「そうです！　過去を知り、未来を予告する学問です」

「わたしは神様しか信じないわ！」ヴァンダは昂然と言いはなった。

「随分幼稚なのねえ！　では、モリスがどうなったか教えてあげましょうか？」

「あの人は死にました」

「そうかもしれませんわね。手相を見せてくだされば、たしかなことがわかりますよ」

ヴァンダは一瞬ためらったが、すぐにこうつぶやいた。

「それは不信心者のすることだわ……」

「では、あなたはいつまでも疑いにさいなまれ、それがもとで身をほろぼしてもいいのですね……」

「疑いですって！　残念ながら、もう疑うことなんてありませんわ。敵の弾にあたらなかったのは、わたしたち四人のほかにただひとり、伯爵夫人の恋人がいるだけですもの」

「どうしてそうだと言いきれるのです？」

「なんとおっしゃっても無駄ですわ！　いまごろフィリップ・ド・トリーとかいうあの男は、すでにわたしたちのことをペロンヌの総督に密告しているにちがいありません。だから、あの男が唯一の生き残りだということを知るために、あなたの魔法の助けをかりる必要などないのです。わたしたちは、もし今夜まだここにとどまっていたら、モリスの共犯として逮捕され、投獄されてしまうでしょう」

「それならさっさとお逃げなさい。あなたがたが逃げるのを邪魔する者でもいるのですか?」

「あなたですわ。その気になれば、総督のところへ知らせにいけるでしょう」

「さっきも言ったとおり、カトリーヌ・ヴォアザンはスパイを働くような女ではありません。

その証拠に、わたしは、あなたがたが国境を越えるまで、伯爵夫人をこの町に引きとめておきましょう」

「そうしてもらったほうが安全かもしれんな」ブリガンディエールが低くつぶやいた。

「それとも、あなたはパリへ逃げたいのですか? それなら、わたしの家にかくまってさしあげますわ」

「せっかくですが」とヴァンダは冷ややかに言った。「あなたが本当にわたしのためを思ってくださっていると、どうして信じることができるでしょうか? わたしは伯爵夫人に決死の戦いをいどむ覚悟です。わたしには、身を寄せるところも、友も、力もまったくありません。それに、あなたとは今日はじめて会ったばかりだし、あなたの申し出もことわってしまったというのに……」

「わたしは弱い者の味方をしたくなる性分なのです! あなたのことを総督に密告するどころか、あなたを守ってあげたいと思っているのですわ!

わたしが上流の貴婦人のお供をしてきたからといって、わたしがその女《ひと》と愛憎をわかちあっているとでも思っているのですか？　貴婦人から金をもらいたいばっかりに、わたしがその女《ひと》の奴隷になるとでも思っているのですか？　金なら、わたしは山ほど持っています！　わたしが金を愛するのは、金がわたしを自立させてくれるからよ。わたしは、わたしの秘密や助力を手にいれるために金をくれる妃殿下や公爵夫人や領主など大嫌いだし、軽蔑していますわ。わたしはあの人たちに反抗する者の味方です。ソワソン伯爵夫人を助ける気になったのも、あの女《ひと》がもとはマンシーニ家の娘で、きのうまでは王の絶対権力に対して謀反を企てていたからですわ。これで、わたしがあなたに真心をつくそうとしていることがおわかりですか？」

嘘とまことが微妙に入りまじって怒りの叫びとなった、この奇怪な信念の表白を、ヴァンダは黙ってきいていた。

カトリーヌ・ヴォアザンの異様な二重人格がヴァンダに見抜けるはずはなかった。この女は、ルイ十四世の時代のもっとも特異な人物の一人だったのだ。

この奇妙な女は、自分の予知能力を信じて疑わぬ一方、平気で媚薬《びやく》や毒薬を売るという具合で、未開人の激しい情熱と同時に、百年後の人びとの脳裡《のうり》に芽生える反抗と平等の思想を抱いていた。

火刑裁判所におけるこの女の裁判の記録を読めば、この女が王侯貴族に対して非常に横柄な態度をとったこと、また、いわば狂信的な情熱をかたむけて祈禱師《きとうし》の仕事を行っていたことが明らかになる。

この女は、一生のあいだ、だましやすい人びとをペテンにかけ、時の有力者たちの鼻をあかして過ごした。死にのぞんでは、裁判官や死刑執行人を愚弄《ぐろう》し、悪魔までもあざけったりしたが、悪魔の存在は信じていたのだ。

「奥さん」いままで黙って二人の女の話をきいていたブリガンディエールが、ここではじめて口をはさんだ。「私たちとしては、いますぐ出発できれば、願ってもないことです。奥さんがだれにも知らせないと約束してくださるのですから……」

「あなたがたに会ったということさえ、決して口外しませんわ」と女占い師は言いきり、ヴァンダのほうを向いて、おごそかな口調でこう付け加えた。

「あなたがどこへ行くのか、きこうとは思いません。知りたければ、星を見て占うこともできるけれど、そうするつもりはありません。

さあ、はやく出発なさい！　ただ、カトリーヌ・ヴォアザンがモリスの運命を教えてあげようと言ったこと、また、もしモリスが死んでいるなら、その復讐に手をかそうと申し出たことをお忘れなく」

ヴァンダは一刻も早く立ちさりたいと思った。息苦しくて、宿屋から出るとき、ブリガンディエールの腕にすがらねばならなかった。

ブリガンディエールは、ヴァンダを通りへつれだすと、耳元でこうささやいた。

「さ、奥様、できるだけ早くパリ門から町のそとへ出てしまいましょう。クースキは馬屋で寝ていますから、行って起こしてきます。アリをつれて、町より少し下流の岸で、私たちと合流するように言いつけておきましょう。そうすれば、日暮れに一番近くの村に着き、あすの朝、通りすがりの駅馬車に乗ることができるでしょう」

10　さらばペロンヌ

馬車を乗りつけた貴婦人たちの部屋の準備で、おかみがてんてこまいしているあいだに、ヴァンダは難なく《花籠屋》を発つことができた。おりよく宿のおかみがちょっと留守にしていたので、厄介な質問に答えずにすんだのである。

このような突然の出発は、かならずおかみの好奇心を刺激したにちがいないが、ヴァンダは嘘をつくのもわずらわしいような気分だった。

ブリガンディエールも、宿の使用人たちとしゃべる気になれなかった。幸いなことに、その必要もなかった。

今朝、散歩に出るまえに、ブリガンディエールは宿賃の払いをすませておいた。荷物など持ってきていなかったので、その点でも心配無用だった。

だから、ただちに出発することに、なんのさしさわりもなかったのだ。

念のため、ブリガンディエールはクースキに命じて、宿のおかみにこう説明させることにした――主人夫婦は、あとに残してきた騾馬《らば》のところまで徒歩で行くことにきめたので、これ以上ペロンヌには滞在しない。それをきいた宿のおかみは、急に部屋を変えさせられたりしたので、客が怒って出ていってしまったのだろう、と思うかもしれない。場合によっては、伯爵夫人か女占い師カトリーヌ・ヴォアザンが、もっともらしい理由を述べてくれるだろう。二人とも、旧知のように親しげに話しこんだ相手の立場を悪くするようなことは、言えないはずだった。

クースキはすぐに酔いのさめる質《たち》の男だったので、ブリガンディエールに起こされたときには、その指示を充分理解できるほど頭がはっきりしていた。

こんなふうに万事好都合に運んだおかげで、女占い師との奇妙な会話の三十分後に、ヴァンダとブリガンディエールはすでに町の門を出ていた。

二人とも目立たぬ服装をしていたので、パリ門の番兵たちは二人をろくに見もせずに通した。

さっきブリガンディエールが手短にヴァンダに話した計画は、橋を渡って左岸ぞいにソンム川を下り、ペロンヌより四、五キロ川下の、小さな川が合流している地点にできた沼まで行くというものだった。

ブリガンディエールは、軍人特有の鋭い観察力を持っていたので、今朝、散歩からの帰り道、要塞《ようさい》の斜堤のうえからあたり一帯を眺めたとき、その沼のところになら安全な隠れ場所があるにちがいない、と見当をつけていたのだ。

もちろん、ブリガンディエールはクースキにもそこへ行く道を教えておいた。勘のいいクースキなら、アリをつれてそこまでたどりつくことができるはずだった。

さらに、ブリガンディエールは、夜になったらどこに泊まればいいかという点について、通りすがりの百姓にきいておくつもりだった。

ヴァンダにしてみれば、裏切者が依然として幽閉されている城から遠ざかるのは、不本意なことだった。

しかし、事態があまりに急速に展開したので、もはやこれ以上ペロンヌにとどまるのは危険となってしまった。

なにはともあれ、ソワソン伯爵夫人の手の届かないところまで逃げのびねばならない。

しかし、ヴァンダのたっての願いをいれて、ブリガンディエールは、裏切者の運命がはっきりするまで最終的に町の周辺から離れない、と約束しなければならなかった。

道中これといって変わったこともなく、四、五十分歩いたのち、二人は人里離れた藁《わら》ぶきの家のまえまで来て、そこで一休みすることにきめた。

その家には年とった百姓女が一人住んでいるだけで、客に出せる食物といっては、黒パンと卵と弱いビールしかなかった。

だが、その老婆の話によると、西のほうへどんどん行けば、住む人も少なく旅人もあまり通らぬ地方を横切って、ほぼ一日でアミアンに到着できるということだった。

ヴァンダたちにとって、これは願ってもない道筋だった。そういうところなら、途中で、具合の悪い相手とばったり出会う心配もないし、アミアンといえばピカルディー地方の主都だから、パリへ行く交通機関はいくらでもあるはずだった。

親切な老婆の家でゆっくり休息したあと、二人は、ブリガンディエールが見当をつけておいた隠れ場所へ向かった。

そこは川の流れを見おろす丘のうえで、その地点で川はかなり急に曲っていた。

右手にはペロンヌの町、それにペロンヌからモンディディエへ向かう街道が見えた。それは、今朝、ソワソン伯爵夫人が通ってきた道だった。

左手には二つの村の教会の塔が見えた。ブリガンディエールは、一方の村がフィエール、もう一方がクレリー・シュール・ソンムという名前だということまで、ちゃんときいてきていた。

丘のふもとには沼が広がっていた。いぐさや葦《あし》など水辺にはえる草がおい茂り、遠くから見ると、まるで青々とした藪《やぶ》のようだった。

「奥様」とブリガンディエールは言った。「ここは二人の兵士たちを待つのに理想的な場所です。遠くから人が来るのが見えるし、不意打ちされる心配もありません」

「そうね」とヴァンダはつぶやいた。「それに、もし、あの囚人が今夕パリへ護送されることになれば、一行の馬車が見えるわね」

「そうですねえ！　しかし総督は、まっくらになってからでないと、囚人を町のそとへ出さないと思いますよ。二人の兵隊たちのうち、どちらか一人をここに残しておいたらどうですか？

そいつに言いつけて囚人の一行を遠まきに尾行させ、パリで私たちと落ちあうようにさせるんですよ。

いまは、なによりもまずペロンヌから遠ざからないといけません」

「でも、もし、尾行を命じられた男が正体を見やぶられて、逮捕されたらどうするの？」

「まず第一に、人目をひかずに敵を見張るには、兵隊のほうが適しています。いついつまでに、たとえばバスチーユの門のまえに来るように、と命じておけば、そいつはきっと待ちあわせの時間かっきりにあらわれるでしょう。それに、万一そいつがつかまっても、ルーヴォア大臣がドルヴィリエをどうしたか、知る方法はまだ残されていますよ」

「どんな方法？」

「さっき私たちの運勢を占ってやろうと言った、あの猫の目をした女にききにいけばいいのです」

「あなたは、あんな馬鹿げたまやかしを信じているの？」

「いや……そういうわけでもないが……私の生まれ故郷では、魔法使いについていろいろな話が伝わっていますがねえ……とにかく、あの女が伯爵夫人に強い影響力を持っていること、それにあなたを助けたいと思っていること、それだけは確かだと思いますよ」

「わたしはとてもあやしいと思うわ」

「しかし、奥様、あの女はいくらでも私たちのことを密告できたはずなのに、そうするかわりに私たちにすぐ出発するようにすすめ、後日、助力と保護を求めにくるようにと言ったではありませんか。

パリに着いたら、私ひとりであの女のところへ出向いて、私たちが逃げだしてからペロンヌでなにがあったか、たずねてもいっこうにさしつかえないでしょう？」

「だって、あの女の住所さえわからないのよ」

「なあに！　きっと捜しだしてみせますよ。ああいう高貴の婦人といっしょに旅をするほどの人物なら、かなり顔が広いにちがいない。行きずりの町人をつかまえてたずねてみれば、住所ぐらいすぐに教えてもらえるでしょう。

それに、どうか心配しないでください、奥様。私は慎重にかまえて、相手に知られてまずいようなことは決して口にしませんから」

「そうね……もしかすると……いよいよほかに方法がないとなったら、そうしてもいいかもしれないわね」

「私たちは、どこかひっそりしたところに家をかりればいいでしょう。奥様は、地方の貴族の未亡人で、訴訟の請願のためにパリに来ているということにして、私は奥様の執事という触れこみにするのです。私たちが夫婦だという芝居は、そう長く続けるわけにはいきませんからね。

アリとクースキが奥様の従僕の役をつとめるでしょうから、見ず知らずの者を雇いいれる必要もありません。

四人で力をあわせれば、よほど運が悪くないかぎり、私たちは本懐をとげることができるはずです」

「でも、それは、裏切者がバスチーユに投獄されたらの話で、さもなければ……」

「それは、あのヴォアザンとかいう女にきけばわかりますよ。そうしたら、どこにルーヴォアがドルヴィリエを送ろうと、私たちはそのあとについていくことにしましょう」

今度は、ヴァンダも異論をさしはさむわけにいかなかった。

ブリガンディエールの計画は、考えられるかぎり一番妥当なものと思われたので、ヴァンダはそれを実行に移す決意をほぼ固めたのである。

しかし、水底にモリスの眠るこの川の岸辺を去るのは、うしろ髪をひかれる思いだった。

老兵の言葉に応じるかわりに、ヴァンダは黙って草のうえに坐り、あたりの物淋《ものさび》しい景色を悲しげに見まわした。

見わたすかぎり、ゆるやかな起伏の原野が広がるばかりで、森も牧場もなかった。地平線に輪郭を見せる山もなければ、耕地の単調さを破る大木もなく、わずかに数軒の農家の屋根が灰色がかった大地に赤く点々と見えるばかりだった。

それは、平々凡々とした散文的な風景だった。

しかし、ソンム川の三角洲《さんかくす》によって形成された沼には、一種独特の雰囲気が漂っていた。その濁った水面はところどころに青々とした小島を浮かべ、すでに傾きはじめた春の日差しのなかで、鉛色に光っていた。

かすかな西風がオランダ菖蒲《しょうぶ》の茎をたわめ、睡蓮《すいれん》の大きな白い花冠を震わせていた。時おり、一羽の鷺《さぎ》が丈の高い草のあいだから重たげに飛びたち、哀調をおびた声をあげてあたりのしじまを破り、柳の古木の根元におりて、もっともらしい顔つきで片足で立ったりした。

ヴァンダの目は、遠くそびえるペロンヌ城の巨大な塔や城壁に吸いつけられていた。しかし、ブリガンディエールのほうは、しばらくまえから、妙に注意深く沼を見つめていた。

葦の茂みのなかでなにか動くように思えたのだ。この際、常ならぬ動きはすべて疑ってかからねばならなかった。

はじめ、ブリガンディエールは、川獺《かわうそ》かなにかが魚をつかまえるために身をひそめているのだろう、と考えた。

さもなければ、葦の茂みのかげで、例の不運な憲兵隊長代理とおなじように釣好きの男が、糸をたれているのかもしれない。

しばらく目をこらしているうちに、ブリガンディエールは、沼地の植物のあいだにひそんでいる両生類のような生物がなにか、はっきり見きわめることができた。

頭が見えた。黒い鬘《かつら》をかぶった頭だ。

人間だ。

ブリガンディエールは不安になり、そっとヴァンダの肘《ひじ》をついて、二人の足元で起こっていることに注意をうながした。

葦の茂みにひそむ男の姿は見えかくれしていた。

男は首をのばして四方を見まわすと、また草のかげに頭を隠してしまった。

どうやら、この怪しい人物は丘のうえの男女に気づいたらしい、隠れるには、それなりの理由があるのだろう。

「あの男、ひどくうさんくさいと思いますよ」ブリガンディエールは小声でささやいた。

「でも、だれかしらねえ?」ヴァンダはうわのそらでたずねた。

「だれって……総督のスパイかなにかにちがいない。私たちの様子をうかがっている。そっとここから退却して、早く逃げだす算段をしたほうがいいでしょう」

「でも、兵隊たちとここで待ちあわせることになっているのだから、ここを離れるわけにはいかないわ。

それに、あの男はもうわたしたちの姿を見つけてしまったわ。もし、本当にわたしたちを見張っているのなら、あとをつけてきて、近くの村で加勢を求めるでしょう。相手が一人のうちに正体をよく見きわめたほうが賢明よ」

「奥様のおっしゃるとおりだ。攻撃は最大の防御《ぼうぎょ》なり、と言いますからね。私はこれから行って、あいつがなにをしているかきいてきましょう」

「気をつけてね。武装しているかもしれないし、それに……」

ヴァンダの忠告をみなまできかずに、ブリガンディエールはすばやく丘を駆けおり、葦の茂みに大股《おおまた》で近づいた。

あと一歩というときに、茂みのなかから、しゃがれた声がこう叫んだ。

「近づくな！　さもないと頭をぶちぬくぞ」

「おやおや！」とブリガンディエールは思った。「どうやら先方のほうがおれよりもっとこわがっているようだな。

本当におれの頭をぶちぬけるのなら、もうとっくにそうしているはずじゃないか」

そう考えながら、ブリガンディエールは、謎《なぞ》の男が隠れている水生植物の茂みをかきわけようとして、手を差しのべた。

その瞬間、黒い髪の頭がぬっとあらわれ、同時に長い剣をふりかざしている手が突きだされた。

ブリガンディエールはさっと横へ飛びのいて、猛烈な一撃をかわした。しかし、相手は隠れ場から出て、巣から追いたてられた猪《いのしし》のような勢いで突進してきた。

あわや激しい切りあいがはじまるというとき、二人は互いに相手がだれであるかに気づいた。

「ブリガンディエール！」

「大尉！」

二人が同時に発した叫びは、手に汗握る思いでこの場面を遠くから見守っていたヴァンダの耳にも届いた。

泥にまみれたぼろぼろの制服を着た男が飛びだしてくるのを見、ブリガンディエールが《大尉！》と叫ぶのをきいたとき、ヴァンダは、神の恵みでドルヴィリエとめぐりあえたのだと早合点し、ブリガンディエールが相手を捕えるのを助けようとして、駆けだしていった。

しかし、それが思いちがいだということは、すぐに明らかになった。二人の男はしっかりと抱きあったし、少し近よって、べっとりと泥のついた顔をよく見ると、なんとそれは、元ピカルディー砲兵連隊所属のバシモン大尉だった。

それからしばらくのあいだ、三人は驚きのあまり支離滅裂なことを口走り、互いの質問にもまともに答えられない有様だった。

やがて、ブリガンディエールは、奇跡的に生還した大尉を丘のふもとまでつれていった。

そこの草のうえにバシモンを坐らせると、さすが修羅場を何度もくぐりぬけてきただけあって、ブリガンディエールは落ちついたもので、まず、懐からブランデーの瓶を取りだして渡した。

バシモンはぐっと一口飲み、たちまち元気を回復した。

「ありがとう」バシモンは荒く息をしながら言った。「おかげで生きかえったよ」

ブリガンディエールは用意周到な男だったので、ポケットにはさまざまなものがはいっていた。

つぎにブリガンディエールが取りだしたのは、大きな黒パンの塊だった。さきほど年とった百姓女の家で食事をしたあと、念のためポケットに突っこんでおいたのが役に立って、バシモンはがつがつとむさぼり食った。

ヴァンダは、この哀れな男が早く空腹をみたして口がきけるようにならないか、と待ち遠しく思った。

この男のほかにも、弾丸にあたらず、溺死《できし》も免れた者がいるのではないか。そう考えると、ヴァンダの胸は高鳴った。

モリスの生きた姿を再び見られるという望みがいかにかすかなものだったにせよ、ヴァンダは、藁にもすがるような気持で、それにしがみついていたのだ。

だが、間もなく、その望みはバシモンによって消しさられた。

バシモンは一斉射撃によって馬を撃たれ、水に落ちた瞬間から、なにも見ることができなくなってしまった。

それどころか、あまり急激に馬から振りおとされたので、なかば気を失い、はっきりしたことはほとんど覚えていなかった。

幸いなことに、バシモンは水に押し流されて、気がついたときには、五十メートルほど下流の左岸に打ちあげられていたので、当然、そこにじっと身をひそめていたのだ。

バシモンは、遠ざかっていく憲兵たちの声ぐらいは聞いたように思ったが、仲間たちがどういう運命をたどったかは、さっぱり見当もつかなかった。

岸に打ちあげられてからは、これといったことも起こらなかった。

ペロンヌから相当離れるまでは、川筋からそれないようにしようと思って進むうちに、町の少し下流のところで夜が明けてしまった。仕方なく、バシモンは川岸の土手の窪《くぼ》みに隠れ、守備隊の兵士に見つからぬようにした。

そうやって、寒さと飢えと疲労で死にそうになりながら、三月二十九日の昼のあいだを過ごしたのである。

日が沈むと、バシモンは隠れ場から出て、さっきブリガンディエールに発見されたときにいた沼まで、やっとの思いでたどりついた。しかし、そこで力尽きてしまい、先へ進む元気を取りもどすまえに、また夜明けになった。

やむをえずバシモンは、腰まで泥につかったまま、もう一度日暮れを待つことにした。だが、ついに辛抱しきれなくなり、ブリガンディエールたちに姿を見られたときは、どこか近くの農家へ助けを求めにいこうとして、立ちあがったところだったのだ。この湿っぽい隠れ場所でみじめな死に方をするよりは、いっそ逮捕されたほうがましだ、と思ったのである。

このみじめな冒険譚《ぼうけんたん》をききおわると、ブリガンディエールは、それよりは少しましだった自分たち四人の体験、それに、これからの一行の計画を話した。

ヴァンダの復讐《ふくしゅう》計画の一部始終をきいて、バシモンはこう請けあった。

「私におまかせください、奥様。私がルーヴォアに対する反乱に加わったのは、昔の恨みを晴らすためだったし、この陰謀計画の成功が自分の利益になると考えたからでした。

しかし、いまは違います。ルーヴォアは私の友人たちを殺させ、獣のように私を追いつめている。だから、今日から、私はあいつに死闘を挑むつもりです。

どうか、なんなりと私にお申しつけください。よしんば、ヴェルサイユ宮のまっ只中でやつを刺し殺せ、と言われたとしても、私は奥様のご命令に従う覚悟です」

「わたしが追いかけたいのはルーヴォアではなくて、わたしたちを敵に売った裏切者よ」

とヴァンダは叫んだ。

「それなら、二人ともやってしまいましょう。しかし、もし、奥様のおっしゃるとおり、あのドルヴィリエがバスチーユにいるのなら、われわれがつかまえるまでもないでしょう。一度あそこにはいった者は、二度と出てこられないのですよ」

「でも、ソワソン伯爵夫人なら、あの男をバスチーユから救いだすこともできるわ。そうしたら……」

「ああ、そうだった！　いまうかがったばかりの話を忘れていましたよ。たしかに、あの伯爵夫人なら、恋人を救うためになんでもやりかねない。それなら、夫人のことも私が引きうけますよ！　私は誓って……」

「あれをごらんなさい！」とブリガンディエールが口をはさんだ。少しまえから、ペロンヌのほうで起こっている出来事に注目していたのだ。

ヴァンダとバシモンが驚いて振りかえると、大規模な車馬の行列がソンム川の橋を渡るところだった。

橋までの距離はそう遠くなかったし、よく晴れた日だったので、移動していく人馬の影がくっきりと地平線に浮きだしていた。

二十騎ほどの騎馬の者が二列に並んで進み、それにはさまれて、車にのせた大きな輿《こし》が四頭の頑丈な馬にひかれていった。

まさに地平線に沈もうとする太陽の光を受けて、兵士たちの抜き身の刀がきらめいていた。

「あの男だわ！」とヴァンダは叫んだ。

「とにかく重要な囚人であることには間違いありませんね」とバシモンは言った。「私は長いこと軍人として勤務したので知っているのですが、ありきたりの逮捕者なら、あんな物々しい護衛はつかないはずですからね」

「妙だなあ」とブリガンディエールはつぶやいた。「どうして総督の部下に護送させないんだろう？

ペロンヌの総督の憲兵は歩兵だが、あそこにいるのは騎兵ばかりだ」

「ありや、きみ、騎馬憲兵隊だよ！」バシモンが教えた。

「天は正義の味方だわ！　ソワソン伯爵夫人はどうすることもできなかったようね」とヴァンダは小声で言った。

「しかし、夫人はきっと行列についてパリまで行くでしょう」と言ったのはブリガンディエールだった。

「わたしたち、夫人よりさきにパリにつけるといいけれど」

「なんとかやってみましょう。輿というのは、そう速くは進めないものだから、もし、私たちが今夜アミアンまで行ければ……」

「すると、きみはアミアンへ向かう予定にしているんだね？」とバシモンがたずねた。

「そうです。あそこでパリ行きの駅馬車に乗るつもりです。クースキとアリが命令どおりの時間にやってくれれば、かならず行けると思うんですが……。

しかし、もう日が沈みかけているというのに、あいつらはまだあらわれない。あの飲兵《のんべ》衛《え》のクースキの野郎がまた酒をくらいはじめていないといいんだが……うまくアリを見つけられたかなあ……あの二人がぐずぐずしているうちに夜になってしまったら、おいてきぼりをくわせてやるから……」

「だめよ、あの二人を置きざりにするわけにはいかないわ」ヴァンダがきっぱりと制した。

「丘のうえにのぼりましょう。そうすれば二人の姿が見えるかもしれない」とバシモンが提案した。

バシモンは、ヴァンダたちのあとについてのぼるのが苦しそうだったが、やっとのことで頂上にたどりついた。一分後に三人は、沼を見おろす丘のうえから、あたりの原野に目をこらしはじめた。

その直後のことだ。凄《すさ》まじい地響きがし、あたりの空気が激しく震動した。

ピカルディー地方では地震は稀《まれ》にしか起こらないので、この現象が地震によるものとは、とても考えられなかった。

震動の原因はただちに明らかになった。

ペロンヌ城の上空に白煙が立ちのぼり、恐ろしい大音響がソンム川の峡谷にこだました。

空中に巨大な黒点が飛びちった。それは、ほかでもない、城の壁の大きな破片がそっくり吹きとばされたものであった。ついで、黒っぽい煙がもくもくとあがり、ところどころに赤い炎の舌も見えた。

やがて、すべては終った。

風が煙を吹きはらい、あたりはしんと静まりかえった。

ヴァンダたち三人は、一体、何事が起こったのかと問いたげに、互いに顔を見あわせた。

「城が吹っとんだんだ」とブリガンディエールが叫んだ。

「いや、そうじゃない」とバシモンが言った。「塔はまだ立っているぞ」

「もう十五分早かったら、裏切者のドルヴィリエも死んでいたでしょうに」とヴァンダはつぶやいた。

「まったく悪運の強い男だ」とブリガンディエールも相槌《あいづち》を打った。「あれをごらんなさい。護送隊の連中が大騒ぎしている」

実際、平原を蛇行しはじめていた行列は進むのをやめ、騎馬の兵士たちが輿のまわりに集まるのがはっきり見えた。

「もし、総督も一行に加わっているなら、自分の天守閣がどうなったか見に帰るかもしれない」とバシモンが言った。

「いや……待てよ……伝令が二名、町のほうへ馬を走らせていった。あとの連中は先へ進んでいきますよ」

なるほど、部隊は再び行進しはじめ、いかなる救出の試みからも囚人を遠ざけようとするかのように、馬の歩みを速めた。

「あの調子で三日も走ったら、連中はわれわれよりさきにパリに着いてしまう」とブリガンディエールは歯がみした。「一体全体、ペロンヌでなにが起こったというのだろう？」

「町へ行って調べる気にはなれんな」とバシモンは言った。「それに、そんなことはどうでもいいじゃないか？　爆発で総督の兵隊が何人か死んだにちがいないが、その連中が気の毒だとは思えんよ」

「わたしたちの味方が無事だといいけれど！」とヴァンダが叫んだ。

「なあに、あの二人は、あんな騒動に巻きこまれるほど間抜けではありませんよ……それに……いや、まさか……しかし、私の錯覚ではないようだが……」とブリガンディエールは口ごもった。

「なに！　まさか柳並木に沿って忍んでくるあの二人の百姓が……」

「味方の後衛に間違いない。大股でやってくる脛《すね》の長い男はクースキだ。そのあとからころげるようについてくるのはアリだ。

やれやれ、間にあってよかった。もう日暮れだから、あいつらがあと一時間も遅れていたら、われわれは途方に暮れてしまうところだった」

「あの二人、なにか情報を持ってきたのかもしれんな」とバシモンが言った。

「さあね。とにかく、もうこれ以上、ここにじっとしている必要はなくなったわけだから、あすの朝までにはアミアンに着けますよ。

おや！　われわれの姿を見つけたらしい。急いで走ってくる」

クースキは大股で飛ぶように近づいてきた。負けじとアリも頑張ったので、二人は、ヴァンダたちの待ちうける丘の頂上に同時に到着した。

一同は抱きあって無事を喜び、バシモン大尉まで、階級の差を忘れて二人の勇敢な同志を抱擁した。

「命令をちゃんと実行したのは感心だが、どうしてこんなに手間どったんだ？」とブリガンディエールが小言を言った。

「アリを捜すのに一日中かかったんです」とクースキはすかさず弁解した。「おまけに、やっと見つけたと思ったら、こいつめ、町で用事があるから、それがすまないうちは出発するわけにいかん、とぬかしやがるんですよ」

《本当か？》というようにブリガンディエールににらまれたアリは、《そうだ》と認めるかわりに低くうなった。

「奥様とおれが出発したあと、宿屋のほうはどうだった？」

「なにも問題はありませんでしたよ。おかみは、お客さんが黙って出ていったとわかると、ひとしきりわめきちらしたけれど、あの頭巾《ずきん》をかぶったご婦人が黙らせてくれました」

「それからどうした？」とたずねながら、ブリガンディエールは、《ね、私の言ったとおりでしょう？》というようにヴァンダの顔を見た。

「それから、例の馬車で乗りつけた妃殿下が戻ってきました。あの女《ひと》は妃殿下なんだそうだけれど、そんなふうには見えなかったなあ。まるで正気じゃなかったでしたよ。泣きながらもう一人の女の首っ玉にしがみついて、総督がどうしたとか、ルーヴォアがこうしたとか、ヴェルサイユへルーヴォアに会いにいくとか言ってたようです……。

私はそのすきにそっと逃げだしたので、だれにも気づかれずにすみましたよ」

「おまえといっしょに酒保で酒を飲んだ二人の憲兵はどうなった？」

「やつらをのせた担架が兵舎へ戻るのに出会いましたよ。担架をかついでいた兵隊たちは、『この飲んだくれども、やっぱり酒が命取りになったなあ』と言っていました」

「うまくやったな！　おまえのような部下がいるとおれも肩身が広いよ」

この褒め言葉をきくとクースキは胸を張り、アリはぷうっとふくれつらをした。

「ところで、いまさっきのものすごい音はなんだか知っているか？」

「あれは私のやったことです」アリが一歩まえへ進みでて答えた。

「なんだって！　おまえが？」

「ええ、私が歩哨《ほしよう》屯所をなかの憲兵もろとも吹っとばしたんです」

「そりゃ本当だろうな？」

「私が一度でも嘘をついたことがありますか？」

「しかし、一体どうやって？」

「朝方、あのあたりをうろついていると、換気窓が目についたので、そこからもぐりこんで憲兵詰所の真下にある地下室にはいってみると、隅っこに火薬の樽《たる》と山積みになった薬《やっ》莢《きよう》がありました。

私は憲兵どもに、夕方になったら余興を見せにくる、と言っておきました。だから、そのころには隊員は一人残らず集まっているはずでした。

日が沈みはじめると、私はもう一度地下室へ忍びこみ、錐《きり》で火薬の樽に穴をあけ、縄を導火線にして火打ち石で火をつけてから、クースキのところへ戻りました。

だれも私が忍びこんだのに気づかなかったようで、さっき私たち二人がのんびり川岸を歩いているとき、憲兵どもはみんな地獄へ落ちたというわけですよ」

「でかしたぞ、よくやった！」とブリガンディエールは興奮して叫んだ。

「サウルは千人の敵を殺したが、ダビデは一万人殺した」とバシモンはつぶやいた。時おり、こんなふうに聖書を引用する癖があったのだ。

トルコ人アリの手柄がたたえられるのをきいて、今度は、ポーランド人クースキがむくれる番だった。

「裏切者も憲兵たちといっしょだったらよかったのにね！」とヴァンダが溜息《ためいき》をついた。

「そうなにもかもうまくはいきませんよ」とトルコ人はつぶやいた。

「さあ」とブリガンディエールが大声でうながした。「出発しよう。これ以上、こんなところに用はない。それに、さっきの爆破事件のせいで、総督がペロンヌ周辺の山狩りを命じることだって考えられるよ。

アミアンまでは十二里たっぷりあるから、これ以上、時間を無駄にしてはいられない」

「むこうに着いたら、あとは私にまかせてくれ。フランス国王のスパイの手が絶対に及ばない隠れ家を見つけてみせるから」とバシモンがうけあった。「昔おなじ連隊にいた仲間がオートワ界隈《かいわい》に住んでいるんだ。

そいつに頼めば、着がえを見つけてきてくれるだろうし、いくらでも好きなだけかくまってくれるだろう」

「いや！　そう長くあそこにいるつもりはありません」

「すると、ただちにパリへ向かうつもりかね？」

「ええ、護送隊よりさきにパリに着いていないといけませんからね。あの連中はせいぜい三、四日で到着すると思いますよ」

「よし！　私もいっしょに行こう！」とバシモンは叫んだ。「あのドルヴィリエのやつをしっかりと見張っていくぞ」

ブリガンディエールは黙っていたが、その表情から、バシモンの同行を快く思っていないことがはっきりとうかがわれた。

「私がきみの作戦の邪魔をするとでも思っているのかね？」とバシモンがたずねた。

「いや、そういうわけではないんですが、大尉殿」とブリガンディエールは当惑気味に答えた。「しかし……大尉殿はフランス軍の将校だったことがあるから、宮廷の貴族に顔を知られているかもしれない……だから……つまり……大尉殿自身のためにも、私たちのためにも……」

「さきを続けたまえ」

「大尉殿には、ブリュッセルで私たちの帰りを待ってもらったほうがいいかもしれません。

ことに、ブリュッセルには大事な小箱が隠してあって、ルーヴォアの手下どもがきっとそれを奪おうとするでしょうからね」

「そうだわ」とヴァンダが小声で言った。「そっちのほうの危険のことをすっかり忘れていたわ」

「奥様」とバシモンが再び口を開いた。「これからは奥様の目的が私の目的でもあるわけですから、ご命令のままに行動しましょう」

「それでしたら、大尉、あなたにはフランドルにいていただいたほうが、わたしたちの役に立つと思いますわ。

もしフランドルへいらしてくださるのなら、味方の者に紹介状を書いてさしあげますわ。ことに、そのなかの一人は、わたしたちの秘密をなにもかも知っている人です。いまからならまだ、あのナロが小箱を手にいれるのを防げるかもしれません」

「しかし、奥様はルーヴォアの怒りをものともせず、パリに乗りこむおつもりのようですが、あの男に見つかるのが恐ろしくないのですか？　そんなことになったら……」

「私たちは隠れん坊の名人だから大丈夫です」とブリガンディエールが口をはさんだ。「この勇敢な二人の男といっしょに、ルーヴォアの鼻をあかしてやりますよ。

それに、私たちはいつまでもフランスにとどまるつもりはありませんからね」

「いつまでもとどまるつもりよ。あの裏切者がフランスから出ていかないかぎりはね」とヴァンダが暗い表情で言った。

ブリガンディエールは、いまはこのような重大問題を論じている場合ではないと思ったので、黙っていた。

すでに夕闇があたりの原野をおおいはじめ、ペロンヌ城の塔も夜霧のなかに没していった。

ブリガンディエールは部下に二言三言命じて偵察に出し、出発の合図をした。

11 バスチーユの囚人

首尾よくペロンヌを脱出してから二週間ほどのち、一六七三年の四月なかばごろ、ヴァンダ、ブリガンディエール、それに二人の兵士たちは、パリの聖アントワーヌ街近くの家に住んでいた。

ソンム川での大惨事ののちは、運命はつねにこの四人に味方し、ブリガンディエールの計画はすべて順調に実行に移された。

一行は無事アミアンに到着し、そこでバシモンの友人の家で一日疲れをいやしてから、駅馬車に乗って三時間たらずのうちにパリに着いた。

バシモン大尉は、ヴァンダの訓令をたずさえてブリュッセルへ向かい、まだ間にあうのなら、例の危険な小箱を安全な場所へ移す任務を引きうけることになった。

バシモンの書いてくれた紹介状のおかげで、ヴァンダたちは、パリに着いた当初、サン・ジャック通りで本屋をやっているベローという男の家に、かくまってもらうことができた。

《シャプレー》という屋号で市当局の認可のもとに営業しているこの町人は、バシモンのためなら献身的に尽す男であった。当初その理由は明らかではなかったが、とにかくこの男は、ヴァンダたちが安全な場所に身を落ちつけられるよう、実に熱心に尽力してくれた。

この男のおかげで、ヴァンダは、パリに着いた翌日、ペロンヌの総督の囚人がその日ちょうどバスチーユにいれられた、という情報を得た。以来、ヴァンダはただひたすら、あの恐ろしい監獄のそばに居をかまえたいと望んだ。

幸いヴァンダは、この希望を実現するのにきわめて好都合な立場にあった。それというのも、ヴァンダの身につけている帯のなかには、少なくとも三十万リーヴル相当のダイヤモンドが詰まっていたからである。これだけの路銀があれば、金詰まりの当時、なんでも好きなことができたのだ。

この宝石は、非常の場合にそなえてモリスからあずかっていたものだった。ヴァンダがこの財産をなくさなかったのは、まったく幸運だった。このような軍資金がなかったら、大富豪のソワソン伯爵夫人をむこうにまわして戦うことなど、はじめから諦《あきら》めなければならなかっただろう。

また、ヴァンダは、いよいよ困ったら、パリの銀行家で国王の書記をつとめるピエール・カドランという男に会い、モリス・デザルモアーズの名を言って、ほぼ無制限に金を借りることもできた。しかし、そのためには、謀反の首領の未亡人という身分を明かさねばならなかったが、この際、そうした危険は冒さないほうが賢明だった。

そういう次第で、ヴァンダはバシモンの友人の本屋に頼んで、見事なダイヤを二粒だけ売ってもらうことにした。とある宝石商が、時価の三分の二の四万四千リーヴルでそれを買いとった。

この金で、ヴァンダは作戦を開始することができた。つまり、所用でパリ滞在を余儀なくされている裕福な地方出身の婦人らしく、贅沢《ぜいたく》に暮らしはじめたのである。

ヴァンダはラエー夫人と名乗り、ポワチエの貴族の未亡人で、夫から遺産とともに相続した財産請求権を主張しに、商事裁判所に出頭するためにパリに来た、という触れこみにした。

ブリガンディエールはバランタンという名の執事ということになった。

クースキはラピエール、アリはプチジャンと名乗り、ラエー夫人の身のまわりの世話をするために、国からついてきた従僕に化けた。

本屋のベローは利口な男だったので、ヴァンダたちにうってつけの家をすぐに見つけた。

それは、聖アントワーヌ門の目と鼻の先、城壁《ランパール》通りとジャン・ボーシール通りのあいだにある広壮な屋敷だった。

この邸宅はかつて最高法院の大審部判事が住んでいたところで、外部から覗《のぞ》かれぬよう高い塀に囲まれた庭があり、四階建てで三方に入口がついていた。

判事は相当立派な家具を残して死んだが、判事の遺族がそれを安く手ばなしたので、ヴァンダたちは一週間たらずで家の設備を整えることができた。

こういう好条件に加えて、この家には、ヴァンダにとってかけがえのない利点があった。

この家はバスチーユの真向かいにたっていたのである。

屋敷の正確な位置を理解するためには、ルイ十四世時代に、そのあたりがどんな状態だったか知っていなければならない。有名なバスチーユ監獄が取り毀されて以来、この界隈《かいわい》はすっかり変わってしまったからだ。

当時、厳密な意味でのパリ市は聖アントワーヌ門までだった。聖アントワーヌ門というのは、現在ボーマルシェ大通りと呼ばれている道と平行にたっていた。

門の向こうは郊外で、パリ市とのあいだには、ほぼ現在の聖マルタン運河に相当するところに、深い堀があった。

城壁《ランパール》通りは、ボーマルシェ大通りが延長されたときに、なくなってしまった。

ジャン・ボーシール通りのほうは、ボーマルシェ大通りとトゥルネル通りのあいだに、いまもなお残っている。

バスチーユ監獄は、ほぼ現在のバスチーユ広場全域を占めていたが、特に聖アントワーヌ通りと砲兵工廠《アルスナル》のほうに広がっていた。

郊外のがわから見ると、バスチーユは五角形の稜堡《りょうほ》になっており、歴代の典獄がそこを庭園として利用していた。稜堡の突角は堀のうえに突きだしていた。

この堡塁《ほうるい》を西北の固めとして、城はその背後にそびえていた。城の他の三方は深い堀によって守られていた。

城は細長い長方形で、大小二つの中庭があり、周囲に並ぶ八基の丸い塔のうち、四基はパリ市のほうを、あとの四基は郊外のほうを向いていた。建物全体はどっしりした感じで、建築としての面白味とはおよそ縁がなかった。

バスチーユは見るからに防禦《ぼうぎょ》用の城だった。これは、シャルル五世の時代に、パリ、特に当時の王宮だった聖ポール宮殿を守るために、ユーグ・オーブリオによってたてられたものであった。

しかし、一六五一年、フロンドの乱のおり、反乱軍兵士の退却を援護するために、モンパンシエ嬢が国王の軍勢に向かってバスチーユの大砲を発砲させて以来、この古い城砦《じょうさい》は囚人を幽閉するのにしか利用されなくなったのである。

ラエー夫人ことヴァンダの借りた家は、長方形の短い辺のうち、西向きの壁に面してたっていた。

家の窓から見ると、せいぜい五十メートルほどのところに、八基ある塔のうちの二基と、塔を結ぶ城壁がそびえていた。城壁は塔とおなじくらい高く、窓らしいものはひとつもなかった。

したへ目をやると空地が見えた。そこは聖アントワーヌ通りの延長のようになっており、少し左へ行ったところで聖アントワーヌ門にぶつかっていた。

バスチーユの入口は、反対側の砲兵工廠《アルスナル》のほうにあった。しかし、時間によっては大勢の監獄の関係者、看守、憲兵、巡査などが、ロワイヤル広場界隈の高級住宅街を散歩することがあった。

したがって、ヴァンダたちはその連中の様子をとくと観察することができたのである。ペロンヌから護送されてきた囚人に関する情報を手にいれ、ルーヴォアがその囚人をどう取りあつかうつもりか知るためには、バスチーユ内部の者から話をききだすのが、一番手っ取り早く一番効果的な方法だった。

そこで、引っ越したその日から、ヴァンダたち四人はその目標にむけて努力を始めた。

四人はそれぞれ役目を分担した。

〝ラエー夫人〟は、典獄の部下などと口をきくわけにいかなかったので、隣屋敷に住む年老いた裁判所長夫人と近所付合いをするぐらいが関の山だった。

この老婦人は若いころ社交界で活躍した経験があり、宮廷やパリの噂話《うわさ》を無限に知っていて、いろいろなニュースについて貴族の婦人相手におしゃべりするのが大好きだった。

三度目の訪問のときに、ヴァンダは早くも老婦人からすっかり信頼されるようになり、やがて、つぎのような貴重な情報を得ることができた。

数日まえ、一人の囚人が厳重な監視のもとに輿《こし》に乗せられてバスチーユに到着した。典獄ベズモー・ド・モンルザンがベルトディエール塔に収容したこの囚人は、よほど重要人物に相違ない。なにしろ、ルーヴォア大臣みずから、この男を尋問するために、すでに三度も足を運んできたというのだ。

この裁判所長夫人はサン・ムール夫人という名で、ベズモー典獄とも交際していた。ヴァンダは、いずれまた、そういう好都合な事情を利用させてもらおう、と心ひそかに考えた。

こうして、女主人が利用価値のある知人を作っているあいだ、〝執事〟のほうも、手をこまねいていたわけではなかった。

〝執事〟は射手《アルバレトリエ》公園と呼ばれる広場の木蔭を散歩するうちに、レキュイエという男と知りあった。この男はバスチーユ城門警備隊長だということで、城内では将校と平の看守の中間のような役目を果たしていた。

ラピエールとプチジャン、実はポーランド人クースキとトルコ人アリは、あちこちの居酒屋で、もっと下級の獄吏と親しくなり、特に、アントワーヌ・リューとジャック・ブルグアンという二人の男とねんごろになった。この二人は、監獄の鍵を保管する係官だった。

　これだけでも大した収穫だったが、ヴァンダは満足していなかった。四人とも、確実な情報はまだなにも入手していなかったからだ。

なにぶんにも、四人は非常に慎重に行動し、監獄の関係者たちの警戒心を刺激するような言動は、絶対に慎まなければならなかった。

　しかし、〝執事のバランタン〟は城門警備隊長とかなり頻繁につきあい、この男を完全に手なずけるのも不可能ではあるまい、と考えていた。

　ある日の昼さがり、執事に化けたブリガンディエールは、聖アントワーヌ通りとプチミュスク通りの角にあるマイエンヌ宮の門のまえで、日なたぼっこをしていた。レキュイエがよくそのあたりを通ると知っていたからだ。案の定、レキュイエが姿をあらわし、いつもよりずっと急いで近づいてきた。

　バスチーユ城門警備隊長レキュイエの姿を見ると、〝執事〟は礼儀正しく帽子をとり、いそいそと出迎えた。

　看守の階級のなかでこれほど位の高い人物に対して、〝執事〟が礼を尽すのは当然すぎるぐらいだった。

　レキュイエは背が高くて太っており、なかなか立派な風采の男で、かなりの年輩にもかかわらず元気旺盛《おうせい》だった。軍服とも従僕の仕着せともつかないビロードまがいに銀モールのついた胴衣を着こみ、金メッキした銅の握りの長い杖《つえ》をつき、もともとは黒かったのだが、長く使いすぎて赤茶けてしまった鬘《かつら》をかぶっていた。態度は尊大で、目はきょろきょろと落ちつかず、頬はふくらみ、鼻はとても長くて真っ赤だった。

城門警備隊長という大仰《おおぎょう》な肩書のもとにこの男が果たしていた任務は、要するに城の入口の門番だったのだ。

普段、この有力な獄吏は、典獄閣下の信任あつい士官にふさわしく、まじめくさった威厳ある様子をしていたのだが、その日にかぎっていつになく興奮の面持ちで、肩で息をしながらやってきた。その様子を目ざとく見てとったブリガンディエールは、相手の動揺につけこむ絶好の機会だと思った。

「これはこれは警備隊長殿！」ブリガンディエールは深々と一礼して言った。

「やあ、バランタン君」とレキュイエは気のない挨拶《あいさつ》を返したが、目下の者に思いやりを示して、こう付け加えた。

「帽子をかぶりたまえ。今日は寒いから頭を冷やすといけない。もっとも、わしは暑くて息が詰りそうだがな」

「それでは、冷たい飲物でも一杯いかがです？」バランタンことブリガンディエールは、帽子をまた頭にのせながらたずねた。「すぐそこに、シャンペンみたいに泡の出るアンジユーの酒を飲ませる店がありますよ」

「ああ、知っているよ。プチミュスク通りにある《風車》亭だろう。おかみはよく気のつく女だし、なかなかいい酒を持っている。しかし、わしは酒を飲むならゆっくり飲みたい質《たち》でな……」

「国王へのご奉公で、息つく暇もないほど忙しいというわけですか！」

「まったく息つく暇もないほどさ。
わしはこのとおり太っておるが、今朝からもう六回もベルトディエール塔の階段をのぼったんだ。おまけに典獄のところへも行かねばならんし、二つの中庭を行ったりきたりしたものだから、もうどうにもやりきれなくなって、十五分だけ暇ができたのを幸い、ちょっとそとの空気を吸いにきたんだ」

「そとの空気なら、《風車》亭でだって吸えますよ。あそこの中庭で口あたりのいい酒を一瓶か二瓶抜けば、最高の気分になれることうけあいです」

「じゃあ、一瓶だけだぞ。わしは勤務中だからな」

「それでは、一瓶だけにしておきましょう。いやあ、まったく、お付きあい願えて嬉《うれ》しいですなあ。

私は今日の午後ずっと時間があいているんです。奥様はミニモ修道会へお参りにいかれて、お帰りは夜になる予定なのでね。

私みたいに大都会でひとりぼっちの田舎者が、あなたのような立派な方とお近づきになれるなんて、本当に運がいいと思いますよ」

「たしかに、わしは面白い話をたくさん知っているがね」門番兼警備隊長は満足げな笑みを浮かべて言った。「職務上の秘密はしゃべるわけにいかんのだよ」

《なあに、いまにしゃべらせてみせるさ》とブリガンディエールは考えた。自分の力量にもいささか自信があったが、相手の口を軽くするためには、なによりもアンジューの酒の効果に期待していたのだ。

「きみの仕えている奥さんというのは、よほどの金持なのかね？」居酒屋のほうへゆっくりと歩きながら、レキュイエがたずねた。

「ものすごい大金持ですよ。亡くなった旦那様には子供がいなかったので、奥様は、よく肥えた土地のあがりで、年に三万リーヴルの収入がおありになる。そのうえ、いま裁判所で返済を請求中の二十二万九千リーヴル十六スー九ドニエもありますしね」

「すると、きみの収入もいいんだろう？」

「いや、なに、ポワトゥー地方では、高給取りなんていませんのでねえ！」

「しかし、地代だの、小作料だの、なんのかんのといろいろあるから、きみも適当に懐をうるおしているにちがいない」

「いやあ、そんなのは高が知れていますよ！　死んだ旦那は細かい人だったし、私たちのような田舎の執事は、あなたがたのような国王に仕える士官とちがって、なにひとつ自分の思うようにできないんですからね。まったくのところ、私が一年かかって稼ぐ金は、あなたが半年で稼ぐ金額の、そのまた半分にも及びませんよ」

「なあに！　身分の高い囚人がいるときには、いくらか実入りがいいこともあるが、そんなことはめったにない。十年に一度かそこら、一日に三十六リーヴルの収容費の出る副司令官級の囚人がはいってくるくらいなものさ。それ以外は雑魚《ざこ》ばかりだ。一日の食費として金貨一枚しか支給されない哀れな囚人の上前をはねても、いくらにもならんだろう。それに、ここだけの話だが、ピンはねした金の大部分は、典獄の懐にはいってしまうんだ」

「本当ですか！　私はまた、ベズモー典獄というのは、大層気前のいいお大尽だとばかり思っていましたがねえ」

「とんでもない！　たしかに典獄は食事に大変な金をかける人だが、その費用は全部囚人に払わせているようなものさ。なんと驚くなかれ、パン屋も肉屋も鶏屋も、監獄へ品物を納めさせてもらうために、それぞれ典獄に付け届けをしているんだ。典獄は飲料水運搬人からまで賄賂《わいろ》をとっているし、埋葬費用のピンはねまでやっている。

聖ポール教会参事会員に依頼して、囚人の葬式に列席してもらうために、警視総監から金貨五十枚が支給されるのだが、遺体を墓地に運ぶのは真夜中から一時までのあいだだし、坊さん一人でも参事会員全員でも、祈りを唱えることに変わりはないものだから……な、わかるだろう？」

「ええ、ええ、ようくわかりますとも」

ここでブリガンディエールは、ペロンヌの総督の部下だった憲兵との会話を思いだし、心のなかでこう考えた。

《どうやら、フランス国王の総督だの典獄だのという連中は、みなおなじ穴のむじならしいな》

そうこうするうちに、二人は《風車》亭のまえまで来た。居酒屋の庭は新緑が美しく、あずまやが通りすがりの人にむかって、木蔭で一杯やっていかないか、と誘っているように見えた。

〝執事〟はすでに居酒屋のおかみジャクリーヌと顔見知りだったので、親しげに迎えられた。

店の片隅の薪束《まきたば》の後ろから、二本の酒瓶が運ばれてきた。二本ともほこりだらけ蜘蛛《くも》の巣だらけだった。

愛想のいいおかみは給仕を女中まかせにせず、自分で瓶を持ってきて栓を抜いた。なにしろ〝執事のバランタン氏〟は上得意だったし、バスチーユの士官の制服も、おかみに尊敬の念を抱かせたからである。

アンジューの地酒がグラスのなかで泡立ち、レキュイエがそれを二、三杯ぐっと飲みほすと、会話はにわかに活気をおびはじめた。

いかめしい警備隊長もしばらくは体面を忘れ、しきりに舌鼓を打って、その泡立つ酒を褒めたたえた。

「こいつはいい葡萄《ぶどう》園の酒だ。それに、きっと六九年ものに相違ないな」レキュイエはもっともらしい口調で言った。「わしは若いころ、ナントの城に勤めていたことがあるので、酒のことは詳しいんだ。

フーケ財務卿が連行されてきたときも、わしはまだあそこにおって、財務卿の食事のお余りをちょうだいしたが、どうしてなかなかのご馳走《ちそう》だった」

「フーケ氏が逮捕されたときのことは、私もおぼえていますよ。当時は大変な騒ぎでしたからねえ。

ところで、あの気の毒な人はいまどこにいるんですか？」

「ピエモンテのピニュロル要塞《ようさい》にいる。裁判のあと、国王の命令であそこへ護送されたのだ。バスチーユで裁判の行われた一六六六年には、わしはもう現在の職についていたんだ」

「では、あなたは財務卿を見たことがおありなのですか？」

「ああ、いまこうやってきみと向かいあっているように、近々と見たとも」

「ほかにも、大勢の有名な人を見たことがおありなのでしょう？」

「まあね。何人かは見ているさ」

「国家に大きな足跡を残した囚人と毎日接することができるのを、あなたはさぞ誇りに思っておられることでしょうねえ！　みんなに命令をくだしていた人に命令をくだすというのは、気持のいいものでしょうねえ！」

「なあに！　慣れてしまえば、なんとも感じなくなるさ。それに、わしたちは、いつも囚人の身分を知っているとはかぎらんのだ。わしたちは勅命逮捕状に書いてある名前を名簿に書きうつし、囚人は、生きているうちにせよ死んでからにせよ、バスチーユを出るまでその名で呼ばれることになる。だが、それが本名でない場合が多いんだ。

　そういうことに関しては、わしはだれよりもよく知っている。なにしろ、わしは収監の係だからな」

「ものを知らないやつだとお思いかもしれませんが、〝収監〟というのはどういうことなんですか？」

「書記が囚人の名を名簿に記入したあとで、囚人を身体検査して金や所持品を没収するんだ。たとえば、たばこ入れとか指輪とか……」

「すると、あなたがそれを……」

「ああ、そうだよ。しかし、わしは預かり証を書かねばならんのだ。所持品は、囚人が釈放されるときに返すことになっているからな」

「具合のいいことに、囚人はいつも釈放されるわけではないのでしょう」

「それどころか、釈放されることなどめったにない」

「しかし、相手が貴族院議員公爵か、普通の貴族か、あるいは町人か、知る方法はまったくないんでしょうかねえ？」

「いや、もちろんあるとも！　監獄内での待遇が違うんだ。たとえば一日の食費は、庶民なら三リーヴル、町人なら五リーヴル、貴族なら七リーヴル、特に重要な囚人の場合には十二リーヴルだ。そうそう！　先週輿で連行されてきた囚人は十二リーヴル支給されている」

ブリガンディエールはきらりと目を光らせたが、いかにもたまげたというように感嘆の声をあげた。

「へえー！　すると、その囚人はさぞ身分の高い人なんでしょうねえ」

「まったく、それにしても世話の焼ける囚人だよ！　あいつのおかげで、わしはこうして一日中階段を駆けのぼらされているんだから。

やっときたら、四六時中あちこちへ人を使い走りにいかせやがる。やれ典獄に話があるの、外科医のアブラハム・レイユに用があるのと言っていたかと思うと、懺悔《ざんげ》をしたいから教誨師《きょうかいし》を呼べなどと言いだすという具合だ」

「本当に随分注文の多い囚人ですなあ」

「それだけならまだしも、わしは、その囚人に関心を寄せているある高貴な奥方を追いはらうのに、ひどく手こずっているんだ」

「高貴な奥方ですって！」と〝執事バランタン〟は感にたえないといった様子で叫んだ。

「しかも王家の血筋をひく婦人だぞ」

「王家の血筋をひく婦人！」

「といっても、縁戚《えんせき》だがね。その婦人というのは……それぐらいならしゃべってもさしつかえあるまい……、なんとソワソン伯爵夫人なんだよ」

「ほう！」〝執事〟は、相手が名前を出したのがどういう人物なのかよくわからない、というような顔をしてみせた。

「どうやら、きみは宮廷のご婦人連のことにはあまり詳しくないようだな」レキュイエ警備隊長は、無理もないことだ、というように鷹揚《おうよう》に言った。「ソワソン伯爵夫人というのはな、サヴォイ公トマ殿下の孫と結婚したんだが、そのトマ殿下というのが例の有名なソワソン伯、つまり一六四一年にスダンの近くで戦死した伯爵の妹と結婚した男なんだ。しかも、伯爵夫人自身は故マザラン枢機卿《すうきけい》の姪《めい》ときている」

「ええっ！　あの大宰相マザランの？」

「そうだ。おまけに、マザランから莫大《ばくだい》な遺産を相続している」

「すると、その……」〝バランタン〟は考え考え言った。「その婦人は……いや、私の思いちがいではないようだ……世間で《マンシーニの娘たち》と呼ばれていた姉妹のうちの一人でしょう？」

「ほほう！」とレキュイエはからかうような口調になった。「田舎者にしては、きみはなかなか物知りだねえ」

「いや、ほんのききかじりですよ！　ギュイエンヌ州の総督アルブレ公爵が宮廷へ伺候しての帰途、よくポワチエに一日二日滞在されたのですが、そのお供の人たちとしゃべったことがありましたのでねえ」

「その昔は、《マンシーニ》という名をうっかり口にしようものなら、大変な目にあいかねなかったんだぞ。枢機卿の生きていたころ、そんなことを言っているのを立ちぎきされていたら、きみはわしの下宿人の仲間入りをしていたかもしれん」

「警備隊長殿、お願いです！　どうかなにもきかなかったことにしておいてください！」

〝バランタン〟はいかにもおびえきった声音で叫んだ。

「まあまあ、そう怖がらんでも大丈夫だ。時がたっても監獄は残っているが、王の寵愛《ちょうあい》は移ろいやすい。マンシーニの娘への寵愛は数年来すっかり衰えてしまったよ」

「やれやれ、おかげで冷や汗をかきましたよ。バスチーユに入れられるかもしれないなんて、きいただけで背筋が寒くなる」

「それじゃあ、体を暖めるために、ぐっと一杯あおりたまえ」

「そうしたいのは山々だが、あなたがつきあってくださらないことにはねえ」

「つきあってやるとも！」と言ってレキュイエが差しだしたグラスに〝執事〟はなみなみと酒をついだ。それを一息に飲みほしながら、レキュイエはしたり顔で付け加えた。「いやはや！ このアンジューの地酒はなかなかいけるわい。どうだ、二本目を抜くことにしようじゃないか」

「お望みとあらば、三本目も抜きますよ」

「いや、それはあとで考えることにしよう。あまり遅くなるといかんからな。なによりも仕事を大事にしなくては。典獄閣下は七時に夕食を召しあがる。そのとき、わしは従僕どもの監督にあたらねばならんのだ」

「なあに！ いましがた聖ポール教会の鐘が五時半を打ったばかりですよ。だから……」

「さっきの話の続きだがな」とレキュイエ警備隊長は言葉をついだ。酔うと饒舌になる男だったのだ。「気の毒に、ソワソン伯爵夫人の時代は終ってしまったのさ。以前なら、ベズモー典獄は部下を総動員して夫人を出迎えさせただろう。ところがだ！　驚くなかれ、典獄は、第一衛兵詰め所よりなかへ夫人を入れてはならん、とわしに命じたんだ。

これには、わしもほとほと弱りはてている。なにしろ夫人は毎日のように押しかけてくるので、わしはもうどうしたらいいかさっぱりわからんのだよ」

「しかし、一体全体なにが目的で来るんですかねえ！」

「例の囚人に会いたいというのさ。それで、わしが馬車まで送っていくたびに、泣いたりわめいたり、脅迫したり賄賂の約束をしたりするんだ。

台所の下働きに化けた夫人をベルトディエール塔の三階へ忍びこませてやったら、金貨一万枚をくれるというんだから驚くじゃないか？」

「ベルトディエール塔の三階というと？」

「例の囚人のいる部屋がベルトディエール塔の三階にあるのさ」

「もしかすると、うちの窓から見える塔のことかな？」

「いや、城の反対側の塔だ。広いほうの中庭の角にある」

「そうか、そうか！」とつぶやきながら、〝バランタン〟はこの情報をしっかり記憶にとどめておこうと思った。

「つまり、夫人は日に二回、囚人どものところへ食事を運んでいく料理女たちといっしょに、塔のなかへはいりこもうというわけだ」

「金貨一万枚というのは大変な金ですね」と〝バランタン〟は首を振りふり言った。

「それはそうだが、そのかわり、わしは馘《くび》になるかもしれんし、悪くすると、地下牢《ろう》に一生閉じこめられるかもしれん。そうなったら、いくら金貨があっても、なんの役にも立たんからな」

「いやぁ！　私なら、そんな好機に恵まれたら敢《あ》えて危険を冒すでしょうな。そのかわり、金を受けとり次第、外国へ逃げる覚悟でね」

「わしは買収されるような男ではない。もっとも、時には誘惑に負けそうになることもあるがねえ」

「すると、その囚人は伯爵夫人の身内の人なんでしょうね……」

「それはわしにもわからん。それに、わかっていたとしても、絶対に口外せんぞ」レキュイエ警備隊長は威厳たっぷりの態度で見得《みえ》を切った。

「では、私も二度とおたずねしないよう、以後気をつけましょう」と〝バランタン〟は申しわけなさそうに言った。「第一、囚人たちはよく偽名を与えられているということだから、典獄閣下にも、だれがだれやらわからないのかもしれませんね」

「いや、典獄閣下はちゃんと知っている。勅命逮捕状が出された理由について、レニー警視総監か次席のデグランジュ氏から知らされるからな。さもなければポンシャルトラン大臣が説明にやってくるか、例のル・フロワの場合のように、ルーヴォア閣下みずから足を運ばれることもある」

「ル・フロワ？　ル・フロワってだれです？」

「いま、わしはル・フロワと言ったかね？」と言ってレキュイエは唇を噛《か》み、うっかり口をすべらせた失策を忘れるために、酒をぐいと一口飲み、肩をすくめて言葉を続けた。

「なあに！　きみに知られたからって、別にどうということもないさ。ポワチエのような田舎では、きみらは国の政治問題などには関心を抱いていないだろうから、新入りの囚人の名簿に記入された名前がル・フロワだということも、きみには興味のない話だろう」

「ええ、この店から出るころには、そんなことはもう忘れているでしょうよ。しかし、それは偽名のようですねえ。高貴の奥方と知りあいの男がル・フロワという名前だなんて、ありえない話ですよ」

「第一、一介のル・フロワ風情を尋問するために、ルーヴォア大臣が三日も四日も続けて足を運ぶなんて、変だからな」

「大臣は忙しい体だろうから、よくよくのことがないかぎり、わざわざバスチーユの住人を訪問したりしないはずでしょう」

「そのとおりだ。ことに、いまは国王陛下のお供をして遠征に出かける準備の最中だからな。噂によると、来月の一日に出発する予定だそうだ」

「それなのに、ヴェルサイユからパリまでやってきて、そのベルトディエール塔の三階とやらにある独房へのぼっていくなんて、酔狂なことですねえ！

まったく、王様もよい臣下を持ってお幸せですな」

「なにを言ってるんだ！」そろそろ舌のもつれはじめたレキュイエは大声で言った。「いいか、ベルトディエールの三階というのは独房なんかじゃないんだぞ」

「これはどうも。私はてっきり……」

「ベルトディエールの三階というのは、バスチーユ中で一番上等の部屋で、身分の高い人しかはいれないんだ。

部屋の間口は五メートル、天井の高さは五メートル、緑色のサージの寝台におなじ生地のカーテン、テーブルが二つに椅子が三脚、上等の暖炉がついている。つまり、あそこは王侯の宿所なのさ」

《この鼻もちならぬ牢番め！　いつか貴様がその部屋でくたばれるといいがな！》とブリガンディエールは考えた。

「おまけに食事が豪勢なんだ！　日に二回、スープ、煮込み、焼肉、サラダが出て、季節には苺《いちご》まで出る。精進日には、ざりがにのスープ、上等の魚をゆでたり揚げたりした料理、新鮮な野菜といった献立で、食事のたびに極上のブルゴーニュの酒が一瓶つく」

「きいただけでもよだれが出そうですが、このアンジューの酒も悪くないでしょう？」

〝バランタン〟ことブリガンディエールはまた相手のグラスを満たしながら言った。

「ま、パリの超一流の宿屋に泊まっても、あれだけの待遇は望めないだろうな」

「その話をきいて、ソワソン夫人が台所の下働きに化けようとしたわけがわかりましたよ。それだけの食事をベルトディエールの三階まで運びあげるには、随分人手がいるでしょうからねえ」

「うん。しかし、食事を運んでいく連中はなかまではいれないし、伯爵夫人はきっとつかまっていただろうよ」

「しかし、私が思うには……」

「合点がいかないのも無理はないな。いま説明してやるから、ようくきくんだ」レキュイエ警備隊長はふんぞりかえって言った。「まず、ベルトディエールの三階には二重扉があって、二重扉のまえには回転扉がある。

食事時間の少しまえになると、バスチーユの副典獄のような立場にある国王代理官が、囚人の部屋のなかへはいっていく。

五分後に、台所の下働きどもが料理を運んできて、回転扉のところに置いてあるテーブルにのせる。

下働き連中がさがったあとで、国王代理官が内側の扉を開き、食事を取って囚人のところまで運んでいく。

食事の後片付けも、おなじ手順で行われるんだ」

「なあるほど。そうすれば、料理人たちは絶対に囚人たちの顔を見ることはできないというわけですね。うまいことを考えたものだなあ。

でも、警備隊長、あなたはその哀れな男に会えるんでしょう？」

「一度も会っておらんよ」

「なんですって！　あなたさえもですか？」

「わしばかりではない。典獄閣下と国王代理官のほかは、だれも囚人の顔を見ておらんのだ」

「しかし……ここに到着したときは？」

「到着のとき、囚人の閉じこめられていた輿は、知らせを受けたベズモー典獄の待っている中庭へはいっていった。

やがて護送部隊の兵士たちはそとへ出てしまい、ベズモー典獄、それに鍵を持っていた副典獄の二人だけで、ベルトディエールの三階へ囚人をつれていったんだ」

「信じられんような話ですな！」と〝執事バランタン〟は叫んだ。囚人の人相がきけないので、内心ひどく落胆していたのだ。「すると、若い男か年寄りか、背の高い男か低い男かさえも、あなたにはわからないのですね」

「うん。法王様がどんな顔をしておられるか見当がつかないのとおなじことさ」

「しかし、さっきあなたは、囚人に外科医や教誨師を呼びにやらされた、とおっしゃっていたようですが……」

「それは、副典獄がわしに命令を伝え、わしが外科医や神父を扉のところまでつれていく、ということなんだ。わしは扉からなかへははいれんのだよ」

〝バランタン〟ことブリガンディエールはもっと詳しい話をききたいと思ったが、そのとき、庭の入口のまえを行ったりきたりしているアリの姿が目にはいった。

その様子から察するに、どうもただ用もなくぶらついているのではなさそうだ。

アリが《風車》亭へブリガンディエールを捜しにきても、別に驚くにはあたらない。ブリガンディエールは、二人の部下に対して、自分が家にいないときはここを捜せと言って、二、三の場所を教えておいたが、《風車》亭の庭もそのひとつだったからだ。

さらにブリガンディエールは、緊急の場合以外は自分のあとを追わないこと、よその人がいっしょにいたら、自分が合図しないかぎり近づかないこと、そう二人に命じておいた。

だから、アリがいつまでも門のまえを行ったりきたりしているのは、なにか重大な知らせを持ってきたからに相違なく、あまり長く待たせないほうがよさそうに思われた。反面、せっかくきわめて有益かつ興味深い話をきいていたのに、こんなに早く中断しなければならないのは残念だった。

それに、すっかり興に乗ってしゃべりまくっている警備隊長の話の腰を折ったら、かえって相手の警戒心を呼びさますことになりかねない。

馬にも、なかなか動きださなくて手こずらせるくせに、ひとたび急所をつかれると狂ったように走りだすのがいるように、はじめはあんなに口の重かったレキュイエは、いまではバスチーユの極秘情報まで打ちあけるようになっていた。

アンジューの地酒がこの奇跡をもたらしたのだ。ブリガンディエールは、必要な場合にはもう一度この手を使おう、と考えた。

それはともかく、いまはなんとかこの場を切りぬけなければならない。

このとき、おりよく聖ポール教会の時計が助け船を出してくれた。時計の鐘が高らかに六時を打ちはじめると、レキュイエ警備隊長は最後の審判のらっぱの響きをきいたような態度をとった。

警備隊長は一滴余さず酒を飲みほしてグラスをテーブルに置き、股《また》のあいだにはさんでいた大きな杖の握りをつかみ、ばね仕掛けの人形のようにぱっと立ちあがった。鐘の音が響きだしたとたん、愛想のいい飲み友だちは用心深い獄吏に早変わりした。

「六時だ！」手の甲で唇をぬぐいながら、警備隊長はつぶやいた。「すぐに城へ戻らねばならん」

「おや、もう行っておしまいになるんですか！　せっかく面白い話をうかがっていたところなのに、残念ですなあ！　ちょうどおかみが三本目の瓶を取りに酒蔵へ行ってるところですしねえ！」

「またの機会にしよう。わしは仕事第一主義の男だからな。いまいましい！　わしが典獄と囚人どもの夕食に気を配ってやらなければ、典獄はかんかんになって怒るにちがいないんだ」

「すると、だれも仕事を代ってくれる人がいないんですか？」

「いや、鍵の保管係のリューとブルグアンがいるにはいるがね。リューは飲んだくれだし、ブルグアンはうすのろだ。それに」とレキュイエは胸を張って言った。「ベズモー典獄が信頼しておられるのは、わし一人なんだ」

「それはそうでしょうな」

「では、バランタン君、また近いうちに」

「しかし、せめて最後にもう一杯いかがです」

「今夜はだめだ。不意にルーヴォア閣下がヴェルサイユからやってきて、ベルトディエール塔の三階にいる囚人に尋問したいと言いださないともかぎらんからな。そのとき、わしが留守にしていたら、誠になってしまうだろうよ」

「まさか！　ルーヴォア閣下はこんな遅くには来ないでしょう？」

「そんなことはないさ。現に、先週などは、真夜中少しまえに閣下の馬車がはね橋のところに着いて、閣下は明け方まで囚人の部屋にはいっておられたのだ」

「ええっ！　一対一でですか？　ルーヴォア閣下というのは随分勇敢なお方なんですね」

「なあに、危険なんてこれっぱかしもないさ。囚人たちは、武器はもちろん、暖炉に使う火ばさみやシャベルのような道具も持っていないんだから。

そのうえ、扉のそとには国王代理官が巡査四名、憲兵一名をひきつれて待機している。

これはしたり！　またおしゃべりをはじめてしまったわい。さあ、今度こそ、バランタン君、本当に失礼するよ」

そう言って、片方の手で黒い鬘のうえに三角帽子をのせ、もう片方の手に大きな杖を握ると、城門警備隊長はブリガンディエールに背をむけて、少し重くはあるがしっかりした足どりで遠ざかっていった。

この堂々たる人物が聖アントワーヌ通りの角に行きつくまで見送ってから、ブリガンディエールは勘定をすませて店を出た。

アリは、自分の姿がブリガンディエールの目にとまったと見てとると、気をきかせて庭のまえを通りすぎていった。

庭の門から十歩ほどのところで、ブリガンディエールはアリに追いつき、小声でたずねた。

「どうした、アリ？　なにが起こったんだ？」

「奥様があなたの帰りをお待ちかねですよ。サン・ムール裁判所長夫人が来て、今夜、ベズモー典獄が奥様を夕食に招待したいと言っている、と伝えたのです。それで、奥様は私たちみんなをつれていくおつもりなのです」

「それはいい知らせだ。ご苦労だったな」そう言いながら、ブリガンディエールは六リーヴル金貨を一枚アリの手に握らせた。過去の経験から、こんなふうにアリの熱意に報いてやるのが非常に効果的だ、ということを知っていたのだ。アリの生まれた国では、荷物運びの人足からサルタンに戦勝の報告をしにきた大臣にいたるまで、だれでも心付けをもらうのが習慣になっていた。

それに、ブリガンディエールは天にものぼる心地だった。もっとも簡単でもっとも快適な方法でバスチーユのなかにはいれることになったのだから、これは大した成果だった。

また、レキュイエ警備隊長との雑談からも、ブリガンディエールは多くの有益な情報を得ることができた。なかでも重要なのは、つぎのような事実だった。レキュイエが清廉潔白な獄吏だという本人の主張の真偽はともかく、ソワソン夫人はこの男の心をぐらつかせるのに成功していた。したがって、近日中に囚人が脱獄を試みる可能性を警戒する必要があったのだ。

ブリガンディエールは一刻も早く一部始終をヴァンダに報告したかったので、大急ぎで《風車》亭からジャン・ボーシール通りの家へ駆けもどった。

家ではヴァンダがすでに身仕度を整えて待っていたので、ブリガンディエールはゆっくり言葉をかわす暇もなく、急いで自室へ行ってよそゆきの黒い服に着がえねばならなかった。

「わたしといっしょに来てくださいね」ヴァンダは言葉少なに言った。「わたしが典獄といっしょに食事をしているあいだ、あなたは多分、門の警備にあたっている将校の接待を受けることになるでしょう。いろいろなことを観察するまたとない機会だから、充分に利用するのよ」

「その警備係はさぞびっくりすることでしょうよ。なにしろ私は、そいつとついさっき別れたばかりなんですから。そいつからききだした話については、あとでゆっくり報告しましょう。とにかく、なにもかもこちらの思いどおりに運んでいる。この調子だと、ソワソン伯爵夫人なんかに負ける心配はなさそうですね」

〝ラエー夫人〟ことヴァンダの輿は、真新しい従僕のお仕着せを着こんだクースキとアリに守られて、門のまえで待っていた。

裁判所長夫人の輿は、すぐ近くの城門通りにとめてあった。この婦人の屋敷はその通りに面していたのである。

時計が六時半を告げると、二人の貴婦人は遠くから腰をかがめて挨拶をかわし、それぞれの輿に乗った。行列は、大家の執事の礼装に身を固めたブリガンディエールの先導で、しずしずと動きはじめた。

当時、輿というのが町中で一番よく用いられた交通手段だった。

パリには貸し馬車はほとんどなかったし、身分の高い人たちは、遠出するとき以外はめったに自分の馬車を使わなかった。

徒歩で行くことはとても無理だった。道路は汚水だめのようなもので、膝《ひざ》まで泥につかって歩かねばならなかったからだ。

だから、美しい貴婦人たちや身分の高い貴族たちも、輿に乗って外出するのをいとわなかった。ただし、男性の場合には、モリエールの喜劇に出てくるマスカリーユのように、帽子の大きな羽根飾りが輿からはみだして、雨にぬれるのを覚悟していなければならなかったが。

こういう事情だったから、パリに着くと間もなく、ブリガンディエールは輿を一丁買いいれておいた。それをクースキとアリが、生まれてこのかたほかの仕事などしたことがない、というような慣れた手つきでかついでいった。

この二人は、裁判所長夫人の二人の従僕たちよりも、よほど顔色がよかった。裁判所長夫人の従僕たちは、長いことつとめて頭の白くなった老人で、従僕というより、最高裁判所の守衛のような感じだった。

しかし、ヴァンダが隣屋敷の奥方と親しくなれたのは、もとはと言えばこの従僕たちのおかげだった。この二人が〝ラピエール〟と〝プチジャン〟、つまりクースキとアリと知りあい、居酒屋で意気投合したのが、両家の付きあいのはじめだったのだ。

〝ラピエール〟と〝プチジャン〟が〝ラエー夫人〟のことを褒めちぎったのが、従僕を通じてサン・ムール裁判所長夫人の耳にはいり、それがきっかけで、積極的な性格の夫人が隣家の女主人を訪問する気になったのである。

このような行動は、今日ではいささか軽率と思われるかもしれないが、当時としてはごく自然なものだった。

第一に、貴族の生まれであるということは、それだけで一種の仲間意識のもととなり、身分の高い人たちは、きわめて近代的かつ英国的な紹介という手続きを踏まずに、自由に交際することができた。

それに加えて、十七世紀のパリに住む上流社交界の人たちは、独自の優雅で礼儀正しい社会をつくっていたが、仲間にはいりたいという才人君子を拒みはしなかった。要するに、今日の社交界人士のように閉鎖的でもなければ、尊大でもなかったというわけだ。たとえば、セヴィニエ侯爵夫人ほどの高貴の奥方でさえ、当意即妙の才に富むコルニュエル夫人のような町人の女性をサロンに迎えても、いっこうにさしつかえなかったのである。

同様に、ベズモー典獄も、昔から付きあっている裁判所長夫人の隣へ越してきたのが、若くて感じのいい、相当の家柄の婦人だと知ると、当然のこととしてこの婦人を食事に招待した。

今日では、地方出身の女性は、たとえいかに魅力的であっても、パリの社交界に紹介してもらわないかぎり、十年間おなじ屋敷に住んでいるのにだれからも挨拶もされない、というような目にあう場合がある。

さて、ジャン・ボーシール通りからバスチーユの入口まではそう遠くなかったので、行列が出発して十分後に、先頭のブリガンディエールは、あの恐ろしい監獄の第一の門のまえで止まった。

はじめ、二人の歩哨《ほしょう》は銃口をこちらへ向けた。

《もし、こいつらがおれの正体を知ったら、なかへ入れるときより、そとへ出すのに難色を示すだろうな》

そう思いながら、ブリガンディエールは歩哨たちと交渉をはじめ、ベズモー典獄の招待を受けた二人の婦人の先導をつとめる者だと名乗った。

歩哨たちは衛兵詰め所の憲兵を呼び、憲兵は城門警備隊長の裁断を仰いだ。そこで、レキュイエ警備隊長が門から黒い鬘のしたの赤ら顔を突きだしたのである。

飲み友だち〝バランタン〟の姿を見たとき、レキュイエの驚きようは一通りではなかった。しかし、アンジューの地酒の効果で陽気になり、怒りがおさまっていたので、愛想よく近づいてきた。

「今夜、私たちは典獄閣下から夕食にご招待いただいているのです」〝執事〟はもっともらしい顔をして言った。

警備隊長は裁判所長夫人の従僕の姿を認めて、事情はわかった、と言うように片目をつぶってみせながら叫んだ。

「さあ、さあ、通りたまえ。きみの仕える奥方は、ポワチエでは絶対にお目にかかれないようなご馳走を召しあがるだろう。しかし、わしもきみを食事に招待しよう」

そう言ってから、レキュイエは声をひそめて付け加えた。

「ベズモー典獄のお余りも、なかなかいけるということがいまにわかるよ」

警備隊長の命令一下、歩哨たちは道をあけ、行列は難なくバスチーユの恐るべき門をくぐりぬけた。その門のうえには、ダンテの『神曲』にある地獄の門同様、《ここより入る者は希望を捨てよ》と刻むのがふさわしいと思われた。

堀のそとにある衛兵屯所からは第一の中庭が見張れるようになっており、中庭の周囲には傷痍《しょうい》軍人の兵舎、厩舎《きゅうしゃ》と典獄の車庫があった。

その向こうには、狭い堀にかかるはね橋をへだてて第二の中庭が広がっていた。

第二の中庭の右側には典獄の館《やかた》があり、その隣の建物は全部調理場として使われていた。

以上はすべて、《大堀》に渡した固定橋のうえにたっていた。《大堀》というのは、バスチーユ全体を囲み、はずれのほうではパリ市の城門のまえの堀と合流している掘割のことである。

この建造物の一群は、外堀によってパリから切りはなされ、内堀によって狭義のバスチーユから切りはなされている小島のようなもので、いずれの堀にもはね橋がかかっていた。

したがって、ベズモー典獄の館は囚人たちの住居から適当に離れており、陰気な塔や銃眼や分厚い石の壁とは対照的に、明るく小綺麗《こぎれい》な感じだった。

典獄の館はまだ牢のなかとは言えず、内堀のはね橋を渡ってはじめて、監獄内の広い中庭に足を踏みいれることになるのだ。散歩の時間になると、哀れな囚人たちはその中庭を歩きまわるが、入口の頑丈な鉄柵に近づくことは禁じられていた。

はね橋のこちらから見たのでは、その中庭の奥にある時計の針が何時をさしているか、遠すぎてよくわからなかっただろう。それが有名なバスチーユの大時計で、鎖につながれた奴隷をかたどった寓意《ぐうい》的な柱に支えられていた。

しかし、なにか思いがけないチャンスに恵まれるかもしれないし、ことに城門警備隊長が好意的な態度を見せているので、それを利用する手があるだろう。そう思ってブリガンディエールは気をとりなおした。

城門警備隊長は裁判所長夫人と〝ラエー夫人〟をうやうやしく出迎え、みずから二人を輿から助けおろした。

婦人たちが輿からおりたのは、典獄の館のまんまえだった。警備隊長の特別のはからいで、一行は全員そこまで通ることができたのである。

警備隊長の住まいは、第一衛兵屯所のしたにある大きな兵器庫に隣接していた。隊長は〝執事のバランタン〟と四人の従僕を自宅へつれていき、二人の婦人が典獄の接待を受けているあいだ、そこで大いに歓待することにした。

ベズモー典獄は昔気質《かたぎ》の貴族だったので、昔風の流儀で客を迎える習慣だった。つまり、ご婦人方の到着を知らせる鐘が鳴ると、ただちに階段のしたまで出迎えて礼を尽したのだ。

典獄ベズモー・ド・モンルザンは一六一五年生まれだったから、当時、まだ老人と呼ぶのは少し早すぎるぐらいだった。

それなのに、この男はすっかり腰が曲り、杖にすがってよぼよぼしていたので、二十歳も老けてみえた。

しかし、若いころ、ベズモー典獄は軍人だった。マザラン枢機卿《すうきけい》の親衛隊長をつとめ、フロンドの乱の際には陰謀や内戦の渦中で活躍し、一六五八年四月十日以降、政治的・軍事的功績の褒美として、バスチーユ典獄の地位を与えられたのである。

したがって、この男は、ちょうど十五年まえから、国事犯の身柄をあずかる牢番という、骨の折れる任務を果たしてきた。

もしかすると、この男は仕事のせいで体をこわしたのかもしれない。まだそんな年でもないのに老いぼれてしまったのは、シャルル五世のたてた古い要塞に長く住みすぎたせいだろう。

バスチーユの塔の蔭では植物もよく育たないと言われていた。そんな環境が人間の体によいはずはない。

しかし、典獄は、肉体こそ老けこんでいたが、精神面では、不幸な囚人たちとの絶えまない接触の影響をさほど受けていなかった。

若いころと変わらず粋《いき》で贅沢で、気取った物言いをし、女性に親切で、美食を好み、よく冗談を言う。ことに酒がはいるとおどけてみせる男であった。

そのうえ、典獄の収入は、派手で社交好きな性向を満足させるのに、充分すぎるくらいであった。バスチーユの典獄の地位というのは、マザランがお気に入りの部下にやった褒美のなかでも、ずばぬけてすばらしいものだったのだ。

定収入だけでも十万リーヴル――今日の金に換算して五、六十万リーヴル――を越え、そのほかに、レキュイエ警備隊長がブリガンディエールに洩《も》らしたとおり、さまざまな余《よ》禄《ろく》があった。

ベズモー典獄にとって、自分の監督下におかれた囚人は、いずれも文字どおり金の卵となったのである。

毎日、一人一人の囚人の食費からちょろまかした一定の額の金貨が、この人間の檻《おり》の支配者の手に落ちる仕組みになっていた。

搾取の対象となる囚人が国から支給される金額が多ければ多いほど、その囚人は典獄の懐を余計にうるおし、なかには、肥《ひ》沃《よく》なボース地方の農園より、もっと高収入をもたらす者さえいた。

だから、心優しいベズモー典獄はほとんどいつも自分の囚人たちに情がうつり、釈放あるいは首を切られるために彼等がつれさられるときには、涙を流して別れを惜しむことさえあった。

その夜は、領地の経営がきわめて順調に行われていたらしく、典獄はすこぶる上機嫌だった。

典獄は裁判所長夫人の手に接吻し、そんなことはしてほしくないと念じていた〝ラエー夫人〟にも、おなじように敬意を表し、気のきいたお世辞を言った。ヴァンダはあらかじめ一切の感情を押しころし、絶対に嫌悪の情を顔に出すまいと決心していた。

だから、口元に笑みを浮かべて時代遅れのお世辞に応じはしたものの、内心、こんなルーヴォアの手先など一思いに絞め殺してやりたい、と思っていた。

典獄は二人の婦人に腕をかし、若い未亡人と堂々たる裁判所長夫人にはさまれて、自分の館の正面階段をのぼった。

夕食が用意されていた広い食堂には、そこここに鹿の角が飾ってあった。若いころ、典獄はよく狩に出かけたのだ。

給仕をするのは五、六人の雲つくような大男だった。このような立派な従僕を集めるのは、そう難しいことではなかった。典獄は、城の守備隊のなかからもっとも容姿端麗な兵士を選んで、自分の身のまわりの世話をさせればよかったのだ。

濠《ほり》の内側にいるかぎり、典獄は絶対君主に等しい権力を持っていた。

ずっしりとした見事な銀器の重みで、食卓は文字どおりたわんでいた。

その銀器のなかには、多くの囚人の涙であがなわれたものも少なくなかった。

典獄は腹をすかせていたので、食前の祈りを大急ぎですませ、一同はただちに席についた。

今日では、どんな卑しい町人でも、大事な客をもてなすときに、玄関からまっすぐ食卓へ案内するという誤りは犯さないだろう。だが、われわれの先祖は、食事は夜会の添え物にすぎないという、現代の洗練された習慣を知らなかった。

十七世紀の人たちはまわりくどい物の言い方をしなかったので、客を夕食に招くのは、まさしく夕食をとるためであって、サロンで気取ったおしゃべりをするためではなかった。

また、十七世紀の人びとが平生とっていた食事の献立を見たら、現代人は辟易《へきえき》するだろう。われわれの胃袋は、当時の宴会に出された大量のご馳走を平らげるほど、丈夫にできていない。

当時、ルイ十四世の健啖《けんたん》ぶりは衆人の感嘆の的であったが、バスチーユ典獄も、主君の例にならって、第一級の大食漢であることを誇りにしていた。

次から次へと容赦なく運ばれてくる料理に、ヴァンダはほとんど手をつけず、裁判所長夫人は、健啖家というよりは美食家だったので、ざりがにや山鶉《やまうずら》を二口三口上品につつく程度だった。その間、典獄は自分の皿にさまざまな食物を山盛りにして、猛烈な食欲でがつがつとむさぼっていた。

夕食会がこの調子で続くと、大した情報も取れぬままに帰ることになりそうだ。そうヴァンダは考えていた。だが、裁判所長夫人は長いこと黙っている女ではなかったので、シャンペンが一同のグラスに注がれたのをきっかけに口を開き、五分まえから典獄が続けていた仔牛肉への賛辞より、もう少しましな話題を提供しようと試みた。

「ねえ、ベズモー典獄、あなた覚えていらして？　わたしたち、よくいっしょにマザラン枢機卿のお屋敷に招ばれて、すばらしい夕食をご馳走になりましたわねえ」

「覚えていますとも！」ベズモーはうっとりとした目つきになって答えた。「枢機卿は世界一腕のいい料理人をかかえておられた」

「それから、ソワソン邸へもよく行きましたわね？」

ヴァンダは耳をそばだてた。会話に興味をそそられたのだ。

「いや！」と典獄は意味深長に口をとがらせてみせた。「あそこの夕食のほうは、そう懐しいとは思いませんよ」

「それはまた、どうしてですの？」裁判所長夫人は吹きだしたいのをこらえながらたずねた。典獄の選り好みの理由は、きかなくてもわかっていたのだ。

「だって、奥さん、あそこでは霞《かすみ》しか食わせてもらえなかったんですよ。夕食とは名ばかりで、おしゃべりな女が二、三十人集まって、詩だの文学の話ばかりしてたじゃありませんか。

私は詩を食って腹がくちくなる質《たち》ではないので、帰るころにはもう腹が空いて死にそうだった。だから、ソワソン邸へ招ばれるときは、出かけるまえに料理番に言いつけて、私の帰宅時間を見はからって太った鶏を丸焼きにしておかせたものですよ」

「そうそう、たしかにあなたのおっしゃるとおりでしたわねえ。

私はうまいスープで生きている。美辞麗句では生きていけない。（モリエール『女学者』二幕七場）

これは、モリエールの言葉ですのよ」

「モリエール？」

「ほら、ご存じでしょう、このあいだ死んだ役者で、一度、国王の宴会に招待されたことのある男よ」

「そういえば、そんな名前の役者の噂をきいたことはあるが、たしか、マザラン枢機卿はそいつのことをあまり買っておられなかったようでしたな」

「枢機卿はイタリアの道化役者のほうが好きだったからよ。でも、それは枢機卿の眼鏡ちがいでしたわ。

それに、マザラン枢機卿が生きていたころ、モリエールはまだやっと自分の芝居を上演しはじめたばかりでしたしねえ」

「ま、ま、奥さん、私をバスチーユの典獄にしてくれた枢機卿の悪口を言うのはよしましようや。あの人がいなかったら、私はこうして今夜、あなたがたにご馳走することもできなかったわけですからね。ラエー夫人、私のような者の招待をお受けくださって、まったくお礼の言葉もありません」

この滑稽《こっけい》な伊達男《だておとこ》の世辞に応えて、ヴァンダは軽く頭をさげた。相手の機嫌をそこねないように、気をつける必要があったからだ。

ヴァンダはなんとかして自分も会話に加わり、自分の望む方向へ話題を導きたいと思った。しかし、適当な言葉が見つからないので、仕方なく、パリの上流社交界でどぎまぎしている地方出身の女の役に甘んじ、ほとんどだんまりで過ごした。

幸いなことに、裁判所長夫人が二人分しゃべってくれた。時には三人分しゃべって、会話をひとりじめにすることさえあった。

「どうしてもとおっしゃるなら、マザラン枢機卿のために乾杯してもようござんすよ。でも、枢機卿の姪御さんたちの悪口を言ってはいけませんわ、ベズモーさん。あなただって、一時は、オルタンスやマリー・アンヌ、それどころかオランプのところへだって、招ばれれば大喜びで出かけていらしたじゃありませんか。いまでは、あなたがたが寄ってたかって非難している気の毒なオランプのところへだってね」

裁判所長夫人は滔々《とうとう》とまくしたてたが、そのずけずけしたもの言いは典獄の気にいらなかった。

「奥さん、私は一介の軍人にすぎんから、国王陛下の敵以外に敵はありません。ところが、あのオランプ、つまりソワソン伯爵夫人は……」

「馬鹿馬鹿しい！　あなたがなにをおっしゃりたいのかよくわかってますわ！　根も葉もない作り話よ！

国王への忠誠心なら、わたしだって持っています。でも、その国王は、若いころ、あの女性のところにいりびたりだったわ。そのうちお気が変わって、のっぽのヴァリエール嬢やでぶで赤毛のモンテスパン夫人を寵愛なさるようになったのよ。そのことで気の毒なソワソン伯爵夫人が国王を少し恨むのは、あたりまえではないかしら。第一、あの女《ひと》の伯父のおかげで出世したあなたには、あの女《ひと》を責める権利などないはずですわ」

「奥さん、亡くなったサン・ムール裁判所長がまだ生きておられたら、そんなふうにはおっしゃらなかったと思いますよ」そう言った典獄の声はいささか怒気を含んでいた。「ソワソン伯爵夫人は、この国を混乱に陥れようとしている不平分子の一味に荷担しているのです。私が知っていることをあなたがご存じだったら……」

「それはどういうことですの？　伯爵夫人が毎日のようにやってきて、バスチーユのなかへはいらせてくれと懇願するのに、あなたは夫人に会おうともしない、という話かしら？　まったく奇妙な話ですわねえ！　そのことなら、もう近所中に知れわたっていて、ロワイヤル広場はその噂で持ちきりですわ」

「どこのどいつがそんなことを……」典獄は怒りに声を震わせて言った。「ははあん、きっと城門警備隊長がしゃべりやがったんだな。あのレキュイエのやつめ、いまに追いだしてやる……」

「まあまあ、そう興奮なさらないで！　警備隊長の責任ではありませんわ。人の口に戸は立てられないって言うじゃありませんの。

それはともかく、あなたも、ソワソン夫人にもう少し優しくしておあげになればよかったのにねえ。

あの才気煥発のオランプ、
帝王たちの心にも
その爪跡を残す女《ひと》
とまで言われた女ですもの」

「奥さん、この話はもうやめにしましょう！」と典獄は叫んだ。「私はあなたとお付きあいできるのを光栄に思っているが、そのために自分の心の平和が乱されるのなら、交際しないほうがいい。

私にはきいてはならぬことがある。ことにここにいるときには……」

「ようござんすとも、いかめしい典獄さん」裁判所長夫人は笑いだしながら口をはさんだ。「わたしがあなたをからかって、わざと困らせようとしているのがおわかりにならないの？」
あなたもよくご存じのとおり、わたしだってあのマンシーニ家の娘たちは好きじゃありませんわ。あの女たちはみんな魔女やいかさま師と始終いっしょにいるんですもの。あのイタリア女たちがいつかあなたのお城の塔で一生を終えることになっても、わたしはちっとも驚きませんよ……」

「奥さん、どうか、もうその話はおやめください……」

「ええ、そうするわ、ベズモーさん。

それに、こんな黴《かび》の生えたような古い話ばかりしていると、ここにいるわたしの若い友だちのラエー夫人に、パリの夕食会って随分退屈なものねえ、と思われてしまいますわ」

「おい、給仕、ラエー夫人に雷鳥のゼリーかけをお持ちするんだ」これほどの珍味をすすめることは、どんな洗練されたお世辞にもまさると確信して、典獄は命じた。

ヴァンダは運ばれてきた料理をお義理で味わい、笑顔を見せようとつとめた。しかし、どうしても口を開く気にはなれなかった。

ソワソン伯爵夫人が話題にのぼるたびに、辛くなまなましい記憶がよみがえり、心が締めつけられるような気持だったのだ。

ベズモー典獄はこの若い婦人の気をひく手段を誤ったと悟り、その埋めあわせに、可能なかぎり愛想よく振舞うことにした。

「奥さん」自分では悩ましげな表情をしているつもりで目玉をぐるぐる回しながら、典獄は口を開いた。「あなたがこれほどお若くなければ、あなたほどの絶世の美女のことを覚えていないなんて、私は自分でも不思議に思ったでしょう。しかし、私が連隊をひきつれてポワチエへ行ったのは一六五四年のことだから、あなたはまだ乳母に抱かれておいでだったにちがいない」

「それに、そのころ、わたしたちはポワチエに住んでおりませんでしたわ」とヴァンダは口をはさんだ。ポワチエのことをきかれたら、答えられないにきまっていたからだ。

「しかし、私はあなたの亡くなったご主人をよく知っていましたよ。実に立派な貴族だった」と典獄は平然と言葉を続けた。

それをきいて、ヴァンダは顔面蒼白《そうはく》となった。

「悲しいことを思い出させてしまって、申し訳ありませんねえ。しかし、一六五四年のある晩、ご主人といっしょに食事をしたあとで起こったことを、どうしてもお話しせずにはいられない。ジャン・ド・ラエー氏は若い貴族で枢密院顧問だった……。ね、ご主人に間違いないでしょう？」

ヴァンダは生きた心地もなく、ただ頷《うなず》くばかりだった。

「さて、その夜、私たちはペリゴールの田舎貴族と喧嘩《けんか》をはじめてね……」

「まあ、ベズモーさんったら、いやあねえ！」と裁判所長夫人が叫んだ。「今夜のあなたは本当にどうかしていらっしゃるようよ。

さっきは難しい政治の話でわたしのお友だちをおびえさせておいて、今度は、この方の亡くなったご主人の旧悪をあばくおつもり？

いっそ、亡くなった宅の主人が名裁判官ぶりを発揮した証人調べの話でもなさったらいかが？」

典獄は、いちいち自分の話にけちをつける裁判所長夫人のほうへ、腹立たしげな視線を向けた。一方、ヴァンダは心の底からこの婦人に感謝の念を抱いた。

典獄がポワチエの貴族の名を列挙して、あれこれ質問しだしたらどうしよう。そう思ってヴァンダは恐れおののいていたのだ。

「そうだわ！」と裁判所長夫人は言葉を続けた。「あなたがお友だちのレニー警視総監からお聞きになった面白い話をしてくださいな。

たとえば、ブランヴィリエ事件はその後どうなりましたの？」

「ブランヴィリエ侯爵夫人は依然としてフランドル地方のリエージュにいるらしいが、共犯の連中に対する裁判は進行中です。

民事代官を毒殺した悪党のラ・ショセは犯行をすべて自供しましたよ」

「ええ、ええ、それはわたしも知ってますわ。でも、プノチエは？　わたしが知りたいのはプノチエのことですのよ。サント・クロワの家で見つかった書類はあの男にとても不利なものだそうですけれど」

「なにを言いだすんです！　あの男は会計課長で、百万長者で、おまけに国の最高権力者たちと親交があるんですよ！　それほどの人物があんな忌わしい事件とかかわりあいになるなんて、考えられますか？」

「あら、そうかしら？　あまりはっきり断言なさらないほうがようござんすよ。あの男だって、そのうちあなたの下宿人の仲間入りをしないともかぎりませんもの」

「あいつが来れば、私の懐は大いにうるおうでしょうな」典獄はにやりとして言った。

「しかし、あまりあてにはできませんよ。なにぶんプノチエには有力な後ろ楯《だて》がありますからねえ。ついこのあいだも、グラモン元帥がこう言っておられた――『やつはご馳走を食べるのをやめるぐらいですむだろう』」

「それにしても、怖い話ですわねえ！」と裁判所長夫人は言った。「わたしにはせっかちな遺産相続人がいなくてよかったわ。だって、あの恐ろしい《相続促進剤》なんていうのを使われたら……」

「なあに！　あんなのは作り話ですよ……」

「作り話ですって！　でも、ほんの半年ほどまえに国王の侍医のマレシャルがこう言ってましたわ。サント・クロワの家で見つかった毒薬を使えば、どんな医者の目もくらますことができるって！

あの毒薬は地水火風の四元素のどれよりも強力で、水に入れれば浮かび、火にも耐えるのよ。人体に吸収されても体の各部分は健康なままなんですって。薬の毒素は実に巧妙に作用して、死の源を体内に注ぎこんでいるあいだも、一見、体に活力を与えているように見えるという話よ。つまり、これはまさに悪魔の発明で……」

「奥さん、これであなたと私はあいこになりましたよ」と典獄が口をはさんだ。「考えてもごらんなさい。そんな刑事裁判の口頭弁論みたいな話をきかされて、このお美しいラエー夫人が喜ぶと思いますか？」

裁判所長夫人はいかにもおかしそうに笑いだした。

「おっしゃるとおりですわ、ベズモーさん！　なにかほかの話をしましょうね。

ソワソン夫人の名前が出たものだから、つい恐ろしい話を思い出してしまったのよ。あの女ときたら、錬金術師とか怪しげな薬を調剤する連中とか、そういったイタリアの悪党どもに夢中なんですもの」

裁判所長夫人のおしゃべりはとめどなく続いたが、もはや典獄の耳にははいらなかった。

典獄は、階段のほうからきこえてくる物音が気になりはじめ、従僕をやってなんの音か確かめさせようと思った。そのとき、大音響とともに扉が開いた。

食卓についていた三人は、そんなふうに典獄の食堂に闖入《ちんにゅう》してきた乱暴者はだれだろう、と一斉に顔をあげた。

ベズモー典獄は扉の正面に坐っていたので、一番最初に闖入者の顔を見た。そのとたん、典獄は驚愕《きょうがく》のあまり椅子からころげおちそうになった。

「ル、ルーヴォア閣下！」一必死で立ちあがろうとしながら、典獄は震え声で言った。

その名前をきいて、ヴァンダも思わず顔色を変えたが、必死で気持を落ちつかせ、自分を未亡人にした憎むべき男をじっと見すえた。

かの有名な国務卿、フランス史上もっとも偉大な陸軍大臣、ルーヴォア侯爵フランソワ＝ミシェル・ルテリエは、当時まだ三十二歳だったが、四十歳と言ってもいいぐらい老けて見えた。

背丈はそう高くないがきわめてがっしりしていて、全身が角張った感じで、そろそろ腹が出はじめていた。

浅黒い肌、時に朱を注いだようになる赤ら顔のせいで、この男の狂暴で攻撃的な様子は一層凄《すご》みを帯び、そのまえに出ると、副司令官たちも貴族院の面々もふるえあがった。

だが、なんと言っても、この恐ろしい異様な顔の最大の特徴は、眉間《みけん》でくっついている真っ黒なげじげじ眉《まゆ》だった。その眉におおわれた鋭い目はよく動き、ぎらぎらと怒りに燃えていた。

この顔にはみじんの優雅さもなく、宮廷ふうの洗練された感じもなかった。それは、ある同時代人が言ったとおり、身の毛もよだつような顔だった。

慢心したルーヴォアは平然と礼儀作法を無視し、当時の権力者の象徴だった贅沢な衣服を身につけることも拒んだ。

この男は、年とった獅子のたてがみを思わせるもじゃもじゃの黒い鬘をかぶり、刺繍《ししゅう》ひとつない黒一色のビロードの服をまとい、そのしたに聖霊騎士団の青綬を念入りに隠して佩用《はいよう》していた。この天才的な成りあがり者、二十年余りフランス中の貴族を睥睨《へいげい》し、公爵からの書簡にまで《閣下》と書かせたこの町人の息子、しばしばルイ十四世の意志にさからった誇り高い大臣は、ことさら質素な身なりをしていた。生来の優秀な頭脳と王の寵愛によって獲得した絶大な権力を、豪華な衣裳などで飾りたてるのを潔しとしなかったのだ。

ヴァンダが恐怖と好奇心の入りまじった眼差しでルーヴォアを眺め、裁判所長夫人が慌てて何度もおじぎをくりかえしているあいだに、典獄はようやく席から立って大臣のまえへ駆けより、地面に頭をつけんばかりにして相手の言葉を待った。

「大変お楽しみのようだな、ベズモー君」ルーヴォアは尊大な口調でぴしゃりと言った。

「閣下」と典獄は声を震わせた。「もし、今夜、閣下のご来臨の栄を賜わると存じておりましたら……」

「国王陛下にお仕えする者には、怠慢も遅刻も許されん。私は国王の代理だから、きみは昼夜の別なく私を迎える準備を整えていなくてはならんのだ」

「それはよく心得ております。いまからすぐにでも閣下をバスチーユ中どこへでもご案内して、どのようなご命令にもしたがう所存でございますから……」

「しかし、いま、きみは私の命令に背いておる。しかも、一番重要な命令にだ」

「それはまた、どういうご命令で？」ベズモーはびっくり仰天してたずねた。

「いまはちょうど囚人どもの食事の時間だ。それなのに、きみはどうしてベルトディエール塔の三階へ行っていないのかね？」

「閣下、それはその……私の考えでは……」

「どういう考えだ？」

「ときどきは、自分のかわりに、部下の国王代理官に行かせても差しつかえないと思ったのです。あれは非常に信頼のおける男でして、閣下も、あの男を私とおなじように信用なさって大丈夫でございます」

「きみとおなじようにだと？　それでは、私はその国王代理官をきみのかわりにバスチーユ典獄に任命するとしよう。国の予算にゆとりのないおりから、一人の役人で間にあうとき、二人分の給料を払うのは無駄だからな」

「閣下！」典獄は哀れっぽい声を出した。「それはあんまりです。私のような年老いたしもべに、そんな仕打ちをなさるものではありません。私はマザラン枢機卿の親衛隊長だったこともありますし、聖アントワーヌ門で国王陛下のために反乱軍と戦ったのですから……」

「いまはもう、フロンドの乱の時代ではないのだぞ」ルーヴォアは怒気を含んだ声で言った。「それに、国王陛下はマザラン枢機卿とは違った形の服従を要求しておいでなのだ。そのことをようく覚えておくがいい」

典獄は枯葉のように体を震わせ、いまにもルーヴォアの足元に身を投げだして、膝にすがりつきそうな様子だった。

ヴァンダは青白い顔をして口を固く結び、じっと目を伏せて、内心の動揺を辛うじておさえていた。

裁判所長夫人は一番落ちついていたが、それでも、この場面の結末がどうなるのかと案じ、典獄の招待に応じたことを後悔していた。

それまでルーヴォアは食堂の入口に立ち、どんな勇者も縮みあがらせるような凄《すさ》まじい形相で、典獄と二人の婦人をにらみつけていたが、このとき突然、三歩まえに進みでた。その様子があまり恐ろしかったので、従僕たちはぴったり壁にへばりついた。大臣の怒りから逃れるために、壁のなかにもぐりこんでしまいたい、と思ったのだろう。

ルーヴォアの動作があまりにも急激だったので、裁判所長夫人はぎくっとして椅子から飛びあがり、哀れな典獄はもうこれまでと観念の目をつぶった。

しかし、恐ろしい国務卿はつかつかと〝ラエー夫人〟ことヴァンダのまえへ歩みより、しげしげとその姿を眺めた。

ヴァンダはつとめて平静を装っていたが、目を伏せてテーブルクロスを見つめていても、ルーヴォアの視線が自分に注がれているのを感じないわけにはいかなかった。

強烈な意志のみなぎる鷲のような鋭い目に射すくめられて、ヴァンダは心の底まで見すかされたような気がした。

「この男だわ」苦痛と怒りに震えながらヴァンダは思った。「これがモリスを殺した冷血漢なんだわ。やつはわたしを見ている……わたしの正体を見破ったのかもしれない……かまうことはないわ！　さっさとわたしの本名を言って、手下どもに逮捕させればいいのよ……そうすれば、少なくともわたしは面と向かってこいつの悪業を言いたてられる……わたしがこいつを憎んでいると言ってやれる……こいつをさげすんでいると……」

「あなたはだれです？」ルーヴォアは精一杯優しい声でたずねた。

ヴァンダは体を震わせ、答えなかった。

息が詰まって口がきけなかったのだ。

裁判所長夫人が急いで助け舟を出してくれた。

「閣下、こちらの奥様は訴訟のために地方から出ていらしたのでございます。ポワチエの貴族の未亡人で、わたくしの仲のいいお友だちですのよ」

「きみの友だちでもあるんだろうな、ベズモー君？」相変わらず地下にもぐってしまいたそうにしている典獄を、頭のてっぺんから足の爪先までじろじろ見ながら、ルーヴォアがたずねた。

「いえ、閣下」哀れな典獄は涙声でつぶやいた。「ちがいます。裁判所長夫人のほうは私の友だちですが……こちらの奥さんは所長夫人の隣に住んでいて、親しく付きあっておられるというので……今夜、夕食に招待してもいいだろうと思いまして……しかし、さっきも申し上げたとおり、もし閣下がお越しになると存じておりましたら……」

「いいんだよ、ベズモー君」とルーヴォアが口をはさんだ。「この奥さんは申し分のない貴婦人だ。こんなに美しい女性は人柄も立派に相違ないから、あとでここへ戻ってきたら、私も夕食のお相伴をさせてもらおう」

「閣下、光栄の至りに存じます！」ベズモー典獄は顔を輝かせて叫んだ。

「本当に光栄でございますわ、閣下」と裁判所長夫人も言葉をそえた。

ひとり〝ラエー夫人〟のみは、めったに世辞を言わない大臣から賛辞を呈されたのに、いっこうに嬉しそうなそぶりも見せず、目をあげようとさえしなかった。

「では、ベルトディエール塔へ案内してもらおう」不意にルーヴォアはくるりと向きを変えて命じた。

「さあ、貴様たち、なにをぐずぐずしてるんだ！　閣下のために松明《たいまつ》を持ってこい！」典獄はすっかり元気を回復して、まだ震えのとまらない従僕たちをどなりつけた。

それから典獄は、いましがた鞭《むち》で打たれたばかりのバセット犬のように、しおらしく主人の顔色をうかがいながら、ルーヴォアのあとに従った。

二人の婦人は、中断された夕食の食卓をまえにして、恐怖のあまり石のようになった二、三人の従僕とともに取りのこされた。

ルーヴォアは旋風のような勢いでやってきて、旋風のように去っていった。

しばらくは、竜巻の通りすぎたあとで木の枝の折れる音がするように、ざわざわした物音や鉄格子の蝶番《ちょうつがい》がきしむ音がきこえてきた。

やがて、あたりはひっそりと静まりかえり、裁判所長夫人の細く鋭い声だけが典獄の食堂のしじまをついて響いていた。

「まあ、驚いた！　あなたの魅力にかかると、フランス一の権力者もころりと参ってしまうのね！」

「わたしがなにかしましたかしら？」ヴァンダは夢からさめたようにぼんやりとした表情でつぶやいた。

「それじゃ、あの男がどんな顔であなたを見ていたか、気がつかなかったの？」

「いいえ……わたし、なんだかとても気分が悪くて……寒気がしたものですから……」

「あら、そうだったの？　でも、すぐによくなるわよ。あとでルーヴォア大臣が戻ってきたら、あの人が思ったほどとっつきにくくないということがわかるわ」

「あとで！　じゃあ、あの男、またここへ来るんですの？」

「ええ、来ますとも。それから、あなたの訴訟のことだけれど、こうなったらもう、勝ったも同然よ」

「わたしの訴訟のこと？」ヴァンダは狐につままれたような顔できかえした。

「そうですよ！　商事裁判所で係争中の返還請求訴訟のこと……あなたはきっと有利な判決を受けるわ……しかも迅速にね。きっとそうなりますとも」

ヴァンダはようやく事情を察した。

ルーヴォア大臣はこの若い未亡人の美貌にすっかり魅せられてしまい、ヴァンダは、こともあろうにモリス殺害の張本人から愛されるという、大変な窮地に陥っていたのだ。

激しい嫌悪の情に襲われたヴァンダは、この奇怪な運命のめぐりあわせを自分の復讐《ふくしゅう》のために利用できるかもしれない、と考えるゆとりもなかった。

ヴァンダはただひたすら、愛するモリスを殺させた憎い男から逃げださねば、と思った。

「奥様」ヴァンダは青白い顔をしてふらふらと立ちあがりながら言った。「わたし、いまにも卒倒しそうですの。どうか、従僕に命じて、わたしを輿のところまで案内させてください」

「なにを言うの！」と裁判所長夫人は叫んだ。「いますぐにもルーヴォア大臣が戻ってくるかもしれないというのに、帰ってしまうつもり？」

「ここにいるわけにはいきませんわ……もう辛くて死にそうですの」ヴァンダはあえぎあえぎ言った。

「でも、暇乞《いとまご》いもしないで帰ってしまったら、典獄はなんて言うかしら……」

「なんと思われてもかまいません……それに……典獄には、奥様からお詫《わ》びしておいてください……」

《まったく、田舎者のくせに、宮廷の貴婦人たちみたいに心身症にかかるなんて生意気ねえ！》とつぶやきながらも、裁判所長夫人はその場にいあわせた従僕たちに向かって命じた。「さあ、おまえたち、奥様を輿までおつれするのよ！」

裁判所長夫人は、ルーヴォア大臣と夕食をともにするというまたとない機会を、なんとしても逃したくなかったのだ。

もしかすると、この婦人も、〝ラエー夫人〟の場合より更に重要な問題について、商事裁判所で争っていたのかもしれない。

「では、あすの朝、召使に様子を見にいかせるわ。今夜のところは、いっしょに帰ってあげられないのを悪く思わないでくださいね」そう言って所長夫人は、必要とあらば翌朝まででもルーヴォアの帰りを待つ決意だというように、どっかと椅子に腰をおろした。

ヴァンダは相手の言葉も耳にはいらず、放心の態《てい》で階段をおりていった。案内役は悪党づらの二人の大男で、その夜はたまたま立派なお仕着せを着こんでいたが、本職は牢番という連中だった。

どうやら二人は事の次第がさっぱりわからなかったらしく、典獄の館のまえの短い通路にさしかかると、振り向いてヴァンダの指示をあおいだ。

「供の者が待っているところへ案内しておくれ……たしか城門警備隊長のところだと思うわ」

ヴァンダはそれだけ言うのが精一杯だった。

いま足をとめたところから見ると、はね橋の向こうで、監獄内の広い中庭を行き来する兵士たちの手にした松明が、あかあかと光っていた。

ルーヴォアの来訪によって、バスチーユ中の獄吏が総動員された模様だ。看守たちの注意をひかずにそっと抜けだすつもりなら、すみやかに行動しなければならない。

囚人たちが決して出ることのできない鉄格子をもう一度振りかえると、ヴァンダは、反対の方角へ歩きだしていた従僕たちのあとを追った。

ブリガンディエールたち三人のところへ行くには、また固定橋を渡り、ついで第一の中庭へ通じるはね橋を渡らねばならなかった。そこに第一衛兵屯所とレキュイエ警備隊長の住まいがあったのだ。

　夜になると、そのあたりは不気味だった。

　空に星はなく、高くそびえる要塞の塔の影が闇を一層深くし、銃眼を吹きぬける風がひゅうひゅうと物悲しい音をたてていた。

　だが、警備隊長の住まいに近づくにつれて、明りが輝き、賑《にぎ》やかな物音が流れてきた。玄関のアーチのしたまで来ると、四、五人の男が酒に酔って歌っているのがきこえ、そのなかで、ブリガンディエールのバリトンがひときわ大きく響いていた。

《わたしがこんなに苦しんでいるときに、あの忠実なはずのブリガンディエールは歌など唄っている》そう思うとヴァンダはひどく悲しくなり、すぐに二人の従僕に命じて、自分の供の者を呼びにやろうとした。が、そのとき突然、城のそとで「止まれ、だれだ！」という声が何度か響き、城内にはいろうとする者と歩哨が言いあらそう気配がした。

　そのやりとりはかなり激しかったので、衛兵屯所のうえで蛮声を張りあげていた酔っぱらいたちの耳にも達した。歌声はぴたりとやみ、数秒後、レキュイエ警備隊長が千鳥足で階段をおりてきた。鬘はひんまがり、胴衣の胸ははだけ、顔は狒々《ひひ》さながら真っ赤だった。

　お楽しみの最中に邪魔がはいったので、警備隊長はかんかんに腹を立て、ヴァンダをその騒ぎの張本人と勘ちがいして、あやうくどなりつけそうになった。

すぐあとからおりてきたブリガンディエールはその思いちがいを指摘し、警備隊長が平謝りに謝っているあいだに、ヴァンダに近づいてそっとこうささやいた。

「いましがたルーヴォア大臣が典獄のところへやってきましたよ」

「ええ、知っているわ。だから、わたしはすぐにここから出ていきたいのよ」とヴァンダも小声で答えた。「その男に、わたしは気分が悪くなったので帰らなくてはならない、と言ってちょうだい。それから、輿をここへ」

レキュイエ警備隊長は猛烈に怒っていたので、この二人のひそひそ話に気づかなかった。

警備隊長は鬘をふりまわし、両手を天にあげ、恐ろしい呪《のろ》いの言葉を吐きながら地団駄を踏んでいた。

「これで、わしは馘《くび》になるにきまっとる」と警備隊長はうめいた。「さっきはルーヴォア閣下にさんざんどやしつけられた……わしが食事中だったのがお気に召さなかったんだ……閣下が典獄のところへ行ったので、これで二、三時間はのんびりできると思って、ボージャンシーの葡萄酒を飲んで愉快にやっていたのに、とんだ見込みちがいだったわい！

また一騒動持ちあがりやがった！

今度は、きっとあのマンシーニの阿魔《あま》がやってきたにちがいない……」

「ソワソン夫人！」警備隊長の独り言にじっと耳を傾けていたヴァンダはつぶやいた。

「本当にあの女かどうかすぐにわかりますよ、奥様。私にまかせておいてください」とブリガンディエールはヴァングの耳元でささやき、それから声を張りあげて言った。「警備隊長殿、どんなに楽しい集まりでも、いつかはお開きにしなくちゃなりません。うちの奥様は気分が悪いので、すぐに屋敷へ戻りたいと言っておられます。お手数ですが、衛兵に私たちを通すよう命じてください」

「さあ、こちらへどうぞ、奥様！」と警備隊長は叫んだ。「もし、歩哨と言いあっているのがソワソン夫人だとすると、典獄が奥様を城内へいれたのが知れたら大変な騒ぎになる」

「そうならないようにするには、奥様がここで輿にお乗りになるのが一番だ」すかさずブリガンディエールが言った。「ラピエール、プチジャン、こっちへ来い！」

二人の〝従僕〟、つまりポーランド人のクースキとトルコ人のアリはすでに持ち場についていた。クースキは滅法酒に強かったので、しらふのときと変わらず冷静だったし、アリのほうは、ほんの申し訳に飲んだだけだった。

裁判所長夫人の年老いた従僕二人は、警備隊長の宴席につらなる資格は認められず、どこかの片隅で眠りこんでいるらしく、いっこうに姿を見せなかった。

ヴァングが輿に乗ると、行列は出発した。警備隊長が先に立って進み、一番外側の城門をあけさせた。案の定、そこでは、脅し文句を並べたり哀願したりしている一人の女の応対に、歩哨たちがほとほと手を焼いていた。

それはやはりソワソン伯爵夫人だった。いつにもまして猛《たけ》り狂った夫人は、聖アントワーヌ通りのはずれで馬車をおり、一斉射撃を浴びるか銃床《じゅうしょう》でなぐられる危険を冒して、大胆にもひとりで衛兵のところへ来たのだ。

警備隊長の手にしていたカンテラの光で、ブリガンディエールは伯爵夫人の顔をはっきりと見てとったので、帽子をまぶかにかぶりなおして、念入りに顔を隠した。

しかし、ソワソン夫人はブリガンディエールなど眼中になかった。

夫人は警備隊長の姿を見ると、いままで何度懇願しても追い払われたのにも懲りず、激しく絶叫しながら駆けよっていった。

「あの人に会わせて……ねえ、会わせてったら……この兵隊たちに殺されたって、わたしはここをどかないわよ……おまえが通してくれないかぎり……通してくれたら、お金をあげるわ……王侯貴族のような暮らしができるほどの大金よ……」

「奥様、後生だからお帰りください」警備隊長は強い口調で言った。「そうしないと、ひどい目にあいますよ……いま、ルーヴォア閣下がバスチーユにおいでになっているんです……じきに出ていらっしゃるでしょう……もし、あなたがここにいるのを見たら、閣下は猛烈に立腹なさるにちがいない……」

「ルーヴォアがここにいるんですって？」とソワソン夫人は叫んだ。「あいつは三度もわたしに門前払いを食わせたのよ……やっとあいつに会えるんだわ！　どうしてもわたしの言い分をきいてもらわなくちゃ……」

「奥様、お願いですから……」

「あそこの砲兵工廠《アルスナル》の近くで待っているのは、あいつの馬車なのね？　供の者といったら忍びの従者が二人いるだけだけれど……」

「はあ、しかし……」

「今度こそ、わたしの言い分をきかせずにおくものですか……早く行かなくちゃ！　……おまえはひどいやつだけど、下っぱだから大目に見てやるわ……」

警備隊長がこの悪口に答える暇もなく、常軌を逸した妃殿下は闇のなかに姿を消してしまった。

「あの阿魔め、疫病にとりつかれてくたばりやがれ！」怒り心頭に発したレキュイエは言った。「あのイタリア女のために、わしは破滅するだろう……ルーヴォア閣下を待ちぶせするなんて、とんでもないことを思いついたものだ！　誓って言うが、わしのせいではない……必要となったら、きみもそう証言してくれるだろう、ねえ、バランタン君？」

「もちろんですとも。しかし、だれも警備隊長のせいだなんて言わんでしょう……わかりきったことですよ。

では、私たちはもう帰っていいのでしょうね、隊長殿？」

「いいとも、いいとも。さあ、あの常識はずれの女に見つからないうちに、さっさと行くんだ！」

ブリガンディエールはただちに相手の言葉に従い、二人の従僕を呼んで輿をかつがせ、警備隊長に一礼して自分も輿のあとを追った。一刻も早く屋敷へ戻り、今夜の出来事について ヴァンダと話しあいたいと考えていたし、ヴァンダとておなじ気持だろうと思いこんでいたのだ。

ところが驚いたことに、バスチーユの城門を出て、堀の石垣ぞいに五十歩ほど行ったところで、ヴァンダは輿をとめるよう命じた。

命令に従って輿がとまるが早いか、ヴァンダはすぐにそとへ出て、せきこんだ調子で言った。

「あの女のあとをつけたいの」

「どうしてまた、そんなことを？」ブリガンディエールはあきれてたずねた。

「あなたも、あの女が警備隊長に言ったことをきいたでしょう……あの女はルーヴォアを待ち伏せするつもりよ……わたし、あの女とルーヴォアが会うところを、物蔭から見ていたいの……」

「しかし、万一こちらが見つかったら……」

「その心配はないわ……今夜は闇夜だし、ルーヴォアはひとりで馬車まで戻るはずよ。だって、あの男が砲兵工廠のところで馬車をおりたのは、今夜のバスチーユ訪問を秘密にしておきたいからにちがいない……だから、わたしたちは、どこかの壁ぎわの物蔭にひそんでいればいいのよ」

「奥様のお望みどおりにしましょう」とブリガンディエールは溜息《ためいき》まじりに言った。

しかし、ヴァンダの言葉にしたがったとはいえ、ブリガンディエールは不測の事態に備えて、万全の注意を怠らなかった。まず、輿と二人の忠実な従僕を隠すために、一番安全な場所を自分自身で見つけた。

これから繰りひろげられる場面を充分理解するためには、つぎの点を知っておかなければならない。バスチーユの城門――正確には二つの城門――と聖アントワーヌ通りのあいだには、長いアーケードがあり、そのしたには商店が並んでいた。アーケードの賃貸料も典獄の収入源のひとつだった。

この商店街の中央には、アーチ形の屋根のついた通路があり、歩行者ばかりか馬車も通れるようになっていた。

昼間は繁華なこの道も、日没以後はほとんど人通りが跡絶《とだ》えてしまう。アーケードの向こうの町のほうは、少なくとも消灯時刻までは賑やかだったが、こちら側の、いまヴァンダが輿をおりたあたりは、ひっそりと静まりかえっていた。

左手には砲兵工廠の建物が並んでいた。そのまえには小さな正方形の庭があり、バスチーユ要塞のはね橋のひとつが、そこへ通じていた。これは公式訪問者専用のはね橋だった。

暗闇のなかで、そのあたりの空間は都合よく配置されていて、不意打ちされる心配をせずに歩きまわることができた。

ソワソン夫人は砲兵工廠の方角へ走りさったし、夫人の言葉から察して、ルーヴォアの馬車はその近辺にとめてあると見て間違いなさそうだった。

夫人の馬車のほうは、そこからずっと離れたマイエンヌ宮の近くで待っていた。夫人は、自分の非常識なバスチーユ訪問のことを、供の者に知られたくなかったのだ。

ブリガンディエールは、ヴァンダの言葉をきいたとたんにすべてを了解し、事態に即した作戦を立てた。

クースキとアリは、アーケード内の商店の壁の蔭に隠れて、ヴァンダたちが戻ってくるまで動かずにいるよう、命令を受けた。

ヴァンダとブリガンディエールは、忍び足で砲兵工廠の庭まで行った。第一の橋のたもとにいる二人の歩哨から充分離れたところを歩くよう、用心しながら進んだ。

この庭はだれでも自由に出入りできるようになっていたが、いまは暗く、森閑としていた。

ソワソン夫人は、どこかそのあたりに身をひそめているのだろうか？　はじめ、ブリガンディエールにはなにも見えず、ルーヴォアの馬車があるかどうかもわからなかった。

だが、一番暗い片隅にひそんで五分としないうちに、馬が高らかにいななく声がして、馬車の存在が明らかになった。

やがて、目が闇になれるにつれて、奥の壁ぎわに、大きな黒い点のような不動の物体がぼんやりと見えてきた。

ソワソン夫人も、どこか近くにいるにちがいない。そうとわかったからには、あとは待つばかりだ。

ただ、かなり長いこと待たねばならないかもしれない。

レキュイエ警備隊長の話では、時によるとルーヴォアは、ベルトディエール塔の囚人のところで何時間も過ごすことがあるらしい。

ある夜など、明け方まで帰らなかったことさえあったそうだ。

だから、辛抱強く待つ覚悟が必要だったが、その点、ヴァンダは、目的を達するためならどんなことにも耐える力を持っていたから、心配はなかった。

一体、これからなにが起こるのかよくわからぬながら、ヴァンダは、ルーヴォアとソワソン夫人が会うときに、是非ともその場に居あわせたいと思っていた。

二人の会話を一言もききもらすまい。そうすれば、随分いろいろなことを知ることができるだろう。本能的にそう感じていたのだ。

一方、ブリガンディエールには、それとは別な考えがあった。ブリガンディエールは、いつもズボンのポケットに長いナイフをいれていたので、この絶好の機会を利用して、ルーヴォアの背中をぐさりと一突き突けるといいが、と思っていたのである。

この計画を、ブリガンディエールは手短にヴァンダの耳にささやいたが、ヴァンダは賛成しなかった。

ヴァンダは、モリス殺害の命令をくだした男を激しく憎んではいたが、ドルヴィリエ子爵を幽閉している無慈悲な男にいますぐ死なれては、都合が悪かった。

ルーヴォアが死んだら、その後継者は、裏切者ドルヴィリエを幽閉しておく必要はない、と判断するかもしれない。

だから、ドルヴィリエの運命が最終的に決定されるまでは、ルーヴォアを襲うのは差しひかえたほうがいい。

そういうわけで、ヴァンダは、ブリガンディエールの計画を思いとどまらせたのである。

たっぷり二時間待ったころに、バスチーユの方角で物音がして、ルーヴォアが典獄に別れを告げているという気配が感じられた。もちろん、典獄は、自分の城の一番はずれまで、この高名な訪問客を送ってきた。

衛兵たちのかかげる松明の光が見え、一瞬、典獄もルーヴォアのあとについて馬車のところまで出てくるのではないか、と心配された。

しかし、お忍びの訪問だからと言ってルーヴォアが制したためか、明りは間もなく消え、あたりの静けさを破るものは、石畳のうえを足早に歩く自信に満ちた靴音だけとなった。

いよいよ決定的な瞬間が近づいた。

ヴァンダとブリガンディエールは、ことのなりゆきやいかに、と固唾《かたず》をのんで待ちかまえた。

やがて、前庭の入口に人影が見えた。まぎれもなく、背の低いがっしりとしたルーヴォアの姿だ。ゆったりとしたマントに身を包み、帽子をまぶかにかぶっている。

ルーヴォアはもう城壁のそとへ出てきた。ヴァンダは、ソワソン夫人は待ちくたびれて帰ってしまったのだろうか、と思った。が、そのとき、つと人影が大臣の行手に立ちふさがった。

不意をつかれたルーヴォアは、ぎょっとしたように一歩後ずさりした。

「閣下」と呼びかけたのは、まぎれもないソワソン夫人の声だった。「閣下、お話ししたいことがあります」

「おまえは何者だ？」とルーヴォアは乱暴にたずねた。

「ソワソン伯爵夫人です。ついきのうも、あなたがヴェルサイユで門前払いにした者です」夫人は堂々たる態度で答えた。

「それなら、ここでも話をきくわけにはいかない」と言いながら、ルーヴォアは通りすぎようとした。

「でも、閣下、わたしは、どうしてもあなたにきいてもらいたい話があるのです。

場所が悪いのはわかっています。でも、それもあなたのせいです。あなたは、身分の高い女性が訪ねてきても、執務室の入口で長々と待たせたりするのですからね。あなたがまだ一介の次官だったころ、一度ならず国王の訪問を受けたことのある女性をですよ」

たしかにソワソン夫人は、いまを時めく国務卿の機嫌を取り結ぶような態度は取らなかった。しかし、こうした高飛車な物言いは、洗練された外交辞令などより、かえって効果的だった。

「要するに、奥様はなにをお望みなんですか?」とルーヴォアはたずねた。

「フィリップ・ド・トリーを釈放してください!」

「それは何者です?」

「まあ、よくもぬけぬけとそんなことがきけるわね！ 自分であの人を恐ろしい罠《わな》に陥れておきながら！ あの人を不名誉な裏切行為に走らせたのは、あなたの手下なのに！ あの哀れな青年を空《から》約束でつっておいて、牢屋にぶちこんだくせに！」

「口をお慎みなさい、奥様。あなたが釈放を要求しておられる囚人は、国王の敵ですぞ。国王は、あなたがしばしば謀反人どもと会っているのを、知っておられますぞ」

「かまうものですか！　それなら、わたしを逮捕させて、バスチーユへ引っぱっていかせるがいいわ！……わたしをあの人といっしょに幽閉するのよ……そうすれば、少なくともわたしはあの人に会えるわ！」

「あそこにいる男は」と言って、ルーヴォアは要塞のほうを指さした。「あそこで死ぬことになっている男は、奥様にも、ほかのだれにも、二度と顔を見せないでしょう」

「でも、あの人が一体どんな罪を犯したと言うの？　あの人がなにをしたの？　あんな若い男を、なぜあなたは恐れているの？」

「あの男に関心を寄せておいでなら、奥様は、私があいつを共犯どもといっしょに殺してしまわなかったのを、感謝なさるべきです」

「共犯！　でも、閣下、あの人には共犯なんていませんわ！

あの人は、逮捕されたときいっしょにいた謀反人たちとは、二ヵ月たらずまえにはじめて会ったばかりだったんですよ……それも、悪賢いナロのやつにそそのかされて、あなたのために、国王のお役に立つために、陰謀に加わるふりをしただけなのに……」

ルーヴォアは、短い叫び声、というよりは冷笑を洩らした。

「そのフィリップ・ド・トリーというのは、妃殿下のお屋敷で従者をつとめていた者ではありませんか?

それなら、無駄な骨折りはおやめなさい。その男は死にました」

「死んだ? フィリップが死んだんですって? ……そんな馬鹿な……閣下はわたしをだまそうとしておいでですのね……死んだのはもう一人の男なのに……」

「私としては、これ以上なにも申しあげるわけにはいきません。さ、そこを通してくださ い」

ソワソン夫人は絶望の叫びを発した。その声は、バスチーユの歩哨たちの耳にも届いたにちがいない。夫人はルーヴォアの服に取りすがって哀願した。

「閣下、ひとつだけ最後のお願いがあります……たったひとつだけ……囚人の顔をわたしに見せてください……そうして、あなたの言うことが本当だとわかったら……わたしは二度と再びあなたの邪魔はしないと誓います」

「しかし、奥様、私は国王の命令を受けているのです。私以外、何人《なんぴと》たりとも、あの男に会ってはならんと」

「待って! 閣下、わたしは謀反人たちの秘密を知っています……一度でいいから、あの人の監房にはいらせてくれれば、なにもかも話してあげましょう」

「あなたが売ろうとしている秘密は、あすになれば私の手にはいるのですよ、奥様。例の小箱にはいっている名簿にあなたの名前が載っていないよう、神にお祈りなさい」

そう言い捨てると、ルーヴォアは手荒くソワソン夫人を押しのけて、馬車のほうへ走っていった。

馬車の扉がしまる音がきこえ、ヴァンダの目のまえを馬が疾走していった。ルーヴォアは去った。しかし、ソワソン夫人はまだそこに残っていた。物蔭にひそんでいるヴァンダとブリガンディエールの耳に、夫人の低いうめき声がきこえてきた。夫人は、傷ついた豹《ひょう》のように、一ヵ所でぐるぐる回り、ついで、逆上したように腕を振りまわしながら前庭から飛びだしていった。

どうやら、夫人は、聖アントワーヌ通りの入口に待たせてある馬車のところへ戻るつもりらしい。それなら、夫人がそこに着くまで待てば、ヴァンダたちは大手を振って家へ帰れるというわけだ。

十分後、ブリガンディエールはヴァンダの袖《そで》をそっと引き、輿のところまでつれもどった。

クースキとアリが小声で報告したところによると、まず、二人のまえを裁判所長夫人が通っていき、それから、一人の女が狂乱したかのように駆けぬけ、それっきり、なにも起こらなかったということだった。

ルーヴォアの馬車は砲兵工廠の角を曲って、セーヌ川のほうへ行ったのだろう。それに、こんなところにいつまでもいると、巡回の夜警に見つかるおそれがある。それに、今夜の出来事について、一刻も早く話しあいたい。

そう思って、四人はただちにジャン・ボーシール通りの屋敷へ向かった。聖アントワーヌ門のまえの小さな広場を横切れば、屋敷はすぐ目と鼻の先だったので、途中だれにも会わずに帰りついた。

ヴァンダたちは、なにか重大な決定をくだす必要が生じると、一階の広間に集まって相談することにしていた。

いまこそ、まさにそこに集まるべきときだった。いつなんどき事態が一転するかもしれなかったからだ。

まず、クースキとアリが報告した。二人は、鍵の保管係のリューとブルグアンを手なずけて、かなり興味ある内部事情をききだしていた。

数日まえから、この下っぱの看守たちは、数人の従僕から大変気前よく酒をおごられてすっかり丸めこまれており、そのうちもっとうまい汁が吸えるにちがいない、という意味のことを得意気にしゃべっていた。

この連中は、レキュイエ城門警備隊長ほど良心的ではなかったので、いままでにも、囚人の家族や友人から金貨や銀貨を受けとって、いろいろな便宜をはかってやったことが何度もあったようだ。

だから、ソワソン夫人の従僕たちが本気で籠絡《ろうらく》しにかかったら、この看守たちは言いなりになってしまうだろう。

そういう事態を警戒し、目を光らせている必要がある。

ブリガンディエールは、クースキとアリに対して、二人の看守との居酒屋での親交をさらに深めるよう命じ、できれば、ソワソン夫人の従僕たちにも接近してみるようにと言った。

もし、ソワソン夫人が囚人の脱獄を計画しているのなら、それに関する情報を入手し、計画の進行状況を把握し、必要とあらば妨害しなければならなかった。

報告をおえたクースキとアリをさがらせてから、ヴァンダとブリガンディエールは、より差し迫った問題について話しはじめた。

「この屋敷から出ていかなくては」二人きりになると、早速ヴァンダが口を開いた。「それもできるだけ早いほうがいいわ」

「なにをおっしゃるんですか、奥様！　せっかくこうして戦闘準備も整い、こちらの形勢が圧倒的に有利だというのに、退却しようなんて！」

「実は、まだおまえの知らないことが今夜おきたのよ。

わたしたちが食事をしているところへルーヴォアがはいってきて、あいつったら、生意気にも、わたしに向かって古くさいお世辞を並べたてたの」

「それは、あいつがあなたの正体にまったく気づいていない証拠ですよ」

「たぶん、いまのところはね。でも、じきに勘づくにちがいないわ」

「あいつとは二度と会わずにすむと思いますよ」

「そうだといいけれど、あの男がわたしを見た目つきの意味は、女ならすぐにわかるわ。あいつは、わたしが地方から出てきたパリに身寄りのない女だと思っている。もしかすると、わたしが野心家で、有力な大臣の庇護《ひご》を喜んで受けるような女だと思っているのかもしれないわ。ルーヴォアは、宮廷の貴族もパリの金持も、こぞって自分の足下にひれふすのを見つけているから、わたしがあいつに門前払いをくわせようとは、夢にも思っていないでしょう。あいつはきっと来るわ。ここへ訪ねてくるにちがいない。裁判所長夫人の口ぶりからも、そうはっきりわかったわ」

「ようし！」ブリガンディエールはポケットのなかの大きなナイフのことを思い出しながらつぶやいた。「万一、あいつが図々しくもこの家へはいってきたら、思い知らせてやるぞ」

「でも、ルーヴォアを殺してしまったら、あの裏切者への復讐はどうなるの？そんなことをしたら、わたしたちはお尋ね者になって、ルーヴォアの腹心レニー警視総監の手下どもに追いまわされ、フランスを出なければならなくなるわ。そうなれば、ソワソン夫人が好き勝手に振舞うのを、とめることもできなくなるのよ。

それよりも、わたしが望んでいるのはドルヴィリエをこらしめてやることよ。あいつがバスチーユから逃げださないよう見張るため、わたしは仕方なくこの忌わしい町に踏みとどまっているけれど、わたしはこっそりと隠れて暮らさなくてはならないわ」

「それはもうできない相談ですよ、奥様。いまでは大勢の人が私たちのことを知っています。急にこの界隈から引っ越して、どこかほかの場所へ隠れようとしたら、かえって人目をひくことになり、たちまち正体がばれてしまうでしょう。

第一、よそへ移ったら、どうやって監獄を見張ればいいのです？」

「それでは、一体どうしたらいいかしら？」

「ここに踏みとどまるのですよ、奥様。逃げ隠れせずにルーヴォアを待ちうけるのです」

「あの男と口をきいたり、いやらしいお世辞を我慢してきくなんて、そんな勇気はわたしにはないわ」

「しかし、バスチーユ内部の情報を確保するには、それが最良の方法です。

ひょっとすると、ルーヴォア自身の口から、あいつが囚人をどうするつもりか、ききだせるかもしれないじゃありませんか？」

「だめだわ……あの男といっしょにいる苦痛には、わたし、とても耐えられそうもないに、その苦痛はそう長く続くわけではありませんよ。ルーヴォアは、国王の出発に先立って、五月一日にはマーストリヒトへ発たなければならないのです。だから、せいぜい数日間の辛抱ですよ。それも、奥様の想像があたっていて、フランドル地方への重大な遠征の直前に、ルーヴォアが色恋沙汰《ざた》に憂き身をやつす暇があれば、の話ですがね。

それに、奥様は、体の具合が悪いとかなんとか言って、適当にごまかすことだっておできになるでしょう？」

「そうね……今夜、典獄の夕食会を中座するときにも、わたし、気分が悪いからと言って出てきたのよ」

「それは好都合だ。奥様は床におつきになるのです。そうすれば、裁判所長夫人が枕元につきっきりで看病してくれるでしょうから、もしルーヴォアがのこのこやってきたら、奥様は所長夫人といっしょにあいつにお会いになればいい。

一週間後、ルーヴォアは出発します。しかし、そのまえにきっと囚人の運命に決定をくだすに相違ありません。

いままでは、私たちはバスチーユ内部にかなり知りあいがいるから、あそこで起こることについてなら、一部始終わかるようになっています。ルーヴォアが出発してしまえば、あとはこちらの思いどおり事態に対処することができるでしょう」

「おまえの言うとおりかもしれないわね」とヴァンダは諦めたように言った。「神に祈って、わたしに勇気をお与えくださるよう、お願いすることにするわ」

「勇気が必要なのは奥様ばかりではありませんよ。なにしろ……奥様のお耳にはいったかどうかわからないが、例の小箱の件で、ルーヴォアがソワソン夫人に言ったことがありますからねえ」

「ええ……バシモン殿は間にあわなかったようね。でも、それがどうしたというの？　どのみちモリスはもう死んでるんですもの。

あの人を死に追いやった身分の高い貴族や貴婦人たちの運命に、わたしが大きな関心を抱いているとでも思っているの？

あの人たちが首を切られても、それは当然の報いというものよ」

「ルーヴォアはほかにもなにか言っていましたよ」とブリガンディエールはつぶやいた。

「なんて言っていたの？」

「フィリップ・ド・トリー、つまりドルヴィリエという偽名を使っていた男は死んだ、と言っていたのです」

「それは、ソワソン夫人にうるさくつきまとわれたので、うまく言い逃れる口実よ」

「私も奥様とおなじ考えです。が、しかし……」

「なんなの？　言ってごらん」

「もし、本当にあの悪党がソンム川で死んだとすると……そうすると……ベルトディエール塔の囚人は……」

「だれだと言うの？」

「隊長殿ということになります」

「そんな馬鹿な！」とヴァンダは叫んだ。「わたしはモリスが倒れるのをこの目で見たのよ」

ブリガンディエールは答えず、沈痛な面持ちで眉をひそめた。

「それに第一」とヴァンダは言葉をついだ。「あの小箱の秘密をルーヴォアに告げたのは、ドルヴィリエにきまっているじゃないの？」

「なるほど……そこには気がつきませんでしたよ。しかし……いや、なんでもありません……とにかく、ルーヴォアからなにかききだせるといいんですがねえ」

「それはあまり虫がよすぎるわ」

「むしろ、あのナロのほうが口が軽いかな。やつも情報には通じているらしいですね」

「あの男はフランドルに残っているんでしょう？」

「もう帰ってきているはずですよ。まんまと小箱を手に入れたのですからね。

私は、やつの妹がパリにいるということを、もうちゃんと調べてあるんです。あの女を利用すれば、いろんな情報が取れるかもしれない。私は早速行って……」

「それはそうと、アミアンで別れて以来、バシモンからちっとも音沙汰ないのはどうしてかしら？」とヴァンダが口をはさんだ。

「あしたペローのところへ行って、なにか連絡がなかったかどうかきいてみます。バシモン大尉からの手紙は、サン・ジャック通りの《シャプレー書房》あてになっているはずだ。

それともう一ヵ所、近いうちに訪ねたい人があります」

「それはだれなの？」

「だれって、ペロンヌで会ったあの女占い師にきまってますよ。あの女なら、ソワソン夫人の秘密をなにもかも握っているでしょう」

「おまえ、本気でそう考えているの？」

「本気ですとも。だからこそ、きのう、あの女に関する情報を集めてきたんです。もう、必要なことは全部わかっています。

私の勘に狂いはありませんよ、奥様。あの女を利用すれば、私たちはきっと成功します」

12 女占い師の目論見

ベルトディエール塔に幽閉された謎《なぞ》の囚人の運命に、それぞれ異なる思惑を抱く三人の人物が、バスチーユをめぐって慌ただしい動きを見せた夜の翌日、女占い師ラ・ヴォアザンの館《やかた》で、それとはがらりと趣の変わった光景が展開されていた。

そう、女占い師ラ・ヴォアザンは館に住んでいたのだ。もちろんソワソン伯爵夫人の館ほど広壮ではないが、少なくともおなじくらい豪華な調度に飾られ、なによりも、はるかに住みよい間取りになっている邸宅だった。

三年まえ多額の現金で購入され、以来、美しく改装されたこの住居は、当時、パリ随一の高級住宅地だったロワイヤル広場界隈《かいわい》にあった。

館には大小とりどりの部屋があり、馬車の出入りにだけ使う両開きの立派な大門のほかに、秘密の入口が二ヵ所についていて、夜間ひそかに目立たぬ色のマントを着てくぐれば、隣近所の人にじろじろ見られる心配もなかった。なにしろ、そのあたりはまったく人通りのないところだったのだ。

しかし、この館が持主にとって好都合だったのは、なににもまして、広大な庭のなかに埋もれたように立っているという点だった。

今日なら、無論、大庭園というところだ。広さは優に五十アールはあったのだから。

女占い師のもとを訪れた人たちは、樹齢数百年の大木の蔭で、現在や未来のことについて語ったり、大金を積んで伯父や夫の健康を占ってもらったり、はしばみの枝を使って地中の財宝を見つける術を教わったり、さらに、星のない夜、悪魔を呼びだしたりすることさえできた。

また、その庭園ではさまざまな植物が栽培されていた。その用途についてはのちに述べるが、とにかく、この屋敷の所有者は、肥沃《ひよく》なブリー地方の第一級の農場とだって、この土地を交換しようとは思わなかっただろう。

だれでもがこの庭へはいれるというわけではなかった。一般の町人のかみさんたちは広い書斎へ通され、そこでは、女占い師は罪のない《白魔術》、つまり、タロットカードの占いとか、手相とか、コーヒーの出し殻による占いなどを行うだけだった。

さらに、家の屋根のうえには小さな塔が立っていて、その窓から手にとるように星が見えた。当時、ノストラダムスの学説はすっかり流行遅れになっていたが、それでも時たま占星術の信奉者が来ると、女占い師はその塔へのぼっていった。

しかし、身分の高い貴族や貴婦人は、大抵の場合、薄気味の悪いほど暗い茂みの奥へ案内された。

黒ずんだ葉が墓地を連想させるいちいの並木を通っていくと、からみあった蛇と見まがう奇妙にねじれた小枝のアーチがあった。

このいわば植物でできた洞穴の奥に、小屋のようなものが立っていた。そこの地面には、今日の劇場の舞台の床板のような仕掛けがしてあり、女占い師が素人の度胆を抜くのに使われていた。

悪魔の小屋の道具立ては、いかにもその目的にふさわしいものだった。薬瓶、星の印を刻んだ銀の板、黒い樹脂の蠟燭《ろうそく》、鉛の小像、ひからびた人間の指、蒸留器、かまどなどがごちゃごちゃに並び、そのなかに、一番重要な道具として巨大な白銅の大鍋が置いてあった。その大鍋のなかを覗《のぞ》くと、敵の姿、あるいは恋人の姿が意のままにあらわれるというのだ。

言うまでもなく、カトリーヌ・ヴォアザンは、この異様で広大な領地の独裁者だった。夫は、とうの昔に追いはらわれて、オルフェーヴル通りの宝石店に住んでいた。

それに反して、女占い師は、夫の先妻の娘をそばに置いていた。妖術《ようじゅつ》の弟子にするつもりか、それとも、本当にこの娘に愛着を感じていたのか、それはさだかではない。

マリエットという名の娘は、当時やっと十三になるかならぬかの子供で、中途半端な年頃だったが、いまにきっと絶世の美女になるに相違ないと予想された。

この娘は、ごく罪のない手品のような術をいくつか義理の母から教わっただけだったが、女占い師の魂の奥底にわずかに残る優しさは、すべてこの少女に注がれていた。

女占い師は、いつかこの娘に莫大《ばくだい》な遺産をつがせようと心にきめ、この娘の生む子供たちが貴族になれるよう、高等法院の判事と結婚させるつもりだった。

この女は、どんな邪《よこしま》な魂でも善行によって罪をつぐなおうとする、という自然の法則に従っていたのだろうか？　あるいは、単に、不正な手段で獲得した財産を司法界の一員に与えることによって、司法官たちを物笑いの種にしようとたくらんでいたのだろうか？

事の真相はだれにも見抜けまい。ラ・ヴォアザンという女は、多くの人の打ち明け話をきいているのに、だれにも自分の心のうちを語ろうとはしなかった。変人奇人の続出した十七世紀においても、特に奇怪なこの人物は、同時代の人びとにとって不可解だったのとおなじくらい、後世の者にとっても不可解なままである。

時に、この女は、ペロンヌでブリガンディエールと会ったおりのように、社会を手厳しく糾弾することもあったが、そういう攻撃も決して軽はずみには行わず、権力者のまえでは適当に這《は》いつくばって見せるのを忘れなかった。

たとえば、ソワソン夫人に対して、この女はいつも猫なで声を使い、どんな無理難題をふっかけられても怒らなかったので、激しやすくだまされやすい夫人は、たちまち手玉に取られてしまった。

しかし、ペロンヌへの旅があいにくの結果におわって以来、伯爵夫人と女占い師は一度も会っていなかった。

ソワソン夫人は、なんとかしてバスチーユのなかへはいろうと必死で、嵐のような日々の現実に心を奪われ、かつて没頭していた幻想の世界など忘れていたのだ。

女占い師のほうも、めったにパリを留守にすることはないので、帰宅後は魔術や妖術の仕事に忙殺され、ソワソン邸へ伺候する暇などとてもなかった。

もっとも、この女が夫人に会いにいかなかったのは、いささか計算ずくでもあった。いまにきっと夫人のほうからやってくるにちがいない。なまじこちらから積極的に働きかけないほうが、託宣のありがたみが増し、夫人は熱心に耳を傾けるだろう。女占い師はそう確信していたのだ。

案の定、四月のある晴れた日、ソワソン夫人が訪ねてきた。

女占い師はうやうやしい態度で夫人を迎え、同時に、きわめて優しい心づかいを示した。いよいよ、この貴婦人を断ちがたい絆《きずな》で自分に縛りつける時機が到来した、と察したのだ。いまこそ、この館のあらゆる機能を駆使して、たかぶった夫人の想像力をかきたてる好機だった。というのも、夫人はいままで一度もここを訪れたことがなく、その秘密を知らなかったからだ。

その日、夫人は、二人の〝忍びの従僕〟、つまり仕着せを着ていない召使にかつがせた輿《こし》に乗ってきた。

夫人を迎えるために、女占い師は二人の先客を帰した。一人はマレー地区の裕福なラシャ商人の妻で、散歩の途中で三度ほど出あった貴族の愛をかちとる術を教わりにきていた。もう一人は総轄徴税請負人の妻で、大金持で気むずかし屋の夫の遺産をねらっていた。

女占い師は下心があったので、ソワソン夫人と会うのは庭がいいと思った。夫人のほうでも、じっとしていられないような気分だったので、静かな木陰の小道を散歩しようという提案に大賛成だった。

「きょう妃殿下がお見えになるということは、存じておりましたわ」女占い師は、まず、この職業の者がよく使うきまり文句を口にした。

「まあ、そう！　わたし自身、つい一時間まえまで、そんなこと思ってもみなかったのにね」ソワソン夫人はつっけんどんに答えた。

「すると、妃殿下はもうわたくしを信頼していらっしゃらないのでございますね？　妃殿下の一番忠実な召使のことをお忘れで、重大な事件でもないかぎり、思い出していただけないなんて」

「おまえのところへ来たのは、事件のせいではなくて、ある疑念が湧《わ》いたせいよ」

「どちらにしても、解決してお目にかけますわ」女占い師は、臆面《おくめん》もなく言いはなった。

「あの旅行の帰り、おまえが聖アントワーヌ門でわたしの馬車をおりてから、なにがあったか知っているの？」

「わたくしは、なんでも存じております」

「では、わたしの留守に、あのエーヌのやつが姿を消したということも知っているだろうね……本当に、悪いことばかり起こるのよ……あの裏切者は、ルーヴォアに密告しに行くために、わたしの屋敷から逃げだしたにちがいない……」

「さもなければ、ルーヴォアの手下におびきだされて、ひどい目にあわされているかもしれません」

「おまえ、本気でそう思っているの？」

女占い師はもっともらしく頷《うなず》いてみせた。

ごく常識的に考えて、エーヌ男爵は、ナロの報告で悪しざまに言われているはずだから、自分からルーヴォアたちのところへ戻っていくとは考えられなかった。

「ま、そんなことはどうでもいいわ。問題はそんなことじゃないのよ」例によって気まぐれなソワソン夫人は話題を変えた。「きのう、もう十回も無駄骨を折ったあげく、わたしはルーヴォアを待ちぶせしたの……あの垢抜《あかぬ》けしない成りあがり者を……このわたしが、王家の血筋をひく貴婦人のわたしが、乞食がお大尽を待ちうけるように待ったのよ……本当に乞食同然にお恵みを乞うためにね。一目でいいからフィリップに会わせて、って哀願したのよ……可哀相にフィリップは、なにも知らずにルーヴォアの悪だくみに協力したばっかりに、牢屋《ろうや》にぶちこまれてしまった……。

すると、あいつがなんて答えたと思う？」

「絶対に会わせるわけにはいかない、と申したのでございましょう」

「ええ、おまけに、フィリップは死んだ、と言ったのよ……これで、わたしがおまえに会いにきたわけがわかったでしょう？」

「虐殺をまぬかれたのは、フィリップ・ド・トリーかモリス・デザルモアーズか、どちらかお知りになりたいのですね。

あちらへおいでください。そうすれば、だれかが奥様にお答え申しあげるでしょう」そう言って、女占い師は暗い茂みのほうを指さした。

「あそこへ？」夫人は、占いの場所として緑の木立のしたが選ばれたのに驚いて、ききかえした。

「はい、あそこで霊がわたしたちを待っているのです」女占い師はおごそかな口調で答えた。

「本当にわたしを悪魔と会わせるつもりなの？」ソワソン夫人は震えながらささやいた。

「わたくしの力は無限です。しかし、サタンを呼びだすためには、新月から三日目の夜の真夜中にしか呪文《じゅもん》を唱えるわけにいきません。

それに……奥様は、本当に地獄の支配者の姿を見る勇気がおありですか？」

「さあ、たぶんあると思うけれど」とソワソン夫人は小声で言った。「それでは、きょうわたしに答えてくれるのは何者なの？」

「霊です」

「どんな姿をしてくるの？」

「人間の姿です」

「それで、その霊は、フィリップが生きているかバスチーユに幽閉されているか、かならず教えてくれるのね？」

「霊は一度もわたくしをあざむいたことはございません。しかし、こわがったりしないわ」奥様がお疑いになると、口を開こうとしないでしょう」

「行きましょう」と夫人は言った。「わたしは霊の力を信じるし、こわがったりしないわ」

この興味深い会話が交されたのは、うららかな四月のある日、太陽が燦々《さんさん》とふりそそぐなかであった。それは神秘的な幻の出現にはおよそふさわしくない日で、よほど超自然的な現象の好きな者でないかぎり、そのような青空のもとで降霊術などにうつつをぬかす気には、とてもなれなかっただろう。

今日では、こんな話を聞くことはめったになくなってしまった。

しかし、ルイ十四世の時代には、今日ほど悪魔をぞんざいに扱う習慣はなく、大勢の身分の高い人がしょっちゅう悪魔と付き合っていたのだ。

悪魔は日常よく話題にのぼり、もっとも思慮深い人びとさえも、悪魔の姿を見ることとなど不可能だとは言わず、ただ、昔から教会の禁じている妖術《ようじゅつ》との関わりを避けるにとどめていた。

また、十七世紀の貴婦人のうち、今日なら変人と思われても仕方のないような人たちも、当時としては、暇を持てあまし、権勢におごった偏狭な頭の持主にすぎなかったのだ。

だが、ソワソン夫人の場合には、もっとほかの要素が関係していた。体内を流れるイタリア人の血ゆえに、夫人は当時の女たちに輪をかけた激しい気性を持ち、ひとしお迷信深かったのだ。

実際、よく考えてみると、陰険な復讐《ふくしゅう》、効き目の早い毒薬、邪悪な占星術といった悪弊は、すべてアルプスのかなたからやってきたものだ。

このような悪風と迷信深さは、フィレンツェから輿入《こしい》れした二人の王妃、メディチ家のカトリーヌとマリーの影響によってはじめて、フランスの風土に植えつけられたのである。昔ながらのゴール人気質は、術策を嫌い神秘を疑い、必然的に無知と臆病の産物に反発するものであった。

しかし、みのりの豊かな畑を襲ういなごの群れのように、何家族ものイタリア人がフランスに住みつき、南方の迷信と危険な色事をもたらした。ソワソン夫人は、まさにそういう家族の出身だったのである。

夫人は、フランス人の女が恋人との待ちあわせの場所へ向かうように、なんのためらいもなく魔女の洞穴へ向かった。

女占い師は夫人のさきに立って迷路を案内し、自分の秘術の奥の院へと導いていった。いとすぎの帳《とばり》をくぐったとたん、ソワソン夫人は日の光がにわかにかげるのを感じた。すでに若葉におおわれた枝が幾重にも重なってできたアーチは、ほとんど日光を透さなかったので、この薄暗がりに慣れていない目は、あたりの物体を容易に見わけられなかった。

さらに、この植物のカタコンブのなかは湿って冷えびえとしており、不気味に静まりかえっていた。

日ごろの勇気はどこへやら、ソワソン夫人は、この神秘的なアーチのしたを十歩と進まぬうちに、これから霊の告げることはなんでも信じてしまいそうな心境になっていた。

「奥様はフィリップ・ド・トリーの運命を知りたいとおっしゃるのですね」女占い師がくぐもった声でたずねた。

「ええ」

「水による占いをお望みですか、それとも火による占いをお望みですか？」

「水がいいわ」と夫人は答えたが、なぜ火よりも水がいいのか、自分でもよくわからなかった。

「水の精カラ・スーよ、出てこい！」と女占い師は三度唱えた。

ソワソン夫人は、地中から紺青色の妖怪かなにかが出てくるとでも思ったらしく、うわべは平静をよそおっていたが、内心ひどく不安だった。

ところが、恐ろしい化物が姿をあらわすかわりに、藪《やぶ》の奥に柔らかな光がさしはじめた。それは木の葉ごしにそそぐ月の光のようにみえ、やがてこの青白い光線のなかに、優雅な少女の姿が浮かびあがった。少女は長い黒衣をまとい、ふさふさとした金髪が肩にかかっていた。

その姿は妖精を思わせた。しかも親切な妖精だ。顔立ちは天使のように清らかで、口元には優しい笑みが浮かび、東洋の真珠のような真白い歯が覗いていた。

さらに妖精は、水の精の力の象徴として、奇妙な形をした水晶の杯を手に持ち、杯をみたす澄んだ水が神秘的な光のなかできらめいていた。

言うまでもなく、この幻想的な光景がくりひろげられたのは、魔法の小屋の入口、つまりソワソン夫人からほんの数歩のところだったが、それでも女占い師のからくりを見破れるほど近くはなかった。

ソワソン夫人はわななきながら託宣がくだるのを待った。

「奥様」と女占い師が耳元でささやいた。「わたくしはあの霊に命じて、もしフィリップ殿が生きておられるなら白い馬が、死んでおられるなら虎《とら》が、あの杯のなかにあらわれるようにいたします」

この言葉は小声でささやかれたので、少女の耳にはいるはずはなかった。

ソワソン夫人が頷くと、女占い師はなにやらわけのわからぬ呪文《じゆもん》を唱えはじめた。おそらく妖精にだけ通じる呪文なのだろう。

妖精はゆっくりと杯を目の高さまでかかげ、恍惚《こうこつ》状態に陥った。目がすわり、唇が震え、数分のあいだ瞑想《めいそう》にふけっていたが、やがてきわめて正確なフランス語で、つぎのような言葉を発した。

「水が濁る……もうじき来る……来た……」

ソワソン夫人は顔面蒼白《そうはく》となり、不安にあえぎながら女占い師にしがみついた。万が一、杯の底から不意に悪魔が飛びだしてきたら、かばってもらおうと思っているようだった。

そのとき、妖精の少女の口から、歓喜の叫びが洩《も》れた。

「ああ！　きれいな白い馬！」

それはまさに劇的な瞬間だった。

ソワソン夫人はあやうく気を失いそうになり、女占い師は夫人の体をささえてやらなければならなかった。

しかし、夫人を優しく介抱するかたわら、この女は二言三言低く叫んだ。それはなにかの合図だったらしく、あたりを照らしていた青白い光は少しずつ薄れ、妖精は闇のなかに消えた。

女占い師はすぐさまソワソン夫人を茂みからつれだした。

夫人が茫然《ぼうぜん》としているうちに、すでに激しく動揺している夫人の心に決定的な打撃を加えねばならない。

「カラ・スーの託宣がくだりました」と女占い師は重々しい口調で言った。

「カラ・スー」とソワソン夫人はおうむ返しに言った。「水の精ね……」

「水の精はすべてを知っています。水の精に呼びおこされたフィリップ・ド・トリーの魂は、白い馬の姿をかりてあらわれました。フィリップ・ド・トリーは生きているのです」

「ああ！　やはり思ったとおりだった。ルーヴォアのやつめ、わざとわたしを苦しめて喜んでいたんだわ」

「あの男は、フィリップ殿が死んだと言えば、妃殿下にうるさくつきまとわれずにすむと思って、卑劣な嘘をついたのでございます」

「ありがとう、カトリーヌ、ありがとう。おまえのおかげで、また勇気が出てきたわ。わたしは諦《あきら》めかけていたのよ……でも、はじめから疑うべきじゃなかったんだわ……だって、三日まえから、看守たちはこう言っていたんですもの――ベルトディエール塔にいる囚人はひっきりなしに泣きごとを言っていて、看守たちは独房のなかへははいれないけれど、扉ごしに囚人がわたしの名を呼ぶのがきこえた、ってね」

「奥様のお名前を！」

「ええ、その囚人は、子供が母親を呼ぶように、わたしを呼んでいたそうよ。フィリップ以外にだれが、あの恐ろしいバスチーユのなかで、ソワソン伯爵夫人の名を呼ぶというの？」

女占い師はすぐには答えずに、じっと考えこんだ。

もしかすると、水の精は本当に真実を言いあてたのかもしれない。そうだとすると、この状況をうまく利用するのは容易だろう。

「妃殿下はこれからどうなさるおつもりですか？」女占い師はおもむろにたずねた。

「フィリップを救いだすのよ。おまえも助けてくれるでしょう」

「霊は壁ごしに見ることはできますが、壁を打ちこわす力はございません」

「でも、金貨は扉を開く力を持っているわ。わたしは、必要とあらば、フィリップを救うために全財産を投げうつ覚悟よ」

「救いだすとおっしゃるのですか！　でも、どうやって？」

「いいこと！　わたしはバスチーユの看守を二人買収したの。もし、フィリップの脱獄が成功したら、あの二人を典獄よりもっと金持にしてやるつもりよ」

「でも、看守たちは囚人とまったく接触できないはずですけれど」

「まったくできないわ。囚人の独房にはいれるのは、ルーヴォアとベズモーの二人だけよ。でもね、さしも残忍な大臣とその手下も、囚人がミサに参列するのを禁じるわけにはいかなかったのよ。だから……ね、カトリーヌ、わかるでしょ！」

女占い師は相手がなにを言おうとしているのかさっぱりわからなかったが、もっともらしい顔で頷いてみせた。

「毎週日曜日に、フィリップはバスチーユの礼拝堂へつれられていくの。そのとき、あの人は監獄の中庭を横切るのよ」

「では、看守たちは囚人の顔を見たのですね？」と女占い師はすかさずたずねた。

「いいえ、カトリーヌ」と夫人は悲しげな声を出した。「可哀相にあの人は仮面をかぶせられているんですって」

「仮面！」と女占い師はびっくり仰天して叫んだ。

「ええ、あの美しい顔に黒いビロードの仮面が荒々しくかぶせられるのよ」目に見えぬルーヴォアに向かって拳《こぶし》を振りあげながら、夫人は言った。「それをぬいだら殺す、とおどされているの。

ね、わかる、カトリーヌ？　そんなひどいこと、まったく恐ろしい残虐行為でしょう？」

「奥様、ふつうの人はそんな手のこんだ真似は思いつかないと存じます。

そんな残忍な予防措置を講じるとは、国王の臣下たちはよほどフィリップ殿に恨みがあるのでございましょうね」

「フィリップは、ルーヴォアの卑劣な行為、学者ぶったナロとの腐れ縁、陰険な謀略の数々を知ってしまったのよ。だから、そういう秘密をあの人もろとも葬りさってしまおうというんだわ。いくらなんでも殺すわけにはいかないけれど、永久にこの世の中から消してしまうつもりなのよ。ルーヴォアが枕を高くして眠るためには、囚人の名前と顔がだれにも知られないようにしなければならない。もし好き勝手にさせておいたら、あの下種野郎《げす》はいつまでもフィリップをいためつけるにきまっている……あいつは息子に遺言してでも、復讐を永久に続けようとしかねない男だわ」

「でも、ルーヴォアの息子はまだ六歳でございますよ！」

「そんなこと関係ないわ！　父親の代から、あの一族の執念深さは有名よ。わたしが救いだしてやらないかぎり、三十年たってもフィリップはあいつらにつかまったままだわ。

でも、わたしがうまくやるから大丈夫よ」

「一体、どういう手を使うおつもりですか、奥様？」と女占い師はたずねた。フィリップの運命などどうでもよかったのだが、ソワソン夫人の計画は正確に知っておきたかったのだ。

「いま話したようなことをわたしに教えてくれた二人の看守は、わたしの味方なのよ。賄《わい》賂《ろ》をたんまりやっておいたから、わたしに忠勤をつくしてくれるにちがいない。

あした、あの二人は、独房の鉄格子を切る鋼鉄のやすりを受けとることになっているの。

それに、絹の梯子《はしご》もね。堀のなかまでおりられるほど長くて、しかも細くて簡単に隠せるような梯子よ。

日曜日になったら、二人のうち、囚人をミサへつれていく役を命じられたほうの看守が、どこか暗い廊下を通っているときに、囚人にやすりと梯子を渡して、そっとこうささやくの――《ソワソン夫人から》

あとはフィリップがうまくやるでしょう」

女占い師は、あとのことがそう簡単に運ぶかどうか、あやぶんでいるようだった。

「かりにフィリップ殿がその品物を典獄の目から隠しおおせて、脱獄の手筈《てはず》をととのえることができたとしても、いつ決行するか、どうやって奥様に知らせるのですか？

たとえ奇跡的に堀までおりられたとしても、だれが堀から引きあげて、国外へ逃亡する手助けをするのでしょう？」

「わたしよ。毎晩わたしが城郭のそとで待ちうけているのよ。あの人が国境を越えられるように、準備万端ととのえてあるわ。

それに、脱獄の準備には一週間もあれば充分だから、そのつぎの日曜日に、ミサにつきそっていく看守から、あの人がいつ脱出することにきめたか、きいてもらえばいいわ。

フィリップはわたしに愛されていることを知っているから、わたしがなにを考えているかわかるはずよ」

「でも、もし脱出の最中に見つかったら？　もし歩哨《ほしょう》に発砲されたら？」

「そのときは、わたしもいっしょに撃たれるまでだわ」

「で、もし、奇跡的に脱獄に成功したら？」

「わたしはあの人といっしょにフランドルへ亡命するわ。まだあそこにナロがいて、やつを絞め殺してやれたらよかったのにねえ」

「まあ、奥様！　すると、奥様は宮廷での地位も、お屋敷も捨ててしまうおつもりでございますか？」

「そうよ、カトリーヌ！　もしもおまえが金貨のほかになにかを愛したことがあるなら、この世のあらゆる栄華も、愛する人のために生きる幸せとくらべたら、取るにたりないものだということがわかるでしょうにね。

いまさらフランスなんぞに未練があるものですか！　この国では、わたしはみんなから無視され、忘れられているのですもの。

わたしがいなくなったら、国王が残念がるとでもいうの？　八年このかた、国王はわたしを侮辱し、軽蔑《けいべつ》しつづけているのよ。ソワソン伯爵が淋《さび》しがるとでもいうの？　あの人ときたら、マーストリヒト攻囲軍に随行する宮廷の貴婦人の列にわたしが加えられていない、ということにも気づいていないのよ。

子供たちが悲しがるっていうの？　あの子たちはわたしの顔もろくに知らないのよ。長男はいまから父親の跡目をねらっているし、末っ子のウージェーヌは、不自由な体で、軍人になることしか考えていない。

いいえ、カトリーヌ、もうフランスにとどまる理由なんて、ひとつもないわ」

「ひとつも？　では、復讐を果たしたいというお気持もないのですね？」と女占い師は静かに念を押した。

「復讐！　もちろん復讐したいけれど、相手の地位が高すぎて、わたしには手も足も出ないわ。

それに……そんなことをしたら、身の破滅になるかもしれないし、わたしはフィリップを救ってやりたいんですもの」

「たとえ相手が玉座についていようと、なんの嫌疑もかけられずに敵を倒す確実な方法がございます」

「その方法を、おまえ知っているの？」

「存じております。わたくしさえその気になれば、国王でも、ルーヴォアでも、王の新しい寵姫《ちょうき》フォンタンジュ公爵夫人でも、意のままに死なせることができます」

「それはどういう意味？」

「国王やルーヴォアには請願書を出せばいいし、フォンタンジュにはドレスを送ればいいのです」

「請願書！　ドレス！　じゃあ、毒をしませた衣類に触れて死ぬとか、目に見えない毒が手紙にいれてあって、封を切ったとたんに毒気を吸って絶命するとかいう話は、本当なのね？」

「二十年たらずまえに、ローマにトファナ夫人という女がいて、揮発性の毒をしみこませた手袋やハンカチや花束を売っていました。ほかにも、その女は、一瞬のうちに人の命を奪う《卒中水》とか、どんな頑健な体でも少しずつむしばんでしまう《肺病誘発剤》などを扱っておりました」

「その話は母からきいたことがあるわ」とソワソン夫人はつぶやいた。「でも、いまどきまさか……」

「あの女の秘術はいまもなお伝わっています。わたくしがそれを知っているということをお疑いなら、まず、奥様の敵のなかで一番卑劣な男を殺すよう、お命じになってみてください」

「一体、だれのこと？」

「ナロでございます」

「ロレンツァを殺したやつね！　ああ、それこそ当然の報いだわ！　あいつを殺しておくれ、カトリーヌ。まむしのように踏みつぶしておくれ」

「ようございますとも。ぬけぬけとパリへ戻ってきたが最後、殺してしまいましょう」

「もう戻っているわ……ブランヴィリエ侯爵夫人の親類筋にあたる妹のオーブレー夫人のところにいるのよ……死んだモリス・デザルモアーズが陰謀に関する書類をいれておいた小箱を、ルーヴォアのところへ持ちかえったのは、ナロの仕業だわ」

「小箱を！　では、そのなかの名簿には、奥様のお名前ものっているはずでございましょう？」

「たぶんね」

「それなのに、奥様はよく平気で……」

「ルーヴォアはなんでもやりかねない男だけれど、国王はわたしに手出しできないはずよ。だって、法廷でわたしがこう言ったら困るでしょう——『陛下はかってわたしを愛しておいででしたが、その愛が冷めたので、復讐しようとしていられるのです』」

ところで、水の精が姿を消したあと、女占い師は伯爵夫人と並んで広大な庭園の小道を通り、奇妙な植物が植えてあるところに来ていた。

そこかしこに帯状の花壇があり、風変わりな色と形の植物が生えていた。

花も果樹もなく、異国的な感じの草ばかりが茂っていた。

女占い師はこの奇怪な畑を指さして言った。

「ナロの死因はあそこにございます。ご自分でお摘みになりますか？」

ソワソン夫人は身震いしてあたりを見まわしたが、ただざまざまな植物が見えるばかりで、なかには名前を知っているものもあった。

「それはどういう意味？」と夫人は声をひそめてたずねた。

女占い師は笑いながら言った。

「これはわたくしの換金作物の畑でございます。

あそこの薄緑色に紫の筋のはいった葉をごらんください。あれがハシリドコロで、あの汁を飲むと目がつぶれ、気が狂ってしまいます。

こちらの大きな穂のあるのがトリカブト、茎に赤っぽい斑点《はんてん》のついているのが毒人参《にんじん》、小さな青い花が咲きかけているのがツルボでございます」

「みんな毒草なのね？」

「はい。でも、あれを使って、絶対に跡が残らないような毒薬を作る方法を知っているのは、わたくしだけですし、もし、いま奥様のまえの地面を掘れば、この土のなかに緑礬《りょくばん》や鶏冠石やアンチモンや昇汞《しょうこう》が埋もれているのをお見せできます。

この菜園のしたには鉱脈があり、金脈もあるのです。それを利用すれば、どんな莫大な遺産でも手にはいるのですから……」

「やめて！　おだまりったら！」とソワソン夫人はささやいた。

「妃殿下は怖がっておいでなのですね！　でも、どうして？　ナロが死んでも、だれもわたしの庭を掘りかえして調べようなんて思わないでしょう。たとえナロの妹が天下の名医ファゴンを兄の臨終の床によんだとしても、心配ありません。ファゴンだって、もっともらしい理由を並べて、ナロは病死したと保証するでしょう」

「そういうことなら……」とソワソン夫人は口を開いた。

「そういうことなら、どうしろとおっしゃるのでございますか？　妃殿下は、あの人でなしを生かしておくおつもりで？」

「い、いいえ」と夫人はやっとの思いで答えた。

「では、ルーヴォアのほうは？」

「それは、わたしがフィリップを救いだしてからのことにしておくれ？」

「それでは……国王は？」

「まだ、そのときではないわ」

「承知いたしました。では、さしあたって死ぬのはナロ一人ということになります。このつぎは、いつ妃殿下にお目にかかれますでしょうか？」

「フィリップが確実に脱獄できるとわかったときよ。わたしはあの人といっしょにフランスを出るつもりだから、そのまえに、ほかの人たちへの復讐のことを、おまえに頼んでおきたいのよ」

「わたくしはいつでも喜んで妃殿下のお役に立つ所存でございます」女占い師は、金貨のいっぱい詰まった財布を夫人の手から受けとりながら言った。

それから、そっとこう独り言をつぶやいた。

《これであんたはもう完全にこっちのものよ、伯爵夫人》

女占い師は、庭の小門まで夫人を送ってきた。それは身分の高い者だけが出入りを許される門だった。

そこで貴婦人と女占い師は別れを告げた。たがいに相手にきわめて満足していたが、その理由はまったく異なっていた。

ソワソン夫人は、自分の心にかなった二つの確信を抱いて帰途についた。フィリップは生きており、ナロは間もなく死ぬだろう。白魔術も黒魔術もひとしく信奉している夫人は、そう信じて疑わなかった。

女占い師のほうは、ずっとまえから捜しつづけていたものがついに見つかった、と大いに喜んでいた。つまり、万一、警察当局が自分の商売を詮索《せんさく》しだしたとき、かばってくれる力のあるほど身分の高い共犯者だ。

それまで、女占い師が《相続促進剤》を売った相手は、急いで金持になりたいという町人のかみさんたちか、せいぜい野心や欲にかられた司法官夫人や財務官夫人どまりだった。

そうした毒殺犯の女たちは、パリ中から女占い師のもとに集まってきたが、その群れに新たに加わった王家の血筋を引く貴婦人は、まことに貴重な存在だった。

ほかの女たちは金貨しかもたらさなかったが、この女なら法の制裁をまぬがれる手段として利用できる。

たしかに女占い師は、証拠となるような文書をソワソン夫人から受けとっていない。しかし、いずれ巧みに持ちかけてなにか書かせるつもりで、そういう安全策を講じたうえでなければ、ナロに対して秘術を用いないことにしていた。

ナロをすみやかにあの世へ送るという約束については、女占い師はそれを果たす力を充分備えていた。

もっとも、そのために、この女がずばり〝換金作物の畑〟と呼んだ庭の片隅の植物や鉱物が利用される見込みはなかった。

ツルボやトリカブトやウマノアシガタは、アンチモンや緑礬同様、たしかに猛毒ではあったが、人目を驚かす必要のある場合のほかは、あまり役に立たなかった。

女占い師は、そういう毒物の性質をかなりよく心得ており、特別な場合には実際に利用することもあったが、それよりむしろ、名前を列挙することによって、なにも知らない門外漢の度胆をぬいては、面白がっていた。

この毒の園を見学した客は、自然界のあらゆる力がこの女の支配下にある、とかたく信じてしまうのであった。

時おり、この女はこうした物質を使って怪しげな薬を作り、それに、すりつぶした人骨や乾燥したひきがえるの粉など、おぞましい混ぜ物を加えたりした。

しかし、女占い師の真の秘術、偉大で独得な秘術はイタリアから渡来し、さらに遠方に源を発するものであった。

この秘術は、ネロに雇われてブリタニクスらを毒殺したロクスタにはじまり、時代から時代へと受けつがれ、十七世紀のローマの女で、《人造水》を使って二十年に六百人――うち二人は法王――を殺したというトファナに至っていた。

ボルジア一族もこの秘術を知っており、かれらのマキアベリ的政策の利益をはかるために、大いに利用した。しかし、その後、この秘術は名もない人びとに伝わり、ただの金儲けの手段となってしまった。

要するに、この秘伝、つまりイタリア語で《ボッコーネ》と呼ばれたこの秘密の処方は、亜砒酸《あひさん》の調合法で、今日なら、たちまち捜査当局に見破られてしまうようなものだった。

現在では、どんな片田舎の薬剤師でも、マーシュ（ジェイムズ・マーシュ。英国の化学者。砒素を検出する器具の発明者。一七九四～一八四六）の発明した器具を用いて、ブランヴィリエ夫人のような毒殺犯の鼻を明かすことができる。

しかし、ルイ十四世の時代には、化学という学問はまだなかったので、サントクロワ、エクジリ、ラ・ヴォアザンといった連中は、安心して〝遺産相続の妙薬〟を使い、パリ大学医学部の教授に手のうちを見すかされる心配などせずにすんだのである。

当時のお偉方が原因不明の死をとげた際の検死記録のなかで、ファゴンをはじめとする高名な医師たちの述べている馬鹿馬鹿しい解剖学的見解を読めば、モリエールの揶揄《やゆ》がいかに的を射ていたか、当時の医学がいかに空疎なものであったか、充分に理解することができる。

そうした状況のもとでラ・ヴォアザンの商売は大いに繁昌し、ドーブレー一族毒殺事件の結果、最近ブランヴィリエ侯爵夫人が起訴されたとはいうものの、このいまわしい連続殺人事件がなんらかの犯罪組織と関連している、という証拠はあがっていなかった。ラ・ヴォアザンの先生であるドイツ人調剤師グラザーも、その共犯ヴァネンスもつかまっていなかった。このヴァネンスは、まさに毒薬のセールスマンともいうべき男で、トリノからブリュッセルへ、ブリュッセルからマドリッドへと、毒薬調剤法を売りあるいていた。

のちに明らかになったところによると、この秘密組織は、王族や大公や女王の暗殺を請け負い、そのまがまがしい商売はすばらしい利益をもたらした。

だが、このような事態がいつまでも続くとはかぎらなかったので、先ざきのことを考えていた用心深いラ・ヴォアザンは、ソワソン夫人を送りだしたあと、今日は朝から良いことがあったとばかり、ほくほく顔で館のなかへ戻っていった。

ただひとつ、この女占い師の期待に黒い影を落としている点があった。それは、ソワソン夫人が間もなく国外へ逃亡してしまうかもしれない、という不安である。

万一、ソワソン夫人がフィリップを脱獄させ、ともにフランスを出るのに成功してしまったが最後、夫人の庇護《ひご》に頼る望みは永久に失われてしまう。

実際、この向こう見ずな行いによって、情熱的な伯爵夫人は、国王とも夫とも、さらに宮廷貴族全員とも決定的に対立することになるだろう。

どんな不行跡も、夫人が隠そうとしていたあいだは大目に見られたが、今度のように大っぴらな騒ぎを引き起こすのは、背水の陣をしくに等しかった。

そんなことになったら、女占い師がせっかく巧妙に仕組んだ計略も、水の泡になってしまう。

だから、女占い師は、フィリップ救出計画を妨害する方法を考えはじめていた。

この女は、バスチーユの囚人が本当にフィリップかどうか、確信が持てなかった。というのも、あらためて説明するまでもなく、さきほどの藪のなかでの場面は、巧みに演出され、すでにほかの観客のまえで何度か上演されたことのある芝居だったからだ。

義理の娘マリエットは水の精の役を名女優なみに演じたし、杯のなかに白い馬がみえるといつも言うことにきめてあったので、女占い師は、つねに自分に都合のいい答えが得られる、と安心していられたのだ。

すべては質問の内容いかんにかかっており、その日は、恋人が生きている、とソワソン夫人に思わせておいたほうが、存分に夫人の弱みにつけこむのに便利だった。

しかし、フィリップが生きているということは、ほぼ確実と見てよさそうに思えた。下心のあるルーヴァアの言葉よりも、囚人がソワソン夫人の名を呼ぶのをきいた、という看守の証言のほうが、はるかに信用できたからである。

女占い師はそう考えていた。したがって、うわべはソワソン夫人の目論見に協力するように見せかけながら、ベズモー典獄の新しい下宿人がいつまでもバスチーユにとどまるようにはからねばならなかった。

この二重の目的を達成するのは容易な業ではなかった。しかし、この日は、女占い師にとって運のいい日だったらしい。

部屋へ戻るとすぐに、年とった小間使いで、近所の従僕などの運勢を占ってやっている女がやってきて、かなり立派な風体の見知らぬ男が訪ねてきた、と告げた。

女占い師は、おおかたつれない美女の心をなびかせる愛の妙薬を求めにきた男だろう、と思って会ってみた。ところが、なんとそれはペロンヌの《花籠屋》で出あった偽の穀物商人だった。

ブリガンディエールは、あのときとは別の服を着ていたが、顔まで変えるわけにはいかなかった。だから、職業柄、人の顔をよく覚えている女占い師は、すぐにだれだか思い出した。

それに、ブリガンディエールはいささかばつが悪そうではあったが、自分の正体を隠そうとは思っていないらしかった。

「奥さん」と男は口をきった。「三週間ほどまえに、ある旅館で私におっしゃったことを、まだご記憶でしょうか？」

「わたしはなにも忘れることはありませんし、あなたが来ることも知っていました」と女占い師は言った。人と会うときまって、まず、こういうもっともらしいせりふを口にするのだ。

「ああ、それじゃあ、私はなにも言う必要はないわけだ。あなたはなんでも見抜けるのだから、私が訪ねてきた理由も、もちろん察しがつくでしょうね」

「モリス・デザルモアーズの未亡人を、敵から守ってほしいというのでしょう」

「まあ、そんなところだが……しかし、敵といってもいろいろあるし、手ごわすぎてとても歯向かえないようなのもある」

「わたしに太刀打ちできるほど強力な者など、だれもいません」と女占い師は大見栄を切った。

「ええっ！　たとえルーヴォアでもですか？」

「ルーヴォアも例外ではありません」

「ほう！　それでも、おれはやはりルーヴォアとはやりあいたくないなあ」とブリガンディエールはつぶやいた。この女の力に全幅の信頼をおく気になれなかったのだ。

それから、ブリガンディエールはこう言った。

「今日のところ、私は、ルーヴォア大臣とは関係のないことで、あなたの助言と、場合によっては助力を求めにきたのです」

「わかっています。ソワソン夫人の話をしにきたのでしょう」

「ええ。それに、ペロンヌの総督がつかまえて、いまではベズモー典獄があずかっている囚人の話です」

「その囚人が本当にフィリップ・ド・トリー、つまり、あなたの隊長を敵に売った裏切者かどうか、知りたいのですね」

「あなたは私の心のなかが読めるんですか？」とブリガンディエールはあっけにとられて叫んだ。

「未来を予見することもできますわ」と女占い師は冷ややかに言った。「さあ、そこに坐って、わたしの言うことをよくおききなさい」

ブリガンディエールがおっかなびっくり粗末な腰掛けに坐るのを見ながら、女占い師はこう考えた。

《この男を使えば、ソワソン夫人が恋人といっしょに逃げるのを邪魔することができそうだわ》

「ベルトディエール塔に幽閉されている囚人は、フィリップ・ド・トリーにまちがいありません」と女占い師はおもむろに言葉をついだ。「囚人の番をしている看守たちがそう言っていました」

「看守たちですって！　しかし、あの連中は一度も囚人の姿を見たことがないんだ。それなのに、どうしてフィリップだとわかるんだろう？」

「姿は見えないけれど、独房のなかでうめく声がきこえるのです」

「うめいたりするというのは、隊長殿ではないという証拠だ」

「それに、たえずソワソン夫人の名を口にするというのです」

女占い師は、一目で人間の性格を見抜く術に長《た》けていて、ブリガンディエールのような軍人には、魔法についての長ったらしい講釈よりも、こうした現実的な情報のほうが効果的だ、と判断したのである。

「ほほう！　あの獄卒ども、おれにはそんな話はちっともしなかったぞ」とブリガンディエールは叫んだ。

「すると、あなたもあの連中を知っているのですね！」

「無論、知っていますとも。私たちがパリへ来た唯一の目的は、あの囚人を監視することなんですからね。もちろん、私はバスチーユのなかへもぐりこむ算段をしましたよ」

「それで、うまくいきましたか？」

「まだ充分とはいえないが、それでも、城門警備隊長と知りあいになりました」

「レキュイエという男ですね」

「名前を知ってるんですか？」

「ええ、ほかにもまだ大勢の名前を知っています」と女占い師は答えた。実は、一六六六年ごろ、ブランヴィリエ侯爵夫人の愛人ゴーダン・ド・サントクロワが、数ヵ月にわたってバスチーユに幽閉されていたとき、あのあたりをよくうろついたのだった。

「では、レキュイエというのはとっつきにくい男だが、酒がはいると口が軽くなる、ということもご存じでしょうな。

　私はやつを居酒屋へつれていって、詳しい話をききだしたんです。とはいっても、いささか漠然としたことばかりですがね。それから、私の二人の部下も、居酒屋で二人の看守から情報を取りました。こいつらも、上官に負けず劣らず大酒飲みなんですよ」

「それで、具体的にどんなことがわかったのですか？」

「なあに！　大したことではありません。それに、ここ数日、連中はいやに口がかたくなってしまってねえ。

　どうやら、だれかに金をもらって口どめされたので、用心しているらしい」

「だれに？」

「ああ！　それがわかるといいんですがねえ。もっとも、おおよその見当はついているんだが」

「わたしは知っていますわ」

「ソワソン伯爵夫人でしょう？　ちがいますか？」

「あなたがわたしの質問に答えてくれたら、その質問に答えてあげましょう」

「いいですとも」

「かりに、フィリップ・ド・トリーが脱獄に成功してバスチーユを出た直後、あの男を捕える方法を私があなたに教えたとしたら、あなたはあの男をどうするつもりです？」

「そんなこと、きくまでもないじゃありませんか？　私たちを敵に売った悪党は、どんなにいためつけても充分ということはない。私が絶対に逃げだせないようにしてみせます」

「殺すつもりね？」

「もちろんです。いざとなったら、この手で絞め殺してやる」

「そういうことなら、わたしの協力をあてにするのはおやめなさい」と女占い師は冷ややかに言いはなった。

「なんですって！　あなたはあの男に同情しているんですか？」

「わたしはあの男を生かしておきたいのよ。でも、あの男が自由の身になるのは困ります」

「それじゃ、バスチーユを出たところでやつを見つけたら、どうしろというんです？」

「つかまえて、歩哨を呼んで、典獄の手に引きわたすのです」

「もし、私たちがそうすると約束したら、あなたは私たちに手をかしてくれるというんですか？」

「監獄の内外で企てられている陰謀について、一部始終教えてあげます。いよいよ脱獄の準備が完了したら、それを阻止するためにいつどこで介入したらいいか、知らせてあげましょう」

ブリガンディエールはじっと考えこんでいたが、ややあって口を開いた。

「実をいうと、こういうことは、私の一存できめるわけにはいかんのです」

「つまり、復讐の方法を選ぶ権利はモリス・デザルモアーズの未亡人にある。というんですね。

いいわ！　それなら、あの女《ひと》のところへ帰ってきいてごらんなさい。フィリップ・ド・トリーは、剣の一突きで殺されるよりも、牢獄で一生をおえるほうが、はるかにひどい苦しみを味わうことになるのではないかとね」

「それはそうかもしれない……しかし、一年後、あるいは五年十年さきに、あいつがバスチーユから出ないという保証はない」

「そんなことはありえないわ。それに、そうそう！　あの男とルーヴォアのあいだでなにがあったか、教えてあげましょうか？

あのフィリップという男は卑怯者で、自分の命と引きかえに陰謀団の秘密をルーヴォアに売った。でも、そのかわり、自分の自由も犠牲にしてしまったのよ。

ルーヴォアはこう言った――『国王のお慈悲でおまえは死罪は免れる。そのかわり、おまえは二度と娑婆《しゃば》へは出られない』。フィリップは、ソワソン夫人が助けてくれると信じているので、この屈辱的な交換条件を受けいれたのです。

だから、もし、あなたがソワソン夫人の計画を挫折《ざせつ》させれば、あの男は死ぬまで地獄の責め苦を受けるでしょう。

考えてもごらんなさい！　フィリップはまだ若いし、独房の壁に頭をぶつけて死ぬ勇気など出せっこない。場合によっては、あと半世紀も生きつづけるでしょう。

看守のほかに人間の顔を見ることもできず、バスチーユの亡者たちに時を告げる鐘のほか、なんの音をきくこともできぬまま、年をとっていくというのがどんなことか、想像してごらんなさい。

あの男は死にはしない……生きながらにして葬られるのです。

ああ！　それほどの罰を与えることができれば、あの人のせいで未亡人となった女性も、気がすむのではないかしら？」

「それに」とブリガンディエールは独り言を言った。「われわれはいつまでもあいつを見張っている覚悟だが、ソワソン夫人はそのうち諦めてしまうだろう……」

「それも、そう遠いさきのことではないでしょう。

わたしはソワソン夫人の性格をよく知っています。あの女《ひと》は波のように移り気だから、ルーヴォアの気が変わるよりずっと早く、新しい恋人がフィリップの面影を消してしまうでしょうよ」

「ルーヴォアの気が変わることなんて、あるだろうか？」

「あの男が恨みを忘れることがあると思ったら大まちがいです。ルーヴォアは決して敵を容赦しないし、あの囚人を永久にこの世から葬りさろうと決意しています。

絶対に釈放しないつもりでなければ、囚人の顔に仮面をかぶせるよう命じたりしないはずでしょう？」

ブリガンディエールは驚いて相手の顔を見た。

「看守たちはあなたにはその話をしなかったようね」と女占い師はからかうように言った。

「でも、わたしの言うことはいつも正しいのです。

さあ、これで、フィリップ・ド・トリーを生かしておいたほうがいい、ということがかりましたか？」

「わかりましたとも！」とブリガンディエールは叫んだ。「隊長の奥様も私とおなじ考えにちがいない。だから、私の責任であなたの条件をのむことにしましょう」

「それでは、囚人の脱獄を阻む方法を教えてあげたら、あなたはわたしの命令どおりに動き、それ以外のことはさしひかえる、と誓うのです」

「あいつの命を助けるのは口惜しいが、きっとあいつをつかまえさせてやると保証してくれるのなら、あなたの命令に従うことを誓いますよ」

「気をつけなさい！　囚人が脱獄を試みる夜、わたしはその場に行っています。もしわたしをだましたら、あなたはわたしの怒りを買い、どこへも逃げられなくなるでしょう」

「私は貴族ではないが、一度立てた誓いはかならず守る男です」とブリガンディエールは静かに言った。

「それでは、話してあげましょう。ベルトディエール塔の二人の看守は、ソワソン夫人に買収されて、日曜日に囚人をミサへつれていく途中、やすりと絹の梯子をそっと渡すことになっています」

「そんなことだろうと思っていましたよ」

「一週間あれば、独房の鉄格子は切れるはずです。だから、つぎの日曜日にフィリップは、月曜の夜に脱獄するつもりだ、と看守に告げるでしょう。

看守たちはただちにソワソン夫人のもとへ行き、城郭のそとの堀の外岸のところで恋人を待つように、と伝えるでしょう。

その日、まさに最後の障害を乗りこえた瞬間に囚人を捕えるにはどうしたらいいか、あなたに教えてあげます」

「しかし、いっそ看守のことを典獄に密告したほうが確実じゃないですかねえ？　そうすれば看守たちはただちに馘になるでしょう」

「そんなことをしては絶対にいけません。そうしたら看守たちはソワソン夫人の名前を出すでしょう。わたしは夫人を利用したいから、あの女《ひと》を巻きぞえにするわけにはいかないのです」

「しかし、夫人がフィリップを待っている現場を押さえられたら、あの女《ひと》の立場はもっと悪くなるでしょう？」

「そういうことにはならないのです。あなたは、わたしが指定する場所に隠れていて、脱獄犯をつかまえたら、すぐに助けを呼ぶのです。それをきいて歩哨が駆けつけるあいだに、わたしはソワソン夫人をつれさります。むざむざ身の破滅を招くことはない、と言いきかせてね。

囚人を引きわたすときに、もし典獄に尋問されたら、あなたは、偶然そこを通りかかって、国王のおためになると思って脱獄犯をつかまえたのだ、と答えるのです」

「いやあ、実に見事な作戦だ」とブリガンディエールは感嘆の叫びをあげた。「かぶとをぬぎますよ。なんでもあなたの言うとおりにやりましょう」

「きっとですよ」と女占い師は重々しい口調で念を押した。「わたしになんの下心もない証拠に、あなたがどこに住んでいるかもきかずにおきましょう。

つぎのつぎの日曜日にまたおいでなさい。そうすれば、必要なことをすべて教えてあげます」

ブリガンディエールは何度も礼を言った。それから、女占い師の住所を教えてくれた町人たちから、この女はただでは占ってくれないときかされていたので、腰にさげた財布に手をやった。

女占い師は鷹揚《おうよう》な身振りでそれを制した。

「わたしはあなたより金持です。ペロンヌでも、わたしはいつも虐げられた人びとの味方だ、と言ったでしょう」

相手が女王のような貫禄《かんろく》でそう言うのをきいて、ブリガンディエールは、これで今日の会見はおわりだ、と悟った。

ブリガンディエールは深々と一礼し、訪問の結果にきわめて満足して家路についた。

13 決断

女占い師カトリーヌ・ヴォアザンがフィリップの敵と味方にひとしく助言を与えているあいだに、この四人の運命はヴェルサイユで決せられた。

その日は木曜日で、宮殿では参事院の会議も、財務委員会も、緊急閣僚会議も開かれず、国王が個人を特別に引見するには、きわめて都合のよい日だった。

サン＝シモンの『回想録』を読むと、木曜というのは私生児と側仕《そばづか》えの従僕が幅を利かす日だ、と書いてある。この二種類の人間は、おかたい公爵のお気に召さなかったのだ。

実際、木曜日には、国王はほとんどなにも用がなかった。

周知のとおり、ルイ十四世の一日は、いわば一分きざみにスケジュールが決められていた。ダンジョー（ダンジョー侯爵（フィリップ・ド・クルション）。ルイ十四世の宮廷で重きをなし、王の遠征にも随行した。一六三八～一七二〇）の『ルイ十四世の宮廷日誌』のなかで、どうどうめぐりをしているような国王の生活について読むと、みずから国家の時計のごとき存在と化したこの君王に対して、同情の念を禁じえない。

ルイ王を太陽になぞらえる理由がほかになかったとしても、日課を遵守した几帳面《きちょうめん》さだけで、崇拝者たちが王を天体中もっとも輝かしい星にたとえる充分な動機となっただろう。

治世のはじめの二十五年間を除いて、ルイは、一生を通じておなじ時刻に起床し、昼食をとり、散歩に行き、狩りに出かけ、夕食をとり、床についた。王が陣頭に立った遠征のときや、フォンテーヌブローやマルリーの離宮へ出御するときさえ、この絶望的なまでに単調な日課はほとんど変化することがなかった。宮廷の儀礼は戦地にまでついてまわり、要塞《ようさい》の包囲陣もヴェルサイユの儀式にのっとってしかれた。

規則ずくめの生活を送ることによって、王は予想外の出来事を一切排除するのに成功した。

不慮の出来事を忌みきらうという王の性格は、フロンドの乱の渦中で過ごした少年時代の記憶に由来しているのかもしれない。

ルイ十四世は、わずか十歳の小さな国王だったころ、母后アンヌ・ドートリッシュと宰相マザランに反対して蜂起《ほうき》した群衆の怒声をきいたときのことを、忘れてはいなかった。

年端も行かぬ王は急遽《きゅうきょ》おんぼろ馬車に乗せられて、王宮からヴァンセンヌ城へ避難しなければならなかった。そして、一六四八年の冬中、王の寝室を暖める薪《まき》が不足し、かわりの服を作る布もないという状態が続いた。

その後、マザランが死に、王がようやく《朕は国家なり》と宣言できるようになると、恋愛の時代が訪れ、王はソワソン宮の絢爛《けんらん》たる世界に没入した。

そこで王は礼儀作法と婦人に対する慇懃《いんぎん》さを学び、それを一生保ちつづけた。が、同時にまた、このとき王の受けた印象は、その後の治世に強い影響を及ぼすこととなった。ソワソン宮で巻きこまれた陰謀や突発事件のために、王は、少しでも型破りなことや月並でないことに対して、深い嫌悪感を抱くにいたったのである。だから、王が莫大《ばくだい》な金をかけて巨大なヴェルサイユ宮を建てたのも、偶然に人と接触する羽目になったり、色恋沙汰《ざた》に巻きこまれたりする危険から、自分の身を守るためだった。

この宮殿は、国王ばかりか大臣や廷臣たちまで住めるように設計され、いわばルイ王の政治機構の歯車をはめこむ箱のようなもので、この時計仕掛けは、以後五十年間、巻きなおす必要もなしに動きつづけた。

一六七三年にヴェルサイユはほぼ完成し、王はすでに来る日も来る日もおなじ日課を繰りかえす生活を始めていた。

ここで、この偉大な王の日課を手短に述べてみよう。こんな日課を強いられたら、現代の裕福な町人は猛然と反抗するだろう。

八時きっかりに、当番の第一従者が王を起こす。

第一侍医、第一外科医、それに乳母が同時にはいってくる。

乳母は王に接吻《せっぷん》し、ほかの二人は王の体を摩擦し、シャツを着がえさせる。

八時十五分、侍従長、それに王の寝所への立ち入りを許されている廷臣たちが呼ばれる。

王は小さな短い鬘《かつら》をかぶって起きあがり、祈りを唱え、靴をはき、服を着、二日に一度は髭《ひげ》を剃《そ》る。これはすべて多数の人の見守るなかで行われる。

そのあと、王は執務室へ移る。そこには、寝室への立ち入りを許されていない大勢の者が詰めかけており、そこで王はその日一日についての命令をくだす。したがって、その夜床につくまでのあいだに王がなにをするかということは、ほぼ十分きざみであらかじめわかってしまう。

ついで王は礼拝堂の二階でミサに参列し、そのあと御前会議に出席する。ただし、木曜日には休憩し、金曜日には懺悔《ざんげ》をする。

王は一時に昼食をとる。このときはいつもひとりで、寝室の中央の窓と向きあって、正方形の食卓につく。

戦地以外では、ルイ十四世はきまってひとりで食事をし、自分の家族の王子たちとさえ、いっしょに食べたことはなかった。

王の昼食に立ちあう際、時おり腰をおろすことを許された唯一の人物は、王弟殿下オルレアン公、つまり摂政オルレアン公フィリップの父だけであったが、それとて陪食を許されたわけではなかった。

昼食ののち、王は執務室に戻り、しばらく愛犬たちとたわむれ、服を着がえ、裏階段から大理石の庭へおりていく。

そこで王は馬車に乗る。多くの場合、軽四輪馬車を自分で馭《ぎょ》して出かけ、猟犬か弓を使って狩りをするか、庭園を散歩する。

そういう気晴らしで日暮れまで過ごしたあと、王は宮殿へ戻り、十時まで数人の側近に会う。

十時に、すべての廷臣がいならぶまえで、王は夕食をとる。

夕食がすむと、王は貴婦人たちに丁寧に一礼して執務室へ戻り、一時間ほど愛犬をなでてやり、やがて寝室へ行って、朝とおなじ手続きを経て床につく。

このように王の一日をざっと見ただけでも、こうした生活を長く続けていたら、大抵の者は退屈のあまり死んでしまうだろう、ということがわかるだろう。

ルイ十四世は最後までこの生活に耐えた。ごくたまに王が普段とちがったことをやると、それはかならずフランスにとってよくない結果を招いた。というのは、変化の原因はいつも不幸な恋愛事件だったからである。

しかし、王の名誉のために言っておくが、ルイ十四世は死の直前まで執務をやめず、コルベール、ルーヴォア、ポンシャルトラン、シャミヤール、デマレといった臣下たちが国務について王に話しにきたとき、寵姫《ちょうき》たちのご機嫌次第で待たされたということは、ただの一度もなかった。

ところが、その日、つまり四月の最後の木曜日、権勢ならびなきルーヴォア陸軍大臣は、恐ろしい眉《まゆ》をしかめて、ヴェルサイユの大回廊を大股《おおまた》に歩きまわっていた。王の執務室のまえを通るたびに、なかへはいろうかどうしようかというように足をとめ、また、猛烈な勢いで歩きはじめた。

午後二時だった。王は昼食をおえ、だれかごく親しい人と会っているらしい。

だから、いま王に近づくのは得策ではなかった。王は、思いがけぬ来客を引見したり、あらかじめ考えておかなかった問題について質問されたりするのが、なにより嫌いだったからだ。

しかし、ルーヴォアは、もっとも高名な貴族たちをも震えあがらせるようなこうした障害をまえにしても、たじろぐような男ではなかった。

この当時、ルーヴォアは国王に対して強い影響力を及ぼすようになっていたので、大きな問題に関して公然と国王に反抗することも辞さなかったし、小さな問題に関しては、うわべは服従すると見せかけて、うまく自分の目的をはたす術を心得ていた。

回廊を五、六周したのち、ルーヴォアは覚悟をきめて国王の執務室の扉を決然と押した。衛兵たちは大臣の顔をよく知っていたので、黙って通した。

ルイ十四世は、お気に入りのセッター種の牝犬に菓子パンをやるのに余念がなく、部屋には、仕着せの色から〝青小姓〟と呼ばれるそば仕えが二、三人いるばかりだった。

ルーヴォアがいつもとちがう時刻にやってきたのを見て、王は驚きの色をあらわし、一体なにが起こったのか、とたずねた。

「陛下にとって重大な事柄でございます」と答えたルーヴォアの表情にうながされて、王は従者たちに席をはずすよう命じた。

「なんの用だね、ルーヴォア」人ばらいがすむが早いか、王はたずねた。

「ペロンヌで逮捕した例の男のこと、それとナロがブリュッセルから持ちかえった小箱の件でございます」

「で、あの男は口を割ったか？」

「いいえ、陛下。しかし、やつがどうしてもしゃべろうとしなかった秘密は、もうわれわれにわかっております」

「どうしてわかったのだ？」

「小箱にはいっていた文書からわかりました」

「おまえの話では、その文書は暗号で記してあって、ちんぷんかんぷんだということだったではないか」

「いいえ、陛下、私の書記のカルパトリーというのが機転のきく男でして、暗号を解読できる者を見つけてきたのでございます」

「ほう！　それはでかしたな。その者どもには存分の褒美を取らせるのだぞ」

「もうそのように取りはからいました。暗号を解く鍵を見つけたヴァンボアとラティクセールの両名には、それぞれ千二百リーヴルずつ渡しておきました。しかし、もし、あの二人がただの書記でなかったら、陛下にお願いして、国家に尽した功績に報いて貴族の位を授けていただくところでした」

「それで、その文書を解読した結果、おまえが謀反の陰謀に関して推定していたことは、すべて裏づけられたのだな？」

「はい、陛下。しかし、あの文書に数名の裏切者の名前がのっていようとは、私にも予想できませんでした」

「それはどういう意味かね？」

「つまり、陰謀の一味の名簿には、フランスでもっとも高い地位を占める人物…… 陛下ときわめて近しい間柄の人物の名が並んでいるのでございます」

「ソワソン伯爵夫人のことか？」国王はいささかばつが悪そうに言った。

「ソワソン夫人がその筆頭でございます」とルーヴォアは冷ややかに答えた。

「あいつはただの変わり者だ」

「しかし、危険な女でございます。なにしろあの女は、ブリュッセルで、陛下とフランス国家のもっとも執拗《しつよう》な敵であるリゾラと接触したのですから」

「その話は知っておる。私は、怒った女の行動など、いちいち気にするつもりはない」

「たとえ、その女が陛下のお命を狙う陰謀にまで荷担したとしても、でございますか？」

「あいつが？　まさか！」

「陛下、私の申していることには、たしかな証拠書類がございます。

ソワソン夫人は、あのいまわしい陰謀の真の目的を百も承知でした。その目的というのは、ヴェルサイユからサン・ジェルマンへの道の途中で陛下を誘拐することです。夫人は、キッフェンバッハと名乗るペテン師の国王暗殺計画を全面的に支持していました」

「純然たるはったりだよ！　あれこれ言ったり書いたりしたかもしれないが、あの女は実際にはなにもやらなかったにちがいない」

「そうかもしれませんが、計画を妨げなかったことはたしかです。それだけでも大逆罪にあたります。

しかも、それだけではないのです」

「まだなにがあるというんだ？」王は、ルーヴォアがしつこく食いさがるのに、明らかに腹を立てていた。

「陛下、レニー警視総監の受けとった報告が一致して指摘しているところによると、ソワソン夫人はカトリーヌ・ヴォアザンという自称占い師と付きあっていますが、この女はずっとまえから警察当局が監視している人物でございます。

最近、ソワソン夫人がペロンヌへ出かけたときも、その女が同行しています。夫人が例の従者を捜しにむこうみずな旅に出たときのことで……」

「ソワソン夫人はイタリア女だ」と国王は言葉をはさんだ。「あの女はいつも妖術《ようじゅつ》を信じていた。伯父のマザラン枢機《すうき》卿《けい》だって、魔術に夢中だったんだよ」

「陛下のおっしゃるとおりでございます。しかし、ラ・ヴォアザンという女は、もっと大それたことに手を染めております。毒薬の製造と販売をやっているのでございます」

「それで、その毒薬をソワソン夫人が買ったとでもいうのかね？」

「その点に関しては、確証はつかんでおりません。しかし、夫人が毒薬を使うのをためらわないだろう、と信じる充分な理由はございます」

「だれに対して？」

「ブリュッセルで企てられた謀反の計画との関連でフランス国家のために尽した者全員に対して。場合によっては、陛下ご自身に対して」

ルイ王は眉をひそめた。

王は、自分の運命が毒殺犯の手に握られているなどとは、想像するのも嫌だったし、かつて寵愛した女性から命を狙われているなどと、考えるのもおぞましかった。

「警視総監は、その魔女がそんな極悪非道の目論見《もくろみ》を抱いていると思うのなら、どうしてそいつを逮捕させないのかね？」と王は厳しい口調でたずねた。

「それは、陛下、そいつは拷問にかけられたら口を割り、その自供が大勢の地位の高い人たちを巻きぞえにするからでございます。そのなかに、ソワソン伯爵夫人と姉のブイヨン公爵夫人もはいっているでしょう……」

「なんだって！　マリー・アンヌもか！」と王は叫んだ。若いころに、マンシーニ家の娘たち全員を知っていたのだ。

「ほかに何人もの者が巻きぞえになることでしょう。だから、警視総監は、大変なスキャンダルになるのを恐れて、刑事裁判に踏みきれずにいるのでございます。

しかし、陛下のご命令があれば、警視総監もだれはばかることなく裁判を始めることができます」

ルイ十四世がなによりも忌みきらっていたのは、即座に決断を迫られることであり、そういう場合には、決定をくだす必要から逃れるために、逃げ口上を並べるのだった。

「大臣」と王はひどく冷たい口調で言った。「私は、神のみまえでただひとり、臣下を統治する責任を負っている。だから、おまえの告発したことが立証されたら、そのときに決定をくだそう」

「手遅れにならないといいが！」とルーヴォアはつぶやいた。

王は、この不敬なつぶやきがきこえなかったふりをして、問答無用という口調で言葉をついだ。

「話を謀反の陰謀に戻したまえ。おまえがここへやってきたのは、ソワソン夫人の話をするためだけではないのだろう？」

「おおせのとおりでございます」ルーヴォアはきっぱりと言いはなった。「カルパトリーが解読させた文書によって危険にさらされるのは、ソワソン夫人だけではございません。陛下がごらんになったら、あの人が謀反人どもの仲間に、とびっくりされるような人物の名前まで、あの文書にのっております」

「どういう名前だ？　ロアン公のことか？　母親のゲメネ公爵夫人に勘当され、私に宮廷から追放されたあの放蕩者《ほうとう》か！　監禁しておく必要もないけちなやつだと思って、バスチーユから出してやると、ロンドンへ亡命した男だ。

まったくのところ、もし、おまえがあの小箱のなかで見つけたのがそれだけなら、そう大騒ぎするまでもない」

「陛下」とルーヴォアは答えた。「ロアン公は陛下が考えておられるより危険な人物でございます。もしかすると、まもなく陛下は、あの男を釈放したことを後悔なさるかもしれません。あいつは、フランス中でもっとも重要な地方のひとつ、ノルマンディーを反乱に立ちあがらせようとしております。

しかし、私が告発しにまいったのは、あの謀反人ではございません」

「それはどういう意味かね？」とルイ王はじれったそうに言った。「私は今日、マルリーの森へ鹿狩りに行く予定で、もう馬車を待たせてあるのだ」

「陛下、さっきフランスでもっとも高い地位を占める人物が陰謀に加わっている、と申しあげたのは誇張ではございません。なにしろ、コンデ公とテュレンヌ元帥も一味に荷担しているのですから」

王はぶるっと体を震わせ、その顔に朱がさした。

「気をつけてものを言いたまえ、ルーヴォア」と王は居丈高に警告した。

「おまえがコンデ公を嫌っているのは私もよく知っておる。それに、テュレンヌ元帥が、おまえやおまえの一族に好感を抱いていないこともな。

しかし、そういう私怨《しえん》を晴らすために、おまえが王族の者やフランス軍の将軍たちを告発するのは、断じて許さんぞ。

私はおまえを今日のおまえにしてやったのだ。だから、私は自分で作ったものを壊すことができる。そのことをようく肝に銘じておくんだ」

「陛下」とルーヴォアは平然として言った。――国王の怒りの爆発には馴れっこになっていたのだ――「私の今日あるのはすべて陛下のおかげでございます。また、それだからこそ、私には敵が多いのです。しかし、相手がどんなに強力でも、私が義務を果たすのを妨げるわけにはまいりません」

「おまえの義務は、告発するときには犯罪を立証することだ」

「私は証拠書類を陛下にお目にかけることができます。謀反の主謀者たちが〝王位に近い家柄の王族〟と〝歴戦の勝者たる将軍〟に言及し、その二人がこの大それた計画に協力を約束したと述べている書簡がございます。そういう文書を読めば、もう疑う余地はありません。私はあえて……」

「その書簡には、コンデ公とテュレンヌ元帥が名指しになっているのか？」

「いいえ、陛下。しかし、すぐにあの二人だとわかるように書いてございます」

「それだけでは、フランス国家のためにもっとも功績のあった二人の人物を攻撃するには、充分ではないぞ」

「それでは、もし、あの囚人が二人のことを告発したとしたら、いかがでございますか？」

「やつはそんなことをしたのか？」国王は明らかに動揺してたずねた。

「いまのところは、いたしておりません。しかし、いずれ白状させることができると存じます。

あの囚人がバスチーユに着いて以来、私はもっぱらそのために努力しております。あいつが口を割らぬかぎり、あくまでも尋問を続けるつもりでございます」

ここで、かなり長い沈黙が続いた。

王は考えにふけり、ルーヴォアは、王の顔に浮かぶ表情をじっと見守っていた。

ルーヴォアは、自分を成りあがり者扱いする名門貴族たちを、蛇蝎《だかつ》のごとく嫌っていた。

しかし、同時に、コンデとテュレンヌが有罪だということを確信し、フロンドの乱からようやく立ちなおったばかりのフランスのためを思って、行動していたことも事実だった。

だが、ルイ十四世は、自分の権威と王国の安泰を大切にすることにかけては、決してルーヴォアに引けを取らなかったが、より大局的見地に立って判断し、この重大な瞬間にあたり、アウグストゥス皇帝がキンナ（クネイウス・コルネリウス・キンナ。ポンペイウスの曾孫、アウグストゥスの寵臣。皇帝に対し陰謀を企てたが許された）を許したときとおなじ感情を抱いていたのだ。

ルーヴォアは大臣として発言し、ルイは国王として答えた。

「ルーヴォア」と王は重々しい口調で言った。「あらたな遠征に出発する直前に、国の防衛にもっとも役立つ二人の人物をフランスから奪うのは、時宜《じぎ》を得ぬ行為だ。私は、これ以上おまえが調査を進めるのに反対する」

「しかし、陛下、もし囚人が口を割って、名指しで……」

「そいつがしゃべらないようにするのだ」

「つまり、こっそり処刑してしまえとおっしゃるので？」

「いや、ちがう。どこか、そんな囚人がいるということさえ人に知られぬような場所へ移して、そいつが生きているかぎり責任を持って監視できるような、忠実で口のかたい男の手に委《ゆだ》ねるのだ。

バスチーユでは町に近すぎるし、ベズモーはフロンドの陰謀と関係のあった男だから信用がおけん。だれか適当な者の心あたりはないか？」

「陛下」とルーヴォアはいかにも不服そうに言った。「そんな男は、そう一朝一夕に見つかるものではございません。私の次官の妻、さしあたって思いつくのは、サン＝マールぐらいでございましょうか。デュフルノワ夫人の義兄ですが、あの男なら、絶対に信頼できます。現在、ピエモンテにあるピニュロルの監獄の典獄をつとめておりまして……」

「よろしい。では、一刻も早く囚人をひそかにピニュロルへ移送するよう取りはからうのだ。サン＝マール典獄に手紙を書いて、こう伝えておけ。典獄に囚人の監視を委任するのは国王で、万一、囚人がなにかしゃべったら、自供の内容は私とおまえ以外だれにも知らせてはならない、とな。さあ、早く行け」

ルーヴォアは退出した。これ以上、王にさからうのは無駄だし、危険だと判断したのだ。仮面をかぶせられた囚人の運命は決まった。しかし、ルーヴォアは、反逆罪を犯した高官たちの名前を囚人からききだす望みを、まだ捨てたわけではなかった。

14　脱獄計画

バスチーユの囚人たちの日課は、かの偉大な国王の日課とおなじくらい、綿密にきめられていた。

ベズモー典獄の囚人たちは、ルイ十四世同様、きまった時間に起き、食事をし、床についた。

ただ、囚人たちを見守るのは、きら星のごとく並ぶ廷臣ではなくて、看守ばかりだった。

日曜日だけは、監獄内の単調な生活にいささかの変化がもたらされた。

日曜日には、食事も少しはましになるし、ミサがあった。

ミサは教誨師《きょうかいし》が監獄内の礼拝堂であげた。礼拝堂は囚人専用で、この不運な信徒たちのために、特別に改造されていた。

司祭がミサをあげる祭壇は、囚人には司祭の姿が見えるが、司祭からは囚人が見えぬように、また、囚人同士が互いに顔をあわせることもないように作られていた。

そのような状況が可能だったのは、創意工夫にとんだ一人の典獄の発案で、礼拝堂の床から七メートルほどの高さにぐるりと桟敷席を設け、それをいくつにも仕切り、前面に鉄格子をはめて、一つに一人の囚人がはいる檻《おり》のようにしてあったからだ。礼拝堂へのぼる螺旋《らせん》階段は、二、三ヵ所にあいている狭い銃眼のほか、明りとりもなかったので、ほとんどまっ暗だった。

しかし、礼拝堂へ行くには、どうしても監獄の広い中庭を横切る必要があった。ということは、行きと帰りに、二分か三分のあいだ、外気を吸い青空のしたを歩くことを意味したのだ。一週間ずっと石の箱のなかでうめき、四方を厚い壁に囲まれて過ごしてきた哀れな囚人たちは、このすばらしい日曜の朝になると、やっと新鮮な空気を吸うことができた。囚人たちがこの特権にどれほど執着していたかは、想像にかたくない。冷酷な命令をくだすルーヴォア大臣やレニー警視総監も、さすがにこの特権まで奪おうとはしなかった。ミサへの参列を禁じられるというのは、バスチーユでは、あらゆる刑罰のうち、もっとも残酷なものとみなされていた。

しかし、この刑罰が科せられることはめったになかった。勅命逮捕状に署名する人びとは、肉体的拷問に関しては、なにをやってもかまわないと考えていたが、囚人の魂が霊的な糧を得る権利まで、あえて奪おうとはしなかったのだ。

ペロンヌで捕えられた囚人も、毎週日曜日にはミサに出席していた。ルーヴォアは、この囚人を猛獣同然の状態で監禁しておくように命じたが、宗教的な慰めを与えるのを禁じるほど残忍ではなかった。

さきに見たように、そこがソワソン夫人の目の付けどころだったのである。金貨をたんまりもらってすっかり買収された看守たちは、早速つぎの日曜日に、脱獄に必要な道具を仮面の男に手渡すと約束した。

やがてその日が来た。

バスチーユの古い大時計が九時を告げ、獄吏たちは全員部署についていた。大勢の囚人を礼拝堂へつれていくのは、容易な業ではなかったのだ。囚人たちが互いに言葉や合図を交すのを防ぎ、所定の通路からはずれないように目を光らせ、のろのろしている者をせきたて、せっかちな連中を引きとめて、礼拝堂の狭い階段が込みあわないようにしなければならなかった。

こういう作業を整然と行えるのは、最古参の看守たちだけであった。

したがって、この難しい任務は、リューとブルグアンのような老練な獄吏にしかまかされなかった。この二人は、ソワソン夫人に買収され、ブリガンディエールに監視されている例の古狸《ふるだぬき》どもだった。

もっとも、大多数の囚人はそれほど用心深く護送されたわけではない。

一般の囚人は、ただ一列に並んで歩かされるだけで、顔に布をかぶせられることもなく、看守たちは、市場へ向かう羊の群れのまわりで吠《ほ》える犬のように、囚人たちをせきたてていけばよかった。

しかし、ベルトディエール塔の三階の囚人の場合は、そうはいかなかった。疑いぶかい典獄は、囚人の顔に黒いビロードの仮面をかぶせただけでは安心できず、一番腕ききの看守を選んで、囚人を礼拝堂の桟敷まで護送させるようにしていた。週に一度、四人の看守が当番制でこの任務にあたり、つぎのような手順が踏まれた。

仮面の男はベズモー典獄自身の手で独房からつれだされ、典獄の監視のもとで、四人の憲兵に囲まれて階段をおりていった。それは、前世紀によく使われていた縫いとりのある胴衣のようなものを着ているので、《胴衣着用の射手《オクトン》》と呼ばれる連中だった。

囚人が中庭に足を踏みいれるが早いか、典獄の信任のあつい看守たちは両側から囚人の腕をつかみ、礼拝堂のある塔のほうへ歩きだし、少し間隔をあけて《胴衣着用の射手《オクトン》》があとを追った。

典獄はベルトディエール塔の階段をほぼおりきったところで立ちどまり、囚人が中庭を横切るのを見送ったが、それよりさきへは行かなかった。

ミサから戻るときも、まったくおなじ段取りだった。

なにもかも規則ずくめで、形式ばっていて、ずっと昔から決められていた。バスチーユの囚人の正体を隠すために仮面が用いられたのも、このときがはじめてではなかった。

ベズモー典獄は、自分でここときめた地点から一歩もさきへ進もうとはしなかったし、どんなことがあっても、部下の役割を変更することはなかっただろう。

やがて看守たちは自分の役目に完全に同化し、機械仕掛けの人形になってしまった。看守たちは中庭を歩いたり階段をのぼったりするが、鍵はいつもおなじ錠のなかでまわる。それが唯一の違いだった。

さらにまた、飼い主が家畜に馴《な》れるように、看守も囚人に馴れ、加害者と被害者とのあいだに、情のこもったと言ってもいいような関係が確立される場合がある。ライオンや虎《とら》も、餌を運んできてくれる飼育係の手をなめるようになるものだ。したがって、看守が死んだり転任させられたりするというのは、監獄内では大事件だった。

リューとブルグアンはベズモー典獄とおなじときにバスチーユに来て、そこで十四年を過ごした。

四月の最後の日曜日の朝、二人は、いつもより念入りに制服にブラシをかけ、髭《ひげ》をきれいに剃《そ》り、三角帽子を少し斜めにかぶって、部署についていた。二人とも起きぬけに酒保で一杯ひっかけてきたところだったし、ソワソン夫人からもらった金貨でポケットがふくらんでいたので、普段に似合わずすこぶる上機嫌だった。

その日は二人の当番だった。

ところが、中庭に十五分ほど立っていると、驚いたことに、その週は非番のはずの二人の同僚がやってきたではないか。

バスチーユのしきたりを知っている者にとって、このような人員の増強はまさに一大事だった。

ソワソン夫人に買収された二人の看守はたがいに顔を見あわせ、自分たちの裏切りが露見したのではないか、と不安にかられた。もしそうなら、大変なことになる。

リューは相棒よりせっかちな質《たち》だったので、のんびり考えこむかわりに、いま来た二人のほうへつかつかと歩みよった。

「おい、どうした！　貴様たち、朝っぱらから酔っぱらってるのか？　非番なのにラペー姐《ねえ》さんの居酒屋へも行かずに、こんなところにのこのこあらわれるなんて！」

「非番だぐらいは百も承知さ」と一人が不機嫌な顔で言った。「ちょうど一杯やりにいくところだったのに、〝おやじさん〟の命令で呼びもどされたんだ。

しかし、ミサがおわったら、おれたちは抜けだせるだろう」

〝おやじさん〟というのは、看守仲間の隠語で典獄のことをさしていた。

「それで、やっこさん、今日は貴様たちになんの用があるっていうんだ？　今週はブルグアンとおれの当番じゃないか？」

「そうさ！　しかし、どうやら今度は二人になったらしいんだ」

「二人って、なにが?」

「仮面をかぶせられたベルトディエール塔の囚人が二人ってえことよ!」

「へえ! そりゃまたいつからだ?」

「今朝からだ。丸天井の男の顔にも仮面をかぶせろ、という命令がくだったんだ」

バスチーユで〝丸天井の男〟というのは、塔の最上階、つまり陸屋根《ろくやね》のすぐしたにある鉛の丸天井の房にいる囚人のことだった。

「すると、おまえたちがそいつを礼拝堂へつれていき、おれたちがもう一人のほうを受けもつというわけだな」とリューはせきこんでたずねた。

「そうさ。ただ、ビロードの布きれをかぶせられちまってるから、どっちがどっちだかわからんだろうよ」

リューはそれ以上なにも言わずに、いささか悄然《しょうぜん》として相手のところへ戻ってきた。

「おい、きいたかい?」リューはそっとささやいた。「一体、どうしたもんだろうねえ?」

「なあに! 心配することあないさ。おれたちの受けもちになったほうに、例の道具を渡すまでだ」

「だけど、もしそいつが伯爵夫人の言ってた囚人じゃなかったら?」

「夫人にゃ気の毒だが仕方ない」

「だが、それはものすごく危険だぞ」

「どうして？　その男が脱獄するのを断るとでもいうのか？」

「いや、しかし……」

「なら、いいじゃないか！　もしそいつが脱獄すれば、おれたちはただで金をもらったことにはならない。とにかく仮面をかぶった囚人を救いだしたんだからな。

仮面の男が二人いたって、そんなことはおれたちの知ったこっちゃないさ」

「それもそうだな」リューはこのいい加減な理屈をあっさりと認めた。

「だって、そうだろう？　事の成りゆきがどうなったか、ソワソン夫人にはわかりっこないじゃないか」

「それに」とリューは付け加えた。「そもそも仮面をかぶった囚人は二人しかいないんだから、目ざす相手にうまくあたるかどうか、チャンスは五分五分というわけだしな。

しかし、そうはいっても、やはり一応試験してみたほうがいいかもしれん」

「ええっ、試験だって？」

「そうさ。たとえば、おれたちがきめられたとおり《ソワソン夫人から》と伝えたときに、相手がわかったというような顔をするかどうかよく見るんだ。で、もし、驚いたような様子を見せたら、道具はとりかえすのさ」

「しかし、そんなことになったら、また来週やりなおさなくちゃならんぞ。おれは反対だな。さっさと片《かた》をつけてしまったほうがいい」

「それに、来週になったらうまくいくとはかぎらんしなあ」

「来週も失敗したら、ソワソン夫人は、おれたちに馬鹿にされたと思うかもしれん。マンシーニ家の娘たちはみんな変人なんだ……ソワソン夫人を怒らせたが最後、あの女《ひと》の従僕に骨をへしおられかねない……」

「それに反して、もし囚人が脱獄して、夫人が堀端で待ちうけるとすると、二つの場合が考えられる——その囚人が夫人の目ざす相手なら、万事めでたしめでたしだ。さもなければ、夫人は脱獄した男の話をきいて、おれたちができるだけのことをやった、と納得するだろう」

「おまけに、ああいう貴婦人連中ときたら、自分の勝手で人に命がけの仕事をさせておきながら、なんだかんだと文句をつけやがる」

「しかし、あの女は気前がいいじゃないか！」

「いや、おれたちがしてやってることにくらべれば、まだ充分じゃないぞ。

そんなことを言うところをみると、おまえ、あの仮面をつけた囚人が夫人の情夫《いろ》だってことに気づいてないらしいな」

「なにをいいだすんだ、ブルグアン！　おれはもうすっかり頭が混乱してしまったよ。

ソワソン夫人と取引したのはおまえだし、おまえは、典獄が囚人の夕食に立ちあっているとき、監房のそとで番をしていたら、ベルトディエール塔の三階の囚人が子供みたいに泣き叫んで、ソワソン夫人の名を呼んだと言ってたじゃないか」

「おれは、《ベルトディエールの四階》と言ったはずだ。《三階》なんて言ったおぼえはない」

「しかし、おれはたしかに……」

「おまえの思いちがいさ。三階の囚人は絶対に口をきかん。四階のほうのやつは、いまでもまだ泣き叫んでいるかどうかわからんよ。なにしろ、やつは一週間まえから丸天井の独房にいれられていて、おれはあそこまでのぼっていってないからな」

「それじゃあ、おまえはソワソン夫人に嘘をついたんだな。あれはたしかに仮面の男だなんて言って」

「嘘なんかつくものか。あれがそうじゃないっていう証拠はないだろう」

「たしかに、日曜日におやじがベルトディエール塔の監房の錠をあけるとき、おれたちはその場にいるわけではないから、ビロードの仮面をつけた男がどこから出てくるか知っているのは、《胴衣着用の射手《オクトン》》たちだけだ」

「だが、あの連中にそれをたずねる気にはなれん。第一、仮面の男が二人になったいまとなっては、どっちがあんなに泣きわめいていたほうか、連中にだってわかるまい。

要するに、これは、悪魔がソワソン夫人の恋路を邪魔してるってことよ。好きなようにやらせておこう」

「しっ！　階段の石畳に槍《やり》のあたる音がするようだぞ」

二人の看守は、ベルトディエール塔よりに立っていた同僚たちから数歩離れたところで、立ちぎきされないようにひそひそ声でしゃべっていた。囚人のうちの一人が護送されてきたのだ。

リューの言ったとおり、規則正しい足音がきこえた。

まず典獄が姿を見せ、わきへ退いて行列を通し、いつも護送隊の動きを指揮する石段のうえに位置を占めた。

ついで典獄は金の握りのついた大きな杖《つえ》で三度床をつき、臨時に呼びだされたほうの二人の看守に向かって、進みでるよう合図した。

「おれたちがさきじゃないようだな」とリューがつぶやいた。

「すぐにこっちの番がまわってくるさ」とブルグアンがささやいた。「二番手でよかったよ。おれの思うに、丸天井の囚人のほうが段々をたくさんおりなきゃならんから、あとになるにちがいない」

「とすると、おれたちはうまい具合に……本物……ソワソン夫人のお目あての囚人にあたるというわけか」

「静かに！　まず一人やってきたぞ」

実際、一人の男が憲兵に取りかこまれて、塔の出口に姿をあらわした。

「おい、そこの二人！」とベズモー典獄はどなった。

そう言われた看守たちは進みでて囚人の腕をつかみ、中庭を横切りはじめた。リューとブルグアンは目を皿のようにして、その囚人が自分たちがすでに護送したことのある男かどうか、見きわめようとした。

仮面をつけた男はかなり長身ですらりとしており、動作はきびきびしていた。男が着ているのはぶかぶかの灰色の胴衣で、おそらくバスチーユで非業の死をとげた者の遺留品だろう。

それがバスチーユのならわしだったのだ。そうすれば、服装が囚人の社会的地位を思い出させる心配もない。それに、城門警備隊長はじめ強欲な看守たちは、囚人の衣類のうち目ぼしいものは、たちまち山わけしてしまった。

だから、衣服になにか目印になるような点があるとは考えられなかった。囚人の服など、典獄の一存でいくらでも着せかえられたからだ。

仮面のために、容貌の特徴はまったくわからなかった。なにしろ仮面は顔ばかりでなく、額からうなじまで、頭をすっぽりおおっていたのだ。

黒いビロードの布には、見るためと息をするために必要最小限の穴があいているだけなので、したにどんな顔があるか推察するのは不可能だった。

それは仮面というよりはむしろ、贖罪会士《しょくざいかいし》の頭巾《ずきん》に似ていた。

つまり、見るからに不気味で、激しい嫌悪感、さもなければ強い恐怖感を与えるようにできていたのだ。

「あれがおれたちの目あての男にちがいないと思うけどなあ」リューが相棒にささやいた。

「そうかもしれんし、そうでないかもしれん」とブルグアンは悟りきった口調で応じた。

その間、謎《なぞ》の囚人は中庭を横切り、二人の看守にはさまれて、礼拝堂のある塔の入口のなかへ姿を消した。

典獄は囚人の姿が見えなくなるまで油断なく見送ってから、また憲兵たちをひきつれてベルトディエール塔へのぼり、十分後にもう一人の仮面の男をつれて戻ってきた。

「貴様たちの番だぞ！」と典獄はどなった。

ブルグアンとリューはいつもどおり足並みをそろえて進みでて、二番目の囚人の腕をつかんだ。

その男は、身なりはさきほどの囚人と大差なかったが、もっと背が高くがっしりしているように思えた。

男はおとなしく腕をつかまれ、諦《あきら》めきった様子で護送されていった。

二人の看守はあらかじめ役割を分担していた。

リューがポケットにやすりをしのばせ、ブルグアンが絹の梯子《はしご》を持っていたのだ。

しかし、階段のうえで目を光らせている典獄の視線を感じているあいだは、二人とも絶対に妙な素振りは見せないように注意した。

だが階段をのぼりはじめてからは、事情がちがっていた。

そこなら人目を気にする必要はないし、禁制品を囚人に手わたすのに、たっぷり五分のゆとりがあったのだ。

リューは、一度思いたったことは実行しないと気がすまない男だったので、試験してみようという思いつきどおり、囚人の耳もとで合図の言葉をささやいてみた。

「ソワソン夫人から」

囚人はぶるっと身震いしたが、そう驚いた様子も見せず、低い声で応じた。

「そうか。なにを持ってきた？」

「これを」と言いながら、リューはすばやく小さな包みを手わたした。

ブルグアンは、こんなふうに囚人と言葉をかわすのはまずいと思ったが、おくれをとらじと絹の梯子を差しだした。

仮面の男は無言のまま、渡されたものを胴衣のしたに隠した。

ちょうどその日、助けが来るのを待ちうけていたような、落ちつきはらった態度だった。

生まれつきおしゃべりなリューは、さらに言葉をついだ。

「あんたが逃げだす準備をととのえたら、ソワソン夫人が堀の外岸のそばで待っているそうだ」

ブルグアンは相棒をじろりとにらみつけた。四人はただ頷《うなず》いただけだった。

それ以上、会話を続けるわけにはいかなかった。もう、礼拝堂の桟敷に通じている踊り場に近づいていたからだ。

さきについた看守たちは、すでに囚人を檻のなかにとじこめ、非番なのに仕事にかりだされたことについてぶつくさ言いながら、廊下を歩きまわっていた。

リューとブルグアンも二人目の仮面の男を檻にいれ、戸口に錠をおろした。

教誨師《きょうかいし》はいつも囚人のミサを手早く片づけたので、二人はせいぜい四、五十分待てばよかったのだが、退屈しのぎにしゃべるわけにもいかず、手もちぶさただった。

さきに着いた同僚たちには秘密を打ちあけていなかったから、妙にかんぐられるような言葉は慎まねばならなかった。

仕方なく、看守たちはその場で足踏みしながら、ミサのおわるのを待った。

礼拝堂からの帰りも、行きとおなじ順序が守られるきまりだった。だから、ミサがおわると、あとから来たほうの囚人があとで礼拝堂を出た。

階段の途中で、仮面の男は事務的な口調でこう言った。

「計算してみたら、鉄格子を切るには四十八時間あれば充分だ。だから、四月三十日の夜に脱出する。そうソワソン夫人に伝えてくれ」

「わかった」とリューは答えた。

それきり一言も交されなかった。

ベズモー典獄は階段のうえで待っていて、部下の手から囚人を受けとったが、いましがたなにが起こったか、知るよしもなかった。

「それ見たことか！　だから大丈夫、うまくいくって言っただろう」相棒と二人きりになると、早速ブルグアンがささやいた。

「これで、あずかった品はたしかに目ざす相手に届いたわけだ」とリューは揉《も》み手しながら言った。「あとはソワソン夫人に知らせるだけだな」

15　仮面の正体

一六七三年四月三十日の夜九時ごろ、ベルトディエール塔の銃眼のしたに巣を作っている烏《からす》たちは、異様な物音に目をさまされた。

この愛すべき烏たちは、下界をはるかに見おろす別天地の静寂に慣れていたので、自分たちの平和な巣穴の入口をかすめていく人間の体の音をききつけて、カアカアと鳴きはじめた。

一人の男がかぼそい絹の梯子《はしご》にぶらさがって、壁から数センチのところでぐるぐるとまわっていた。

その夜は闇夜《やみよ》で、雨がふっていた。強い西風が吹きつけていた。

仮面の男が親切な看守たちに向かって、四十八時間あれば準備は完了すると告げたのは、はったりではなかった。

男は独房の窓の鉄格子を手際よく切り、パン屑《くず》をかためたもので切れ目をつなぎ、そこに鉄のやすり屑をぬって老練のベズモー典獄の目をもあざむき、夕食がさげられると、ただちに仕事にとりかかった。

あと十六時間はだれにもわずらわされる心配がない。つぎに典獄が姿を見せるのは、翌日の正午、昼食のときなのだ。

まず、寝台のマットレスのあいだにつっこんでおいた絹の梯子をひっぱりだす。

それは実にぴったり用途にかなった梯子で、ソワソン夫人のためにそれを作った職人は、大いに面目をほどこしたのである。

名人肌の職人は、あらゆる点を周到に考慮していた。

バスチーユの塔は、頂上から土台まで、ほぼ六十メートルあった。

梯子の長さは七十メートルだった。

さらに、梯子の一番したには鉛の玉が二個ついていて、自分の重みで垂れさがるようになっていた。もう一方のはしには、どんなにひっぱってもびくともしない鋼鉄の輪と鉤《かぎ》が二つずつ取りつけてあった。

それにもかかわらず、使ってある絹の紐《ひも》が細いので、梯子全体は少しもかさばらず、ブルグアンも仮面の男も、難なくポケットに隠せたのである。

鋼鉄の輪がつけてあるのは、どこか突きでたところに引っかけるためだったし、鉤のほうは、横にわたした棒にかけたり、場合によっては、水夫が四爪錨《いかり》を投げるようにして、石壁の割れ目に食いこませたりできた。

ソワソン夫人のお気にいりの男は、輪のほうしか利用しなかった。

まず、切断した鉄格子の残りの部分に輪をかけ、おりるとき自分の体重で輪がはずれない用心に、金槌《かなづち》で強くたたいて鉄骨を曲げる。

金槌というのは、暖炉の煙突の口にはめてあった鉄格子の残骸《ざんがい》を利用して、男が自分で作ったものだった。

金属と金属がぶつかる音をやわらげるため毛布の切れ端でくるんだこの道具は、あまり使いやすいものではなかったが、それでも、囚人は三十分たらずで鉄格子を鉤釘《かぎくぎ》のようにしてしまった。

鋼鉄の輪が鉄格子からはずれる心配がなくなると、囚人は梯子をそっと塔のしたまでおろした。

窓は肘《ひじ》の高さのところにあいていたので、窓の縁にのぼるのはそう難しくなかった。狭い窓だったが、それでも人間が通りぬけられるだけの幅があり、非常に縦長だった。そこで囚人は窓に腰かけて、足をそとへさげ、これからおりていかねばならない深淵《しんえん》を見おろすことができた。

危険な軽業をおえてから、さらにどんな障害を越さなければならぬか、いまのうちに見ておく必要があった。

ベルトディエール塔は城郭のそとのほうを向いており、ソワソン夫人が待っていると約束したのもその方角だった。しかし、古い城壁のしたまで無事おりることができたとしても、そこから約束の場所へ行くのは容易な業ではなかった。

壁をおりたところはバスチーユの内堀のなかで、堀をかこむ胸壁のうえは歩哨《ほしょう》がたえず行き来し、三十分ごとに夜警が見まわっていた。

その胸壁の向こうにはパリ市の堀があって、聖アントワーヌ門からセーヌ川まで続いている。

この最後の難関を突破すれば堀の外壁、つまり郭外にたどりつくことができるのだ。

しかし、どうやってそこまで行けばいいのだろう？

内堀のなかから典獄の官舎の庭へよじのぼり、そこから第二の堀へおりることができるかもしれない。

それに必要なのは強い腕力と軽い身のこなし、そしてなによりも、石垣の隙間《すきま》に打ちこんで、よじのぼるときの足がかりにできるような鉄釘だった。

おりるときは、縄の切れ端をどこか適当なところに結びつけておけば、それで間にあうだろう。

しかし、そんな夜更けに典獄の屋敷の庭を散歩する者はいないとはいえ、脱獄のためには、そこはこのうえもなく都合の悪いところだった。

それは庭とは名ばかりで、ところどころに貧弱な花壇や芝生のある吹きさらしの広場にすぎなかった。

監獄のなかでこそ、こんなところでも庭として通用したのだが、運動場と呼んだほうがふさわしかったかもしれない。

そこは構内のどの胸壁からも見わたせる場所で、よほど濃い霧でも立ちこめていないかぎり、その広い空地を横切る者がいれば、たちまち歩哨に見つかってしまうだろう。

幸い、内堀から第二の堀へ行くには、もっと骨が折れて時間もかかるが、おそらくもっと安全な方法があった。

それは壁をつきやぶることだった。

パリの古い城郭が築かれて以来、セーヌ川は何度も氾濫《はんらん》した。あちこちで水が石をもろくし、ところどころ漆喰《しっくい》がはがれているにちがいない。だから、どこか特に崩れやすい場所を見つけて石を押し、少しずつ抜きとってしまえばいいのだ。

この方法だと、時間は三倍か四倍かかるかもしれないが、まっすぐ自由な世界へ出ることができる。

それに、万一どうしても壁がつきやぶれないとわかったら、庭へよじのぼる方法に切りかえることも可能だ。

囚人はきわめて聡明《そうめい》で実際的な男だったので、二種類の道具を用意していた。

ひとつは寝台の木組みをとめてあった折れ釘で、これは壁をよじのぼるときの足がかりとなった。

もうひとつは暖炉の煙突の鉄格子で、これはきわめて頑丈な梃子《てこ》として使えた。

これだけのことを思いつくからには、囚人はバスチーユとその周辺の地理を知りつくしていたに相違ない。気のいい二人の看守も、脱獄を確実に成功させるためにはどの道筋を通ったらいいかということまでは、教えてくれなかった。

第一、礼拝堂の階段をのぼるわずかの時間に、それだけのことを教える暇はとてもなかっただろうし、ソワソン夫人もそこまでは要求していなかった。

フィリップ・ド・トリーは、自由の身だったころ、スイス衛兵隊旗手として何度もバスチーユを訪れる機会があった。そのことをソワソン夫人は知っていたのだ。

あるときなど、典獄の屋敷へ夕食によばれた夫人がフィリップをつれていったこともあった。

だから夫人は、フィリップが経験と第六感によって正しい道筋を見つけるにちがいない、と確信していたのだ。

この点について夫人の予想があたっていたかどうかは別として、とにかく、囚人は折れ釘を胴衣のかくしにいれ、にわか仕立ての梃子をシーツで作った紐で肩からつるして、梯子をおりはじめた。

窓から二メートルほどしたで、六十センチほど張りだした軒蛇腹のようなところへおりるまでは、万事順調に運んだ。

しかし、そこからさき、囚人は虚空にぶらさがった形となり、ちょっと動くたびに体がゆらゆら揺れ、くるくる旋回するようになった。

よほど気を引きしめ、神経を張りつめていないと、めまいがして気絶しそうだった。

おまけに、少しでも足を踏みしめるとぐらぐらする二百三十段の梯子をおりるのは、大変な筋力を要する仕事だった。

つかまれるものといったら、指に食いこむ細い絹の紐ばかりで、体中を耐えがたい痛みが走った。

それでも、したへおりるまで何事もなくすんだ。

囚人はへとへとに疲れていたので、塔のしたの小高い丘に坐って、体を休めながらつぎの作戦を練った。

その年の四月は雨が多く、セーヌ川が氾濫したばかりだった。

間もなく囚人は、さらに予期せぬ難題が待ちうけていることに気づいた。

普段は水のない堀が浸水していたのだ。

したがって、冷たい水につかって作業を進めねばならず、悪くすると水が深すぎて、計画を断念せざるをえなくなるかもしれない。

相変わらず闇夜だったが、雨は小止《こや》みになっていた。これは大変都合の悪い状況だった。雨天のときは、歩哨たちも哨舎のなかに引っこんでいるが、少しでも晴れ間があると、すぐまた歩きはじめるのだ。

この乾いた丘のうえで半時ほど休んでから、囚人は堀を渡る決意をかためて、立ちあがった。

そのとき、規則正しい物音がかすかにきこえてきた。

囚人は塔の壁にぴったりと体をつけ、息を殺して耳をすました。音はすぐ近く、せいぜい二十メートルほど離れたところでしており、その原因は容易に察しがついた。

それは、胸壁のうえを歩く歩哨の足音だった。

囚人は雨雲を吹きはらった風を呪《のろ》ったが、考えてみれば、それは予想していた障害だったから、くよくよしても始まらなかった。

それはともかく、どちらの道筋を選ぶかという問題は、これではっきり解決されたわけだ。

天候が回復し、歩哨たちが哨舎から出られるようになったいまとなっては、典獄の屋敷の庭へのぼるという案は問題外だ。好むと好まざるとにかかわらず、壁のしたに穴をあけなければならないのだが、この作業も大変な困難をともなうにちがいない。

なにしろ、歩哨の真下、ほんの十メートルたらずのところで、作業を進めなければならないのだ。

たしかに、歩哨の歩きまわっている高台から一番見えにくいのは、ちょうど胸壁の土台のところだった。

囚人の姿を見るためには、歩哨は身を乗りださねばならず、なにか異常な動きが目にとまらぬかぎり、そこまで熱心に仕事に励む者はないはずだ。

そのうえ、相変わらず強い西風が吹いていたので、少し用心すれば、城壁の石をはがす梃子のきしる音も、風のうなりにかき消されてしまうだろう。

それに、いまさらあとへひくわけにはいかない。

一分一分が貴重なのだ。この季節には日が早くのぼるから、明方までに最後の障害を越えてしまわなければ、脱獄の現行犯で逮捕され、監獄につれもどされて、一階の湿っぽい独房にいれられてしまう。そうなったら生きながら墓に埋められたも同然で、一年とたたぬうちに惨めさのあまり死んでしまうか、気が狂うにちがいない。

だから、仮面の男は――といっても、無論、このときは仮面などつけていなかったが――意を決して、背が立つかどうかもわからぬ堀の水のなかへはいっていった。

もちろん、歩哨が一番遠くへ離れるのを待って、ゆっくり慎重に行動した。

幸いなことに、セーヌ川の氾濫はかなり大規模だったにもかかわらず、水の深さは一メートルたらずで、囚人の腰の高さまでしかなかった。

堀は難なく渡れた。

あたりは真っ暗闇で、巨大な城の建物が落とす影が闇を一層濃くしていた。

ただ、対岸の壁のしたまで来たとき、不意に囚人は深みに足をとられた。

昔、そこには幅二メートル、深さ五十センチほどの小さな運河があったのだ。

その窪《くぼ》みにはいってしまうと、水は腋《わき》の下まで達した。

しかし、囚人はいささかも取りみださず、足をとられて思わず声をあげることもなく、その窮屈な姿勢で精力的に作業を始めた。

もっとも、両腕は自由に使えるし、浸水のために壁を固定している漆喰がゆるんでいるという利点もあった。

すぐさま囚人はかくしに手をいれて釘を一本取り出し、手さぐりで石組みのつぎ目をさがした。

やがて、長い年月のあいだに漆喰が風化してしまった箇所が見つかると、囚人は、梃子をさしこむ穴をあけるために、釘を打ちこみはじめた。

この準備作業は数分で完了した。

漆喰は腐蝕《ふしょく》しており、ほとんどひとりでにぼろぼろと崩れた。

充分深い穴を掘ると、囚人は首からさげていた鉄の棒をはずして穴にさしこみ、渾身《こんしん》の力をこめて圧迫した。

梃子の力で石が持ちあがり、ゆっくりなんべんも押すうちに、さほど骨を折るまでもなく石はほぼ完全に掘りおこされた。

しかし、大きな石が水に落ちる音が歩哨の耳にはいってはまずい。

この危険を避けるために、囚人は両手で石をつかみ、壁の穴から抜きとると、細心の注意を払って静かに水にいれてから手をはなし、堀の底へ沈めた。

この動作は実に巧みに音もなく行われた。

作業の出だしは好調だ。しかし、これはまだほんの序の口にすぎない。

通路を作るまでに、あと何個の石を抜きとらねばならないのだろうか？

囚人が通りぬけるには、少なくとも直径一メートルの穴が必要だった。また、囚人が記憶をたよりに計算したところによると、壁の厚さはたっぷり一メートル二十センチはあると思われた。なにしろ、壁のうえは衛兵たちの遊歩道になっていたのだ。

この計算はほぼあたっていた。実際、一メートル三十センチほどにわたって、石壁をうがたねばならなかった。

また、目的達成までに何時間かかるか予測する必要があった。囚人にとって時間をはかる唯一の手段は、バスチーユの大時計の鐘だった。

作業を開始したとき、大時計は十時をうった。

夜が明けそめるのは四時半ごろだろう。

のんびりしている場合ではない。

二十分たらずのうちに、囚人は三個の石をはずし、ちょうど人間が一人通れるくらいの穴をあけることができた。

しかし、穴を掘りすすむにつれて、作業はだんだん難しくなっていくに相違ない。なにしろ、囚人は下半身水につかったまま両腕をのばし、穴のなかへ上半身をつっこまなければならないのだ。

それでも囚人は、敢然と二層目の石組みをはずしにかかった。

だが、この困難な仕事を始めたとたん、一条の光が水面に反射した。

同時に、頭上で人声が響いた。

はじめ、囚人は脱獄が露見したかと思ったが、間もなく物音と光の原因がわかったので、ほっと胸をなでおろした。

夜警隊長が、大きなカンテラをさげた憲兵の先導で、胸壁のうえを通っていくのだ。

目にもとまらぬ早業で囚人は水に体を沈め、冷たい泥水に頤《あご》までつかった。

だが、囚人の心配は杞憂《きゆう》におわり、夜警はそのまま通りすぎた。

しかし、この巡視は三十分ごとにくりかえされるのだ。

だから、あと何回も水にもぐらされることになるだろう。

その後も、作業は相変わらず熱心に続けられ、着々とはかどった。

一度だけ、実際にはなんでもなかったのだが、囚人が胆をつぶした事件があった。腹ばいになって穴を掘りすすみ、抜きとった石を水のなかへ捨てようとした瞬間、歩哨の規則正しい足音がぴたりと止まったのだ。

仲間と交代したばかりのその歩哨は、穴の真上の手すりから身を乗りだした。

囚人は慌ててうずくまり、できるだけ小さくなった。

いまにも《だれだ！》と誰何《すいか》する声が響き、それをききつけて当直の憲兵がこぞって駆けつけるに相違ない。

だが、夜はひっそりと静まりかえったままだった。

歩哨はなにか疑いを抱いたのだろうか？　それとも、ただ手すりに肘をついて一休みしただけだったのだろうか？

それは結局わからなかった。しかし、歩哨がふたたび歩きだすのをきいたときに囚人の感じた喜びは、難船した人がふたたび陸に着いたときの喜びにひとしかった。

このような危機を乗りこえると、切迫した事態に直面している者は、かならずといっていいほど勇気百倍するものだ。

ベルトディエール塔から逃げだした囚人も、この一事で天は自分の味方だと信じるようになり、まえより一層勇敢に作業に取りくんだ。

手には血がにじみ、すりむけた膝《ひざ》で体をささえるのは耐えがたく、また、この石にかこまれた通路のなかは息がつまりそうで、穴はいつ掘りおわるとも知れなかった。

しかし、囚人はいつかはかならず自由の身になれると信じて、苦しみに耐えた。

ついに、五時間にわたる超人的な努力のすえ、囚人は最後の石をはずし、新鮮な夜気を顔に感じるという、言いしれぬ喜びを味わうことができた。

壁の穴は貫通した。

だが、すべてがおわったわけではない。

まだ、パリ市の大きな堀を渡らねばならない。内堀同様、これも浸水しているうえ、ずっと幅が広いのだ。

おまけに、東の空はすでに白みはじめ、堀を渡るうちに、胸壁のうえから見つかる危険が増していた。

もっとも、運悪く見つかったら、水に足をとられぬよう気をつけながら、できるだけ速く走り、堀の外岸のゆるやかな斜面にはいあがれるかもしれない。

ただし、途中で小銃の弾が命中しなければ、の話だ。

「ソワソン夫人が待ちあわせの場所にいてくれるといいが」壁の穴からそっとはいだしながら、囚人はつぶやいた。

もう少しあたりが明るかったら、前方に目をやっただけで、囚人の不安は解消されたことだろう。

夜が明けていれば、堀の外岸のうえに小人数の人の群れが見え、四人は、城郭のそとでソワソン夫人が召使といっしょに待っているのだ、と察したに相違ない。四人は、城郭のそとで日曜日にソワソン夫人は、フィリップが火曜の夜から水曜の朝にかけて脱走を試みる、という知らせを二人の看守から受けとった。

この嬉《うれ》しい知らせをきくと、夫人はただちに準備を開始した。

まず夫人は、早速その夜、女占い師カトリーヌ・ヴォアザンに会いにいった。事情をきいた女占い師は、その場で作戦を立てた。

それによると、真夜中ごろ、武装し馬に乗った三、四人の従僕をつれ、二頭の駿馬《しゅんめ》を引いて、外堀の土手のうえで待っていればいいというのだ。

女占い師は、四人がすべての障害を乗りこえるには一晩かかる、と見つもっていたが、事実、この予想はあたっていた。

ソワソン夫人はフィリップをつれて、サンリスまで全速力で馬を走らせ、そこで一泊したのち、駅馬車でフランドルへ向かう。あるいは、もっといい方法としては、急にブーローニュ・カレー方面へ方向転換し、そこから英国行きの船に乗るという手がある。

とにかく重要なのは、一刻も早くパリから離れることだ。レニー警視総監の部下はきわめて機敏に行動するが、パリ周辺部のそとで活動することはめったにない。

交通機関や通信網の発達していなかった当時にあっては、のっけから追っ手を八十キロも引きはなした者は、逃げおおせたも同然だった。

このような策を授けたからといって、女占い師がフィリップとソワソン夫人が逃げおおせるよう望んでいたわけではない。

それどころか、この女はいままで以上に獲物を手離すまいと決意していた。つまり、裕福で迷信深い悪女ソワソン夫人を、自分の支配下におさめておきたかったのだ。

しかし、女占い師はまた、夫人に対して忠誠を尽しているように見せかける必要があった。

だから、脱獄をはたしたフィリップをどこで待ちうけるかまで、きわめて具体的に指定し、バスチーユとその周辺に関する豊富な知識をよりどころに、待機する場所としては、ラペー街道の近くのとある窪地以外は考えられない、と断言したのである。

そこなら、夜間は人に出あう心配もなく、しかも、堀全体を見わたせるというのだ。

したがって、そこで待機していれば、脱獄してきた男が城壁のどこかに姿を見せ次第、合図を送るか、召使を迎えにやることができるだろう。

ソワソン夫人はこの計画に全面的に賛成し、女占い師はみずからその実現に協力することを約束した。

そこで、四月三十日の夕刻、女占い師はソワソン宮を訪れ、作戦の指揮にあたることになった。

ソワソン夫人は希望に胸をふくらませて帰途につき、続く二日間、急なお忍びの旅行の準備に専念した。

その間、女占い師は別な用事で忙しかった。

フィリップの脱獄に手をかすふりをしながら、その成功を阻むためには、どうしてもブリガンディエールの協力が必要だった。

たしかにブリガンディエールは献身的な尽力を約束したが、つぎの日曜まで姿を見せないだろう。しかも、女占い師は、下心がないという証拠を見せるために、ブリガンディエールとヴァンダの住所さえも、わざときかずにおいた。

ところが、脱獄の日が一週間繰りあげられたので、ブリガンディエールを捜しださねば、必要なときに利用できなくなってしまう。

幸い、女占い師も、ルーヴォアに負けず劣らず優秀な諜報機関を擁していた。

運勢を占ってもらいにくる客たちは、みんなこの女に心酔していたし、隣近所に住む最下層の町人のかみさんたちのなかにも、この女の友人がいて、必要に応じて情報を与え、知らず知らずのうちに、占いのほとんどすべての材料を提供していたのだ。

悪賢い女占い師は、自分の周囲に、いわば相互スパイ網ともいうべき組織を作りあげていた。このスパイ網は、情報提供が無意識に行われるだけに、一層確実なものだった。

だから、ヴァンダの居所をつきとめる必要が生じたときにも、聖アントワーヌ通りの食料品店のおかみとトゥルネル通りのパン屋のおかみを訪問しただけで、用が足りたのである。

その二人の女と五分ほどしゃべるうちに、女占い師はつぎのような話をききだした。城壁《ランパール》通りとジャン・ボーシール通りのあいだの古い屋敷に、地方から来た若い未亡人が執事と二人の従僕とともに住んでいる。その未亡人の人相は、どうやらヴァンダそっくりのようだ。

女占い師は、月曜の午前中にこの情報を入手し、その日のうちにブリガンディエールとすっかり話をつけることができた。

とはいっても、そこは用心深い女占い師のことだから、自分でのこのこヴァンダの家へ出かけていくようなへまはやらなかった。

そのかわり、ひそかにブリガンディエールに使いをやって、重大な知らせをききたければ、自分のところへ来るように、と伝えさせたのだ、もちろん、ブリガンディエールは急いでやってきた。

女占い師は、囚人を殺さない、という誓いをブリガンディエールに繰りかえさせてから、脱獄してきた囚人をつかまえる方法について、微にいり細にわたり指示した。

また、この女は、ソワソン夫人もその場に待機していて、だれにも邪魔されなければ恋人を救出するつもりだ、ということも包まず話してきかせたが、さらに、巧妙かつ大胆に行動しさえすれば、かならず夫人の計画を阻止できる、とも付け加えた。

そのためには、ある特定の地点、ソワソン夫人が召使とともに待機する予定の場所よりずっと有利な地点で、待ちぶせていなければならない。

ブリガンディエールは女占い師の説明に注意深く耳を傾け、できるかぎりうまくやる、と約束した。

家へ戻ると、ブリガンディエールは、この計画を試みるよう難なくヴァンダを説得し、翌日は一日中、その夜にそなえて実地検分を行なった。

それは、モリスの配下でパルチザンとして戦っていたころ何度も行なったのとおなじ、本格的な偵察活動だった。

ブリガンディエールは、聖アントワーヌ門にはじまり、バスチーユの外堀がセーヌ川とぶつかっている地点まで、堀の外岸一帯をすみずみまで見てまわり、女占い師の計画が最善のものであることを確認した。

女占い師の指定した場所は、外岸の突きでた角にあたり、すぐそれとわかった。

そこからなら、典獄の館《やかた》の庭をささえる稜堡《りょうほ》の前面が一望のもとに見わたせた。

かなり遠く、右のほうには聖アントワーヌ門が見え、二百メートルほど離れた左のほうには、ソワソン夫人が召使をひきつれて待機する予定の窪地が見えた。

だから、あとはただ、目をこらし、頭を働かせて見張っていればいいのだ。そういうことにかけては、ブリガンディエールは自信があった。

時間が真夜中を告げ、ベルトディエール塔から逃げだした男が胸壁の石組みと格闘していたころ、二つの小隊はすでに位置についていた。

ソワソン夫人は、女占い師と六人の忠実な従僕、それに六頭の駿馬をひきつれて、城郭のすぐそとの小さな窪地にいた。

ヴァンダとブリガンディエールは、トルコ人のアリとポーランド人のクースキをつれて、指定された曲り角にうずくまった。

こうして、四人の敵と味方が所定の位置で待機していたのだ。

ただ、女占い師の巧みな取りはからいにより、敵のほうが断然有利な立場を占めていた。というのは、敵のほうは四人の味方の計画を知っていたのに、味方のほうは敵の存在すら知らなかったからだ。

敵にとっても味方にとっても、長く辛い夜だった。

ブリガンディエールはヴァンダを外岸のうえに、アリとクースキをそれよりややしたの左右に配置し、自分は土手のしたに陣どって、いざとなったらまっさきに行動に移れるようにした。

午前四時までなにごともなくすぎ、あたりのしじまを破るのは、歩哨の声ばかりだった。

ただ、ときおり遠くで馬のいななきがきこえ、そのつどブリガンディエールはソワソン夫人の一隊のことを考え、しっかり見張っていなければ、と決意をあらたにするのだった。

闇のなかで目をこらしているうちに、ブリガンディエールは暗さに慣れて、囚人が姿をあらわす可能性のある壁面の全貌《ぜんぼう》を、かなりはっきり見きわめられるようになった。

そのうえ、四時少しまえに、闇もいくらか薄れはじめていたので、囚人が壁の穴から出るが早いか、ブリガンディエールはその姿に気づいた。

ブリガンディエールは冷静にかまえて、囚人がつぎの行動にうつるのを、無言のままじっと見守った。

囚人は外堀の水に静かに体を沈め、肩まで水につかりながら、壁から三歩ほど離れたかと思うと、おそらく胸壁を通る歩哨をやりすごすために、しばらく動きをとめた。

囚人はどの方角へ進むつもりだろう？　堀をつたってソワソン夫人の待ちうける場所まで行くのだろうか？　それとも、まっすぐに堀を横切って、ヴァンダの坐っている土手のしたで水からあがるのだろうか？

いずれの道を囚人が選ぶかによって、囚人をつかまえるためにとるべき行動も違ってくる。

ブリガンディエールにとって喜ばしいことに、やがて囚人は最短距離を通って脱出することに決意した。

囚人はゆっくりと細心の注意を払って堀を渡りはじめた。その用心の甲斐《かい》あって、歩哨は、堀のなかで起こっていることにまったく気づかずに、歩きつづけていた。

もうつかまえたも同然だ。そう思ってブリガンディエールが見ていると、囚人は不意に水中に没し、完全に姿を消してしまった。

この突発事故の原因はきわめて単純だった。

外堀のなかほど、壁から四十メートルぐらいのところに、幅二メートル深さ五メートルほどの排水溝があって、雨水が川へ流れるようになっていたのだ。

この溝は、堀がからのときは一目でそれとわかるが、水がたまると見えなくなってしまう。

セーヌ川の氾濫によって、この溝は水面のしたにかくれ、そんなものがあろうとは予想できないだけに、一層危険な深みとなっていた。

囚人はその恐ろしさをいやというほど思い知らされた。

堀を渡るこつもわかり、首まで水につかってゆっくり慎重に進んでいる最中、突如として足が立たなくなり、あっという間に水にのみこまれてしまったのだ。

もっとも、これが咄嗟《とっさ》の出来事だったのは、不幸中の幸いだったかもしれない。これほど瞬間的でなかったら、囚人は恐怖の叫びをあげずにはいられなかっただろう。

その叫びはたちまち歩哨の注意を喚起しただろう。そうなったが最後、哀れな脱獄囚は、弾丸が頭上をかすめ、間もなくバスチーユ中の憲兵があとを追ってくるものと、覚悟しなければならない。

だが、囚人の口は、叫びを発するために開かれたときには、すでに水中に沈んでおり、その声は歩哨の耳に届かなかった。

しかも、この不運な男は首まで水につかっていたし、溝のへりは垂直だったので、男の体はまっすぐに沈み、まったく水音をたてなかった。

男は吸いこまれるように水中に没した。

ブリガンディエールは猫のように夜目がきくようになっていたので、一部始終を見てとり、男が自分で水にもぐったのではないことを察した。

そこで問題になるのは、男が泳げるか、それとも溺《おぼ》れ死んでしまうかということだ。

いずれにせよ、少なくとも、いったんは水面に浮かんでくるにちがいない。

そのとき、どうしたらよいだろう？

そう考えて、ブリガンディエールは途方にくれた。

そのまま見殺しにするのが、おそらく一番無難だろう。

そうしたって、女占い師に立てた誓いを破ることにはならない。囚人の死はブリガンディエールのせいではないのだ。しかも、ヴァンダは、モリスを敵に売った裏切者の顔を二度と見ずにすむ。

しかし、溺れた男は本当にドルヴィリエなのだろうか？

男を見殺しにすることによって、一生その疑問につきまとわれることになってもいいというのか？

男の死体はセーヌ川まで流されていき、おそらく行方不明になるだろう。

バスチーユの看守からは、たしかな話がきけるはずもない。

脱獄の噂《うわさ》が世間に伝わる可能性はきわめて少なかった。バスチーユの典獄は、なにか困った出来事が起こると、極力それを隠そうとしたし、囚人の脱獄というのは最悪の事態だったからだ。

いかにわずかにせよ、人違いの可能性があるかぎり、真相が究明されるまでヴァンダの心は安まらないだろう。

だが、歩哨の銃弾を浴びずにあの男を助けるには、どうしたらいいのだ？

溺れる者が水から引きあげられるときには、かならずもがいて水音をたてる。その音はきっと歩哨の耳にはいり、救助者も助けられた者も見つかってしまうだろう。

そんな危険を冒したら、ブリガンディエールは脱獄囚とともに監獄へ引っぱっていかれるかもしれないし、いったんバスチーユに閉じこめられたら、再びそとへ出られるという保証はない。

それに、たぶんブリガンディエールは脱獄幇助《ほうじょ》の罪に問われるだろう。不倶戴天《ふぐたいてん》の敵の共犯にしたてられるのは、あまりにも耐えがたい屈辱だ。

こんなふうに書くと長くなるが、このようなさまざまな考えは瞬時のうちにブリガンディエールの脳裡《のうり》をかけめぐった。

人の一生のあいだには、いろいろな考えが電光石火の早業でつぎつぎと生じる場合がある。たとえば、刑場へおもむく死刑囚の頭のなかを覗《のぞ》けたら、最後の五分間に、その頭脳が普段の一日分以上の活動をする、ということがわかるに相違ない。

ブリガンディエールはそこまで切羽詰まっていたわけではないが、それでも、このときほど固唾《かたず》をのんで事の成りゆきを見守ったことはあまりなかった。

突然、水面に黒い点が見えたかと思うと、またすぐに消えてしまった。

間違いなく、それは一瞬水に浮いた囚人の姿だった。しかし、囚人が泳ぎを知らず、助けてやらなければ堀の底に沈んだままになってしまう、ということは確実になってきた。

あらゆる苦痛のうちで、疑念ほど耐えがたいものはない。謎をとく鍵が永久に失われそうだと見ていると、ブリガンディエールはじっとしていられなかった。

ブリガンディエールは魚のように泳げたし、家鴨《あひる》のように潜水が得意だった。

唯一の難題は水音をたてずに救出活動を行うことだったが、それもなんとかやれそうな見込みがあった。

おそらく、囚人はすでに気絶しており、それだけ扱いやすくなっているにちがいない。

ただ、一刻も早くつかまえないと、水に流されてしまう。

堀はかなりセーヌ川のほうへ傾斜していたし、洪水はひきはじめていたので、氾濫した水が少しずつ川へ戻るにつれて、溺れた男の体も流されていくだろう。

実のところ、ブリガンディエールにとっては、男の生死はさほど問題ではなかった。

とにかく、脱獄囚の顔を見さえすれば気がすむのだ。

そのほかのことはあまり関心がない。

それどころか、囚人が溺死《できし》していれば、つかまえる手間がはぶけて好都合なくらいだ。

ヴァンダはじっと坐りこんだままだ。

クースキもアリも身動きひとつしない。

おそらく、ほかの三人は囚人の姿に気づかなかったのだろう。仲間と相談する暇もないので、ブリガンディエールは意を決して、ただちに行動に移った。

まず、腹ばいになり、肘と膝を使って水辺へおり、蛇のようにはって、ポチャンという音もたてずに水にもぐる。

強く水を一けりして、男が沈んだあたりへ行き、水底をあちこち捜す。

しかし、手にさわるのは、城壁からはがれおち、洪水によってそこまで運ばれてきた石ころばかりだ。
三、四十秒すると息苦しくなり、仕方なく一度水面へ浮上する。
もちろん、用心して頭しか水から出さず、この一瞬を利用して周囲を見まわす。

大きな雲がつぎからつぎへと西風に吹かれて空をおおい、夜明けの光を相殺している。

歩哨はなにも気づいていない。

もしかすると、ヴァンダたち三人さえ、ブリガンディエールが姿を消したのを知らずにいるのかもしれない。

ほっと一安心して、ブリガンディエールは大きく息を吸うとふたたび水にもぐり、さっきより少し下流のほうを捜しはじめた。

今度も目ざす男の体にはさわれなかったが、そのかわり、ブリガンディエールのほうがいきなり足をつかまれた。

溺れる男が必死の力をふりしぼって、ブリガンディエールの足首にしがみついたのだ。

いますぐその手を振りほどかないと、自分も巻きぞえになってしまう。そうブリガンディエールは察した。

哀れな脱獄囚の指は万力《まんりき》のように強く締めつけ、その体の重みでブリガンディエールも水底へ引きこまれそうになった。

心ならずも背負いこまされたこの危険な荷物を振りおとそうと、ブリガンディエールは遮二無二もがいた。

だが、もがけばもがくほど、囚人はしがみついてきた。ブリガンディエールは息が続かなくなってしまった。

このとき、ふとブリガンディエールの頭に、かつてボヘミアのモルダウ川を渡っていて、おなじような事故にあったときの記憶がよみがえった。

おなじ隊の機甲騎兵の一人が浅瀬からはずれ、落馬した拍子にブリガンディエールの服にしがみついた。ブリガンディエールは危うくいっしょに溺れるところだったが、足で強くけって相手の手をはなさせ、馬から落ちずにすんだのだ。

今度もあの手を使えばうまくいくにちがいない。

案の定、ブリガンディエールの鋲《びょう》を打った軍靴でけとばされると、脱獄囚は手をはなした。

三秒後に、ブリガンディエールはやっと息を吸うことができた。

良いことがあるときは重なるもので、ブリガンディエールが水から顔を出した直後、二メートルほど離れたところに囚人の服のはしが浮かびあがった。

強くけられた囚人の体はまず堀の底まで沈み、ゴムまりのようにはねかえって水面へあがってきたのだ。

一瞬のうちに、ブリガンディエールはその胴衣の裾《すそ》を片手でつかみ、もう一方の手で静かに水をかいて岸へ向かった。

堀の中央の溝は深いわりに幅が狭かったので、すぐに背の立つところに来た。ブリガンディエールは囚人の体を難なく土手のしたまで引きずっていき、草のうえにあおむけに寝かせ、その顔を見ようと覗きこんだ。

だが、そのときブリガンディエールのおかれていた状況のもとでは、囚人の顔を見わけるのは容易ではなかった。

しばらくは晴れ間の見えていた空も、いまではすっかり厚い雲におおわれ、夜明けまぢかだというのに、あたりはほとんど真っ暗になっていたのだ。

さきほどからの天気は、あたかもブリガンディエールの味方をしているように、この老兵の計画に都合よく変わっていた。

十五分ほどまえ、空がこんなに暗くなっていたら、ブリガンディエールは脱獄囚の姿を見つけることができなかっただろう。

いま、闇が深まったおかげで、ブリガンディエールはだれにもわずらわされる心配をせずにすんだ。

そのかわり、囚人の目鼻立ちを見きわめるために、顔をつけんばかりにかがみこまねばならなかった。

こうして、不倶戴天の敵同士のはずの二人が、一方は気づかわしげな様子で、もう一方は気を失ってじっと動かずに、救助者と助けられた者という形で体を寄せあっているのは、まことに奇妙な光景だった。

だが、ブリガンディエールはそんなことは念頭になく、ただひたすら憎い裏切者ドルヴィリエの顔を見ようと懸命だった。しかし、溺れた男は一度溝の底まで沈んだので、顔中泥だらけになっており、どんな目鼻立ちか見わけようもなかった。

礼拝堂へいくとき男がつけていた黒いビロードの仮面も、そのべっとりとした泥ほど完全に男の顔を隠してはいなかっただろう。

ブリガンディエールは気がせいていたので、自分の胴衣の裾をつかむと、男の顔を乱暴にこすりはじめた。

この荒っぽい行為によってまず明らかになったのは、男がまだ生きているということだった。

手荒く顔をこすられた刺激で、哀れな男は息を吹きかえし、腕をのばしたり、言葉にならないうめき声を発したりしだした。

ブリガンディエールはかまわず男の顔をこすりつづけた。生きかえらせようと思ったわけではなくて、ただ一刻も早く相手の正体を知りたかったからだ。

間もなく、泥をぬぐわれた額、鼻、口が見えるようになった。いや、触れられるようになった、というべきだろう。なにしろ、あたりは相変わらず暗かったからだ。

なかばは目を近づけて見ることにより、なかばは手でまさぐることによって、ブリガンディエールはようやく謎の男の顔立ちを正確に推定することができた。

その結果があまりに意外だったので、ブリガンディエールは自分の勘違いではないかと思ったらしく、何度も調べなおした。

だが、男の顔をあらゆる角度に向け、徐々にしっかり呼吸するようになってきた男の息がかかるほど顔を近づけた挙句、ブリガンディエールはようやく確信を得たと見えて、男の体をそっと草のうえにおろして立ちあがり、ヴァンダの待つところへ急いで戻っていった。

ブリガンディエールは通りすがりにクースキとアリを呼んだので、間もなく四人は土手のうえに集まった。

そこで、ブリガンディエールがなにか小声でささやくと、一同はたちまちその場を退散した。

一人ヴァンダだけは、土手のしたに横たわっている男の顔を自分で確認したいと言ったが、ブリガンディエールの説得で思いとどまり、ほかの者のあとに続いた。

ブリガンディエールが溺れた男の身元調べをおわってから五分もすると、堀の外岸のうえにはもうだれもいなかった。

しかし、そこから二百メートルほど離れたところの窪地では、女占い師ラ・ヴォアザンの指示に従って、ソワソン夫人とその従僕たちが依然として待機していた。

奇跡的に溺死を免れた男は、まだ完全に意識を取りもどしてはいなかったが、幾度も揺さぶられたのが幸いして、かなり元気を回復していた。

男は大きな溜息《ためいき》をつき、何度か寝がえりをうってから上体を起こし、深い眠りからさめたように目をこすった。

ついで、かなり長いあいだ、堀の土手に背をもたせて坐り、一体、自分の身になにが起こったのかというように、目をぱちくりさせてあたりを見まわした。

天候はすっかり悪化し、雨が降りだしていた。しとしとと降る雨のために、歩哨たちはみな哨舎に引きこもっているに相違なかった。

バスチーユから逃げだしてきた男は少しずつ記憶を回復し、堀の中程で急に背が立たなくなり、水のなかであっぷあっぷしたことをはっきりと思い出した。

しかし、ブリガンディエールにけとばされてからのことは、なにも覚えていなかった。

一体、どうやって岸に押しあげられたのだろう?

いくら頭をひねってもわからないので、男は、この幸運は偶然のめぐりあわせにちがいない、と考えた。死に物狂いでもがくうちに、いつの間にか陸のほうへ向かっていたのだろう。

とにかく、いまはそんなことをのんびり考えている場合ではなかった。

空はすっかり雲におおわれていたが、すでに夜は刻一刻と明けはじめていた。大急ぎでその場を離れぬかぎり、脱獄囚は歩哨に見つかってしまう危険が大きかった。当人もそれに気づいたらしく、まだ充分に体力が回復しきらないのに、土手の斜面を這《は》って、ついさっきまでヴァンダが坐っていたところまでよじのぼった。

そこで男は一息つき、すばやく周囲を見まわした。目のまえには巨大な城の建物、それに典獄の館の庭を支える稜堡があった。右のほうへ目をやると、薄明のなかに聖アントワーヌ門がぼんやりと見えていた。門はまだしまっていたが、間もなく開くらしく、衛兵たちがはね橋をおろす鎖の音が響いていた。

左のほうには、行手を阻むものはなかった。少なくとも、見たところなんの障害物もないようだった。

堀の外岸のてっぺんにそって、あるかなきかの小道がセーヌ河畔のラペー通りまで続いているらしい。

聖アントワーヌ通りもおなじ方角にあったが、これはあまり遠くまで行かず、そのあたりには、普通の家より修道院や農家のほうが多いようだ。

脱獄囚がその方向へ逃げるべきだということは一目瞭然《りょうぜん》だった。しかし、つかまらないようにするためには、ただ遠くへ行けばいいというものではなかった。

道案内もなく、たったひとりでパリの町はずれをさまよったりしたら、どうなるだろう?

服は石壁にこすれて裂けているうえ、びしょぬれで泥だらけときているから、通行人の目をひくにきまっているし、好奇心の的となり、なにか質問されるかもしれない。この際、取るべき道はただひとつ、できるだけ早くソワソン夫人の助けを求めることだ。

夫人はどこか堀の近くで待っているはずだが、正確な場所はわからない。やすりと絹の梯子を渡した看守たちは、その点について詳しいことはなにも言わなかった。

いまは迅速かつ慎重に夫人の待機している場所を捜さねばならない。

脱獄囚は、疲れはて寒さに凍えていたが、しびれた手足を懸命に動かして、小道を歩きはじめた。

かなりの速度で進んでいくが、時おり立ちどまってあたりを見まわし、耳をすます。間もなく日がのぼるらしく、かなり遠くのものまで見わけられるようになったので、不意打ちをくらう心配はなかった。

やがて、遠くのほうに、百姓が手押し車に野菜をのせて聖アントワーヌ門のほうへゆっくり向かうのが見えた。そこで、百姓たちと鉢あわせするのを避けるために、脱獄囚はまた土手をおりて、堀端のゆるやかな斜面を歩くことにした。考えようによっては、これは軽率な行為だった。堀端を歩けば、稜堡のうえから見られるおそれがあったからだ。しかし、《背に腹はかえられぬ》というように、いまの脱獄囚にしてみれば、こんな身なりで百姓の一団に出くわすよりは、歩哨に見つかる危険を冒したほうがまだましだった。

足早に歩いて体が暖まるにつれて男は元気を取りもどし、待ちあわせの場所をはっきり知らせなかったソワソン夫人のうかつさを、次第に口汚くののしりはじめた。

「畜生！　人を救出しようというときに、このやり方はなんだ！　ソワソン夫人はまったくいい加減な女だからなあ……いや、ひょっとすると、あの間抜けの看守どもめ、夫人に伝言するのを忘れたのかもしれないぞ……」

こんなふうに憤慨しながら歩いていると、不意に馬のいななきが耳にはいったので、男はふたたび希望を抱きはじめた。

ソワソン夫人が召使をつれて来ているのだ。そう思うと矢も楯《たて》もたまらず、男は全速力で馬のいななきがきこえたほうへ走った。

百歩といかぬうちに切り通しの曲り角に来た。嬉しいことに、そこの窪地に人馬の一団が隠れているではないか！

先頭には二人の女がおり、そのうちの一人はソワソン夫人だった。

二人はすぐに男の姿を見つけ、駆けよってきた。

「おーい！　私だ！」男は有頂天になって叫んだ。

切り通しの入口に男が姿を見せたとたん、遠目のきく女占い師はそれに気づき、ソワソン夫人の注意をうながした。しかし、まだはっきりと見わけられなかったので、夫人は用心して、数歩まえへ進んだだけだった。

男のあげた喜びの声をきいて、夫人の疑念は完全に晴れた。

ソワソン夫人は、一刻も早く男を抱きしめようと、両腕をひろげて走りよった。

バスチーユから逃げてきた男は、これほど熱烈な歓迎を受けようとは思っていなかったらしく、一瞬とまどったようだった。しかし、すぐさま意を決して、ソワソン夫人の首に抱きついた。

そのとたん、まるで魔法にかけられたように、場面が一転した。

ソワソン夫人は、このように優しく抱きついてきた相手がだれか悟ると、驚きと怒りの叫びを発して後ずさりした。

「これはフィリップじゃないわ！」と夫人は声をつまらせて言った。「あのエーヌのやつじゃないの！」

「ええ、そうですよ、奥様」とエーヌ男爵はあっけにとられて答えた。「私です……私を救ってくださった奥様に、なんとお礼を申しあげていいものやら……」

「わたしにお礼ですって！　よくもぬけぬけとそんなことが言えるわね！」とソワソン夫人はかんかんに怒って叫んだ。

「そうですとも」エーヌはますます面くらってつぶやいた。「妃殿下のお助けがなければ、妃殿下が絹の梯子とやすりを差しいれてくださらなかったら、私はまだバスチーユにいることでしょう……」

「するとおまえは、おまえみたいな田舎っぺを救いだすために、わたしがあれほど骨を折ったと思っているの！」

そう吐きすてるように言って、ソワソン夫人はエーヌ男爵の鼻先に拳《こぶし》をつきだし、凄《すさ》まじい形相でにらみつけたので、男爵は恐れをなして後ろへ飛びのいた。

「どうかお許しを、奥様……どうかお許しを」とエーヌは手をあわせて叫んだ。「私はてっきり……看守の話では……」

「ああ、カトリーヌ、あの看守のやつら、わたしをだましたんだわ」ソワソン夫人は、それまで無言でこの場面を眺めていた女占い師のほうを向いて言った。

「さもなければ、看守たち自身、だまされていたのかもしれません」女占い師は静かに言った。

「フィリップはどこなの？　白状おし、この極悪人！　あの人はどこにいるの？」とソワソン夫人はどなった。

「フィリップ・ド・トリー殿ですか？　それは……私にもさっぱり……奥様にうかがおうと思っていたところでして」とエーヌはあわれっぽい声を出した。

「まあ、ずうずうしい！　おまえ、あの人になりすましたのではないとしらを切るつもりね！　あの人が脱獄に使うはずだった道具を盗んだくせに！　もしかすると、おまえ、あの人を殺してしまったんじゃないの？」

「滅相もない、奥様、私は誓って……」

「おまえの誓いなどききたくもないわ。それより、本当のことをお言い。どうしておまえがここへ来たのか話すのよ。こうしているうちにも、フィリップは絶望のあまり死にかかっているかもしれないというのに……。

さあ、わけをお言い！　お言いったら！　さもないと、従僕たちに命じておまえの頭をぶちわらせ、首に石をくくりつけて堀のなかへほうりこませるわよ。おまえのような野良犬には、それが分相応だわ」

「奥様」とエーヌは以前よりしっかりした口調で言った。「私をどうなさろうと、それは奥様のご勝手です。それでお気がすむなら、水にぶちこんでくださっても結構です……もっとも、ついいましがた、さんざん苦労して水から這いあがったばかりですがね……しかし、なにをされても、私はフィリップ殿がどこにおられるか申しあげることはできません。なにしろ、身から出た錆《さび》でフランドルをあとにする羽目になって以来、私はあの人の噂をまったくきいていないのですから……」

「嘘よ！　おまえみたいな悪党は……」

「妃殿下はお考えちがいをしておいでのようでございます」女占い師がソワソン夫人の耳に口を寄せてささやいた。「たしかに、この件についてはまことに遺憾な手違いがあったようでございますが、奥様のお怒りは筋ちがいかと存じます。この男を怖がらせてもなにもなりません。それより、うまく質問して話を引きだしたほうが……」

「おまえの言うとおりかもしれないけれど」とソワソン夫人は答えた。「わたし、もう腹が立ってどうにもならないのよ」

「奥様さえよろしければ、わたくしがこの男に質問いたしましょう。でも、まずそのまえに、ここから立ち去らなければなりません……間もなく日がのぼります……憲兵たちが警報を発するかもしれません……もし、奥様がここでこの男といっしょにいらっしゃるのを見つかったら、万事休すでございます」

「では、どうしたらいいの？」

「この男をソワソン宮へつれてまいりましょう。あそこなら、だれにもわずらわされずに話をききだすことができます」

「そうかしら、カトリーヌ？　でも、この男を家へつれてかえるなんて！　わたしが二度とフィリップに会えなくなってしまったのは、この男のせいかもしれないというのに！

いやよ、いやよ！　こんなやつ、いますぐ泥を吐かせるか、殺してしまわなければ！」

「たしかに、聖アントワーヌ門の衛兵の目につかぬようにこの男をつれてかえるのは、難しいかもしれませんねえ」

「だから、やっぱり、いますぐしゃべらせて、片づけてしまったほうがいいのよ」とソワソン夫人が大声で主張した。

二人の女の交した言葉のうち、不運なエーヌ男爵の耳にはいったのは、このはなはだ物騒な結論だけだった。

「わたくしにおまかせください、手間はとりませんから」そう女占い師は小声でうけあい、エーヌ男爵に近づくと、落ちつきはらって話しかけた。

「男爵、あなたは一ヵ月ほどまえ、はじめてソワソン夫人と会ったとき、わたしがその場にいあわせたことを覚えておいででしょう」

エーヌは黙って頷《うなず》いた。

「そのとき、あなたが提供した情報にもとづいて、妃殿下がペロンヌへおいでになり、わたしも同行したことを知っていますね？」

エーヌはまたも頷いた。

「結構です。ところで、あなたは、妃殿下のお帰りまでソワソン宮にとどまる、と約束したことをよもやお忘れではないでしょう……」

「それは、もちろん覚えているが、しかし……」

「では、どうして、ある夜、だれにも告げずに姿を消してしまったのです？　ルーヴォア大臣に密告しにいったのではありませんか？」

「私が！」そう叫んだエーヌの口調はいかにも真実味がこもっており、とても偽りとは思えなかった。「この私がソワソン夫人のことをルーヴォアに密告するなんて！　私はあいつのせいで牢屋《ろうや》にぶちこまれ、奥様に助けていただかなかったら、死ぬまで出られなかったかもしれないんですよ！」

「すると、あなたは、自分はルーヴォアの命令で逮捕された、と主張するのですね？」

「『主張する』だって！　そんなこと、見ればわかるでしょうに！　そもそも私がバスチーユに幽閉されていなければ、一体、どうやって脱獄できたというんですか？」

「それもそうね！　でも、妃殿下にあなたの言うことを信じていただきたいのなら、バスチーユにつれてこられてから、あなたの身の上になにが起こったか、正確に包みかくさず申しあげるのですよ」

「ああ！　喜んでお話ししますとも。

妃殿下がおたちになってから三日目の朝、グルネル通りとコキリエール通りの角にあるお屋敷の門のところにいると、立派な風采《ふうさい》の男が近づいてきて、『ゆうべ地方から来たばかりの者ですが、クロワ・デ・プチシャンへ行く道を教えていただけませんか』と丁重にたずねたのです。

私は生まれつき気のいい質《たち》だもので、喜んでそこまで案内してやろうと答え、私たちは愉快にしゃべりながら歩いていきました。

ところが、通りの角を曲ったとたん、私の目のまえに一人の憲兵が六人の部下を引きつれて立ちふさがったのです。

さっき道をたずねた男は憲兵の耳元でなにかささやき、どこかへ行ってしまいました。

私は抵抗する暇もなく捕えられ、すぐ近くで待機していた馬車に押しこめられ、まっすぐバスチーユへつれていかれたのです」

「よろしい！　で、典獄はあなたになんと言いましたか？」

「典獄は私と口もきいてくれませんでしたよ。私は、自分はソワソン夫人に仕える者だ、いまに夫人みずから私の釈放を要求しにくるにちがいない、としきりに主張したが無駄でした。あの狸《たぬき》おやじは看守に命じて私を独房にとじこめさせました。ベルトディエール塔の一番てっぺんの独房でしたよ」

「ベルトディエール塔！　それじゃ、フィリップが幽閉されているのとおなじところだわ！」とソワソン夫人が叫んだ。

「そうでございますね」と女占い師がつぶやいた。「どうやら事情がわかりかけてまいりました。さあ、話を続けてください、男爵」

「夜になってから、夕食の時刻にようやく典獄の野郎がやってきて、『おまえは重罪を犯したかどで逮捕されたのだ。だから、だれとも口をきくことはまかりならん』と言うのです。

典獄はそれきりなにも言おうとしませんでした。私はソワソン夫人の名前を出して必死に抗議しましたが、効果はありませんでした。あまり大声でどなったので、バスチーユ中の憲兵にきこえたと思います。

しかし、もっと奇妙なことがあります。私が逮捕された週のおわりに、ルーヴォア大臣が自分でやってきたのですよ」

「ルーヴォアが！」とソワソン夫人が叫んだ。

「そうですよ、奥様。あの恥知らずめ、自分の先祖がまだ細ぼそと織物を商っていた三百年まえから、ずっと続いている貴族の家柄のこの私に向かって、こうぬかしやがったんですよ――『おまえはフランドルでの任務をきちんとはたさなかったから、国王に対する反逆者だ』」

「ルーヴォアはソワソン夫人やフィリップ殿のことをなにか言っていましたか？」と女占い師が口をはさんだ。

「やつは、私がパリに来て妃殿下に国家機密を売りわたしたのはけしからん、といきまいていました。謀反人どもはきっと処罰される、とも言っていたし、別れぎわに、『おまえは一生バスチーユで朽ちはてるのだぞ』と捨てぜりふを残していきました」

「で、あなたはそれっきりルーヴォアと会っていないのですね？」

「ルーヴォアとも、典獄以外のだれとも会いませんでした。先週の日曜日、私が声をかぎりに哀願したのが功を奏して、いまいましい典獄の野郎がようやく私をミサに行かせてくれるまではね。

そのときはじめて、私は二人の看守にはさまれて、礼拝室へ行く許可を得たのです」

「その二人がおまえにやすりと梯子を渡したのね？」とソワソン夫人が興奮の面持ちでたずねた。

「そうです、奥様。看守たちが、これは妃殿下からの差しいれだ、とささやくまえから、私はそれと察して、この従順かつ忠実な僕《しもべ》をご記憶くださった偉大にして寛大な妃殿下に対して、心からの感謝を捧げていたのです。

それに、奥様、あの親切な看守たちは、奥様のご命令を実行するのに、なみなみならぬ苦労をしたに相違ありません。なにせ、あの二人は、私の声は何度もきいていたが、姿は一度も見たことがなかったし、典獄のやつは、私の顔に黒いビロードの仮面をかぶせていたのですからね」

「ああ！　それでなにもかもわかったわ」ソワソン夫人は胸を叩きながら言った。「あのうすのろどもは、この男をフィリップとまちがえたのね」

「ええっ！　では、あなたの差しいれはフィリップ殿のためだったのですか？」とエーヌ男爵は叫んだ。

「この人ったら、まだ半信半疑のようね」とソワソン夫人は苦々しげにつぶやいた。

「すると、フィリップ殿はバスチーユにおられるのですか？」女占い師は、ふたたび両者のあいだに割ってはいる必要を感じた。

いまは、このような空しい言葉で貴重な時を無駄にしている場合ではない。さっさとけりをつけてしまおう、そう判断したのだ。

「男爵」女占い師は切り口上で言った。「フィリップ殿は、あなたの予想どおり、ソンム川を渡るときに逮捕され、数日後パリへ連行されました。私たちの知るかぎり、現在はベルトディエール塔の三階に幽閉されていると思われます」

「とすると、私の独房のすぐしたにいたというわけか」エーヌはびっくりしてつぶやいた。

「たぶん、そうでしょう。だから、もし看守たちがソワソン夫人に向かって、塔の四階にも囚人がいると告げていれば、こんな取りかえしのつかない手違いは避けられたはずです」

「私にとってはもっけの幸いだ」とエーヌは独り言を言った。

「しかし、人違いの原因はほかにもあったにちがいありません」女占い師は言葉を続けた。「さっきあなたは、ミサに行くために中庭を横切るとき、典獄の命令で顔に仮面をかぶせられた、と言いましたね。

ところが、フィリップ殿についても、典獄はおなじ警戒措置を取ったのです……少なくとも、そう想像されます。そこで……」

「なるほど。ちょっと待ってください。いま思い出してみますから……うん、そうだ……それにちがいありませんよ」

「おまえ、あの人を見たの？」ソワソン夫人は悲痛な声を発した。

「いや、奥様、しかし……」

「早く！　はっきり説明しておくれ！　わたしが死にそうなほど心配しているのが、わからないのかい？」

「奥様、私はフィリップ殿には一度も会いませんでした。なにしろ典獄の警備には一分の隙もありませんでしたのでね。しかし、土曜日の夕食のおり、翌日礼拝堂へ行くときには仮面をかぶるのだ、と典獄が私に告げたので、私が憤慨すると、あいつめ、なんてぬかしたと思います？」

「話は簡単に願いますよ、男爵、簡単にね！」女占い師がじれったそうに叫んだ。

「典獄のやつ、生意気にもこう言いやがったんですよ――『おまえなんぞに文句を言われる筋合はない。なにしろ、おまえよりはるかに重要な囚人だって、おなじ目にあっているんだからな』

それから、そうそう！　やつの言葉をそっくり思い出したぞ……やつは、杖《つえ》で床を叩きながら、こんなことも言ってたっけ――『おまえの足のしたにいるのは、百万リーヴル積んだってルーヴォア閣下が釈放に応じる見込みのない男だ。フランス王国のもっとも身分の高い人たちの命運を握っている人物だ。その男も、独房を出るときはかならず仮面をかぶせられるが、おまえみたいに泣いたりわめいたりして、わしを手こずらせたりせんぞ』」

「もう疑いの余地はないわ！　それがフィリップだわ！」ソワソン夫人は髪をかきむしりながら叫んだ。「あの人はとても勇敢だから、うめき声ひとつ洩《も》らさないのよ」

「それで、その男についてあなたがきいた話はそれだけですか？」女占い師は、フィリップの勇気についてソワソン夫人ほど確信していなかったので、重ねてたずねた。

「私はなにもたずねませんでした」とエーヌ男爵は答えた。「典獄が答えないだろうとわかっていたし、典獄の野郎の横柄さに腹が立って、口をきく気にもなれなかったのでね」

「わかりました」女占い師は、被告を尋問する判事のように、冷静な口調で言った。「それでは、妃殿下からの差しいれ品を看守があなたに渡したときの状況を話してごらんなさい」

「私はその二人の男に会うのは初めてでした。それまで一度も独房からそとへ出たことがなかったし、房のなかへはいってくるのは典獄だけでしたからね。しかし、二人が例の道具をそっと渡しながら、『ソワソン夫人から』とささやいたとき、私はさして驚きませんでした。

それまで私は何度もありったけの声をふりしぼって、自分はソワソン夫人に仕えている者だ、と叫び、ソワソン夫人に会わせるよう要求していたので、人違いだなどとは思ってもみなかったのです」

「ああ！」とソワソン夫人はうめいた。「わたしは呪われた女なんだわ。これはきっと悪魔の仕業にちがいない」

「大丈夫、悪魔はわたしたちの味方ですよ」女占い師はソワソン夫人の耳元でささやいてから、大きな声で言葉を続けた。

「エーヌ男爵、看守たちの馬鹿な間違いがあなたのせいでないことは、いまのお話でよくわかりました。でも、この手違いの埋めあわせをするのに、ソワソン夫人はあなたの助けをかりる権利がおありだと思います」

「それはもちろんですとも！　妃殿下のためなら、私は百遍でも生命の危険を冒す覚悟です」とエーヌ男爵は熱っぽい調子で叫んだ。

「そんな大袈裟《おおげさ》なことではありません。ただ、あのなかで起こっていることについて、話してくれればいいのです」そう言いながら、女占い師は、朝靄《あさもや》のなかから姿を見せはじめたバスチーユを指さした。「あなたが脱獄するためにやったことは、おなじ道具さえ差しいれてもらえば、ほかの囚人にもできるはずです。フィリップ殿はまだあそこにおいでなのですから……」

「残念ながら、奥様」とエーヌはさえぎった。「もし、ベルトディエール塔でわたしのしたの階にいた囚人がフィリップ殿なら、あの人はもうバスチーユにはいないと思いますよ」

「それはどういう意味？」とソワソン夫人が叫んだ。

エーヌ男爵が答えようとして口を開きかけたとき、当然予想されてしかるべき事態が発生し、話は中断された。

脱獄囚が穴をあけた城壁のところで、急を告げる叫びがあがり、歩哨たちがつぎつぎにこの警報を伝えはじめたのだ。

どうやら、夜明けの光がさしはじめると同時に、一人の兵士が塔の壁にそってゆらめく絹の梯子に気づき、すわ脱獄と通報したらしい。

エーヌ男爵と二人の女のいるところからは、典獄の館の稜堡しか見えないが、そこにも、寝床から飛びおきてきた憲兵たちがすでに集まっている。すぐに逃げださないと、バスチーユ中の守備兵が武器をとり、典獄は四方八方に偵察隊を派遣するにちがいない。

「すぐに馬に乗らなければなりませんわ、奥様。この男もいっしょにつれてまいりましょう」と女占い師はうながした。

「ええ。そして、もしこいつが逃げだそうとしたら、殺してしまうのよ」とソワソン夫人が付け加えた。

「私は奥様のそばを離れたいなんて、これっぱかしも思っちゃいませんよ」とエーヌ男爵はつぶやいた。いまほど、恐ろしい典獄の追跡の手から守ってもらう必要を、切実に感じたことはなかったのだ。

ソワソン夫人の命令も待たずに、エーヌ男爵は、窪地の反対の隅で馬の番をしている従僕たちのほうへ急いだ。

ソワソン夫人と女占い師も、スカートの裾に足をからまれながらも必死で走り、警報が発令されてから二分後には、一同はすでに馬にまたがっていた。

二人の女は乗馬にふさわしい服装をしてきていた。つまり、ビロードの胴衣におなじ布地の長い裾をつけ、フロンドの乱のときにモンパンシエ嬢がかぶっていたような羽根飾りつきの帽子をかぶっていたのだ。モンパンシエ嬢というのは、ルイ十四世のいとこで《大令嬢《グランド・マドモアゼル》》と呼ばれ、自分の手でバスチーユの大砲を発射した人物である。

ソワソン夫人のつれてきていた従僕たちは、いずれも屈強の男たちで、完全武装していた。

エーヌ男爵はおよそ馬に乗るのにふさわしくない身なりだったが、老練の荒武者だけにそんなことはいっこう気にかけず、靴は破れ靴下は踵《かかと》までずりおちていたが、いったん馬上の人となると、どうしてなかなか立派なものだった。

ソワソン夫人はエーヌ男爵に向かって、拳銃をかまえた二人の従僕のあいだにはいるよう命じ、ほかの従僕たちを斥候として出発させ、自分は女占い師とともに後衛を受けもち、勢いよく馬に拍車をあてながら叫んだ。

「さあ、ヴァンセンヌの森へ！」

馬は一斉に駆けだし、窪地の斜面を一気にのぼると、全速力で聖アントワーヌ通りを疾走しはじめた。

まだ朝早い時刻だったので、人家もまばらなこの静かな界隈《かいわい》の住民はまだ眠っていた。ソワソン夫人の一行が途中で出あったのは、市場へ野菜を売りにいく百姓たちだけで、その連中はさほど邪魔にはならなかった。

この一隊が遠くに姿をあらわすと、百姓たちはいちはやく手押し車を道端に寄せて待避した。なにか身分の高い人の関係する事件が起きたということを本能的に察し、さわらぬ神にたたりなしとばかりによけて通ったのだ。

だから、夫人の一行は旋風のように突進し、そこかしこでキャベツや人参《にんじん》を運ぶ驢馬《ろば》を突きたおし、時には逃げおくれた百姓まで蹴ちらして突っ走った。

ヴァンセンヌに近づくと、ソワソン夫人は先頭の従僕たちに左へ曲るよう命じ、森の一番奥深いところへ向かう間道へはいっていった。

ヴァンセンヌ城にあまり接近するのは危険だった。このように疾駆していったら、城の守備隊から怪しまれるおそれがあったからだ。

それに反して、まっすぐノジャンのほうへ向かえば、まずだれに出あう心配もなかった。事実、四十五分ほど疾風のように馬を走らせると、一行はよく茂った藪《やぶ》のなかにある円形交差点に無事到着した。

ソワソン夫人はその場所が自分の目的にかなっていると判断し、一行に馬をとめるように命じた。一同は早速、馬からおりた。

エーヌ男爵は元気に馬を駆ってきたし、あと二、三時間はこのまま走りつづけたいと思っていた。

女占い師も、箒《ほうき》の柄にまたがって空を飛びなれている本物の魔女のように、実にたくみな手綱さばきを見せていた。

しかし、ソワソン夫人にとっては、追っ手との距離をあけることよりさらに重要な問題があった。

さきほどのエーヌ男爵の話は、いよいよ核心に触れるというときに、憲兵たちの警告の声で中断されてしまった。ソワソン夫人は一刻も早くその続きがききたかったのだ。

ベルトディエール塔から逃げてきたエーヌ男爵は、フィリップはもうバスチーユにいない、と言った。

ソワソン夫人は、まずその点を解明してからでないと、心ならずも脱獄を助けてしまった男爵の運命を決するわけにいかなかった。

いくら短時間ですむとはいっても、このいわば略式裁判ともいうべき尋問が行われるあいだ、邪魔がはいらないように予防策を講じておく必要があった。

ソワソン夫人は、女ながら作戦行動に精通しており、てきぱきと部下を配置した。

円形交差点に通じるすべての道の入口には、従僕が一人ずつ見張りに立ち、怪しい人影が見え次第通報するよう命令を受けた。

一人の従僕は馬の番を命じられた。

さらに、もっとも忠実で頭のいい従僕は、囚人をおとなしくさせておく役を言いつかった。

ソワソン夫人は、その従僕と女占い師、エーヌ男爵をつれて雑木林の奥深くわけいり、従僕を自分の少し後ろにひかえさせ、エーヌ男爵が逃げるそぶりを見せたら頭に弾丸をうちこむようにと言った。

しかし、哀れな男爵は、逃げだすことなどまったく考えていなかった。事の意外さに茫《ぼう》然《ぜん》としており、ただひたすらベズモー典獄とその憲兵の手から逃れたいと願っていたのだ。

もう一度ベルトディエール塔にいれられることを思えば、どんな苛酷《かこく》な境遇にも耐えられる。それくらいなら、いっそここで死んだほうがましだ。

エーヌ男爵はそう考えていたが、一方、ソワソン夫人と女占い師がひどく恐ろしく感じられ、これからさき一体どうなるのだろう、と不安だった。

「あなたは、どうしてフィリップがもうバスチーユにいないと思うの？」とソワソン夫人が大声でたずねた。

「申し訳ありません、奥様」と男爵はしおらしく答えた。「私はなにも断言できないのです。なにしろ、三階の独房にいる囚人がフィリップ殿かどうかさえ、はっきりわからないのですから」

「フィリップにちがいないわ」とソワソン夫人は断言した。

「それなら、奥様、フィリップ殿は出発されました」

「どうしてそれがわかるの？」

「私は自分の見たことときいたことをありのままにお話ししましょう。決して嘘いつわりは申しあげません。

おととい、つまり月曜の夜九時ごろ、夕食のあとで私は独房の鉄格子を、妃殿下が差しいれてくださったやすりで切っていました」

「おまえに差しいれたわけじゃないわよ！」とソワソン夫人はつぶやいた。

この屈辱的な言葉は無視したほうが賢明だと判断して、エーヌ男爵は虫も殺さぬような顔をしてさきを続けた。

「私は翌日まで安心して作業ができるものとばかり思っていました。典獄がつぎに私の部屋に姿を見せるのは、翌日の正午ごろ、昼食を持ってくるときのはずだったのです。

ところが、驚いたことに、作業の真っ最中に階下から大きな物音がきこえてきました。私は慌てて寝床にもぐりこみ、やすりを隠しました。てっきりだれかが私の独房にやってくるものと思ったからです。だが、だれも来ませんでした。

しかし、なにか異常な事態が発生しているのはたしかでした。階段をのぼる憲兵の足音や敷石にあたる銃床の音が響いてきました。

一ヵ月まえに投獄されて以来、私の耳はいろいろな物音をききわけられるようになっていたので、鍵のガチャガチャ鳴る音や錠前の軋《きし》みは、はっきりそれとわかりました。

私の房のしたの階で、独房の扉が開く音がしました」

「フィリップの独房ね」

「私とおなじように、ミサへ行くとき仮面をかぶらされていた男の独房です。私にはそれ以上、はっきりしたことは申せません。

やがて騒ぎはしずまり、二人の男がなにやらしゃべる声が天井をつたってきこえてくるだけになりました。

きっとベズモー典獄が一人でなかへはいり、ベルトディエール塔の三階の囚人と話していたのに相違ありません。

そんな時間に、そういうことがあるなんて、大事件でした。なにしろ、夜中に典獄が塔にのぼってきたことなど、いまだかつてなかったのです。

はじめ私は、階下の男が急病になったので、医者か懺悔《ざんげ》聴聞僧がつれてこられたのではないか、と思いました。しかし、考えてみると、それはありえないことでした。消灯の鐘が鳴ったあとは、だれも監房の近くで見張っている者はなく、たとえわれわれが瀕死《ひんし》の重病にかかろうと、看守が助けにきてくれる気づかいはなかったのです。

それに、階下の囚人は大声をはりあげて、どうやら典獄のたずさえてきた命令に抗議しているようでした。

しばらくすると、私の推察があたっていたということが明らかになりました。また扉の開く音がして、階段のほうで物音がしはじめたのです。

言いあらそう声、叫び声がきこえ、階段を荒々しく踏みならす音、壁に剣のあたる音が響き、人がもみあっているような気配も感じられました。

しかし、やがてすべてはおわり、憲兵たちは階段をおりていったようでした。囚人を力ずくで引っぱっていったに相違ありません」

「ああ！」とソワソン夫人は絶望の叫びをあげた。「フィリップは処刑場へつれていかれたんだわ」

「一時は私もそう思いました。以前、バスチーユのなかで夜間こっそり死刑が執行されている、という噂をきいたことがありましたのでね。

実を言うと、私もいつおなじ目にあうかもしれない、といささか不安になったくらいでしたよ」

「あなたがどう思ったかはどうでもいいから、早くさきを続けてくださいな」と女占い師はうながした。ソワソン夫人がいまにも癇癪《かんしゃく》をおこしそうなのを見てとったからだ。

「しかし、奥様！　いまのは、ほんの話のついでに言ったまでですよ」とエーヌ男爵はしゅんとなって弁解した。「とにかく私はひどく当惑し、鉄格子を切る作業を再開したものかどうか考えあぐねて、窓の下枠によじのぼり、鉄格子に顔をくっつけてそとを見ようとしました。そとはまっ暗でなにも見えませんでしたが、そのかわり、砲兵工廠《アルスナル》のほうではね橋のおりる音がはっきりときこえました」

「フィリップはバスチーユのそとへつれていかれたのね」とソワソン夫人は愁眉を開いて言った。

「私もそうだろうと思いました。普通なら、はね橋は夜どおしあがりっぱなしですからね。しかし、やがて私はそう確信することができたのです。

私の独房の窓はパリ郊外のほうを向いていました。奥様も、さっきフィリップ殿を待っておられた場所から、その窓をごらんになれたはずです。

私が窓辺に二十分ほどいると、急に大きな光が目にはいりました。はじめ私は典獄の館が火事になったと思い、あの悪党が巣のなかの狐《きつね》みたいに黒焦げになったところを想像して、快哉《かいさい》を叫びました。

しかし、よくよく見ると、光は堀の外岸のほうからさしていて、郊外のほうへ移動していました。

そのとき、私はすべてを悟りました。それは、松明《たいまつ》をかかげた騎馬の兵士たちに護送されていく輿《こし》だったのです」

「ペロンヌを出るとき、フィリップがのせられていたのとおなじような輿ね」とソワソン夫人は叫んだ。「一体全体、あの人はどこへつれていかれたのかしら？」

「それは、奥様、私にはさっぱりわかりません。ただ、その行列はリヨンかブルゴーニュ方面へ向かっていたようでした。もしかすると、囚人はディジョン城かピエール・アンシーズへつれていかれたのかもしれない」

「でも、あなたの推測があたっているという保証はありませんね」女占い師は持ち前の懐疑精神を発揮して言葉をはさんだ。「漠然とした物音、動く光…… それだけでは、フィリップ殿がほかの城へ移されたという証拠にはならないでしょう」

「しかしですね、奥様」とエーヌ男爵はおずおずと反論した。「私がそう信じる理由はまだほかにもあるのです」

「それなら、早くそれをおっしゃい」

「翌日、私の昼食に立ちあいにきたとき、典獄はひどく不機嫌で、私が食事がまずいと文句を言うと、猛烈に怒りだしてこう言ったのです。『おまえはバスチーユにいられるのをありがたいと思うべきだ。おまえよりよほどましな男がつれさられて、もっとずっとひどい牢屋へ移されてしまったんだからな。おまえもあまり反抗すると、ルーヴォア大臣の命令で、パリから遠くはなれた牢獄のなかで一生をおわるはめになるぞ』」

「典獄は本当に『パリから遠くはなれた』と言ったのですね?」と女占い師は念を押すようにたずねた。

「ええ、そうです。それから、典獄は悪口雑言のかぎりをつくして帰っていきました。私の想像では、典獄は、食費のうわまえをはねて大いに儲《もう》けさせてもらっていた囚人がいなくなったので、すごく腹を立てていたんでしょう。

いまごろは、もっとかんかんになっているでしょうよ。私までいなくなってしまったんですからね。あいつの泣きっ面が見たいものですねえ」

「お黙り!」ソワソン夫人は、エーヌ男爵の軽口にいらいらして、ぴしゃりと言った。

それから夫人は女占い師をわきへ呼んで、うわずった声でたずねた。

「どうしたらいいの、カトリーヌ。ねえ、どうしたらいいかしら?」

「行動に移るまえに、まず、フィリップ殿がどこへつれていかれたか調べる必要がございます」女占い師は落ちつきはらって答えた。

「でも、どうやって調べるっていうの？　あの輿が出発してから、もう三十六時間もたってしまっているのよ。どの方角を捜せばいいの？」

「妃殿下がご自分でお捜しになるわけにはまいりませんけれど、この男に命じて、護送隊を追いかけさせればよろしいではございませんか」

「だれに？　このエーヌに？」

「さようでございます。この男の命は奥様のお手に握られておりますから、よもやいやとは申しますまい。そのうえ、もし存分の褒美をやると約束なされば、きっと奥様に忠誠を尽すにちがいありません」

「この男はわたしを裏切るわ。ルーヴォアを裏切ったのとおなじように」

「いいえ、奥様の腹心の従僕シャンパーニュとブリーを見張りにつけておけば、その心配はございません。金貨百枚の路銀と三頭の駿馬があれば、三人は随分遠くまで行けるでしょう」

「あの身なりで？」ソワソン夫人はエーヌ男爵のみじめな服装を指さしながら言った。

「最初の宿駅で適当な服を買えばよろしゅうございます。わたくしの考えでは、輿はリヨンのほうへ向かったに相違ないと存じます。三人が頭を働かせれば、二日以内に追いつけるはずでございます。そのあいだに、わたくしたちは聖ドニ平野を通ってパリを迂回《うかい》し、聖オノレ門から市内へ戻ることにいたしましょう」

「おまえの言うとおりね」とソワソン夫人はあっさり認めた。「エーヌをつれてきておくれ。わたしから命令するから」

女占い師は夫人の言いつけに従おうとした。そのとき、円形交差点で見張りに立っていた従僕の一人が叫んだ。

「気をつけろ！　馬に乗った斥候がやってきたぞ！」

この警告の叫びは一行を混乱に陥れた。

みながてんでに馬に駆けより、一瞬、ソワソン夫人と女占い師は狼狽《ろうばい》のあまりエーヌ男爵のことを忘れた。

だが、当の男爵は自分の身を守ることを忘れなかった。

エーヌ男爵はいちはやく馬にまたがり、ソワソン夫人と女占い師がまだ手綱をたぐりよせているうちに、勢いよく馬に拍車をあて、一番手近な道を疾走しはじめた。

従僕の一人が全速力であとに続いた。ほかの三人が命令を待たずに反対の方角へ走りだした。

「お待ち、お待ちったら！」とソワソン夫人はどなった。

だが、だれも夫人の制止に耳をかそうとせず、斥候の出現におびえて、一目散に逃げていった。

斥候はどんどん近づいてくる。もう一刻も猶予ならない。

ソワソン夫人はエーヌ男爵のあとを追いかけようとしたが、つねに冷静な女占い師は間髪をいれずそれを制した。

「追っ手につかまりたくなかったら、そちらの道へいらしてはいけません」

そう言って、女占い師はソワソン夫人の馬の手綱をつかむなり、ぐいと半回転させた。

ソワソン夫人は大声をあげて馬をとめようとしたが無駄だった。女占い師、それに、最後まで夫人のそばに残っていた二人の従僕の例にならって、夫人の馬は疾風のように走りだした。

この大胆な作戦は大成功をおさめた。

斥候は円形交差点まで来ると、三方へ逃げていく人影が見えたので、はたと当惑した。

この斥候は典獄に派遣されて脱獄囚を捜しにヴァンセンヌの森へ来たもので、もう相手は袋の鼠《ねずみ》も同然と思っていた。

ところが、ソワソン夫人の一隊が分散したので、だれを追いかけたらよいかわからなくなり、斥候長の憲兵はしばらく立ちどまって思案しなければならなかった。

女たちの一行はパリへ向かっていた。

そちらを追うのは見当ちがいのようだ。ベルトディエール塔から逃げた囚人は、できるだけバスチーユから遠ざかろうとするはずだ。

他方、斥候長は部下を分割したくなかった。逮捕に際して、囚人とその仲間が抵抗することが予測されたからだ。

そこで斥候長は、マルヌ川のほうへ向かう騎馬の一団を追うことに決定し、その成果については半信半疑ながら、全速力で追跡を開始した。

この決定によって、ソワソン夫人はさまざまな不愉快な思いをせずにすんだ。これも、女占い師の思慮深い計らいのおかげだった。

ソワソン夫人は腹心の相談役と二人の従僕とともに、だれにも呼びとめられずにパリ市内へはいり、かなりの遠まわりを余儀なくされたものの、昼まえにソワソン宮に帰りついた。

館へ戻り、女占い師と二人きりになると、夫人は心ゆくまで癇癪玉を破裂させた。

女占い師は万事心得て、夫人に思う存分鬱憤《うっぷん》を晴らさせた。

これで女占い師の目的は達成されたのだ。ソワソン夫人は二度とフィリップの消息をきくことはないだろう。

女占い師は夫人の性格をよく知っていた。ソワソン夫人はいつまでも見はてぬ夢を追いもとめるような女ではない。その情熱の炎は、いかに激しく燃えあがっていても、いずれは燃えつきてしまうだろう。

そこが女占い師の付け目で、そのときこそ、完全に夫人を自分の支配下におさめようと目論んでいたのだ。

その日のうちに、別行動をとった三人の従僕たちも無事、館に帰ってきた。

もう少しで斥候に追いつかれそうになったが、従僕たちの馬のほうが足が速かったのでつかまらずにすんだのだ。

エーヌ男爵といっしょに逃げだした従僕は、翌日になって戻ってきた。

その報告によると、ヴァンセンヌの森を出たところで、男爵の馬がたおれてしまった。男爵が、自分ひとりでなんとかその場を切りぬけてみる、と言ったので、従僕はそれ以上なにもきかず、単身戻ってきたのだ。

エーヌ男爵がその後追っ手につかまったということは、まずまちがいないだろう。しかし、そんなことはソワソン夫人にとってはどうでもいいことだった。

ただ、夫人が非常に残念に思ったのは、フィリップの行方を捜すためにエーヌ男爵を利用するという、女占い師のすばらしい思いつきを諦《あきら》めねばならなくなったことだ。

交通が不便で通信のまったく発達していなかった当時、仮面の囚人のその後を探る手段は、それ以外にまったく考えられなかった。

囚人をのせた輿は、たとえフランスを端から端まで横切ったとしても、海を進む船の航跡ほどの跡しか残さなかっただろう。

新聞はわずかしかなかったし、当局の怒りを買いそうな《三面記事》をのせるような、危ない真似をするわけにはいかなかった。

市民も農民も、誘拐拉《ら》致《ち》、囚人の護送、その他当局の不可解な活動は、見て見ぬふりをするのがつねだった。

したがって、行方不明になった男が見つかる見込みはなかった。

ソワソン夫人はそのことを知っていたので、不可能な企てには執着しなかった。

それよりむしろ、夫人は宮廷での縁故関係を活用したり、わずかながら残っている自分の影響力を用いて、哀れな囚人の運命について情報を得ようとした。ルーヴォアはその囚人をベズモー典獄の手から奪って、おそらくもっと信頼のおける厳格な獄吏の手にゆだねたのだろう。

だが、ここでもソワソン夫人の試みは失敗におわった。

そのとき、ヴェルサイユ宮廷は一時的にフランドルへ引っ越していたのだ。

五月一日、つまり、エーヌ男爵が脱獄した翌日、また、黒ビロードの仮面の男がいずこへかつれさられた夜の翌々日、国王は、大臣や、ソワソン伯爵を含む要職にある貴族たちや、はては宮廷の貴婦人たちまでしたがえて、威風堂々と出立していった。

きらびやかに着飾った国王の一行は、マーストリヒト攻囲戦の壮途についたのである。

今日では、君主が遠征に際して侍従を全員引きつれていったら、ひどく場違いだと思われるにちがいないし、十九世紀の宮廷の貴婦人たちは、戦場へ行くときいただけで尻ごみしてしまうだろう。

しかし、思いがけない出来事を忌みきらうルイ十四世は、軍事行動に際しても予想外の事態の発生を許さず、敵方もまた、この奇妙な戦争のルールの適用を妨げようとしなかった。

包囲戦や遠征は、バレエの場面さながら、あらかじめきめられた筋書きどおりに繰りひろげられた。

塹壕《ざんごう》掘り、攻撃、略奪、前進、後退、退却、戦闘など、すべてがいわば拍子にあわせて行われ、このような国と国との決闘の場合には、『町人貴族』(モリエールの喜劇)のジュルダン氏のように、相手が第四の構えで受けるまえに第三の構えで突いて出たりしたら、顰蹙《ひんしゅく》を買う羽目になる。

したがって、十七世紀の優雅な閑人《ひまじん》たちは、男も女も劇場へ行くような気軽さで戦場へ出かけることができた。ソワソン夫人も、まだ少しでも国王の寵愛《ちょうあい》を受ける身であったなら、当然この催しに招待されていたはずだ。

しかし、実際には、夫人はパリの館にとどまって、焦躁《しょうそう》の日々を送らねばならなかった。

行方不明になったエーヌ男爵は、あれきり杳《よう》として消息をたってしまった。奇妙な人違いのおかげで自由の身となった男爵は、どこかの森の片隅でのたれ死にしたのだろうか？　それとも首尾よく国境を越えたのだろうか？　あるいはまた、どこかの独房で、わが身の不幸をかこっているのだろうか？

そのいずれともわからぬまま、いつしかソワソン夫人は男爵のことを忘れてしまった。女占い師は、不行跡を重ねた伯爵夫人を完全に支配下におさめる絶好の機会を迎え、この物語の後半で明らかになるように、その好機を十二分に活用した。

ただし、女占い師の予想に反して、眉目秀麗《びもくしゅうれい》な従者フィリップの思い出はソワソン夫人の心のなかで生きつづけ、その面影を消しさるためには、さらに奇怪な新たな事件が必要であった。

夫人のほかにも、フィリップ・ド・トリーとモリス・デザルモアーズ、そしてソンム川の浅瀬でくりひろげられた恐ろしい場面のことを忘れずにいる人たちがいた。

ソワソン夫人にとっても、その他の人たちにとっても、仮面の囚人の謎は依然不可解なままであった。

ヴァンダとブリガンディエールはこの謎の解明を諦めたわけではなかった。しかし、当分のあいだ、ソワソン夫人はこの二人に出あうことなくすごした。

一六七三年五月一日の夜の遠出のあと、女占い師はすぐにブリガンディエールたちの消息を知ろうとした。今後も、ヴァンダの憎しみやブリガンディエールの熱意と勇気を利用するつもりだったのだ。

女占い師は、直接ヴァンダと話しあうために、堂々とジャン・ボーシール通りの屋敷を訪問した。

しかし、驚いたことに、そこはすでにもぬけの殻だった。

〝ラエー夫人〟とその執事と二人の従僕は、エーヌ男爵が脱獄した二日後、こっそり姿を消してしまっていたのだ。

隣近所はその噂《うわさ》で持ちきりだった。サン・ムール裁判所長夫人にとってさえ、隣家の引っ越しは寝耳に水の話だったのだ。

女占い師はあれこれと頭をひねって、この意外な出来事の原因を推理したが、いくら考えても調査を重ねても、なんの結果も得られなかった。ベルトディエール塔から脱獄してきた男を途中でつかまえるために、自分が与えた指示をブリガンディエールが遂行したかどうかさえ、わからずじまいだった。

もっとも、フィリップが姿を消したいまとなっては、そんなことは大した問題ではなかった。

女占い師はヴァンダとブリガンディエールのことなど忘れて、自分の妖術《ようじゅつ》に専念した。

だが、ヴァンダたちはまだ生きていたし、仮面をつけた囚人は、あと三十年も苦しみに耐えねばならなかったのだ。

本書は一九八四年講談社刊『鉄仮面』（上）（中）を底本としました。

鉄仮面《てつかめん》（上）

ボアゴベ　長島良三《ながしまりようぞう》 訳

二〇〇二年五月一〇日第一刷発行
二〇一八年一月一九日第三刷発行

発行者――鈴木　哲
発行所――株式会社　講談社
東京都文京区音羽2・12・21　〒112-8001
電話　編集（03）5395・3513
販売（03）5395・5817
業務（03）5395・3615

デザイン―菊地信義
製版――豊国印刷株式会社
印刷――豊国印刷株式会社
製本――株式会社国宝社

定価はカバーに表示してあります。

講談社
文芸文庫

ISBN4-06-198296-6

講談社文芸文庫

横光利一	旅愁 上・下	樋口 覚——解／保昌正夫——年
横光利一	欧洲紀行	大久保喬樹-解／保昌正夫——年
与謝野晶子	愛、理性及び勇気	鶴見俊輔——人／今川英子——年
吉田健一	金沢|酒宴	四方田犬彦-解／近藤信行——案
吉田健一	絵空ごと|百鬼の会	高橋英夫——解／勝又 浩——案
吉田健一	三文紳士	池内 紀——人／藤本寿彦——年
吉田健一	英語と英国と英国人	柳瀬尚紀——人／藤本寿彦——年
吉田健一	英国の文学の横道	金井美恵子-人／藤本寿彦——年
吉田健一	思い出すままに	粟津則雄——人／藤本寿彦——年
吉田健一	本当のような話	中村 稔——解／鈴村和成——案
吉田健一	ヨオロッパの人間	千石英世——人／藤本寿彦——年
吉田健一	乞食王子	鈴村和成——人／藤本寿彦——年
吉田健一	東西文学論|日本の現代文学	島内裕子——人／藤本寿彦——年
吉田健一	文学人生案内	高橋英夫——人／藤本寿彦——年
吉田健一	時間	高橋英夫——解／藤本寿彦——年
吉田健一	旅の時間	清水 徹——解／藤本寿彦——年
吉田健一	ロンドンの味 吉田健一未収録エッセイ 島内裕子編	島内裕子——解／藤本寿彦——年
吉田健一	吉田健一対談集成	長谷川郁夫-解／藤本寿彦——年
吉田健一	文学概論	清水 徹——解／藤本寿彦——年
吉田健一	文学の楽しみ	長谷川郁夫-解／藤本寿彦——年
吉田健一	交遊録	池内 紀——解／藤本寿彦——年
吉田健一	おたのしみ弁当 吉田健一未収録エッセイ 島内裕子編	島内裕子——解／藤本寿彦——年
吉田健一	英国の青年 吉田健一未収録エッセイ 島内裕子編	島内裕子——解／藤本寿彦——年
吉田健一	[ワイド版]絵空ごと|百鬼の会	高橋英夫——解／勝又 浩——案
吉田健一	昔話	島内裕子——解／藤本寿彦——年
吉田知子	お供え	荒川洋治——解／津久井 隆——年
吉田秀和	ソロモンの歌|一本の木	大久保喬樹-解
吉田 満	戦艦大和ノ最期	鶴見俊輔——解／古山高麗雄-案
吉田 満	[ワイド版]戦艦大和ノ最期	鶴見俊輔——解／古山高麗雄-案
吉村 昭	月夜の記憶	秋山 駿——解／木村暢男——年
吉本隆明	西行論	月村敏行——解／佐藤泰正——案
吉本隆明	マチウ書試論|転向論	月村敏行——解／梶木 剛——案
吉本隆明	吉本隆明初期詩集	著者——解／川上春雄——案
吉本隆明	吉本隆明対談選	松岡祥男——解／高橋忠義——年

▶解=解説 案=作家案内 人=人と作品 年=年譜を示す。 2018年1月現在

講談社文芸文庫